Das Buch
Alexandra Ripley wurde weltweit bekannt als Autorin von *Scarlett*, der Fortsetzung des Top-Bestsellers *Vom Winde verweht*. Die geborene Südstaatlerin schrieb ihren ersten umfangreichen Roman 1981. *Charleston* (Heyne-TB Nr. 01/8339) beschwor noch einmal die versunkenen Zeiten der aristokratischen Südstaaten-Metropole herauf. Die Familiensaga der Tradds umspannt die Zeit vom Ausbruch des Sezessionskriegs bis zur Jahrhundertwende. In *Auf Wiedersehen, Charleston*, dem zweiten Teil des breit angelegten Epos, verfolgt sie die Schicksale der Tradd-Familie bis in die 30er Jahre. Das Jazz-Zeitalter ist angebrochen, der Rausch der »roaring twenties« erfaßt die Nachkriegsgeneration. In Charleston sind die Wunden des Bürgerkriegs vernarbt. Garden Tradd, auf einem exklusiven College erzogen, wächst zu einer Südstaaten-Schönheit heran. Aber ihre Ehe mit einem reichen New Yorker wird zum Fiasko. Anfangs verwöhnt Schuyler Harris seine exzentrische junge Frau noch mit Preziosen, und das lebenshungrige Paar tanzt in den Nachtbars von New York und Paris, doch schon bald tröstet sich der labile Lebemann mit anderen Frauen. Die Intrigen seiner Mutter, der exzentrischen Principessa Montecantini, machen für Garden das Eheleben zusätzlich zur Qual.

Die Autorin
Alexandra Ripley, 1934 in Charleston/South Carolina geboren, arbeitete nach ihrem Studium in verschiedenen Buchhandlungen und Verlagen, ehe sie zu schreiben begann. Heute lebt sie mit ihrem Ehemann, einem Rhetorikprofessor, und zwei Töchtern aus erster Ehe in Virginia.

ALEXANDRA RIPLEY

AUF WIEDERSEHEN CHARLESTON

Roman

Deutsche Erstausgabe

WILHELM HEYNE VERLAG

MÜNCHEN

HEYNE ALLGEMEINE REIHE
Nr. 01/8415

Titel der Originalausgabe
ON LEAVING CHARLESTON
Aus dem Amerikanischen übersetzt
von Christiane Buchner

2. Auflage

Copyright © 1984 by Graley, Inc.
Copyright © der deutschen Ausgabe 1992
by Wilhelm Heyne Verlag GmbH & Co. KG, München
Printed in Germany 1992
Umschlagillustration: Bildagentur Mauritius / H. Schmied, Mittenwald
Umschlaggestaltung: Atelier Ingrid Schütz, München
Gesamtherstellung: Elsnerdruck, Berlin

ISBN 3-453-05632-9

Für meine beste Freundin Patience,
in Liebe gewidmet

Buch Eins

1900–1902

1

Die Finger von Reverend Mr. Barrington zitterten, als er den frischen Reverskragen, ein Emblem seiner Berufung, zurechtrückte. Unter seinem neuen dunklen Anzug war er immer noch Billy Barrington, zweiundzwanzig, und er hatte schreckliche Angst.

»Es ist bloß eine Hochzeit«, sagte er laut, wobei ihm vom Klang seiner Stimme aber nur noch flauer wurde; denn sie zitterte ebenfalls. Zum hundertsten Mal ärgerte er sich, daß er seiner Mutter gehorcht und die Koteletten abrasiert hatte, die er sich im Seminar hatte wachsen lassen. Doch zum ersten Mal ärgerte er sich, daß ihm der Bischof seine eigene Gemeinde überlassen hatte, statt daß er zu Beginn seiner Laufbahn einem älteren Pfarrer hätte zur Seite stehen dürfen. Vor einer Woche, nach seiner Priesterweihe, hatte er das noch herrlich gefunden. Und seine Eltern waren so stolz gewesen.

Aber jetzt saß er hier in einem gemieteten Einspänner, redete zu einem ausgemergelten Klepper und traute sich nicht, zu dem Haus zu fahren, in dem er die Trauung vornehmen sollte. »Liebes Brautpaar ...« Er probierte noch einmal seine Stimme aus. Eine Spottdrossel aus dem zu beiden Seiten der Schotterstraße gelegenen Wald ahmte ihn höhnisch nach, und das Pferd hob den Kopf. Billy lachte und schnalzte mit den Zügeln, damit es weiterging. Der momentane Schreck war vorüber. Die atemberaubende Pracht eines jungen Frühlingsmorgens umgab ihn; der Wald strotzte vor blühenden Sträuchern, und der Jasmin duftete süß. Eine neue Jahreszeit begann, ein neues Jahrhundert obendrein, und er sollte einem Paar den Segen für ein neues Leben zu zweit geben. Was konnte schon schiefgehen, wenn die Welt so mit sich im Einklang stand?

Billy bog von der Straße ab und fuhr zwischen efeuumrankten Säulen aus Backstein hindurch, der Einfahrt zu Ashley Barony; sein Herz klopfte schneller. Er war in South Carolina aufgewachsen, mit der roten Erde und der hügeligen Landschaft. Sein Leben lang hatte er von den großartigen Plantagen im tiefen Süden gehört, und jetzt betrat er eine solche. Es kam ihm vor, als würde er in seiner Kutsche geradewegs in die Vergangenheit fahren, in den Glorreichen Süden, von dem sein Großvater immer als dem Goldenen Zeitalter gesprochen hatte.

Die Fahrbahn war tief zerfurcht und die Räder längst im Unkraut verschwunden, das den Weg bis auf die Breite für Pferd und Einspänner verengt hatte. Auf beiden Seiten wucherte Gestrüpp bis in die Wiesen hinein. Nach einer halben Meile machte die Fahrbahn einen leichten Bogen, und Billy erblickte eine Gruppe von verwitterten Hütten mit schiefen Veranden, auf denen leuchtend bunte Blumen in gesprungenen Steinguttöpfen und Kübeln wuchsen. Menschen waren nicht zu sehen. Vor lauter Enttäuschung verspürte er einen Stich. Dieselben Negerhütten sah man auch weiter nördlich.

Aber dann krümmte sich der Weg noch einmal, und das herrschaftliche Landgut kam in Sicht. Unwillkürlich zog Billy die Zügel an und blieb stehen, wie verzaubert von dem Anblick. Majestätische Eichen mit flechtenbehangenen uralten Ästen rahmten eine große Wiese ein. Darauf grasten fünf Schafe, deren Lämmer um sie herum sprangen. Dutzende von Pfauen stolzierten hochmütig umher, ohne die Possen der Lämmer oder die friedlichen Mutterschafe zu beachten. Über alldem thronte das große Gutshaus, das über einer bogenförmigen, breiten weißen Marmortreppe aufragte, mit Backsteinmauern, die der Lauf der Jahre zu einem zarten Rosa ausgebleicht hatte, und mit erhabenen, trotz der abgeblätterten Farbe prächtigen Säulen. Verzaubert von der Vergangenheit stieß Billy einen leichten Seufzer aus.

Der verzauberte Eindruck verstärkte sich noch, als er die

Treppe hinaufstieg und das Haus betrat. Es war vollkommen still. Der Korridor erstreckte sich bis zu einer großen Tür mit dem Durchblick auf dieselbe Wiese wie auf Billys Seite. An den düsteren Wänden standen Konsolen mit üppigen weißen Blumensträußen, deren Bild aus alterstrüben Spiegeln verschwommen widerschien. Ein schwerer süßer Duft hing in der regungslosen Luft. Die verdoppelten Blumengebinde, die Reglosigkeit und die Stille hatten etwas Unwirkliches. Billy atmete tief ein und hielt die Luft an.

»Ich weiß. Es ist scheußlich, was?« Die Stimme kam von hinten. Billy fuhr herum und sah den Sprecher an.

»Entschuldigung, ich wollte sie nicht erschrecken. Ich bin Anson Tradd.« Der Junge streckte die Hand aus. »Guten Tag.«

Billy schluckte. »Guten Tag«, antwortete er. »Ich bin William Barrington. Der Pfarrer.« Sie gaben sich die Hand.

Anson Tradd lächelte, ein helles Aufblitzen in dem düsteren Korridor. »Lassen Sie uns doch diesem Gestank entfliehen«, sagte er. »Dürfen Sie vor der Hochzeit etwas trinken oder erst danach? Ich wollte gerade einen zur Brust nehmen, deshalb war ich so leise. Papa sollte mich nicht unbedingt an der Karaffe erwischen. Kommen Sie.« Er ging voran in das großräumige Eßzimmer. In der Mitte stand ein langer, weiß gedeckter Tisch mit einer mehrstöckigen weißen Torte, umrahmt von weißen Blumen. Die Vorhänge waren zugezogen, und die gespenstische Tafel war der einzig erkennbare Gegenstand im Zimmer.

Anson steuerte zielsicher auf einen dunklen Schatten zu, der sich als Sideboard entpuppte, und Billy hörte das Klingen von Glas gegen Glas.

Billy blinzelte im hellen Licht. Der Junge war vielmehr ein junger Mann, das sah er jetzt, fast so alt wie er selbst. Er hatte sich von Ansons zierlichem Körperbau irreführen lassen. Jetzt sah er die ausgeprägten Züge, die ein rotblonder Backenbart zierte, und die stahlblauen Augen; im Vergleich kam er sich selbst wie ein Junge vor. Er hob sein Glas zum

Toast. Obwohl er sonst nicht trank, war er jetzt dankbar für den Whiskey.

Dankbar war er auch, daß Anson ihn offenbar unter seine Fittiche genommen hatte. Innerhalb der nächsten Minuten erfuhr Billy – ohne fragen zu müssen –, daß Anson der jüngste Bruder des Bräutigams war, welcher Stuart hieß, daß es noch einen Bruder namens Koger dazwischen gab und der Vater gern mit ›Euer Ehren‹ angeredet wurde, obwohl er sein Richteramt schon vor Jahren niedergelegt hatte, als er Ashley erbte. Billy entdeckte auch, daß es sich bei den Blumen, die Anson so erzürnt hatten, um Gardenien handelte und das Haus zu Ehren der Braut Margaret Garden damit geschmückt war. »Irgendein Onkel oder Großvater oder so etwas von ihr war jener Dr. Garden, der die ersten dieser Dinger von einer Reise nach Südamerika oder so mitbrachte; das stinkige Zeug wurde nach ihm benannt. Sie riechen so süß, daß einem schlecht wird.« Billy wollte sagen, daß er Gardenien mochte, entschied sich aber dann dagegen. Der Bischof hatte ihm eingeschärft, daß sich unter seinen Gemeindemitgliedern Nachkommen aus den ältesten und berühmtesten Familien von South Carolina fänden, und daß ein junger Geistlicher sich am besten taktvoll benahm. »Sie haben hier einen wunderschönen Blick«, sagte er statt dessen. Auf dieser Seite des Hauses befand sich auf der Wiese nichts außer vier langen Tischen. Die Grasfläche erstreckte sich wie ein grüner Teppich bis zum Ufer eines breiten, grünbraunen Flusses, dem Ashley. Beiderseits der Wiese leuchteten hohe Azaleen in lebhaften Rosa- und Rottönen.

»Wir haben Glück gehabt«, sagte Anson. »Shermans Armee hat sämtliche anderen Gutshäuser am Ashley niedergebrannt, aber meine Großtante Julia hat sie von unserer Barony verscheucht. Papa sagt, sie hätte notfalls auch Abe Lincoln persönlich verscheucht. Ich kann mich kaum an sie erinnern, aber ich glaube das durchaus. Tja, jedenfalls steht die Barony noch. Die Yankees haben ihr nichts anhaben können und das Erdbeben auch nicht. Die Gardens besitzen die nächste Plantage flußaufwärts; sie leben in einem Flügel, der nicht abgebrannt ist. Mehr ist nicht übrig, und auch der ist ziemlich verfallen. Deshalb findet die Hochzeit hier statt.«

Billy spürte ein warmes, romantisches Gefühl in sich aufsteigen. »Dann war Miss Garden schon die Sandkastenliebe Ihres Bruders.«

Ansons Blick verfinsterte sich. »Nicht direkt«, sagte er. »Wir sind alle gemeinsam aufgewachsen, aber Margaret ist viel jünger als Stuart. Er fand sie immer ziemlich lästig.« Er zuckte mit den Achseln. »Du lieber Gott, vor lauter Reden trocknet mir ja der Mund aus. Wie wär's noch mal mit einem Schluck?«

»Oh, danke, für mich lieber nicht. Vielen Dank trotzdem.«

»Aber ich darf doch? Die Familie kommt bestimmt gleich nach unten.« Anson stürmte ins Haus zurück.

Als die Familie dann auf die Veranda hinaustrat, war die Ähnlichkeit der Tradds untereinander nicht zu übersehen. Der Richter und seine Söhne hatten alle den gleichen leuchtend kupferroten Haarschopf. Stuart Tradd war der größte, einen Kopf größer als sein Vater und Anson, gut zehn Zentimeter größer als Koger. Er war glattrasiert und hatte ein tiefes Grübchen am Kinn. Koger trug stolz einen dichten Schnurrbart, und der Richter hatte nach wie vor den Vollbart, der vor Jahren im Süden üblich gewesen war. Die beiden Ladies wirkten neben den farbenprächtigen Tradds recht blaß. Anson stellte Billy seiner Mutter und der Brautmutter vor, dann seinem Vater und seinen Brüdern. Man hieß ihn aufmerksam willkommen, und zwar so herzlich und rasch, daß er ganz verwirrt war. Dann nahm ihn Henrietta Tradd am Arm.

»Wenn Sie freundlicherweise mit mir kommen würden, Mr. Barrington. Ich möchte sichergehen, daß wir alles richtig vorbereitet haben.« Sie führte ihn ins Wohnzimmer im ersten Stock.

Billy bekam nur kurz im Vorübergehen einen Eindruck von Licht, das durchs hohe Fenster hereinströmte, von ausgebleichtem Brokat und Damast und von hochnäsigen Gesichtern auf goldgerahmten Portraits, während Henrietta Tradd ihn eilends durch den langen hohen Raum zu dem Behelfsaltar am anderen Ende manövrierte. Dieser bestand aus einem Tisch mit einer feinen Spitzendecke darauf. Davor warteten Betstühle mit kostbaren Schnitzereien auf Braut und Bräutigam. »Wie hübsch«, sagte Billy. Einen Augenblick lang überkam ihn Panik. Alles war so zart und fein, daß er bestimmt gleich etwas kaputtmachte. Er blickte die kleine Lady an seinem Arm an und fand die Fältchen um ihren Mund und den Anflug von Grau in ihrem Haar sehr tröstlich. Sie erinnerte ihn an seine Mutter. »Die Blumen sind wirklich wunderschön«, sagte er. Wie im Korridor, so standen auch hier unzählige Gardenien.

Henrietta Tradd lächelte. »Danke«, sagte sie. »Sie sind zu Ehren der Familie der Braut.«

»Ich weiß, Ma'am. Anson hat mir die Geschichte mit dem Namen erzählt. Wir haben uns sehr nett unterhalten.«

Henrietta zog die Augenbrauen hoch. »Anson? Der ist sonst stumm wie ein Fisch. Sie müssen ihn von der richtigen Seite angepackt haben, Mr. Barrington. Ich freue mich sehr, daß sie hier sind.«

Billy spürte, wie seine Wangen sich röteten, und wünschte sich wieder die alten Koteletten herbei. Es war zum Verrücktwerden, daß er als erwachsener Mann noch rot wurde. Mistress Tradd hatte schließlich nur eine freundliche Bemerkung gemacht, sie meinte das ja nicht als persönliches Kompliment. Ihm fiel keine passende Antwort ein. Der eilige Auftritt des ersten Gastes rettete ihn aus der Verlegenheit.

»Henrietta, bitte entschuldige meine Verspätung.« Noch bevor Billy ihr vorgestellt wurde, erkannte er sie an ihrem roten Haar als eine Tradd.

»Elizabeth, das ist Mr. Barrington, unser neuer Pfarrer in

St. Andrews ... Die Schwester meines Mannes, Mistress Cooper.« Billy neigte sich über die ihm dargebotene Hand.

Elizabeth lächelte warm. »Wie schön, daß St. Andrews wiedereröffnet wird«, sagte sie, »und was haben wir für ein Glück, einen so imposanten jungen Pfarrer wie Sie zu bekommen, Mr. Barrington.« Sie ließ Billy ein wenig von seinen Plänen zur Wiederbelebung der Gemeinde erzählen und wandte sich dann mit ihren leuchtend blauen Tradd-Augen wieder ihrer Schwägerin zu. Billy fühlte sich ausgeschlossen. Er trat einen Schritt zurück, während die Ladies sich unterhielten. Elizabeth Cooper war groß, schlank und energisch. Wie bei den Männern in ihrer Familie wirkte Henrietta Tradd neben ihr unscheinbar, wodurch Billy plötzlich das ihm völlig unverständliche Gefühl verspürte, sie beschützen zu müssen.

»Ich habe den Dienstboten gesagt, daß sie das Grammophon aus dem Buggy holen und heraufbringen sollen«, sagte Elizabeth. »Die einzige Aufnahme, die ich finden konnte, ist der Hochzeitsmarsch von Mendelssohn. Ich hoffe, der ist dir recht.«

»Auf der Orgel?«

»Mit Orgel und Orchester. Wir stellen vielleicht ein paar Farne vor das Gerät, damit die Lautstärke ein wenig gedämpft wird.«

Während Billy sein Gewand anlegte, dachte er über die seltsamen Umstände dieser Hochzeit nach. Der Bischof hatte ihm gesagt, sie würde im kleinen Kreis stattfinden, nur Familienmitglieder. Aber Billy war Südstaatler. Er wußte, daß ›Familienmitglied‹ auch noch die Schwippschwager dritten Grades umfaßte. Und in den Raum für die Trauung paßten leicht zweihundert Personen. Es war alles sehr eigenartig. Aber irgendwie war ihm sowieso alles unwirklich vorgekommen, seit er durch die Einfahrt zur Plantage gebogen war. Die verlassenen Hütten, die unheimliche Stille im Haus und die märchenhafte, verblichene Pracht und Herrlichkeit der Barony. Vielleicht waren diese Aristokraten der Küstenebene tatsächlich von der jahrhundertelangen Inzucht verrückt geworden, wie es weiter nördlich immer gern hieß. Auf jeden Fall waren sie ein Menschenschlag für sich. Sie wirkten durchaus warmherzig und zuvorkommend – alle waren sehr nett zu ihm gewesen. Aber es umgab sie eine gewisse Distanz, eine Aura von gemeinsamen Erfahrungen, an denen kein Außenseiter teilhaben konnte. Bei jedem Wort hatte er das Gefühl, sie meinten etwas ganz anderes und sprächen in einer Geheimsprache, die sie alle verstanden, ihm aber nicht übersetzen konnten oder wollten. Er fühlte sich gekränkt, aber unweigerlich angezogen, wie von Sirenengesang aus einer anderen Welt betört.

Zu Beginn der Trauungszeremonie kurbelte Anson Tradd am Grammophon hinter dem Schallschirm aus Farn. Musik erfüllte den leeren Raum, und eine Gruppe von Schwarzen im Feiertagsstaat formierte sich in einer Doppelreihe um die Tür. Es waren ungefähr vierzig Menschen aller Altersstufen. Ein unglaublich alter Mann im schwarzen Gehrock warf ihm einen hochmütigen Blick zu, und er wußte sofort, daß dies der Pfarrer der Schwarzen auf der Barony sein mußte. Diese Gäste wirkten viel feierlicher als die Weißen; sie genossen den freien Tag, den die Hochzeit ihnen bescherte.

Als auch das letzte kichernde schwarze Kind gebändigt war, trat am Arm ihres Vaters die Braut ein. Billy Barrington starrte sie an. Margaret Garden war so unbeschreiblich schön, als sei sie nicht von dieser Welt. Ihre Haut war so weiß wie die Gardenien in ihrer Hand, und die feinen Züge ihres ovalen Gesichtchens wirkten so zart wie deren Blütenblätter. Sie trug keinen Schleier; auf ihrem Weg zum Altar schritt sie durch die breiten rechteckigen Sonnenflecke gegenüber den Fenstern, und ihr silberblondes Haar verwandelte sich in einen strahlenden Glorienschein. Sie sah aus wie eine Märchenprinzessin, ein Wesen aus dem Feenreich der Träume.

Bevor sie den langen Raum halb durchquert hatte, war die

Musik zu Ende, und Billy blickte automatisch zu Anson Tradd hin. Eine solche Braut brauchte doch Musik, die erhabenste Musik! Was er sah, ließ ihn sich schämen, daß er davon Zeuge wurde: Anson starrte die Braut seines Bruders mit Augen an, die vor Schmerz und verzehrender Liebe überquollen.

Die Trompeten erklangen wieder, als der Hochzeitsmarsch von neuem begann. Billy Barrington spürte, wie sein Mund austrocknete. Die Braut stand jetzt vor ihm, und er sah, daß sie noch fast ein Kind war, keine sechzehn Jahre alt, und daß sie weinte. Ihre Hände zitterten; der Blumenstrauß fiel fast zu Boden. Billy bemerkte mit Schrecken, daß die geballten Blüten am Rand schon braun wurden, und daß sie die unverkennbare Rundung einer Schwangerschaft in Margaret Gardens jungem Körper verdecken sollten.

Nach der Trauung wurde das Brautpaar von der Verwandtschaft umringt, geküßt und beglückwünscht, als gäbe es überhaupt nichts Ungewöhnliches an der Situation. Auch Billy schüttelte Hände und verteilte Komplimente, und er vergaß, wie ausgeschlossen er sich vorhin gefühlt hatte. Er gehörte dazu, denn wie alle anderen hielt er sich an die stillschweigende Übereinkunft, daß man sich nichts anmerken lassen wollte. Jetzt, da er begriff, unter welcher Spannung dieser Tag stand, hatte er nichts als Bewunderung für die Selbstbeherrschung und den Zusammenhalt der Tradds und Gardens übrig.

»Jetzt soll sich meine neue Tochter in die Familienbibel eintragen«, verkündete der Richter, »und dann habe ich eine kleine Rede vorbereitet. Aber wenn wir noch lange herumtrödeln, vergesse ich sie wieder.« Er bot Margaret den Arm, und sie gingen hinunter in die Bibliothek. Die Dienstboten waren schon draußen auf der Wiese und trugen die Gerichte für das Fest auf. Ein Geiger fidelte eine schwungvolle Weise, und die Kinder fingen an zu tanzen.

Margaret Gardens glatte Wangen röteten sich. Tränen waren nicht mehr zu sehen. Sie fuhr mit einem zitternden Finger über ihren Namen in der Bibel und sah Stuart an. Dann lächelte sie zum ersten Mal.

Ein Sektkorken knallte. Koger füllte die bereitstehenden Gläser und verteilte sie. »Und jetzt deine Rede, Papa«, sagte er und zwinkerte Anson zu, der neben ihm stand. Billy Barrington machte einen Schritt auf die Brüder zu; ein unbeholfener Versuch, Anson beizustehen. Der Junge, der sonst immer still war, hatte zuvor jemanden zum Reden gebraucht. Vielleicht brauchte er ihn jetzt ebenfalls.

Richter Tradd erhob das Glas. Alle sahen ihn an, aber er blickte über sie hinweg. »Was ist denn los, Joe?« fragte er. Als alle Köpfe sich zur Tür umwandten, schritt ein gedrungener älterer Mann mit einem cholerisch roten Kopf ins Zimmer.

»Ich möchte mit Ihnen reden, Tradd, und mit Ihrem Jungen Stuart. Nur wir drei. Jetzt.«

Elizabeth Cooper legte dem Mann die Hand auf den Arm. »Joe ...«

Er schüttelte ihre Hand ab. »Das hat nichts mit dir zu tun Lizzie. Halt dich da raus.«

Der Richter blickte ihn finster an. »Hören Sie, Simmons, dies hier ist eine Familienfeier. Sie können nicht einfach hereinplatzen, meine Schwester unverschämt anreden und in meinem Hause Forderungen stellen. Was sie auch haben, es wird wohl bis später warten müssen.«

»Das geht nicht.« Die Stimme von Joe Simmons klang wie ein wütendes Bellen.

Der Richter antwortete ihm im selben Stil. »Muß es aber, verdammt noch mal.«

Simmons ging auf den Richter zu und packte ihn am Kragen. »Ich hätte es unter uns abgemacht, Tradd, aber wenn sie es vor allen Leuten hören wollen, bitte. Ihr Sohn ist ein mieser Schuft. Er hat meine Victoria in Schwierigkeiten gebracht, und jetzt soll er mit mir kommen und die Sache in Ordnung bringen.«

Koger stieß einen leisen Pfiff aus. »Dieser Stuart«, raunte

er, »kann einfach seine Hose nicht zugeknöpft lassen. Was hat er bloß, das uns fehlt, Bruderherz?«

Anson hieb ihm auf den Mund, dann auf die Nase, die Augen und wieder auf den Mund. Henrietta schrie auf. Der Raum verwandelte sich in ein Durcheinander von rennenden kreischenden Menschen. Nur Richter Tradd übertönte noch den Tumult. Er stieß Joe Simmons mit einer Hand weg, ballte die andere zur Faust und drohte seinen Söhnen damit.

»Hört auf, euch zu prügeln, verdammt noch mal, ihr Kindsköpfe.« Dann wandte er sich wieder dem wütenden Mann neben ihm zu. »Und Sie, Simmons, verlassen Sie mein Haus. Mein Sohn ist soeben mit dieser jungen Dame vermählt worden. Und auch wenn er nicht verheiratet wäre, würde er seinen Namen nicht für weißes Pack wie Ihre Tochter hergeben.«

Joe Simmons stieß einen bestialischen Schrei aus, so markerschütternd, daß alle erstarrten. Dann packte er den Richter mit übermenschlicher Kraft, hob ihn hoch über seinen Kopf und schleuderte ihn zu Boden. »Ich bring dich um«, keuchte er. »Steh auf.« Er zerrte den Körper des Richters am Kragen hoch; der Kopf rollte verdreht auf eine Seite. Das Genick war gebrochen. Der Richter war tot.

Joe Simmons wich zurück und starrte ungläubig auf sein Opfer. Seine Hände öffneten und schlossen sich hilflos. Die Luft im Zimmer flimmerte, nichts regte sich, als hielten alle den Atem an.

Dann hörte man einen donnernden Krach. Simmons schien einen Satz nach oben zu machen, bevor er dem Richter quer über die Brust fiel. Auf seinem Rücken bildete sich ein blutiger Krater. Margaret Garden flüsterte »Stuart« und fiel in Ohnmacht. Ihr frisch angetrauter Ehemann stand mit einer rauchenden Schrotflinte in der Hand an ihrer Seite. Ihr Hochzeitskleid hatte Blutspritzer am Rock.

»Um Himmels willen«, schrie Billy Barrington.

Die Lähmung über der Hochzeitsgesellschaft löste sich auf. Henrietta Tradd fiel auf die Knie und versuchte Simmons' Körper von ihren Mann herunterzuwälzen, Koger und Anson zogen sie fort. Elizabeth Cooper schritt auf Stuart zu und nahm ihm die Flinte aus der Hand, dann ohrfeigte sie ihn so heftig, daß er taumelte.

»Du Mörderschwein«, zischte sie, »du charakterloses, geiles Tier. Du hast zwei Männer umgebracht und zwei Frauen geschändet. Wenn deine Mutter nicht wäre, würde ich dieses Gewehr auf dich richten ... Aber so wie die Dinge liegen, werde ich deinen Saustall aufräumen. Ich gehe jetzt zu Victoria und veranlasse, daß sie zu ihren Tanten nach New York kommt.« Sie wandte sich Billy Barrington zu.

»Bitte gestatten Sie, daß ich mich im Namen der ganzen Familie bei Ihnen entschuldige. Es tut mir leid, daß Sie in all dies verwickelt wurden. Was heute hier geschah, war ein tragischer Unfall, verstehen Sie?«

Billy versuchte ›ja‹ zu sagen, aber Elizabeth redete weiter, also blieb er still.

»Mr. Simmons ist ein alter Freund von mir und kam als mein Begleiter auf die Hochzeit meines Neffen«, sagte sie. »Nach der Trauung gingen die Männer auf die Jagd. Mein Bruder stürzte vom Pferd, und Mr. Simmons eilte ihm zur Hilfe, wobei ihm das Gewehr herunterfiel. Versehentlich löste sich ein Schuß und brachte ihn um. So ist es passiert. Verstehen Sie?«

Billy schüttelte den Kopf. »Das kann ich nicht angeben, Mistress Cooper. Der Fall wird untersucht werden und ich kann die Polizei nicht anlügen.«

Elizabeths zusammengekniffene Lippen entspannten sich. »Lieber Mr. Barrington«, sagte sie sanft. »Das ist eine Angelegenheit der Tradds, und die Polizei sitzt in Charleston. Es wird keine Ermittlungen geben. Wir Charlestoner haben unsere eigenen Gesetze. Halten Sie sich nur an das, was ich gesagt habe. Ein tragischer Unfall. Und bitte stehen Sie jetzt Henrietta bei, wenn Sie können. Sie hat meinen Bruder sehr geliebt, und sie wird Gottes Trost in ihrem Kummer brauchen. Koger, Anson. Kommt her. Mr. Barrington kümmert sich um eure Mutter. Ich erkläre euch, was ihr zu sagen und zu tun habt.«

Am nächsten Tag hielt Billy Barrington auf Ashley Barony die Beerdigung für Richter Stuart Tradd. Es kamen fast dreihundert Trauergäste.

Joseph Simmons wurde in Simmonsville beerdigt, einer kleinen Stadt, die er gegründet und der er seinen Namen gegeben hatte. Zu seinem Begräbnis kamen sämtlich Arbeiter aus der ansässigen Baumwollspinnerei. Es trauerten seine Tochter Victoria und Elizabeth Tradd-Cooper um ihn.

In Charleston verstummten Klatsch und Spekulationen nach ein paar Wochen, aber die Ereignisse dieses strahlenden Frühlingstages hinterließen ein Rachevermächtnis, das noch jahrzehntelang sein Unwesen treiben sollte – in Generationen, die noch nicht einmal geboren waren ...

2

Billy Barrington sah auf die Uhr. Es war keine Minute später als beim letzten Blick darauf. Er ließ den Deckel zuschnappen und steckte die Uhr wieder in die Tasche. »Kein Grund zur Aufregung«, sagte er laut. »Man kann ja mal zu spät kommen.«

Er machte sich aber trotzdem Sorgen. Der Frühnebel hatte sich nicht wie sonst verzogen. Er verhüllte immer noch die Baumkronen, hing in Schwaden auf dem Boden, und man konnte sich nicht an den gewohnten Punkten orientieren. Unfälle konnten geschehen.

Billy zog ein Taschentuch hervor und wischte sich über die Stirn. Trotz der verschleierten Sonne war die Julihitze drückend. Er nahm das Taschentuch und rieb einen nicht vorhandenen Fleck von dem spiegelblanken Taufbecken. Für die Taufe von Stuarts und Margarets kleinem Jungen sollte alles perfekt sein.

Er glaubte etwas zu hören und legte lauschend den Kopf schief. Jawohl, da war etwas. Stimmen. Die Tradds kamen. Billy atmete erleichtert auf. Eilends zündete er die Altarkerzen an, drehte sich um und begutachtete die kleine Kirche. Ein Meer von Gänseblümchen fing den Kerzenschein mit ihren gelben Halbrunden ein, so daß die weißen Blütenblätter funkelten. Neben dem Taufbecken standen hohe Vasen mit gelben Rosen, die ihren Duft verströmten. Vier hohe dünne Kraniche aus seidenweichem Mahagoni reckten die anmutigen Hälse zu einer Wiege für das Taufbecken. Die eleganten Köpfe schienen sich im flackernden Kerzenlicht zu bewegen, als könnten sie die Taufe gar nicht mehr erwarten.

Die Stimmen wurden nun lauter. Billy lief aus der Kirche und streifte sich sein weißes Gewand über. Es bauschte sich um ihn, während er in den weißen Nebel eintauchte.

Die Tradds kamen auf dem Wasserweg aus der Barony, so wie die Bewohner des Landgutes seit zweihundert Jahren zu der kleinen Kirche gefahren waren. Billy wartete am Landesteg bei der Mündung des Baches, der an der Anhöhe von St. Andrews entlangführte.

Der Nebel war am Fluß sogar noch dichter; Billy konnte nichts sehen. Er hörte Negergesang und Schilfgeraschel im Wasser. Dann erschien das Boot, es tauchte wie durch Zauberhand aus dem Nebel auf. Der Bug war mit einem Kranz aus Magnolienblättern und -blüten geschmückt, an den Seiten rankten Efeugirlanden zwischen Gänseblümchensträußen mit weißen Seidenschleifen. Alle Bootsinsassen waren weiß gekleidet; das Sonnenlicht, das sich durch den Nebel kämpfte, verwandelte sie in helle, strahlende Tupfer. Billy stand wie angewurzelt vor Entzücken über den Anblick.

Der Stoß des Kahns an den Steg holte ihn wieder in die Wirklichkeit zurück. Er streckte Henrietta Tradd die Hand hin, um ihr beim Aussteigen zu helfen. Die weiten Ärmel ihrer gestärkten Leinenbluse flatterten wie Flügel. Ein grobmaschiges weißes Netz bauschte sich vom Rand ihres weißen Strohhutes bis zu dem Band unter dem Kinn. Billy war inzwischen daran gewöhnt, sie nur im bodenlangen Trauerflor zu sehen. Der Wechsel von den schweren schwarzen Kleidern zum strahlend weißen Leinen war wie eine Bekräftigung zum Leben. »Darf ich bemerken, Mistress Tradd«, stammelte er, »daß Sie a-a-außerordentlich gut aussehen.«

Henrietta lächelte. »Dürfen Sie, Mr. Barrington, danke sehr. Wissen Sie, ich finde oft, daß die Schwarzen mehr vom Leben verstehen als wir. Sie tragen in der Trauer immer Weiß. Ich fände es zu traurig, ein unschuldiges Baby mit Finsternis zu umgeben, deshalb tun wir es heute den Dienstboten gleich.« Sie wandte sich zur Kirche um. »Wie hübsch«, seufzte sie, »mit dem Licht durch den Nebel. Ich war schon immer froh, daß die Erbauer dieser Kirche kein bemaltes Fensterglas genommen haben.«

Als alle ausgestiegen waren, formierte sich eine zwanglose Prozession. Billy ging voran, dahinter die Tradds und die Gardens mit dem Baby in der Mitte. Das Kind wurde von einer großen, muskulösen Schwarzen mit einem hohen Hut aus weißen Seidenblumen und Federn getragen. In der Höhe ihrer beeindruckenden Brust hielt sie mit kräftigen Armen ein riesiges, spitzenbesetztes Kissen. Darauf schlief das Baby, dessen winziges Gesicht unter einem bestickten Mützchen kaum zu sehen war. Sein Körper verlor sich in den weichen Falten des Taufkleids aus Seide und Spitze, das die Babies der Tradds seit acht Generationen trugen.

Koger und Anson stellten die Taufpaten für ihren Neffen. Als Billy nach dem Namen fragte, tönte Kogers Stimme laut durch die Kirche mit »Stuart Ashley-Tradd«, und Anson murmelte etwas Unverständliches.

Der kleine Stuart wachte auf und weinte, als das Wasser über sein flaumbedecktes Köpfchen lief. Margaret sah aus, als würde sie auch gleich zu weinen anfangen. Sie wollte etwas sagen, sich entschuldigen oder die Verantwortung von sich weisen, aber Henrietta legte ihr beruhigend die Hand auf den Arm. »Kein Sorge, mein Liebes«, sagte sie gelassen.

»Babies weinen immer. Daran sieht man, daß sie etwas mitkriegen.«

Die Taufe dauerte nur ein paar Minuten, aber das ließ der Sonne genügend Zeit, den späten Nebel zu vertreiben. Als die kleine Gruppe nach draußen trat, funkelte alles. Die Tröpfchen im Gras und auf den Blättern an Bäumen und Büschen glitzerten, und das taufeuchte Louisianamoos sah aus wie Kaskaden aus Diamant.

»Ach«, sagte Margaret, »ist das nicht wunderschön?« Sie zog sich den Hut vom Kopf, wobei die Nadeln ihre hochgesteckte Frisur durcheinanderbrachten, und wirbelte in einem ausgelassenen Tanz umher. Das Licht glänzte in ihrem goldenen Haar und schien auf ihre glatte frische Haut. Sie strahlte vor Jugend, Schönheit und Glück.

Billy starrte sie an und spürte Ansons sehr stille Gegenwart hinter sich. Dann hob eine schwarze Frau ihre kräftige Hand. »Lassen Sie diese Dummheiten, Miss Margaret. Sie strengen sich zu sehr an, und dann werden sie krank.«

Margaret tänzelte auf sie zu. »Verpatz mir nicht den Tag, Zanzie. Du schaust so finster wie eine Regenwolke im hellsten Sonnenschein. Sieh doch, wie schön alles ist. Und wie glücklich ich bin. Ich trage ein richtiges Kleid, nicht dieses elende Schwarz, und ich habe meine Taille wieder.«

»Sie sind ja mit dem Gebären noch kaum fertig. Sie gehören eigentlich ins Bett und sollten nicht so rumtänzeln wie ein Zirkuspferd.«

»Du mit deinem Gemäcker, Zanzie. Komm, ich stell dich Mr. Barrington vor. Pfarrer magst du doch so gern.« Sie zog an dem starken Arm der Frau.

»Das ist mein Kindermädchen von zu Hause, Mr. Barrington. Sie hat mich von klein an aufgezogen, und jetzt läßt Mama sie auf die Barony kommen, damit sie den kleinen Stuart aufzieht. Ist das nicht herrlich?«

Billy nickte und begrüßte sie schwarze Frau, die einen kurzen, gewichtigen Knicks machte. Sie strahlte eine ungeheure Würde aus, wodurch Billy sich sehr jung vorkam.

Die Gesellschaft, die nun auch Billy mit einschloß, kehrte im Kahn zur Barony zurück. Billy setzte man neben die Gardens. Jane Garden unterhielt ihn mit Geschichten über die große Schwarze, die sie fast im Flüsterton erzählte.

»Sie heißt eigentlich Zanzibar«, raunte sie. »Ihre Mutter war vor dem Krieg eine Hausklavin. Sie hieß Sally. Tja, und Sally war von dem großen Globus fasziniert, den der alte Mr. Garden in der Bibliothek stehen hatte. Als sie merkte, daß sie schwanger war, brachte sie ihn mit einem Schubs zum Drehen und stoppte ihn dann mit einem Finger. Mr. Garden las ihr den Namen unter ihrem Finger vor, und so kam es dann. Wir haben viel gelacht, als wir uns überlegt haben, welche Namen Zanzie noch hätte erwischen können – stellen Sie sich vor, Sally hätte zufällig auf Rußland getippt!«

»Jedenfalls konnte Margaret als kleines Kind ›Zanzibar‹ nicht aussprechen; mehr als ›Zanzie‹ brachte sie nicht heraus. Seitdem heißt sie so.«

»Es ist sehr großzügig von Ihnen, Mistress Garden, daß Sie Zanzie mit auf die Barony gehen lassen.«

Jane Garden tupfte sich mit dem Finger den linken Augenwinkel; auf ihrem Handschuh zeigte sich ein feuchter Fleck.

»Nicht großzügig, Mr. Barrington. Ich bin beruhigt, wenn ich Zanzie dort weiß. Margaret war der Segen meiner alten Tage, wissen Sie. Ich habe sie mit fast fünfzig bekommen. Sie mag ja jetzt selber Mutter sein, aber für mich ist sie immer noch praktisch ein Baby. Ich bin sehr froh, daß ihr Kindermädchen sich dort um sie kümmert …

Ich weiß noch, was für ein winziges Ding sie war; jeden Winter hat sie den Krupp bekommen. Zanzie hat dem Kind immer wieder das Leben gerettet. Tag und Nacht saß sie bei ihr und wechselte die Umschläge auf der kleinen Brust, während der Kruppkessel in dem Zelt vor sich hin dampfte, daß wir ums Kinderbettchen gebaut hatten. Und später dann, bei den Masern und Windpocken, war auch wieder Zanzie da, im abgedunkelten Zimmer, damit Margarets Augen geschont wurden. Sie hat ihr kalte Wickel gegen das Fieber gemacht, und dann saß sie da und hat ihre Hände gehalten, damit sie sich nicht kratzen konnte. Mich hat sie nicht mal ins Zimmer gelassen. Bei Schwierigkeiten war sie wohl mehr Margarets Mutter als ich. Ich fühle mich viel wohler, wenn Zanzie bei meinem kleinen Mädchen ist.«

Billy fragte unüberlegt: »Heißt das, Sie erwarten Schwierigkeiten?«

Jane Garden sah in ausdruckslos an. »Die gab es doch schon für ein ganzes Leben genug, oder? Nein, Mr. Barrington, ich erwarte keine Schwierigkeiten. Aber das Leben ist voller Unwägbarkeiten, finden Sie nicht? Mr. Garden ist ein alter Mann, und ich bin eine alte Frau. Zanzie wird nie alt sein, auf sie kann Margaret sich verlassen.«

Billy behielt seine Gedanken für sich. Für ihn war Mrs. Garden einfach eine besorgte Glucke. Vor ihnen im Kahn hielten Stuart und Margaret Händchen und flüsterten miteinander, das Bild eines glücklichen jungen Paares.

Bei ihrem Anblick fühlte er sich einsam, und er beschloß, am Abend einen langen Brief an Susan Hoyt daheim in Belton zu schreiben. Seine Mutter hatte hier und da erwähnt, daß Susan sich nach ihm erkundigte. Billy war in vielerlei Hinsicht recht naiv, aber nicht so naiv, daß er die Andeutungen in solchen zufälligen Bemerkungen seiner Mutter nicht verstand. Susan mochte ihn irgendwie, und seine Mutter hielt viel von Susan. Genau, das wollte er tun, er wollte ihr noch am selben Abend schreiben. Vielleicht keinen langen Brief, nur ein paar Zeilen, aber schreiben wollte er ihr auf jeden Fall.

3

Als das Boot den Landesteg der Barony erreichte, war der Vormittag brütend heiß geworden. Die Damen öffneten ihre Sonnenschirme und plätscherten zur Abkühlung mit den Fingern im Wasser.

»Nach dem Frühstück gehe ich schwimmen«, verkündete Koger, »und zwar, ohne erst eine Stunde zu warten. Kommt irgend jemand mit?« Billy und Stuart bejahten sofort.
»Und du, Anson?«
»Ähm, nein danke, Koger, ich hab' was zu tun.«
»Ich komme mit, Stuart«, sagte Margaret.
»Das überleg dir lieber noch mal, Margaret«, sagte er. »Unter uns Männern haben wir uns eigentlich nie um Badehosen gekümmert.«
Margaret kreischte auf und schlug die Hände vors Gesicht.
»Sie gehen mir nicht ins kalte Wasser, Miss Margaret.« Zanzies Tonfall duldete keinen Widerspruch.
»Gott sei Dank«, sagte Henrietta in die Stille hinein, »jetzt sind wir gleich daheim.«
Der Anlegeplatz der Barony war von einer Magnolienbaumgruppe geschützt, deren schwere Blätter ein dickes Sonnendach bildeten. Der Schatten wirkte wie eine kühle Hand auf den Gesichtern der Gesellschaft. Alle fühlten sich sofort wieder frischer.
»Mmmh, es riecht köstlich hier drunter«, gurrte Margaret. »Diese alten Bäume haben bestimmt eine Million Blüten.«
»Hübsch, nicht?« sagte Henrietta. »Durch den vielen Schatten blühen die unteren Zweige erst spät, so daß wir sehr lang etwas davon haben. Wobei mir einfällt, daß ich ein paar Rosen für den Tisch schneiden wollte. Heute früh war der Nebel zu dick dazu. Margaret möchtest du mir helfen?«
»Ich helfe dir, Mama«, kam Anson Margaret zuvor.
»Schön. Aber erst helft ihr Männer uns beim Aussteigen. Diese Stufe kommt mir heute schrecklich hoch vor. Der Fluß hat wohl fast gar kein Wasser mehr, was auch kein Wunder ist. Es hat ja seit einer Ewigkeit nicht mehr geregnet.«
Die drei Brüder kletterten auf den Steg, nach ihnen Billy. Alle vier mußten zulangen, um Zanzie hochzuziehen. Mit den übrigen Passagieren war es einfach. Henrietta stieg

leicht und elegant hinauf, obwohl sie das Baby auf dem Arm hatte.

»Gehen wir schnell«, sagte Stuart. »Ich sterbe vor Hunger. Chloe hat versprochen, alle meine Lieblingsspeisen zum Tauffrühstück meines Sohnes zu kochen.« Er ging über die breite Wiese voran.

»Ich hole dir deine Gartenschere aus dem Schuppen, Mama«, sagte Anson. »Bleib du hier im Schatten.«

Billy paßte sich dem langsameren Tempo von Mr. und Mrs. Garden an und ging neben den beiden her. Der alte Mann spießte seinen Stock in ein Büschel Unkraut. »Kein Mensch kann heutzutage ein Anwesen erhalten, selbst wenn Sherman es nicht niedergebrannt hat. Ich weiß noch, wie diese Wiese ein samtener Rasen war.«

»Du bist nur etwas müde, Henry«, sagte Jane Garden. »Wenn wir ins Haus kommen, genehmigst du dir erst mal ein Gläschen.«

»Vor dem Frühstück? Madam, Sie üben einen schlechten Einfluß auf mich aus.« Henry Garden gluckste vor Vergnügen. »Wenn das so ist, muß es wohl schon fast Mittag sein. Dieses verflixte Boot mag ja traditionell sein, aber mit einem Einspänner und einem guten Pferd geht es doch verdammt viel schneller. Wie spät ist es, Mr. Barrington?«

Billy griff in die Tasche, aber sie war leer. Er blieb wie angewurzelt stehen. »Ich habe meine Uhr verloren«, rief er, der Verzweiflung nahe.» Heute früh habe ich sie noch gehabt, das weiß ich genau.«

Jane Garden tätschelte seinen Arm. »Weit kann sie nicht sein. Wahrscheinlich haben Sie sie in der Kirche gelassen.«

»Nein, Madam, bestimmt nicht. Sie muß mir im Boot oder am Steg herausgefallen sein. Bitte entschuldigen Sie mich, aber ich muß sie unbedingt suchen. Ich habe sie von meinem Vater zum Abschluß des Priesterseminars bekommen.« Billy rannte davon.

Das dichte Gras schluckte seine Schritte fast vollkommen. Kurz vor der Anlegestelle hielt er inne. Im mächtigen Schatten der Bäume versteckt waren zwei Menschen. Ein Mann und eine Frau. Man sah nur den Saum ihres weißen Rockes und den unteren Rand seiner weißen Hose. Sie sprachen leise.

Da will ich nicht stören, dachte Billy. Ich drehe lieber schnell um und gehe ins Haus zurück.

Aber die Flut kommt bald. Wenn meine Uhr nun auf der Stufe liegt? Die Fährleute werden den Kahn wieder wegfahren. Vielleicht haben sie das bereits. Oder sie liegt womöglich genau am Rand des Stegs und kann jeden Moment ins Wasser fallen. Ich muß einfach nachsehen.

Er machte einen Schritt nach vorn.

Dann drangen die Worte plötzlich in sein Bewußtsein, und er blieb wieder stehen.

»... Anson, wie kannst du mir das antun?«

»Ich tue dir nichts an, Mama. Es hat nichts mit dir zu tun.«

»Aber warum dann? Wenn du mir nicht böse bist, warum willst du dann weg? Wegen Stuart? Koger? Habt ihr euch gestritten?«

Anson stöhnte. »Mama, ich hab' doch schon gesagt, ich bin niemandem böse. Ich halte es hier einfach nicht mehr aus. Nach Paps Tod, nach der Hochzeit, ich habe dir damals schon gesagt, daß ich gehe.«

Henrietta unterbrach ihn. »Aber dann wolltest du mir zuliebe bleiben.«

»Eine Zeitlang, Mama. Eine Zeitlang wollte ich noch bleiben. Das war vor vier Monaten. Doch jetzt muß ich weg.«

»Aber Anson, ich verstehe dich nicht. Wenn du mir doch einen Grund sagen könntest. Liebst du mich nicht mehr?« Henrietta fing an zu weinen.

Billy erinnerte sich an Ansons gequältes Gesicht bei der Hochzeit seines Bruders mit dem Mädchen, daß er liebte; er verstand, warum der Junge weg wollte und warum er Henrietta den Grund nicht sagen konnte.

Aber Anson war jung, noch keine zwanzig. Mit der Weisheit seines höheren Alters von zweiundzwanzig und aus einem Herzen heraus, das noch nie tief berührt worden war, beschloß Billy, daß Ansons Gefühle für Margaret nur jugendliche Schwärmerei waren; das wäre bald vorüber. Und deshalb hatte er kein Recht, seine Mutter zu verletzten.

Ich lausche ja, dachte er und spürte, wie ihm vor Scham das Blut ins Gesicht stieg. Langsam und leise zog er sich zurück.

Dann hörte er Anson. »Mama, bitte hör auf. Ich kann dich nicht so unglücklich sehen. Bitte weine nicht, Mama. Ich verspreche dir, daß ich noch nicht weggehe. Eine Weile bleibe ich noch.«

Billy wandte sich um und rannte auf das Haus zu.

Es war nicht das Herrschaftshaus, die Villa, wo die Taufe stattgefunden hatte. Im Mai zog die Familie immer in ein viel kleineres, einfacheres Haus auf einer Anhöhe inmitten eines kleinen Kiefernwaldes auf den Ländereien der Barony. Im Oktober ging man dann zurück ins Herrenhaus. Das war der traditionelle Jahresablauf in der Küstenebene, den man in der Kolonialzeit entwickelt hatte, als die frühen Siedler entdeckten, daß das ›Sumpffieber‹ nur in den heißen Sommermonaten zuschlug, und das es nicht bis in die tiefen Kiefernwälder vordrang.

Das Waldhaus war durch einen holprigen Fuhrweg mit der Auffahrt zum Herrschaftshaus verbunden. Die üppigen wilden Brombeersträucher hatte man vor dem Umzug im Mai gestutzt, aber sie waren schon wieder nachgewachsen, und die stacheligen Dornen zerrten beim Laufen an Billys Hosenbeinen. Er wurde langsamer, trat auf das Gras in der Mitte zwischen den Wagenfurchen und setzte seinen Weg auf sichererem Grund fort, während er sich mit seinem großen Taschentuch über das schweißnasse Gesicht fuhr.

Als er schließlich beim Haus angelangt war, hatte er sich wieder in der Gewalt.

Er traf auf einen Stuart Tradd, der seine Selbstbeherrschung vollkommen verloren hatte, die lange, breite Vorderveranda auf- und abstampfte und auf eine zusammengekauerte alte Schwarze einbrüllte, mit einem Gesicht, daß es an Röte mit seinen Haaren aufnehmen konnte. Er gab eine Kostprobe der legendären Traddschen Wutausbrüche zum besten.

Koger saß pfeifeschmauchend in einem weißgestrichenen Holzschaukelstuhl daneben und sah mit unbeteiligtem Interesse zu. Aus dem Haus hörte man beruhigende Laute von Zanzies dunkler, rauher Stimme, und dazwischen das Geheule von Margaret und dem Baby.

»Wo zum Teufel steckt Mama?« schrie Stuart Billy entgegen. »Ich verstehe kein Wort von dem , was diese blöde Alte mir erzählt.«

»Du brüllst zu laut, um sie zu hören«, sagte Koger knapp.

Stuart fuhr herum. »Wenn ich deine Meinung hören will, frage ich dich danach«, schnauzte er.

Koger klopfte betont langsam und ausgiebig seine Pfeife am Stiefelabsatz aus. Dann stand er auf, steckte die Pfeife in die Tasche, setzte über das Verandageländer und schlenderte in Richtung Wald davon, wobei er demonstrativ alle Aufforderungen seines Bruders, er solle ihm gefälligst antworten, ignorierte.

»Sind denn hier alle taub und stumm geworden?« brüllte Stuart.

»Was ist denn los, Stuart?« fragte Billy Barrington sanft.

Zu seiner Freude hörte Stuart mit seinem Herumgefuchtel und Hin- und Hergerenne auf. Er ließ sich in einen Stuhl fallen und barg das Gesicht in den Händen. »Das versuche ich ja gerade herauszufinden«, stöhnte er. »Es steht kein Essen auf dem Tisch, keiner der Dienstboten ist hier außer Chloe, und die faselt irgendeinen Blödsinn, von wegen Pansy hätte gesagt, daß sie den Herd nicht anheizen soll. Mama würde vielleicht schlau daraus werden, aber ich nicht. Wo ist sie nur? Sie muß das einfach wieder in Ordnung bringen.«

Billy erinnerte sich an Henriettas verzweifelte Tränen. Sie

konnte nicht noch eine Krise vertragen. »Vielleicht kann ich behilflich sein«, sagte er. »Wer ist Pansy?«

Stuarts Hände fielen ihm hilflos auf die Knie. »Das ist ja das Verrückte. Pansy ist einfach ein altes Weib, das in der Siedlung lebt. Mit der Vorbereitung unseres Frühstücks hat sie nicht das geringste zu schaffen. Sie hat überhaupt mit nichts irgendwas zu schaffen. Seit Ewigkeiten hat sie keinen Finger mehr gerührt. Ich verstehe das einfach nicht.«

Billy ließ nicht locker. »Wo ist die Siedlung?«

»Sie wissen schon, diese Bretterbuden an der Auffahrt, auf halbem Weg zwischen hier und der Straße.«

»Ich gehe hin und rede mit ihr.«

»Aber ich sage ihnen doch, sie hat mit uns nichts zu tun,«

»Ich gehe trotzdem mal hin.«

Billy stapfte mit ausgedörrtem Mund die Auffahrt entlang. Die Sonnenstrahlen schienen sich durch den Hut in seinen Kopf zu bohren und sich hinter den Augen als dumpfer, stechender Schmerz einzunisten. Jeder Schritt wirbelte Staub auf, der sich als grober Puder auf seine Kleidung und die Stiefel legte. Als er um die Kurve bog, sah er vor sich ein eiliges Hin- und Hergehusche. Die Menschen rannten in die Hütten, und die Türen gingen hinter ihnen zu. Als er näherkam, war alles ruhig und still, bis auf ein leichtes Schwanken der vorgezogenen Gardinen an den Fenstern.

Die Hütten standen in zwei Reihen, fünf an der Straße und vier dahinter; dazwischen lag bloße Erde, wo die Hühner im Staub scharrten und Wasser aus einer rostigen Pumpe in einen blechernen Waschtrog tropfte.

Billy ging zu der Pumpe und deutete auf den Schwengel. »Ich habe schrecklichen Durst«, rief er laut. »Darf ich etwas trinken?«

Nichts rührte sich.

Er wartete und spürte dabei die auf ihn gerichteten Blicke.

4

Eine Tür quietschte. Billy wandte den Kopf langsam in die Richtung, aus der das Geräusch gekommen war.

Zwei Kinder lugten hinter den Röcken der Frau hervor, die in der Tür stand. Die Frau stupste eines von ihnen nach vorn.

»Bring dem Pfarrer einen Becher und pumpe ihm ein bißchen Wasser hoch«, sagte sie.

Der kleine Junge rannte über den Hof. Billy lächelte ihn an; der Bub sah wieder zu seiner Mutter hin.

»Du sollst pumpen, Junge«, ordnete sie an.

Billy lächelte ihr zu. »Es ist heiß hier draußen«, sagte er. »Kann ich nach drinnen in den Schatten kommen?«

Sie wich ins Dunkel des Eingangs zurück. »Was wollen Sie, Herr Pfarrer?«

Billy streckte dem kleinen Jungen die Hand hin. Er überlegte sich seine Worte sorgfältig. »Ich möchte etwas Wasser, und ich brauche Hilfe.«

Das Kind gab ihm den Becher. Während er trank, blickte er hoffnungsvoll zu der Frau in der Tür und von einem der bevölkerten Fenster zum anderen.

Eine weitere Tür ging auf, und ein würdevoller Schwarzer trat heraus. Billy kannte ihn von der Hochzeit her. Es war der Geistliche der schwarzen Kirche. »Was kann ich für sie tun, Reverend?« fragte er.

Billy ging zu ihm hin. »Ich möchte mit Pansy sprechen.«

Die Frau in der Tür winkte rasch ihren kleinen Jungen ins Haus. Die Tür ging hinter ihnen zu.

»Pansy ist nicht ganz auf der Höhe, Reverend. Sie liegt im Bett. Können Sie nicht mit mir vorliebnehmen?«

Billy schüttelte den Kopf. »Leider nein, Reverend.« Der Schwarze würdigte mit einem Nicken die Anrede mit dem Titel, eine Anerkennung der beruflichen Gleichstellung der beiden. Billy redete weiter, und zwar so laut, daß all die unsichtbaren Zuhörer es verstehen konnten. Er hatte den Eindruck, in dem Pfarrer einen Verbündeten gefunden zu haben; er wußte, daß der Pfarrer in einer schwarzen Gemeinde eine einflußreiche Persönlichkeit darstellt, spürte aber, daß die geheimnisvolle Pansy noch stärkeren Einfluß hatte.

»Ich muß mit Pansy persönlich sprechen«, sagte Billy. »Nichts für ungut, aber ich muß sie etwas fragen.«

»Sie können mich fragen, Reverend.«

»Nein, Reverend, ich muß Pansy fragen.«

Die beiden Kirchenvertreter standen sich in sturer, unchristlicher Feindseligkeit gegenüber.

Der Schwarze drehte sich um und ging in sein Haus. »Ich habe verloren«, dachte Billy, »versagt.«

Hinter ihm hustete jemand. Er hatte die junge Frau nicht kommen hören. »Kommen Sie mit«, sagte sie.

»Sie haben sich von diesem Pfarrer nichts bieten lassen, und ich tu das auch nicht«, sagte die alte schwarze Frau. »Wie heißen Sie, Mister?«

»Mr. Barrington.«

Pansy zog die Augenbrauen hoch. Sie war klein und verhutzelt. Als sie die Brauen hob, lief ein Kräuseln über Stirn und Wangen, und die Runzeln in der Haut traten noch deutlicher hervor. Sie konnte uralt sein. Oder alterslos.

»Da bricht sich Pansy ja die Zunge. Ich nenne Sie Mr. Barry.«

»Gut«, sagte Billy. »Ich möchte Sie etwas fragen, Pansy.«

Sie hob abwehrend die Hand. »Noch nicht«, befahl sie. »Ich muß mir erst mal Ihr Gesicht anschauen. He, du«, rief sie etwas lauter. »Gib mir ein wenig Licht auf Mr. Barrys Gesicht.«

Die junge Frau, die Billy begleitet hatte, zog eilends die Vorhänge im ganzen Zimmer auf. Dann öffnete sie die Tür.

Billy sah sich im hereinströmenden Sonnenlicht um. Der Raum war eng und wurde durch die großen Möbel darin noch kleiner. In der einen Ecke stand ein riesiges Mahagonibett. Man hatte es zurechtgestutzt, indem man die Beine und die Bettpfosten halb abgesägt hatte. Daneben stand ein massiver Mahagonischrank, der vom Boden bis an die Decke reichte. Die Messingbeschläge an den Schubladen glänzten wie Gold. Jeder war mit einer knalligen Garnschleife geschmückt.

An der Wand gegenüber dem Bett befand sich ein einfacher, roh verputzter Kamin. Darüber hing ein ausgestopfter Fasan von der Decke, dessen ausgebleichte Federn in der Sonne immer noch in allen Farben schillerten. Vor dem Kamin stand Pansys Sessel, ein gewaltiges, thronartiges Ding mit einer ramponierten Patchworkpolsterung. In ihm wirkte sie noch kleiner und verschrumpelter.

Billy kam sich beengt und eingesperrt vor. Er versuchte, ein Stück zurückzutreten, stieß aber sofort an weitere Möbel. Pansy schlug sich die Hand vor den Mund und lachte. Es klang frisch und melodisch, wie ein Jungmädchenlachen.

»Setzen Sie sich, Mr. Barry«, sagte sie wohlwollend.

Billy blickte hinter sich auf den Tisch mit der Wachstuchdecke, der den Rest des Zimmers einnahm. Vier Stühle standen um ihn herum. Billy zog einen hervor, drehte ihn um und setzte sich Pansy gegenüber. Beider Knie waren keine zehn Zentimeter auseinander.

Diese Bewegung schien als eine Art Signal zu wirken. Während Pansy sein Gesicht studierte, kamen die anderen Bewohner der Siedlung grüppchenweise zu Pansys Haus. Die ersten Ankömmlinge traten ein, setzten sich auf Bett und Boden oder lehnten sich an die Wände, bis kein Platz mehr war. Dann füllten sich die Fenster mit Gesichtern und die Tür mit einer Menschentraube.

Mit dem Publikum auf den Plätzen war Pansy bereit. »Ich weiß, warum Sie gekommen sind, Mr. Barry«, sagte sie. »Diese einfältige Chloe hat Ihnen von mir erzählt, obwohl ihr das niemand angeschafft hat. Aber jetzt sind Sie nun mal da. Mit einem Kopf voller Fragen.« Wieder lachte Pansy. »Na denn, Sir, ich habe einen Kopf voller Antworten.«

Das Häuschen hallte wieder von dem Gelächter der dichtgedrängten Menge drinnen und draußen.

Pansy runzelte die Stirn, was wiederum einen Faltenschauer über ihr dunkles, eindringliches Gesicht sandte. »Da gibt es nichts zu lachen«, sagte sie vernehmlich. Sofort war es mucksmäuschenstill.

Sie beugte sich zu Billy hinüber. »Hören Sie auf die alte Pansy, Mr. Barry. Gehen Sie von hier fort. Es kommt bloß Unheil auf uns zu. Sie sind mit keinem hier verwandt. Sie können einfach gehen. Auf diesen Tradds, da liegt ein Fluch. Es ist schon Unheil passiert, und es wird noch schlimmer kommen. Heute früh habe ich Plat Eye gesehen.«

Ein Aufstöhnen entwich den Kehlen der gespannten Zuhörer. Pansy stöhnte mit.

Dann richtete sie sich in ihrem Stuhl auf und hob eine zitternde Hand. »Das hier ist nämlich Ashley Barony«, sagte sie mit fester, wütender Stimme. »Ist schon immer das Land der Ashleys gewesen. Der Fluß heißt Ashley. Es ist die Erde der Ashleys und das Wasser der Ashleys. Die Tradds haben hier nichts zu suchen. Ich gehöre zu den Ashleys; alle von uns Farbigen hier gehören zu den Ashleys. Miss Julia Ashley war meine Herrin. Hab' ich nicht neben ihr gestanden, wie sie die Yankee-Soldaten von ihrem Grund und Boden verwiesen hat? Und sind sie nicht davongelaufen wie die Hasen? Miss Julia hab' ich und jeder Großvater und Vater hier von uns gehört. Wir sind alle Ashleys, und keine Tradds. Dieses Land ist nichts für die. Seit Miss Julia nicht mehr da ist, gehört hier niemand mehr her außer uns Schwarzen. Der Richter konnte sich um das Land nicht richtig kümmern. Er hat ein Stück nach dem anderen verkauft. Und sein Junge, der ist noch schlimmer. Die Ernte wird schlecht. Wir kriegen keinen Regen. Das Land kann diesen Jungen nicht brauchen. Ha, er hat dem Land ein Schnippchen schlagen wollen. Hat das Baby Ashley genannt. Aber das Land läßt sich nicht überlisten. Er weiß genau, daß das Baby ein Kind der Sünde ist. Weiß genau, daß das Baby eine

Fremde als Kindermädchen mitgebracht hat. Das ist die erste Schwarze, die je einen Fuß auf das Land der Ashleys gesetzt hat und keine Ashley ist. Das Land weiß, wer sie ist. Und Pansy weiß es auch. Ist sie vielleicht nicht das Kind von dieser Sally, die mit den Yankeesoldaten weggerannt ist? Nichtsnutziges Pack, und ihr Kind will jetzt auf dem Land der Ashleys wohnen.« Zitternd vor Empörung stand Pansy auf.

»Ich habe Plat Eye gesehen, und das überrascht mich nicht. Wenn das Land zu sehr beleidigt wird, dann ruft es ihn, und er kommt. Er wird bei diesen Tradds umgehen. Und großes Leid und Drangsal über sie bringen.«

Pansys brüchige Stimme klang leidenschaftlich, und ihr eigentümlicher Singsang wirkte hypnotisierend. Die Menge wogte hin und her und stöhnte leise. Billy spürte einen Druck in der Kehle und merkte plötzlich, daß sein Körper vor- und zurückschaukelte. Es lief ihm eiskalt über den Rücken. »Ich muß sie zum Schweigen bringen«, dachte er, aber schon sprach Pansy weiter, und er saß hilflos da.

»Ich hab' es denen gesagt, ich hab' sie gewarnt. Plat Eye ist da, hab' ich gesagt, und zwar mit dem Tod in der Hand.« Das Stöhnen wurde lauter. Viele bargen das Gesicht in den Armen und wichen vor der alten Pansy mit ihren Orakeln zurück. Der Eingang verstopfte sich mit einem Wust aus verschreckten Männern, Frauen und Kindern, die den Sprüchen entkommen wollten.

»Halt!« schrie Pansy. »Plat Eye tut Euch nichts. Nicht den Ashleys. Er will die Tradds.«

»Und hier ist jemand, der ihn gerne kennenlernen will.« Mit ruhiger Stimme und ruhigen Schritten kam Henrietta durch die Menge der zurückweichenden Schwarzen herein.

»Pansy«, sagte sie freundlich, »du solltest dich schämen. Du erschreckst alle diese Leute zu Tode mit deinem Unsinn. Und was um alles in der Welt hast du Chloe erzählt? Daß Plat Eye den Herd in die Luft jagen würde?«

Sie sah sich um und ließ die Augen auf jedem Gesicht ruhen. Manche sprach sie an. »Herklis, wir brauchen dich im Haus. Chloe macht ein großes Frühstück, und du weißt ja, daß keiner so gut Schinken aufschneidet wie du ... Guten Tag, Mungo, hoffentlich geht es dir inzwischen besser ... Juno, die Betten sind nicht gemacht, und in jedem Zimmer stehen verwelkte Blumen ... Susie, du mußt ja eine ganze Meile gewachsen sein, seit ich dich das letzte Mal gesehen habe, und du wirst anscheinend genauso hübsch wie deine Mutter ... Cuffee, ich war vorhin im Rosengarten, da müßte man ein paar Sträucher hochbinden... Minerva, so wie du aussiehst, werden das bestimmt Zwillinge. Wenn Dr. Drayton das nächste Mal hier ist, soll er sich auch um dich kümmern ... Tag, Jupiter ... Hallo, Romulus, ist das etwa schon ein bleibender Zahn in deinem Mund? ... Cissie, da hängt Wäsche auf der Leine, die ins Haus gebracht werden muß ...« Sie redete ganz ungezwungen, ohne Hast, forderte aber Aufmerksamkeit. Billy sah sie nicht an.

Pansy tat so, als wäre Henrietta Luft.

Die Leute im Zimmer traten unruhig von einem Fuß auf den anderen, blickten unschlüssig von Henrietta zu Pansy und sahen sich gegenseitig fragend an.

Dann zog sie ihren Trumpf aus dem Ärmel. »Pfarrer Ashley, kommen sie ruhig herein.«

Billy fuhr mit Henrietta im Buggy zum Haus zurück. »Sie waren wunderbar«, sagte er ergeben. »Ich wußte nicht, was ich tun sollte.«

»Sie hätten auch nichts tun können, Mr. Barrington, aber es war lieb von Ihnen, daß Sie es versucht haben. Das war ein Machtkampf zwischen Pansy und mir. Sie hätte nämlich gern ihre Urenkelin als Kindermädchen für das Baby gesehen. Weil ich sie nicht genommen habe, wollte Pansy es mir zeigen. Wenn die kleine Pansy nicht arbeiten durfte, dann sollte eben überhaupt niemand arbeiten.«

»Also war diese ganze Sache mit dem Fluch nur Theater?«

Henrietta überlegte einen Augenblick. »Ich weiß es ehrlich nicht«, sagte sie. »Wir haben immer noch manches von dem alten dunklen Aberglauben in uns. Pansy hat wahrscheinlich wirklich irgend etwas gesehen, vielleicht einen Ast oder eine verirrte Kuh oder ein Schaf. Es war ja heute früh so neblig. Alles, was sich bewegte, mußte da ziemlich gespenstisch aussehen. Vielleicht glaubt sie tatsächlich, daß sie Plat Eye gesehen hat. Aber eigentlich bezweifle ich das. Sie hat einfach eine gute Geschichte daraus gemacht.« Henrietta nahm die Zügel auf und hielt im Schatten eines Baumes an. »Warten wir kurz, bevor wir zum Haus zurückfahren. Dann haben die Dienstboten Zeit, alles vorzubereiten.« Sie hatte die Szene in der Siedlung offenbar schon aus ihrem Kopf verbannt.

Aber Billy war noch immer neugierig. »Wer ist eigentlich dieser Plat Eye?« fragte er.

Henrietta tätschelte ihm die Hand. »Das ist der Buhmann, der Teufel, alles Böse in einer Person, was man sich nur vorstellen kann. Ich habe noch von niemandem gehört, wie er aussieht, aber ich habe mein Leben lang vor ihm Angst gehabt. Alle farbigen Kindermädchen – und Mütter – erzählen den Kindern, daß sie brav sein müssen, sonst holt sie Plat Eye. Wenn man klein ist und irgend etwas knarzt im Haus, dann weiß man genau, daß Plat Eye gleich kommt. Ich habe mir so manche Stunde lang die Bettdecke über den Kopf gezogen, damit er mich nicht sieht.«

»Jetzt verstehe ich, warum der Pfarrer auf Pansys Geschichten nicht so gut zu sprechen ist.«

Henrietta gluckste. »Noch so ein Machtkampf«, sagte sie. »Pansy wußte, daß sie verloren hatte, sobald er hereinkam. Dadurch waren es zwei gegen einen, wie immer man es sehen will: Der Pfarrer und ich gegen Pansy, oder der Pfarrer und die Bibel gegen Plat Eye. Er und Pansy kämpfen dauernd um den Einfluß auf die Leute in der Siedlung. Normalerweise gewinnt sie, weil er in die kleine Pansy vernarrt ist, und die verehrt ihre Urgroßmutter.«

»Puh! Das ist alles so verwickelt. Ich werde das nie lernen, mit den ganzen Sitten im tiefen Süden.«

»Natürlich werden Sie das. Sie machen sich doch jetzt schon ganz gut.« Henrietta hielt inne.

»Das Sie nicht von hier sind, hat auf alle Fälle ein Gutes«, sagte sie mit plötzlicher Schüchternheit, »so kann man nämlich mit Ihnen reden. Sie meinen nicht schon von vornherein, daß alles sich ändern oder alles so bleiben muß, wie es immer war. Sie haben sozusagen einen unverstellten Blick auf unsere Lebensweise. Man könnte Ihnen womöglich etwas erzählen und Sie um Rat fragen, wenn man nicht weiter weiß.«

»Ich würde mich geehrt fühlen, wenn jemand mir etwas anvertrauen würde«, sagte Billy aufrichtig. »Und ich würde nie mit irgend jemand anderem darüber sprechen.«

»Das habe ich mir gedacht, Mr. Barrington. Ich nenne Sie besser Billy, da wir ja wohl jetzt Freunde werden ... Wissen Sie, ich mache mir Sorgen um meinen Sohn Anson ...«

Am selben Abend schrieb Billy einen Brief an Susan Hoyt. »Das ist hier eine sehr alte, sehr schöne und sehr historische Landschaft«, schloß er, »ganz anders als zu Hause. Vielleicht möchtest Du sie ja einmal kennenlernen.«

Er dachte eine ganze Weile nach, dann unterschrieb er mit: »Dein Freund William Barrington.«

5

Susan beantwortete Billys Brief, sobald sie das Gefühl hatte, es wirke nicht zu bald. Sie bekundete ihr Interesse an der Gegend um Charleston genauso sorgfältig beiläufig, wie Billy ihr einen Besuch vorgeschlagen hatte. Beide kannten sich mit den Konventionen aus. Man hatte begonnen, sich den Hof zu machen.

Den ganzen bedrückend heißen und stickigen Sommer

lang gingen die Briefe hin und her und wurden mit jedem Mal freimütiger und länger. Billy verwandte immer weniger Zeit auf die Vorbereitung seiner Sonntagspredigt, denn die Briefe nahmen fast seine ganzen Abende in Anspruch.

Er habe ein schlechtes Gewissen, gestand er Henrietta Tradd; die beiden hatten schnell ein Vertrauensverhältnis entwickelt. Henrietta behandelte Billy bisweilen fast wie einen eigenen Sohn, dann wieder schüttete sie ihr Herz aus, als ob sie das Kind und er der Vater wäre. Billy seinerseits vertraute Henrietta seine Probleme an und fühlte sich als Beschützer, wenn sie zeitweise Sorgen hatte und unglücklich war.

»Seien Sie kein Dummkopf«, sagte Henrietta, als Billy ihr von der Vernachlässigung seiner Pflichten erzählte. »Im Sommer hört sowieso kaum jemand ihrer Predigt zu, außer uns und Margarets Eltern.«

Das stimmte. St. Andrews war eine seltsame kleine Pfarrei. Vor dem Bürgerkrieg kam man von allen Plantagen am Ashley zur Messe dorthin. Jeden Sonntag fuhren ganze Boote den Fluß hinunter, und die großen Familien der Plantagen stiegen aus, manchmal mit bis zu dreißig Gästen, wenn gerade ein wichtiger Ball oder eine mehrtägige Einladung stattfand.

Aber nun waren alle Plantagen zerstört, und die meisten Familien lebten in Charleston, manche noch weiter weg. Nach der Wiedereröffnung von St. Andrews hatten sich im Frühling die schlichten Kirchenbänke mit den Nachkommen der früheren Kirchenbesucher gefüllt. In der kühlen frischen Luft, wenn es köstlich nach Jasmin duftete, war eine Fahrt aufs Land ein vergnügliches Erlebnis. Im Sommer war das Ganze undenkbar. Die Stadtbewohner verließen ihre großen Häuser nur, um auf die nahegelegenen Inseln zu fahren, wo eine kühle Meeresbrise wehte.

»Im Herbst«, fuhr Henrietta fort, »geht dann alles wieder los.« Ein fröhliches Lächeln heiterte ihr müdes Gesicht auf. »Ich denke da an eine kleine Gesellschaft.«

Billy wunderte sich. Henrietta hatte doch eine sehr klare Meinung von dem Respekt, den man ihrem toten Gatten schuldete. Sie trug zwar weiße Trauerkleider, aber die Trauer sollte nach dem Tod des Richters doch ein volles Jahr dauern. Jüngst verwitwete Frauen besuchten Gesellschaften nicht einmal; es war völlig undenkbar, daß sie selber eine geben wollte.

»Keine richtige Einladung«, sagte Henrietta. »Nur einen Gast. Wir ziehen jedes Jahr am fünfundzwanzigsten Oktober ins große Haus zurück. Warum schreibe ich nicht einfach einen Brief an Mistress Hoyt und lade Susan fürs erste Novemberwochenende ein?«

Susans Zug kam in Summerville an, dem reizenden Städtchen, wo Billy wie auch die Tradds ihre Vorräte einkauften. Er war froh, daß sie nicht den Zug nach Charleston genommen hatte. Summerville war ein bißchen wie Belton – klein, verschlafen, mit einer Hauptstraße und einem eingleisigen Bahnhof. Die große Station in Charleston war zu laut, zu groß und zu voll für ein angenehmes Wiedersehen.

Im ersten Augenblick erkannte Billy Susan nicht wieder. Sie sah so erwachsen aus. Dann wurde ihm bewußt, daß er in seiner dunklen Priestertracht auf sie auch fremd wirken mußte. Sie wirkte ebenso aufgeregt wie er selbst. Plötzlich wußte er, daß alles gut gehen würde.

Susan ergriff beim Anblick der imposanten Einfahrt zur Barony die gleiche Scheu wie Billy damals. »Keine Angst«, sagte er, »es wird dir gefallen. Die Tradds sind furchtbar nett.«

»Sie müssen sehr wohlhabend sein.«

»Hm, nicht allzusehr.« Billy wußte von Henrietta, daß genau das Gegenteil der Fall war. Die Schwester des Richters hatte sie jahrelang stillschweigend unterstützt. Als sie an dem schrecklichen Hochzeitstag mit Stuart brach, rächte er sich, indem er seiner Mutter und seinen Brüdern verbot, irgend etwas mit ihr zu tun zu haben. Henrietta mußte die Schecks von Elizabeth zurückschicken, und die Schulden der Barony türmten sich langsam. Der trockene Sommer war verheerend für die Ernte gewesen, die die einzige Einnahmequelle bildete. Stuart hatte gerade in der letzten Woche dreihundert Morgen Land verkauft, damit sie ihre Schulden bezahlen konnten.

Susan hielt den Atem an, als hinter der Biegung das Gutshaus auftauchte. »Es ist so wunderschön, Billy, so ein Haus habe ich noch nie gesehen.«

»Ich habe dir ja gesagt, daß hier unten alles anders ist. Schau, da kommt Margaret Tradd heraus, um uns zu begrüßen.«

Susan warf ihm einen verzweifelten Blick zu. »Ich hätte nicht herkommen sollen, Billy. Sie ist zu schön um wahr zu sein. Ich komme mir so fehl am Platz vor.«

Billy hielt den Buggy an, wandte sich ihr zu und studierte ihre vertrauten, einfachen Züge. Sie hatte ein rundes Gesicht mit einer kleinen, geraden Nase und braunen Augen. Der Mund war breit und klar geschnitten, die Unterlippe ein bißchen zu voll, die Oberlippe dagegen ein bißchen zu lang. Die Lippen waren rosenrot. Als Billy sie so anstarrte, stieg ihr dieselbe warme, brennende Farbe in die Wangen.

»Du siehst genau richtig aus, Susan Hoyt«, sagte er fest. »Du siehst aus wie ein richtiger Mensch. Margaret ist mehr wie eine Puppe. Alle haben viel Geduld mit ihr, weil sie noch so jung ist, aber alle werden dich mögen, weil du so bist, wie du bist.« Er schnalzte mit den Zügeln. »Bringen wir die Vorstellerei hinter uns. Dann kannst du dich ausruhen und es dir gut gehen lassen.«

»Sie ist ganz goldig«, flüsterte Henrietta Billy zu, als sie nach einem Sherry zum Aperitif von der Bibliothek ins Speisezimmer gingen. »Wollen Sie sie heiraten?«

»Das weiß ich noch nicht«, murmelte Billy. Es war viel zu früh, ans Heiraten zu denken.

Aber noch bevor das Abendessen vorüber war, hatte er seinen Entschluß gefaßt.

Unglücklicherweise hatte Henrietta es besonders gut mit Billys Besuch von zu Hause gemeint. Die Tafel im Speisezimmer war aufwendig gedeckt, es glänzte nur so angesichts der Schätze aus Porzellan, Silber und Kristall, die Julia Ashleys Stolz gewesen waren.

In der Mitte stand eine gläserne Kostbarkeit, die Julias Vater aus Venedig mitgebracht hatte, ein Rosenbusch, an dem jedes einzelne Blütenblatt und jedes grüne Blatt so natürlich gemasert waren, wie es nur ein großer Künstler fertigbringt. Frisch geschnittene Rosen aus dem Garten umgaben den Tafelaufsatz und waren an jedem Platz zu einem eigenen Strauß arrangiert. Sie spiegelten sich auf dem blanken Mahagoni wider, denn es lag keine Decke auf dem Tisch, nur auf jedem Platz ein Spitzendeckchen. Die Servietten bestanden aus Leinen, das fein genug für ein Säuglingskleidchen gewesen wäre, und waren mit der selben Spitze eingefaßt. Sie lagen über hauchdünnen Porzellantellern mit einem schlichten Goldrand und dem Wappen der Ashleys als Schmuck. Die Weingläser hatten ebenfalls einen Goldrand und waren so dünn, daß sie aussahen wie Seifenblasen, die jeden Moment platzen konnten. Das einzig Schwere auf der Tafel schien das Silberbesteck zu sein: Jedes Stück hatte eine massive, nüchterne Fächerform und den tiefen, warmen Schein jahrzehntelangen sorgsamen Polierens.

Billy, der fast täglich beim Abendessen im Waldhaus zu Gast gewesen war, kam sich plötzlich ungeschickt und fehl am Platz vor. Susan saß auf der Kante ihres Stuhles, als hätte sie Angst, er könnte vom Sitzen entzweigehen; die Hände hielt sie zitternd vor den Schoß.

Herklis trug eine dampfende Terrine herein, die er vor Henrietta auf den Tisch stellte. Hinter ihm kam Juno mit einem Stapel vorgewärmter Suppentassen in einer dicken Serviette. Henrietta nahm die schwere Kelle in die Hand und begann auszuteilen. »Das ist Krabbencremesuppe, Miss Hoyt«, sagte sie. »Hoffentlich mögen Sie Meeresfrüchte.

Falls nicht, macht das gar nichts. Wir haben noch etwas Consommé in der Küche.«

Susan, die noch nie Krabben gegessen hatte, versicherte, daß sie eine besondere Schwäche dafür hege.

Das Dinner, bei dem jeder Gang eine von Chloes Spezialitäten darstellte, war eine Tortur für das Mädchen. Stuart und Koger übertrumpften sich gegenseitig mit augenzwinkernden Komplimenten an sie. Susan fiel nie eine Antwort ein, und sie spürte, wie sie rot wurde. Noch dazu verwirrten sie all die ungewohnten Gerichte – Fasan auf einem Reisbett, winzige grüne Bohnen mit gehackten, salzigen Pekannüssen, Süßkartoffeln als Soufflé.

Billy beobachtete ihre Not und spürte, wie sie sich auf ihn übertrug. Dann begann Margaret aus Ärger über Stuarts mangelnde Aufmerksamkeit ganz unerhört mit Anson zu flirten, der sich bis dahin schweigend auf sein Abendessen konzentriert hatte. Sie beugte sich zu ihm hinüber, wisperte ihm zu und legte ihre Hand auf die seine. Anson zog seine Hand weg, als hätte er sich verbrannt. Billy sah Ansons gequälte Miene; schnell blickte er zu Henrietta, aber die merkte wie immer nichts von Ansons Pein.

»Du bist ein Langweiler, Anson«, verkündete Margaret fröhlich. »Da haben wir endlich mal ein Fest, und du bist so ein Brummbär. Nächstes Mal darf er einfach nicht kommen, was Miss Hen?«

Henrietta lächelte ungewiß. »Das sehen wir dann«, sagte sie.

»Wann denn, Miss Hen? Und wen laden wir ein? Jetzt wo der Sommer vorbei ist, kommen die Leute ja wieder aufs Land. Geben wir eine Gesellschaft? Oh, und einen kleinen Ball! Nichts Großartiges, aber unbedingt mit Tanz. Was meinen Sie, Miss Hen? Wie lange würden die Vorbereitungen dauern? Drei Wochen? Ist das genug? Oder vier? Das wäre noch besser. Dann ist Thanksgiving, und da gibt es hier doch sowieso immer eine Jagd mit anschließendem Gartenfest. Wir sagen einfach allen, daß sie nach dem Gartenfest noch bleiben sollen, im Garten spazierengehen und sich ausruhen, und dann ist es Zeit, sich für den Abend und den Ball umzuziehen. Wie herrlich! Zanzie soll mir das schönste Kleid nähen, das ich je besessen habe. Welche Farbe soll ich nehmen Stuart? Vielleicht blau. Du hast doch eine Vorliebe für blau, oder?«

Henrietta kam Stuart zuvor. »Margaret, du weißt genau, daß wir noch monatelang nicht tanzen und feiern werden. Wir haben Trauer. Jetzt wo es kühler wird, tragen wir auch wieder Schwarz.«

»Nein!« schrie Margaret, »das ist ungerecht. Ich kann Schwarz nicht ausstehen, und es steht mir überhaupt nicht. Seien Sie doch nicht so gemein, Miss Hen.«

»Das hat nichts mit ›gemein‹ zu tun, Margaret. Das ist eine Frage des Respekts für meinen Mann.« Ihr Rücken war steif und die sanften Augen hart.

Margaret war über den Wandel in Henrietta bestürzt. Eine Weile schwieg sie. Billy und Koger fingen gleichzeitig an, auf Susan einzureden, um die peinliche Stille zu überbrücken.

Margaret fuhr dazwischen. »Ich sehe überhaupt keinen Grund, warum ich wegen dem Richter Schwarz tragen und hier auf dem Land versauern soll. Er war schließlich nicht mein Mann.«

»Er war mein Vater«, sagte Stuart. »Und jetzt halt den Mund und benimm dich, Margaret. Du bringst Mama in eine peinliche Lage.«

Margarets schöne Augen füllten sich mit Tränen. »Du sollst nicht gegen mich Partei ergreifen, Stuart. Den ganzen Tag behandelst du mich schon so schlecht.«

»Stuart«, sagte Henrietta, »vielleicht können Margaret und du das nachher besprechen, wenn ihr allein seid.« Sie blickte zu Susan, jetzt wieder mit sanfter Miene. »Kommen Sie aus einer großen Familie, Miss Hoyt?«

»Ja, Ma'am«, antwortete Susan. »Ich habe zwei Brüder und vier Schwestern.« Ihre Stimme klang fester und klarer als zuvor. Die Achtung vor Henrietta stand ihr im Gesicht geschrieben.

Herklis kam mit einem schwer beladenen Tablett herein. »Wir haben dieses Jahr sehr schöne Äpfel aus Ihrem Teil des Staates, Miss Hoyt«, sagte Henrietta. »Sie sind für uns immer eine besondere Köstlichkeit. Chloe macht einen wunderbaren Apfelstrudel, und es ist immer noch warm genug für ein wenig Eis dazu. Herklis, gib Miss Margaret eine große Portion. Sie mag Apfelstrudel besonders gern.«

Margaret fing an zu schluchzen. »Ich bring' keinen Bissen mehr hinunter«, heulte sie. »Ich kann es nicht ausstehen, wenn alle so feindselig sind.« Die Schluchzer wurden immer heftiger, bis es sie am ganzen Körper schüttelte. Dann wurde ein atemloser, quälender Schluckauf daraus, bei dem jedesmal Kopf und Schultern kräftig zuckten.

Stuart und Henrietta liefen zu ihr, boten ihr ein Glas Wasser an, legten ihr ein feuchtes Tuch in den Nacken und murmelten tröstend auf sie ein.

Die Tür flog auf, und mit großen Schritten kam Zanzie herbeigelaufen. Sie schob Stuart beiseite und nahm Margaret in die Arme. »Hab' ich Ihnen nicht gesagt, Sie sollen sich nicht aufregen?« gurrte sie. »Armes, kränkliches kleines Ding. Zanzie macht alles wieder gut.«

Sie barg die zitternde Margaret an Ihrer Brust und starrte die anderen über ihren Kopf hinweg an. »Ich weiß, wie man sie behandeln muß«, sagte sie. »Lassen Sie mich nur machen.« Sie zog Margaret vom Stuhl hoch, stützte sie mit einem starken Arm um die Taille und ging mit ihr hinaus. Stuart trabte belämmert hinterher.

Henrietta sank auf ihren Stuhl und lehnte den Kopf an den hohen Stuhlrücken. »Es tut mir so leid, Billy und Miss Hoyt. Das war leider ein Katastrophendinner.«

Susan schob schnell einen Löffel Nachtisch in den Mund. »So etwas Gutes wie diesen Apfelstrudel habe ich noch nie in meinem Leben gegessen, Mistress Tradd«, sagte sie. »Und so etwas Schönes wie Ihr Haus habe ich noch nie gesehen.

Nun, da ich glücklich fertig bin, ohne etwas kaputt gemacht zu haben, kann ich Ihnen ja verraten, daß dies das Vornehmste war, was ich je erlebt habe. Könnten Sie vielleicht Ihre Köchin bitten, mir das Apfelstrudelrezept zu geben? Und dürfte ich bitte Ihren Rosengarten sehen?«

Am selben Abend fragte Billy Susan, ob sie seine Frau werden wolle. Sie sagte sofort »ja«. Mätzchen lagen Susan nicht.

6

Schließlich überredete Anson Henrietta zum Nachgeben. »Er hat mich daran erinnert«, erklärte sie Billy, »daß Margaret ja gerade erst sechzehn geworden ist. Ein Kind in diesem Alter trägt nach sechs Monaten nicht mehr streng Trauer, und deshalb soll sie in Weiß mit schwarzem Rand gehen. Er ist ja selber noch so jung, deshalb kann er sich wohl besser in sie hineinversetzen. Bälle und formelle Einladungen kommen natürlich überhaupt nicht in Frage. Die gesellschaftliche Saison wird dieses Jahr ohne die Tradds auskommen müssen. Aber, wie Anson gesagt hat, war die Jagd auf der Barony an Thanksgiving für seinen Vater immer das Allerhöchste. Wir haben sie jedes Jahr gehabt, seit wir '87 hierhergezogen sind. Wenn wir das weiter so halten, wäre das sozusagen im Andenken an den Richter. Ich werde mich nicht unter die Gesellschaft mischen. Margaret muß dann als Gastgeberin auf dem Gartenfest auftreten. Und wir laden nicht so viele Leute ein wie sonst. Nur die jüngeren. Stuart ist jetzt der Herr auf der Barony. Seine Freunde sollten kommen ...«

Ihre Stimme wurde immer leiser. Sie wirkte besorgt. »Glauben Sie, daß das Unrecht ist, Billy?«

»Nein, Ma'am, keineswegs.«

Henrietta seufzte. »Ich mußte früher nie Entscheidungen

treffen. Der Richter wußte immer, was zu tun war. Ich vermisse ihn wirklich sehr.« Sie holte tief Luft.

»So, dann ist das jetzt geklärt«, sagte sie. »Die Jagd zu Thanksgiving findet statt. Ob Susan vielleicht irgendwie kommen kann? Ich würde sie so gern hier haben.«

»Es wäre sehr schön, aber sie kann bestimmt nicht. Sie hat vor der Hochzeit noch zu viel zu tun. Bis Januar ist es nicht mehr lange hin.«

»Ich freue mich so für Sie, Billy. Susan ist ein reizendes Mädchen. Sagen sie ihr doch in Ihrem nächsten Brief, daß wir sie an Thanksgiving sehr vermissen werden.«

Zur großen Freude beider sagte Susan doch zu. Die Hochzeitsvorbereitungen könnten ein paar Tage ohne sie auskommen, meinte sie. Am Dienstag kam sie an, und den ganzen Mittwoch ging sie Henrietta zur Hand, beaufsichtigte mit ihr das Ausheben der Grillgrube, sorgte für das Aufstellen der langen Tische auf der Wiese, zählte und stapelte Dutzende von Tellern und Servietten, probierte die Chutneys und schnüffelte an der Grillsauce, die Chloe hinten auf dem Ofen köcheln ließ. Margaret tänzelte dazwischen herum und stand überall im Weg, aber sie war so ansteckend glücklich und aufgeregt, daß sich niemand darüber ärgerte.

Bei Einbruch der Dunkelheit setzte ein kalter Nieselregen ein. »Wenn es morgen so ist, kommt kein Mensch«, sagte Susan zu Billy. »Dann kriegt Margaret einen Anfall – und von mir eine Ohrfeige, steht zu befürchten.«

Henrietta lief geschäftig an den beiden vorbei, mit vier kleinen schwarzen Buben im Schlepptau, die eine Leinwand und ein Gewirr von langen Stangen und Stäben trugen. »Steht nicht in der Kälte hier herum, ihr beiden«, rief sie, »und schaut nicht so betreten. Es regnet doch nicht zum ersten Mal. Wir bauen einfach ein Zelt über der Grillgrube auf, so daß das Feuer weiterbrennen kann, und dann stellen wir noch ein paar Tische in der Eingangshalle auf, falls wir drinnen essen müssen. Und jetzt geht hinein, sonst holt ihr euch noch den Tod.«

Der Regen hörte kurz vor dem Morgengrauen auf, gerade als die Jäger ankamen. Die Damen wurden erst im Lauf des Vormittags erwartet, rechtzeitig, um die Männer bei der Rückkehr von der Jagd zu empfangen. Der Beginn des Tages war eine Männersache, man stapfte durch den Wald bis zu den Stellungen, trank Whiskey, fluchte, wartete fröstelnd und gespannt auf ein Rehbockgeweih, lud durch und schoß; man war ein Jäger, ein Mann.

Billy erschien mit einer Gruppe junger Männer, die ihm auf der Straße begegnet waren. Er begrüßte Stuart, ging zu der scherzenden Jägergesellschaft auf der Wiese und nahm ein Glas von dem Tablett, das Herklis herumreichte. Der Whiskey brannte sich eine Spur in seine Kehle. Allerdings ging Billy nicht mit auf die Jagd, doch er genoß es, hier im naßkalten Morgendunst dabeizusein, lauter tiefe Stimmen zu hören und an den rauhen Witzen und der Kameradschaft teilzunehmen.

»Noch eine Ladung, Reverend?«

»Nein danke, Koger.«

»Es ist Anson, Billy.«

»Entschuldigung, ich habe nichts gesehen. Es ist ja noch fast dunkel. Wie können Sie im Wald nur irgend etwas erkennen?«

Koger tauchte aus dem Nebel auf. Er schlug Billy herzlich auf die Schulter. »Hach, Reverend, wir jagen in diesem Wald, seit wir alt genug sind, eine Büchse zu halten. Wir würden uns auch im Stockfinstern nicht verlaufen. Nicht einmal volltrunken. Das habe ich schon ein paarmal ausprobiert.«

Ein Freund mit einem Glas in der Hand stellte sich zu den dreien. »Nicht nur ein paarmal«, sagte er. »Eher jedesmal, soweit ich mich erinnern kann.«

Koger stellte Billy vor. »Wollen sie wirklich nicht mitkommen? Na gut. Wir bringen Ihnen schon einen feinen Braten. Kommt, Kinder. Es ist soweit.«

Billy sah ihren schattenhaften Umrissen nach. Der Bodennebel umspielte ihre Beine bis zum Rand der Stiefelschäfte. Es sah aus, als wateten sie in einem weißen Fluß.

Er fröstelte; es war beißend kalt. Auf dem Ofen steht bestimmt schon der Kaffee, dachte er und nahm Kurs auf die warme Küche. Susan hatte versprochen, früh aufzustehen und mit ihm zu frühstücken. Zeit zum Alleinsein für die beiden fand sich bei ihren Besuchen gar nicht so leicht.

Henrietta vergewisserte sich, daß für das Grillfest alles vorbereitet war; dann ging sie in ihr Wohnzimmer hinauf, bevor die Gäste kommen würden. In dem schwachen Morgenlicht wirkte sie sehr blaß.

Später empfing Margaret dann mit einem strahlenden Lächeln die Ladies beim Aussteigen aus den Kutschen. Obwohl sie ihr ganzes Leben auf dem Land gewohnt hatte, kannte sie all die jungen Frauen, die man eingeladen hatte; ihre Eltern hatten sie von Kind an auf Besuche mitgenommen, und die kleinen Mädchen in Charleston luden immer zum Tee oder zum Geburtstag.

Billy fühlte sich inmitten des aufgeregten Geplauders fehl am Platz. Er entschuldigte sich und floh ins Haus, in die Zuflucht des ersten Stocks. Dort klopfte er an Henriettas Tür. »Ich bin's Billy. Darf ich hereinkommen?«

Henrietta stand am Fenster. Sie hielt den kleinen Stuart auf dem Arm. »Ich zeige ihm gerade all die schönen Farben«, sagte sie. »Sehen die Mädchen nicht reizend aus? Wie ein großer Blumenstrauß in ihren bunten Kleidern. Gott sei Dank ist die Sonne noch herausgekommen. Das wird ein herrlicher Tag.«

Billy gesellte sich zu ihr ans Fenster. Die Scheiben schluckten die Geräusche, die ihn vertrieben hatten; jetzt konnte er die Lebhaftigkeit der Mädchen schätzen und sich an ihrem Lächeln und den hübschen jungen Gesichtern freuen. Er suchte das von Susan, fand es und schwelgte in seinem Glück. Sobald die Männer von der Jagd zurück waren, wollte er hinuntergehen und ihr davon erzählen.

»Schon wieder naß«, seufzte Henrietta. »Dieses Baby hat

ganz schön viel zu tun für sein Alter. Ich bin gleich wieder da, Billy.«

Billy blieb am Fenster stehen, blickte über die bunte Wiese zum Fluß hinüber und träumte mit offenen Augen. Als Henrietta wiederkam, stellte sie sich neben ihn und genoß mit ihm gemeinsam still den Anblick.

Ein junger Jäger kam aus dem Wald gerannt. Mit weit aufgerissenem Mund brüllte er etwas, das sie nicht verstehen konnten.

»Schauen Sie«, sagte Billy, »jetzt kommen sie wohl. Dann gehe ich mal lieber hinunter.«

Inzwischen war der junge Mann bei der Gesellschaft auf der Wiese angelangt. Die Mädchen scharten sich um ihn, schreckten aber sogleich zurück und liefen ziellos umher, nervös, ungelenk und keineswegs damenhaft.

»O mein Gott«, sagte Henrietta. »Da muß ein Unfall passiert sein. Kommen Sie, schnell.« Sie eilte auf die Tür zu, mit den gleichen steifen und angstvollen Bewegungen wie die Mädchen unten. Billy stürzte hinter ihr her.

Alle waren schon am Waldrand angelangt, als Henrietta und Billy aus der Tür traten. Die Gäste verhielten sich jetzt so still, daß sie wie bunt bemalte Statuen aussahen. Henrietta und Billy stellten die einzige Bewegung in der Szene dar. Ihre dunkel gekleideten Gestalten wirkten wie drohende Schatten auf der sonnenüberfluteten Wiese.

Kurz bevor sie den Wald erreichten, wich die Menge auseinander und bildete eine Gasse für die Prozession, die aus dem Gehölz kam. Henrietta blickte den Waldweg hinunter und sah ihren Sohn Anson, der mit verzerrtem und tränennassem Gesicht langsam ein Pferd am Zügel führte.

Henrietta schrie auf. Auf dem Pferd saß Stuart und starrte geradeaus vor sich hin, ohne etwas wahrzunehmen. In den Armen hielt er seinen Bruder Koger; beide Männer waren blutüberströmt.

»Geh weg, Mama«, schrie Anson. »Billy, bringen Sie sie ins Haus.«

Billy griff Henrietta am Arm, doch sie riß sich mit verzweifelter Kraft los. Sie taumelte auf ihre Söhne zu. Anson hielt das Pferd an und stellte sich zwischen seine Mutter und die schreckliche Last, die das Tier trug. »Geh weg, Mama«, stöhnte er. »Du kannst nichts mehr tun. Koger ist tot.«

»Nein.« Henrietta flüsterte. Dann schrie sie, stieß einen durchdringenden, gequälten Laut aus. »Koger«, heulte sie, »Koger.« Stuart war wie versteinert, er sah nichts und hörte nichts. Henrietta griff hinauf und nahm Kogers schlaffe, kalte Hand. Sie drückte sie an ihre Wange, verschmierte sich dabei das Gesicht mit Blut, in das ihre Tränen Spuren zogen. »Mein Liebes«, schluchzte sie. »Ach, mein Liebes. Du bist so kalt. Stuart, gib mir meinen Jungen. Ich will ihn in den Armen halten. Koger, Koger, ich bin es, Mama. Komm, Mama wärmt dich.«

Stuart rührte sich nicht.

»Der Doktor hat ihr etwas Laudanum gegeben«, sagte Susan. Sie schloß sacht hinter sich die Tür zu Henriettas Zimmer. »Wir beide müssen uns jetzt wohl um alles kümmern, Billy. Stuart hat noch einen Schock. Margaret ist zusammengebrochen, und Anson hört einen nicht einmal, wenn man etwas zu ihm sagt ... Billy, das ist eine furchtbare Sache.«

»Ja.«

»Ich meine, noch schlimmer als du ahnst. Gehen wir hinaus, ich muß an die frische Luft.«

Sie gingen vom Haus weg auf den Fluß zu, vorbei an den fürstlich gedeckten Tischen für das Gartenfest. Die Spanferkel wurden von niemandem mehr beaufsichtigt, und der süß-scharfe, unangenehme Geruch von verkohltem Schweinefleisch lag schwer in der Luft.

»Es gab Gerede unter den Gästen, Billy. Beim Verabschieden habe ich sie miteinander tuscheln hören. Sie fragen sich, ob es wirklich ein Unfall war. Sie haben über den Richter und noch einen Mann geredet. Noch so ein ›Unfall‹. Billy, hältst du das für möglich? Kann es sein, daß Stuart tatsächlich seinen Bruder umgebracht hat? Ihn ermordet hat?«

»Nein. Bestimmt nicht. Es war ein Unfall. Koger hat aus unerfindlichen Gründen seinen Posten verlassen, und man hat ihn aus Versehen mit einem Rehbock verwechselt. Aber geschossen haben mehrere, und Stuart war einer davon. Koger wurde zweimal getroffen, einmal am Bein, und einmal durchs Herz. Stuart wird nie genau wissen, ob er seinen Bruder getötet hat oder nicht.«

Henrietta sah auf dem Begräbnis ihres Sohnes wie ein Gespenst aus. Ihr Gesicht war ein bleiches Etwas hinter dem langen schwarzen Schleier. Sie stützte sich auf ihre beiden anderen Söhne, die in ihren schwarzen Anzügen steif dastanden, und deren feuerrote Haare wie eine unerhörte Gotteslästerung wirkten: zuviel Kraft und Leben darin.

Nur wenige kamen zur Beerdigung. Die meisten Trauergäste waren aus Henriettas Generation, die mehr den Kummer der Mutter betrauerten als den Tod des jungen Mannes.

Als der erste Erdklumpen dumpf auf den Sarg aufschlug, schrie Margaret: »Ich kann nicht mehr.« Mit einem langen gräßlichen Seufzer sank sie gegen Stuart. Er legte seinen Arm um sie, konnte sie aber nicht halten. Ihre winzige Gestalt sackte bewußtlos zu Boden. Stuart wandte den Blick nicht vom Grab seines Bruders auf das Bündel zu seinen Füßen. Anson bettete sie schließlich in seine Arme und trug sie ins Haus.

Billy fuhr mit der Beerdigungszeremonie fort.

Im Hintergrund des Familienfriedhofs von Ashley, getrennt von den Weißen, wiegten sich die Schwarzen der Barony trauernd hin und her. Die alte Pansy war auch da, mit einem Funkeln in den zusammengekniffenen Augen. »Leid und Drangsal«, murmelte sie. »Hab' ich's ihnen nicht gesagt?«

7

Billy Barringston breitete die Arme aus. »Komm, setz dich auf meinen Schoß, Mistress Barrington«, lud er sie ein. Susan tat ihm den Gefallen. »Uff«, sagte Billy. Susan kitzelte ihn, bis er um Gnade flehte, dann kuschelte sie sich an seine Bruste.

»Ich bin sooo glücklich, Susann«, schnurrte er ihr ins Ohr.

»Ich auch.«

»Ob wir uns wohl je gegenseitig langweilen werden?«

Susan richtete sich auf. »Kann ich mir nicht vorstellen«, sagte sie ernst. »Schließlich sind wir schon fast fünf Monate verheiratet, und uns ist immer noch nicht langweilig.« Ihre Mundwinkel zuckten.

»Schon gut, mach dich nur über mich lustig.«

Susan umarmte ihn. »Du bist manchmal so ein Schwarzseher. Machst dir Sorgen um nichts und wieder nichts. Das ist doch dumm.«

»Aber so was kommt vor. Daß man sich zu langweilig wird. Schau Stuart und Margaret an. Ist dir das noch nicht aufgefallen? Die sprechen nicht einmal mehr miteinander. Sie reden mit allen anderen im Zimmer, bloß nicht miteinander.«

»Das hat mit uns nichts zu tun, Billy. Wir sind ganz anders als Stuart und Margaret. Vollkommen anders.«

»Ich weiß schon. Du hast ja recht. Aber es trifft mich jedesmal, wenn ich sie sehe. Sie waren so glücklich. Vor einem Jahr waren sie noch ganz offensichtlich verliebt. Und jetzt geht es ihnen über die Maßen schlecht. Die ganz Stimmung auf der Barony ist schlecht. Mir graut jedesmal davor, hinüberzufahren.«

»Warum tust du es dann? Ich finde nicht, daß du so oft hinmußt. Das habe ich dir schon oft gesagt.«

»Aber irgendwie fühle ich mich verpflichtet. Ich bin schließlich ihr Pfarrer, und sie haben diese zwei schrecklichen Schicksalsschläge erlebt.«

Susan biß sich auf die Lippen und überlegte. Dann kam sie zu einem Entschluß. »Billy«, sagte sie, »ich sage dir jetzt etwas, das du nicht gerne hören wirst. Für meine Begriffe haben dich die Tradds in ihren Bann geschlagen; du bist da nicht ganz ehrlich zu dir selber. Du denkst dauernd über sie nach, redest dauernd über sie und besuchst sie dauernd. Du bist besessen.«

Billy stand auf und schob Susan unsanft weg. »Das ist das dümmste Geschwätz, daß ich je gehört habe«, sagte er und ging in die winzige Küche; Susan folgte ihm.

»Ich verstehe, woher das kommt, Billy, wirklich. Sie sind anders als wir; sie sind anders als irgend jemand sonst. Die Tradds sind – extravagant. Alles an ihnen ist übertrieben. Sie haben zu rotes Haar, die Männer sehen zu gut aus, das Haus ist zu schön, das Tafelsilber zu schwer, das Porzellan zu dünn und ihre Lebensläufe zu dramatisch. Sie sind wie die Riesen, von allem zuviel. Das überwältigt einen. Und fasziniert natürlich. Was bei den Tradds passiert, ist immer aufregender als das, was bei anderen Leuten geschieht. Es zieht die normalen Menschen an wie ein Tornado, der Bäume, Häuser, Tiere und alles, was ihm in den Weg kommt, mit sich reißt.«

Billy kehrte ihr immer noch den Rücken zu.

Susan seufzte. »Ich habe gewußt, daß du böse wirst, Billy, aber ich mußte das einfach einmal sagen. Ich liebe dich, und ich kann nicht mit ansehen, wie du eines von den Traddschen Opfern wirst. Außerdem bin ich, ehrlich gesagt, eifersüchtig.«

Billy fuhr herum. »Eifersüchtig? Worauf denn? Ach Susan, du bedeutest mir doch alles auf der Welt. Und das weißt du auch.«

»Nun ja.«

Billy nahm sie in die Arme. »Ich zeig es dir, soll ich?«

Aber nachdem sie sich geliebt hatten und eng aneinandergeschmiegt dalagen, zerstörte er unabsichtlich den Zauber. »Mir tut Anson so leid«, sagte er. »Der kommt nun niemals von dort los. Stuart kümmerte sich nicht im geringsten um das Anwesen, und Anson muß zusehen, daß immer genug Vorräte da sind, muß die Arbeiten verteilen und die Feldarbeiter beaufsichtigen. Er ist der Jüngste und macht die ganze Arbeit auf dem Besitz seines Bruders.«

Susan hätte am liebsten geweint. Er hat kein Wort verstanden, dachte sie. Noch mehr kann ich nicht sagen. Ich muß einfach meinen inneren Frieden bewahren und beten, daß er von ihnen loskommt. Als sie sich sicher war, daß sie ihre Stimme unter Kontrolle hatte, sagte sie: »Es ist zumindest ein Trost für Miss Hen. Zwei Söhne zu verlieren, daß wäre zuviel für sie.«

»Da hast du wohl recht. Es ist schwer zu sagen, was sie wirklich denkt. Nach außen hin wirkt sie genauso wie früher, irgendwie ruhig und gefaßt. Früher hat sie mir viel erzählt, aber jetzt sagt sie immer nur, es geht alles den Umständen entsprechend. Ich glaube, daß das Kind ihr größter Trost ist. Sie hat es oft bei sich.«

»Sie wird den kleinen Stuart noch öfter haben, wenn erst das neue Baby da ist. Billy, erzähl mir nicht, daß du das nicht mitgekriegt hast. Margaret läuft doch alle zehn Minuten aus dem Zimmer, um sich zu übergeben.«

»Das habe ich nicht gemerkt. Ich bin nur ein Mann, mein Schatz. Was weiß ich schon von diesen Dingen? Es überrascht mich allerdings. Sie und Stuart scheinen sich doch in letzter Zeit ziemlich fremd geworden zu sein. Er beachtet sie überhaupt nicht.«

Susan gab ihm einen Kuß. »Du hast von so manchem keine Ahnung, mein Billyschatz. Ich höre beim Einkaufen immer mal dies und das. Stuart Tradd war seit Kogers Tod noch keine Minute nüchtern. Er kann schon kaum mehr geradeaus schauen, aber nach Summerville schafft er es durchaus. Es heißt, daß er schon jede Schürze in der Stadt erjagt hat. Vielleicht hat er Margaret für eine seiner leichten Mädchen gehalten, oder für die Ehefrau von einem anderen Mann.«

Billy war erschüttert. Von dem Klatsch und noch mehr von Susans lachendem Bericht darüber. »Du solltest dir solches Gerede nicht anhören, Susan. Das ist nichts für deine Ohren.«

»Liebster Billy. Du mußt noch eine ganze Menge über die Frauen lernen.«

Die kleine Margaret Tradd wurde im Oktober geboren, am gleichen Tag wie ihre Großmutter. Henrietta strahlte vor Glück. »Ich habe mir immer ein Mädchen gewünscht«, sagte sie, »obwohl ich meine Jungs so geliebt habe. Was für ein herrliches Geburtstagsgeschenk. Wir nennen sie Peggy. Sie ist zu klein für einen langen Namen. So klein und so vollkommen. Sie ist das schönste Baby auf der Welt.«

Peggy war tatsächlich ein hübsches Baby. Sie hatte die starken Traddschen Farben und die feinen Züge ihrer Mutter geerbt. Ihr Haar wuchs in weichen Kupferlöckchen, und ihre blauen Augen wirkten geradezu riesig in dem kleinen, regelmäßigen Gesicht. Die Füßchen und Händchen waren ebenso winzig wie vollkommen, mit langen, spitz zulaufenden Fingern und schon jetzt hohen und eleganten Handrücken unter dem weichen rosigen Fleisch.

Sie war auch ein glückliches Baby, brabbelte vergnügt vor sich hin und spielte mit ihren Zehen und Fingern, bis jemand bemerkte, daß sie wach war. Und sie reagierte auf jegliche Zuwendung mit so offensichtlichem Entzücken, daß sogar der kleine Stuart sich gern über ihre Wiege hängte und ihr ›Backe, backe Kuchen‹ beizubringen versuchte.

Sie schien wieder Freude und Fröhlichkeit in die düstere, angespannte Abgeschiedenheit der Barony zu bringen. »Alles ist jetzt wieder anders«, berichtete Billy Susan. »So wie es sein soll.«

Susan mußte ihm zustimmen. Trotz ihrer Eifersucht wurde auch sie langsam in den Bann der Tradds und der Welt, für die sie standen, gezogen. Peggy wurde am ersten Dezember getauft, mit einer anschließenden Feier auf der Barony. Mit diesem Fest wurde das zurückgezogene Dasein der Trauerzeit beendet, und die Familie nahm wieder am gesellschaftlichen Leben teil. Die jungen Barringtons wurden mit den Tradds in den schwindelnden Reigen von Teegesellschaften, Dinners und Bällen gerissen, aus dem die Saison bestand. Von Mitte Dezember bis Mitte Januar war das gesamte alte Charleston ein einziges Fest. Der Fröhlichkeit und warmen Herzlichkeit konnte selbst Susan nicht widerstehen.

Für Margaret ging in der hektischen Aufeinanderfolge von Festen ein Traum in Erfüllung: Endlich war sie die umschwärmte Südstaaten-Schöne.

Wenn sie nicht geheiratet hätte, wäre sie voriges Jahr auf ein paar ausgewählte Gesellschaften gegangen; und dann hätte man sie in dieser Saison in die Gesellschaft eingeführt. Aber durch die tragischen Todesfälle in der Familie war sie im Vorjahr auf keiner der Parties erschienen. Ihre atemberaubende, durch die Mutterschaft jetzt noch gereifte Schönheit war daher eine aufregende Bereicherung für die Szene. Verheiratet oder nicht, war sie von Bewunderern umgeben, die sich um einen Platz auf ihrer Tanzkarte balgten und um Erlaubnis bettelten, ihr ein Glas Punsch oder ein Stück Kuchen bringen zu dürfen. Margaret verhielt sich auch wie eine Debütantin. Sie flirtete, spielte ihre Verehrer gegeneinander aus, teilte hier ein Lächeln und da einen Walzer zu, wie eine Kaiserin, die Hof hält. Sie tanzte ihre Schuhe durch und wurde immer noch schöner, denn der Erfolg ließ sie nun auch von innen heraus strahlen.

»Ich bin so glücklich«, flüsterte sie Stuart zu und lehnte den Kopf an seine Schulter, wenn sie jeden Morgen bei Tagesanbruch heimfuhren. Er drückte sie an sich und hielt sie fest umschlungen, denn er war genauso in ihre Schönheit vernarrt wie alle anderen Männer, die sie hinter sich ließen.

Henrietta war ebenfalls glücklich. Das mißbilligende Getuschel über Margarets Benehmen war nicht wichtig. Die wiederaufgelebte Nähe zwischen Stuart und seiner Frau zählte viel mehr. Ansons Fehlen im Haus und auf den Gesellschaften bemerkte sie nicht. Er hatte wohl auf der Barony zu tun, und aus dem Tanzen hatte er sich sowieso nie viel gemacht.

8

Die Saison gipfelte wie immer im St.-Cecilia-Ball, der Charlestoner Tradition, die man am liebevollsten hochhielt. »Ich bin so aufgeregt, ich halte es kaum aus, Susan«, sagte Margaret. »Der Ball ist das Allerschönste an der ganzen Saison. Ich habe mein bestes Kleid dafür aufgehoben, schau.«
Susan schnappte nach Luft, als Margaret den Musselinumhang über dem Kleid hochhob. Es war ein einziges Geglitzer von Gold- und Silberperlen, die in feinster Arbeit auf glänzenden blauen Satin aufgenäht waren. Sie bildeten über den ganzen Rock verteilt Sträuße aus silbernen Lilien mit goldenen Blättern. Der Rock war am Saum und die Schleppe an den Einsätzen mit goldenen Reben und Silberblättern eingefaßt. Das tief ausgeschnittene Oberteil war über und über mit speerförmigen goldenen Lilienblättern bestickt. An den winzigen Puffärmeln saßen kunstvolle Schleifen aus dünnen Seidenbändern in Gold und Silber, die noch als funkelnde Fransen den Oberarm umspielten.
»Wie findest du es, Susan?«
Susan fand vor allem, daß es mehr als drei Jahreseinkommen von Billy gekostet haben mußte, aber das konnte sie nicht laut sagen. »Ich finde, daß ich nun ja wirklich getrost zu Hause bleiben kann«, sagte sie. »Kein Mensch wird auf dem Fest für irgend jemand anderen Augen haben als für dich.«
Margaret lief quer durchs Zimmer auf sie zu und umarmte sie. »Ich will die Schönste dort sein«, flüsterte sie. »Ich möchte, daß die anderen vor Neid erblassen. Es wird meine

Einführung in die Gesellschaft, als ob ich eine Debütantin wäre.«

Susan drückte Margaret ebenfalls. Wie traurig das war. Margaret wollte unbedingt das eine, was sie nicht haben konnte – ein junges Mädchen sein, jungfräulich und umschwärmt, für das die Zukunft noch offen ist. Ihre entzückenden Kinder, ihren Mann und ihre Verpflichtungen gab es für sie nicht wirklich. Ihre Welt bestand aus Ballkleidern und Tanzkarten und den schweren, geprägten Einladungen, die um die Ehre ihrer Anwesenheit um zehn Uhr ersuchten. Ohne das war sie lustlos und mißmutig, wie ein unglückliches Kind.

Susan dachte an das Baby, das in ihrem Bauch heranwuchs. Bitte, lieber Gott, betete sie innerlich, laß mich klug genug sein, daß ich mein Kind trotz aller Liebe nicht verwöhne. Laß mich ihm beibringen, was wirklich wichtig ist.

An diesem Abend schickte Susan vor dem Einschlafen ein kleines Gebet für Margaret zum Himmel. »Lieber Gott, sie wird verzweifelt sein, wenn die Feste vorbei sind. Bitte steh ihr bei.«

Doch Susan hätte sich nicht zu sorgen brauchen. Für Margaret und Stuart waren mit dem Ende der gesellschaftlichen Saison die Parties noch nicht vorüber. Sie fuhren fast jeden Tag in die Stadt zu den großen Ausstellungen, die man auf dem Gelände der alten Washington-Rennbahn, einst ein Mittelpunkt der Charlestoner Gesellschaft, aufgebaut hatte.

Die Rennbahn, in der Plantagenbesitzer ein Vermögen auf ihre eigenen Pferde gegen Favoriten aus Irland, England und Frankreich gesetzt hatten, war nach dem Bürgerkrieg nie wieder zum alten Glanz aufgestiegen. Sogar die prächtigen Marmorsäulen am Eingang mußten an den New Yorker Millionär August Belmont verkauft werden, der sie auf seiner eigenen Rennbahn im Norden aufstellen ließ. Es war ein trauriger Tag für die Charlestoner gewesen, die sich noch an die Zeiten vor dem Krieg erinnern konnten.

Aber jetzt hatte man die Rennbahn zu neuem Leben erweckt, und zwar als Park mit einem künstlichen See und einer Reihe von Pavillons mit Ausstellungen von neuen Produkten und Erfindungen, die ein neues Zeitalter priesen, ein Zeitalter des Fortschritts: das zwanzigste Jahrhundert. Bei Sonnenuntergang wurde ein Zentralschalter umgelegt, und durch die Menge ging ein leiser Aufschrei. Jedes Gebäude, jeder Weg und jede einzelne Brücke waren mit der größten Erfindung der damaligen Zeit ausgestattet: dem elektrischen Licht.

Billy und Susan besuchten die Ausstellung mehrere Male, aber nachdem sie jeden Pavillon einmal besichtigt hatten, gingen sie nicht mehr hin. Die vielen Menschen störten sie. »Wir sind eben einfach vom Land«, gaben sie fröhlich zu.

»Und ich bin wohl einfach eine Frau aus dem neunzehnten Jahrhundert«, erwiderte Henrietta. Ein einziger Besuch hatte ihr genügt. Sie blieb am liebsten auf der Barony, kümmerte sich um die unzähligen Einzelheiten des großen Haushalts und verbrachte glückliche Stunden mit ihren Enkelkindern. Sie machte sich ein wenig Sorgen um Stuart, gestand sie Billy, weil er wieder Land verkaufte, um für die kostbare Garderobe aufzukommen, die er und Margaret anscheinend benötigten, und um die Zimmer im Charlestoner Hotel zu bezahlen, die es ihnen ersparten, jeden Abend die acht Meilen nach Hause zu fahren.

Aber es war ja so viel Land da. Und Margaret sollte sich schonen. Sie erwartete wieder ein Kind, obwohl das enge Schnüren ihrer Kleidung diesen Umstand noch verbarg.

Und von Anson konnte man kaum erwarten, daß er aus der Landwirtschaft noch mehr herausholte. Er arbeitete ohnehin von früh bis spät und ging allabendlich im Büro der Plantage die Bücher durch.

Alles in allem, sagte Henrietta, sei ihr Leben letztlich abwechslungsreich und glücklich.

Billy und Susan pflichteten ihr bei. Die beiden bleiben auch am liebsten zu Hause, genossen die länger werdenden Tage und den Garten, den sie hinter ihrem Häuschen anlegten, machten Zukunftspläne und stritten sich um den Namen für das Baby, das im August zur Welt kommen sollte.

»Wir sind in einem richtigen Trott, findest du nicht?« sagte Billy eines Abends im April.

Susan sah von ihrer Näharbeit auf. »Stimmt genau«, sagte sie, »ist das nicht herrlich?«

Eine Woche später wurde ihre Welt auf den Kopf gestellt.

9

»Georgia? Wie kann dich der Bischof von South Carolina nach Georgia schicken, Billy? Das ist doch ein ganz anderer Staat.«

»Ich weiß, daß das ein anderer Staat ist, Susan. Ich bin vielleicht ein Versager, aber ich bin nicht völlig dumm.«

Susan tröstete ihn schnell und versuchte ihn aufzubauen. Es liege doch nicht an ihm, daß St. Andrews wieder geschlossen werden sollte. Der Fortschritt sei schuld, das zwanzigste Jahrhundert, die Ausstellung. Die ehemaligen Kirchgänger aus Charleston fuhren eben sonntags nicht mehr aufs Land, sondern mit der Straßenbahn zu der Ausstellung.

Henrietta sagte ihm ungefähr dasselbe, außer daß sie das elektrische Licht dafür verantwortlich machte.

»Ich werde Sie beide vermissen«, sagte sie. »Sie müssen versprechen, mir zu schreiben.« Sie versprachen es.

»Und Sie müssen mir erlauben, vor Ihrer Abreise ein kleines Fest für Sie zu geben. Sie haben hier mehr Freunde, als Sie vielleicht wissen.« Sie nahm dem kleinen Stuart ihre Brille weg, die er gerade dem vor dem Kamin schlafenden Hund aufsetzen wollte. »Ich hole nur schnell meinen Kalender vom Schreibtisch. Wann müssen sie in Milledgeville sein?«

»Am ersten Juni.«

»Da haben wir ja noch über einen Monat Zeit. Gut. Wir ziehen ein bißchen früher als sonst ins Waldhaus und geben dort die Party. Da wird es dann auch viel gemütlicher. Sagen wir, am zwanzigsten Mai? Das ist ein Sonntag. Sie werden Ihre letzte Predigt vor einer überfüllten Kirche halten, Billy. Alle wissen genau, daß sie nichts zu essen oder zu trinken kriegen, wenn ich sie zuvor nicht in der Kirche sehe.«

Susan gluckste. »Laden wir doch den Bischof ein.«

Henrietta klatschte in die Hände. »Ausgezeichnet. Ich schreibe noch heute nachmittag an seine Frau. Das wird ein Spaß!«

Doch es kam anders. Als Henrietta gerade den Brief an die Frau des Bischofs schrieb, wurde sie von Zanzie unterbrochen. »Dem Baby geht's gar nicht gut, Miz Tradd.« Henrietta ließ ihren Federhalter sinken. Beide Kinder waren vor drei Tagen geimpft worden, und die sonst so vergnügte Peggy war seitdem recht quengelig gewesen. Stuartchen beschwerte sich, daß er sich nicht am Arm kratzen durfte, aber Peggy war noch zu klein, um zu sagen, was ihr fehlte.

»Bring mir eine warme Milch mit Sirup, Zanzie. Sie hat noch nichts getrunken. Vielleicht hat sie Hunger. Ich nehm sie mal ein bißchen auf den Arm.« Henrietta lief die breite Treppe ins Kinderzimmer im zweiten Stock hinauf. Sie hörte kein Kinderweinen, daher schlich sie auf Zehenspitzen den Korridor entlang. Vielleicht war Peggy eingeschlafen.

An der Tür stieß Henrietta einen Schrei aus. Peggys kleiner Körper war zusammengekrümmt und wand sich in Krämpfen. Henrietta rannte zu ihr hin und riß sie aus dem Kinderbett. Das Nachthemdchen war schweißdurchnäßt, und der kleine steife Körper darunter fühlte sich entsetzlich heiß an. Henrietta drückte das Baby an ihre Brust, als könne sie Peggys steifen, zuckenden Gliedern etwas von der Weichheit ihres Körpers abgeben. »Lieber Gott«, schluchzte Henrietta, »bitte nicht. Bitte lieber Gott. Schsch, mein Engel, es wird alles wieder gut. Schsch, mein kleiner Schatz, jetzt ist Grandma ja da. Grandma macht alles wieder gut.« Immer wieder küßte sie das Köpfchen, während ihre Tränen auf die Kupferlöckchen fielen, die vom Fieberschweiß des Babys schon ganz feucht waren.

Hastig schüttete sie kühles Wasser aus dem Krug auf dem Nachttisch in eine Schüssel und tauchte ein Tuch ein. »Jetzt macht Grandma dir ein feines kühles Bad, Peggy. Dann geht es dir gleich besser.«

Henrietta legte die Kleine aufs Bett und zog ihr das Nachthemd aus. Sie wusch Peggys Kopf, den Hals und das rote Gesichtchen. Die Krämpfe hörten auf. Henrietta hob eines der Ärmchen, rieb es ab und küßte die kleine, schlaffe Hand. Dann hob sie den anderen Arm und wusch ihn behutsam. Noch wollte sie Peggys Brust einfach nicht ansehen.

Dann holte sie tief Luft, wusch das Tuch noch einmal im Wasser aus und blickte hin. Auf dem Bauch hatte Peggy einen schwach rötlichen Fleck. Henrietta zog die pummeligen Beinchen auseinander. An der Innenseite der Oberschenkel saßen rote Pusteln.

Peggy hatte die Pocken. Die Impfung, die sie vor der Krankheit schützen sollte, hatte sie statt dessen damit infiziert.

Henriettas Tränen versiegten sofort. Sie brauchte nun ihre gesamte Energie, um Peggys Leben zu retten. Innerhalb der nächsten Stunde brachte sie sämtliche Dienstboten auf Trab, indem sie oben von der Treppe aus hinunterrief. Sie schickte einen Jungen nach dem Arzt, erteilte Order zum sofortigen Umzug ins Waldhaus und zwang Zanzie dazu, sich bis auf die Haut auszuziehen, sich mit Karbolseife abzuschrubben und ihre Kleider zu verbrennen. »Ich bleibe hier und kümmere mich um das Baby. Sorg dafür, daß Mr. Anson, Mr. Stuart und Miss Margaret dieses Haus nicht mehr betreten. Stell an der Auffahrt und an allen Türen jemanden hin. Beten wir zu Gott, daß die Infektion sich nicht ausbreitet.«

Zwei Wochen lang führte Henrietta den Haushalt aus einiger Entfernung. Viermal am Tag kam Zanzie auf die Wiese und rief zum offenen Kinderzimmerfenster hinauf. Sie fragte, wie sie dies und jenes im Haushalt erledigen solle, und berichtete von den anderen; Henrietta gab Anweisungen und einen Krankenbericht über Peggys Fortschritte. Im Waldhaus ginge es allen gut, sagte Zanzie immer. Peggy könne schon stehen, rief Henrietta zurück. Beides war gelogen.

Im Waldhaus erledigte Zanzie die gesamte Hausarbeit allein und kümmerte sich darüber hinaus um Margaret, die bei der Nachricht von Peggys Krankheit zusammengebrochen war. Zwei Stunden später schrie sie nach Zanzie. Der Schock hatte eine Fehlgeburt eingeleitet. Der Doktor, den man wegen des Babys geholt hatte, mußte sich erst um die Mutter kümmern. Er konnte die Fehlgeburt nicht mehr verhindern, genausowenig wie die anschließende Entzündung. Tagelang saß Zanzie bei Margaret und rieb ihren fiebrigen Körper kalt ab, genauso wie Henrietta bei Peggy. Alle anderen Dienstboten ergriffen die Flucht, weil sie Margarets Fieber für das erste Anzeichen der Pocken hielten.

Stuart ging mit seinem Sohn in die Stadt, um ihn vor jeglicher Ansteckungsgefahr zu schützen, und damit der die gequälten Schreie der Mutter nicht mitanhören mußte.

Nur Anson blieb, wechselte sich mit Zanzie an Margarets Bett ab, flößte ihr Suppe ein, tupfte ihr den Schweiß von der Stirn und hielt ihre Hand.

Als Margaret endlich außer Gefahr war, rannte Zanzie zum Herrschaftshaus. Heute wäre ihr Bericht einmal nicht gelogen.

Schon von der Wiese aus hörte sie Peggy weinen. »Miz Tradd«, rief sie mit lauter, fröhlicher Stimme. »Ich bin's, Zanzie, Miz Tradd.«

Keine Antwort kam, nur das klägliche Wimmern eines müden Babys war zu hören. Zanzie lief zum Haus und klopfte heftig an die große, abgeschlossene Tür. Noch immer kam keine Antwort.

Schließlich nahm sie einen der schweren Blumentöpfe, die zu beiden Seiten der Verandatreppe aufgestellt waren. Sie warf ihn gegen ein hohes Fenster, so daß die alten, welligen Glasscheiben zersplitterten, und kletterte ins Speisezimmer.

Oben fand sie eine strampelnde Peggy im Kinderbettchen. Ihr Mund zuckte, und die großen Augen waren rot vom Weinen. Ihre Hände waren am Bettgitter festgebunden, so daß sie sich die Pockenschwären nicht aufkratzen konnte. Aber trotzdem war ihr Gesicht, das noch vor so kurzer Zeit so wunderschön gewesen war, durch Schwellungen und bösartige rot-braune Furchen, die tiefe Narben versprachen, verunstaltet.

Henrietta Tradd lag neben dem Kinderbett auf dem Boden, mit Pocken im Gesicht und starren, im Tod seltsam verrenkten Gliedern.

Billy Barrington hielt den Buggy an. »Ich habe Angst«, sagte er leise. Susan zog sich den Handschuh von der linken Hand und verschränkte ihre Finger mit den seinen. Wohlweislich sagte sie nichts.

Nach einigen Minuten hob Billy ihre Hand an die Lippen und legte sie ihr dann sanft in den Schoß. Er trieb das Pferd an und bog in die Auffahrt zur Barony ein. Das Knirschen der Räder erschreckte eine Spottdrossel auf einem Ast über ihnen, die darauf ein heiseres Gekrächze anstimmte.

»Es kommt mir vor, als wäre ich erst kürzlich zum ersten Mal diese Straße hinaufgefahren«, sinnierte Billy laut. »Damals dachte ich, wer auf solch einem schönen Besitz wohnt, ist bestimmt der glücklichste Mensch der Welt. Und jetzt tut mir Stuart Tradd so leid wie sonst niemand. Nichts als tragisches Unheil ist auf diesem Anwesen geschehen.«

Als sie an der Siedlung vorbeifuhren, verneigten sich Billy und Susan auf die schweigend zum Gruß erhobenen Hände der weißgekleideten Neger. »Ob wohl die alte Pansy zur Beerdigung kommt«, überlegte Billy. »Vielleicht hat sie ja recht, und auf den Tradds lastet wirklich ein Fluch.«

Jetzt sagte Susan zum ersten Mal etwas. »Red nicht solchen Unsinn«, fuhr sie ihn an. »Ich verstehe ja, daß du um Miss Hen trauerst. Ich bin auch traurig. Aber du darfst dich deshalb nicht gehenlassen und jedem dummen Gerede glauben. Du bist Seelsorger, Billy Barrington, und deine Aufgabe ist es, dieser unglücklichen Familie beizustehen. Und das schaffst du auch. Das weiß ich. Du wirst stark sein und ihnen Kraft geben. Du brauchst überhaupt keine Angst zu haben. Du machst bestimmt alles vollkommen richtig.«

Billy sah sie an. Unter dem schwarzen Schleier war ihr Gesicht bleich vor Kummer und Furcht, die ihre Worte Lügen straften. Er nahm wieder ihre Hand. »Ich mach' das schon, mein Liebes. Keine Sorge.«

Zur Beerdigung von Henrietta Tradd, die so viele Menschen geliebt und geachtet hatten, kam nur ihre Familie und die Schwarzen der Barony. Margaret stand zwischen Stuart und Anson, von beiden am Arm gestützt. Sie sah aus wie ein Schatten, dünn und von der Krankheit gezeichnet, mit einem bodenlangen schwarzen Schleier. Zur Linken Stuarts stand Zanzie, ebenfalls in Schwarz. Auf ihren starken Armen hielt sie die beiden Kinder.

Susan stellte sich neben Anson. Die Morgensonne kam heraus und färbte das leuchtende Haar der Tradds flammendrot. Susan lief ein Schauer den Rücken hinunter. Als ob sie vom Blitz getroffen wären, dachte sie; die beiden Brüder und die beiden unschuldigen Kinder. Sie ziehen ihn vom Himmel auf sich. Was wird mit ihnen geschehen?

Billys klare, feste Stimme begann mit den feierlichen Worten der Beerdigungszeremonie. Susan stiegen die Tränen in die Augen. Er war ein guter Mensch, ihr Mann, und sie liebte ihn von ganzem Herzen. Bald würden sie abreisen. St. Andrews war schon geschlossen, die Fenster verriegelt. Billy hatte nur noch eine Pflicht dort zu erfüllen. Nach Henriettas Begräbnis würden sie alle zum Friedhof zu der Beisetzung von Henry und Jane Garden gehen, die am selben Tag wie Henrietta Tradd an Pocken gestorben waren.

Billy sollte nie wieder einen so verzweifelten, schwierigen Tag wie diesen zu bestehen haben, betete Susan. Aber wenn es sein mußte, würde er auch damit fertig und seine Pflicht erfüllen. Er hatte nur kurz in der Küstenregion gelebt, aber das hatte ihn verändert. Die Barony und die Tradds hatten ihn verändert. Als er Belton verlassen hatte, war er nicht mehr als ein Bürschchen in Männerkleidung gewesen. Jetzt war er ein Mann.

Sie blickte über die starken Schultern ihres Mannes hinweg zu der alten Eiche, deren Zweige den moosbewachsenen Grabsteinen der Ashleys Schutz gaben. Die Flechten, die von den knorrigen Ästen herabhingen, warfen im gleißenden Sonnenlicht tanzende Schatten. In der Ferne konnte sie das grasbewachsene Flußufer sehen. Und während sie noch in den friedlichen, ruhigen Anblick vertieft war, löste sich eine Nebelschwade von der Wasseroberfläche und kroch die Uferböschung hinauf. Susan fröstelte.

Buch Zwei

1902–1913

10

»Zum Teufel, Margaret, es ist eiskalt hier drinnen.« Stuart stocherte wütend im Feuer herum; ein Flämmchen flackerte auf und erlosch wieder. »Verdammt noch mal«, fluchte Stuart, »dieses Holz taugt überhaupt nichts. Wahrscheinlich zu frisch. Oder zu feucht. Oder beides.«

Margaret kauerte in der einen Sofaecke. Stuarts Wutanfälle häuften sich in letzter Zeit und wurden immer heftiger. Jetzt stieß er wieder verbissen auf das kleine Feuer ein, dann schleuderte er den Feuerhaken quer durchs Zimmer. Margaret brach in Tränen aus.

»Hör um Himmels willen mit dem Geheule auf«, brüllte Stuart. Er ging mit schnellen Schritten zur Tür und wandte sich dort um. »Ich fahre weg«, sagte er. »Du brauchst mir kein Abendessen zu richten, denn ich kann bestimmt keine Gabel mehr halten, wenn ich wiederkomme.« Er schlug die Tür hinter sich zu.

Es war November. Draußen regnete es seit drei Tagen unentwegt; die klamme Feuchtigkeit kroch durch Tür- und Fensterritzen bis ins Haus. Es zog in sämtlichen Zimmern, der Wind fuhr unter allen Türen hindurch.

Der kleine Stuart und Peggy konnten nicht ins Freie, und durch ihr lärmendes Spielen kam einem das Haus plötzlich sehr eng vor.

Was Wind auf Stuarts Mühlen war. Er beklagte sich ohnehin andauernd, daß sie immer noch im Waldhaus wohnten und nicht, wie sonst immer, Anfang Oktober ins Herrschaftshaus umgezogen waren.

Margaret hatte hysterische Anfälle bekommen, als Stuart von ihr verlangte, den Umzug zu organisieren. Sie wurde so krank, daß Zanzie nach Dr. Drayton in Summerville schickte, der sie zwei Tage lang ein starkes Beruhigungsmittel schlucken ließ. Als sie wieder aufstand und sich beim Abendessen mit an den Tisch setzte, hatte sie tiefliegende, glasige Augen und war totenblaß.

Zum ersten Mal mischte sich Anson in den Streit zwischen Stuart und seiner Frau. »Du bist ein Scheusal, Stu. Margaret ist nicht einfach stur, so wie du meinst. Sie hat eine Heidenangst vor der Villa. Sie hält sie für ein Totenhaus. Koger kam um, als wir dort waren. Papa wurde vor ihren Augen umgebracht, und auch Mama ist dort gestorben. Margaret hat Angst, daß die Pocken vielleicht noch in der Wand stecken, oder daß es spukt. Es ist auf alle Fälle grausam, von ihr zu verlangen, daß sie dorthin zurückgeht, zumindest nicht so schnell. Vielleicht nächstes Jahr.«

Stuart wollte von Ansons Erklärungen nichts wissen. »Margaret fehlt gar nichts, außer daß sie mal ein bißchen zupacken müßte. Sie ist zu faul, sich ums große Haus zu kümmern. Da hat sie nun sechs Neger, die ihr jeden Handgriff abnehmen, und ich krieg nie ein annehmbares Essen pünktlich auf den Tisch oder ein sauberes Hemd in den Schrank. Ich hab' keine Ahnung, was sie den ganzen Tag lang tut.«

Beide hatten recht. Margaret wollte aus zwei Gründen von einem Umzug ins Herrenhaus nichts wissen: Sie hatte abergläubische Angst vor den Erinnerungen, die sie damit verband, und ihr graute vor der Aufgabe, einen so großen Haushalt zu leiten. Sie kam ja nicht einmal mit dem viel einfacheren Waldhaus zurecht.

Erst hatte ihre Mutter und dann Henrietta alles für sie erledigt. Margaret wußte noch nicht einmal, was alles zur Haushaltsführung gehörte, geschweige denn, wie man es anpacken sollte, selbst wenn sie jetzt die Notwendigkeit dazu einsah. Dadurch, daß ihre Mutter und ihre Schwiegermutter fast gleichzeitig gestorben waren, hatte sie niemanden mehr, der ihr etwas beibrachte. Sie fühlte sich wie ein verlassenes Kind.

Sie erhoffte sich Trost von Stuart, doch den hatte Henriettas Tod so überwältigt, daß er ihr keinen geben konnte. Er suchte vielmehr selber nach einem starken Menschen und wollte die Sicherheit, daß das Leben so wie früher weitergehen würde, mit einer warmherzigen Frau an der Seite, die sich liebevoll um seine Wünsche und Bedürfnisse kümmerte. Seine offenen und versteckten Ansprüche machten Margaret nur noch mehr angst.

Sie wandte sich nun an Zanzie, um den Trost zu bekommen, den Stuart ihr verweigerte, und um sich bemuttern zu lassen, wonach sie sich so sehnte. Zanzie nahm Margaret in die starken Arme, nannte sie ›mein Kindchen‹, ließ sie sich ausweinen und baute eine Mauer zwischen ihr und allen anderen auf.

Zanzie wurde außerdem zur Tyrannin. Von Anfang an war sie auf der Barony eine Außenseiterin gewesen. Die Dienstboten der Tradds hatten sie nicht freundlich aufgenommen. Jetzt wollte sie es ihnen heimzahlen. Sie schlüpfte in Margarets Rolle, gab Anordnungen, beschwerte sich, mäkelte herum und drohte mit Strafen.

Und die Dienstboten rächten sich mit Sabotage. Das Essen wurde mal zu spät fertig, mal war es angebrannt, dann wieder war die Wäsche zerrissen oder versengt. Unter den Betten sammelte sich der Staub, in den Ecken Spinnweben, das Silber blieb beschlagen und die Wiese ungemäht. Es herrschte Krieg. Ein nicht erklärter, nicht eingestandener und überaus aufreibender Krieg. Bis hin zur Luft war alles vergiftet.

Sogar Anson machte das zu schaffen. Still und zurückhaltend wie er war, hatte Anson immer zu seinem älteren Bruder aufgeblickt, hatte Stuarts Dreistigkeit und seinen funkelnden Charme bewundert. Er hatte sogar gern die Farm für ihn bewirtschaftet, hatte geschuftet, um Stuarts Erbe intakt zu halten. Es kam ihm einfach logisch vor. Stuart war viel zu sprunghaft für die tagtägliche Plackerei in der Landwirtschaft. Wer außer Anson sollte sich sonst darum kümmern? Er hatte ja weggehen wollen, hatte fliehen wollen vor dem Schmerz, das Mädchen seiner Träume als Ehefrau seines Bruders miterleben zu müssen, aber es war ihm nicht gelungen. Also hatte er seinen Frieden damit geschlossen.

Selbst wenn Stuart seine Wut an Margaret ausließ, wenn es Anson das Herz zerriß, weil sie so litt, konnte er ruhig bleiben und sich heraushalten, sich ganz in seiner Landwirtschaft vergraben.

Aber jetzt wollte Stuart widerrechtlich seine Welt betreten, und da explodierte Anson.

Er kniete in einem Salatfeld, als Stuart angeritten kam. Die Salatköpfe hatten rötliche Schimmelflecken angesetzt. Keiner der Feldarbeiter hatte so etwas je gesehen, auch Anson nicht. Er kniete, weil er die Unterseite der Blätter genau betrachten wollte, und hielt sich eine Handvoll Erde an die Nase, um zu sehen, ob diese nach Schimmel roch. Stuarts Pferd verlor auf der nassen Erde den Halt und zertrampelte ein paar Pflanzen, um sich aber sogleich wieder zu fangen.

»Schwierigkeiten, Bruderherz?« fragte Stuart.

Anson befürchtete allerdings Schwierigkeiten. Aber er sah seinen Bruder gelassen an. »Kann sein«, sagte er.

»Lohnt doch die ganze Mühe nicht, für so ein paar Salatköpfe«, sagte Stuart. »Die bringen bloß einen Penny pro Kopf. Ich glaube, ich baue lieber mal Artischocken oder so was an. Da kriegt man mehr dafür.«

Anson sprang mit einem Satz auf. »Du willst was anbauen? Wann hast denn du schon mal irgendwas in die Erde gesteckt?«

»Es wird wohl Zeit, daß ich damit anfange. Man müßte doch aus dieser Landwirtschaft mehr herausholen können, als sie zur Zeit abwirft.«

Zahlenreihen durchzuckten Ansons Gedächtnis: seine schwer erarbeitete Steigerung der Erträge und des Einkommens, die Riesensummen, die Stuart für seine Vergnügungen abgehoben hatte, die verkauften Parzellen, die mehr als hundert Jahre zur Barony gehört hatten. Er packte Stuart am Stiefel und zerrte ihn von seinem Pferd herunter in den Dreck. »Hast du immer noch nicht genug kaputtgemacht?

Ich arbeite mich verdammt noch mal krumm und schief, um dich vor dem Ruin zu bewahren, ohne daß du je einen Finger rührst oder dich bedankst. Wenn du dich hier einmischt, bringe ich dich um.«

Er begann mit Stuart zu ringen, warf ihn dabei zu Boden und hielt ihn fest, setzte sich auf seine Brust und verschmierte ihm die Kleider und das Haar mit Erde. »Wie gefällt dir das, Plantagenbesitzer? So ist das mit der Landwirtschaft. Vom Pferd aus kannst du keinen Acker bebauen. Du mußt dir schon die Hände schmutzig machen.«

Während sie im Dreck miteinander rauften, stützten sich die Feldarbeiter auf ihre Hacken und beobachteten das Schauspiel. »Kain und Abel«, kommentierte einer.

»Meinst du, der bringt ihn um?« erkundigte sich sein Nebenmann.

»Kann schon sein.«

Der Kampf zwischen den beiden Brüdern war gewalttätig, fast tödlich. Ohne daß es ihnen bewußt war, ging es um viel mehr als das Sagen auf der Farm. Stuart war aufs Feld hinausgeritten, um Trost und Unterstützung zu finden – und um ein Mann zu werden. Bis zu Henriettas Tod hatte er sich nie wirklich verantwortlich für die Barony gefühlt. Anson hatte die Farmerrolle seines Vaters übernommen, und Henrietta hatte Stuart sein ausschweifendes Partyleben zugestanden. Er hatte es für selbstverständlich erachtet, daß er immer gut zu essen hatte, schöne Kleider und viele Freunde. Aber jetzt war alles anders. Seine Frau zog sich von ihm zurück, sein Familienleben war zerrüttet. Stuart hatte Angst.

Mit Schrecken wurde ihm plötzlich bewußt, daß er zweiundzwanzig Jahre alt war. Kein Junge mehr, sondern ein Mann. Und ein Mann durfte keine Angst haben. Ein Mann mußte sein Leben im Griff haben. In Ansons Augen wollte er sich als Mann erkennen. Anson hatte ihn immer bewundert, ja geliebt. Stuart hatte eine konfuse Wunschvorstellung, daß Anson ihn erfreut aufnehmen würde, mit ihm gemeinsam arbeiten und der Barony zu neuem Glanz verhelfen könnte und ihm bestätigen würde, daß er männliche Verantwortung tragen konnte, daß er der Herr über sein Leben war.

Als Anson sich nun gegen ihn wandte, ihn beschämte und erniedrigte, zerschlugen sich Stuarts Hoffnungen. Nur seine Ängste blieben. Anson hatte ihn betrogen, und dafür haßte Stuart ihn. Er wollte zuschlagen, weh tun, wollte Anson körperlich so verletzten, wie dieser ihn innerlich verletzt hatte.

Und Anson wollte Stuart in diesem Augenblick umbringen. Er wollte ihn bestrafen für den Schmerz darüber, daß Stuart Margaret geheiratet hatte, für sein einnehmendes Wesen, für die ungezählten Male, die er vergeblich auf Anerkennung seiner Arbeit gewartete hatte und für das Eindringen in den Bereich, in dem er endlich seine Ruhe gefunden hatte. Am allermeisten wollte er Stuart dafür bestrafen, daß er genau das Gegenteil war von dem, für das er ihn immer gehalten hatte: selbstbewußt, mächtig und eine Leitfigur. Anson roch den Angstschweiß an seinem großen Bruder, und dafür haßte er ihn.

Sie prügelten sich, bis sie nicht mehr konnten. Dann blieben sie keuchend nebeneinander in den schlammigen Ackerfurchen liegen.

Später stolperten sie gemeinsam zum Haus, die Arme gegenseitig um die Schultern gelegt und irgend etwas von früheren Raufereien als Kinder murmelnd. Aber sosehr sie auch vorgaben, daß alles in Ordnung sei: nichts würde je wieder gut werden. Jegliche Liebe und jegliches Vertrauen zwischen ihnen waren verschwunden. Sie waren zu Feinden geworden, und jeder verschanzte sich hinter seiner Mauer aus Wut, Selbstmitleid und Selbstgerechtigkeit. Von nun an gingen sie sehr argwöhnisch miteinander um.

Das Leben auf der Barony wurde zwischen dem Kleinkrieg der Dienstboten und dem jetzt unterkühlten, betont höflichen Benehmen von Stuart, Anson und Margaret immer unerträglicher. Stuart bezog ein getrenntes Schlafzimmer, war aber ansonsten viel zuvorkommender zu Margaret als vorher, rückte ihr den Stuhl zurecht und unternahm mit ihr Fahrten im Einspänner. Anson besprach mit Stuart seine Pläne für die nächste Saison, und Stuart sagte, er solle nur anbauen, was er für richtig halte. Margaret lächelte ständig und war für jegliche Gefälligkeiten überschwenglich dankbar.

An Weihnachten wandten alle ihre Aufmerksamkeit erleichtert den Kindern zu. Stuart fuhr Margaret nach Charleston zum Geschenke-Einkaufen. Für die gerade einjährige Peggy fand sie eine französische Puppe mit einem Koffer voller Kleider nach dem letzten Pariser Schrei. Stuart kaufte für den kleinen Stuart einen roten Sattel und ein Pony dazu.

Anson stöberte in Summerville nach netten Kleinigkeiten – mit großem Erfolg. Für seinen Neffen erstand er das Neueste vom Neuen, ein ausgestopftes Spielzeug namens ›Teddybär‹, das nach Präsident Roosevelt so benannt war. Und für Peggy fand er eine weitere neue Sensation: Kekse in Tierform. Sie lagen in einer Schachtel, die wie ein Zirkuswagen aussah und an einer weißen Schlaufe am Weihnachtsbaum aufgehängt werden konnte.

Peggy und der kleine Stuart verspeisten die Kekse, versuchten Teddy damit zu füttern und ignorierten sämtliche anderen Geschenke. Die Erwachsenen stießen gekünstelte Freudenschreie über die jeweiligen Geschenke aus, lachten aufrichtig über die Versuche der Kinder, Teddy zum Essen zu bringen, und dann zog sich jeder wieder in seine eigene private Einsamkeit zurück.

11

Stuart fand als erster einen Ausweg. Um für die Ausgaben der Saison von 1901 aufkommen zu können, hatte er seinen Rechtsanwalt beauftragt, ein Stück der zur Barony gehörenden Ländereien jenseits der Straße von Charleston nach Summerville zu verkaufen. Der Käufer war ein gewisser Samuel Ruggs, ein ehrgeiziger, gerissener Bursche, der in ärmlichen Verhältnissen aufgewachsen war und sich schon als Kind geschworen hatte, nicht sein Leben lang für fremde Leute zu schuften.

Auf der Lichtung richtete Sam Ruggs einen kleinen Gemischtwarenladen ein, in dem dichten Wald dahinter eine Schwarzbrennerei. Die Lage des Grundstücks war für seine Zwecke wie geschaffen: abgelegen, aber doch nahe genug an Charleston und Summerville, so daß er für die erstrebte Kundschaft erreichbar war. Für den Laden mit seinem Schund wiederum hatte er mit der Negersiedlung der Barony einen legitimen Kundenstamm, so daß kein Sheriff je auf die Idee kommen würde, nach seiner Daseinsberechtigung zu fragen.

Hinter dem Laden baute Sam sich drei große Zimmer und staffierte sie gemütlich aus. Er freundete sich mit Stuart an, fragte ihn um Rat bei seinen Ausbauplänen, besprach mit ihm, um welche Waren er sein Angebot erweitern sollte – er gab ihm einfach das Gefühl, wichtig und nützlich zu sein. Der Gegensatz zu dem schlampigen, zerstrittenen Haushalt auf der Plantage war drastisch. Bald verbrachte Stuart fast seine ganze Zeit bei Sam.

Margaret vertraute Anson an, daß sie den Frieden genoß, wenn Stuart nicht da war. Anson erwiderte nichts, denn es wäre unehrenhaft gewesen, ihr zuzustimmen. Aber innerlich freute er sich wie ein Kind, wenn Stuart fort war. Dann hatte er die Gelegenheit, Margaret glücklich zu machen. Er unternahm mit ihr kleine Ausflüge im Einspänner zu ihrem Elternhaus, nach Summerville oder nach St. Andrews, der inzwischen verwaisten und stillen Kirche. Margaret gefielen diese Fahrten derart, daß sie immer häufiger und länger wurden. Im Frühling fuhren sie dann nach Charleston; Margaret war hingerissen.

Anson machte sich Sorgen wegen Stuart. Sie sollten ihn

mit dazu einladen, dachte er. Immerhin war Margaret seine Frau. Außerdem hatte Anson den Klatsch unter den Arbeitern aufgeschnappt. Stuart hatte für deren Begriffe zu engen Umgang mit Ruggs' Bekannten und mit den aufgedonnerten Frauen, die als Besucherinnen in den Räumlichkeiten hinter dem Laden auftauchten. Für die Schwarzen gehörte Ruggs zum ›weißen Abschaum‹, mit dem sich ein Tradd nun wirklich nicht einlassen sollte.

Während sich Anson noch darüber Gedanken machte, löste Sam Ruggs dieses Problem für ihn. Er erstand die Vertriebslizenz innerhalb South Carolina für einen der neuen pferdelosen Wagen und machte Stuart zu seinem Teilhaber.

»Bruderherz«, brüllte Stuart Anson zu, »vor dir steht eine revolutionäre Erfindung. Darf ich vorstellen: das Curved Dash Oldsmobile. Ist es nicht wunderschön?« Er saß auf dem hohen schwarzen Ledersitz des Automobils. Es war schwarz lackiert und hatte rot-goldene Verzierungen an den großen Rädern und dem kastenförmigen Rahmen. Vorn und hinten prangten glänzende Messinglaternen, die im Einklang mit dem lauten, spuckenden Motor vibrierten, so daß die blanken Oberflächen in der Sonne blitzten. Stuart hatte eine Schutzbrille und eine Kappe auf – und ein breites glückliches Grinsen im Gesicht. So hatte Anson ihn schon seit Jahren nicht mehr lachen gesehen.

Die Vereinbarung über die Teilhaberschaft war ganz einfach. Stuart sollte mit dem Oldsmobile in South Carolina herumfahren und Bestellungen aufnehmen. Mit seinen Verkaufsprovisionen würde er dann langsam bei Sam die Schulden für seine Beteiligung am Vertriebsgeschäft tilgen.

Er nahm Anson und Margaret auf eine Spritztour mit, packte danach einen kleinen Koffer voll und machte sich auf seine Rundreise durch den Staat. »Bis da-hann!« rief er begeistert. Dann winkte er, hupte und fuhr mit einer knatternden Salve von Fehlzündungen los.

Seine Reisen hielten ihn oft wochenlang von zu Hause

fern, und wenn er heimkam, hatte er beste Laune, erzählte einen Abend lang von seinen Abenteuern und fuhr dann schnell wieder weg. Anson und Margaret unternahmen weiterhin ihre Ausflüge. Unter Ansons liebevoller Zuneigung blühte Margaret zusehends auf. Als die beiden im November noch eine ›allerletzte Bootsfahrt vor dem Winter‹ machten, um die Margaret gebettelt hatte, zog sie sich eine Erkältung zu, die sich erschreckend schnell zu einer akuten Lungenentzündung auswuchs. Nun wachten Anson und Zanzie Tag und Nacht an ihrem Bett. Stuart war ja nie zu Hause. Er vergaß die Geburtstage seiner Kinder, dann den von Margaret und schließlich sogar seinen eigenen. Dank der guten Pflege hatte Margaret das Schlimmste bald überstanden, es dauerte allerdings noch über ein halbes Jahr, bis sie wieder vollständig bei Kräften war.

Anson nahm sie unter seine Fittiche. Er kümmerte sich so liebevoll um sie, daß es sogar Margaret als etwas Außergewöhnliches auffiel. Sie war Zeit ihres Lebens verwöhnt worden, aber so etwas wie Ansons Liebe hatte sie noch nicht erfahren. Angesichts von Margarets Schwäche und Hilflosigkeit verströmte er nun die Liebe, die er jahrelang zurückhalten mußte. Er las ihr die Wünsche von den Augen ab, bevor sie ihr selbst bewußt wurden, überraschte sie mit Kleinigkeiten, redete ihr gut zu, tröstete sie und umgab sie mit der Wärme und Geborgenheit seiner Aufmerksamkeit.

»Laß mich nicht allein, Anson«, bettelte Margaret, wenn ihn seine Pflichten riefen.

»Ich bin gleich wieder da«, versprach er dann.

»Immer? Wirst du immer gleich wiederkommen? Bleibst du immer bei mir?«

Anson versprach es.

Als Margaret wieder kräftiger wurde, unternahmen sie kurze Spaziergänge und Fahrten durch die Plantage und genossen die ersten Frühlingsanzeichen in Gärten und Wäldern. Die Welt ringsum blühte auf, verwandelte sich und wurde sanfter. Und sie verwandelten sich mit ihr. Ohne daß es ihnen bewußt wurde, gerieten sie immer tiefer in eine Scheinwelt. Sie lebten zusammen in einer Scheinehe, in der sie ein Haus, aber nicht das Bett teilten, und Blicke, aber keine Küsse tauschten. Sie waren überaus glücklich mit ihrem vorgetäuschten Familienleben.

Immer wenn Stuart nach Hause kam, kehrten Margaret und Anson irgendwie ungläubig und verwirrt in die Wirklichkeit zurück. Aber Stuarts Besuche dauerten nicht lange, und dann waren sie wieder allein, für sich und glücklich.

Sie versuchten nicht, es vor irgendwem zu verstecken. Sie waren offen ineinander verliebt. Aber dieses Gefühl war so zärtlich, und Anson hütete es so geschickt, daß nur das Unschuldige daran nach außen drang. Nicht einmal die Dienstboten argwöhnten, daß sich irgend etwas geändert haben könnte. Anson kümmerte sich eben um Miss Margaret, während sie wieder ganz gesund wurde. Zanzie wußte, daß Margaret Anson liebte; Margaret hatte es ihr anvertraut. Aber Zanzie scherte sich nicht darum, ob Margarets Verhalten unmoralisch war oder nicht. Ihre Kleine war glücklich, und das war die Hauptsache.

Alles schien sich zu ihren Gunsten verändert zu haben. Der Himmel schenkte genau die richtige Menge Regen und Sonnenschein, und die Ernte gedieh besser als je zuvor. Die Dienstboten hatten schließlich selbst genug vom Kleinkrieg gegen Zanzie und arbeiteten wieder wie früher. Das Essen schmeckte vorzüglich, das Haus war sauber und die Wäsche frisch und gestärkt. Der kleine Stuart war vier, Peggy drei. Sie hatten ihre eigene Kinderwelt und störten nur selten die von Margaret und Anson. Doch die beiden hätten wissen müssen, daß sie in ihrer Scheinwelt gefährlich lebten.

Margaret Garden-Tradd war im Grunde eine dumme, verwöhnte und unselbständige Gans. Sie interessierte sich weder für ihre Kinder noch für sonst irgend jemanden, außer für sich selbst. Am Anfang nicht einmal für Anson.

Erst als sie in ihrer gemeinsamen Traumwelt Ansons Frau mimte, erfuhr sie, was Liebe bedeutet. Am Anfang machte sie einfach alles nach, was Anson tat. Wenn Anson ihr etwas brachte, suchte sie sofort nach einem Geschenk für ihn. Dann entdeckte sie, wie gut es ihr selbst tat, wenn sie Anson eine Freude machte, und sie fing an, sich Sachen auszudenken, mit denen sie ihn überraschen konnte, ohne daß er zuvor etwas für sie getan hatte. Es war gar nicht so einfach, genauso aufmerksam zu sein wie Anson. Er nahm ihre Wünsche immer schon vorweg, aber sie wußte nicht das geringste über die seinen. Mit der Zeit jedoch, nach einem gemeinsamen Jahr, lernte sie langsam, was er mochte. Es machte sie glücklich. Margaret war verblüfft. Sie hatte nie gedacht, daß die Liebe so aussah. Sie war so anständig, sich seiner Verehrung unwürdig zu fühlen, und in diesem Augenblick, indem sie einmal nur an ihn und nicht an sich dachte, verstand sie zum ersten Mal, was es heißt, zu lieben. Sie liebte Anson.

Das war das erste reife Gefühl, das Margaret je verspürt hatte, der erste Schritt auf dem Weg zum Erwachsenwerden. Und das mit zwanzig Jahren.

Margaret war begeistert. Es kam ihr vor, als hätte sie das größte Geheimnis der Welt entdeckt. »Das muß ich Anson erzählen«, dachte sie sofort, begierig, ihm ihr Innerstes mitzuteilen. Dann lachte sie leise. »Du Dummerchen«, flüsterte sie sich selber zu. »Er weiß das doch längst.« Außerdem war es sehr spät, und er schlief sicher schon. Sie dachte an Anson, den wunderbaren Anson, und umarmte sich selbst vor Freude über ihre Liebe zu ihm. Sie wollte ihm etwas Liebes tun, zum Beweis ihrer Liebe. Tief in ihr rührte sich etwas, neu und fremd für sie, und doch uralt vertraut.

Margaret nahm eine Kerze und ging leise den Korridor zu Ansons Zimmer hinunter. Geräuschlos machte sie die Tür auf und hinter sich wieder zu. Sie hob die Kerze und trat an sein Bett.

Anson sah im Schlaf jung und verletzlich aus. Margaret betrachtete ihn liebevoll. Dann blies sie die Kerze aus und stellte sie auf den Boden. Sie ließ ihre Kleider darauf fallen, schlüpfte unter die warme Bettdecke und schmiegte sich an den Geliebten.

»Anson«, flüsterte sie. »Anson, wach auf.«

»Was?« Anson bewegte sich, spürte sie neben sich und saß hellwach aufrecht im Bett. »Margaret? Was hast du? Was ist denn los?«

Margaret schlang die Arme um seinen Hals und zog seinen Kopf zu sich herunter, damit sie sich in ihrem ersten Kuß begegnen konnten. »Ich liebe dich«, sagte sie, als sich ihre Lippen berührten.

Ansons Selbstbeherrschung, die durch die jahrelange Übung vervollkommnet worden war, schwand unter Margarets forschenden Händen. Seine Zärtlichkeit aber blieb, genauso wie die traumwandlerische Sicherheit, mit der er Margarets Wünsche erriet. Er liebte sie geduldig, zärtlich und im richtigen Moment mit fordernder Leidenschaft. Für ihn war es das erste Mal, und Margaret war eine verheiratete Frau mit Erfahrung. Aber er schenkte ihr ganz neue, ungeahnte Empfindungen, und sie fühlte sich so frei und unbefangen wie nie zuvor. Die Fantasie-Ehe wurde auf ewig Wirklichkeit, vollzogen mit Körper, Herz und Seele.

Im Zimmer war es dämmrig, als Margaret erwachte, aber durch die Vorhangritzen sah sie, daß es draußen schon hellichter Tag war. »Wir haben verschlafen«, flüsterte sie kichernd. Sie streckte den Arm aus, um Anson zu stupsen.

Ihre Hand fiel auf ein kühles, pralles Kissen.

Margaret fuhr hoch. Sie lag allein in ihrem eigenen Zimmer, und ihre Kleider hingen ordentlich zusammengefaltet über dem Stuhl. Sie kicherte. Anson mußte sie heraufgetragen haben, nachdem sie eingeschlafen war. Die Mühe hätte er sich gar nicht zu machen brauchen. Sie war stolz darauf, mit ihm zusammengewesen zu sein, und es war ihr egal, wer davon erfuhr. Aber er wollte sie beschützen, das wußte sie ja. Anson wollte sie immer beschützen. Margaret wurde schwach vor lauter Liebe zu ihn.

Sie stolperte, weil sie so schnell aufsprang, sich anziehen wollte und loslaufen, um ihn zu suchen. Als sie nach ihrer Haarbürste griff, sah sie den Umschlag. Ein Liebesbrief, dachte sie. Ach, der perfekte Anson. Sie riß den Umschlag auf.

»Was ich getan habe, ist unverzeihlich«, stand da. »Ich habe uns alle betrogen. So entehrt kann ich nicht weiterleben. Ich bete, daß du mir vergibst. Leb wohl.«

Margaret bekam keine Luft mehr, und ihr war eiskalt. Ihre Augen verdrehten sich nach oben, und sie brach auf dem Teppich zusammen.

12

Margarets Kummer war so groß, daß sie sterben wollte. »Er hat es versprochen«, schluchzte sie, »er hat doch versprochen, daß er immer bei mir bleibt. Und jetzt ist er fort.« Sie weigerte sich zu essen und konnte nicht mehr schlafen.

Drei Wochen später kam Stuart nach Hause, am selben Tag, als die Schwarzen die Suche nach Ansons Leiche endgültig aufgaben. Er muß in den Fluß gegangen sein, meinten sie, muß von der Strömung bis zum Charlestoner Hafen mitgenommen worden sein, und dann ins offene Meer. Stuart wollte ihnen nicht glauben. Er bestand darauf, daß sie noch einmal die Wälder absuchten, und ritt tagelang zwischen den Suchtrupps hin und her, trieb sie an und rief Ansons Namen.

»Das kann nicht sein«, heulte er. »Er kann nicht weg sein.« Als man alles versucht hatte, taumelte Stuart ins Haus und brach erschöpft und verzweifelt zusammen. Alsbald fiel er in einen traumlosen Schlaf.

Margaret weckte ihn wieder. Sie war totenbleich im Gesicht, hatte feuerrote Augen und bebte vor Wut. Ihre ganze Liebe zu Anson hatte sich in namenlosen Haß verwandelt. Sie war nämlich schwanger.

»Ich erzähl dir gleich von deinem lieben kleinen Bruder, Stuart«, flüsterte sie ihrem Mann ins Ohr. »Er hat dir Hörner aufgesetzt. Und dann war er zu feige, uns beiden vor die Augen zu treten. Deshalb hat er sich umgebracht, weil er ein Feigling war.«

Margaret glaubte selbst, was sie da sagte. In ihrer Erinnerung hatte sich alles verwischt und verdreht, und nun war sie davon überzeugt, daß Anson sie absichtlich verführt und dann verlassen hatte. Als ihre Worte langsam in sein Bewußtsein drangen, stöhnte Stuart auf, schrie und flehte sie an, daß sie aufhören solle. Margaret legte den Kopf in den Nacken und lachte.

Stuart rappelte sich hoch, rannte zu seinem Wagen und fuhr davon, fort von ihr. Erst nach drei Monaten kam er wieder.

Verdreckt, bärtig und nach billigem Whiskey stinkend, aber nüchtern, betrat er das Haus und sagte grimmig zu Margaret: »Ich werde deinen Bankert als mein Kind ausgeben, weil ich nicht will, daß meine Kinder unter der Schande ihrer Mutter leiden müssen. Aber ich will es niemals zu Gesicht bekommen, Margaret, und dich will ich auch nie wiedersehen. Ich werde meine Sachen in die Villa hinüberbringen lassen. Und wehe, du setzt je einen Fuß in dieses Haus! Wenn du mir etwas zu sagen hast, schreib es auf und schick einen der Dienstboten damit zu mir.«

Ohne seine Frau eines Blickes zu würdigen, ging Stuart hinaus. Er stieg in seinen Wagen und fuhr auf die Villa zu. Zwischen zwei staubigen, unbebauten Feldern hielt er an. Sein Kopf fiel auf den Arm über dem Lenkrad. »Anson«, flüsterte er und weinte.

Am selben Tag noch ging er zu Sam Ruggs, ließ sich seinen Anteil ausbezahlen und teilte ihm mit, daß er sich von nun an um die Farm kümmern wollte.

Bei den Papieren, die Anson hinterlassen hatte, fanden sich auch seine diesjährigen Pläne für die Landwirtschaft. Stuart hielt sich daran, so gut er konnte, aber er verstand nichts vom Ackerbau, und alles schien verkehrt zu laufen. Jeden Tag kam er abends erschöpft, entmutigt und wütend zur Villa zurück. Er flüchtete sich in den Whiskey, und zwar meistens den billigen, starken Fusel aus Sam Ruggs Brennerei.

Von Zeit zu Zeit fuhr er zum Waldhaus und brüllte nach einem der Dienstboten, daß er oder sie ihm die Kinder bringen solle. Die erschreckte er dann damit, daß er sie fest in die Arme nahm, bis sie zu weinen anfingen. Daraufhin stieß er sie von sich und fuhr wieder ab, wobei er vor sich hinweinte und jammerte, daß Margaret die Kinder gegen ihn aufhetze.

An Weihnachten ließ er die Kinder zur traditionellen Geschenkeverteilung zur Villa kommen. Die Schwarzen der Barony traten nacheinander vor, um ihre Geschenke in Empfang zu nehmen, und wünschten ›Frohe Weihnachten‹. Die Kinder erwiderten den Wunsch im Chor mit Stuart. Sie teilten die Süßigkeiten aus und kicherten mit den schwarzen Kindern um die Wette.

Danach fingen die Schwarzen an zu singen. Die drei Tradds fielen ein und klatschten und stampften den fröhlichen Rhythmus mit, sogut sie konnten.

»Kommt rein«, sagte Stuart dann zu den Kindern, »und schaut euch an, was Papa für euch hat.« Er hatte ihnen Dutzende von nutzlosen, teuren Spielsachen gekauft.

»Der Weihnachtsmann hat uns gestern Abend ein Schwesterchen gebracht«, sagte Peggy. »Puh, die sieht vielleicht komisch aus.«

Stuart runzelte die Stirn. Eine Zeitlang hatte er es vergessen. Peggy bemerkte den Wandel in ihrem Vater nicht und plauderte munter weiter. »Zanzie sagt, daß alle weißen Babies komisch aussehen und daß das dann besser wird. Aber bei ihr muß es schon viel besser werden, bevor ich mit ihr spielen will. Ich mag meine Puppen lieber. Die weinen nicht. Zanzie sagt, daß Mamas Papa und Mama vom Himmel auf das Baby herablächeln, weil Mama sie Garden genannt hat.

Ich hab' gehört, wie sie zu Zanzie gesagt hat, daß sie das Baby so nennt, weil sie am liebsten immer noch Garden heißen würde. Was bedeutet das denn, Papa?«

13

Das Baby war unglaublich häßlich. Es hatte ganz bläuliche Haut, und zwar besonders intensiv an den Lippen und Fingernägeln. Der lange Kopf wirkte grotesk: Durch die Zangengeburt hatte er eine erdnußähnliche Form angenommen. Er war vollkommen kahl und hinten von einem großen, erdbeerfarbenen Muttermal bedeckt. Das Neugeborene gab einen dünnen Klagelaut von sich, der wie das Miauen eines schwachen kleinen Kätzchens klang.

Zanzie nahm sie und befühlte die Windel. »Sie ist trocken. Vielleicht hat sie Hunger. Ich hab' die Amme schon holen lassen.«

»Sie soll das Baby mitnehmen«, schluchzte Margaret. »Ich will es nicht hier im Haus. Es schreit die ganze Zeit seit der Geburt, und außerdem ist es häßlich wie die Nacht. Ich werde wahnsinnig, wenn ich es dauernd hören und sehen muß.«

Zanzie legte die Kleine in die Wiege und beugte sich schnell über Margaret. »Ist ja gut«, sagte sie beruhigend. »Keine Sorge. Zanzie kümmert sich um alles.« Sie packte Margaret sorgfältig in die Bettdecke und massierte ihr den Rücken, bis sie einschlief.

Dann nahm sie das Baby und schlich auf Zehenspitzen aus dem Zimmer. Auf dem Pfad zur Siedlung begegnete ihr die Amme. »Da, Mädchen«, sagte sie und gab ihr einen großen Wäschekorb. »Da hast du die Kleine und alles, was sie braucht. Sie heißt Garden. Behalt sie, bis ich sie wieder hole. Es kann eine ganze Weile dauern.«

Gardens Amme hieß Reba. Sie war groß, so groß wie die meisten Männer, und außerordentlich dünn. Sie hatte keine

Hüften und sehr kleine Brüste, selbst wenn sie – wie jetzt – mit Milch gefüllt waren. Auf den ersten Blick sah sie aus wie ein Mann in Kleidern. Sie hatte ein eckiges, energisches Kinn, eine breite, flache Nase und eine hohe, schon frühzeitig zerfurchte Stirn. Ihr Haar trug sie in straffen, am Hinterkopf eng angesteckten Zöpfen, was den männlichen Eindruck noch verstärkte. Rebas Haut war tiefschwarz, so schwarz wie das kostbarste Ebenholz.

Sie war mit Matthew Ashley verheiratet, dem bestaussehenden Mann in der Siedlung und dem Lieblingsenkel von Pansy.

Er hätte jedes Mädchen aus der Pfarrei haben können, und viele hatten es auch bei ihm versucht. Aber er hatte Reba in der Kirche in einem Chorgewand beobachtet, wie sie sang, als gehöre sie zu den himmlischen Heerscharen selbst, wie sie sich mit katzenartiger Grazie zur Musik wiegte, und von da an hatte er nur noch Augen für sie.

Reba und Matthew hatten zwei Söhne, den fünfjährigen John und Luke, der gerade ein Jahr alt war. Zwischen den beiden hatte sie zwei Kinder verloren, ein Mädchen und einen Jungen; beide wurden tot geboren. Und ein drittes Kind, ein kleiner Junge, kam drei Wochen zu früh und starb eine Woche nach der Geburt. Reba wollte eigentlich ihr eigenes Baby und dazu das von Margaret Tradd stillen. Als ihr Isaac starb, pumpte sie sich die Milch ab, damit sie nicht versiegte, und wartete auf Nachrichten aus dem Waldhaus. Ihr Körper sehnte sich nach einem kleinen Bündel in ihren Armen und einem hungrigen Mund an ihrer Brust.

Sobald Zanzie fort war, setzte sich Reba am Wegrand hin und nahm das fest gewickelte Bündel aus dem Korb. Sie drückte das kleine Etwas an sich und wiegte es sanft. »Danke, heiliger Jesus«, sagte sie immer wieder.

Dann knöpfte sie sich die Jacke und das Kleid auf. Aus ihren Brustwarzen rann Milch. »Gleich«, sagte Reba, »gleich, Gott sei Dank.« Sie schlug die Falten der Decke zurück und sah das Baby an.

»Nein!«, schrie sie. »Kein blausüchtiges Baby. Dieses Baby stirbt mir nicht.« Sie legte Garden auf die Erde und kniete sich daneben hin. »Das lasse ich nicht zu. Nicht auch noch dieses Baby.« Sie bettete das Köpfchen in eine Hand, beugte sich hinunter und blies dem Baby ihre eigene Luft in die Lungen. Mit der anderen Hand, die auf Gardens Brust lag, spürte sie, daß sich der Brustkorb kaum hob. Da holte sie Luft und saugte, zog und zog und zog. Zwei Minuten lang bearbeitete sie das Baby, während ihr vor Anstrengung die Ohren klangen.

Dann richtete sie sich auf und spuckte einen blutigen Schleimpfropf ins Gras. Sie hob die Hände und den Kopf. »Danke, Herr.«

Garden fing an zu weinen. Reba sah zu, wie die zerbrechliche kleine Brust zitterte, während das Baby schrie und seine Haut langsam rosig wurde.

»Jetzt kannst du trinken«, sagte sie. Sie hob das Baby hoch und führte den kleinen suchenden Mund an ihre Brust.

Die Bewohner der Siedlung liefen auf die Straße, als sie Reba kommen sahen. »Was machst du denn hier, Reba? Wollte die Missis nichts von dir?«

Reba hob den Korb vom Kopf herunter, wo sie ihn getragen hatte. »Die Missis wollte vor allem nichts von diesem Baby. Ich soll es bei mir behalten. Kein Mensch außer mir will es. Das ist mein Baby, der Herr hat es mir am ersten Weihnachtsfeiertag geschenkt.«

Alle strömten hinter ihr ins Haus. »Matthew«, sagte Reba, »jetzt haben wir ein Baby.« Sie hob das schlafende Kleine aus seinem Nest und hielt es Matthew hin. Er machte die Decke auf und fing an zu lachen.

»Reba, das ist das häßlichste Baby, das ich je gesehen habe. Junge Beutelratten mit eingeschlossen.« Alle drängten sich, um einen Blick auf das Bündel zu erhaschen, und wichen dann mit einem Aufschrei zurück.

Reba lächelte nur.

»Weiße Babies sind immer häßlich«, wollte ein gutmütiger Nachbar helfen.

»Nicht so häßlich wie dieses hier.« Zustimmendes Gemurmel machte sich breit.

»Schönheit ist auch nicht alles«, stellte einer fest.

Reba lächelte.

Nachdem alle das Baby gesehen hatten, schickte Matthew sie hinaus. Er setzte sich neben Reba und legte ihr den Arm um die Schultern. »Macht dich dieses Baby glücklich, Reba?«

»Allerdings.«

»Dann ist alles andere egal.« Matthew lachte noch einmal. »Wobei sie wirklich das häßlichste Etwas ist, das ich je zu Gesicht gekriegt habe.«

Reba lachte mit. »Du hättest sie erst sehen sollen, als ich sie gekriegt habe. Das muß ich dir genau erzählen.«

Garden, die ihren Einzug in die Siedlung verschlafen hatte, fuchtelte mit den winzigen Fäusten und fing an zu wimmern.

Reba ging zu ihr. »Da hat wohl jemand Hunger. Ich geb' der jungen Dame nur schnell eine frische Windel und leg' sie an, dann erzähl' ich dir alles, während sie trinkt.« Sie griff freudig nach dem häßlichen, ungeliebten Baby.

14

Garden blieb fast zehn Monate bei Reba. Am Anfang gab es Schwierigkeiten: Pansy wollte kein Traddsches Blut in der Siedlung zulassen. Das würde Plat Eyes Rache auf sie ziehen. Aber Matthew überzeugte sie davon, daß Reba das Baby brauchte. »Außerdem«, sagte er, »wollen die Tradds das Kind ja nicht, dann will es Plat Eye bestimmt auch nicht.«

Schließlich gab die alte Pansy nach, sie konnte Matthew

nichts abschlagen. Aber er mußte ihr die Haustür blau anstreichen und seine eigene ebenfalls, um die bösen Geister abzuhalten.

Garden war ständiges Gesprächsthema in der Siedlung. Reba bekam immer genügend Besuch, der wissen wollte, ob der Kopf des Babys schon besser aussehe. Manche meinten damit die Kopfform, andere den Haarwuchs. Tagtäglich glätteten sich die Kerben und Einbuchtungen, die die Zange verursacht hatte. Mit drei Monaten hatte Garden schließlich einen ganz normalen, großen Babykopf. Aber immer noch keine Haare.

Sogar Reba dachte langsam, daß ihr womöglich einfach keine wachsen würden. Sie setzte Garden immer eine kleine Mütze auf, auf die die Kleine vergeblich mit ihren Patschhändchen eindrosch.

Dann, am ersten April, spürte Reba den ersten weichen Flaum auf Gardens Kopfhaut. Sie ließ ihr weiterhin die Mütze auf, um alle Kritiker zu überraschen, wenn das abstoßende Muttermal vollkommen verdeckt sein würde.

So lange konnte sie aber nicht warten. Das Haar wuchs so seltsam, daß sie alle Leute fragen mußte, ob sie etwas Derartiges je gesehen hätten. Was bedeutete denn das? Und ob es wohl gefährlich war?

Gardens Haar wuchs nur an einzelnen Stellen. Über den ganzen Kopf verstreut bildeten sich einzelne seidig goldene Büschel. Aber zwischen den Büscheln war sie immer noch kahl.

»Vielleicht hat sie die Krätze«, sagte Matthew.

»Pah! Als ob ich nicht wüßte, wie Krätze aussieht. Sie hat überhaupt keinen Schorf und gar nichts, nur glatte, saubere Haut.«

»Wir gehen lieber mal zum Doktor, und zwar zum weißen Doktor. Schwarze Babies haben nicht so einen Kopf.«

Aber Dr. Drayton konnte nicht weiterhelfen. »Eine Krankheit kann es nicht sein, Reba. Ich habe noch nie im Leben ein so gesundes Baby gesehen. Sie haben eine Wunder vollbracht, das sage ich Ihnen. Ich habe eigentlich nicht gedacht, daß sie überlebt.«

Reba lächelte.

»Ich mach mir nichts daraus«, sagte sie zu Matthew. »Wenn es lang genug wird, bürste ich es einfach über die kahlen Stellen. Und bis dahin behält sie eben die Kappe auf.« Sie drückte einen Kuß auf den scheckigen kleinen Kopf und stülpte geschickt die Mütze darauf. Matthew beobachtete sie stirnrunzelnd.

»Jetzt häng dein Herz nicht zu fest daran, Reba, hörst du? Dieses Baby wird bald abgestillt, und dann kommt es wieder heim. Ich will nicht, daß du dich selber traurig machst.«

»Ich halte nichts vom frühen Abstillen.«

»Dann mußt du deine Meinung ändern.«

Reba erschrak. Matthew schaffte ihr fast nie an, was sie zu tun oder zu lassen habe. Wenn doch, dann meinte er es ernst. Am nächsten Tag bat sie Chloe, ihr aus der Traddschen Küche eine Tasse für das Baby mitzubringen.

Statt dessen kam Zanzie. Durch die Ritzen in den geschlossenen Fensterläden beobachtete man sie, als sie mit einem schweren Korb im Arm zu Rebas Tür ging. John versteckte sich hinter Rebas Rockzipfel, und Luke trug sie fest auf dem Arm, als sie Zanzie öffnete.

»Ich bring' die Babytasse und noch ein paar Sachen«, sagte Zanzie. Reba ließ sie eintreten.

» Da hast du aber zwei stramme Jungs, Reba.«

Reba nickte.

»Ich bring' dir ein paar Anziehsachen vom kleinen Stuart, aus denen er herausgewachsen ist.« Zanzie deutete auf den Korb. »Und einen schönen Schinken für dich und eine Flasche Wein für deinen Mann.«

»Was willst du von mir, Zanzie?«

Zanzie sah Reba ins ernste Gesicht. »Dann rede ich mal lieber nicht um den heißen Brei«, sagte sie. »Aber bitte behalte es für dich, was ich dir jetzt erzähle.«

»Das kann ich nicht versprechen.«

»Ich bitte dich trotzdem darum. Die Sache ist die: Chloe hat mir erzählt, daß du das Baby jetzt langsam abstillen willst. Aber ich sag' dir, wenn dieses Baby zu früh wieder ins Haus kommt, dann wird es ganz schön schlimm mit Miz Tradd. Sie ist nicht mehr die alte, seit dieses Kind da ist. Ich weiß nicht warum, aber das arme kleine Ding ist irgendwie Gift für seine Mutter. Ich habe Miss Margaret von klein an aufgezogen, da war sie noch kleiner als Garden jetzt. Ich habe immer gewußt, was sie braucht. Aber jetzt erkenn' ich sie kaum wieder. Sie ist giftig. Zu den Kindern, zu Mister Stuart, ja sogar zu mir. Und das hat alles mit dem Baby angefangen. Ich trau' mich gar nicht, Gardens Namen auszusprechen. Wenn Chloe oder Juno oder Herklis irgendwas erzählen, wie gut es ihr geht, und ich sage das Miss Margaret, dann verzieht sie das Gesicht, wird böse und flucht, wie ich noch nie eine Lady habe fluchen hören. Also erzähle ich nichts mehr.« Zanzie legte die Hand an den Mund und biß sich auf den Daumen. Ihre Lippen zitterten, und sie preßte die Augen zu.

Reba legte Zanzie die Hand aufs Knie. »Ich hole uns mal einen Kaffee«, sagte sie. »John, geh mit Luke raus und paß auf, daß er nicht auf die Straße läuft.«

Als Reba mit dem Kaffee kam, hatte Zanzie sich wieder gefaßt. »Danke«, sagte sie und trank einen Schluck. »Das ist aber ein guter Kaffee«, bemerkte sie. Reba wartete.

Zanzie trank aus und stellte die Tasse sorgfältig auf einen Tisch. »Was ich dich fragen will, ist folgendes: Kannst du Garden noch über den Sommer behalten? Bis dahin hat sich Miss Margaret vielleicht wieder beruhigt. Und wenn nicht, na ja, die Kinder kommen ja in die Schule. Um die muß ich mich dann nicht mehr kümmern. Dann kann ich auf Garden aufpassen, ohne daß Miss Margaret viel davon mitkriegt. Du sollst nicht umsonst arbeiten, Reba. Ich habe etwas Geld für meine Beerdigung gespart. Ich kann dir was geben.«

»Warum zahlt das nicht Miz Tradd?«

»Weil sie kein Geld hat.«

»Und was ist mit dem Mister?«

»Den trau' ich mich nicht zu fragen ... Die beiden sind sich nicht recht grün.«

»Das wissen wir alle. Tja, Zanzie, ich kann jetzt nicht ja sagen, aber auch nicht nein. Ich muß erst meinen Mann fragen.«

»Das verstehe ich.«

»Aber eines kann ich dir sagen. Hier in der Siedlung gibt es keinen Menschen, der das Baby nicht lieber selber nehmen würde, als es irgendwohin zu geben, wo man es nicht will. Alle hier mögen Garden. Wenn ich sie nicht behalten kann, finde ich jemand für sie. Und dein Beerdigungsgeld wollen wir bestimmt nicht. Auf einen Esser mehr oder weniger kommt es nicht an.«

Zanzie faltete die Hände zu einer dankbaren Geste. Mit einer Art Verbeugung sagte sie: »Gott segne dich, Reba.«

Als sie weg war, saß Reba still da und trank mit trauriger Miene ihren Kaffee. Plötzlich sprang sie auf und lief in die Ecke, wo Garden in ihrem Körbchen schlief. »Sie hat sich nicht mal umgesehen, wo du bist.« Reba strich Garden über die weiche Backe, dann über den Mund. Sofort machte das schlafende Baby schmatzende Sauggeräusche. »Jawohl, Ma'am«, sagte Reba, »ich glaube, du kannst dein Abendessen heute früher haben.«

Matthew war einverstanden, daß Garden bei ihnen blieb, und er sagte nichts mehr darüber, daß Reba ihr Herz nicht zu sehr an die Kleine hängen sollte. Aber er hatte ja Recht, das wußte sie, und sie unternahm etwas dagegen. Sie redete mit allen Frauen, und innerhalb von einer Woche kam Garden immer mal wieder für einen Vormittag, Nachmittag oder Abend in ein anderes Haus. Sie war nicht mehr Rebas Baby, sondern das der ganzen Siedlung. Bald kannte sie die anderen Gesichter und lächelte sie genauso an wie Reba. Dieser tat das Herz weh, als sie es bemerkte. Jedoch nur so lange, bis sie entdeckte, daß sie schwanger war. Dann konnte sie Garden loslassen.

Am vierten Juli, dem Unabhängigkeitstag, entdeckte der kleine Mose, eines der Kinder aus der Siedlung, daß Garden neue Haare wuchsen. »Schaut euch das an«, schrie er. »Garden hat'n neues Büschel Haare. Feuerrote!«

Seine ältere Schwester Sarah nahm ihm Garden vom Arm und trug sie herum, bis jeder einzelne auf dem Picknick der Pfarrei sie gesehen hatte. Unter der goldblonden Haarschicht, an all den kahlen Stellen wuchs das charakteristische Kupferrot der Tradds in dicken Büscheln.

Matthew warf Garden hoch in die Luft, so daß sie vor Vergnügen quietschte. »Wenn du nicht alles schlägst, Baby. Erst ratzekahl und jetzt gleich bunt gescheckt.« Er gab ihr einen Schmatz auf den Hals und reichte sie Sarah zurück.

»Mose«, rief diese, »komm und nimm Garden. Du bist immer noch dran.«

Mose tat, wie ihm geheißen. Er gab Garden sogar den Rest von seinem Hühnerbein zum Lutschen.

15

Mehr schlecht als recht ging das Leben auf der Barony seinen Gang. Margaret sah ein, daß hysterische Anfälle an ihrer Lage auch nichts änderten, und nahm sich wieder zusammen. Als sie sich eines Tages im Spiegel genauer betrachtete und ihr stumpfes glanzloses Haar und die trockene Haut bemerkte, beschloß sie, sich wieder mehr zu pflegen. »Zweiundzwanzig ist schließlich noch nicht uralt«, sagte sie sich und widmete sich der Schönheitspflege, wenn sie auch nicht recht wußte, wofür und für wen. Doch immerhin gab es ihr etwas zu tun.

Im Oktober kamen Peggy und der kleine Stuart in die Schule, was vor allem wegen des Schulwegs eine aufregende Sache war. Die fünf Meilen bis nach Bacon's Bridge waren nämlich zu weit zum Laufen, und daher durften sie auf

Judy hinreiten, einem der alten Pferde der Barony. Eigentlich wollte Zanzie ja zu Schulbeginn Garden wieder ins Waldhaus holen. Aus irgendeinem Grund aber vergaß sie ihr Versprechen, und so blieb Garden in der Siedlung, wo sie in jedem Haus daheim war. Ihre Familie schien sie vergessen zu haben.

Stuart kümmerte sich mehr oder weniger um die Farm, die unter seinen unkundigen Anstrengungen immer weniger abwarf. In diesem Jahr mußte er noch nicht allzuviel von den Ländereien verkaufen, aber die darauffolgenden Jahre ließen den früher riesigen Grundbesitz auf einen Bruchteil zusammenschrumpfen.

Die Kinder besuchten Stuart regelmäßig. Wenn sie seine Launen ertrugen und sich manchmal anschreien, dann wieder vor Liebe fast erdrücken ließen, durften sie auf dem Dachboden der Villa spielen, wo es allerlei Aufregendes zu entdecken gab. Besonders Peggy war für Abenteuer immer zu haben. Sie war kein mädchenhaftes, süßes Püppchen, wie es ihr Vater gern gesehen hätte. Sie hatte nicht nur dieses zernarbte Gesicht, das er am liebsten gar nicht ansah, sondern war auch kühn und draufgängerisch wie ein Junge. Im Gegensatz zu ihrem Bruder. Stuart war eine Memme, sagte sich sein Vater, daran war nichts zu rütteln. Wenn er nur einen toten Rehbock zu Gesicht bekam, den man von der Jagd mitbrachte, zuckte er schon zusammen. Reiten konnte er auch nicht, ja er konnte nicht mal richtig schwimmen. Hielt seinen Kopf dauernd über Wasser, der Feigling.

Das einzige, wovon er etwas verstand, waren Autos. Mehr als alle erwachsenen Männer, die Stuart kannte. Das mußte man sagen. Der Junge konnte fahren, bevor er acht Jahre alt war, und mit dem Motor konnte er Wunderdinge anstellen, so daß er rund lief und schnurrte wie eine Katze. Warum konnte er nicht mit einem Gewehr und einem Pferd so umgehen? Der Junge stellte für ihn eine einzige Enttäuschung dar.

Nicht so für Margaret. Ihr wurde eines Tages bewußt, daß

eine Lady ohne Begleitung nirgends hinfahren konnte. Von diesem Augenblick an interessierte sie sich plötzlich für ihren Sohn.

Er war ein hübscher Junge. Es sah gut aus, wenn der goldige Bub seiner Mutter aus der Kutsche half, ihre Pakete trug, ihr den Fächer reichte oder sie vom Tee bei einer Freundin abholte. Seine Manieren waren allerdings erbärmlich. In der Abgeschiedenheit hier draußen auf dem Land hatte er überhaupt nichts gelernt. Noch am selben Abend fing Margaret mit der Erziehung des kleinen Stuart an, um aus ihm das zu machen, was sie für einen perfekten Gentleman hielt.

16

1912 kam Garden dann nach Hause, um in ihrer eigenen Familie zu leben. Sie war nun sechs Jahre alt und sollte in die Schule kommen. Jetzt konnte man sie nicht mehr übersehen.

Reba redete mit Zanzie. Zanzie mit Margaret und Margaret mit den Kindern. »Ihr müßt eure kleine Schwester in die Schule begleiten, und wieder mit zurück.«

Stuart und Peggy rebellierten. Nein, das würden sie nicht tun, da würden die anderen sie ja auslachen. Sie hatten Garden in den letzten sechs Jahren nicht so vollkommen ignorieren können wie Margaret. Wenn sie von der Schule heimgeritten waren – inzwischen nicht mehr auf der alten Judy, sondern auf richtig schnellen Pferden –, dann war Garden immer unter den Kindern aus der Siedlung gewesen, die beim Anblick der Reiter aufgeregt gewinkt und getanzt hatten.

Sie hatten sich gewundert, daß ihre Schwester mit den Negerkindern zusammen aufwuchs, und hatten sich aus Zanzies Antworten auf ihre Fragen zusammengereimt, daß mit Garden irgend etwas nicht stimmte. Zanzie hatte sogar behauptet, daß Margaret auf Garden böse sei, und daß sie ihre Mutter besser nicht ärgerten, indem sie von ihr redeten. Peggy und Stuart hatten beschlossen, daß Garden schwachsinnig sein mußte. »Deshalb sind auch ihre Haare so komisch«, verkündete Peggy. »Sie ist nicht ganz richtig im Kopf.«

»Genau«, stimmte Stuart ihr zu. »Sie ist blöde.«

»Wir nehmen doch keine Blöde mit in die Schule«, erklärte er Margaret, die sich hilfesuchend an Zanzie wandte. Zanzie verprügelte Stuart mit einem Ledergürtel, bis er nachgab. Peggy fügte sich beim Anblick von Stuarts Striemen und der Aussicht auf ebensolche bei sich selbst.

Am nächsten Tag brachte Chloe Garden nach dem Frühstück ins Wohnzimmer. Garden war ziemlich aufgeregt. Reba hatte ihr von der Schule erzählt und ihr schon die ersten Zahlen und Buchstaben beigebracht. Matthew hatte sie den ganzen Sommer über auf der alten Judy reiten lassen, und jetzt fühlte sie sich auf dem Pferderücken sicher. Sie freute sich darauf, ein ›großes Schulmädchen‹ zu sein.

Garden hatte die meiste Zeit in ihrem kurzen Leben nichts als Glück kennengelernt. Jeder in der Siedlung mochte sie gern, und deshalb mochte sie auch jeden. Natürlich hatte man sie ab und zu mit einem Klaps auf den rundlichen Po oder einem Gertenschlag auf die Beine bestraft, aber Vorwürfe und Gemäkel an ihrer Person hatte sie nicht erlebt. Genausowenig wie Grausamkeit.

Sie rannte sofort auf Peggy und Stuart zu und plapperte über ihre Pferde und Judy und ihre Reitstunden bei Matthew. »Ihr braucht mich gar nicht hintendraufsitzen lassen, ich kann nämlich selber reiten, bloß noch nich schnell«, sagte sie in einem tiefschwarzen Dialekt.

Stuart und Peggy waren entsetzt.

»Mama«, sagte Stuart, »die redet ja wie ein Nigger.«

»Und sieht auch so aus.« Vom monatelangen Spielen im Freien den ganzen Sommer hindurch hatte Garden Sommersprossen und eine dunkelbraune Haut bekommen. Ihre Füße waren vom Barfußlaufen hart wie Leder, und ihr seltsames gestreiftes Haar war so dick, daß Chloe, weil sie keine Schleifen hatte, ihr vier Zöpfe geflochten hatte, die mit Garn zusammengebunden waren.

Garden schaute verwirrt. Sie wußte, daß man über sie redete und etwas an ihr auszusetzen hatte, aber sie verstand nicht warum. Sie sah hilfesuchend zu Chloe, aber Chloe schüttelte nur leicht den Kopf und legte den Finger auf die Lippen. Stumm blickte sie in die drei Gesichter und die drei Paar Augen der Tradds. In keinem schimmerte auch nur ein Funken Wärme.

»Stuart«, sagte Margaret hart, »ich habe dir schon hundertmal gesagt, daß kein Gentleman je von ›Niggern‹ spricht. Und deine Schwester sieht nicht aus wie eine Farbige. Vielleicht wie ein Gassenkind, aber dem kann man abhelfen ... Und in der Schule lernt sie schon, ordentlich zu sprechen. Chloe, sag Zanzie, sie soll Garden baden und ihr die Haare schneiden – und nachsehen, was ihr von Miss Peggys abgelegten Kleidern passen könnte.«

Chloe ging mit Garden hinaus. Erst in der Küche machte Garden den Mund wieder auf. »Warum sollen Sie mich denn baden, Chloe? Ich hab' doch erst gestern nach dem Abendessen gebadet. Was hab' ich denn Schlimmes angestellt?«

Chloe drückte sie an ihre warme, weiche Brust. »Nichts, mein Kleines«, sagte sie. »Du hast dein Leben lang nichts Schlimmes angestellt. Bloß die haben mit dir Schlimmes angestellt.«

»Was heißt das denn, Chloe?«

»Da kümmer dich mal nicht drum. Die alte Chloe redet nur so vor sich hin. Du tust am besten einfach, was man dir sagt, und denkst dir deinen Teil.«

»Du meinst, ich soll still sein?«

»Am besten. Jetzt müssen wir diese Zanzie suchen gehen. Ich geb' ihr dann echte Seife aus dem Laden, damit du Schaum in deinem Badewasser hast.«

»Ich hab' getan, was ich konnte«, berichtete Chloe Reba und den anderen an jenem Abend, »aber die arme Kleine wird es ganz schön schwer haben.«

Es *war* schwer, aber Garden schaffte es. Sie hielt ihren Mund, außer man fragte sie direkt, und dann antwortete sie so kurz wie möglich. Sie tat, was man von ihr wollte, und zwar gleich. Sie hörte zu, beobachtete und lernte. Sie konnte gut beobachten und hatte eine schnelle Auffassungsgabe; bald sprach sie genauso wie die anderen Kinder in der Schule, außer daß ihr der melodiöse Tonfall des Gullah-Dialekts blieb, den sie von den Schwarzen auf der Barony gelernt hatte, doch der gab ihrer Aussprache einen höchstangenehmen Tonfall.

Sie litt ergeben, wenn man sie wegen ihrer Haare aufzog. Zanzie hatte ihr einen Schnitt verpaßt, indem sie ihr einen Topf übergestülpt und an dessen Rand entlang Fransen über der Stirn geschnitten hatte. Das Ergebnis war verheerend. Gardens Haar war sehr eigenwillig. Es kam einem vor, als hätte sie eine doppelte Portion abbekommen, einen ganzen Kopf blondes und dazu noch einmal genausoviel rotes Haar. Die einzelnen Strähnen waren äußerst fein und keineswegs gelockt, aber alle Haare zusammen – in doppelter Ausführung – ergaben eine dicke, unbezähmbare Masse. Ohne durch Zöpfe in Zaum gehalten, flog das Haar Garden bei der geringsten Bewegung oder der leisesten Brise um den Kopf, wodurch sie wild und lächerlich aussah.

Auch Peggys Kleider wirkten an ihr albern. Sie trug die Sachen, die Peggy in ihrem Alter angehabt hatte, aber sie waren ihr viel zu weit. Zum einen war Peggy breiter gebaut, und zum anderen hatte Garden immer mehr abbekommen, seit sie aus der Siedlung hatte ausziehen müssen. Mit ihren Geschwistern am Tisch konnte sie nichts essen. Sie versuchte es, manchmal erfolgreich, aber dann mußte sie sich übergeben. Chloe bereitete ihr besondere Leckereien und gab sie ihr in der Küche, aber Garden konnte immer nur ein paar Bissen essen. Matthew entdeckte den einzigen Weg, wie man ihr Nahrung zuführen konnte. Vor und nach der Schule kam Garden in den Stall, wo die Kühe gemolken wurden, kauerte sich neben eines der großen, warmen Tiere und hielt einen blauen Krug mit Puderzucker und Vanilleextrakt hoch. Matthews erfahrene Hände lenkten warme Milchstrahlen in den Krug, bis die süße, schaumige Flüssigkeit über den Rand trat. Der ganze Vorgang war etwas Besonderes – der warme, mit Laternen erleuchtete Stall, der dampfende, scharfe Tiergeruch, Matthews geschickte Finger und der süße Schaum am Krugrand. Dieses Gebräu nährte Gardens Herz und ihren Körper.

Aber sie wurde trotzdem immer dünner. Als im Juni die Ferien begannen, war sie laut Reba nur noch Haut und Knochen. »Wir päppeln dich wieder hoch, Missy«, versprach Reba. »Wenn du den ganzen Sommer hier mit deinen Freunden zusammen bist, kriegst du schon wieder Appetit. Du bist ja dürrer als Reba, und wer will das schon?«

Garden umarmte sie stürmisch. Es kam ihr vor, als sei sie wieder daheim, obwohl sie erfahren hatte, daß das eigentlich nicht stimmte. Ihr Zuhause war das Waldhaus, wenn sie sich dort auch noch so unerwünscht vorkam. Und ihre Familie bestand aus Stuart, Peggy und Mama, nicht aus Reba Matthew, John, Luke, Tyrone und dem neuen Baby, Flora. Aber den ganzen Sommer durfte sie immerhin bei ihren Freunden bleiben. Ihre Familie vermißte sie bestimmt nicht.

Selbst wenn die Schule wieder anfing – und bis dahin war ja noch so viel Zeit –, war alles nicht so schlimm. Sie hatte ein paar Freundinnen gefunden, und nächstes Jahr lernten die Mädchen stricken – und im Krippenspiel durfte sie einen Engel darstellen und ein Weihnachtslied singen. Und das Beste war, daß sie dann ein richtiges Pferd statt der müden alten Judy bekam. Peggy und Stuart waren nämlich mit der Schule fertig.

17

»Stuart, zieh deinen Anzug aus und häng ihn auf den Bügel. Die Abschlußfeier ist vorbei, und du hast weiß Gott wenig genug gute Anzüge für die High School im Herbst.«

Stuart blieb der Mund offenstehen. »Für die High School? Aber Mama, ich habe gedacht, ich bin mit der Schule fertig.«

»Mit der Volksschule bist du fertig. Nächstes Jahr kommst du auf die High School in Summerville.«

»Warum denn, Mama? Ich bin doch gar nicht so gut in der Schule. Schick doch Peggy hin. Die mag Bücher.«

»Peggy ist ein Mädchen und braucht keine High School. Du schon.«

»Wozu denn?«

»Um vorwärtszukommen und etwas aus dir zu machen. Ein Mann braucht eine Ausbildung.«

»Papa war aber nie auf der High School.«

Margaret zog die Augenbrauen hoch. »Und deshalb meinst du, du brauchst auch nicht? Willst du auch so rücksichtslos werden und alle Leute enttäuschen, so wie er dich? Er ist nicht mal zu deiner Abschlußfeier gekommen, und Peggy hat gesagt, er hat es versprochen.«

»So richtig hat er es nicht versprochen, Mama. Ich war dabei, als Peggy ihn gefragt hat. Er wollte schauen, was er tun kann.«

Margaret zuckte mit den Achseln. »Typisch«, sagte sie. »Ich weiß nicht, warum ich überhaupt von ihm rede. Jetzt geh und häng deinen Anzug auf. Und zwar sorgfältig.«

Stuart polterte lärmend die Treppe hinauf.

»Manchmal will ein Mann sich nichts mehr sagen lassen«, murmelte er vor sich hin. »In vier Wochen werde ich dreizehn, ich bin doch kein Kind mehr. Papa hat mir sogar lange Hosen zum Geburtstag versprochen, und dann ziehe ich diesen alten Knickerbockeranzug sowieso nie mehr an, und wenn sie sich auf den Kopf stellen.«

Als er seine Jacke aufhängte, hörte er seine Mutter nach

ihm rufen. Ihre Stimme klang merkwürdig. Maulend zog er die Jacke wieder an und stampfte die Treppe hinunter. Margaret lehnte an einem Stuhl, alle Farbe war aus ihrem Gesicht gewichen. Zanzie fächelte ihr Luft zu und starrte den Schwarzen an, der verlegen in der Tür stand.

»Was ist los?« rief Stuart.

Der Schwarze trat von einem Fuß auf den anderen und sah den Jungen an. »Ich wollte Ihre Mutter nicht aufregen, aber ich muß es doch wissen. Ihr Vater. Er hat sich einfach mit der Hand ans Herz gegriffen und ist umgefallen. Ich muß wissen, wo wir die Leiche hinbringen sollen.«

Buch Drei

1913–1917

18

Margaret hatte immer gedacht, Stuart sei reich. Sie konnte nicht glauben, was ihr der Anwalt sagte. »Zweihundertacht Dollar? Mehr kriege ich nicht?«

Logan Henry, der Familienanwalt der Tradds, war über die unverhohlene Geldgier der Witwe von Stuart Tradd nicht entsetzt. Seine Kanzlei hatte mit vielen großen Anwesen zu tun. Seiner Erfahrung nach waren Witwen immer scharf auf das Geld des jüngst Verstorbenen. Und sie hielten es immer für zu wenig.

»Natürlich sind da noch beträchtliche Werte in Form von Landbesitz. Das erbt Ihr Herr Sohn, bis zu seiner Volljährigkeit fungiert unsere Kanzlei als Treuhänder. Ich bin derjenige, der für den Grundbesitz direkt verantwortlich ist, und ich versichere Ihnen, daß ich nach bestem Wissen und Gewissen die Interessen Ihres Sohnes wahrnehmen werden.«

»Wollen Sie damit sagen, daß er alles dem kleinen Stuart hinterlassen hat? Und mir nur zweihundertacht Dollar? Wovon soll ich denn leben?«

»Mistress Tradd, ich bitte Sie, nur keine Aufregung. Der Besitz wirft genügend Einkommen für Sie und Ihre Kinder ab. Ich habe bereits Erkundigungen nach einem erfahrenen Gutsverwalter veranlaßt. Zudem erbringt das Stadthaus nach Abzug der Ausgaben ein kleines Einkommen.«

Von einem Stadthaus habe ich nie etwas gewußt, dachte Margaret. Ich könnte ihn umbringen, wenn er nicht schon tot wäre. Diese ganzen endlosen Jahre hätte ich längst in der Stadt sein können. Und er hat es mir nie gesagt.

»Wann kann ich das Stadthaus besichtigen, Mr. Henry? Ich möchte möglichst schnell umziehen.«

Henry tat sein Bestes, um sie von dieser Idee abzubringen. Die Villa sei vermietet, und zwar jedes einzelne der ehemals großzügigen Zimmer an eine ganze Familie. Die Gegend sei heruntergekommen, ja nicht einmal sicher.

Margaret ignorierte seine Einwände und wiederholte mehrmals ihre Frage, wann sie die Villa sehen könne, bis er schließlich in einen Besichtigungstermin am kommenden Montagnachmittag einwilligte. Wenn sie das Haus erst sah, gab sie ihre absurde Idee sicherlich auf, dachte Henry.

Fast hätte er recht behalten. Am Tag nach seinem Besuch auf der Barony schrieb Margaret ihm einen Brief. Sie gedenke nicht, in das Stadthaus zu ziehen; sie wünsche vielmehr, daß er ein Haus im alten Stadtkern von Charleston, südlich der Broad Street, für sie kaufe oder miete.

Logan Henry hatte ihr nämlich bei seinem Besuch eine Zeitung mitgebracht, in der ein sorgfältig zusammengestellter Nachruf auf Stuart Tradd abgedruckt war. Mr. Henry hatte gedacht, daß sie diesen gern den Kindern zeigen würde. Margaret las jedoch mit besonderem Eifer die Gesellschaftsseite, die eine Geschichte über ihre frühere Freundin Caroline Wentworth, inzwischen Mrs. Jenkins Wragg, enthielt. Als ›eine der gefeiertsten Gastgeberinnen der Stadt‹ beschrieben, hatte man sie mit folgendem Kommentar zu den vielfältigen Pflichten in ihrem beschäftigten Leben zitiert: »Ich verlasse die Altstadt eigentlich nie, höchstens um auf der King Street einzukaufen. Warum sollte ich auch, alle Welt wohnt sowieso südlich der Broad Street.« Die Villa der Tradds lag auf der Charlotte Street, also sage und schreibe vierzehn Straßen zu weit nördlich. Das hatte Margaret auf einem Stadtplan in der Bibliothek des Herrschaftshauses nachgesehen.

Logan Henry schrieb prompt zurück. »Vollkommen unmöglich«, lautete seine Antwort. Nachdem er Margarets Hartnäckigkeit bereits zu spüren bekommen hatte, teilte er ihr unmißverständlich mit, daß die Barony mit einer Hypothek über mehr als ihren augenblicklichen Wert belastet war. Bei geschickter Bewirtschaftung würde das Gut gerade genug abwerfen, um die Zinsen, den Lohn für die Arbeiter, neues Saatgut und Dünger sowie die Grundsteuer zu bezahlen. Er hoffe einen Verwalter zu finden, der bereit sei, für den Gewinn aus gesteigerten Erträgen unter seiner Leitung zu arbeiten.

Das Haus auf der Charlotte Street sei zur Gänze vermietet. Nach Abzug der Grundsteuer bliebe ein Monatseinkommen von achtunddreißig Dollar minus durchschnittlich vier Dollar für Gas und Wasser.

Wenn sie in das Haus ziehen wollte, würde sie durch die Kündigung der Mieter diese schmalen Erträge verlieren. Zudem müßte sie Nahrungsmittel und Brennstoff kaufen.

»Ich darf daher wohl annehmen«, schloß Mr. Henry, »daß Sie mit mir übereinstimmen, wenn ich Ihnen den Verbleib in Ihrem wunderschönen Heim auf Ashley ans Herz lege, wodurch Sie Ihre Kinder weiterhin in den Genuß des gesunden Landlebens kommen lassen sowie Ihrem Sohn die Gelegenheit bieten, den Erhalt und beizeiten auch den Ausbau der fruchtbaren Landwirtschaft zu erlernen.

Ich verbleibe weiterhin hochachtungsvoll Ihr gehorsamer Diener.«

»Gehorsamer Diener, so ein Quatsch!« Margaret tobte. Sie wollte, ja sie konnte einfach nicht auf der Barony bleiben. All die Jahre hindurch hatte sie nur der Gedanke am Leben erhalten, daß sie eines Tages in die Stadt ziehen könnte. Es muß doch eine Möglichkeit geben, dachte sie. Es muß.

Drei Tage lang blieb sie in ihrem Zimmer, hinter verdunkelten Fenstern und verschlossener Tür. Sie lotete fieberhaft die abwegigsten Möglichkeiten aus, aber sämtliche Ideen zerschellten unweigerlich an der dicken Mauer ihrer Mittellosigkeit.

Zu guter Letzt beschloß sie, sich das Haus anzusehen. Mr. Henry hatte gesagt, es sei völlig heruntergekommen, seit vierzig Jahren weder gestrichen noch instand gehalten. Wenn sie es in diesem Zustand sah, dann konnte sie sich womöglich die ganze Sache aus dem Kopf schlagen. Sonst nicht.

Am nächsten Tag fuhr Stuart sie mit dem Buggy in die Stadt. Er hätte zwar lieber das Automobil genommen, das ja jetzt ihm gehörte, aber seine Mutter sah nach einer fast schlaflosen Woche so schlecht aus, daß er sich einen Widerspruch verkniff.

Die Straße hinter der Brücke über den Ashley führte sie in ein heruntergekommenes, schmutziges Viertel der Stadt. Früher, als sie mit ihren Eltern, mit Stuart oder Anson in die Stadt gefahren war, war ihr das nie aufgefallen. Sie hatte sich immer so auf die Wunder der Stadt gefreut. Jetzt gab es nichts mehr, worauf sie sich freuen konnte. Ihr ganzes Leben lang.

Erst als sie in die Meeting Street einbogen, besserte sich Margarets Laune. Das Straßenpflaster aus Backstein und die glänzenden stählernen Straßenbahnschienen bedeuteten Stadt, eindeutig Stadt.

Stuart war so aufgeregt, daß er fast auf seinem Sitz auf- und niedergehüpft wäre. Auf dem Weg durch die Meeting Street kam ihnen ein Automobil nach dem anderen entgegen, und kein einziges Model T war dabei. Er erkannte den Cadillac, so einen hatte er bei Ruggs schon einmal gesehen, aber die anderen drei Wagen waren neu für ihn. Die Stadt war eine herrliche Sache, wenn es in den Straßen so viele Autos gab.

»Unsere Abzweigung, Stuart. Paß auf.«

An der Presbyterianerkirche bogen sie auf die Charlotte Street. Vor der Kirche war ein leuchtend grüner, frisch gemähter Rasen, und das Gebäude selbst wirkte eindrucksvoll in der Sonne als ein großes, säulengerahmtes Steindenkmal. Margaret warf ihren Schleier zurück, um besser sehen zu können. »Schau, wie wunderschön, Stuart. Das ist also die Charlotte Street. Dieser Anwalt ist doch ein Schwätzer.« Sie klatschte vor Vergnügen in die Hände.

Die Freude währte nicht lange. Hinter der Kirche lag die Charlotte Street, eine kurze Straße mit herrlichen Villen in verschiedenen Stadien fortgeschrittenen Verfalls. Bis auf eines standen alle direkt an der Straße, und man konnte sie nur zu gut eingehend betrachten. Manche hatten keinen einzigen Fensterladen mehr; bei allen fehlten zumindest ein paar. Die beiden Holzhäuser hatten regelrechten Aussatz; was an Farbe noch nicht abgeblättert war, hing in verblaßten Fetzen auf dem gesprenkelten Grau des modrigen, verwitterten Holzes. Die meisten Häuser bestanden aus Ziegeln; ihre stolzen Mauern waren zum Großteil noch intakt, die Dekorationen und Verzierungen jedoch verfallen, wie ehemals schöne Frauen in schmutzigem, zerlumptem Putz. Es war eine Geisterstraße.

Während sie die kurze Strecke auf- und abfuhren, tauchten in Fenstern und Türen Köpfe auf, und Augenpaare begafften neugierig den ungewohnten Anblick von Pferd und Wagen. »Schau mal, was der für rote Haare hat«, hörten sie eine Kinderstimme sagen, sodann eine klatschende Ohrfeige, Gebrüll und eine Erwachsenenstimme mit »Pscht«.

»Vielleicht sollten wir jemanden fragen, welches Haus es ist, Mama.«

»Auf keinen Fall. Mit solchen Leuten sprechen wir nicht. Lauf schnell in den Laden an der Ecke und frag dort. Denk dran, es heißt Haus Ashley, und die Tante deines Großvaters, Tante Julia, hat früher hier gewohnt ... Komm schnell wieder zurück.«

Stuart wäre gern ein bißchen in dem Geschäft geblieben, denn es gab dort noch mehr zu kaufen als bei Sam Ruggs, und der freundliche Besitzer war Italiener, der erste Fremde, den Stuart je zu Gesicht bekommen hatte. Aber er lief schnell zurück zu seiner Mutter.

Sie saßen eine ganze Weile im Einspänner und starrten Haus Ashley an. Es war ein Ziegelbau mit weißen Marmortreppen, die abbröckelten und Flecken hatten, aber immer noch majestätisch wirkten. Von zwei Seiten führten die Stufen in einem Halbbogen auf eine kleine, erhöhte Veranda. Sie hatten früher einmal ein schwarzes, verschlungenes schmiedeeisernes Geländer gehabt. Jetzt war das Eisen verrostet, ganze Teile waren herausgebrochen und durch rohe Holzplanken ersetzt.

Ein hoher Eisenzaun trennte das Haus vom Gehweg ab; die rostigen, speerartigen Stäbe waren zwar noch vorhanden, aber zwischendurch standen immer große Vierecke offen, die ehemals den Rahmen für fein ziseliertes Eisenmaßwerk gebildet hatten. Sie dienten inzwischen ohne Zweifel als Eingänge, denn das Tor, ein Meisterwerk der Schmiedekunst, war zugerostet, und der Riegel ließ sich unmöglich aufschieben.

Der Hof zwischen Haus und Zaun war mit schwarzen und weißen Marmorplatten gepflastert. Das Pflaster wies Unebenheiten auf, die meisten Platten waren angebrochen. In den Rissen wuchs Löwenzahn und brachte trotzig etwas Farbe ins Spiel.

An der Treppe befand sich ein Torbogen mit einem ebenfalls schmiedeeisernen Tor, verschnörkelt und rot vom Rost. Halb offen und schief hing es in seinen Angeln.

Unrat lag über den ganzen Hof verstreut, Papier, Glassplitter und Blechdosen, die neue Rostflecken in das rissige Marmorpflaster ätzten. Oben an der Treppe stand angelehnt eine große, mit Schnitzereien verzierte Tür. Das Glas in der Lünette darüber war zerbrochen und die Löcher mit Lumpen verstopft.

»Also, groß ist es ja«, bemerkte Stuart. Das stimmte allerdings. Es war eine Villa mit drei Stockwerken von der Ebene der Treppe an gerechnet, einem schiefergedeckten Walmdach und Dachgauben. Es war streng symmetrisch angelegt. Vier große Fenster befanden sich gleichmäßig verteilt zu beiden Seiten des Eingangs, in den beiden Stockwerken darüber ebenso, und über der Eingangstür noch einmal breitere Bogenfenster.

»Es ist größer als das Herrenhaus auf der Barony«, flüsterte Margaret. Wenn sie hier bloß hätte wohnen können, dann wäre sie bestimmt die glücklichste Frau der Welt geworden.

»Komm, wir spähen durch die Fenster«, wisperte sie. Es

war eine plötzliche kindische Eingebung. Sie wußte nicht einmal, was sie eigentlich entdecken wollte. Stuart war sofort einverstanden, sprang von seinem Sitz, band das Pferd fest und half Margaret neben dem unbrauchbaren Tor galant aus dem Wagen.

»Danke, Stuart. Jetzt komm. Es war eine dumme Idee von mir. Ich kann doch nicht durch ein Loch im Zaun steigen. Das ist zu gewöhnlich.«

»Ach, komm schon, Mama. Es ist gar nicht schwer. Ich helfe dir.«

Margaret reichte ihm die Hand und kletterte mit seiner Hilfe ungelenk durch den Zaun. Womöglich war das Haus ja leer. Das konnte zwar nicht sein, aber wenn doch? Leer! Dann würde sie sofort einziehen.

Stuart führte sie zu dem Tor unter den Stufen. »Schau, Mama, man kann bis zum anderen Ende durchsehen. Es ist leer!«

Margaret weinte fast. »Ach Stuart, das ich doch der Keller. Natürlich wohnt im Keller niemand.« Einen Moment lang hatte sie geglaubt, daß sie es vielleicht wirklich in Besitz nehmen könnte. Jetzt hatten sich ihre Hoffnungen wieder zerschlagen.

Über ihren Köpfen trat jemand aus dem Haus. Margaret huschte in den Keller, damit sie nicht gesehen wurde.

Es stank so sehr nach Urin und verwesenden Tieren, daß sie würgen mußte.

»Stuart, Stuart, wo bist du?« Sie kramte in der Tasche nach ihrem Riechsalz.

Stuart tauchte rechts von ihr aus dem Schatten auf. »Stinkt ziemlich, was?« meinte er munter. »Fast so schlimm wie damals, als das Stinktier unterm Schulhaus verendet ist. Mensch, Mama, dieses Haus ist riesig. Da drüben ist ein Zimmer, das hört überhaupt nicht mehr auf!«

Margaret hielt sich ein Taschentuch vor Mund und Nase. Sie überlegte, ob der Mensch auf der Treppe wieder weg war. Dann fiel ihr auf, daß Stuart recht hatte: Das Haus war riesig. Der Korridor war so breit wie ein ganzes Zimmer. Ganz hinten führte er wiederum auf einen Torbogen zu. Der Boden war aus Marmor, im Schachbrettmuster wie im Hof, nur unbeschädigt.

Sie nahm die Hand herunter und zerknüllte das Taschentuch in der Faust. »Zeig mir das Zimmer«, sagte sie.

Der Keller spiegelte die Zimmeraufteilung der oberen Stockwerke wieder. Der breite Korridor ging kreuzweise durchs ganze Haus, so daß sich in der Mitte ein großer, freier Raum auftat, genau unter der Stelle, wo oben das Treppenhaus anfing. Die vier riesigen Zimmer an den Ecken hatten jeweils zwei Türöffnungen an den Seiten. Jeder Raum war über vierundzwanzig Fuß im Quadrat groß.

Vorne hatte das Haus keine Kellerfenster, aber die Räume wiesen jeweils vier Fenster auf, und zwar hoch oben an den Seitenwänden. In den hinteren Zimmern führten außerdem je zwei bis zum Boden reichende Bogenfenster auf einen Unkrautdschungel hinaus, der einst ein Garten gewesen sein mußte. Alle Fenster waren mit Brettern vernagelt, aber durch die Ritzen strömte Licht herein und fiel auf den Unrat und die Lumpenbündel auf dem Fußboden.

»Hier hat einer gewohnt, ohne Miete zu zahlen«, sagte Margaret ärgerlich. Dann wirbelte sie herum und breitete die Arme aus. »Was der kann, können wir auch. Stuart, wir ziehen in die Stadt.«

»Mama! Das kann nicht dein Ernst sein.«

»O doch.«

»Aber es ist so schmutzig, und so niedrig. Ich habe dauernd Angst, daß ich mir den Kopf anstoße.«

Die Decken waren keine sieben Fuß hoch, knapp die Hälfte von denen auf der Barony. Durch die riesigen Räume wirkten sie noch niedriger. Das große Haus darüber schien auf sie herunterzudrücken.

Margaret wedelte ungeduldig mit der Hand. »Den Decken fehlt gar nichts. Du bist sowieso noch jahrelang nicht ausgewachsen. Bis dahin wird irgend etwas geschehen. Wir werden nicht lange hierbleiben. Aber wir ziehen in die Stadt. Das habe ich mir jetzt in den Kopf gesetzt.«

»Halt noch mal bei dem Laden an«, sagte Margaret, als Stuart ihr in den Wagen half, »und frag wie wir zur King Street kommen. Ich möchte die Schaufenster ansehen.«

Sie mußten nur ein paar Straßen weiterfahren. Als sie nach links auf die Meeting Street bogen, hörten sie Musik. Irgendwo spielte eine Kapelle. »Schnell, Stuart, fahren wir hin.«

Gleich nach der nächsten Querstraße sahen sie die Musikkapelle. Rechts von ihnen stand ein prächtiges, zinnenbewehrtes Gebäude, fast ein Schloß. Um die große Rasenfläche davor hatte sich eine Menschenmenge versammelt und beobachtete, wie junge Männer in Uniform zu den Klängen der ebenfalls uniformierten Kapelle in der Mitte marschierten.

Von ihrem Einspänner aus konnten sie über die Köpfe der Menschen hinwegsehen. Margaret packte Stuart am Arm und lachte. Alles war einfach faszinierend: die Musik, der peinlich genaue Gleichschritt, die golden glänzenden Instrumente der Musikanten, die Tressen auf den Uniformen und die Knöpfe auf der stolzgeschwellten Brust der Marschierer. »Das ist die Zitadelle«, übertönte sie den Lärm, »das Militärcollege. Jetzt erinnere ich mich wieder. Sie marschieren immer so auf und ab.«

Stuart war überwältigt. So etwas Aufregendes hatte er noch nie gesehen. »Jawohl, Mama«, schrie er, »ziehen wir in die Stadt.«

Sie blieben bei der Parade, bis die Kadetten hinter der Kapelle wieder in die Kaserne marschiert waren, dann fuhren sie die King Street hinunter. Margaret schaute sich die Schaufenster an, Stuart die Autos vor den Geschäften. Beide waren äußerst glücklich.

Plötzlich hörten die Läden auf, und vor ihnen säumten Wohnhäuser die King Street. Margaret sah auf das Straßenschild an der Ecke. Sie überquerten die Broad Street.

Südlich der Broad Street, dachte sie. Wo mochte nun Caroline Wentworth wohnen? Sie sah nach links und rechts und musterte die Häuser. Am Ende der King Street ließ sie Stuart umkehren, und sie fuhren wieder zurück, durch den Stadtteil, wo ›man‹ wohnte.

Dort blätterte die Farbe auch ab, und auf der Straße lag Abfall. Margaret war sehr zufrieden.

Am Ende der Halbinsel, bei den White Point Gardens, hielten sie an. Stuart tränkte das Pferd und band es dann fest. Margaret und er tranken einen Schluck am artesischen Brunnen und spazierten langsam durch den Park bis zum anderen Ende.

»Hier gibt es auch Musik, Sonntag nachmittags«, sagte Margaret, als sie an einer weiß-grünen, runden Bühne vorbeikamen. Es war der erste Satz seit mehr als einer Stunde. Ihr Herz und ihr Kopf waren zu voll für irgendwelche Worte.

Stuart ging es genauso. Er war von Reizen überschwemmt: Zu viel war in zu kurzer Zeit geschehen. Er bemerkte nicht einmal die Palmen und die blühenden Büsche, die der Stolz des Parks waren.

Sie schlenderten die Uferpromenade entlang, von wo aus man den großen Hafen von Charleston überblickte, und erfreuten sich an den anderen Leuten, die genau wie sie ohne Eile spazierengingen und die Meeresbrise genossen. So viele Menschen! Das war einfach die Stadt.

»Es wird spät, Mama. Wir fahren lieber wieder zurück.«

Margaret nickte. »Aber schön langsam. Ich will nicht, daß dieser Tag zu schnell zu Ende geht. Ich habe lange genug darauf gewartet.«

Der Tag endete gerade richtig. Als sie auf der King Street das Geschäftsviertel erreichten, gingen die elektrischen Lichter an. Sie erstrahlten über ihnen in hellen Bögen, über der dämmrigen Straße und in den Schaufenstern, in denen bunte Versuchungen lockten. Es war märchenhaft.

Und bald gehörte es ihnen. Sie zogen in die Stadt.

19

In diesem Sommer wurden die Äcker und Felder auf der Barony vernachlässigt und erstickten im Unkraut. Aber auf der Charlotte Street ging eine Verwandlung vor sich.

Mit Hilfe der Dienstboten von der Barony wurde geputzt, geschrubbt, gemalt, gezimmert und geschmiedet. Peggy war von dem Keller begeistert und wollte am liebsten die Einrichtung der Zimmer übernehmen. Sie hatte sehr viel mehr Fantasie als ihre Mutter und ihr Bruder, und durch ihr ausgiebiges, wahlloses Schmökern in der Bibliothek der Barony verstand sie sogar etwas von Farben und Raumproportionen. Außerdem hatte sie ein fabelhaftes Gedächtnis und konnte sich jeden Vorhang, jeden Teppich, Stuhl, Tisch und jedes Bett sowohl im Waldhaus als auch im Herrenhaus merken.

Margaret wollte sich erst nicht dreinreden lassen, gab aber nach einigen verheerenden Einrichtungsversuchen auf und fragte Peggy hier und da um Rat.

Trotz der billigen Arbeitskraft der Bediensteten von der Barony ging das Geld allerdings bald zur Neige. Farbe, Holz, Gips, Nägel, hier und da etwas in Canzonieris Laden – Margaret zerrann ihre Barschaft unter den Fingern. Man mußte etwas unternehmen.

»Die Möbel«, sagte Margaret laut. »Wir haben zehnmal mehr, als wir je brauchen werden.« Und Peggy wußte auch schon, wie sie es anstellen wollte. »Die sind doch sehr alt, oder? Wir verkaufen sie an den Antiquitätenladen, den wir auf der King Street gesehen haben.«

Margaret zitterte bei dem Gedanken, den Händler fragen zu müssen, ob er die Möbel kaufe. »Das wirst du tun müssen, Stuart. Das Geschäftliche haben schon immer die Männer erledigt. Und du bist jetzt der Mann in der Familie.«

»Ich gehe mit«, sagte Peggy entschlossen. »Ich bin die einzige, die sich alle Stücke merken kann.«

George Benjamin las gerade Spinoza, als die Tür vorn im

Laden aufging und die Glocke im gemütlichen Hinterzimmer läutete. Mr. Benjamin fluchte leise vor sich hin. Er hatte gedacht, er hätte abgesperrt. Im Sommer kam ohnehin keine lohnende Kundschaft. Die reichen Leute aus dem Norden fuhren nur im März auf dem Weg nach Florida durch Charleston und im November auf dem Rückweg.

Mr. Benjamin zog seine Schuhe an und humpelte nach vorn. Er hatte keine Lust, zu irgendeinem Fremden, der seine Ruhe störte, freundlich zu sein. Finster spähte er durch den Vorhang, der als Eingangstür diente.

Vor ihm standen zwei Kinder.

»Laßt die Faxen«, brüllte er. »Was soll das?«

Das kleine Mädchen machte sich so groß wie möglich. Sie war ganz in Schwarz gekleidet, von den Stiefeln bis zum Band an ihrem breiten Strohhut. Auch ihre langen, roten Zöpfe waren mit schwarzen Schleifen zugebunden.

»Guten Tag, Sir«, sagte sie laut. »Ich bin Miss Tradd, und dieser Gentleman ist mein Bruder Mr. Tradd. Wir haben ein Angebot für Sie, das Sie sich lieber anhören sollten. Wie Sie sehen, sind wir in Trauer, und da macht man keine Faxen.«

»Ich wußte nicht, was ich tun sollte, Dorothy«, erklärte er seiner Frau, als er wieder zu Hause war. »Natürlich habe ich bei dem Namen Tradd aufgehorcht. Und als die Kleine ›Ashley Barony‹ sagte, habe ich das Geschäft meines Lebens gerochen. Aber es waren doch Kinder, rothaarig und sommersprossig, mit Knickerbockern und Zöpfen. Die darf ich nicht übers Ohr hauen, habe ich noch gedacht.«

Mr. Benjamin lachte schallend. »Die frommen Gedanken hätte ich mir sparen können. Diese Kleine hat mir Möbel verkauft – unbesehen und für mehr Geld, als ich je von dem dümmsten Touristen herausgeholt hätte. Dann hat sie noch ›mir zuliebe‹ den riesigen runden Tisch mitgenommen. Er stünde mir ja doch bloß im Weg. Bevor ich bis drei zählen konnte, hatte sie ihn schon abholen lassen. Das war der vergnüglichste Nachmittag in meinem ganzen Leben, das sag ich dir.«

Der Tisch kam in die Mitte der Wohnung, wo sich die beiden breiten Korridore kreuzten. Er bestand aus einem Fuß aus Walnußholz und einer weißen runden, im Durchmesser acht Fuß großen Marmorplatte. Das Holz wirkte im Schatten der Platte schwarz. Als Margaret ihn auf dem schwarz-weißen Marmorboden stehen sah, kapitulierte sie endgültig. Peggy durfte von nun an sämtliche Entscheidungen über die Einrichtung treffen.

Die Arbeiter hatten Margaret eigentlich für eine schwierige Auftraggeberin gehalten. Als Peggy das Kommando übernahm, merkten sie erst, wie gut sie es vorher gehabt hatten.

Am vierzehnten September war das Haus für ihren Einzug fertig.

20

Garden trug ihr neues Kleid, um sich von allen in der Siedlung zu verabschieden. Es war aus grauem Baumwollstoff, mit rundem weißem Kragen und mit weißen Manschetten an den langen Ärmeln. Dazu hatte sie schwarze Strumpfhosen und Stiefel mit Knöpfen an der Seite an; die angemessene Trauerkleidung für ein Kind in ihrem Alter. Und in der Stadt ließ es sich auch in der Schule tragen. Garden ging sehr vorsichtig damit um; Zanzie hatte sie ermahnt, daß sie so schnell kein neues bekommen würde.

Ihr kleines Gesicht war verquollen, denn sie hatte die ganze Nacht geweint. Doch jetzt war es vorbei, und sie behielt die Fassung. Alle Erwachsenen und die anderen Kinder verhielten sich genauso würdig wie Garden. Es war ein feierlicher, trauriger Abschied. Nachdem sie alle umarmt oder ihnen die Hand geschüttelt hatte, erklärte ihr Reba, daß noch jemand sie sehen wollte.

»Maum' Pansy will dir Lebewohl sagen«, flüsterte Reba ehrfürchtig. Während der sieben Jahre, in denen Garden in der Siedlung wohnte, hatte die alte Pansy ihr nie gestattet, das Haus zu betreten. Pansy, die inzwischen bettlägerig war, galt immer noch als Matriarchin, als Herrscherin über die Schwarzen auf der Barony. Gardens Erscheinen war also Pflicht.

Sie verstand, daß es eine sehr gewichtige Angelegenheit war. Maum' Pansy war für sie ein geheimnisvolles, mächtiges Rätsel, und jetzt sollte das Geheimnis gelüftet werden. Garden kam sich sehr erwachsen vor. Ganz allein stieg sie die Stufen an Pansys Haus hinauf und öffnete die blaue Tür.

Das Licht von der Tür fiel nur durch den halben Raum, und die Fensterläden waren geschlossen. Garden kniff die Augen fest zusammen und machte sie dann wieder auf, um sich an die plötzliche Dunkelheit zu gewöhnen.

Eine Petroleumlampe brannte auf einem Tisch an dem großen Bett. Sie beleuchtete das weiße Bettzeug, die großen weißen Kissen und das weiße Haar der verhutzelten alten Frau, die ein weißes Nachthemd und eine Kette mit kleinen, leuchtend blauen Perlen um den Hals trug.

Garden knickste.

»Komm her, mein Kind.« Die Stimme der alten Pansy war brüchig, aber immer noch laut. Sie streckte die Hand aus, und Garden ging hin und nahm Pansys alte, aschfahle Hand in ihre junge.

»Ich bin in meiner alten Seele froh, daß du hier weggehst, mein Kind. Hier ist nicht der richtige Platz für eine Tradd. Ich weiß, daß es dir nicht leicht ums Herz ist, aber du wirst noch an die alte Pansy denken.«

Mit der anderen Hand machte sie das Zeichen des bösen Blicks. »Du entgehst nämlich dem Fluch.«

»Heb die Lampe und laß mich dich anschauen. Ich hab'

dich all die Jahre nur gehört, singen und lachen gehört. Jetzt will ich dich einmal sehen.«

Garden gehorchte.

Pansy kicherte. »Dein Kopf ist halb Engel und halb Teufel. Du siehst wirklich lustig aus. Stell die Lampe wieder hin.«

Garden stellte sie vorsichtig auf den Tisch.

»Sing mir ein Lied vor«, verlangte die alte Frau. »Sing von der Sintflut und dem alten Noah.«

Garden holte tief Luft. Sie hatte Angst vor Maum' Pansy, vor der vertrockneten, umklammernden Hand und dem seltsamen Gerede. Sie fürchtete, daß sie genauso zittrig singen würde, wie Pansy sprach. Aber sie mußte es versuchen.

> Wer hat die Arche gebaut?
> Noah.
> Wer hat die Arche gebaut?
> Noah hat sie gebaut.
> Und die Tiere kamen
> immer zwei und zwei...

Garden hielt inne. Maum' Pansy war wohl eingeschlafen. Die faltigen alten Augen öffnete sich. »Sehr schön«, krächzte die Stimme. »Das genügt mir.« Pansy ließ Gardens Hand los. »Faß unter mein Kissen. Ich habe etwas für dich. Und dann will ich schlafen.«

Garden griff behutsam unter das Kopfkissen. Die alte Frau schien gar kein Gewicht mehr zu haben. Es war unheimlich. Gardens Finger ertasteten ein paar warme Federn. Sie nahm all ihren Mut zusammen, schloß die Hand um den Gegenstand und zog ihn heraus.

Es war ein weißer, zwei Fuß langer Baumwollfaden, in dessen Mitte eine blaue Perle, ein Knöchelchen und ein Strauß schwarz-weißer Federn von einem wilden Truthahn eingeknotet waren. Die Perle sah genauso aus wie die an der Kette um Pansys Hals.

»Beschützt dich«, murmelte Pansy. »Leb wohl.« Ihr zahnloser Mund klappte auf, und sie fing an zu schnarchen.

Garden rannte hinaus ins helle Tageslicht.

Reba brauchte nicht zu fragen, was geschehen war; sie hatte am Fenster gelauscht. Sie nahm Garden fest in die Arme und sagte: »Da hat Maum' Pansy dir ein mächtiges Geschenk gemacht. Sie hat eine Perle aus ihrer eigenen Kette dafür hergegeben. Ihr liegt anscheinend sehr viel an dir. Du darfst es nie verlieren oder achtlos damit umgehen. Ach, du kannst noch gar nicht verstehen, was das für eine Ehre ist.« Sie drückte das kleine Mädchen noch einmal und ließ es dann los.

»Jetzt mußt du gehen, mein Schatz.«

»Kommst du mich besuchen, Reba?«

»Nein, mein Herz. Das geht nicht.«

»Aber du wirst mir so fehlen.«

»Du hast immer deinen Platz in meinem Herzen, Garden. Vergiß das nie. Hier sind Menschen, die dich immer lieben werden ... Jetzt lauf schnell, sonst kommst du noch zu spät.«

Garden schluchzte hemmungslos, als sie sich noch einmal von allen verabschiedete. Sie lief den Weg zurück zum Haus rein nach Gefühl, denn durch den Tränenschleier hindurch konnte sie nichts sehen.

Im Haupthaus gab es noch eine Reihe von Abschiedszeremonien, aber da brauchte Garden nicht mitzumachen. Sie saß mit Zanzie im Wagen zwischen den Paketen und den Obst- und Gemüsekörben, die sie mit in die Stadt nehmen würden.

Margaret und Stuart schritten die Reihe mit den Dienstboten ab und sagten zu jedem ein paar Worte. Dann sprachen sie noch kurz mit Jack Tremaine, dem Gutsverwalter, den Mr. Henry angestellt hatte.

Stuart half seiner Mutter und Peggy in den Wagen und kletterte selbst hinauf; dann fuhren sie ab. Die Dienstboten winkten und jubelten, die Feldarbeiter stimmten mit ein. Ein jeder hatte Grund genug, bester Laune zu sein. Die Hausdiener waren Zanzie endlich los, so daß es im neuen großen Haus von Sam Ruggs, wo sie alle arbeiten wollten, nun keinen Störenfried mehr geben würde. Außerdem bekamen sie dort doppelt soviel Lohn. Die Feldarbeiter freuten sich darauf, daß Tremaine sich nun erst einmal bei ihnen eingewöhnen mußte.

Peggy und Margaret jubelten ebenfalls, und Margaret spannte mit einem fröhlichen Schwung ihren Sonnenschirm auf.

21

Margaret sprach von der Kellerwohnung immer als ihrem ›Haus auf der Charlotte Street‹. Die überfüllten vermieteten Räume darüber existierten für sie nicht. Der Keller war sauber und gemütlich; die Dienstboten und Peggy hatten gute Arbeit geleistet.

In den oberen Stockwerken gab es Gaslicht und Heizungen, doch im Keller waren nie Leitungen verlegt worden. Den Tradds ging jedoch nichts ab, sie hatten schon immer Petroleum- oder Kerosinlampen benutzt; zu Festen auch Kerzen – zu der Zeit, als es noch Feste gegeben hatte. Dadurch, daß täglich ein Wagen mit Eis zum Kühlhalten der Lebensmittel vorbeifuhr und ein Junge noch vor dem Frühstück die Zeitung für Margaret vorbeibrachte, hatten sie ein Gefühl von Luxus wie nie zuvor auf der großen Plantage.

Auch kamen sie sich nicht beengt vor, obwohl sie in so wenigen und zudem niedrigen Räumen zusammengepfercht waren; sie verbrachten ja kaum Zeit zu Hause. Die ganze Familie frühstückte um acht und machte sich dann daran, die Wunder der Stadt zu erforschen. Um drei Uhr kamen sie zum Essen zurück, waren aber um vier Uhr schon wieder fort. Die Tage waren noch lang. Oft kamen sie nicht vor acht Uhr abends heim, mit wundgelaufenen Füßen, hungrig und glücklich.

Den Einspänner hatte Stuart wieder auf die Barony gebracht. In der Charlotte Street konnte man kein Pferd halten. Und auch nicht das klapprige alte Oldsmobile, entschied Margaret. Also gingen sie zu Fuß oder fuhren mit der elektrischen Straßenbahn.

Sie benahmen sich wie vier Kinder auf Abenteuerreise. Stuart gab sich gern als Begleiter, denn er kam sich dabei sehr männlich und erwachsen vor. Margaret war ganz in ihrem Element, lachte den ganzen Tag, und weder Regen noch Menschenmengen oder Erschöpfung konnten ihr die Laune verderben. Sie fand die Stadt aufregend und freute sich an allem, was sie damit verband. Sogar an ihren Kindern.

Garden hatte bis zum Umzugstag die Stadt noch nie erlebt. Sie war begeistert von der Geschäftigkeit, von den vielen Leuten, den Lichtern und Farben, von allem, was es zu sehen, zu riechen und zu erfahren gab. Doch ihre Mutter verblüffte sie am meisten. Margaret hatte sie früher nie angelächelt; und jetzt lächelte sie die ganze Zeit, lachte sogar, redete mit ihr und fragte sie, ob es ihr in der Stadt gefalle. Garden war betört. Sie verliebte sich regelrecht in ihre strahlende, schöne Mutter.

Peggy und Stuart waren ebenfalls verzaubert. Diese Margaret war ein ganz neuer Mensch, ein Spielkamerad. Am liebsten hätten sie ewig so weitergespielt.

Keiner von ihnen vermißte die Barony, nicht einmal Garden.

Der Beginn des Schuljahres bedeutete das Ende ihrer sorglosen Tage voller Vergnügungen. Margaret war darüber noch mehr enttäuscht als die Kinder. »Aber die Wochenenden bleiben uns ja noch«, rief sie. »Wir können uns die ganze Woche was Schönes ausdenken, und dann machen wir es.«

Sie gaben sich alle große Mühe, aber das aufregende Entdeckergefühl war verflogen. Jeder hatte jetzt eigene Sorgen, die ständig dazwischenkamen.

Stuart und Peggy entdeckten, daß die Schule in Bacon Bridge sie auf die Anforderungen der High School schlecht vorbereitet hatte. Sie mußten in den Pausen und zu Hause zusätzliche Aufgaben lösen, um das Versäumte aufzuholen. Und was man nicht aufholen konnte, waren die sieben Jahre, die die anderen Schüler schon zusammen verbracht hatten. Peggy und Stuart waren Außenseiter, Landpomeranzen, Witzfiguren.

Sie hatten nicht einmal einander. Stuart begleitete seine Schwester bis zur Memminger High School, der Mädchenschule auf der St. Philip Street, dann lief er die Meeting Street wieder hinauf zur High School of Charleston, der Jungenschule. Nach dem Unterricht holte er sie wieder ab. Sie konnten noch nicht einmal zusammen arbeiten, denn die Jungen mußten Latein und Griechisch lernen, was bei den Mädchen nicht auf dem Stundenplan stand.

Garden kam in die zweite Klasse. Sie holte schnell auf, denn das Alphabet und die Zahlen waren ja gleich, und mit beidem war sie vertraut. Ihre Probleme hatten nur mit den Mitschülern zu tun.

Zanzie brachte sie zur nahegelegenen Volksschule und holte sie um zwei Uhr wieder ab. Kein anderes Mädchen in ihrer Klasse hatte ein schwarzes Kindermädchen; die meisten liefen den Schulweg allein oder mit älteren Geschwistern.

Im übrigen hatte ihre Mutter strenge Anweisungen erteilt. »Schaut nicht nach links oder rechts«, hatte Margaret den beiden eingeschärft, »schaut nur nach vorn und sprecht mit keinem Menschen auf der Straße. In diesem Stadtteil wohnt nur Gesindel, und wir müssen den Leuten zeigen, daß wir nichts mit ihnen zu tun haben möchten.« Zanzie hatte bereits die ersten freundlichen Annäherungsversuche einiger Frauen zurückgewiesen, die vorbeigekommen waren, um die neuen Nachbarn willkommen zu heißen. »Und du, Garden«, hatte sie hinzugefügt, »du mußt von den Kindern in deiner Klasse Abstand halten. Ich will nicht, daß du dich irgendwie mit ihnen einläßt. Sie sind nicht so wie du.«

Garden verstand nicht, was ihre Mutter damit meinte, aber an Margarets eindringlichem Tonfall erkannte sie, daß es etwas Ernstes war.

»Darf ich denn mit keinem Kind reden?«, fragte sie.

»Stell dich nicht so an, Garden. Natürlich mußt du höflich bleiben. Du sollst sie nur nicht zu nahe an dich heranlassen.«

Das fiel ihr nicht schwer. Es wollte sowieso niemand etwas mit ihr zu tun haben. Zanzies ständig gerunzelte Stirn, Gardens Trauerkleider und ihre Schüchternheit angesichts der neuen Schule bewirkten, daß sie wochenlang einsam und unglücklich blieb. Als endlich ein kleines Mädchen namens Marjorie mit ihr Murmeln spielen wollte, war Garden außer sich vor Freude. Bald hatte sie ein paar Freundinnen gefunden, die sie natürlich vor Zanzie und ihrer Mutter geheimhalten mußte. Sie zahlte einen hohen Preis für diese Freundschaften, denn sie schämte sich, daß sie den Wünschen ihrer Mutter nicht entsprach, aber wenigstens war sie jetzt während der Schulstunden glücklich.

Und das hatte sie bitter nötig. Zu Hause gab es nur noch wenig Anlaß zur Freude. Im November stellten sie auch die zuletzt nur mehr gekünstelt-fröhlichen Wochenendausflüge ein. Margaret hatte Geldsorgen – und keinen Sinn mehr für Spaß.

Die Möbel hatten doch so viel eingebracht, kam ihr damals vor. Und sie hatte sich fast nichts gekauft. Schließlich war sie noch immer in Trauer und trug die nächsten drei Jahre Schwarz. Strümpfe hatte sie gebraucht, auch ein neues Korsett, und ihre Schuhe waren praktisch durchgelaufen gewesen. Aber so etwas zählte ja nicht. Sich etwas kaufen, das bedeutete für Margaret schöne Kleider, Hüte und hübsche Kleinigkeiten wie einen Muff oder ein Spitzentaschentuch.

Selbstverständlich hatten die Kinder auch Sachen gebraucht. Sie wuchsen ja so schnell aus ihren Kleidern heraus und gingen außerdem nicht sorgsam damit um. Peggys Strümpfe hatten bereits gestopfte Stellen, und die von Garden waren nur noch durch Flicken an den Knien zu retten gewesen.

Margaret war verzweifelt. Canzonieri, der Gemischtwarenhändler an der Ecke, hatte Zanzie schon in aller Öffentlichkeit durch das geschlossene Eisengitter hindurch angebrüllt, nach Margaret verlangt und mit der Polizei gedroht, falls man ihm sein Geld nicht bezahle.

Zanzie hatte immer befürwortet, daß man Margaret alle Wünsche erfüllt. Aber nun murrte sogar sie über den Umzug in die Stadt und seine Folgen. Mr. Tremaine schickte von der Barony jede Woche Lebensmittel und einmal im Monat Brennholz. Laut Zanzie waren die Hühner immer zu mager, der Schinken immer zu fett und das Holz immer zu frisch. »Man sollte zurück aufs Land«, bemerkte sie tagtäglich.

Und genau das wollte Margaret nie im Leben tun. Das hatte sie sich geschworen. Wir müssen eben sparsamer sein, beschloß sie. Keine Straßenbahnfahrten mehr. Stuart und Peggy können in die Schule laufen ... Zanzie kann Stuart die Haare schneiden. Der Friseur ist ein Halsabschneider, fünfzehn Cents für ein Kind ... Und soviel Zucker brauchen wir auch nicht. Oder Mehl. Oder Milch. Wir können von dem leben, was wir von der Barony bekommen. Bloß Salz müßten wir kaufen ... und Petroleum ... und Seife ... und ... und ... Margaret schlug die Hände vors Gesicht. Es waren so viele Dinge, und alles kostete so viel.

Ist mir gleich, dachte sie. Und wenn wir Pechkiefer statt Lampen anzünden müssen, ich gehe nicht zurück aufs Land. Nie im Leben.

Stuart und Peggy beschwerten sich lauthals über die plötzlichen Einschränkungen. Garden versuchte, die glückliche, liebevolle Mutter der ersten Zeit in der Stadt wieder herbeizuzaubern. Sie malte Bilder in der Schule und schenkte sie Margaret, erbot sich, ihr vorzusingen, und stand vor allen anderen auf, holte die Zeitung herein, schlich in Margarets Zimmer und legte sie ihr leise neben das Bett.

Margaret blieb jedoch kühl, finster und unnachgiebig. Sie hatte weder Geduld noch Zuneigung zu vergeben. Mit der Zeit flüchtete sie sich wieder in ihre Tagträume. Die Zeitung wurde zu ihrer Lebensader. Sie studierte Anzeigen und Gesellschaftsseiten und malte sich aus, wie sie selber auf den Parties aussehen würde. Wenn Stuart erst mit der Schule fertig war und Geld verdiente ... Wenn sie erst ins richtige Stadtviertel, südlich der Broad Street, zogen ...

Selbst Zanzie mußte zugeben, daß die Stadt im Winter Vorteile bot. Der niedrige Keller war wärmer als beide Häuser auf der Plantage. Aber als Mitte Mai das feuchte, schwüle Wetter begann, wurde die Wohnung stickig. Im Juni schwitzten dann die Ziegelwände, und die Teppiche fühlten sich vor lauter Feuchtigkeit wie Schwämme an. Aber das Schlimmste war, daß die Gerüche wiederkehrten. Es stank nach Abfall, vergorenem Wein, ranziger Butter und Kohl. Und unter den Gerüchen, die man benennen konnte, machte sich noch etwas Schlimmeres breit. Es kroch in die Nasenlöcher und setzte sich fest, widerlich und unentrinnbar, faulig, süßlich und übelerregend: der schlechte Geruch der Armut.

Margaret gab nach. »Wir ziehen wieder auf die Barony«, verkündete sie. Und brach in hysterische Schluchzer aus.

22

Das Leben auf der Barony war natürlich nicht mehr so wie früher. Sie wohnten im Herrenhaus, wo fast keine Möbel mehr standen, und sie hatten nur Zanzie als Hilfe. In den riesigen, hallenden Räumen machte sich die jahrelange Vernachlässigung bemerkbar. Die Seidentapeten waren verschlissen und lösten sich ab, und die Brokatvorhänge an den Fenstern waren halb vermodert. Es sah genauso verfallen aus wie die Villa in der Charlotte Street.

Aber nachts strömte frische, von den unkrautüberwucherten Wiesen abgekühlte Luft in die hohen Zimmer, die sich durch die geschlossenen Fensterläden tagsüber im Haus halten ließ.

Und es gab noch andere Entschädigungen.

Margaret entdeckte wahre Reichtümer auf dem Dachboden: einen Schrank mit Kleidern von Miss Julia Ashley. Tante Julia hatte immer nur das Beste gekauft und die letzten dreißig Jahre ihres Lebens ausschließlich Schwarz getragen. Manche Kleider waren vierzig Jahre alt und noch gut in Schuß. Die Röcke bestanden aus ellenlangen Stoffbahnen – Tante Julia hatte sich gegen jegliche Änderungen der Mode gestemmt. Sie trug grundsätzlich Reifröcke.

»Laß die Spinnweben, wo sie sind, Zanzie«, schrie Margaret die Treppe hinunter. »Du wirst den ganzen Sommer lang zu nähen haben.«

Peggy las den ganzen Sommer über. Die Bibliothek auf der Barony bot einiges; die Ashleys waren gebildete, kultivierte Menschen gewesen – allen voran Tante Julia. Neben den Klassikern und den Gesamtausgaben sämtlicher großer Romanschriftsteller, Essayisten, Bühnenautoren und Dichter stand ein Regal mit in grünes Leder gebundenen Ausgaben, auf denen Tante Julias Monogramm prangte. Das waren Werke von Frauen, manche davon wegen ihrer unabhängigen Geisteshaltung geradezu aufrührerisch. Tante Julia hatte in ihrer gestochenen Handschrift Bemerkungen an den Rand gefügt, die oft noch aufregender waren. Peggy fing an, sich Französisch beizubringen, denn Tante Julias Notizen waren in den französischen Büchern am dichtesten gesät – und natürlich ebenfalls in dieser Sprache.

Während Peggy sich mit Französisch abmühte, lernte Stuart, wie man Kautabak ausspuckt. Sam Ruggs stellte ihn in seinem Laden an, und er wurde in die Gemeinschaft der Farmer aus der Gegend aufgenommen, die sich jeden Tag bei Ruggs auf der Veranda trafen. Stuart mußte das verdiente Geld bei Margaret abliefern, doch das machte ihm nichts aus. Er hätte auch umsonst gearbeitet, nur um allabendlich den großspurigen Geschichten und rauhen Witzen lauschen zu können. So kam er sich vor wie ein Mann.

Und Garden war wieder in ihrem wahren Zuhause, bei den Menschen, die sie liebten. Sie hatte die Siedlung.

Im September kehrten sie in die Charlotte Street und zu ihrem Stadtleben zurück. Auch während der nächsten drei Jahre verbrachten sie stets den Sommer auf der Plantage und den Rest des Jahres in der Charlotte Street.

Das Leben war jetzt leichter, denn Stuart hatte nach der Schule einen Job in Sam Ruggs' Ford-Vertretung bekommen. Er machte mit potentiellen Käufern Probefahrten. Mit seinem Lohn konnte die ganze Familie Sonntagsausflüge und Besuche in der Eisdiele unternehmen, wichtige Kleinigkeiten wie Toilettenwasser und Haarschleifen kaufen und sich ab und zu einen Luxus gönnen. Bei besonderen Anlässen führte Stuart seine Damen in die Academy of Music zu einem Bühnenstück oder ins Princess-Theater zu einem Kinofilm.

Außerdem behielt er fünfundzwanzig Cents von seinem Lohn für sich und ging jeden Mittwochabend mit Jimmy Fisher, dem Mechaniker, zur Revue im Victoria-Theater. Margaret dachte, er nehme so etwas wie Nachhilfeunterricht. Seine Noten waren verheerend.

Es gab schreckliche Szenen. Margaret erwachte wütend aus ihrer Traumwelt. Alles hing von Stuart ab. Er mußte unbedingt mit der Schule fertig werden und eine gute Stelle bekommen. Sie zog über ihn her, machte ihn schlecht, schrie ihn an, er sei genau wie sein Vater, ein Taugenichts, faul und rücksichtslos. Dann schrieb sie alle seine Fehler dem Umgang zu, den er pflegte, ›diesem nichtsnutzigen Ruggs‹, und sie drohte damit, daß er seinen Job bei der Ford-Vertretung aufgeben und lernen müsse.

Stuart war schlau genug, um die Drohungen seiner Mutter nicht ernst zu nehmen. Sie brauchten das Geld, das er verdiente, und wenn er alle zwei Wochen seine neun Dollar und fünfundzwanzig Cents ablieferte, war sie immer sehr froh. Aber die Vorwürfe, er sei wie sein Vater, machten ihm schwer zu schaffen. Er wollte seine Mutter nicht unglücklich machen.

Die Schule konnte er jedoch wirklich nicht ausstehen, denn er kapierte nicht viel, sosehr er sich auch bemühte. Er versprach, sich zu bessern, hoffte irgendwie auf ein Wunder und ging noch öfter mit Jimmy Fisher aus, wobei er lügen mußte, um seine Abwesenheit von zu Hause zu erklären.

»Mach dir nicht zu viele Gedanken«, sagte Jimmy. »Du hast einfach zu viele Weiber zu Hause. Eine Mutter, zwei Schwestern und eine dicke, schwarze Hexe. Das hält doch der stärkste Mann nicht aus.«

Wenn Margaret und Stuart stritten, versuchte Peggy immer, sich einzumischen. Peggy liebte laute, leidenschaftliche Auseinandersetzungen. Sie war in ihrer High-School-Zeit ein großes, unbeholfenes Mädchen, dessen pockennarbiges Gesicht nun auch noch rote, entzündete Pickel entstellten. Das einzig Hübsche an ihr waren ihre Hände und Füße.

Peggy engagierte sich. Eine Zeitlang fastete sie in dem Bestreben, es Gandhi gleichzutun, von dem sie in der Zeitung gelesen hatte. Und einmal wurde sie zum Direktor zitiert, weil sie in der Schule mit einem Schild auf und ab marschiert war, auf dem das Wahlrecht für Frauen gefordert wurde. Sie verehrte Emmeline Pankhurst und ihre Töchter. Ihre Schularbeiten und Hausaufgaben unterzeichnete sie mit ›Peggy Tradd, Suffragette‹.

Jegliche Art von Autorität machte sie wütend, aber in der Schule fügte sie sich. Lernen bedeutete ihr noch mehr als kämpfen.

Zu Hause verkörperte Margaret die Autorität, und ihre Mutter machte sie am allerwütendsten. Es war fast unmöglich, ihre Aufmerksamkeit zu erringen. Das gelang höchstens noch Stuart. Und wenn Margaret sie doch einmal zur Kenntnis nahm, dann verstand sie alles falsch. Peggys Fasten hielt sie für eine Diät und gratulierte ihr, daß sie endlich etwas für ihre Figur tun wollte. Die Suffragetten beschimpfte sie als Frauen, die keinen Mann fänden und ›keine Ladies‹ seien.

Garden stellte Peggys einzige Zuhörerschaft dar. Nach dem Schlafengehen ließ Peggy ihre ganze Wut und Verzweiflung über die Welt heraus. »Weißt du überhaupt, daß in Indien die Menschen um ein Stück Brot betteln müssen, und daß die Engländer einfach vorbeigehen und sie verhungern lassen? Und Mrs. Pankhurst wird zwangsernährt, der schieben sie einen Gummischlauch in den Schlund und schütten irgendeine Pampe rein. Mir wird schlecht, wenn ich nur daran denke. Du sagst wahrscheinlich, das sind eben die Engländer. Ha, und damit ist die Sache für dich erledigt. Aber da täuschst du dich.«

Garden, die kein Wort gesagt hatte und überhaupt nicht wußte, wovon Peggy sprach, schüttelte heftig den Kopf, um zu bestätigen, daß es vollkommen verkehrt war, was sie gar nicht gesagt hatte.

»Da täuschst du dich gewaltig«, betonte Peggy. »Denn hier in diesem Land gibt es genausoviel Unrecht. Als die Suffragetten in Washington demonstriert haben, kam die Kavallerie der Vereinigten Staaten, um den Marsch aufzulösen. Die haben sie einfach niedergetrampelt. Und weißt du, wer die Kavallerie geschickt hat? Die Politiker. Die sind an allem schuld. Die scheren sich einen Dreck um Recht oder Unrecht. Weißt du überhaupt, Garden, daß sich in ganz Europa die Menschen gegenseitig abmetzeln? Die Barbaren spießen Babies mit dem Bajonett auf, aber kümmert das irgendeinen? O nein. Das geht uns nichts an, sagen die Politiker. Aber wenn uns der Mord an unschuldigen Menschen nichts angeht, was dann? Man muß sich um Recht oder Unrecht kümmern. Das tut aber keiner. Nicht mal die Lehrer in der Schule. Europa soll seine Probleme selber lösen, sagen sie. Und diese dummen Gänse in meiner Klasse, die wissen kaum, wo Europa liegt. Die interessiert nur, was Irene Castle macht, was für Schuhe Irene Castle trägt. Alle sind schokkiert, weil Irene Castle sich die Haare kurz geschnitten hat. Da haben sie keine Zeit, darüber schockiert zu sein, daß jeden Tag Millionen von Menschen umgebracht werden. Ich sag, dir, Garden, es regt mich so auf, daß ich alle anspucken könnte.«

Garden teilte Peggys Verzweiflung von ganzem Herzen. »Ich auch«, sagte sie, schob das Fenster neben ihrem Bett hoch und spuckte demonstrativ hinaus.

Das riß Peggy aus ihrer Predigt. »Mensch, Garden, ich habe gar nicht gewußt, daß du so spucken kannst. Du hast bestimmt das Nachbarhaus getroffen.«

Garden grinste. »Ich kann weiter spucken als sonst irgend jemand. John, Rebas Ältester, war der beste Spucker in der ganzen Siedlung, und der hat es mir beigebracht, aber jetzt kann ich es besser als er. Soll ich's dir beibringen?«

Margaret wäre aller Wahrscheinlichkeit nach in Ohnmacht gefallen, wenn sie gesehen hätte, wie ihre Töchter sich in der Kunst des Spuckens übten. Die Zeitungsberichte, die Peggy so aufbrachten, beunruhigten Margaret. Frauen, die in Washington auf offener Straße auf und ab marschierten, eine hübsche Person wie Castle, die sich einen Bubikopf schneiden ließ. Das waren alles die Anzeichen für einen schrecklichen Wandel in der Welt. Theda Bara galt als größter Star in diesen Kinofilmen, und sie benahm sich offen und unmoralisch. Margaret nickte heftig, als sie einen empörten Artikel im *News and Courier* las. Der Titel lautete ›Das Theater mit dem Tango‹. Er sprach Margaret aus dem Herzen. Die Welt geriet aus den Fugen. Modern bedeutete inzwischen soviel wie unanständig.

Margarets Mutter hatte ihr eine einfache, stolze Lebensphilosophie mit auf den Weg gegeben. »Du bist eine Lady, Margaret, und das kann dir keiner nehmen. Wir haben vielleicht einige Dinge verloren, aber unsere Traditionen und unsere Herkunft sind uns geblieben. Solange du dem gerecht wirst und dich wie die Lady benimmst, die du bist, wird man dich immer achten und anerkennen.«

Mrs. Garden hatte bei den Wörtern ›Tradition‹, ›Herkunft‹ und ›Lady‹ eine Fülle von Bedeutungen im Sinn gehabt. Sie verkörperten für sie Mut, Selbstlosigkeit, Rücksichtnahme, ein echtes, kultiviertes *noblesse oblige*. Margaret dachte damals, sie verstünde was ihre Mutter meinte, war aber noch zu jung, um ihre eigene Unwissenheit zu sehen. Sie las aus den Wörtern, daß sie von Geburt an etwas Besseres als die meisten anderen Menschen sei und daß sie nur möglichst feminin aussehen und sich dementsprechend geben müsse, dann würde man sie als Königin behandeln.

Zu einem großen Teil hatte Margaret mit ihrer Methode auch Erfolg. Die romantische Tradition der Ritterlichkeit war in den Südstaaten noch weit verbreitet. Außer ihrem Mann hatte noch kein Mensch in ihrer Gegenwart etwas Grobes gesagt oder getan. Jeder Mann, selbst wenn er kein Gentleman war, trat automatisch zur Seite, um sie vorbeizulassen, und Fahrzeuge hielten an, damit sie die Straße überqueren konnte. In den Geschäften wurde sie vorrangig bedient, während die gewöhnlichen Frauen warten mußten. Eine Lady zu sein war Margarets Lebensinhalt. Die raschen Veränderungen aller Werte im zwanzigsten Jahrhundert bedrohten ihr ganzes Sein.

Sie war beruhigt, wenn sie ihre Kinder jeden Morgen in die Schule gehen sah. Stuart hielt seinen Schwestern die Tür auf, wie er es gelernt hatte. Und die Mädchen in ihren dunklen Wollkleidern und mit den frischgewaschenen Gesichtern waren offensichtlich anständige, wohlerzogene Kinder aus guter Familie. Sie hatten nichts Modernes oder Anzügliches an sich.

Margaret beglückwünschte sich. Trotz der schweren Zeiten, der Schande, in der Charlotte Street wohnen zu müssen, und trotz des Mangels an standesgemäßem Umgang hatte sie ihren Kindern die richtigen Werte vermittelt. Wenn sie dann in das Viertel südlich der Broad Street zogen, fiel das sicherlich allen auf, und alle würden ihr gratulieren. Mit Stuart könnte sie bestimmt Staat machen. Und mit Peggy und Garden auch. Obwohl die beiden zugegebenermaßen unattraktiv waren, sogar häßlich, wenn man es genau nahm. Peggy mit ihren Narben und der stämmigen Figur, die magere Garden mit ihren Froschaugen und dem gestreiften Haar. Aber sie waren Ladies, und allein das zählte schließlich.

Margaret hatte keine Ahnung von der Rebellion, die allenthalben in der Luft lag.

23

»Gib Mama das von mir.« Stuart drückte Peggy einen zerknitterten Umschlag in die Hand. Er hatte sich schon umgewandt, als Peggy ihn am Ärmel packte.

»Nicht so schnell, Bruderherz. Wenn ich schon die Gefahr auf mich nehme, das Mama mich umbringt, dann kannst du dich wenigstens bedanken.« Peggy lachte, aber das Wasser stand ihr in den Augen.

»Oh, entschuldige. Danke, Peggy. Du bist ein feiner Kerl.« Stuart schüttelte ihre Hand ab.

»Stuart!« Peggy schlang ihm die Arme um den Hals und drückte ihn an sich. Ihr Hut fiel herunter, und sie ließ Stuart los, um ihm nachzulaufen. »Paß auf dich auf, hörst du?« rief sie über die Schulter.

»Klar. Bis dann.« Peggy sah nicht, daß Stuart blinzelte, als er wegging. Er hielt sich gerade und lief mit festem Schritt. Es war der 7. April 1917. Am Tag zuvor hatten die Vereinigten Staaten Deutschland den Krieg erklärt. Stuart wollte sich zur Armee melden.

Margaret faltete seinen kurzen Brief sorgfältig zusammen, nachdem sie ihn gelesen hatte. Dann ging sie auf ihr Zimmer und kam mit Hut und Handschuhen wieder. Mit Peggy sprach sie kein Wort, als sie das Haus verließ.

Tags darauf wurde Stuart von zwei Soldaten bei seiner Mutter abgeliefert. Der Gouverneur von South Carolina war sofort auf die Forderungen einer resoluten Mutter mit dem illustren Namen Tradd eingegangen.

Margaret hatte nicht nur vom Laden an der Ecke aus per Telefon den Gouverneur bearbeitet, sondern zudem ein paar Worte mit Stuarts Schuldirektor gewechselt. Sie hatte beschlossen, daß Stuart endgültig vom Einfluß dieses Sam Ruggs wegkommen mußte, und Mr. Julian Cartwright sollte ihm eine Stelle verschaffen.

Dem Direktor fehlten angesichts dieses Ansinnens von Margaret die Worte. Ausgerechnet den schlechtesten Schüler der Schule, den er ohnehin nur seinem alten Freund Logan Henry zuliebe so lange behalten hatte, sollte er irgendwo unterbringen. Aber das war's doch: Er hatte Logan Henry einen Gefallen getan, jetzt war dieser an der Reihe. Er sollte ihm gleich eine Vollzeitstelle besorgen, dann müßte die Schule Stuart nicht mühsam durch die Abschlußprüfung bugsieren.

Henry traf sich noch am selben Abend auf einen Whiskey mit Andrew Anson, dem Generaldirektor der Carolina Fidelity Bank.

»Tradd? Natürlich kenne ich den Namen, Logan. Meine Mutter hätte beinahe Pinckney Tradd geheiratet, aber dann kam er bei dem Erdbeben um. Du lieber Gott, und ob ich mich an die Tradds erinnere. Diese wilden roten Haare. Wer ist der Junge? ... Stuart. Das muß dann der Enkel von dem Stuart sein, den ich gekannt habe. Er war doch bei den Jungs von Wade Hampton dabei, als sie nach dem Krieg mit den Yankees die Kerle mit ihrer ›Reconstruction‹ vertrieben haben. ... Ach, wie lang das alles her ist. Damals habe ich immer mit Lizzie gespielt, sie war drei oder vier Jahre älter als ich. Das heißt, sie ist jetzt fast sechzig. Sieht man ihr aber nicht an. Elizabeth Cooper, weißt du, die mit der Phosphatgesellschaft.«

»Weiß ich, Andrew. Wir könnten den ganzen Abend in Erinnerungen schwelgen. Aber was vor uns liegt, ist das Problem mit diesem Jungen, der nichts vorzuweisen hat, außer daß sein Großvater bei Wade Hampton dabei war. Kannst du ihm vielleicht eine Stelle bei der Bank besorgen?«

»Selbstverständlich kann ich das. Er wollte sich freiwillig zur Armee melden, hast du gesagt? Das ist doch ein echter Tradd. Wie alt war er doch gleich, sechzehn?«

»Wird im Juli siebzehn.«

»Das ist alt genug, um etwas zu lernen, und jung genug, um nicht zu meinen, daß man sowieso schon alles weiß. Die Sache ist geritzt.«

»Du bist ein Prachtkerl, Andrew. Aber da ist noch eine Sache. Die ganze Familie muß von seinem Einkommen leben. Du sollst ihm mehr zahlen, als er verdient. Die Plantage wirft inzwischen einen schönen Gewinn ab. Ich handle nächste Woche den Vertrag mit dem Verwalter neu aus und geb' dir zehn Dollar pro Woche zusätzlich für die Lohntüte des Jungen.«

»Warum gibst du es ihm nicht selbst?«

»Weil er noch nicht volljährig ist. Ich müßte es seiner Mutter geben, dieser gräßlichen Schrulle.«

Andrew lachte. »Du und deine Witwen, Logan. Gut, ich mache bei deinem Komplott mit, aber hoffentlich verstoße ich dabei nicht gegen ein Gesetz.«

Eine Woche später begleitete Stuart seine Mutter in die King Street, wo sie den Kauf eines neuen Anzugs für ihn überwachte, sowie in die Tradd Street, wo sie ein kleines Haus besichtigte und an Ort und Stelle den Mietvertrag unterschrieb.

»Wir holen uns die Wagen und die Arbeiter von der Barony, und dann ziehen wir am Wochenende um. Ist das nicht herrlich, Stuart? Von hier aus bist du zu Fuß sofort in der Arbeit, wenn du am Montag anfängst.«

Die Bank lag – wie die meisten Banken in Charleston – auf der Broad Street. Die Tradd Street verlief parallel zur Broad, und zwar eine Straße weiter südlich.

Buch Vier

1918–1923

24

Margaret verstand die Welt nicht mehr. Was hatten ihre Kinder bloß? Warum waren sie denn nicht glücklich? Unbeirrbar und einfallslos, wie Margaret nun einmal war, glaubte sie allen Ernstes, daß ihr langgehegter Wunsch auch für alle anderen das einzig Erstrebenswerte sei. Sie waren in der Stadt; sie gehörten zur Gesellschaft. Warum um alles in der Welt sträubten sich Peggy und Stuart gegen Parties? Warum wirkte Garden in letzter Zeit so niedergeschlagen? Sie besuchte doch jetzt endlich eine Schule, wo sie standesgemäße Freundinnen finden konnte. Hatte sie auch schon ein einziges Mädchen zu sich nach Hause zum Spielen eingeladen? Nein. Sie wollte nicht einmal selber mehr spielen, nur den ganzen Tag Trübsal blasen. Und selbst Zanzie hatte sich verändert, denn die Kinder gingen ihr viel öfter auf die Nerven als früher. Aber Zanzie wurde ja auch nicht jünger. Mit Schaudern überlegte sie, wie alt Zanzie wohl sein mochte. Bei den Farbigen konnte man das ja immer schlecht abschätzen.

Margaret hatte kürzlich an ihrem eigenen dreiunddreißigsten Geburtstag viel über das Altern nachgedacht. Sie hatte geheult, sich im Spiegel genau betrachtet und böse Überraschungen erlebt. Aber sie wohnten zu der Zeit schon einige Monate im Haus in der Tradd Street, und Margaret war bereits fest etabliert in der Runde der Besuche und Gegenbesuche, aus denen die Tage einer feinen Dame in Charleston bestanden. Auf dem Tablett in der Eingangshalle hatten sich in der ersten Woche die Einladungskarten gestapelt, nachdem sich herumgesprochen hatte, daß die Tradds nach langer einsamer Trauerzeit in die Stadt gezogen seien. Margaret hatte alle Hände voll zu tun gehabt, um sich zu revanchieren. Sie hatte literweise Tee getrunken und sich heiser geplaudert. Und eine ganze Menge gelernt, über das einzige Thema, das sie interessierte: die Gesellschaft von Charleston.

Sie wußte inzwischen, daß sie sich auch ohne Begleitung auf der Straße zeigen durfte, daß Ladies durchaus allein in die Stadt oder auf Besuche, ja sogar einfach spazierengingen. Sie kannte tausend Klatschgeschichten. Sie hatte erfahren, daß sie sich der Charlotte Street nicht hätte schämen müssen, denn selbst die berühmten Wilsons wohnten dort, in dem einzigen Haus, das nicht direkt an der Straße lag. Sie hatte gelernt, daß jedermann arm war, und sogar wenn er es nicht wirklich war, dennoch so lebte; wer etwas auf sich hielt, hatte im Krieg alles verloren. Sie hatte gemerkt, daß man sie und ihre Kinder hier als dazugehörig willkommen hieß. Und sie wußte inzwischen, daß sie eine Dame und kein Mädchen mehr war. Die Zeiten der Tanzkarte waren ein für allemal vorbei; fünfzehn Jahre waren seit der fröhlichen Saison mit den unzähligen Bällen vergangen, und es gab keine Südstaaten-Schönheit über dreißig. Man durfte gar nicht darüber nachdenken, sonst mußte man womöglich weinen. Was ihre Augen ruinieren und Falten geben würde, und dann würde kein Mann mehr mit ihr tanzen. Margarets Rettung lag in ihren Widersprüchen: Sie konnte gleichzeitig realistisch überlegen und die Augen vor unangenehmen Wahrheiten verschließen.

Sie setzte sich im Bett auf und läutete nach Zanzie. »Mach Feuer hier drinnen, Zanzie, und bring mir meinen Schal. Ich bleibe einfach im Bett, bis es warm genug wird, daß ich mich anziehen kann. Und hol mir auch die Zeitung. Peggy hat sie heute früh geschnappt, bevor ich damit fertig war. Sie meint wohl, sie ist der einzige Mensch in diesem Haus, der lesen kann.«

Peggy las im selben Augenblick in einem Buch über das Leben der Susan B. Anthony. Gleichzeitig scheuerte sie den großen Suppenkessel in der Spülküche der Rotkreuzkantine. Alle jungen Ladies aus Charleston arbeiteten in der Kantine: Das war ihr Beitrag zum Krieg. Peggy hätte sich lieber als freiwillige Krankenschwester gemeldet, aber das blieb den älteren Damen vorbehalten. Mädchen kamen in die Kantine. Die Hübschen bedienten bei den Soldaten, die weniger Hübschen schufteten in der Küche. Peggy hatte sich als miserable Köchin erwiesen; jetzt spülte sie Geschirr.

Sie wischte sich die nassen Hände an der Schürze ab und blätterte um. Bevor sie zu lesen anfing, legte sie beide Arme um den riesigen Topf und hob ihn hoch.

»Darf ich Ihnen behilflich sein, Ma'am«, erklang eine männliche Stimme hinter ihr.

Peggy hievte den Topf über den Ausguß und kippte das Spülwasser aus. »Ich brauche keine Hilfe«, sagte sie. »Frauen können das genausogut wie Männer.« Mit einem großen Platsch ließ sie den Topf ins saubere Wasser fallen. »Sehen Sie«, sagte sie triumphierend.

»Schön und gut. Aber ich finde, wenn man etwas macht, soll man es richtig machen, egal ob Mann oder Frau.«

Peggy drehte sich zu dem Fremdling um. »Wer sagt denn, daß ich es nicht richtig gemacht habe?«

»Ich.« Er war ein Kadett aus der Zitadelle, in voller Ausgehuniform mit weißen Handschuhen, Goldtressen an Ärmeln und Mütze, einer dunkelroten Schärpe und einem glitzernden Säbel mit Quaste. »Der Topf war noch nicht sauber.«

»Was?« Peggy tauchte die Hände ins Wasser. Mit den Fingern ertastete sie eingetrocknete Suppenreste unter dem Topfrand. »Tatsächlich«, brummte sie. »Vielen Dank auch, Herr Revisor. Den Rest kann ich wohl allein.« Sie manövrierte den Topf wieder ins Spülwasser, wobei sie sich die Schürze durchweichte, und packte die Scheuerbürste.

Der Kadett nahm ihr Buch in die Hand.

»Legen Sie das wieder hin!« Peggy schwenkte drohend die Bürste. Der Kadett ließ das Büchlein wieder sinken.

»Entschuldigung. Ich wollte nur sehen, ob es Gogol ist.«

Peggy ließ die Bürste sinken. »Was soll das heißen?« fragte sie.

»Sie haben mich als Revisor bezeichnet. So heißt ein Stück eines russischen Dichters namens Gogol. Als ich vorhin hereingekommen bin, haben Sie etwas gelesen, und da dachte ich, vielleicht ist es ...«

»Ich weiß, wer Gogol ist«, Peggy ärgerte sich. Und war verblüfft. Sie hatte noch nie jemanden getroffen, der den Dichter ebenfalls kannte.

»Ich heiße Bob Thurston.«

»Und ich Peggy Tradd.«

»Ach, wie in Tradd Street.«

»Genau.« Peggy spürte, wie die gewohnte Schüchternheit ihr wieder die Kehle zuschnürte. Sie konnte mit Jungen nicht reden. Deshalb haßte sie es, wenn sie zu den Parties mitgeschleppt wurde, die ihre Mutter so liebte. Sie kam sich dann ungeschickt vor und stieg ihren Tanzpartnern auf die Zehen. Auch wußte sie, daß sie mit ihrem zernarbten Gesicht nicht hübsch war, und sie konnte sich nicht so benehmen, wie man es erwartete: lächeln und flirten und Schmeicheleien flöten. So lange wie eben hatte sie noch nie mit einem Jungen gesprochen ... außer mit Stuart und den Jungen in der Schule in Bacon Bridge, die sie immer als eine der ihren behandelt hatten.

Peggy bemerkte, daß ihr Kleid durchnäßt war und Bob Thurston ebenfalls einige Spritzer abbekommen hatte. Auf seiner Uniform prangten nasse, dunkle Flecken. Sie betrachtete die großartige, aber nun verschandelte Pracht und dann sein Gesicht. Plötzlich wurde ihr bewußt, daß er so gut aussah wie ein Filmstar, wie Francis X. Bushman – nein, der war zu alt, wie Douglas Fairbanks. Sie wäre am liebsten im Boden versunken. Statt dessen schrubbte sie plötzlich so heftig los, daß das Wasser in alle Richtungen spritzte. Bob Thurston sprang mit einem Satz zurück.

»Entschuldigen Sie, Miss Tradd, ich suche Miss Emily Pringle. Könnten Sie mir sagen, wo ich sie finde?«

Peggy blickte nicht auf. »Vorne«, murmelte sie. »Sie verteilt Krapfen.«

Sie hörte seine Schritte, dann eine Pause. »Also dann, auf Wiedersehen«, sagte er.

Peggy sah auf. »Auf Wiedersehen«, antwortete sie. Bob Thurston salutierte flott und ging hinaus.

»Tut mir leid, daß ich so grob war«, flüsterte Peggy.

Dann schleuderte sie die Scheuerbürste auf den Boden. »Nein, tut mit überhaupt nicht leid«, erklärte sie der Bürste. »Er ist doch genau der Typ für Emily Pringle. So ein Besserwisser. Soll den Topf doch selber spülen, wenn ihm so viel daran liegt, daß er sauber ist.« Sie spülte das Seifenwasser ab und schmetterte den Topf auf die Theke. »Und von meinem Buch soll er gefälligst die Finger lassen.« Sie konzentrierte sich angestrengt auf das Leben der Susan B. Anthony, bis der nächste Wagen mit schmutzigem Geschirr hereinkam.

Er wurde von Emily Pringle geschoben. »Hach, Peggy«, flötete sie, »ist dieser Bob Thurston nicht der schönste Mann aller Zeiten? Ich sterbe fast vor Aufregung. Sein Zimmerkollege sollte mich auf den Tanztee heute nachmittag begleiten, aber er ist wohl bei irgendeiner Prüfung durchgefallen oder so, und jetzt hat er Arrest. Deshalb geht Bob Thurston mit mir. Ich halte es kaum aus. Er hat gesagt, du hast ihm erklärt, wo er mich findet. Was hat er gesagt, Peggy? Hat er etwas über mich gesagt? Meinst du, er interessiert sich für mich?«

Peggy fing an, den Geschirrwagen auszuräumen. »Er hat mich nur gefragt, wo du bist, sonst hat er kein Wort gesagt.«

»Mensch, Peggy, sei doch nicht so langweilig. Wie hat er denn geguckt? Hat er bei meinem Namen irgendeinen besonderen Blick gehabt?«

»Er hat geguckt wie jemand, der den Weg nicht weiß.«

Emily seufzte. »Ich habe mir solche Hoffnungen gemacht«, sagte sie. »Schließlich hat er zu mir gesagt: ›Ihre interessante Freundin Miss Tradd hat mir erklärt, wo ich Sie finde.‹ Da hätte er ja auch etwas über mich gesagt haben können.«

Peggy lächelte. »Tut mir leid, Emily«, sagte sie herzlich, »aber das hat er wirklich nicht. Sonst würde ich es dir doch erzählen.«

Peggy stürmte nach der Schicht umgehend nach Hause. »Ich habe so viel abgespült, daß mir schon die Haut abgeht«, verkündete sie. »Ist das Essen fertig? Ich habe einen Bärenhunger.«

»Nachher wasche ich mir wohl lieber die Haare«, bemerkte sie, während sie äußerst sorgfältig die Butter auf ihrem Brot verstrich. »Wie ich dich kenne, muß ich ja doch mit zu diesem gräßlichen Tanztee, oder, Mama?«

25

»Was ist bloß mit der kleinen Tradd los?« fragte die Kantinenaufsicht beim Roten Kreuz. »Sie ist plötzlich so umgänglich.«

»Bestimmt hat sie einen Verehrer«, antwortete die Zweite Aufsicht. »Nichts macht ein Mädel so willig wie ein Verehrer.«

Peggy hatte nach ihrer ersten Begegnung drei Tage lang täglich mit Bob Thurston gesprochen. Nicht sehr lange. Sie trafen sich bei den Tanztees, die die Saison eröffneten. Bob tanzte korrekterweise erst mit der Gastgeberin und dem Ehrengast, bevor er Peggy aufforderte. Dann tanzte er mit allen Debütantinnen. »Dafür bin ich da«, erklärte er Peggy. »Da so viele Charlestoner Männer im Krieg sind, finden sich Tanzpartner nicht so leicht. Die Gastgeberinnen rufen dann beim Kommandanten an und bestellen die gewünschte Anzahl von Kadetten. Es gilt als vereinbart, daß das Tanzen unsere Pflicht ist.«

Peggy dachte sofort, daß er auch mit ihr nur aus Pflichtgefühl tanzte. Aber dann fiel ihr auf, daß er sonst mit keiner tanzte, die nicht dieses Jahr debütierte. Sie selbst sollte nämlich erst im nächsten Jahr in die Gesellschaft eingeführt werden, wie üblich mit siebzehn Jahren.

Der ganze Brauch des Debütierens, den Peggy bisher als Form der weißen Versklavung verachtet hatte, kam ihr plötzlich sehr vernünftig vor. Wie sollte man sich sonst kennenlernen?

Weniger vernünftig kam ihr alles vor, als die Zitadelle für die Weihnachtsferien schloß und Bob Thurston nach Hause fuhr. Sie treffe auf jeder Party immer wieder dieselben langweiligen Leute, jammerte Peggy. »Und die finden mich auch langweilig«, fügte sie treffend hinzu.

Aber dann bekam sie einen Tag vor Weihnachten beim Frühstück einen Brief. »Ich komme am zweiten Januar nach Charleston zurück«, stand darin. »Darf ich Sie besuchen?«

Peggy verblüffte die gesamte Familie, indem sie ihre Schwester auf dem Platz neben ihr plötzlich umarmte. »Alles Gute zum Geburtstag, Garden. Und ganz viel Glück.«

Sie rannte die gesamte Strecke zur Post auf der Broad Street und schickte ein Telegramm ab. ›brief erhalten stop erbitte besuch stop bin den ganzen tag zu hause stop.‹ Auf der Straße kehrte sie noch einmal um und schrieb noch ›fröhliche weihnacht‹ dazu. Damit überschritt sie die Zehn-Wörter-Grenze, aber das machte ihr nichts aus.

Bob Thurston war ein ernsthafter junger Mann. Als er den Suppentopf monierte, wollte er nicht etwa ein Gespräch mit einer jungen Dame anknüpfen, sondern auf die Vernachlässigung einer Pflicht hinweisen. Pflicht und Verantwortung waren seine Lebensprinzipien.

Er stammte aus einer bemerkenswerten Familie. Bobs Vater Walter kam ursprünglich aus Wisconsin. 1886 hatte er South Carolina besucht, um mehr über die Farmers Alliance zu erfahren, einer Populistenbewegung unter Benjamin Tillman. Walter Thurston war nämlich ein lebenslanger Freund und Befürworter von Robert La Follette, dem progressiven

Republikaner aus Wisconsin, der damals im Repräsentantenhaus saß.

Walter berichtete seinem Freund begeistert von den Zielen der Bewegung und der Organisation der Farmen. Außerdem teilte er ihm mit, daß er nicht nach Wisconsin zurückkehre. Er habe in dem Tabakstädtchen Mullins, South Carolina, eine gewisse Miss Betty Easter kennengelernt.

Miss Easter willigte in eine Heirat ein, allerdings unter der Bedingung, daß er in Mullins bleiben würde. Sie war das älteste von fünf Kindern und Mutterersatz für ihre Geschwister. Ihre Mutter war bei der Geburt des Jüngsten gestorben. Betty Easter konnte nicht einfach nach Wisconsin ziehen, dafür nahm sie ihre Pflichten zu ernst.

Walter Thurston stieg beim Easter-Tabakgroßhandel mit ein und wurde zwei Jahre später durch den Tod von Mr. Easter Alleininhaber. Er und seine Frau zogen ihren Bruder, ihre drei Schwestern und außerdem drei Söhne groß. Der jüngste davon war Bob, mit vollem Namen Robert La Follette Thurston. Walter Thurston blieb mit seinem Freund und dessen Idealen immer in Verbindung.

»Sie sehen also«, erklärte Bob Peggy, »für die meisten Leute bin ich halb Yankee und halb Sozialist.«

»Sozialist!« echote Peggy. »Das bin ich auch! Kerensky hätte doch für diese armen Bauern wirklich was getan, nicht so wie dieser gräßliche Lenin.« Ausführlich und immer aufgeregter gab sie ihre Ansichten über die Revolution in Rußland zum besten.

Bob hörte ihr aufmerksam zu. Als Peggy die Puste ausging, hielt er ihr einen langen Vortrag, was Sozialismus, Kommunismus und Revolution in der Realität bedeuteten.

»Na, dann bin ich eigentlich keine Sozialistin, wenn es das alles heißt. Aber irgend etwas mußte man für die Bauern tun. Wissen Sie, daß die Winter dort so schrecklich sind, daß die Menschen die Rinde von den Bäumen essen?«

Bob lächelte. »Das beschäftigt Sie sehr, nicht wahr?«

»Jawohl. Ich kann es nicht ausstehen, wenn alles so falschläuft, wenn Menschen andere Menschen schikanieren.« Sie lächelte nicht.

Aber später am selben Abend strahlte sie, als sie erfuhr, daß Bob ihre Leidenschaft für Emily Dickinson teilte.

Bob besuchte Peggy jeden Samstagabend, und Sonntag nachmittags gingen sie spazieren. Sie redeten unentwegt. Sie sprachen über Bücher, über Politik und immer öfter über sich.

»Peggy hat einen Verehrer«, erzählte Margaret ihren Freundinnen. »Ich kann es kaum glauben. Sie ist genauso laut und frech wie immer, aber dieser gutaussehende, viel ältere Mann scheint das zu mögen. Die Geschmäcker sind eben verschieden.«

Dabei waren die Gründe ganz einfach. Beide schätzten die Bildung, fühlten sich der Menschlichkeit verpflichtet und hatten früher unter ihren Altersgenossen als Außenseiter gegolten. Peggys Wißbegier hatte sie von den anderen Mädchen abgeschnitten, die sich für die vermeintlich angemesseneren Belange einer jungen Südstaatenlady interessierten. Bobs populistische Neigungen hatten ihn in der streng gegliederten Männerwelt von Hausherr – Mieter, Weiß – Schwarz und Demokrat – Barbar verdächtig gemacht.

Peggy und Bob waren Einzelgänger – und einsam. Sie paßten zusammen wie zwei Puzzleteile. Nach ein paar Wochen Gedankenaustausch vergaß Peggy, daß Bob wie ein Filmstar aussah. Bob hatte ohnehin nie bemerkt, daß Peggy keine Schönheit war.

Margaret konnte in diesen ersten Monaten des Jahres 1918 ihrem Leben fast soviel abgewinnen wie Peggy. Sie arbeitete ebenfalls freiwillig beim Roten Kreuz. In ihrem Fall handelte es sich um das Bandagenwickeln. Zweimal pro Woche traf sie sich mit anderen Damen im Keller des Freimaurergebäudes und plauderte vergnügt über nichts und wieder nichts, während sie arbeitete. Die Kittel und Kopftücher, die das Rote Kreuz ihnen zur Verfügung stellte, hielten die Fusseln aus den Bandagen von ihnen fern und ließen sie wie ›barmherzige Engel‹ aussehen, wie jemand einmal bemerkte.

Sie nahm auch Angebote der Pfarrei St. Michael wahr. Seit der Schließung von St. Andrews hatte Margaret nie wieder den Gottesdienst besucht und auch ihre Kinder weder in die Sonntagsschule noch in den Konfirmationsunterricht geschickt. In der Charlotte Street hatten sie, wie früher auf der Barony, vor dem Essen gebetet, und die Kinder mußten ›Müde bin ich, geh' zur Ruh‹ lernen. Sonntags schliefen sie aus und machten dann einen Ausflug. Aber als sie in die Innenstadt gezogen waren, erinnerte man Margaret daran, daß sie praktizierendes Mitglied der Episkopalkirche war. Alle gingen zur Kirche. Sie erfuhr, daß die Tradds eine eigene Kirchenbank in St. Michael besaßen. Diese besetzten sie und ihre Kinder nun allwöchentlich.

Jeden Donnerstag machte sie bei der Gruppe mit, die die Spenden an Kleidern und Decken für die Belgier zusammenpackten.

Somit blieben ihr nur zwei freie Nachmittage – einer, um Besuche zu machen, der andere, um welche zu empfangen. Margaret beschwerte sich fröhlich daß sie so beschäftigt sei, daß sie nicht wisse, wo ihr der Kopf steht.

Ihr einziges Problem war, daß alles teurer wurde, vor allem das Lebensnotwendige, das durch den Krieg knapp war. »Stuart«, sagte sie. »Du bist im Frühling jetzt ein Jahr bei der Bank. Schlag Mr. Anson vor, deinen Lohn zu erhöhen.«

»Mama, das geht unmöglich.«

»Gut. Dann gehe eben ich zu ihm.«

Stuart redete ihr das aus. So etwas war schließlich Männersache. Eine Woche später hatte sich das Geld in seiner Lohntüte verdoppelt. Margaret gab ihm einen Kuß und erzählte allen Bekannten, wie gut sich ihr Sohn machte.

»Natürlich wollte er auch zur Army«, fügte sie hinzu. »Aber sie haben ihn nicht genommen. Er war zu jung; das ist er immer noch.« Einige ihrer Freundinnen hatten Söhne, die sich gerade auf dem Weg nach Frankreich befanden.

26

Das Haus, das Margaret gemietet hatte, sah fast genauso aus wie Hunderte von anderen in der Stadt. Lage und Klima der Altstadt hatten eine einzigartige Architektur hervorgebracht, die inzwischen unter Fachleuten als ›Charlestoner Einzelhaus‹ bekannt war.

Der Eingang lag auf der Seite, nicht an der Straßenfront; ein gepflasterter Weg führte dorthin. Wegen des fast tropischen Sommers hatte das Haus hohe Decken und war nur ein Zimmer breit. Auf jedem Stockwerk lagen zwei Zimmer, eines links und eines rechts von der Diele. Auf diese Weise hatte jeder Raum an drei Seiten Fenster, so daß man gut durchlüften konnte. Außerdem waren die Häuser sehr hoch, um die erforderliche Anzahl von Räumen zu beherbergen.

Die meisten Einzelhäuser in Charleston hatten ausladende, überdachte Veranden auf der Süd- oder Westseite, die Schatten spenden und die nachmittägliche Brise vom Hafen her einfangen sollten.

An Margarets Haus war jedoch kein Platz für eine Veranda, denn es lag eingezwängt zwischen zwei weiteren alten, kleinen Häusern, die noch aus der Zeit stammten, als Charleston eine befestigte Stadt war. Damals hatten die Charlestoner mehr mit Überfällen von spanischen Truppen zu tun als damit, wie man die Sommerhitze erträglicher machen konnte. So auf die Nähe des Nachbarn angewiesen, bauten sie ihre hohen, eleganten Häuser entlang der vier ursprünglichen Straßen innerhalb der Stadtmauer.

Eine davon war Tradd Street, nach dem ersten Sohn eines der tapferen Abenteurer benannt, die sich ein neues Leben in einer neuen Welt aufbauen wollten. Margaret hatte keine Ahnung, woher die Tradd Street ihren Namen hatte. Sie wußte nur, daß sie sich gern als ›Mistress Tradd aus der Tradd Street‹ bezeichnete.

Wenn sie gewußt hätte, daß sie in einem der ältesten Häuser der Stadt wohnte, hätte sie auch das gern zum besten gegeben. Das Haus bot ihr allerdings auch ohne dieses Wissen genügend Annehmlichkeiten. Im Erdgeschoß lagen die Bibliothek – für Margarets Geschmack sehr hübsch, mit all den gewichtigen, farbenfroh eingebundenen Büchern – und das Eßzimmer, das durch den wuchtigen Tisch mit der Marmorplatte allerdings viel zu eng wirkte. Die Küche war hinter dem Eßzimmer in einem Holzanbau untergebracht.

Im ersten Stock befanden sich ein Wohnzimmer und ein Schlafzimmer, wie in allen alten Charlestoner Häusern. Das Wohnzimmer war Margarets ganzer Stolz. Hier schrieb und beantwortete sie Einladungen, studierte mit unerschöpflicher Begeisterung die Zeitung und gab unermüdlich Teegesellschaften. Das Zimmer gehörte jedoch Stuart. Trotz der zusätzlichen Treppenstufen wollte Margaret ihr Zimmer lieber im zweiten Stock, denn dort gab es ein Badezimmer, das durch Leitungen mit der großen Zisterne auf dem Dach verbunden war. Für die Tradds bedeutete das Luxus; für Zanzie war es die Rettung. Sie wurde langsam zu alt, um Wasser zu pumpen oder Nachttöpfe auszuleeren. Sie fand zwar das Gaslicht nicht so herrlich wie die anderen, und mit dem Gasherd in der Küche konnte sie sich nur schwer anfreunden, aber die Wasserleitungen befürwortete sie.

Auch Stuart begrüßte all diese Einrichtungen. Über das Abflußrohr konnte er auf die Straße gelangen, wenn er angeblich bereits zu Bett gegangen war.

Er hatte nicht lange gebraucht, um das zu entdecken. Keine Woche, nachdem er die Stelle bei der Bank angetreten hatte, überraschte er Jimmy Fisher mit seinem Auftauchen pünktlich zur Varieté-Vorstellung im Victoria.

Je mehr Stuart die Arbeit in der Bank zu hassen begann, desto öfter benutzte er den Ausgang. Nach einiger Zeit stellte Jimmy Fisher Stuart seinen Freunden vor und wies ihn in raffiniertere Vergnügungen als das Varieté ein. Stuart begann zu rauchen und zu trinken, und er verlor seine Unschuld. Bald führte er ein Doppelleben.

Stuart wußte, daß er in der Bank nichts taugte. Zu seiner Beschämung war ihm klar, daß er eigentlich längst hätte hinausfliegen müssen, daß er nur durch die Gutmütigkeit von Andrew Anson noch angestellt war. Er war einfach zu nichts nütze, dachte Stuart, wie auch sein Vater immer schon gesagt hatte. Jimmy Fisher war da anderer Meinung, denn er wollte, daß Stuart zum Gesetzesbrecher werden sollte. Doch dieser lehnte ab. Immer wieder.

Bis Margaret ihm auftrug, nach einer Gehaltserhöhung zu fragen.

An jenem Abend hatte Stuart ja gesagt. Und am darauffolgenden Sonntag traf Stuart Jimmy am Pavillon auf der Palmeninsel beim Park.

»Da steht er«, sagte Jimmy. »Na, was sagst du dazu?«

Stuart verschlug es die Sprache. Auf dem festen Wattboden stand der legendäre Wagen. Nie hätte er sich träumen lassen, daß er ihn je zu Gesicht bekäme. Lang, niedrig, luxuriös, kraftvoll und blendend glänzte er in der Sonne. Ein Rolls-Royce Silver Ghost.

Jimmy klopfte ihm auf den Rücken. »Tja, dann schau mal, was er hergibt. Du wirst es kaum glauben. Hier sind die Schlüssel; die Schutzbrille liegt auf dem Vordersitz.«

Stuart ging wie in Trance auf das Auto zu. »Er ist schon hingerissen«, sagte Jimmy laut. »Und dabei hat er die Pferdchen noch gar nicht traben lassen. Warte nur, bis er erst hundert Meilen die Stunde fährt.«

Sam Ruggs trat aus dem Schatten. »Mit einem guten Fahrer läßt dieser Renner alles andere Fahrbare meilenweit hinter sich. Und mit diesem Burschen am Steuer hebt er womöglich ab. Ich habe noch keinen Menschen kennengelernt, der eine derartige Hand für Autos hat. Bei ihm hat schon eine Tin Lizzy geschnurrt wie ein Kätzchen, da weiß nur der Himmel, was er mit einem Ghost anstellen kann.«

South Carolina hatte bereits die Prohibition eingeführt, ein Jahr bevor sie Bundesgesetz wurde. Sam Ruggs wollte ins Einfuhrgeschäft einsteigen. Die Produktion aus seiner Brennerei warf nach wie vor einen ansehnlichen Gewinn ab, aber jetzt wollte er sich auch um den Transithandel kümmern. Der Rolls-Royce hatte eine speziell angefertigte Karosserie. Vier Kästen vom Feinsten, was Europa zu bieten hatte, konnten unter seinen Sitzen versteckt werden. Und der letzte männliche Träger eines der vornehmsten Namen von Charleston würde die Ware stilvoll zustellen. Im Dunkel der Nacht. In einem Ghost. Sam mußte über den Witz an der ganzen Geschichte gehörig lachen.

27

›I'm forever blowing bubbles‹, sang der Tenor. Das Grammophon, das Stuart gekauft hatte, stand auf einem Tisch in der Bibliothek. Margaret duldete es nicht im Wohnzimmer, nicht einmal daneben in Stuarts Zimmer. Peggy pflegte es mit Hingabe, nahm jede Woche die Schallplatten zum Abstauben aus ihren Papierhüllen und drehte ganz sacht an der Kurbel zum Aufziehen, nicht so ungestüm, wie es sonst ihre Art war.

Sie besaßen von allen guten Liedern die Schallplatten, die neuesten wie ›I'm Always Chasing Rainbows‹ und die älteren wie ›Over There‹, ›For Me and My Gal‹ oder ›Pack Up Your Troubles‹. Peggy hatte vor, sämtliche Platten von Enrico Caruso bis Samstag zu kaufen, um sie Bob vorzuspielen.

»Herein«, rief sie auf ein Klopfen an der Tür. Das war sicher Garden, die kam immer herein, wenn Peggy das Grammophon spielen ließ und sie zu Hause war.

Die Tür ging auf, und Bob Thurston trat ins Zimmer. »Der Kommandant hat uns heute nachmittag frei gegeben«, sagte er. »Aus Frankreich kommen gute Nachrichten. Man hat Foch zum General über die gesamten Armeen der Alliierten ernannt.«

»Ist das gut?«

»Sehr gut. Er hat '14 die Deutschen an der Marne mit einem Heer von Droschkenfahrern geschlagen. Dann stellen Sie sich vor, was er mit einem Heer von amerikanischen Soldaten fertigbringt.«

Die Platte war zu Ende. Peggy nahm sie herunter. »Was möchten sie hören? Möchten Sie etwas trinken? Oder essen?«

»Nichts, danke. Weder hören noch trinken noch essen. Ich möchte etwas mit Ihnen besprechen. Wie wäre es mit einem Spaziergang? Es ist so schönes Wetter draußen.«

»Ich hole nur schnell meinen Hut.«

Sie schlenderten die Meeting Street bis zur Hafenpromenade am White Point Park hinunter. Möwen segelten über das glitzernde Wasser, und hinter ihnen verschwamm das Gejauchze von spielenden Kindern im Park fast zu Musik. Eine Brise bewegte die Palmenblätter an der Straße, und winzige Wellen platschten an die Kaimauer. Peggy fiel auf, daß sie diese Geräusche noch nie wahrgenommen hatte. Ein Dutzend Mal war sie mit Bob hier spazierengegangen, aber heute zum ersten Mal schweigend.

Sie blieb stehen. »Worüber möchten Sie sprechen, Bob? Es muß etwas Besonderes sein, sonst wären Sie längst mit der Sprache herausgerückt.«

Bob sah sie an. Ihr Hut saß schief, das Haar darunter löste sich aus der Schleife und ringelte sich zu wilden roten Locken. Ihr Kleid war verknittert, an einem Ärmel ein Tintenklecks. »Peggy, ich liebe dich«, sagte er.

»Bob!« Peggy fiel ihm um den Hals, wobei der Hut vollends zur Seite rutschte. Bob zog ihre Arme herunter und legte sie ihr an die Hüfte.

»Wir sind in der Öffentlichkeit, Peggy.«

»Das ist mir egal. Und wenn wir auf der ersten Seite in der Zeitung erscheinen.« Sie schob ihren Hut wieder zurecht und strahlte unter der verbogenen Krempe hervor. »Ich liebe dich auch.«

»Ich möchte, daß du meine Familie kennenlernst. Sie wollen dich auch kennenlernen. Ich habe so viel von dir geschrieben.«

»Ich kann es kaum erwarten. Hoffentlich geht es bald.«

»Meine Eltern und meine Brüder kommen zu meinem Collegeabschluß. Ich möchte, daß du sie zur Feier begleitest und dann in ihrem Hotel mit uns zum Essen kommst. Und dann, liebe Peggy, muß ich sofort nach Camp Jackson reisen. Bei der Abschlußfeier bekomme ich auch mein Offizierspatent.«

»Nein! Bob, du hast mir selber erzählt, daß du nur zum Studieren in die Zitadelle gegangen bist, um Ingenieur zu werden und konstruieren zu lernen. Du bist kein Soldat. Du glaubst noch nicht mal an diesen Krieg.«

»Ich glaube überhaupt nicht an den Krieg. Aber nun sind wir dabei, und ich habe eine Pflicht gegenüber meinem Land.«

»Pflicht! Das ist ein Männerwort. Und dumm. Sich umbringen zu lassen ist dumm.«

»Peggy, hör auf. Du glaubst doch genauso an Verantwortung und Pflicht wie ich. Es gibt so viel Unrecht auf der Welt, und wir müssen uns alle bemühen, das zu ändern.«

»Nicht so. Nicht durch Sterben.«

»Ich werde ja auch nicht sterben.«

Peggy schüttelte den Kopf. »Doch. Ich weiß es. Und dann bringe ich mich um.«

Bob lachte. »Das ist ganz meine Peggy. Weißt du, ich liebe deine Übertreibungen. Du spürst alles tausendmal stärker als jeder andere Mensch auf der Welt. Du bist so jung, Peggy, und du hältst mich jung. Ich liebe alles an dir, Peggy Tradd. Komm, komm. Hast du verstanden, was ich gesagt habe? Hast du dich beruhigt?«

»Ich habe dich verstanden, Bob. Du wolltest Lebewohl sagen, nicht wahr? Du bist fest entschlossen.«

»Ja.«

»Warum sagst du mir dann, daß du mich liebst? Genau dann, wenn du fortgehen willst?« Peggy wandte sich ab. Sie zog die Schultern hoch und ließ das Kinn auf die Brust sinken, so daß ihr Rücken wie eine Mauer zwischen ihnen wirkte.

Bob legte ihr die Hand auf die Schulter.

»Du bist in meinem Herzen, Peggy. Du bist ein Teil meines Lebens, und zwar der beste. Ich kann den Gedanken kaum ertragen, dich zu verlassen. Aber ich muß. Hilf mir. Ich brauche deine Hilfe.«

Peggy hob den Kopf und küßte seine Hand. »Ich tue alles, was du möchtest, Bob. Wie kann ich dir helfen?«

»Dreh dich um und versuch zu lächeln ... So ist es brav. Du hast das schönste Lächeln der Welt, auch wenn es noch ein bißchen zaghaft ist. Gib mir deine Hand. Die andere auch. Jetzt sag noch einmal, daß du mich liebst. So wie ich dich liebe.«

»Ich liebe dich, Robert Thurston.«

»Und du heiratest mich, wenn ich zurückkomme, und gehst mit mir bis ans Ende der Welt, wohnst mit mir in Hütten voller Ungeziefer, während ich irgendwo einen Damm baue.«

»Ich heirate dich und bringe alle Spinnen um, damit sie dich nicht beim Dammbauen stören.«

Bob drückte ihre Hände. »Du brächtest das tatsächlich fertig«, sagte er. »Peggy, ich glaube, ich küsse dich gleich hier, mitten auf dem Boulevard vor allen Leuten.«

»Dann red nicht so viel und fang an. Ich habe lange genug mein Kissen geküßt und mir vorgestellt, daß du es bist. Jetzt will ich wissen, wie es wirklich ist.«

Caroline Wragg setzte ihren Cadillac fast an eine Palme. »Hast du das gesehen?« japste sie. »Das war die Tochter von Margaret Tradd, ich bin mir ganz sicher.«

Ihre Mutter reckte den Hals. »Ist es nicht traurig, Caroline? Dieses neue Jahrhundert wirft alle Regeln um. Wäre ich doch nur fünfzig Jahre später auf die Welt gekommen.«

28

Diesen Sommer sollte nur Garden auf die Barony zurück. Margaret arrangierte es so, daß sie bei den Tremaines im Waldhaus wohnen konnte.

»Die kenne ich doch kaum, Mama«, beklagte sich Garden. »Kann Peggy nicht mit mir kommen, so wie letztes Jahr? Da hat Cissie auf uns aufgepaßt, und das ging doch prima.«

»Peggy kann sich nicht dauernd mit dir abgeben, und ich auch nicht. Wir müssen unsere Arbeit beim Roten Kreuz erledigen.«

»Dann laß mich eben allein bei Cissie wohnen.«

»Unsinn. Du bist erst zwölf. Es ist bereits alles abgesprochen, Stuart fährt dich am Sonntag hin.«

»Im neuen Auto?« Die Traddsche Damenwelt war von Stuarts Rolls-Royce höchst beeindruckt. Aus purer Naivität wunderten sie sich nicht, wie er sich einen solchen Wagen leisten konnte. Aber Autos waren ja schon immer Stuarts Domäne gewesen, nicht die ihre.

»Selbstverständlich im neuen Auto«, erwiderte Margaret unwirsch. »Jetzt geh und laß mich in Ruhe.«

Margaret schloß die Läden in ihrem Zimmer, legte sich ein feuchtes Tuch auf die Augen und streckte sich auf dem Bett aus. Was für eine Plage Kinder doch waren. Sie rückte ein Stück, um die Kühle eines neuen Fleckchens Laken auszukosten. Es war schon so heiß, obwohl der Juni noch nicht einmal halb vorbei war. Vielleicht sollte sie auch aufs Land fahren. Nein, das konnte sie nicht. Sie mußte Bandagen wickeln und Pakete für Belgien packen. Als Mitglied der Gesellschaft hatte man seine Verpflichtungen.

Heiße Tränen rannen ihr aus den abgedeckten Augen. Verschluckte kleine Schluchzer schüttelten sie. Sie war gar nicht in der Gesellschaft. Nicht richtig. Nicht so, wie sie wollte. Sie hatte sich blenden lassen von den Stößen von Einladungskarten während der ersten Wochen in der Tradd

Street, von dem überschwenglichen Empfang in der Pfarrei St. Michael, von den Einladungen zur Mitarbeit bei den kirchlichen Ausschüssen und denen des Roten Kreuzes. Sie hatte geglaubt, sie sei im Zentrum der einzigen Welt angelangt, auf die es ankam: in dem engen, exklusiven Kreis der Charlestoner Gesellschaft.

Doch sie hatte sich so getäuscht. Der Kreis bestand in Wirklichkeit aus mehreren Kreisen, einer innerhalb des anderen. Sie saß in Ausschüssen, aber nicht in denen, die die Einladungen zur Mitarbeit in den niedrigeren Komitees aussprachen. Sie wurde zu großen Empfängen geladen, aber nicht zu den kleinen Abendessen. Sie befand sich nur am Rand. Man hatte sie ja noch nicht einmal um ihre Meinung gefragt, als der Kirchenvorstand beschlossen hatte, die Bänke neu zu polstern. Elizabeth Cooper, die Schwester des Richters, hatte kurzerhand entschieden, daß die Traddsche Kirchenbank in Zukunft mit einfachem Stoff statt mit Samt bezogen werden sollte. Und dabei ging sie noch nicht einmal in die Kirche.

Aber denen wollte sie es schon noch zeigen. Sie wußte zwar nicht, wie; sie wußte nicht einmal, wen sie mit ›denen‹ meinte. Aber irgend etwas mußte sie tun. Sogar als sie schon eingeschlummert war, blieben ihre Hände zu Fäusten geballt.

Die Dickköpfigkeit hatte Garden sicherlich von ihrer Mutter geerbt. Nachdem sie sich in den Kopf gesetzt hatte, nicht den ganzen Sommer im Waldhaus zu wohnen, redete sie so lange mit Engelszungen auf Mrs. Tremaine ein, bis diese schließlich nachgab. Cissie hatte ja das Mädchen auch im letzten Sommer beaufsichtigt und war eine verantwortungsvolle junge Frau – also wenn sie sich um Garden kümmern wollte, bitte sehr, dann sollten die beiden eben wieder ins Herrenhaus ziehen.

»Ja, Barmherziger, wen will denn diese junge weiße Lady hier besuchen?« Reba drückte Garden lang und fest an sich, während sie alle herbeirief.

»Setz dich, mein Schatz, und laß Reba dir was zu trinken bringen. Was willst du? Milch mit einem Schuß Kaffee? Zitronenlimonade?«

»Kaffeemilch, bitte. Und geröstetes Brot. Und ein bißchen Schinken.«

»Kriegst du denn in Charleston nichts zu essen, Kind?«

»Nicht so was wie hier, Reba.« Garden spürte, wie sie durch das Verläßliche, Beständige an Reba und ihrer Küche innerlich zur Ruhe kam. »Ich bin so froh, daß ich wieder hier bin.« Am Fenster und in der Tür erschienen Köpfe. »Grüß dich, Tyrone«, schrie Garden, »grüß dich, Mose, grüß dich, Sarah, grüß dich Flora, grüß dich, Cudjo, grüß dich, Juno, Minerva, Daniel, Abednego. Kommt rein, hier ist es kühl. Ich will euch alle begrüßen.«

Es war wie früher, und doch anders. Garden verstand nicht, woran es lag, bis Tyrone sie ›Miss Garden‹ nannte.

»Reba«, fragte Garden, »was ist denn los? Warum benimmt sich Tyrone so komisch, warum schauen mich alle von der Seite her so an?«

»Du bist einfach erwachsen geworden, mein Schatz.«

»Nein! Bin ich gar nicht. Ich bin genau wie früher. Paß nur auf. Heute abend gehe ich mit in den Kuhstall und trinke Zuckermilch. Wo ist mein blauer Krug?«

Reba strich Garden mit der Hand über den Kopf. »Es ist zu spät für Zuckermilch, mein Schatz. In jeder Hinsicht zu spät. Der blaue Krug ist schon vor zwei, drei Jahren zerbrochen, den gibt es nicht mehr. Und Matthew ist auch weg. Er ist zur Armee gegangen.«

»Ach. Ist ihm auch nichts passiert?«

»Ihm geht es gut, sehr gut. Und er schickt mir alle zwei Wochen Geld. Deine Reba wird noch mal eine reiche Frau.«

»Na prima. Ist sonst noch jemand weg? Wo ist Luke? Und John?«

»Die wollten nach der Kirche ein paar Fische fangen. Sie sind gleich wieder da. Sonst ist niemand zur Armee, nur Matthew und Cuffee. Die anderen gehen jetzt auf die Marinewerft. Cissie zum Beispiel arbeitet dort in der Wäscherei, und sie verdient mehr als Matthew und Cuffee zusammen.«

»Aach. Ich wollte Cissie gerade suchen.« Garden erzählte Reba, wie sie dem Waldhaus entkommen wollte.

Reba lachte. »Wozu brauchst du Cissie, wenn du doch Reba hast? Ich habe keinen Mann zu Hause, da kann ich gut bei dir wohnen und auf dich aufpassen. Nur Columbia muß ich natürlich mitnehmen.«

»Hast du noch mal ein Baby gekriegt, Reba?«

»Allerdings. Glaubst du denn, Matthew läßt mich hier allein zurück? Ich habe ein süßes kleines Mädchen.«

Garden versuchte in diesem Sommer verzweifelt, die Zeit aufzuhalten. Wie besessen klammerte sie sich an ihre Kindheit, doch zerrann diese ihr unhaltbar zwischen den Fingern. Die Abende in der Siedlung liefen ab wie immer. Man saß auf der Veranda oder der Treppe, sang, unterhielt sich, lachte über das Gekasper der Kleinen; und wenn dann in der Dunkelheit langsam die Erde abkühlte, wurde der Gesang lauter, Klatschen kam als Begleitung dazu, Stöcke klopften auf Treppen oder Holzstößen mit, und das Konzert wurde immer heftiger, fröhlicher, aufregender, bis man zu tanzen begann. Erst sprang einer auf, dann zwei, dann fünf, dann neun, und mit Rufen, Klatschen und Lachen ließ man seinen Gefühlen in einem wilden Rhythmus von trommelnden Füßen und zuckenden Gliedern freien Lauf. Garden sang und tanzte, wie all die Jahre, als sie ein Kind der Siedlung gewesen war und es jeden Sonntag ein Picknick und ein Fest gegeben hatte.

Aber irgend etwas Neues geschah jetzt. Das Klatschen und Singen schien ihr direkt ins Blut zu fahren und die Herrschaft über ihre Arme, die Beine, die zuckenden Schultern und kreisenden Hüften zu beanspruchen. Es machte sie aufgedreht und unruhig, statt müde und zufrieden.

Reba sah ihr zu und spürte die Trauer, wenn etwas zu Ende geht. Ihr Baby, das häßliche, blausüchtige Baby, das sie durch ihr Saugen dem Tod entrissen hatte, war kein Kind mehr, hatte die Unschuld verloren und wußte es noch nicht.

Stuart schaltete die großen elektrischen Lichter aus, und augenblicklich verschwand die Straße vor ihm in der Dunkelheit. Das machte ihm nichts aus. Er spürte die Straße mit allen Sinnen. Er spürte auch, wenn über ihm Zweige auftauchten, dann wußte er, daß er durch das Eichenwäldchen unmittelbar vor der langen, sanften Kurve fuhr. Wenn er Wasser roch, verlangsamte er die Fahrt für die weiter vorn gelegene Brücke. Dahinter lagen drei Meilen schnurgerader Straße vor ihm. Dann machte er die Augen zu, um die Dunkelheit besser zu spüren, und drückte das Gaspedal voll durch.

Der Geschwindigkeitsrausch war zu schnell zu Ende. Das war immer so. Aber dafür lebte Stuart. Diese Fahrten fanden immer in stockdunklen, mondlosen Nächten statt, selbst wenn das nicht nötig gewesen wäre. Aber Stuart bestand darauf. Er brauchte die Gefahr und wollte sein ganzes Können unter Beweis stellen.

Er bog in die Auffahrt der Barony ein und schaltete herunter. Jetzt hieß es leise sein. Die Siedlung schlief zwar, aber womöglich störte man einen Hund auf. Der Rolls-Royce machte seinem Namen ›Ghost‹ alle Ehre: Der große Motor lief fast lautlos. Wie ein Geist.

Stuart hatte einen der schönsten Flecken auf der ganzen Barony zum Ziel: den Zypressensumpf. Abseits von der Auffahrt lag er versteckt, wie verwunschen, und kein Mensch kam je dorthin. Die Schwarzen glaubten an einen bösen Geist, der in dem Tümpel hauste, die Tremaines fürchteten sich vor dem gespenstischen Anblick von pechschwarzem Wasser, aus dem Zypressen wuchsen; und selbst Wilderer mieden den Sumpf, in der Meinung, es gebe dort ohnehin nichts zu jagen.

Es war das ideale Versteck. Für den geschmuggelten Whiskey von Sam Ruggs. Dieser hatte keine Angst, er fand die Zypressen sogar ›irgendwie hübsch‹. Er hatte einen Weg von der Auffahrt zum Sumpf anlegen lassen; die Abzweigung war mit Büschen markiert, die man leicht zur Seite und wieder an den alten Platz schieben konnte. Von all seinen Unternehmungen gefiel Sam Ruggs die Sache mit dem geheimen Lager im Sumpf am besten. Bei dem Gedanken daran rieb er sich die Hände. Es war seine Goldgrube. Und ein narrensicheres System. Wegen Stuart Tradd. Dessen Land war es ja, und er konnte dort lagern, wozu er lustig war. Das einzig Gefährliche daran waren der An- und Abtransport der Ware einmal im Monat. Mit Hilfe von Schmiergeldern gelangte sie bis Summerville, von wo sie durch ausgeklügelte Planung und ein Netz von Wachtposten auf die Barony geschleust wurde. Stuart kümmerte sich dann um den riskanten Transport zu den Kunden in der Stadt. Aber wer sollte schon etwas dabei finden, wenn ein junger Plantagenbesitzer – insbesondere mit einem Namen wie Tradd – so oft hin- und herfuhr, wie er wollte? Es war schließlich sein Land.

Stuart belud die Geheimfächer unter den Sitzen und rollte langsam den Weg zur Auffahrt zurück. Im Schein einer abgeblendeten Laterne legte er die Büsche an der Abzweigung wieder an ihren Platz zurück. Mit einem Lächeln blies er die Laterne aus. Jetzt konnte er losfahren.

Er war schon fast außer Sichtweite der Siedlung, als der Halbmond für einen Augenblick zwischen den dunklen Wolken hervortrat. »Verdammt«, dachte Stuart und lauschte. Aber die Hunde winselten nur einmal im Traum auf.

Ein Fenster stand jedoch weit offen, ohne störende Fensterläden, so daß die Luft ungehindert ins Zimmer strömen konnte – in Lungen, die nur noch mühsam ihren Dienst versahen. Die alte Pansy fingerte nach ihren blauen Perlen und ächzte.

»Plat Eye.«

29

Sarah weckte Reba und Garden noch vor dem Morgengrauen. »Maum' Pansy stirbt. Sie will Garden noch einmal sehen.«

Garden suchte ihre Kette und legte sie sich um den Hals.

Die alte Pansy sah immer nach, ob Garden sie auch trug. Diesen Sommer hatte sie Garden oft zu sich geholt. Manchmal hatte sich die alte Frau längst in ihren Erinnerungen verloren, bis Garden die Stufen erklommen hatte. Wenn sie dann Gardens weiße Stimme hörte, hielt sie das Mädchen für Julia Ashley und redete von längst verstorbenen Menschen und dem Leben auf der Plantage, als sie noch jung war. Garden murmelte hin und wieder ein »Ja, ja« zu allem, was Pansy von sich gab, bis die alten Augen müde zufielen.

Dann wieder war Pansy bei klarem Verstand. Ab und zu erzählte sie die Geschichte, wie sie damals die Yankees vertrieben hatte. Oder sie verlangte nach einem ihrer Lieblingslieder und gab mit dem Finger das Tempo vor.

Garden war von der steinalten, mumienartigen Gestalt in dem großen Bett fasziniert. Für ihr Leben gern hörte sie der alten Pansy zu oder sang ihr vor. Nur wenn Pansy sie an der Hand packte, sich über den Fluch auf der Barony Sorgen machte und Garden anflehte, davonzulaufen, wurde ihr unheimlich. Dann wußte sie nicht was sie tun oder sagen sollte. Sie konnte nur warten, bis Pansy erschöpft von ihrer Erregung einschlief.

Pansys Haus war hell erleuchtet, die Bewohner der Siedlung vollzählig versammelt; einzeln traten sie durch die Tür und verbeugten sich vor der Matriarchin und ihrer Urenkelin, der jungen Pansy, die man in ihrem Haus neben der Kirche aus dem Schlaf geschreckt hatte. Ihr Mann, Pfarrer Ashley, stand in einer Ecke, und die Tränen rannen ihm übers Gesicht, aus Trauer um den Tod seiner langjährigen Gegenspielerin.

Garden und Reba verneigten sich. Die alte Pansy wisperte der jungen etwas zu. »Ihr sollt dableiben«, dolmetschte die junge Pansy. »Sie will, daß Miss Julia bei ihr bleibt.« Reba setzte Garden auf einen Stuhl an den großen Tisch. Sie setzte sich daneben und streichelte dem verwirrten Mädchen den Arm. Sie wiegte sich im Takt der langsamen, beruhigenden Streichelbewegungen, und dann fing Reba an zu singen.

Sie stimmte ein altes Spiritual an, in dem man ruhig und froh auf den Morgen wartet, der den Tod bringt, weil man dann von den irdischen Plagen erlöst wird und zu Gott gelangt. Reba sang vor, und alle Umstehenden fielen in einem ergreifenden Chor mit ein.

Nachdem die Stimmen verklungen waren, sagte Sarah: »Sie geht von uns. Der Morgen ist für sie gekommen.«

Das Licht der Laternen in der Hütte war fahl geworden. Draußen schien der Himmel von den ersten Sonnenstrahlen in mattes Gold getaucht. Es schimmerte in Gardens roten und blonden zerzausten Strähnen und umspielte ihre Silhouette an dem offenen Fenster. Maum' Pansy schauderte und zuckte, und plötzlich setzte sie sich mit einem Ruck auf. Sie packte die junge Pansy mit einer klauenartigen Hand an der Schulter. Ihr vertrautes kräftiges Leben erfüllte den Raum, und sie deutete auf Garden. »Danke, Herr«, sagte sie klar und deutlich, »für all die Kerzen.«

Garden sang ein letztes Mal für Maum' Pansy. In weißen Trauerkleidern wie die anderen stand sie am offenen Grab. Tränen strömten ihr übers Gesicht, und sie zitterte, aber ihre schöne, tiefe Stimme klang fest. Während sie einen Strauß Wiesenblumen Blüte für Blüte auf den Sarg fallen ließ, sang sie das Lieblingslied der alten Frau. In der letzten Strophe hieß es über den kleinen Moses im Weidenkorb: »Jedes Haar auf seinem Kopf ist eine Kerze, die dir den Weg auf der anderen Seite des Jordan erleuchten wird.«

30

»In der Stadt ist die Spanische Grippe ausgebrochen.« Stuart war atemlos ins Zimmer gestürzt. »Fast vierzig Menschen sind heute ins Krankenhaus gebracht worden, darunter Mr. Walker. Er ist am Schalter einfach vornübergekippt.«

Margaret beschloß, unverzüglich auf die Barony zu ziehen, um der Ansteckungsgefahr zu entgehen. Peggy weigerte sich, sie zu begleiten. Das Rote Kreuz stellte Freiwillige ein, die bei der Pflege der Kranken helfen sollten. »Ich bin bärenstark, Mama. Es ist meine Pflicht zu helfen, wo ich kann.« Sie ließ sich nicht von ihrem Vorhaben abbringen.

Stuart konnte nicht weg. Die Bank mußte ihren Betrieb aufrechterhalten wie bisher. Wie die meisten Männer ging er mit einer Gazemaske vor dem Mund zur Arbeit und wich vor jedem Menschen auf die andere Straßenseite aus, der irgendwie schwankte oder hustete. Für dieses Manöver bot sich allerdings selten die Gelegenheit, denn die Straßen waren wie leergefegt.

Drei Monate lang lebten Margaret und Garden mit Reba und Zanzie vollkommen abgeschieden von der Außenwelt auf der Barony. Margaret hatte solche Angst vor Ansteckung, daß sie das Herrschaftshaus unter Quarantäne stellte. Niemand durfte hinein; Reba und Garden durften nicht hinaus. An Waren kam nichts ins Haus außer Konserven, die Sam Ruggs an die Küchentür lieferte. Und sogar diese wurden in einen Kessel mit kochendem Wasser getaucht, bevor sie im Haus geduldet wurden.

Das wochenlange Eingesperrtsein machte diese Zeit für Garden zu den längsten drei Monaten in ihrem jungen Leben. Und zu einem Wendepunkt, von dem es kein Zurück gab.

Auch wenn das Gutshaus noch so groß war, konnte Garden scheinbar nirgends spielen, ohne ihre Mutter zu stören. Die kahlen Räume und nackten Böden verstärkten jedes Geräusch. So wurde der Dachboden zu ihrem Zufluchtsort. Vollgestopft mit Schränken, Kommoden und Kisten, schluckte er den Lärm, den Garden mit ihren Spielen und Liedern verursachte. Wie früher für Peggy und Stuart, barg der Dachboden für Garden ein Wunderland der Fantasie.

Eines Nachmittags fand sie eine Bücherkiste, die ihre Geschwister anscheinend übersehen hatten. Es war eine Sammlung von Predigtbänden. Garden nahm sie heraus und baute einen Stuhl damit. Die beiden Bände am Boden der Schachtel eigneten sich bestimmt gut als Fußbank, befand sie. Als sie sie heraushob, klappte der eine auf. Er war innen hohl – ein geheimes Versteck.

In der Vertiefung lag, eingewickelt in bestickten Samt, ein glänzender Schlüssel aus Messing. Er war über und über mit einem Muster aus eingravierten Sternen und Monden verziert. Garden war begeistert. Wozu der Schlüssel wohl paßte?

»Wo ist dieses Kind schon wieder?« fuhr Margaret Reba an. »Schlimm genug, daß ich diesen Fraß essen muß; da muß er nicht auch noch kalt werden.« Sie schleuderte ihre Serviette auf den Tisch. »Stell meinen Teller in den Ofen, Reba. Ich gehe Garden suchen, und dann kriegt sie eine gehörige Tracht Prügel. Ich komme später zum Essen wieder. Laß Gardens Teller stehen, sie ißt heute kalt. Und zwar im Stehen.«

Sie brauchte geschlagene zehn Minuten, um erbost rufend durch alle Zimmer zu laufen. Wütend polterte sie schließlich die Stufen zum Dachboden hinauf und stieß die Tür auf.

Ein Wesen aus einer anderen Zeit begegnete ihrem Blick. Im dämmrigen späten Tageslicht, das durch die kleinen Dachfenster fiel, dachte sie, sie sehe Gespenster. Dann machte die Erscheinung den Mund auf und sagte mit der Stimme ihrer Tochter: »Schimpf nicht, Mama. Ich hab' nur so getan, als wäre ich diese Lady.« Sie streckte ihre Hand aus und zeigte ein Miniaturporträt in einem perlenbesetzten Rahmen.

Margaret sprach sehr langsam und vorsichtig. »Ich schimpfe ja nicht. Bleib ganz, ganz ruhig stehen. Beweg dich nicht.« Sie starrte Garden ungläubig an.

Ihr Kopf steckte in einer hohen weißen Perücke, auf deren steifen Locken ein leuchtender Schmetterling aus blauen und silbernen Perlen thronte. Das Gesicht unter der Perücke war mit einer dicken Paste kreideweiß bemalt. Wangen und Lippen waren hellrot getönt, ein breiter blauer Strich betonte die Augen, und am Kinn saß ein kleiner schwarzer Halbmond aus Samt, ein Schönheitsfleck. Noch ein solcher Fleck, ein Stern, zierte ihre ebenfalls weiß geschminkte Brust. Sie trug ein himmelblaues Satinkleid mit üppigen Rüschen aus silberner Spitze um das tiefe Dekolleté und am Ende der halblangen Ärmel. Die Röcke, bestickt mit silbernen Schmetterlingen, bauschten sich in üppigen Falten um ihre Gestalt. Ein Petticoat aus silberner Spitze lugte am Saum hervor. Garden sah atemberaubend schön aus; der lange, schlanke Hals und die zarten, knospenden jungen Brüste wirkten ergreifend verletzlich, aber die stolze Haltung, der gerade Rücken und der hocherhobene Kopf, auf dem sie die schwere Perücke balancierte, waren königlich und zeit- und alterslos. Der Inbegriff einer schönen Frau.

»Wo hast du diese Sachen gefunden, Garden?«

Von Margarets Frage erlöst, hielt Garden ein fleckiges Buch in die Höhe. »Ach, Mama, es war so aufregend. In diesem Buch habe ich einen Schlüssel gefunden, und dann bin ich von einer Truhe zur anderen gelaufen, um die richtige zu finden, für die er paßt.« Sie wies nach unten auf den offenstehenden Deckel, und dabei glitt ihr das Kleid von der Schulter. Sie rückte es schnell mit der anderen Hand wieder zurecht. »Es paßt mir nicht richtig. Ich konnte es nicht zuhaken.« Sie drehte sich um und zeigte Margaret den offenen Kleiderrücken. »Diese Lady muß sehr dünn gewesen sein.«

»Keine Sorge«, sagte Margaret, »das ist nur eine Frage des

richtigen Korsetts.« Ihre Stimme klang seltsam abwesend. Margaret konnte es noch immer nicht fassen. Garden, eine Schönheit. Sie hatte nicht das geringste davon bemerkt. Wie konnte sie nur so blind sein? Nicht nur eine Schönheit. Eine großartige Schönheit. Mit einem solchen Geschenk des Himmels konnte man alles erreichen ...

»O je, es wird schon dunkel. Ich bin wohl zu spät zum Abendessen. Das tut mir leid, Mama. Aber es hat so viel Spaß gemacht.«

»Ist schon gut, Garden. Nun leg das Kleid und die Perücke wieder ab. Vorsichtig. Sie müssen sehr alt sein. Dann komm hinunter. Ich sage Reba, daß sie dein Essen aufwärmen soll.«

»Darf ich das Bild der Lady behalten, Mama?«

»Natürlich. Nimm es mit. Ich möchte es im Licht betrachten.«

31

Stuart holte sie Mitte November ab. »Die Grippe ist vorbei«, sagte er. »Ihr könnt wieder nach Hause kommen.« Er wunderte sich, daß seine Mutter nach ihrem unfreiwilligen Exil so guter Laune war. Daß sie Garden so viel Aufmerksamkeit schenkte, konnte er überhaupt nicht fassen. Sie neckte sie, war zärtlich zu ihr, interessierte sich für sie und bewunderte sie. Garden war im siebten Himmel. Sie folgte ihrer Mutter überallhin mit Augen, die vor Liebe und Dankbarkeit glänzten.

Stuart wollte sie möglichst schnell ins Auto verfrachten. Er mußte zu seiner Arbeit zurück.

»Reba, Reba, du wirst mir so fehlen.« Garden hielt Reba fest, als wollte sie ihre Ziehmutter nie wieder loslassen. Auch Reba umarmte sie lange.

»Mein Schatz, hast du die Perlen, die dir Maum' Pansy hinterlassen hat?«

»Ja. Natürlich habe ich sie. Und mein Amulett auch. Warum?«

»Nur so. Paß gut darauf auf, das ist alles.«

»Stuart will nicht warten, bis ich in die Siedlung laufe und mich von allen verabschiede. Machst du das für mich?«

»Natürlich, mein Schatz.«

»Ich hab' dich lieb, Reba.«

»Das weiß ich. Und Reba hat ihr Kleines auch lieb.«

Garden winkte aus dem Auto, bis sie Reba nicht mehr sehen konnte. Als sie an der Siedlung vorbeifuhren, winkte sie noch einmal. Im Herrschaftshaus weinte Reba und legte Columbia an die Brust. »Ich hab' mein kleines weißes Mädelchen verloren. Groß geworden und ausgeflogen.« Das Baby saugte hungrig, und Reba fing an zu summen; sie wiegte das Bündel, und ihre Tränen versiegten.

Margaret fragte Stuart neugierig aus, was in der Stadt in ihrer Abwesenheit passiert war. Wer gestorben sei, ob irgend jemand geheiratet habe und wieso eigentlich die Tradd Street immer noch nicht gepflastert sei.

»Du willst doch damit nicht sagen, daß du deine geliebte Zeitung nicht bekommen hast? Ich dachte, du kannst ohne Zeitung nicht leben.«

Margaret reckte das Kinn. »Sei nicht so frech, Stuart. Ich konnte das nicht riskieren, die Zeitung hätte ja verseucht sein können.«

»Du liebe Zeit, Mama. Dann weißt du ja noch nicht einmal, daß der Krieg vorbei ist. Der Waffenstillstand ist letzte Woche unterzeichnet worden. Die Leute haben auf der Straße vor Freude getanzt.«

»Das ist schön. Dann hören sie vielleicht endlich mit dieser blöden Zuckerrationierung auf.«

Wenn Margaret das Ende des Ersten Weltkriegs auch wenig beeindruckte, freute sich Peggy um so mehr, für die gesamte Familie. Bob Thurston hatte geschrieben. Er komme so bald wie möglich heim, wahrscheinlich in ein paar Monaten.

In ihrem Überschwang ließ Peggy ihre Mutter sogar ihr gesellschaftliches Debüt arrangieren. »Garden kann bei deinem Empfang mit uns zusammen die Gäste begrüßen. Das wird eine gute Übung für sie. Also, du gehst natürlich in Weiß, dann muß sie irgendeine Farbe tragen ...« Margaret stürzte sich selig in ein hektisches Durcheinander aus Kleiderkäufen, Einladungslisten, Speiseplänen, Blumenarrangement, Schneiderbesuchen und Zeitplänen. Peggys Debüt sollte am dreiundzwanzigsten Dezember stattfinden.

Garden zeigte allen in der Schule die Stelle, an der sie sich einmal verbrannt hatte und erzählte, wie die Wunde durch Pansys Zaubersprüche verschwunden sei. Sie brachte ihre Perlenschnüre mit und redete von Plat Eye. Die anderen Mädchen schauderten wegen der unheimlichen Geschichten und nahmen Garden begeistert in jene Gruppe auf, die sie im Vorjahr noch ausgeschlossen hatte. Mit den neuen Freundinnen und der Zuwendung ihrer Mutter war sie so glücklich, daß sie über ihr Erwachsenwerden hinwegsehen konnte.

Die gesellschaftliche Saison war dieses Jahr besonders festlich; man feierte das Kriegsende und die überstandene Epidemie. Die Tradds waren zum ersten Mal seit den ersten rauschhaften Wochen bei ihrem damaligen Umzug glücklich vereint.

Stuart genoß die Parties. Er mußte sich jetzt nicht mehr unzulänglich vorkommen, weil er nicht in der Armee gedient hatte, und die Verwegenheit seines geheimen Lebenswandels gab ihm Vertrauen in seine Männlichkeit. Er hatte eine gewisse flotte Art an sich, die die Debütantinnen beeindruckte und die ganz jungen Mädchen dahinschmelzen ließ. Um den Rolls-Royce beneideten ihn alle anderen Männer, egal welchen Alters. Stuart pfiff vor sich hin, wenn er seine weiße Krawatte umband, und spielte für die ihm anvertrauten Ladies den schneidigen Begleiter.

Peggy ließ alles geduldig über sich ergehen, die Runde der Einladungen, die hektische Umkleiderei dazwischen, die höfliche Konversation mit ihren zugewiesenen Begleitern und die langen Wartezeiten als ewiges Mauerblümchen am Rand der Tanzfläche.

Garden fand alles furchtbar erwachsen und aufregend: die Stapel von Einladungskarten, die verwelkten Blumensträuße, die bereitliegenden Kleider, die Schachtel mit den langen weißen Handschuhen, Toilettenwasser, Gesichtspuder und Lockenschere auf dem Frisiertisch ihrer Mutter. Am allermeisten fieberte sie Peggys Party entgegen, denn da sollte sie zum ersten Mal ein langes Kleid tragen. Und dann hatte ihre Mutter ihr versprochen, daß sie das alles eines Tages selbst haben würde. All das und noch mehr.

Margaret war in ihrem Element, und das wußte sie. Sie war aufrichtig charmant und huldvoll, zur Überraschung vieler, die sie bisher für unfreundlich gehalten hatten.

Sie sah Mitleid in den Augen der anderen Mütter – oder zumindest bildete sie sich das ein. Peggy war eindeutig kein Erfolg. Margaret lachte insgeheim. In vier Jahren würde sie es ihnen zeigen, allen würde sie es zeigen. Garden würde das glänzendste Debüt geben und die beste Partie machen, die Charleston je gesehen hatte. Margaret saß sittsam bei den Anstandsdamen und musterte die Kavaliere. Welcher wäre gut genug? Oder sollte es einer von denen sein, die noch nicht aus Übersee zurückgekehrt waren?

Peggys Debüt wurde keineswegs glänzend. Das sollte es auch nicht. Ein Empfang bot einen würdigen Rahmen, ohne viel Zwang auf die Debütantin auszuüben. Peggy hätte niemals einen Ball durchgestanden, noch nicht einmal einen Tanztee. Sie konnte nicht plaudern, nicht kokett sein und nicht gut tanzen. Der Empfang bestand hauptsächlich aus einer nicht enden wollenden Begrüßungsphase, während derer die Gäste eintrafen und langsam an Peggy und ihrer Familie vorbeidefilierten und mit jedem ein paar Worte wechselten. Und es dauerte nicht lange, bis sich dasselbe in entgegengesetzter Reihenfolge abspielte und die Gäste sich bei jedem bedankten und verabschiedeten. Die früheren Ankömmlinge aßen, tranken und unterhielten sich, während spätere Gäste noch die Reihe abschritten. Nach der Zwischenspanne wandten sich die ersten Gäste langsam zum Gehen, so daß auch die späteren Gäste noch Gelegenheit zum Essen und Trinken bekamen, bevor sie sich empfahlen.

Stuart beobachtete das Ganze von seinem Platz zwischen Peggy und Garden in der Empfangsreihe. Er sah, wie die Männer sich ins Freie stahlen, und er wußte, daß sie den Punsch mit dem Inhalt ihrer Flachmänner anreicherten. Verdammte Prohibition, dachte er. Wir haben doch eine Party. Champagner sollte es geben, nicht klammheimlich irgendeinen Fusel.

Zum Teufel, heute ist das Debüt meiner Schwester. Alle sollten feiern. Die Polizei kommt hier nicht her. Jetzt gibt es Champagner. Er stahl sich aus der Reihe und schlich hinaus.

Der Silver Ghost brauste die Meeting Street hinunter auf die Brücke über den Ashley zu. Am Zollhäuschen entdeckte Stuart, daß er kein Geld bei sich hatte.

»Ich schlage Ihnen etwas vor«, bot er dem Zöllner an. »Sie bekommen statt dessen einen Schluck guten Whiskey.« Er zog seinen Flachmann hervor, der genauso silbern glänzte wie sein prächtiges Auto. In seinem Frackanzug mit der strahlend weißen Hemdbrust, mit seinem selbstbewußten Lächeln und lässig in den weichen Ledersitz gelehnt, bot er einen stattlichen Anblick.

Er reichte die Flasche hinauf und beobachtete, wie überrascht der Zöllner angesichts der Qualität des Tropfens war. »Nur vom Feinsten«, sagte Stuart. »Heute hat meine Schwester ihr Debüt.« Er nahm einen Schluck auf Peggys Wohl.

»Wissen Sie, was?« fragte er mit einem Lachen. »Behalten Sie die Flasche einstweilen. Wir trinken sie dann nachher gemeinsam aus. Ich bin gleich wieder zurück.«

Der Rolls-Royce verschlang die Meilen. Stuart lenkte mit fachkundiger Hand, genoß die Geschwindigkeit und freute sich diebisch bei dem Gedanken, daß er mit vier Kisten Champagner in Peggys Party platzen würde. Das wird ein

Geschenk, das sie so schnell nicht vergißt. Die gute, alte Peggy.

An der gewohnten Stelle hielt er an und schaltete die Scheinwerfer aus. Eine Wolke verdeckte den Mond, als ob Stuart ihn ebenfalls abgeschaltet hätte. Stuart lachte glucksend. Alles lief wie am Schnürchen. Er schaltete genüßlich und ließ die Kupplung kommen. Sein Herz raste, als der vertraute Rausch begann. Beeil dich, sagte er sich; damit du zurück bist, bevor alle gehen. Der Silver Ghost jagte wie ein Pfeil dahin ...

Der Wagen krachte durch das Brückengeländer und schoß kopfüber durch eine Nebelbank in den tiefen, reißenden Strom. Stuart wurde in den Wald auf der gegenüberliegenden Uferböschung geschleudert. Beim Aufprall brach er sich das Genick.

»Wo ist dein Bruder?« zischte Margaret wütend durch die Zähne, zeigte dabei aber auch nach wie vor ihr Lächeln. »Wie schön, daß Sie kommen konnten. Vielen Dank, ich freue mich, daß es Ihnen gefallen hat ... Ach, wie nett, daß Sie das sagen. Ich bin ganz Ihrer Meinung, die diesjährige Saison ist rasend amüsant ... Vielen Dank, Mary. Wir sehen uns nachher auf dem Ball. ... Einfach wegzurennen. Dafür gibt es überhaupt keine Entschuldigung. ... Ja, Mr. Mitchell, wir vermissen den Richter sehr. Er hätte sich so über seine erwachsene Enkelin gefreut. ... Danke ... Vielen Dank ... Wie schön, Sie zu sehen ... Wie nett, daß Sie gekommen sind ...«

32

Logan Henry schäumte derart vor Wut, daß er jeglichen Takt außer acht ließ. »Dieses schwachsinnige Weib«, erklärte er Andrew Anson, »tut ihr Bestens, um alles zunichte zu machen, was ich für sie getan habe.«

Andrew schenkte seinem Freund ein und setzte sich zum Zuhören bequem in einen Sessel. Was er hörte, ließ ihn fast aufspringen. Das ›schwachsinnige Weib‹ war Margaret Tradd. Sie erbte das gesamte Vermögen ihres Sohnes, und sie hatte Mr. Henry aufgetragen, die Barony zu verkaufen, obwohl sie ansehnlichen Gewinn abwarf. Als einziger Käufer schien Sam Ruggs in Sicht, und der bot gerade genug, um die Hypothek auszulösen. Dessen ungeachtet wollte Margaret anscheinend einwilligen.

Jetzt war Andrew an der Reihe, um Mr. Henry zu verblüffen. Die Bank habe eine Kundin, die sicherlich am Kauf interessiert wäre. Nein, er könne keine Namen nennen, aber es stecke genug Geld dahinter, um Sam Ruggs zu überbieten.

Logan Henry grinste vor Vergnügen. »Das wird dem alten Ruggs den Geiz wohl ein wenig austreiben.«

Er hatte jedoch keine Ahnung, wie großzügig Sam Ruggs sein konnte. Sam brauchte den Zypressensumpf für seine Geschäfte. Wochenlang ging es nun hin und her, Sam Ruggs überbot das Angebot der Bank und wurde wiederum von Andrew Ansons mysteriöser Kundin überboten. Schließlich kam Sam dahinter, daß er nur noch aus Sturheit und nicht mehr aus logischen Gründen mithielt, und so erstand Ansons Kundin die Barony für mehr als das Zehnfache ihres Wertes.

In ganz Charleston wollten Klatsch und Spekulationen kein Ende nehmen. Wer war diese Käuferin? Und wieviel hatte Margaret Tradd wirklich bekommen? Weder Mr. Anson noch Mr. Henry antworteten auf irgendwelche Fragen.

»Sind wir jetzt reich, Mama?« fragte Garden. »Ein paar Mädchen in der Schule haben gesagt, daß wir sehr reich sind.«

»Über Geld spricht man nicht, Garden.«

»Darf ich es nicht wissen?«

»Hm, doch. Aber du darfst nie, nie davon erzählen. Also, wir sind nicht richtig reich, aber wir haben für die Barony ziemlich viel Geld bekommen.«

»Was willst du damit machen, Mama? Fährst du im Sommer in die Berge? Wentworth Wraggs Mama macht das immer, und alle sagen, daß die reich sind.«

»Garden, wir fahren sogar beide im Sommer in die Berge. Ich investiere das Geld.«

»Was heißt denn das?«

»Du sollst alle erdenklichen Vorteile bekommen, Garden. Damit ich auf dich stolz sein kann.« Margaret schossen die Tränen in die Augen. »Du bist alles, was ich noch habe.«

Garden kniete sich neben Margaret und nahm sie in die Arme. »Ich gebe mir auch Mühe, Mama. Bestimmt. Ich will alles tun, damit du glücklich wirst.« Über Margarets Schulter fiel ihr Blick auf die Reihe der gerahmten Fotografien auf dem Schreibtisch. Stuart, wie er strahlend am Steuer des Rolls Royce sitzt, und Peggy, wie sie Bob auf ihrem Hochzeitsbild anlächelt. Die Hochzeit war kurz und unromantisch gewesen. Die Tradds trugen Trauer, und Bob war mit der Pioniertruppe nach Europa abkommandiert. Peggy fand gerade noch genug Zeit für alle Impfungen, bevor ihr Schiff abfuhr.

Garden und Margaret hatten jetzt nur noch einander.

Der Sommer in Flat Rock, North Carolina, wurde zu einer Zeit voller Überraschungen und Freuden für Garden. Allein die Zugfahrt war so aufregend, daß sie es fast bedauerte, als die Lokomotive fauchend und zischend in den kleinen Bahnhof von Hendersonville einfuhr und anhielt. Ganz benommen von dem überwältigenden Anblick der Berge, ließ sich Garden von Margaret zu einer der vor dem Bahnhof wartenden Kutschen bugsieren. Auf dem grünen Pferdewagen prangte über der roten Tür die Aufschrift ›The Lodge, Flat Rock‹.

Das Hotel in Flat Rock war ein langgestrecktes niedriges Gebäude, das von außen aussah wie ein Blockhaus und innen mit Kiefer getäfelt war. Rings um das Haus führte eine breite Veranda mit Stühlen und Tischen aus gebogenem Rohr.

Es gab organisierte Ausflüge und Picknicks, Tanz am Samstagabend mit Lehrern für die Anfänger beim Square dance, Ausritte über steile Bergpfade auf trittsicheren, ergebenen Ponys und geführte Wanderungen durch die riesigen Alpenrosenhaine zu tosenden Wasserfällen. Tagsüber schien die Sonne warm, und für die Nacht stellte das Hotel Wärmflaschen zur Verfügung, mit denen man sich unter die Decken kuschelte. In der kalten Nachtluft brauchte man zwei Bettdecken, denn jedermann schlief bei offenem Fenster. Die harzige Luft wirkte kräftigend und gleichzeitig als herrliches Schlafmittel. Garden erwachte jeden Morgen, sobald die aufgehende Sonne die Vögel unter ihrem Fenster weckte, und sie fühlte sich so voller Tatendrang wie nie zuvor in ihrem Leben.

Im Hotel wohnten noch drei andere Mädchen, die ungefähr in ihrem Alter waren. Wenn sie nicht an einem der geplanten Ausflüge teilnahmen, tobten sie herum, fuhren auf hoteleigenen Fahrrädern die ebene Straße von Flat Rock nach Hendersonville hinunter oder wateten in dem eisigen Bach, der durch den Hotelgarten floß. Bei Gewitter saßen sie auf der überdachten Veranda und sahen zu, wie nach den krachenden Donnerschlägen die gezackten Blitze in die dichten Wälder ringsum fuhren. Garden dachte oft bei sich, daß die Berge der Himmel auf Erden seien.

Aber das Paradies hatte seinen Preis. Margaret begann noch am Ankunftsabend, Garden den fehlenden Schliff zu verpassen. Die Koffer waren vorausgeschickt worden und standen in ihrem Zimmer bereit. Zanzie kümmerte sich darum, daß sie eines der Bügeleisen im Dienstbotenflügel benutzen durfte, und kam dann wieder, um Margaret beim Auspacken zu helfen. Garden stieß Entzückungsrufe aus, als ihre neuen Kleider vorsichtig aus den Koffern genommen wurden. Ihre Begeisterung schwand allerdings, als Margaret ihr den breitkrempigen Hut sowie die Stapel von weißen Baumwollstrümpfen und -handschuhen zeigte, die sie im Freien immer zu tragen habe.

»Wir müssen auf der Stelle damit anfangen, deine gräßlichen Sommersprossen irgendwie loszuwerden, Garden. Du darfst keinen Sonnenstrahl je wieder an irgendein Fleckchen deiner Haut lassen.«

Mit den Buttermilchpackungen auf ihrem Gesicht wurde am nächsten Tag begonnen; eine Stunde täglich nach dem Essen mußte sie diese Prozedur ertragen, während sie die Hände in einer Schüssel mit Buttermilch badete. Vor dem Schlafengehen rieb Zanzie sie am ganzen Körper mit einer Paste aus Zitronensaft und Salz ab und schrubbte sie dann noch einmal in ihrem Badewasser mit weißer Seife.

Nach einer Woche fing Margaret mit der Arbeit an Gardens ›fürchterlichem Haar‹ an. Gardens Haar war immer ein Problem gewesen. Erst wollte es überhaupt nicht wachsen, und dann hörte es nicht mehr auf. Der Kurzhaarschnitt, den ihr Zanzie zum Schuleintritt verpaßte, hatte alles noch verschlimmert. Danach hatte Zanzie immer nur einen Teil geschnitten, indem sie das Deckhaar anhob und Streifen in die Kopfhaut rasierte. Aber Gardens Haar war nicht nur übernatürlich dick, sondern wuchs auch unnatürlich schnell. Innerhalb von ein paar Wochen blähten neugewachsene Stoppeln die Frisur auf und staken durch die obere Schicht. Da gab Zanzie auf. Mit zwölf Jahren trug Garden nun armdicke Zöpfe, die ihr bis zur Hüfte reichten.

Margaret hatte das Miniaturporträt mitgebracht, das Garden auf dem Dachboden gefunden hatte. Sie studierte es eingehend. Das Kleid aus dem achtzehnten Jahrhundert und die Kosmetikutensilien hatten sich nicht gelohnt aufzuheben, aber das Bild wies den Weg zu der unglaublichen Schönheit, die Garden in der Verkleidung dargestellt hatte. Die Perücke war die verblüffendste Änderung gewesen, entschied Margaret. Einen solchen aufgetürmten weißen Kopfschmuck mußte man irgendwie aus Gardens rot und blond gestreiftem Haarwust zaubern. Jeden dritten oder vierten Tag probierte Margaret etwas neues aus.

Zitronensaft bleichte das Blond und verlieh ihm schillernden Glanz, brachte aber das Rot erst recht zum Leuchten, so daß es noch auffälliger wurde.

Die Pomaden, die man in der Drogerie in Hendersonville kaufen konnte, mattierten blonde wie rote Strähnen und ließen Gardens Haar schmutzig aussehen.

Wenn man das Haar wusch und Gardens Kopf beim Trocknen in feste Bandagen wickelte, stellte sich auch keine Wirkung ein, außer das Garden vor Kopfweh fast schlecht wurde.

»Wenn wir nur die roten Strähnen loswerden könnten«, sagte Margaret, »dann würden wir mit dem blonden Teil schon fertig werden. Du hast wirklich das unmöglichste Haar der Welt, Garden.« Margaret versuchte, die roten Haare einzeln auszuzupfen. Garden ertrug stoisch die Schmerzen. Sie wollte weder das unmöglichste Haar der Welt haben, noch ihre Mutter durch Gejammer ärgern.

Sie litt umsonst. Es waren zu viele rote Haare, und sie standen zu dicht beisammen. Wenn man sie entfernen würde, hätte Garden Dutzende von kleinen kahlen Stellen auf dem Kopf.

Die nächste Fahrt nach Hendersonville, zum Herrenfriseur, erbrachte immerhin einen Lösungsansatz. Margaret kaufte zwei Ausdünnscheren, ein spezielles Handwerkszeug mit scharfen, überlappenden Zähnen an den Schneideflächen, und lernte, wie man sie gebrauchte. Dann gingen sie und Zanzie an die Arbeit. Von nun an saß Garden nach dem abendlichen Geschrubbtwerden neben einer Lampe. Margaret und Zanzie bürsteten ihr Haar, teilten jeweils eine rote Strähne ab und zwirbelten sie zu einem festen Strick, in den sie von oben nach unten mit der Ausdünnschere vier, fünf Schnitte kappten. Wenn die gedrehte Strähne dann losgelassen und gebürstet wurde, segelten einzelne, verschieden lange Haare zu Boden. Sie schufteten jeden Abend, bis ihnen die Arme weh taten. Am Ende der Ferien konnte man einen Fortschritt sehen. Gardens Zöpfe waren um ein Drittel dünner, und das blonde Haar überwog deutlich.

»Wenn du alt genug bist, Garden«, sagte ihre Mutter, »kannst du dein Haar hochstecken. Das wird sehr hübsch aussehen. Wir arbeiten weiter daran, daß der scheußliche rote Teil verschwindet. Du hast ja gesehen, wie man das macht. Ich möchte, daß du es jeden Tag mindestens eine halbe Stunde lang ausdünnst. Das hält dann ungefähr Schritt mit dem neuen Wuchs.«

Margaret freute sich über ihre Erfolge, gab sich aber noch längst nicht zufrieden. Garden schämte sich über ihr Äußeres und war ihrer Mutter dankbar, daß sie sich soviel Mühe gab, sie einigermaßen vorzeigbar aussehen zu lassen.

Sie war ihr auch für die Reise dankbar. Trotz Hut, Handschuhen und Strümpfen, trotz Behandlung der Sommersprossen und Experimenten mit der Frisur hatte sie eine herrliche Zeit gehabt. Und sie hatte zum ersten Mal in ihrem Leben die volle Aufmerksamkeit ihrer Mutter erfahren. Garden vermißte Peggy, allerdings nicht allzuoft. Sie weinte manchmal, wenn sie an Stuart dachte. Aber die Tatsache, daß ihre Mutter bei ihr war und sie sie glücklich machen konnte, tröstete sie über den Verlust von Bruder und Schwester hinweg.

Und Margaret war zweifellos glücklich. Sie wirkte gedämpft, ein wenig zurückgezogen, wie eine Mutter eben ist, die um ihren Sohn trauert. Sie trauerte auch tatsächlich aufrichtig um Stuart. Aber ihr Ehrgeiz hatte nun einen neuen Zweck, nämlich Garden nach ihren Vorstellungen zu formen. Und sie hatte einen neuen Inhalt für ihre Tagräume: Gardens Erfolg. Diese beiden Ziele füllten fast ihre gesamte Zeit aus und ließen die Vergangenheit schnell verblassen. Wenn Margaret einmal nicht mit Garden beschäftigt war, widerfuhr ihr das, was sie am liebsten hatte: Man umwarb sie.

33

Margaret Tradd mochte in vielen Dingen töricht sein, aber deshalb war sie noch lange nicht dumm. Sie wußte genau, daß die Gerüchte um ihren plötzlichen Reichtum dafür verantwortlich waren, daß Caroline Wraggs mit einemmal solches Interesse für sie zeigte. Caroline schwärmte von ihrer alten Freundschaft aus Kindertagen und sprach Margaret wortreich und zuckersüß ihr Beileid zu den ›tragischen Verlusten‹ aus. Sie war so hohl wie ihr Lachen. Und sie war eine der ›gefeiertsten Gastgeberinnen‹ der Stadt, wie sich Margaret erinnerte. Der innerste Kreis der Gesellschaft bemühte sich um sie.

Margaret reagierte herzlich. Die beiden Mütter wiederum förderten die Freundschaft zwischen ihren Töchtern Garden und Wentworth.

Die beiden Mädchen hätten keiner Ermunterung bedurft. Sie bewunderten sich gegenseitig vom ersten Augenblick an. Wentworth konnte freihändig Fahrrad fahren; Garden konnte weit spucken.

»Mama«, sagte Garden beglückt, »ich bin so froh, daß ich Wentworth kennengelernt habe. Sie ist meine allerbeste Freundin auf der ganzen Welt.«

»Das ist gut. Wentworth kann dir nützen. Nächstes Jahr kommst du auf eine Privatschule, nach Ashley Hall. Wentworth geht bereits dorthin; sie kann dich dann dort einführen.«

»Ashley Hall?« Garden verließ der Mut. Wentworth hatte oft gestöhnt, wie schwer und streng der Unterricht dort war. Doch dann fing sie sich wieder, denn Wentworth hatte außerdem erzählt, was für herrliche Dinge es dort gab. Sie hatten Tennisstunden. Und einen Swimmingpool!

Der Unterricht begann am ersten Montag im Oktober. Am Nachmittag davor fand für die neuen Mädchen ein Empfang und eine Führung durch das Schulgelände statt.

Die Eltern durften dabei nicht mitkommen. Margaret zupfte so viel an Gardens Haar und Kleid herum, daß diese spürte, wie außerordentlich wichtig die Angelegenheit sein mußte. Sie war ohnehin aufgeregt bei der Vorstellung, ein Zimmer voller fremder Menschen zu betreten, aber die Nervosität ihrer Mutter machte sie so unsicher, daß ihr fast schlecht wurde. Garden wußte nicht, was es heißt, sich nicht wohl zu fühlen; sie hatte in ihrem ganzen Leben noch nicht einmal eine Erkältung gehabt. Bei dem ungewohnten Gefühl von Übelkeit und Magenkrämpfen dachte sie, sie müsse sterben.

Margaret wies sie wegen ihres Gejammers zurecht. »Sei nicht so zimperlich, Garden. Du hast deine Tage bereits gehabt. Jetzt beeil dich und setz deinen Hut auf. Zanzie wartet schon auf dich.«

Die Straßenbahn hielt vor dem Schulgelände. Zanzie und Garden stiegen aus. »Schau mal, Zanzie«, rief Garden, »das sieht ja aus wie ein Park.« Ashley Hall befand sich in einer prächtigen Südstaatenvilla mit weitläufigen Gartenanlagen ringsum. Das Haupthaus stand ein gutes Stück von der Straße weg, dem Blick fast verborgen durch eine uralte, ausladende, flechtenbehangene Eiche. Ein schmiedeeisernes Gitter trennte den Garten vom Gehweg. Zwei Tore führten hindurch: ein kleines, das auf einen Fußweg führte, und ein großes mit Doppelflügeln, das den Weg auf eine sanft geschwungene Auffahrt freigab, die vor dem Haus mit dem Pfad zusammenlief.

»Nun aber schnell, Kind, sonst kommst du noch zu spät. Ich warte hier auf dich.« Zanzie riß sie aus ihrem Staunen.

Garden zog die Schultern hoch, erinnerte sich, daß ihre Mutter ihr das verboten hatte, und versuchte sich zu entspannen. Sie drehte den Messingknopf am Tor, öffnete es und marschierte hinein. Je näher sie an das Haus kam, desto langsamer wurde ihr Schritt. Es war so eindrucksvoll. Alles daran schien nach oben zu streben. Eine breite Veranda umgab ein verglastes Gewächshaus knapp über dem Boden. Je zwei hohe ionische Säulen erstreckten sich von der Veranda aus nach oben und stützten einen großen dreieckigen Giebel, der von einem riesigen gotischen Fenster durchbrochen war. Kleinere Spitzbogenfenster flankierten das mittlere.

Garden starrte, schluckte und ging dann durch die Reihen der Topfpalmen im Gewächshaus zwei Stufen nach oben in die Eingangshalle.

»Oh«, entfuhr es ihr. Vor ihr befand sich eine Treppe. Sie wand sich in einer Drehbewegung nach oben und schien mitten in der Luft zu schweben.

»Guten Tag«, sagte jemand von rechts. Garden wandte den Kopf und sah eine Dame, die sie anlächelte.

»Ach bitte«, sagte Garden, »wie kommt es, daß diese Treppe hält? Es sieht aus wie Zauberei.«

Die Dame nickte. »Ja, nicht wahr? Irgendwie ist es auch Zauberei. Heutzutage kann niemand mehr solche Treppen bauen. Das Haus ist hundert Jahre alt.«

»Haben Sie keine Angst, daß sie zusammenbricht?«

»Nein. Denk doch mal nach. Wenn sie seit hundert Jahren steht, warum sollte sie dann ausgerechnet jetzt zusammenbrechen?« Sie faßte Garden am Arm. »Du wirst noch sehen, wie viel sie aushält. Jetzt geh hinauf; der Empfang ist oben im Salon links von der Treppe.«

Garden lächelte schüchtern. Ihr gefiel die muntere Stimme der Dame, die so freundlich zu ihr war. Sie wäre am liebsten bei ihr geblieben, statt all den Fremden oben gegenüberzutreten. »Ich heiße Garden«, sagte sie.

»Das habe ich mir fast gedacht. Ich bin Miss Emerson, Garden. Du wirst mich als Englischlehrerin bekommen. Aber nun mußt du hinauf. Du bist die letzte, alle warten auf dich. Du tust einfach folgendes: An der Tür zum Salon steht eine nette Dame mit rötlichem Haar. Das ist Miss Mary McBee; sie ist die Direktorin von Ashley Hall. Du gehst zu ihr hin und sagst: »Guten Tag, Miss McBee. Mein Name ist Garden Tradd.« Sie wird dir die Hand schütteln, dich hineinführen und den anderen vorstellen.«

»Jawohl, Madam. Aber meine Mutter hat gesagt, ich soll einen Knicks machen.«

»Miss Mary findet, daß junge Damen keinen Knicks machen sollten. Kleine Mädchen knicksen, aber ein Mädchen in Ashley Hall ist kein Kind mehr, sondern eine junge Frau. Und jetzt ab mit dir.«

Miss McBee schüttelte Garden kräftig die Hand. Sie freute sich, daß Gardens Händedruck auf den ihren hin fester wurde. Garden betrachtete die Direktorin. Sie sah eine attraktive Frau mit wunderschönen kastanienbraunem Haar, das das Gesicht weich umspielte und im Nacken zu einem lockeren Knoten geschlungen war. Sie spürte, welcher Schwung von Miss McBee ausging – wie ein Kraftfeld schwirrte er in der Luft um sie herum und übertrug sich durch ihren Händedruck.

Miss McBee sah ein blasses, ängstliches junges Mädchen, das sich verzweifelt bemühte, einen guten Eindruck zu machen.

»Es wird dir in Ashley Hall gefallen«, sagte sie, »und wir alle werden dich mögen, Garden.«

»Vielen Dank, Miss McBee«, erwiderte Garden, von ganzem Herzen erleichtert.

Sie lernte die anderen Mädchen aus ihrer Klasse kennen, die Lehrerinnen, Miss McBees Schwester, Miss Estelle; sie trank ein Glas Milch und aß ein paar Kekse; und sie lief im Eilschritt zusammen mit den anderen Mädchen im Gefolge von Miss McBee durch den Park und die anderen Gebäude. Dann verabschiedete sie sich, schüttelte wieder Hände, und Zanzie brachte sie nach Hause zurück.

Als sie ihrer Mutter alles erzählen sollte, fanden sich in ihrem Kopf nur noch verworrene Eindrücke. Sie erinnerte sich an die Treppe, einen Brunnen, viele Blumen und gepflasterte Wege und große Räume mit Pulten; und eines der Mädchen hatte einen dicken Verband am Arm, und sie würden Französisch sprechen müssen; außerdem gab es dort ein Häuschen aus Muscheln. »Und Miss McBee, Mama, die ist einfach wunderbar.«

34

»*Bonjour, mesdemoiselles. Je m'appelle Mademoiselle Bongrand.*«
Garden blickte die anderen Mädchen in der Klasse an. Alle sahen so verwirrt aus wie sie selbst. Nur ein Mädchen sagte: »*Bonjour, mademoiselle. Je m'appelle Millicent Woodruff.*«
Neun junge Augenpaare starrten Millicent Woodruff fassungslos an.
»*Très bien, Millicent*«, sagte Mlle. Bongrand. »So Kinder, damit sind wir mitten in der ersten Lektion. Ich habe gesagt: ›Guten Morgen, ich heiße Mademoiselle Bongrand.‹ Und Millicent hat geantwortet: ›Guten Morgen. Ich heiße Millicent Woodruff.‹ Wir üben jetzt alle das ›Guten Morgen‹, und dann sagt jede, wie sie heißt. Seht auf meinen Mund, wenn ich ›bonjour‹ sage, und wenn ich dann den Finger hebe, sprecht ihr es zusammen mit mir. Fertig? Achtung… *Bonjour* …«
Noch bevor die erste Stunde um war, kannte Garden sämtliche Namen ihrer Mitschülerinnen. Und sie erfuhr, daß Millicent Woodruff, die aus Philadelphia stammte und hier im Internat wohnen sollte, schon seit der ersten Klasse Französisch gelernt hatte.
Als der Gong ertönte, wies Mademoiselle Bongrand sie an, gleich ins gegenüberliegende Zimmer zur Englischstunde zu gehen. »Schon bald sprechen wir im Unterricht nur noch Französisch. *Au revoir, mes élèves.*« Die neun Anfängerinnen schauten etwas hilflos drein. Millie Woodruff schwebte mit hochnäsiger Miene an ihnen vorbei ins andere Klassenzimmer.
Miss Emerson sagte guten Morgen, und Garden seufzte glücklich. Sie war zum ersten Mal verliebt.
An diesem Abend schrieb Garden einen Brief an Peggy.

Bonjour, Peggy,
ich lerne jetzt Französisch, genauso wie Du. Bitte schick mir ein Bild von der Gegend in Frankreich, wo Ihr seid, Du und Bob und die Armee. Ich möchte es meiner Französischlehrerin zeigen. Sie heißt Mamed – nein, streich das durch – Mademosel Bongrand, und sie ist sehr nett, aber auch sehr streng. Sie hat mir einen Zettel weggenommen, den mir meine Banknachbarin zugeschoben hat. Ich kam nicht mal dazu, ihn zu lesen. Es gefällt mir in Ashley Hall. Wir müssen viel Hausaufgaben machen, und deshalb muß ich jetzt aufhören. Liebe Grüße,
Deine Schwester Garden

P. S. Ich habe ein neues Kleid für die Tanzschule und Schuhe mit Schnallen dazu. Sie zwicken an den Zehen, aber Mama sagt, das macht nichts.

Charleston hatte schon vor langer Zeit für die Jugend ein Verfahren zur Erlangung der sozialen Reife entwickelt. Kein Mensch dachte in so wissenschaftlichen Begriffen darüber nach; man tat einfach, was man schon immer getan hatte, und ließ den Dingen ihren Lauf, wie sie immer gelaufen waren.

Sowohl für Mädchen als auch für Knaben begann es im Alter von dreizehn Jahren mit der Tanzschule jeden Freitag abend. Dort wurden sie von einer Lady unterrichtet und lernten außerdem von den Vierzehnjährigen, die sich mit den Anstandsregeln bereits auskannten. Nach der Tanzschule nahmen die Eltern die Sache in die Hand. Für die Fünfzehnjährigen fanden kleine Parties und zwanglose Tanzabende zu Hause statt. Für die Mädchen bestand die zusätzliche Attraktion der Kadetten von der Zitadelle. Diese gingen aufs College und waren erwachsen; die Mädchen kamen sich sehr wichtig vor, wenn sie ältere Männer – Achtzehn- und Neunzehnjärige – kennenlernten.

Die Eltern wußten, daß diese ›älteren Männer‹ spätestens

um Mitternacht wieder in der Kaserne sein mußten, nicht rauchen oder trinken durften und gewöhnlich eine Freundin in ihrer Heimatstadt hatten. Also drohte keine Gefahr, und die Mädchen lernten unbewußt Fertigkeiten, die sie noch brauchen konnten. Sie wurden mit fremden Menschen bekannt gemacht, bei denen sie interessant plaudern, interessiert zuhören und sich erwachsen benehmen mußten.

Im nächsten Jahr wurden diese Fertigkeiten dann den ersten Prüfungen unterzogen. Die Mädchen nahmen als ›Vor-Debütantin‹ zum ersten Mal an der gesellschaftlichen Saison teil. Natürlich nur begrenzt: man lud sie zu Tanztees und im allgemeinen zu einem Ball ein. Ihre Begleiter wurden sorgfältig aus dem Kreis der Tanzschüler und sonstigen bisherigen Bekannten ausgewählt, so daß sich die Mädchen sicher fühlen und von ihrer besten Seite zeigen konnten. Aber sie kamen mit sämtlichen Charlestoner Junggesellen zusammen, an denen sie ihre gesellschaftlichen Fertigkeiten erproben konnten, so daß sie – wenn sie aufmerksam beobachteten – ihre eigenen Schwächen ausmachen und die Gelegenheit zum Dazulernen wahrnehmen konnten.

Der Ball stellte immer ein besonderes Ereignis dar. Für ein Mädchen bedeutete er das erste Ballkleid, das erste Paar langer weißer Handschuhe, das erste Mal spät in der Nacht nach Hause kommen und das erste Glas Champagner. Er war eine aufregende Vorschau auf die kommende Saison, wenn sie als Debütantin im Mittelpunkt des Geschehens stehen würde.

In die Gesellschaft eingeführt zu werden war das offizielle Bekenntnis, daß eine junge Lady nun heiratsfähig sei. Während ›ihrer‹ Saison wurde sie von allen in Frage kommenden Männern gesehen. Wenn sie erfolgreich war, machten ihr einer oder mehrere den Hof, und im Laufe des Jahres vor der nächsten Saison war sie dann verheiratet. So erreichte das Verfahren sein Ziel, und zwar auf einem Weg mit vergnüglichen, allmählich weiterführenden kleinen Schritten.

Am ersten Freitag im Oktober stieg Garden die breiten Stufen zur South Carolina Hall hinauf, wo alles beginnen würde. Neben ihr ging Wentworth Wragg; die Wraggs wohnten gleich um die Ecke, und Jenkins Wragg hatte sich erboten, Garden zusammen mit Wentworth zur Tanzschule zu begleiten. Sie mußten nicht weit laufen; wie Caroline Wragg dem Zeitungsreporter vor Jahren erklärt hatte, war alles Wesentliche südlich der Broad Street gut zu Fuß erreichbar.

»Also dann, meine Damen«, sagte Mr. Wragg, als sie angelangt waren. »Ich hole euch um punkt neun wieder ab. Und brecht mir nicht zu viele Herzen.«

»Nur ein paar, Papa«, gab Wentworth kichernd zurück.

Garden nahm Wentworths Hand. »Nur keine Angst, Garden, keiner beißt dich. Nicht mal Miss Ellis. Obwohl sie die Zähne dazu hätte.«

Aber Garden war nervös. Ihre Mutter hatte die ganze Woche davon geredet, wie wichtig es für sie sei, daß sie gut tanzen lernte. »Du mußt schweben, Garden. Die Männer müssen von dir sagen, daß du leicht wie eine Feder zu führen bist.« Gardens Haar hatte Margaret unter ständigem Gejammer, wie störrisch es sei, am Abend zuvor zu festen Locken gewickelt und diese erst vorhin mit der heißen Brennschere einzeln onduliert. Im Nacken wurden die dicken Locken nun von einem breiten schwarzen Halbmond aus Samt zusammengefaßt.

Garden spürte, wie sich ihre Haarpracht langsam auflöste, als sie ihre Mäntel in der Garderobe am Fuß der Treppe aufhängten. »Mist«, platzte Wentworth heraus, »Rebecca Wilson ist schon da. Da hängt ihr rotes Cape.«

»Warum ›Mist‹? Ich freue ich, daß sie da ist. Ich kenne sie von der Schule.«

»Mensch, Garden, du wirst alle von der Schule kennen – alle Mädchen, meine ich. Nein, ich habe ›Mist‹ gesagt, weil ich dachte, daß ihr Bruder sie vielleicht herbegleitet. Ich wollte an der Treppe lauschen.«

»Kommt er auch zur Tanzstunde?«

»Maine? Du lieber Gott, nein. Er ist schon uralt, ganz erwachsen. Und er sieht so unverschämt gut aus. Ich bin in ihn verliebt.«

Garden war beeindruckt. »Weiß Rebecca das?«

»Natürlich nicht, und ich bring' dich um, wenn du es ihr oder sonst irgend jemandem erzählst. Du mußt schwören.«

Garden hob zwei Finger. »Ich schwöre«, sagte sie.

»Dann gehen wir. Keine Sorge. Alles halb so schlimm. Ich bin ja schon das zweite Jahr hier, ich kenne mich aus. Jetzt hör auf, an dir herumzuzupfen, du siehst wunderbar aus, Garden. Komm.« Wentworth mußte sie fast zur Treppe zerren.

Achselzuckend setzte Garden den Fuß auf den Weg in die Welt der Frau.

»Wie war's?« erkundigte sich Margaret gespannt, als Garden ins Wohnzimmer trat. »Ach, Garden, dein Haar. Schrecklich. Erzähl, hattest du das hübscheste Kleid? Mit wem hast du getanzt? Hast du mit irgendeinem Jungen zweimal getanzt?«

»Es war ganz nett. Mr. Wragg hat mir ein Kompliment über mein Kleid gemacht. Wir haben den Walzergrundschritt gelernt. Die älteren Mädchen und Jungen können ihn schon links herum.«

»Na, und mit wem hast du getanzt? Hast du schon einen Verehrer?«

Garden zuckte mit den Achseln.

»Hör auf herumzuhampeln. Das sieht ja aus, als hättest du nervöse Zuckungen. Jetzt antworte auf meine Frage.«

»Ich habe hauptsächlich mit Tommy Hazlehurst getanzt. Miss Ellis teilt die Partner ein.«

»Aha. Das wird nicht lange so bleiben; sobald ihr die Grundschritte könnt, fordern die Jungen die Mädchen auf. Dann wirst du mit allen tanzen. Dich fragen bestimmt alle als erste.«

Garden blickte auf ihre kneifenden neuen Schuhe hinunter. »Ich glaube nicht, daß Miss Ellis das erlaubt, Mama«, murmelte sie. Sie konnte ihrer Mutter einfach nicht gestehen, daß sie sich am ungeschicktesten von allen anstellte. Miss Ellis hatte ihr Tommy Hazlehurst zugewiesen, weil er der Größte in der Klasse war. »Vielleicht kannst du verhindern, daß Miss Tradd andauernd über ihre eigenen Füße stolpert«, hatte die verbitterte alte Jungfer laut und deutlich vor der ganzen Gruppe gesagt.

Garden verstand beim besten Willen nicht, warum sie solche Schwierigkeiten hatte. Sie tanzte für ihr Leben gern, und sie hatte in der Siedlung auf der Barony getanzt, seit sie zurückdenken konnte. Sie tanzte ebenso gut wie jeder dort, das wußte sie. Und in dem Hotel Flat Rock war sie eine der Besten beim Square dance gewesen. Aber so sehr sie sich auch Mühe gab, sie konnte nicht wie eine Feder schweben. Ich muß mich mehr anstrengen, gelobte sie und ging in ihr Zimmer, um Gesicht und Hände vor dem Schlafengehen wieder mit Buttermilch zu behandeln.

35

Ich muß mich mehr anstrengen, dachte Garden, als sie für die erste Arbeit in Algebra ein ›Ungenügend‹ bekam. Und dann in Latein. Und im englischen Aufsatz.

Als Mlle. Bongrand die Französisch-Aufgaben zurückgab und Garden das große rote D für ›noch genügend‹ auf ihrer Arbeit sah, verzweifelte sie. Französisch war das einzige Fach, in dem sie eigentlich gut mitkam. Da ging sie nun erst zwei Wochen in diese Schule, und schon hatte sie versagt. Sie stolperte über den Gang ins andere Klassenzimmer.

»Garden«, sagte Miss Emerson. »Bleibst du bitte nach der Stunde einen Augenblick da, statt in den Studiensaal zu gehen? Ich möchte mit dir sprechen.«

Bestimmt erklärt sie mir, daß ich rausgeflogen bin, dachte sich Garden im stillen. »Jawohl, Madam«, sagte sie laut.

Das Lehrerkollegium hatte sich in der Konferenz, die immer früh im Schuljahr abgehalten wurde, um die neuen Schülerinnen einzuschätzen, lange mit Garden beschäftigt. Jede Lehrerin legte eine Arbeit von Garden und eine Beurteilung dazu vor. Man war sich einig, daß es um Gardens künftige Bildung nicht gut stand. Jeder betonte, wie sehr sie sich bemühte, alles richtig zu machen. »Das arme Kind«, sagte Miss Mitchum, die Mathematiklehrerin. »Sie umklammert ihren Stift so krampfhaft, daß man meint, er bricht gleich entzwei. Es ist fast zu befürchten, daß ich irgendwann Spuren von Blut und Schweiß in ihrem Hausaufgabenheft finde.«

Mlle. Bongrand schüttele den Kopf. »Ich verstehe das einfach nicht. Sie hat ein ausgezeichnetes Ohr und ein gutes Gedächtnis. Im Mündlichen ist sie Klassenbeste. Aber im Schriftlichen kann sie mit der einfachsten Übung nichts anfangen.«

»Ein gutes Gedächtnis hat sie wirklich«, pflichtete die Geschichtslehrerin bei, »und sie arbeitet hart. Sie kann sämtliche englischen Könige herunterbeten, aber sie versteht nicht, warum diese die französischen Könige nicht leiden konnten.«

Alle blickten Miss Emerson an. »Ich schon wieder?« fragte sie.

»Selber schuld, Verity. Nur in dich verlieben sich immer alle. Wahrscheinlich hast du ihnen wieder Liebesgedichte von Elizabeth Browning vorgelesen.«

»Papperlapapp. Browning kriegen wir erst in zwei Jahren. Es muß an meiner Aussprache liegen. Sie finden mich immer so exotisch.« Miss Emerson stammte aus New England, und dieser Akzent klang für Südstaatler sehr edel, fast britisch. »Also gut, ich nehme sie unter meine Fittiche.« In Ashley Hall gab man zu, daß nicht alle Mädchen gleich begabt waren. Man bestand aber darauf, daß jedes Mädchen erzogen und bis zu einem gewissen Grad gebildet werden konnte. Wenn eine Schülerin sich schwertat, wurde das früh festgestellt, und sie bekam von einer geeigneten Lehrerin besondere Unterstützung.

Garden stand bei Miss Emerson am Pult, während die anderen Mädchen aus dem Klassenzimmer strömten. Sie sah so verzweifelt aus, daß Verity Emerson sie am liebsten in den Arm genommen hätte. Aber mit Verhätscheln war ihr nicht geholfen. »Garden, ich weiß, daß du in der Schule Schwierigkeiten hast«, sagte Miss Emerson mit ihrer klaren Stimme. »Du könntest viel besser sein.«

»Ich streng mich noch mehr an, Miss Emerson.«

»Mit Anstrengen allein ist es nicht getan. Du mußt wirklich besser werden.«

Garden senkte den Kopf.

»Das schaffst du auch. Ich werde dir zeigen, wie. Ich möchte, daß du nachmittags hierbleibst, und zwar jeden Tag, bis wir dein Problem gelöst haben. Weißt du, wie das Nachmittagsprogramm funktioniert?«

»Jawohl, Madam. Ich soll nächste Woche nachmittags mit den Klavierstunden anfangen.«

»Garden, wenn du bei deinen normalen Aufgaben nicht mitkommst, hat es doch wenig Sinn, noch Klavierunterricht dazuzunehmen.«

»Meine Mutter möchte das.«

»Aha«, sagte Miss Emerson. Und gleichzeitig verstand sie. Margaret Tradd war nicht die erste Mutter, die eine perfekte Tochter haben wollte. Miss Emerson dachte einen Augenblick nach. »Garden, ich schreibe deiner Mutter einen Brief und erkläre ihr, daß du der Schule einen guten Dienst erweisen könntest, wenn du in den Chor gehen würdest statt in die Klavierstunde. Das Singen macht dir sicher Spaß. Außerdem sage ich ihr, daß du für ein besonderes Projekt nachmittags bei mir Unterricht hast. Über Noten brauchen wir ja noch nicht unbedingt zu sprechen.«

»Ach, Miss Emerson.« Garden blickte mit abgöttischer Verehrung in den Augen auf.

»Meine nächste Klasse wird gleich hier sein.« Miss Emerson war für Anbetung unempfänglich. »Du gehst jetzt in den Studiersaal; hier hast du eine Entschuldigung fürs Zuspätkommen. Damit kannst du vorher noch in die Bibliothek gehen. Ich möchte, daß du ein Buch mit dem Titel ›Des Pilgers Reise‹ ausleihst. Wir werden es gemeinsam lesen.«

Und ich brauche die Ermunterung wahrscheinlich noch mehr als du, sagte Miss Emerson im stillen zum Rücken der hinausgehenden Garden. Sie hat eine fabelhafte Haltung, diese Kleine. Miss Emerson notierte sich, daß Garden Unterricht in Benehmen nehmen sollte. Da wäre sie die Klassenbeste. Die Idee mit dem Chor schien ihr gefallen zu haben. Miss McBee hatte nämlich bemerkt, daß Garden eine ungewöhnlich schöne Stimme hatte. Miss McBee merkte alles.

Die Tagesschülerinnen, die am Nachmittagsprogramm teilnahmen, konnten wählen, ob sie zum Essen nach Hause gehen und um drei Uhr wiederkommen wollten, oder ob sie zusammen mit den Internatsschülerinnen und den Lehrerinnen zu Mittag essen wollten. Miss Emerson schlug in ihrem Brief an Margaret letzteres vor, nicht ohne hinzuzufügen, daß die zusätzliche Gebühr von den meisten Eltern für unwesentlich erachtet wurde. »Sie denken dabei auch an den Wert«, schrieb Miss Emerson, »den die Erfahrung mit einem täglichen offiziellen Essen für die weitere Zukunft einer jungen Dame in der Gesellschaft hat.«

Wie erwartet, wies Mrs. Tradd ihre Tochter an, zum Essen in der Schule zu bleiben. Mlle. Bongrand ließ Garden mit am französischen Tisch sitzen, wo jegliche Gespräche auf französisch geführt wurden. Sie sagte wahrheitsgemäß voraus, daß Garden die anderen Mädchen bald eingeholt oder sogar überholt haben würde. »Wenn sie sieht, daß sie auch Stärken hat, bekommt sie Mut, ihre Schwächen zu überwinden«, verkündete sie mit Überzeugung.

Miss Emerson pflichtete Mlle. Bongrand im Prinzip bei, allerdings hatte ihre Schülerin in der Praxis zunächst einmal mit den Schwächen zu tun. »Garden«, sagte sie am ersten Nachmittag mit Nachdruck, »eines mußt du vor allem lernen. Wir alle können mehr, als wir am Anfang glauben. Wir stehen uns selbst im Weg. Weder die Umstände noch andere Menschen noch das bösartige Schicksal versperren uns die Bahn. Das tun wir ganz allein. Es sei denn, wir beschließen, daß wir uns nicht unterkriegen lassen.«

Sie sah Garden ins bewundernde, verständnislose Gesicht und seufzte unhörbar. »Du wirst später verstehen, was ich meine. Und jetzt fangen wir an ...«

Kurz vor Thanksgiving im September wurden die Zeugnisse verschickt. »Ich weiß, daß ich ein D habe, Mama«, sagte Garden kummervoll, »aber sonst habe ich überall ›durchschnittlich‹. Und ich werde bestimmt noch besser.«

»Aber das ich doch um Gottes willen unwichtig. Ein Mädchen, das zu gescheit ist, schreckt nur die Männer ab. Wenn du irgend etwas bessern möchtest, dann fang bei diesen gräßlichen Sommersprossen an. Legst du auch jeden Abend deine Buttermilchmaske auf?«

»Ja, Mama.«

»Dann tust du es wohl besser morgens auch.«

»Morgens wiederhole ich meine Hausaufgaben.«

»Das kannst du auch in der Straßenbahn erledigen. Man sieht deinen Kopf von außen, nicht von innen. Kümmere dich um deinen Teint.«

Trotz der Behinderungen von seiten ihrer Mutter ging es mit Garden in der Schule stetig bergauf. Sie mußte hart arbeiten, aber sie war bereit dazu; und mit der Zeit bekam sie heraus, wie man am effektivsten lernt. Selbst in Latein stand sie jetzt ›durchschnittlich‹, und in Französisch hatte sie schon ab und zu ein ›gut‹.

Mrs. Ladsen, die Chorleiterin, war von Garden begeistert. Die meisten kräftigen Stimmen sangen Sopran, aber Garden hatte eine richtige Altstimme, je tiefer, desto voller, und das verlieh dem Chor einen besonders warmen Klang.

Ihre Sprechstimme war ebenso voll und nunancenreich. Miss Oakman, die Konversation unterrichtete, vermutete einen Teil des Verdienstes bei Miss Emerson. »Sie versucht alles so auszusprechen wie Sie, Verity. Das macht ihre Sprache so besonders.«

Im Frühjahr entdeckte Miss Oakman jedoch, daß Garden ein ganz eigenes Talent besaß. Die Mädchen trugen jetzt nicht mehr nur Gedichte vor, sondern spielten Szenen aus der Dramenliteratur nach. »Garden ist zu schüchtern, um vor der Klasse zu deklamieren, aber bei einem Theaterstück verwandelt sie sich in ein ganz anderes Mädchen. Sie ist eine geborene Schauspielerin.«

Miss Oakman hatte keine Ahnung, wie recht sie hatte. Garden hatte ja die meiste Zeit ihres Lebens geschauspielert.

»Sei still und schau, was die anderen machen«, hatte Reba ihr geraten, als sie in die erste Klasse kam. Und zu Hause, das erste Mal bei ihrer Familie, hatte Garden Peggy und Stuart beobachtet, um zu lernen, wie man sich in der neuen Umgebung benahm. Kaum ein Jahr später waren sie in die Stadt gezogen, und sie mußte sich an zwei verschiedene neue Schulen und Wohnungen gewöhnen, bevor sie in der alten Umgebung noch richtig heimisch geworden war. Garden wurde zum Chamäleon. Sie glich sich der Farbe ihrer Umgebung an, übernahm die Einstellungen und Verhaltensweisen der Menschen um sie herum und paßte sich an, um anerkannt zu werden, gemocht zu werden, dazuzugehören und wie die anderen zu sein. Es kam ihr nie in den Sinn, daß die anderen nicht recht haben könnten.

»Mr. Christie ist komisch«, erzählte Garden ihrer Mutter nach einem Klassenausflug mit dem Kunstlehrer durch Charleston. »Er nennt uns beim Nachnamen, ohne Miss davor. ›Tradd, Sie Banausin‹, hat er zu mir gesagt.«

Margaret fuhr zurück. »Das ist aber nicht nett.«

»Ach, er macht bloß Spaß. Er sagt, daß Charleston eine Perle ist und ich sie nicht zu schätzen weiß, wie die Bibel, weißt du. Mr. Christie ist ganz verliebt in Charleston, und er weiß alles darüber. Heute hat er uns ein Haus gezeigt, bei dem ein Blumenmuster in die Torpfosten gemeißelt ist. Es war das Haus der Gardens, und die Blumen sind Gardenien, hat er gesagt. Ist das ›Garden‹ wie ich, und wie du, bevor du Papa geheiratet hast?«

Margaret nickte. »Es hat uns gehört, bevor die Yankees gekommen sind. Rechtmäßigerweise sollten wir eigentlich dort wohnen und nicht diese gräßlichen Carsons. Die stammen nicht einmal aus Charleston. Mein Vater hat mir erzählt, daß der Ballsaal in diesem Haus den besten Boden von ganz Charleston hatte. Er federte so, daß es einem vorkam, als würde man beim Walzertanzen in der Luft schweben. Es ist einfach ungerecht, daß wir nicht in unserem eigenen Haus wohnen. Du könntest nächstes Jahr die schönsten Parties von allen Mädchen in deiner Altersstufe geben.«

»Geben wir nächstes Jahr Parties? Dann möchte ich gern so eine Geburtstagsparty wie Betsy Walker. Da haben wir Karten gespielt, und nicht diese lächerlichen Kinderspiele wie ›Reise nach Jerusalem‹.«

»Sei kein solcher Dummkopf, Garden. Du gibst nächstes Jahr richtige Parties, mit Tanz, das weißt du doch.«

Garden war verblüfft und erschrocken. »Soll das heißen, daß ich noch mehr tanzen muß, zur Tanzstunde dazu?«

Margaret griff sich an die Stirn. »Lieber Gott, warum hast du mich mit diesem Kind gestraft?« stöhnte sie. Sie ließ die Hand sinken. »Du ... wirst ... nächstes ... Jahr ... fünfzehn«, sagte sie langsam, wie zu einer Schwachsinnigen. »Mit fünfzehn ist man mit der Tanzstunde fertig.«

Garden war verwirrter denn je. Die Tanzstunden gingen doch immer zwei Jahre lang, alle ihre Klassenkameradinnen hatten noch ein Jahr vor sich.

»Schau nicht so dumm, Garden. Du bist älter als die anderen, weil du ein Jahr nachhinkst, das ist alles. Du hast dein Debüt eben mit Wentworths Klasse zusammen, das macht doch nichts.«

Garden machte es aber etwas. An diesem Abend weinte sie sich zum ersten Mal seit Jahren wieder in den Schlaf.

Am nächsten Tag heiterte Wentworth sie auf. »Du Glückliche«, gratulierte sie Garden, »dann bist du Miss Ellis los. Und unsere eigenen Parties werden umwerfend. Diesen Sommer machen wir lauter Listen, wen wir mögen und wen nicht. Und ich übe mit dir tanzen, Garden.« Wentworth Wragg war die Gutmütigkeit in Person.

36

Der Sommer in Flat Rock glich so aufs Haar dem zuvor, daß es fast schien, als hätte die Zeit sich zurückgedreht. Garden und Wentworth wurden unzertrennlich, Margaret und Caroline Wragg hießen es gut.

Margaret betrachtete Garden zufrieden. Die Sommersprossen waren fast verschwunden, ihre Haut hatte eine wunderschöne, gedeckt weiße Farbe und wies keinerlei Unreinheiten auf. Ihre Haltung war makellos; es machte sich bemerkbar, daß sie in der Siedlung immer Lasten auf dem Kopf balanciert hatte – sie strahlte eine selbstverständliche Grazie aus. Außerdem strotzte sie vor Gesundheit, das bewiesen die klaren Augen, die strahlend weißen Zähne und die Röte, die ihr in Wangen und Lippen stieg, wenn sie sich angestrengt hatte oder aufgeregt war.

Für die erste Party im Herbst kreuzte Margaret Gardens Zöpfe über dem Kopf und steckte sie fest. »Wie hübsch, Mama«, sagte Garden. »Ich sehe so erwachsen aus.« Sie hatte keine Angst vor der Party. Sie sollte bei Wentworth stattfinden, also nicht in einem fremden Haus, und Wentworth hatte den ganzen Sommer lang tanzen mit ihr geübt. Inzwischen tanzte sie ganz ordentlich. Sie lächelte und drehte ihren Kopf hin und her, um sich im Spiegel von allen Seiten zu bewundern. »Darf ich mir die Ohren durchstechen lassen, Mama? Wentworth hat sie sich durchstechen lassen, und sie will zur Party Ohrringe tragen.«

Jawohl, dachte Margaret, Ohrringe würden das Augenmerk auf die zierlichen Ohren und den langen schlanken Hals lenken. Aber noch war es zu früh. Sie wollte den richtigen Zeitpunkt abwarten.

»Für Ohrringe bist du noch zu jung, und Wentworth ebenfalls. Ich verstehe nicht, warum ihre Mutter das erlaubt.« Margaret wollte Gardens Zöpfe schon wieder lösen, überlegte es sich aber dann anders. Sie ging heute abend mit zur Party, um Caroline bei der Aufsicht zu helfen. Sie wollte sehen, welchen Eindruck Garden auf die Kadetten ausübte. Ihr Kleid war genau richtig, hochgeschlossen, mit rundem Spitzenkragen, tiefen Falten hinten und vorn und einer Satinschärpe um die tiefsitzende Taille. Nichts Erwachsenes daran, kein Blickfang. Nur die königliche Haltung und das weiche, hübsche Gesicht – ein Mädchengesicht, nicht das einer Frau. Ja, sie war neugierig auf die Reaktionen.

»Wie reizend du aussiehst, Garden.« Mrs. Wragg hauchte einen Kuß in die Luft an Gardens Wange.

»Danke, Miss Caroline. Und vielen Dank für die Einladung.«

»Margaret.« Küsse von beiden Damen. »Du hast dem Kind aber wirklich hervorragende Manieren beigebracht. Gebt eure Mäntel Rosalie. Lauf nach oben, Garden, alle sind schon im Salon ... Ist das nicht ein Spaß, Margaret? Ich komme mir vor wie ein junges Mädchen, und im nächsten Moment wieder so alt wie Miss Ellis. Die Mädels sehen alle so süß aus, und die Jungs sind so verlegen. Jetzt fehlt nur noch Lucy Anson, dann können wir hinaufgehen.«

Die Party war ein Alptraum für Garden. Als sie in den Salon kam, blieb sie wie angewurzelt stehen. Wentworth und zwei Mädchen aus ihrer Klasse schwatzten und lachten angeregt mit zwei Kadetten von der Zitadelle. In einer Ecke unterhielten sich drei Jungen aus Charleston lautstark über den Rehbock, den einer von ihnen geschossen hatte. Zwei davon kannte Garden nicht. Sie sahen sehr alt aus, einer rauchte sogar eine Zigarette. Der dritte war Tommy Hazlehurst, aber er schien Garden nicht zu bemerken.

Wentworth sah sie auch nicht. Eines der beiden Mädchen, Alice, warf ihr einen Blick zu und sah dann wieder weg. Alle drei trugen Kleider mit richtiger Taille. Garden war sich sicher, daß sie Korsetts anhatten, weil ihre Taillen so schmal waren und sie so erwachsen aussahen. Ihre ganze Vorfreude verschwand mit einem Schlag, und sie fühlte sich nur noch leer und ängstlich. So blieb sie den ganzen Abend, unbeholfen, stumm vor Verlegenheit und unglücklich.

Tommy versuchte sie zu erlösen. »Du tanzt genauso schlecht wie in der ersten Tanzstunde«, sagte er mit unangebrachter Ehrlichkeit. »Komm schon, Garden, lang-lang-kurz-kurz, lang-lang-kurz-kurz. Das schaffst du schon. Stell dir einfach vor, wir sind in der Tanzstunde und Miss Ellis grinst uns mit ihren Pferdezähnen an ... Mensch, Garden, das war ein Witz. Wenn ein Junge einen Witz macht, dann mußt du lachen, verstehst du?«

»Ich kann aber nicht. Ich kann nicht lachen und nicht tanzen, und am liebsten wäre ich tot.« Der drohende Stock von Miss Ellis hatte sie nie so schrecken können wie der eisige, mißbilligende Blick ihrer Mutter.

»Garden«, sagte Margaret, als sie zu Hause ankamen, »ich glaube nicht, daß ich zuviel von dir verlange. Ich tue alles für dich, verzichte auf allen möglichen Luxus, damit du bekommst, was sich ein Mädchen nur wünschen kann, und ich erwarte von dir nichts anderes, als daß du dir ein kleines bißchen Mühe gibst. Nur ein kleines bißchen Mühe, sonst nichts. Du hast mich heute vor meiner besten Freundin gedemütigt. Da waren wir bei ihr eingeladen, in ihrem Haus, und du hast dich kein bißchen an der Party beteiligt. Du hast dagestanden wie ein Stock, so daß sich alle anderen unwohl fühlen mußten. Was hast du zu deiner Verteidigung zu sagen?«

»Nichts, Mama.«

»Genau das hast du auch den ganzen Abend gesagt, nämlich nichts. Eine derartige Schande habe ich noch nie erlebt.«

»Es tut mir leid, Mama. Nächstes Mal mach ich es besser, das verspreche ich dir.«

»Das möchte ich auch hoffen. Ich habe mich sehr über dich geärgert. Geh zu Bett, ich möchte nicht länger mit dir reden.«

Der nächste Tag war ein Sonntag. Garden kniete in der Kirchenbank und bat Gott ehrfürchtig, er möge ihr helfen, ›auf Parties besser zu werden‹. Außerdem dankte sie ihm dafür, daß die Schule am Montag wieder anfing.

Gardens zweites Jahr in Ashley Hall verlief weniger glücklich als das erste. Miss Emerson gab ihr keine Privatstunden mehr. »Du hast dich letztes Jahr sehr gut gemacht«, sagte sie. »Ich weiß, daß du dieses Jahr auch gut zurechtkommen wirst. Und zwar allein.« Sie gehörte auch nicht mehr so zu einer Gruppe wie vorher. Ihre Klassenkameradinnen gingen noch in die Tanzschule, und Garden wußte nicht Bescheid, wenn sie über die neuesten Entwicklungen des letzten Wochenendes tratschten. Sie gehörte in gesellschaftlicher Hinsicht nun zu Wentworth und ihren Freundinnen, aber mit denen saß sie nicht im Unterricht. Bei den Parties am Samstagabend konnte sie nicht mitlachen, wenn Schulgeschichten erzählt wurden. Dazuzugehören war schwieriger denn je, und es gelang ihr immer seltener.

Aber es gab immerhin den Chor und die Theatergruppe, und sie aß immer noch mit Internatsschülerinnen aller Altersstufen am französischen Tisch zu Mittag. Sie gewöhnte sich an ihre Isolation im Klassenzimmer und auf den Parties, indem sie immer stiller wurde und sich mehr um das Schulleben kümmerte. Unmerklich wurden Geist und Atmosphäre von Ashley Hall zu einem Teil von ihr. Der geordnete, aber flexible Tagesablauf, die Achtung vor jedem einzelnen

Menschen, der Wert und das Vergnügen an der Selbstdisziplin, die Wißbegierde und die Freude am Schönen und an der Harmonie wurden ihr durch das Vorbild der Lehrerinnen und durch das gesamt Personal, von Miss McBee bis zum Hausmeister Turps, eingeimpft. Garden wußte nicht, warum ihr Elend leichter zu ertragen war, sobald sie das majestätische Hauptgebäude anblickte, aber sie spürte es. Wenn sie mutlos war, stellte sie sich in die Eingangshalle und betrachtete die wie von Zauberhand gehaltene Treppe. Dann ging es ihr jedesmal besser. Im Lauf der Zeit gab ihr jeder Baum, jeder Strauch und jede Blume Trost und Kraft. »Ich liebe Ashley Hall«, sagten alle Schülerinnen begeistert. Garden sagte es ebenfalls, genau im selben Tonfall. Aber für sie hatte es eine tiefere Bedeutung, als sie wissen konnte.

Äußerlich änderte sich Gardens Leben nur wenig. Sie lernte fleißig für die Schule, bleichte gewissenhaft ihre Haut und dünnte ihr Haar aus; sie trug die Kleider, die ihre Mutter für sie auswählte, die Zöpfe so, wie Margaret es wollte, ging zu sämtlichen Samstagsparties und tat so, als amüsiere sie sich. Und nach einer Weile gab es Lichtblicke in ihrem Leben.

Man bat sie, im Kirchenchor in St. Michael mitzusingen, und jeder Sonntag wurde zu einem Fest. Tommy Hazlehurst ernannte sich zu ihrem offiziellen Bewunderer, und von da an waren die Samstagabende nicht mehr eine einzige Qual. Garden fühlte sich mit Tommy wohl. Er war hoffnungslos in Wentworth verliebt und brauchte jemanden, dem er sein Leid klagen konnte. Bald begleitete er Garden auf jede Party, es sprach sich herum, daß sie einen Verehrer hatte, und sie mußte sich nun nicht mehr anstrengen, mit den anderen Jungen zu flirten.

Sogar ihre Mutter war zufrieden. Tommy Hazlehurst verkörperte zwar nicht gerade die Zukunft, die sie für Garden im Auge hatte, aber er sah nett aus, hatte anständige Manieren und kam aus einer guten Familie. Und er bewies, daß Garden attraktiv war. Gerade richtig für den Anfang. Margaret zeigte sich wieder von ihrer liebevollen Seite, und Garden sonnte sich im Wohlwollen ihrer Mutter.

Und als der machtvolle, üppige Südstaatenfrühling kam, mit seiner unwiderstehlichen Mischung aus Farben und Düften und mit seinen warmen Brisen, die einem über die Haut streichelten, da überwand Garden das verwirrende, namenlose Unbehagen, das sich in ihren Körper und ihren Geist einschleichen wollte. Sie fand das Leben schön, so wie es war. Sie wollte nicht, daß sich irgend etwas änderte.

Währenddessen nahm jede Stunde ein Stückchen ihrer Kindheit mit sich fort und brachte ihre außergewöhnliche, zerbrechliche Fraulichkeit der Vollkommenheit näher.

37

In diesem Sommer verliebte sich Garden zum ersten Mal. Er hieß Julian Gilbert, war groß, dunkelhaarig und hatte so dunkelbraune Augen, daß sie fast schwarz wirkten. Er sprach mit einer samtenen Stimme und verneigte sich vor jeder Lady mit höflichem Schwung. Und er war verheiratet.

Wentworth billigte Garden im Vertrauen zu, daß Julian Gilbert fast so umwerfend aussehe wie Maine Wilson. Die beiden Mädchen fuhren gemeinsam mit dem Rad nach Hendersonville, schleckten Eis und schmachteten in ihrer unglücklichen Liebe. Abends sangen sie »Some Day I'll Find You« und ließen im Dunkeln die Tränen über die Wangen kullern.

Und Wentworth vertraute ihrer Freundin ihr allergeheimstes Geheimnis an. »Ich habe mich von einem der Kadetten küssen lassen.«

Garden erstarrte in Ehrfurcht. »Hast du keine Angst gehabt, daß man euch erwischt?«

»Ich bin fast gestorben. Das war ja das Beste daran. Wir waren alle bei Lucy Anson im Hof, weißt du noch? Auf der letzten Party, als es so heiß war. Ganz hinten ist eine dunkle Ecke, wo der Geißblattstrauch steht. Dort hat er mich sozusagen reingestupst. Ich wußte schon, was er vorhatte. Es war Fred, der eine, der immer versucht, ganz eng zu tanzen.«

»Und was hast du gemacht?«

»Natürlich mich stupsen lassen, du Dummerchen. Und dann hab' ich ihm mein Gesicht hingehalten, und er hat's getan.«

»So richtig auf den Mund?«

»Genau. Wir sind auch nicht mit den Nasen zusammengestoßen. Man hat gemerkt, daß er schon oft geküßt hat.«

»Aber Wentworth, du liebst ihn doch gar nicht. Warum hast du das gemacht?« Garden bekam bei dem Gedanken eine Gänsehaut.

»Schließlich werde ich im August sechzehn, Garden. Und ich wollte einfach nicht, daß mich jemand › süße sechzehn und noch ungeküßt‹ nennt.«

»Und wie war es? Ist dir schwindelig geworden?«

Wentworth überlegte. »Nein, und in Ohnmacht gefallen bin ich auch nicht. Aber aufregend war es. Es ist anders als alles sonst.«

Im Herbst, als die Partysaison wieder begann und Tommy Hazlehurst sie eines abends von der Einladung bei den Mikells nach Hause begleitete, blieb Garden auf einmal unvermittelt stehen. Sie befanden sich gerade im Schatten eines großen Oleanders. »Tommy«, sagte sie mit zittriger Stimme, »würdest du mich bitte küssen?«

»Was? Spinnst du, Garden?«

»Bitte, Tommy. Ich werde doch im Dezember sechzehn, und vorher muß ich unbedingt geküßt werden.«

Tommy verhielt sich gentlemanlike. Er neigte den Kopf und drückte Garden einen flüchtigen Kuß auf die geschürzten Lippen. »In Ordnung?«

»Ja. Danke, Tommy.« Garden probierte, sich verrucht und leichtsinnig vorzukommen, schaffte es aber nicht. Küssen war ja nicht gerade das Gelbe vom Ei, dachte sie sich.

Inzwischen ging Garden das dritte Jahr nach Ashley Hall. Sie fühlte sich so zugehörig, als wäre sie ein Felsen in der farnumrankten Grotte beim Hauptgebäude. Als Weihnachten näherrückte, konzentrierte sich Garden auf zwei große Ereignisse in der letzten Schulwoche. Der Chor gab ein Konzert für Eltern und Schüler, und dabei sang sie ein Solo. Und der *Verre d'Eau*-Klub, der sich durch Spendensammeln und sonstige ehrenamtliche Arbeit um die Armen in Charleston kümmerte und bei dem sie mitmachen durfte, half wie jedes Jahr den ›Miss McBee Weihnachtsbaum‹ mit Geschenken für arme Kinder besonders herauszuputzen. Darüber hinaus versuchte Garden, nicht an die Ferien zu denken. Dieses Jahr war sie eine ›Vor-Debütantin‹.

Ihre Mutter erinnerte sie schon daran. Garden mußte Kämpfe mit ihr ausfechten, ob eine Chorprobe oder eine Anprobe bei der Schneiderin wichtiger war. Es war das erste Mal, daß sie ihrer Mutter widersprach, und sie kam sich sehr schlecht vor, aber sie kämpfte und setzte sich durch.

In der ersten Dezemberwoche trudelten die ersten cremefarbenen Einladungskarten ein. Margaret war diesbezüglich zunächst ganz zufrieden.

Aber am zehnten Dezember fand Garden ihre Mutter wütend im Wohnzimmer auf und abgehend vor. »Wie kommt sie nur dazu«, verlangte Margaret von Garden zu wissen, »wie kommt sie dazu, dich in dieses Haus einzuladen?« Sie fuchtelte mit der Karte Garden vor der Nase herum.

»Wer denn, Mama? Welches Haus?«

»Mistress Elizabeth Cooper, wenn du es genau wissen willst. Dieses Weibstück.« Garden nahm ihrer Mutter die Einladung aus der Hand.

»Es ist ein Tanztee für Lucy Anson«, sagte Garden.

Margaret funkelte sie an. »Ich kann auch lesen, Garden, vielen Dank. Ich verstehe nicht, wie dieses gräßliche alte Weib so dreist sein kann.«

Garden wollte helfen. »Ich weiß schon von dieser Party, Mama. Lucy hat mir gesagt, daß ich eingeladen bin. Sie und ihre Mutter haben die Karten selber verschickt. Die Lady, die das Fest gibt, weiß wahrscheinlich gar nicht, daß ich auf der Liste stehe.«

Margaret beruhigte sich etwas, war aber immer noch aufgebracht. Erst am nächsten Tag beim Frühstück wagte Garden, noch einmal zu fragen. »Gehe ich nun auf Lucys Tanztee, Mama? Vielleicht sagt sie in der Schule was davon.«

»Jawohl, du gehst hin. Du hast nicht so viele Einladungen, daß du eine ablehnen könntest. Warum wird Lucy überhaupt dieses Jahr eingeführt? Ich dachte, sie geht in deine Klasse.«

»Hast du noch nicht gehört, daß Lucy verlobt ist? Sie ist schon siebzehn, weißt du. Wegen Scharlach hat sie ein Jahr verloren. Aber das mit der Verlobung ist ein Geheimnis. Du darfst nicht sagen, daß ich es dir erzählt habe. Wentworth sagt, Lucys Papa will nicht, daß sie so früh heiratet.«

»Und wen heiratet sie, Garden?«

»Peter Smith. Sie kennt ihn schon ewig, die Smiths haben ihr Ferienhaus neben Ansons.«

Margaret atmete auf. Peter Smith gehörte nicht zu den Männern, die sie für Garden im Sinn hatte. Er war nicht übel, aber auch kein glänzender Fang.

Garden merkte, daß ihre Mutter über irgend etwas froh war. Jetzt war der richtige Zeitpunkt. »Mama«, sagte sie beiläufig, »wer ist die Lady, die zu Lucys Party einlädt?«

Ihre Mutter zuckte zusammen, aber nur ganz leicht. »Sie ist eine Tante von dir, die Schwester deines verstorbenen Großvaters.«

»Da muß sie schon sehr alt sein.«

»Allerdings. Ich habe sie gekannt, als ich noch klein war, aber ich kann mich kaum an sie erinnern. Dein Vater hatte einen schrecklichen Streit mit ihr, und seitdem hat keiner von uns wieder mit ihr gesprochen oder ihren Namen auch nur erwähnt.«

Garden wartete hoffnungsvoll auf weitere Erklärungen.

»Ich kann mich nicht mehr an die Einzelheiten erinnern.

Dein Vater hat es mir einmal erzählt, aber ich habe es wieder vergessen. Sie hat ihn um eine Menge Geld betrogen, und um das Haus der Tradds. Dort lebt sie nämlich, und dorthin bist du eingeladen. Ins Haus der Tradds, das eigentlich uns gehören sollte, nicht Elizabeth Cooper.«

»Sie muß ja ein schrecklicher Mensch sein.«

»Fürchterlich. Es überrascht mich, daß sie überhaupt eine Party für Lucy gibt, obwohl ich irgendwo läuten gehört habe, daß sie ihre Patentante ist. Oder so etwas. Die Tradds und Ansons sind alle irgendwie verwandt.«

»Ich bin mit Lucy verwandt?«

»Entfernt ja. Genau weiß ich es nicht. In Charleston ist jeder mit jedem verwandt.«

»Ich komme zu spät. Bis dann, Mama.«

»Vergiß nicht, daß du früh wieder da sein sollst.«

»Ich weiß, ich weiß. Ich habe noch eine Anprobe.«

»Mama, das fühlt sich aber komisch an«, sagte Garden.

»Sei still, Garden. Hol tief Luft und halt sie an, während dich Mrs. Harvey enger schnürt.« Das Korsett machte aus Gardens Mitte die erstrebte Wespentaille und brachte die festen jungen Brüste zur Geltung. Margaret nickte der Schneiderin zu. Das Hängekleid würde alles verdecken, was das Korsett enthüllte, aber sobald ein Mann beim Tanzen den Arm um Garden legte, würde er die Taille spüren und sich das übrige vorstellen können.

38

Margaret kannte die Stimme am Telefon nicht. Diese teilte ihr mit, daß ihre Tochter von einem Auto angefahren worden sei und sich in der Notaufnahme im Roper-Hospital befinde.

Margaret stieß einen Schrei aus.

»Keine Sorge, Mrs. Tradd«, beruhigte sie die Stimme. »Sie ist nicht schwer verletzt, sie hat sich nur den Knöchel gebrochen.«

»Ich komme sofort«, sagte Margaret. Sie hängte den Hörer ein und stieß dann noch einmal einen Schrei aus. Garden verpaßte ihre Saison als Vor-Debütantin. »Zanzie«, rief sie, »mach mir einen Tee. Mir ist schlecht.«

»Mir geht es prächtig«, erklärte Garden jedermann auf dem Tanztee am neunzehnten Dezember. Und sie fühlte sich tatsächlich wohl. Ihre Angst vor der Saison war verflogen. Sie mußte nun nichts anderes tun, als in ihrem großen Rollstuhl sitzen und den Tänzern zusehen. Man blieb vor ihr stehen, erkundigte sich nach ihrem Befinden und ließ sie wieder in Ruhe. Sie freute sich an der Musik; es war richtige Musik mit vier Instrumenten, nicht nur einem Klavier. Und sie war begeistert von dem Schauspiel, das Charleston auf dem Höhepunkt der Fröhlichkeit bot. Ihre Mutter hatte vorhergesagt, daß sie die Saison genießen würde. Sie hatte recht. Garden freute sich auf die kommenden Feste: noch ein Tanztee am zwanzigsten, dann der Ball am vierundzwanzigsten und der Tanztee bei Lucy Anson am achtundzwanzigsten Dezember.

Auf diesem besagten Ball saß Margaret neben ihrer Tochter. Sie war mit Gardens durch den Rollstuhl eingeschränkten Erfolg zufrieden. Alle vier Junggesellen, auf die Margaret ein Auge geworfen hatte, kamen herbei, um ihr Mitleid zu bekunden. Zwei von ihnen waren sichtlich beeindruckt, als Garden lächelte und sich mit ihrer kehligen, fraulichen Stimme bedankte. Das nächste Jahr wird ein Triumph, dachte Margaret.

In letzter Minute wollte sie Garden noch davon abhalten, auf Lucy Ansons Tanztee zu gehen, doch diese wollte unbedingt hin. Sie genoß die Saison von ihrem Stuhl aus, und es war die letzte Party, zu der sie eingeladen war.

»Ich habe keine Angst vor Mrs. Cooper«, sagte Garden. »Sie kann mich ja nicht beißen.«

In Wirklichkeit war sie neugierig auf ihre ungeheuerliche Großtante und auf das Haus, in dem sie wohnte. Elizabeth Cooper war diejenige, die vor dem Treffen ein wenig nervös war.

Lucy Anson gab ihrer Patentante die Gästeliste, sobald alle Antwortkarten eingetroffen waren. Elizabeth Cooper warf keinen Blick darauf, bis die turbulenten Weihnachtsfeiertage vorüber waren. Sie wußte, daß fünfundvierzig Gäste eingeladen waren und vermutlich alle zugesagt hatten. Jetzt, zwei Tage vor dem Tanztee, wollte sie nur ihr Gedächtnis auffrischen, so daß sie alle mit Namen begrüßen konnte. Man verwechselte ja so leicht ältere und jüngere Geschwister, und nichts brachte einen Siebzehnjährigen mehr in Rage, als wenn man ihn mit dem Namen seines vierzehnjährigen Bruders ansprach.

Sie trank Tee, während sie die Liste überflog. Die Tasse fiel ihr fast aus der Hand, als sie zu Gardens Namen kam. »Du lieber Gott«, flüsterte sie. Hektisch und fahrig tupfte sie die verschüttete Flüssigkeit von ihrem Schoß auf. Sie war tief beunruhigt.

Ich hätte irgend etwas unternehmen sollen, dachte sie. Ich habe mich wie eine böse alte Hexe benommen. Dieses Kind ist die Enkelin meines Bruders, und ich habe sie noch nicht einmal zu Gesicht bekommen. Da waren doch auch noch andere Kinder. Ich hätte etwas tun sollen, mich irgendwie um sie kümmern. Es gibt keine Entschuldigung für mein Benehmen. Sie barg das Gesicht in den Händen und senkte den Kopf.

Letztlich aber gab es Gründe für Elizabeths Versäumnis. Ihr Neffe, Gardens Vater, war ein Frauenverführer und Mörder gewesen, und Elizabeths Antwort darauf, ihre Wut und ihr Abscheu, waren vielleicht extrem, aber verständlich. Sie hatte eben auch das Traddsche Temperament. Sobald sie einmal geschworen hatte, nichts mehr mit Stuart zu tun haben zu wollen, bestärkten Verzweiflung und Kummer ihren Entschluß nur noch mehr. Sie gestattete keinem, den Namen der Tradds von der Barony in ihrer Gegenwart auch nur in den Mund zu nehmen.

Als Stuart 1913 starb, erfuhr sie nichts davon. Sie lebte abgeschieden von der Welt, versteckt und unfähig, dem Leben die Stirn zu bieten, denn im Jahr zuvor war ihr einziger Sohn Tradd bei dem dramatischen Untergang der *Titanic* ums Leben gekommen.

Sie baute ihre Welt langsam wieder auf, überwand entschlossen die Verzweiflung, aber lange Zeit hindurch sah sie keinen Menschen außer ihrer Tochter und ihren Enkelkindern. Damals erzählte ihr jemand, daß der Sohn ihres Bruders gestorben sei, aber die Nachricht hinterließ keinen Eindruck. Die Barony und alle Menschen dort schienen weit weg. Sie dachte eigentlich nicht mehr an die Verwandtschaft, bis sie hörte, daß der junge Stuart bei Andrew Anson in der Bank arbeitete. Andrew versicherte ihr, daß es der Familie gutging, und Elizabeth nahm ihm das Versprechen ab, sich um das Wohl der Tradds zu kümmern. Dadurch hatte sie eine Entschuldigung, alte Wunden nicht aufzureißen und ihre Gedanken auf einen Wiederaufbau ihres eigenen Lebens zu richten.

Nicht lange darauf fuhr sie nach Europa, so daß sie von dem Unfall des jungen Stuart nichts hörte. Als sie wieder zurückkam, besagte der allgemeine Klatsch, daß Margaret zu Reichtum gekommen war und die soziale Leiter in Windeseile emporkletterte, und daß Garden, das einzige Kind, das noch im Hause war, in dem Trott zwischen Ashley Hall, Tanzstunden und dem Kirchenchor gut aufgehoben sei.

Zwanzig Jahre lang hatte sie keinen der Tradds von der Barony zu Gesicht bekommen. Das einfachste war, es dabei zu belassen.

Einfach schon, das sah sie jetzt, aber nicht unbedingt richtig. Ich war und bin eine böse alte Hexe. Es wäre mir lieber, wenn die arme Kleine nicht zu Lucys Party käme. Ich will sie nicht kennenlernen. Ich mag mich nicht schuldig fühlen. Solche und ähnliche Gedanken gingen ihr durch den Kopf.

Als man Garden an der Empfangsreihe der Gastgeber entlangschob, ließ sich Elizabeth nichts anmerken, war aber aufgewühlt.

Sie muß doch gewußt haben, wer ich bin, dachte sich Garden, und sie hat keine Miene verzogen. Aber eigentlich war sie sehr nett gewesen. »Danke«, sagte sie zu ihrem Begleiter, »ja, hier in der Ecke ist es genau richtig. Von hier aus habe ich einen guten Blick.« Sie lächelte und winkte den Leuten zu, die sie grüßten. Dann begann der Tanz.

Diese Party war anders. Man kam nach dem Tanzen nicht zu ihr her. Garden in ihrem Rollstuhl gehörte schon zum Inventar und besaß keinen Neuigkeitswert mehr.

Garden zuckte mit den Achseln. Na ja. Das Mauerblümchendasein war sie ja gewohnt.

Jenseits der Tanzfläche faßte sich Elizabeth Cooper ans Herz. Vor vielen Jahren hatte sie einen älteren Bruder gehabt, Pinckney. Er war ein wunderbarer Mensch gewesen, und sie hatte ihn stets angebetet. Er hatte eine bestimmte Angewohnheit, die sie vergessen hatte: Wenn ihm Sorgen zu schaffen machten, dann hatte er sie mit einem Achselzucken abgeschüttelt. Genau wie dieses Kind. Es war dieselbe Bewegung mit den Schultern und derselbe gelassene Gesichtsausdruck, der weiß Gott welchen Kummer versteckte. Auch das Gesicht – jetzt, da sie richtig hinsah: Die Nase sah aus wie Pinckneys, das Kinn hatte einen Anflug seines Grübchens. Die Augen waren ebenfalls die Traddschen Augen. Würden sie lachen, wären sie die von Pinckney.

Elizabeth ging um die belebte Tanzfläche herum und setzte sich auf den Stuhl neben Garden. »Guten Tag.«

»Guten Tag.« Garden blickte ängstlich drein.

Sie fürchtet sich ja, dachte Elizabeth. Das ist doch absurd.

Ich will ihr nichts Böses. »Wußtest du, daß ich deine Großtante bin, Garden?«

»Ja, Madam.«

»Ich würde mich freuen, wenn du mich ›Tante Elizabeth‹ nennen würdest. Wie alt bist du?«

»Ich bin letzte Woche sechzehn geworden.«

»Ich bin zweiundsechzig. Aber ich weiß noch, wie ich mich mit sechzehn gefühlt habe. Es war fürchterlich. Alle anderen außer mir schienen schon erwachsen zu sein und sich vor nichts zu fürchten. Weißt du, was ich meine?«

»O ja, Madam.«

»Natürlich kam mir das nur so vor. Alle hatten eine ebensolche Scheu wie ich. Das habe ich später erfahren. Du wirst das auch noch lernen. Ich gebe jeden Mittwochnachmittag von drei bis fünf eine Art Teegesellschaft. Komm doch einmal, wenn du möchtest.«

»Vielen Dank, Madam.«

Elizabeth stand auf und ging entschlossen auf die Treppe zu. Was für ein verschrecktes Mäuschen. Und was für eine Lügnerin ich bin. Ich habe mich mit sechzehn vor nichts und niemanden gefürchtet. Sie ging in ihr Zimmer hinauf und nahm ein Schächtelchen aus dem Schrank.

Unten belegte Wentworth den Stuhl, von dem sie aufgestanden war. »Deine Tante? Garden, du hast mir nie erzählt, daß Mrs. Cooper deine Tante ist.«

»Großtante.«

»Das ist doch egal. Garden! Weißt du, was das heißt? Du bist mit Maine Wilson verwandt. Sie ist seine Großmutter. Er und Rebecca besuchen sie andauernd. Sie lieben sie heiß und innig. Ist sie wirklich so nett? Ich kenne sie nur vom Sehen.«

Garden versuchte sich zu entscheiden, ob sie ihre Großtante nett fand oder nicht, so daß sie Wentworth eine Antwort geben könnte. Aber dann sah sie, daß sie wiederkam; Wentworth verschwand.

Elizabeth legte Garden ein viereckiges Schächtelchen auf

den Schoß. »Das ist ein Geburtstagsgeschenk«, sagte sie. Sie zog die breite blaue Satinschleife auf und nahm sie ab. »Jetzt sieh nach, was drin ist.«

»Danke ... Tante Elizabeth.«

»Bitte. Aber schau lieber, ob die Schachtel nicht leer ist, bevor du dich zu sehr bedankst.«

Der Karton war nicht leer. Garden nahm das Präsent heraus; es war eine zierliche Porzellanfigur, eine Ballerina auf einem runden, weiß emaillierten und mit Blumengirlanden verzierten Podest.

»Zieh sie auf«, ordnete Elizabeth an. »Es ist eine Spieluhr. Andrew! Sag den Musikern, sie sollen einen Augenblick aussetzen.« Mr. Anson, der würdige Bankpräsident, huschte davon, um Elizabeths Bitte nachzukommen.

Die Spieluhr war ein Wunderding. Alle drängten sich, um die Ballerina tanzen zu sehen. Sie hatte Gelenke an Armen und Beinen und drehte sich in ausgeklügelten feinen Gesten und Pirouetten zum ›Blütenwalzer‹. Die Musik klang wunderschön, nicht so blechern wie in anderen Spieluhren, die sie schon gehört hatten. Zum Schluß wurde sie lauter, die Ballerina wirbelte auf einer Fußspitze, dann brach plötzlich ihr Bein, und sie fiel hin. Der Aufschrei der Menge übertönte fast die fröhliche Melodie.

Garden wollte ihre Großtante ansehen, wollte ihr sagen, daß ihr das Geschenk trotzdem gefiel, auch wenn es kaputt war, daß die Spieluhr wunderhübsch war und die Musik ihre Lieblingsmelodie. Doch bevor sie den Mut dazu aufbrachte, verstummte die Musik, die Spieluhr surrte, und die Ballerina stand auf und verbeugte sich.

Garden lachte. Alle lachten, am lautesten Elizabeth. »Ich mag die Franzosen sehr. Sie haben es faustdick hinter den Ohren.«

»Laß sie noch mal tanzen, Garden«, bat Lucy Anson. »Ja ... zieh sie auf ... ich habe gedacht, sie ist kaputt ... habe ich noch nie gesehen ... und dann steht sie wieder auf ...« riefen alle durcheinander.

Garden drehte mit Bedacht an dem kleinen goldenen Schlüssel; ihre Augen lachten noch immer. Elizabeth lächelte. »Hier«, sagte sie und band Garden die Schleife um den verletzten Fuß. »Alles Gute zum Geburtstag.«

Garden lachte wieder. »Danke, Tante Elizabeth.« Sie sah Elizabeth mit einem ernsten und scheuen Blick an. »Danke. Ich habe noch nie eine Tante gehabt, und ich freue mich so, daß ich jetzt dich habe.«

Elizabeth war überwältigt. »Liebes Kind«, murmelte sie mit belegter Stimme. »Gott schütze dich.« Sie hauchte sich einen Kuß auf die Fingerspitzen und legte sie Garden an die Wange. Die Spieluhr ging wieder los. Während alle Blicke auf die Ballerina geheftet waren, ging Elizabeth aus dem Zimmer. Sie brauchte jetzt einen Augenblick für sich.

Margaret war angesichts der Begeisterung Gardens für ihre Großtante nicht recht glücklich, sagte aber weder etwas dagegen, noch unternahm sie etwas. Elizabeth Cooper war in Charleston eine einflußreiche Persönlichkeit; Margaret wollte sie sich nicht zur Feindin machen.

Die Entfremdung zwischen Elizabeth und der Familie ihres Bruders war zu Anfang ein Skandal gewesen, aber das lag alles schon weit zurück. Die jungen Leute auf Lucys Party merkten nicht, daß sie Zeugen einer Versöhnung wurden. Wenn ihnen neben der Spieluhr irgend etwas auffiel, dann fanden sie es höchstens seltsam, daß Garden ihre Großtante nicht früher kennengelernt hatte. Seltsam – aber nicht besonders aufregend.

Andrew Anson und seine Frau Edith fanden es dagegen allerdings aufregend. Und alle, denen sie es erzählten, ebenfalls. Die Geschichte rangierte über eine Woche lang auf dem ersten Platz der Klatschlisten.

Dann gab es Neuigkeiten, die alles andere in den Schatten stellten. Nach fast drei Jahren wollte die mysteriöse Käuferin der Ashley Barony endlich auf die Plantage ziehen. Ein Privatzug, ein ganzer Zug traf in Summerville ein: Ein Waggon voller Gepäck, ein Waggon mit zwei Limousinen, ein Kühlwaggon mit Kisten voller Lebensmittel, zwei Pullmanwägen mit Dienstboten – und zwar alles Weiße –, ein Waggon, der nur als Küche diente, und drei Waggons mit je drei richtigen Zimmern und Badezimmern für die vornehm aussehenden Gäste des Hauses. Am schönsten aber war der Waggon mit den vergoldeten Fensterrahmen und dem großen Wappen an der Seitenwand. Er war riesig, mindestens eineinhalbmal so groß wie die anderen Waggons, und er war mit einem Wohnzimmer, einem Speiseraum, einem Schlafzimmer und einem Badezimmer mit Badewanne ausgestattet. Es war der Privatwagen der Besitzerin. Das Wappen stammte aus einem fremden Land. Die Barony gehörte einer Prinzessin.

Charleston hielt sich etwas auf seine alteingesessenen Familien und die fest zusammengewachsene Gesellschaft zugute, aber niemand war immun gegenüber Fürstlichkeiten. Damen, die sich nicht auf die andere Straßenseite bemühen würden, um dem Präsidenten der Vereinigten Staaten vorgestellt zu werden – falls jemand sie je darum bitten würde –, kochten vor Ärger. Keine wußte, wie man es anstellen sollte, der Prinzessin vorgestellt zu werden.

Edith Anson ließ ihre Bombe auf dem Februar-Tee der Gesellschaft für Kunst und Kultur in Carolina platzen. »Andrew und ich sind zum Dinner auf Ashley Barony geladen. Andrew ist der Charlestoner Bankier der Prinzessin.«

Als der Tumult sich wieder legte, beteuerte sie, daß sie auch noch nichts Genaueres wüßte. »Andrew schimpft, wenn ich so neugierig bin. Er hat mir noch kein bißchen erzählt. Aber am Samstag gehen wir zum Dinner. Samstag abend. Die Prinzessin nimmt erst um neun Uhr abends ihr Dinner ein. Am Sonntag bin ich nach der Kirche den ganzen Tag zu Hause. Ihr seid alle jederzeit willkommen.«

39

Margaret Tradd traf als eine der ersten Besucherinnen in dem großen Haus der Ansons ein. »Was hat sie mit der Barony gemacht?« fragte sie.

»Nein, nein, Margaret, das hat Zeit«, fiel ihr Caroline Wragg ins Wort. »Wie ist sie, Edith? Trägt sie ein echtes Diadem?«

Edith Anson schenkte Tee ein, um es noch spannender zu machen. »Die Barony ist vollkommen neu hergerichtet; sie sieht aus wie ein Museum«, sagte sie. »Und die Prinzessin sieht aus wie ein Filmstar. Sie raucht! Mit einer langen Zigarettenspitze, schwarz mit diamantbesetztem Rand.«

Der Tee in den Tassen wurde kühl, während die Gäste Edith Ansons Bericht über das Dinner bei der Prinzessin lauschten.

»Sie ist eine italienische Prinzessin, was man Printschipessa ausspricht. Eigentlich ist sie Amerikanerin, sie kommt aus New York, aber sie hat einen italienischen Prinzen geheiratet. Den Principe Montecatini. Ich habe Andrew gefragt, warum die Bank einen italienischen Prinzen im Vorstand hat, und wißt ihr, was er mir erzählt hat? Nicht ihr Mann ist der Bankdirektor, sondern sie!«

»Eine *Lady*, die arbeitet?«

Edith beugte sich vor. »Wohl kaum eine Lady«, sagte sie mit gedämpfter Stimme. »Der Prinz ist ihr dritter Mann. Sie ist zweimal geschieden.«

Ihrer Zuhörerschaft verschlug es die Sprache. Eine Scheidung war eine solche Ungeheuerlichkeit, daß sie sich nicht vorstellen konnten, je eine Person kennenzulernen, die tatsächlich geschieden war. Zwei Scheidungen überstiegen jegliche Vorstellungskraft.

Edith fuhr fort, eine unglaubliche, prickelnde Einzelheit an die andere zu fügen. Die Principessa habe ein Abendkleid aus gelbem Samt getragen, mit einem Blumenbesatz aus tiefschwarzem Gagant vom Dekolleté bis zum Boden, um den Saum und um die Schleppe herum – jawohl, es habe eine Schleppe gehabt. Das sei aber noch nicht alles. Vorn habe ihr der Saum kaum bis zur Wade gereicht, mindestens vier Zoll kürzer als jeder Rocksaum, den irgendeine von ihnen je zu Gesicht bekommen habe.

Und ihr Haar sei gelb gewesen. Nicht etwa blond, nein nein, sondern gelb, genau wie ihr Kleid. Einer der ständigen Gäste hatte Edith erzählt, daß die Principessa ihr Haar habe bleichen lassen, bis es schlohweiß war. Ihr französischer Privatfriseur färbe es jeden Tag in einer anderen Farbe, passend zum jeweiligen Kleid. Außerdem sei ihr Haar kurz geschnitten. Hinten habe sie fast keines mehr. Vorn trage sie einen Pony, der in eine Art Spitze vor den Ohren münde. Und die Ohrringe, der Schmuck! Wahre Kronleuchter von Diamanten – jawohl, Kronleuchter! – hingen an ihren Ohren, praktisch bis auf die Schultern hinunter. An beiden Händen habe sie Diamantringe; einer sei fast so groß wie ein Taubenei. Außerdem Diamantarmbänder, etwa vier oder fünf an jedem Arm. Und überhaupt seien die Arme vollkommen bloß gewesen. Ihr Kleid habe keinerlei Ärmel gehabt.

Die Gäste hätten fast genausoviel Edelsteine wie die Principessa getragen, nur nicht so große. Alle hätten kurzes Haar gehabt und Lippenstift und Rouge aufgelegt. Jawohl, auch die Principessa sei geschminkt. Sie habe sogar die Augen bemalt gehabt, mit einem dünnen schwarzen Strich ringsum und Tusche auf den Wimpern.

Jawohl, sagte Edith, die Principessa sei schön, das müsse man zugeben. Schockierend, aber auf alle Fälle schön. Sie könne nicht sagen, wie alt sie sei, sicherlich älter als sie aussehe, vielleicht dreißig, womöglich sogar vierzig. Wer könne das schätzen, mit all der Schminke und dem gefärbten Haar und den Diamanten?

Die Männer? O ja, die Männer seien alle sehr elegant gewesen, im vollendeten Abendanzug, nicht nur mit Smokingjacke. Aber sie habe kaum auf die Männer geachtet, denn die Frauen hätten sie viel zu sehr fasziniert. Andrew habe die

Männer als ›lauter Fatzkes‹ bezeichnet. Nein, der Prinz sei nicht dagewesen.

Nach den Auskünften über die Principessa waren Ediths Gäste fast zu überwältigt, um auch noch ihrer Beschreibung des Hauses zu lauschen. Es sei ganz mit englischen Antiquitäten eingerichtet, hauptsächlich Chippendale; alles sei auf Hochglanz poliert und nagelneu gepolstert. Überall stünden riesige Blumengebinde und Nippessachen aus Porzellan, Gold und Silber. Und silberne Glocken auf kleinen Tischchen neben den Sofas. Die Principessa habe elektrische Leitungen in die Barony legen lassen! Es gebe an jeder Ecke Leuchten mit Seidenschirmen und am Eingang elektrische Kutscherlampen. Rohr- und Wasserleitungen habe sie ebenfalls installieren lassen. Nach dem Essen sei Edith auf eine Damentoilette im Untergeschoß gegangen. Das Waschbekken sei aus blauem Marmor gewesen und die Wasserhähne goldene Delphine. Das Wasserklosett sehe aus wie ein Stuhl, blaues Holz mit goldenem Rand. »Erst dachte ich, da sei gar keine Toilette, nur ein Stuhl. Ich bin fast in Panik geraten, nach all dem Wein ...«

Von dem es reichlich gegeben habe, Champagner vor dem Dinner, dann drei verschiedene Weine zum Essen und danach Cognac für die Männer. Die Damen hätten Pfefferminzlikör bekommen. Die Prohibition sei auf der Barony genausowenig zu spüren gewesen wie in Charleston. Sogar noch weniger. Die Frauen hätten genausoviel wie die Männer getrunken.

Das Menü? Edith konnte gar nicht genau sagen, was es alles gegeben hatte. Sie war so damit beschäftigt gewesen, nicht dauernd die Lakaien anzustarren, daß sie kaum sah, was auf ihrem Teller lag. Jawohl, Lakaien. Hinter jedem Stuhl einer, in Livree mit Kniebundhosen und allem Drum und Dran.

Außerdem habe sie ohnehin fast keine der Speisen erkennen können. Die Principessa habe einen französischen Koch, und sämtliche Speisen seien mit Soße gereicht worden. Alles sei köstlich gewesen, aber ausländisch. Das einzig Benennbare seien die Crêpes Suzette zum Nachtisch gewesen. Der Koch sei selbst an den Tisch gekommen und habe sie in einer Silberpfanne über einem Silberréchaud flambiert. Aber jeder einzelne Gang sei ein wahrer Festschmaus gewesen.

Ediths Gäste seufzten. Sie hatte ihnen auch einen Festschmaus gegeben. Noch wochenlang würde man davon zehren können.

»Wann können wir sie kennenlernen, Edith?« fragte Caroline Wragg. »Kannst du sie in die Stadt einladen? Welche Haarfarbe sie wohl tragen wird?«

Mrs. Anson schüttelte den Kopf. »Ich fürchte, sie ist schon wieder weg. Die ganze Gesellschaft redete schon aufgeregt von der Abreise. Irgendein Freund von ihr hat gerade eine Yacht gekauft, und man wollte nach Palm Beach zur Schiffstaufe. So wie es aussah, sind sie die meiste Zeit auf Reisen.«

Während Edith Ansons Besucherinnen noch im Klatsch über das unmoralische Verhalten der Reichen aus dem Norden schwelgten, wollten die Töchter von zwei der anwesenden Damen die Welt des Lasterhaften auf eigene Faust ergründen.

»Beeil dich«, sagte Wentworth gerade zu Garden. »Sonst verpassen wir die Straßenbahn.« Wentworth machte die Haustür hinter sich zu.

»Warum kommst du denn raus, Wentworth? Ich habe gedacht, ich bin zum Abendessen bei euch eingeladen.«

»Pscht. Sprich nicht so laut. Papa meint, ich gehe zu euch zum Essen. Komm, wir dürfen nicht zu spät kommen.«

»Wohin gehen wir denn?«

Wentworth schüttelte ihre Manteltasche. Ein unüberhörbares Geklingel ließ Garden aufhorchen. »Du klingst nicht arm. Aber was kann man denn am Sonntag kaufen? Alle Geschäfte sind zu.« Sie sprach mit Wentworths Rücken. »Jetzt renn doch nicht so.«

Wentworth beschleunigte ihren Schritt. »Doch, und du leg

einen Zahn zu. Ich lade dich ein, Garden. Wir gehen ins Kino.«

Garden schoß nach vorn. Ihr Knöchel war verheilt, und sie behauptete zwar, noch nicht damit tanzen zu können, aber wenn es darauf ankam, konnte sie so schnell laufen wie jede andere.

Und für einen Kinobesuch lohnte sich das Rennen. Die Mädchen durften nur einmal im Monat einen Film sehen, den noch dazu ihre Eltern auswählten. Garden brauchte nicht einmal zu fragen, wohin sie gingen, während ihre Mütter bei Mrs. Anson beschäftigt waren. Im Victoria lief *Der Scheich*.

»Mmmhh, Garden, war er nicht hinreißend? Ich habe gedacht, ich falle in Ohnmacht, ehrlich.«

»Meinst du, daß sich manche Leute wirklich so küssen? Wie kann man denn so lange den Atem anhalten?«

»Garden, manchmal muß ich mich schon über dich wundern. Die haben doch sehr viel mehr gemacht, als sich nur zu küssen. Er hat's mit ihr getrieben.«

»Wentworth! Weißt du überhaupt, was das heißt?«

Wentworth überlegte. »Nein, eigentlich nicht«, gab sie zu. »Mama hat gesagt, sie erklärt es mir, wenn ich alt genug bin.«

»Meine Mutter hat gesagt, daß die Männer immer nur das Eine wollen. Was denn, habe ich sie gefragt, und sie hat nur gesagt, wenn einer versucht, mich anzufassen, soll ich ihm eine Ohrfeige geben.«

»Das macht mich noch wahnsinnig.«

»Mich auch. Ich hasse es, wie die Erwachsenen immer ihre Geheimnisse haben und uns nichts erzählen.«

Wentworth kicherte. »Was es auch ist, Rudolph Valentino wollte es jedenfalls von ihr. Und hat es auch gekriegt.« Sie seufzte dramatisch. »Ach, was für ein Mann. Garden, wann nimmst du mich eigentlich endlich mal mit zum Tee zu deiner Großtante?«

»Mensch, Wentworth, ich kann nicht andauernd zu Tante Elizabeth zum Tee. Ich bin einmal hin, um mich für die Spieluhr zu bedanken, jetzt hab' ich erst mal keine Zeit mehr. Außerdem würdest du Maine dort gar nicht treffen. Er geht ins Büro, nicht zum Tee zu seiner Großmutter.«

»Tut er doch. Das hat mir Rebecca erzählt. Er geht immer zu Mrs. Cooper, sobald er sich von der Arbeit freimachen kann. Du hast es mir versprochen, Garden.«

»O. k. Ich muß sie aber erst fragen, ob ich eine Freundin mitbringen kann .«

»Weiß ich doch. Du gehst nächsten Mittwoch hin und fragst, und übernächsten gehen wir zusammen.«

»Danke, Joshua.« Elizabeth nickte dem Butler zu und bat Garden lächelnd ins Zimmer. Dort stellte sie sie den wenigen Gästen vor. »Setzen Sie sich, Miss Tradd«, sagte einer der Gentlemen und zog einen Stuhl für sie neben den seinen. Garden gehorchte ehrfürchtig. Sie kannte den Herrn vom Sehen. Er hatte vor den Mädchen in Ashley Hall über den Dichterklub und seine Zeitung referiert und einige seiner Gedichte gelesen. Er hieß DuBose Heyward.

Garden nippte an ihrem Tee und bediente sich reichlich von den belegten Brötchen und Keksen, die ein Dienstmädchen in weißer Schürze reichte. Sie hörte der gepflegten, belustigten Unterhaltung der Erwachsenen zu und war beeindruckt, wie ungezwungen sie alle mit Mr. Heyward umgingen, einem richtigen Dichter, den Miss McBee als ›wichtigen Schriftsteller‹ eingeführt hatte.

Später erklärte ihr Tante Elizabeth: »DuBose ist ein reizender junger Mann und wohl ein guter Dichter. Ich habe selbst kein besonderes Ohr für Gedichte, deshalb kann ich es nicht beurteilen. Allerdings habe ich ein Ohr für Menschen, und er findet immer den richtigen Ton. Du mußt lernen, Garden, dich nicht von irgendwelchen Bezeichnungen beeindrucken oder beeinflussen zu lassen. Nur der Mensch selbst zählt, nicht ob er in der Welt als reich oder berühmt gilt.«

»Ja, Tante Elizabeth.« Trotzdem war sie beeindruckt. Auch davon, daß ihre Tante so gut mit einem ›wichtigen Schriftsteller‹ bekannt war. Sie traute nicht so recht zu fragen, ob sie eine Freundin mitbringen könnte. Aber sie hatte es versprochen. Und ein Versprechen gegenüber Wentworth mußte sie ganz einfach halten.

Elizabeth war sofort einverstanden. »Aber unbedingt«, sagte sie. »Ich möchte sehr gern deine beste Freundin kennenlernen.« Sie kicherte. »Das ist sicher nicht dieselbe Wentworth Wragg, mit der Rebecca immer ihren Bruder aufzieht?«

Garden gab zu, daß Wentworth viel von Maine hielt. »Herr im Himmel«, sagte Elizabeth, »dieser Junge braucht wirklich nicht noch eingebildeter zu werden, aber Wentworth hat meinen Segen, wenn sie sich in die Schlange seiner Anbeterinnen einreihen will. Er ist zwar mein Enkel, aber ich finde trotzdem, daß er der attraktivste junge Mann von ganz Charleston ist, der noch zu haben ist. Kennst du ihn, Garden?«

»Ich habe ihn nur auf dem Ball gesehen, sonst noch nicht.«

»Ich glaube, er wird dir gefallen. Ich bitte ihn, nächste Woche zu kommen. Versprechen kann ich natürlich nichts. Ab und zu arbeitet er ja tatsächlich.«

Garden ging auf dem Heimweg bei Wentworth vorbei, um ihr den Erfolg ihrer Mission zu berichten.

Wentworth fiel ihr mit einem Aufschrei um den Hals. »Ach, ich sterbe, ich kann unmöglich eine ganze Woche warten.« Sie wirbelte im Zimmer umher und ließ sich in gespielter Ohnmacht auf ein Sofa fallen. »Warte nur, bis du ihn kennenlernst, Garden. Er ist der umwerfendste Mann der Welt.«

40

Am 15. Februar 1922 wurde Maine Wilson vierundzwanzig. Er war nicht gerade begeistert, als seine Großmutter ihn an seinem Geburtstag eröffnete, daß sie ihm am kommenden Mittwoch zum Tee erwarte, wo er sich um zwei Mädchen kümmern solle, die noch nicht einmal in die Gesellschaft eingeführt waren. Aber Elizabeth hatte ihm soeben einen ansehnlichen Scheck nebst Manschettenknöpfen aus Perlmutt überreicht; außerdem liebte er seine Großmutter wirklich sehr und hielt große Stücke auf sie. Am Mittwoch stand er Punkt drei Uhr vor der Tür.

Garden und Wentworth erschienen kurz darauf. Joshua empfing sie formvollendet, und Garden kam sich sehr wichtig und erwachsen vor.

Aber als sie ins Wohnzimmer traten, sank ihr Mut schnell. Wentworth, ihrer Freundin Wentworth, die so fantastisch flirten, kichern und plaudern konnte, hatte es angesichts ihres Helden die Sprache verschlagen. Garden mußte die Verlegenheit ihrer Freundin überspielen. Sie konnte sich nicht einfach mit ihrer Großtante unterhalten und die Anwesenheit ihres Cousins ignorieren. Sie mußte tun, was nach dem Tanzen das Allerschwierigste überhaupt war. Sie mußte mit einem Mann Konversation machen.

Maine machte es ihr so leicht wie möglich. »Es ist schrecklich«, sagte er, »wenn man Cousins und Cousinen hat, die man überhaupt nicht kennt. Du hast noch eine Schwester, Garden, stimmt's? Ich würde sie auch gern kennenlernen. Wo ist sie denn zur Zeit?«

Gardens Augen leuchteten auf. »Du wirst sie bald treffen können. Ich habe heute einen Brief erhalten. Peggy kommt in ein paar Wochen nach Hause. Ihr Mann ist in der Pioniertruppe bei der Armee, und er wird jetzt nach Texas versetzt. Aber er hat nach ihrer Ankunft hier einen Monat frei, bevor er seine neue Stelle antritt.«

Maine stellte mit ein wenig Hilfe von seiten seiner Großmutter genau die richtigen Fragen über Peggy und ihr Leben in Frankreich. Garden mußte nur wiederholen, was Peggy in ihren Briefen erzählt hatte. Peggys Briefe waren genauso eigenwillig und offenherzig wie Peggy selbst. Was Garden zu sagen hatte, war ausgesprochen interessant. Bevor sie wußte, wie ihr geschah, befand sie sich mitten in einem angeregten Dreiergespräch.

Sie blickte aber immer wieder verstohlen auf die Uhr, um nicht die für einen Besuch angebrachte Zeit von zwanzig Minuten zu überschreiten. Dann schnappte sie sich Wentworth und bugsierte sie durch die Abschiedszeremonie. Sie brachte Wentworth noch nach Hause und hörte sich die Orgie von Selbstvorwürfen und Tränen mit an. »Wieso war ich bloß so ein Stockfisch, Garden? Ich wollte so charmant und anziehend wirken und habe einfach kein Wort herausgebracht. Es war mir so wichtig, daß ich einfach durchgedreht habe.«

Garden tätschelte Wentworth die hängenden Schultern. »Ich kann es dir gut nachfühlen. Mir geht es dauernd so.« Insgeheim konnte sie nicht verstehen, warum Wentworth so viel an Maine lag. Er sah ganz gut aus, dachte Garden. Aber abgesehen vom braunen Haar und den braunen Augen fand sie nicht, daß er Valentino und Douglas Fairbanks so glich, wie Wentworth ihr immer vorschwärmte.

»Manchmal bist du ein durchaus annehmbarer Enkel, Maine«, sagte Elizabeth, nachdem die Mädchen gegangen waren. »Du darfst jetzt zur Karaffe überwechseln, wenn du möchtest.«

Maine goß sich grinsend ein Glas ein. »Ich habe mich tatsächlich prima unterhalten. Stell dir vor, daß eine Cousine von mir in einen Aufruhr um die Sache mit Sacco und Vanzetti verwickelt ist. Glaubst du, daß diese Peggy wirklich ein Transparent vor sich hergetragen hat?«

»Nach dem, was Garden von ihr erzählt hat, sehe ich keinen Grund, daran zu zweifeln. Sie klingt mir nach einer höchst ungewöhnlichen jungen Frau. Ich freue mich darauf, sie kennenzulernen.« Elizabeth wedelte mit der Hand; Maine schenkte ihr ein Glas Sherry ein. »So«, sagte sie, »jetzt möchte ich über Garden sprechen. Ich interessiere mich für sie. Ich habe mit ein paar Leuten geredet und erfahren, daß ihre Mutter in empörender Weise den eigenen Ehrgeiz an ihr ausläßt, was das Mädchen so nervös macht, daß es in Gesellschaft eine einzige Katastrophe ist.«

»Ach komm, nicht mit diesem Gesicht. Das Mädel ist eine umwerfende Schönheit.«

»Und weiß Gott sei Dank nichts davon. Aber das gehört nicht zur Sache. Es geht darum, daß sie sich normalerweise so linkisch benimmt wie die kleine Wragg vorhin. Garden hat heute Nachmittag zu dir wahrscheinlich mehr gesagt als zu irgendeinem männlichen Wesen sonst in ihrem ganzen Leben. Ich möchte, daß du ihr hilfst, Maine.«

»Also nein, ich mache doch keinen Kindergarten auf. Es gibt genügend Mädchen, die eher meinem Typ entsprechen.«

»Zum Beispiel deine Südstaaten-Carmen in der Zigarrenfabrik, was?« Maine klappte der Unterkiefer herunter. Seine Großmutter lächelte. »Ich höre so dies und das, mein Lieber; alte Damen wissen immer mehr als irgend jemand sonst. Aber diese alte Dame petzt nicht, also laß das Fliegenfangen. Mach den Mund zu und die Ohren auf. Ich bitte dich nicht darum, deiner kleinen Cousine den Hof zu machen. Du sollst dich nur ein bißchen um sie kümmern. Ihr Vater und ihr Bruder sind beide tot; du bist der nächste männliche Verwandte, der ihr geblieben ist. Sie hat nächstes Jahr ihr Debüt, und ich fürchte, daß zehn Monate nicht ausreichen werden, um sie erwachsen zu machen, bevor sie den Löwen zum Fraß vorgeworfen wird.«

Maine ließ ein hungriges Knurren hören. Elizabeth fand das nicht komisch. »O. k., Großmutter. Ich bin schon brav. Ich passe auf dein verlorenes Schäfchen auf.«

Ein verlorenes Schäfchen, dachte Mr. Christie, während er Garden betrachtete. Eine solche Schönheit, und so verlassen.

Zum ersten Mal sei Jahren hatte er Lust, ein Porträt zu malen. Seine Finger sehnten sich nach einem Pinsel, fanden immerhin ein Stück Kohle. Mit schnellen, sicheren Strichen brachte er Gardens Gesicht zu Papier.

Sie saß auf einem Klappstuhl, den Zeichenblock auf dem Schoß, ein Mädchen in einer Reihe von zehn weiteren mit den gleichen Stühlen und Blöcken. Sie versperrten fast den Bürgersteig vor der St. Michaelskirche. Der heutige Ausflug mit dem Kunstlehrer war den schmiedeeisernen Arabesken gewidmet, die zu den Wundern von Charleston zählten. Nachdem man sämtliche Balkone, Zäune, Treppengeländer und Tore in der näheren Umgebung abgelaufen war und sie gebührend bestaunt hatte, ruhten sich die Schülerinnen nun aus und erledigten zugleich ihre Aufgabe. Man zeichnete die hohen Tore zum alten Friedhof hinauf.

Die Tore waren ein Meisterwerk an Schnörkeln und Wirbeln, mit klassischen Urnen aus Maßwerk über vierteiligen welligen Gebilden, die an Pfauenräder erinnerten. Sie waren außerordentlich schwer zu zeichnen. Garden konzentrierte sich mit aller Kraft. Der Hut war ihr unbemerkt nach hinten gerutscht und ließ die makellose Stirn zum Vorschein kommen. Ihr Kinn reckte sich nach oben, während sie die hohen Tore betrachtete. Die Halslinie ließ Mr. Christies Atem stokken. Er arbeitete schnell, verwarf eine Skizze nach der anderen, um mit der nächsten vielleicht doch die geheimnisvolle Mischung aus Glück und Kummer, Jugend und Zeitlosigkeit, Entschlossenheit und Schwäche einfangen zu können. Wenn er es doch bloß aufs Papier brächte, dann hätte er das Wesen des ewigen Mythos von Schneewittchen gebannt, der schlafenden Schönheit, der Frau, die in der unberührten Zartheit des Mädchens schlummert.

Mr. Christie fluchte leise und blätterte noch eine Seite um. Sein ganzes Können genügte nicht, aber er war so nahe daran. Nur noch ein Versuch, und dann noch einer.

Garden radierte einen Fehler aus. Sie hatte an derselben Stelle schon so oft radiert, daß sie ein Loch ins Papier scheuerte. Mit einem leisen Seufzer begann sie auf einer neuen Seite von vorn. Diesmal wollte sie mit den Urnen anfangen statt mit den Pfauenrädern. Vielleicht waren die leichter.

»Hoppla, Garden, das ist aber sehr gut.« Gardens Stift machte einen erschrockenen Fahrer quer über die Seite.

»Schau, was du angerichtet hast«, jammerte sie. Dann merkte sie erst, wer da hinter ihr stand. »Guten Tag, Maine«, sagte sie höflich.

»Oje, Garden, das tut mir aber leid. Ehrlich.« Maine ignorierte das aufgeregte Geraune unter den anderen Mädchen. Er war es gewohnt, daß man wegen ihm tuschelte. Garden stellte ihn Mr. Christie vor; Maine erfuhr, daß der Nachmittagsausflug seinem Ende zuging, und richtete es so ein, daß er Garden nach Hause begleiten konnte. Er wunderte sich, daß der Kunstlehrer dreinblickte, als wolle er ihn umbringen, wies aber den Gedanken wieder von sich. »Wie wäre es mit einem Umweg zur Eisdiele?« schlug er seiner kleinen Cousine vor.

Maine sah nachsichtig zu, wie Garden auf den Erdbeerbecher losging. Er fragte sich oft, wo seine magere kleine Schwester Rebecca die Berge von Süßigkeiten ließ, die sie vertilgte. Garden war genauso, nur nicht so mager. Garden unterbrach ihre hingebungsvolle Attacke auf den Eisbecher, um Maine über seine Großmutter auszufragen.

Er war von dem Gesprächsthema begeistert. »Sie ist wirklich eine umwerfende Frau«, sagte er. »Den Krieg hat sie als kleines Mädchen miterlebt. Als Sherman Columbia niederbrannte, schlug sie sich ganz allein durch die Flammen; sie war ihrer Mutter verlorengegangen. Die Zeit des Wiederaufbaus hat sie auch überlebt, als die Leute praktisch am Verhungern waren. Aber ich habe von ihr noch kein einziges Mal gehört, daß die Yankees alle Teufel wären, wie so viele andere daherschwätzen. Sie spricht überhaupt nicht davon. Ich wüßte nichts darüber, wenn ich nicht früher immer Geschichten von ihr hätte hören wollen.«

Garden erbeutete ein verirrtes Stück Erdbeere und vertilgte es. »Erzähl noch mehr von ihr, bitte, Maine.« Ihr Löffel wanderte ständig zwischen dem tulpenförmigen Glas und ihrem Mund hin und her.

»Am meisten bewundere ich an Großmutter, daß sie nie jammert. Sie hatte es immer schwer. Ihr Mann starb jung bei einem Unfall, und sie mußte meine Mutter und ihren Bruder ganz allein durchbringen. Sie hat richtig gearbeitet, wie ein Mann. Ihr Bruder – nicht dein Großvater, sondern noch einer – ist bei dem Erdbeben umgekommen. Er hatte eine Phosphatgesellschaft, die er ihr vererbt hat, damit sie für die Kinder sorgen konnte. Sie hat sie übernommen und zu einer der größten in South Carolina gemacht. Als ihr Sohn umkam, hat sie sie verkauft.«

Garden ließ den Löffel sinken. »Wie traurig. Die arme Tante Elizabeth. Wie ist er denn gestorben?«

»Mit der *Titanic* untergegangen. Er war auf dem Heimweg, nachdem er jahrelang in Europa gelebt hatte. Ich weiß es noch, ich war damals vierzehn, aber sie hatte ständig rote Augen und hörte irgendwie nicht mehr richtig zu, wenn man etwas zu ihr sagte.«

Garden dachte an ihre Mutter, die auch den Mann und einen Sohn verloren hatte. Sie war ebenfalls nie vor Peggy und ihr zusammengebrochen. Sie mußte still gelitten haben, genau wie Tante Elizabeth. Garden nahm sich vor, sich mehr zusammenzureißen, um das Leid ihrer Mutter wettzumachen.

»Jedenfalls«, nahm Maine den Faden wieder auf, »hat Großmutter die Phosphatgesellschaft verkauft. Sie wußte ja, daß ich in Papas Firma einsteigen würde, also gab es niemand, für den sie das Geschäft hätte behalten sollen. Und sie wollte nach Europa fahren, um zu sehen, wo ihr Sohn gelebt hatte.«

»Wo war er denn?«

»Überall, aber am längsten in Paris. Er war Künstler. Als Großmutter gerade abreisen wollte, fing allerdings der Erste Weltkrieg an. Erst 1919 kam sie dann nach Paris. Sie suchte überall nach jemandem, der ihn gekannt hatte. Sie wollte ein paar seiner Bilder kaufen. Aber sie hat nie etwas gefunden.«

Tränen liefen Garden übers Gesicht und tropften auf das schmelzende Eis. »Ich würde so gern irgend etwas für sie tun.«

Maine gab ihr ein Taschentuch. »Ich weiß genau, was du meinst. Es ist allerdings nicht so leicht, etwas zu finden. Sie ist so selbständig. Stell dir vor, als sie nach Europa gefahren ist, hat sie sich nicht einmal einen Führer genommen. Sie hatte ein paar Bücher und sprach ein bißchen Französisch. Das sei reichlich, meinte sie. Und für sie genügte das auch. Mensch, ich weiß etwas. Warum schenkst du ihr nicht die Zeichnung, die du heute gemacht hast. Setz deinen Namen darüber. Ihr Sohn hieß doch auch Tradd.«

»Das ist aber wohl nicht dasselbe, wie wenn sie eines von seinen Bildern hätte.«

»Natürlich nicht. Aber sie versteht bestimmt, warum du es ihr schenkst, nämlich weil du ihr etwas Nettes tun möchtest. Es gefällt ihr sicher. Soll ich es ihr von dir mitbringen?« Garden nickte. »Gut. Dann gib es mir, sobald wir bei dir sind. Ich bringe dich nach Hause.«

»Sie ist ein goldiges kleines Mädchen«, berichtete Maine seiner Großmutter, als er ihr die mühsam angefertigte Zeichnung von den Toren der St. Michaelskirche überreichte.

Elizabeth warf ihm einen prüfenden Blick zu. Nein, er meinte es genauso, wie er es gesagt hatte; Garden war für ihn ein Kind. Elizabeth war erleichtert. Maine konnte Garden als Bruder unendlich viel Gutes tun. Als Verehrer jedoch sagte man ihm gefährliche Herzensbrecherqualitäten nach.

Margaret Tradd sah Maines Aufmerksamkeiten gegenüber Garden in einem ganz anderen Licht. Er war einer der vier Junggesellen, die sie für Garden im Auge hatte.

41

Ende März kehrte Peggy zurück. Es kam allen vor, als sei ein Wirbelwind ins Haus gefahren. Die drei Jahre Frankreich hatten sie äußerlich herzlich wenig verändert. Ihr üppiges Haar trug sie in einem unordentlichen Knoten am Hinterkopf, ihr pockennarbiges Gesicht puderte oder schminkte sie nach wie vor nicht, und ihre Kleider wirkten praktisch und vollkommen schmucklos. Sie war laut, enthusiastisch und streitlustig. Und sie war sehr glücklich.

Margaret sehnte keineswegs Enkel herbei, fragte Peggy aber pflichtschuldig nach Hoffnungen auf Nachwuchs. »Bob und ich haben beschlossen, noch mindestens fünf Jahre lang keine Kinder zu kriegen«, erwiderte Peggy. »Schließlich bin ich erst zwanzig. Wir haben noch so viel Zeit.«

Margaret bemerkte, daß man sich den Zeitpunkt für Kinder nicht aussuchen könne.

»Aber Mami, sei doch nicht so dumm, selbstverständlich kann man das. Zumindest, daß man keine will. Ich benütze natürlich ein Verhütungsmittel.«

»Pscht«, flüsterte Margaret. »Wenn Garden dich hört.«

»Du liebe Zeit, Mami, warum sollte mich Garden denn nicht hören? Sie muß doch über Empfängnisverhütung Bescheid wissen. Nach all dem, was Margaret Sanger erdulden mußte, bis sie das Recht bekam, ihre Aufsätze zu veröffentlichen, muß jede Frau in Amerika erfahren, was sie getan hat.«

Margaret blickte verständnislos. Peggy ließ eine polemische Rede über das Recht der Frau über ihren eigenen Körper vom Stapel, wobei sie händefuchtelnd im Zimmer auf- und ablief. Es war genau wie früher. Margaret fragte sich, wie sie die drei Wochen überleben sollte, bis Bob aus Mullins kam und Peggy nach Texas mitnahm. Garden, die von oben lauschte, überlegte, wie bald sie Peggy fragen könnte, wovon sie die ganze Zeit redete.

Peggy ließ sich nicht erst bitten. Am selben Abend setzte

sie sich zu Garden ans Bett und klärte sie auf. Den Vorgang des Geschlechtsaktes erklärte sie ihr mit nüchternen Worten, indem sie Bilder auf eine Seite aus Gardens Schulheft zeichnete und ihr die eigene Schamgegend in einem Spiegel zeigte. Über die Erfahrung der körperlichen Liebe geriet sie ins Schwärmen. Ihre Stimme und ihre Miene wurden sanft, und ihre blauen Augen leuchteten. »Es ist wunderschön, Garden«, sagte sie, »wenn ein Mann und eine Frau sich lieben.«

Dann war sie wieder die energische Peggy. »Und es gibt keinen Grund, warum sie sich jedesmal Sorgen um nicht erwünschte Kinder machen sollten, wenn sie miteinander ins Bett gehen. Also, so sieht ein Diaphragma aus ...« Mit neuerlichen Zeichnungen in das Heft erklärte Peggy alles über die Befruchtung und wie man sie verhindern kann.

Garden fragte, wie das nun wäre, wenn man aber ein Baby wollte. Peggy zeichnete und redete weiter. Garden erinnerte sich an Rebas geschwollenen Unterleib, als sie schwanger war, und nickte verständig, bis Peggy zum Thema Geburt kam. Dann sah sie noch einmal in den Spiegel. »Das glaube ich nicht«, sagte sie.

»Glaub es mir, Garden. Ich habe als Schwesternhelferin bei den Flüchtlingen gearbeitet und auch bei Entbindungen geholfen. Es ist ein Wunder, was der Körper fertigbringt. Alles daran ist ein Wunder. Ich will mindestens sechs Kinder, wenn es soweit ist.«

Garden konnte es kaum erwarten, bis sie am nächsten Morgen Wentworth auf dem Schulweg traf. »Ich weiß, was ›das Eine‹ ist«, verkündete sie. »Ich habe sogar Bilder.«

Garden konnte Peggy als Gegenleistung für deren Enthüllungen nur eine einzige Eröffnung bieten. Sie erzählte ihr von der gemeinsamen Großtante Elizabeth. »Sie hat Papa nie etwas weggenommen, aber das habe ich Mama nicht gesagt, und du darfst das auch nicht tun. Sie würde uns nie glauben, Papa hat ihr etwas anderes erzählt.«

»Hat sie ganz allein diese Phosphatgesellschaft geführt? Ich möchte sie kennenlernen«, sagte Peggy.

Elizabeth Cooper wurde ihre neue Leidenschaft. Elizabeth mochte Peggy sofort, aber deren überschwengliche Bewunderung war anstrengend. »Ich habe ihr klarzumachen versucht, daß ich nie eine Frauenrechtlerin war, sondern einfach überleben mußte«, erzählte Elizabeth DuBose Heyward. »Aber sie will mich als Kämpferin sehen. Ihre täglichen Besuche überfordern mich. Das Mädchen hat einen hellwachen Verstand, DuBose. Bitte sorg doch dafür, daß die Dichtervereinigung sie mir hin und wieder abnimmt.«

Zwei Tage später tippte Peggy vergnügt für deren Zeitschrift. Eine Woche später ließ sie den Einkaufenden auf der King Street keine Ruhe, bis sie eine Spende für die Dichtergesellschaft erübrigten.

Als Bob ankam, war sie begeistert. Der Blick, mit dem sie ihn Elizabeth vorstellte, ließ ihrer Großtante fast das Wasser in die Augen steigen. »Es wäre schön, wenn wir nicht nach Texas müßten«, sagte Peggy zu ihrem Mann. »Mir geht es hier in Charleston so prächtig.«

Bob nickte. »Dir wird es auch in Texas gutgehen, Peggy. Es gibt überall etwas Sinnvolles zu tun.«

»Peggys Bob ist ein fabelhafter junger Mann«, erzählte Elizabeth ihren Freunden und Freundinnen. »Und Peggy ist eine fabelhafte junge Frau. Sie hat mich mindestens um zehn Jahre altern lassen, aber ich freue mich unsagbar, daß ich sie kennengelernt habe.«

Garden vermißte Peggy, als sie abreiste. Sie vermißte auch die Aufregung und den Schwung, den Peggy mit sich fortnahm. Margaret machte alles noch schlimmer, indem sie Garden gegenüber Vergleiche zwischen den beiden Töchtern anstellte, und zwar immer zugunsten von Garden. Sosehr sich Garden auch über die Anerkennung ihrer Mutter freute, so wenig konnte sie es ausstehen, wenn sie Peggy schlechtmachte. Wenn Margaret doch über etwas anderes reden wollte!

Das tat sie. Das neue Thema hieß Maine Wilson. Garden hörte verzweifelt zu, wenn ihre Mutter mit Maines ›Aufmerksamkeiten‹ protzte und über seine Eignung als Ehemann nachsann. Sie wußte allerdings auch, daß ihre Mutter ihr damit die Unbefangenheit gegenüber Maine nahm.

Zufällig traf sie Maine den ganzen Monat nicht. Sie war jeden Tag in der Schule beschäftigt, bereitete sich auf Prüfungen vor und studierte ihre Rolle in dem Shakespeare-Stück zur Abschlußfeier von Wentworths Klasse ein.

Dann war das Schuljahr vorüber. Sie klatschte ihren Freundinnen Beifall, während sie nach vorn traten und ihre Zeugnisse von Miss McBee entgegennahmen. Im nächsten Jahr würde auch sie ein langes weißes Kleid und einen Arm voll langstieliger roter Rosen haben. Sie kam sich sehr erwachsen vor.

Und dann war es schon wieder Zeit für die Abfahrt nach Flat Rock. Garden stieg froh und mit der Erwartung in den Zug, daß dieser Sommer genau wie die andern verlaufen würde.

Aber so sehr sie immer noch die Zeit stillstehen lassen wollte, sie wurde erwachsen. Unaufhaltsam näherte sie sich dem offiziellen Eintritt in die Erwachsenenwelt, ihrem Debüt. Alle Welt schien von nichts anderem mehr zu reden.

Wentworth und ihre Mutter Caroline hatten Schnitthefte und Stoffmuster mitgebracht. Margaret Tradd ebenfalls. Der Wettstreit zwischen den beiden Müttern wurde von endlosen Gesprächen über Partykleider, Ballroben, Handschuhe, Hüte und Pumps übertönt. Das Schlimmste war, daß Wentworth mit dem gleichen Feuereifer bei der Sache war. Sie blätterte lieber in Modezeitschriften, als mit Garden per Fahrrad nach Hendersonville zu strampeln.

»Was hast du bloß, Garden?« fragte Wentworth ungeduldig. »Erzähl mir nicht, daß du keine schönen Kleider magst.«

»Was hast *du* denn? Du klingst ja wie meine Mutter. Ich habe gedacht, du bist meine beste Freundin.«

»Das habe ich auch gedacht, bis du mir Maine Wilson weggeschnappt hast.«

Garden war entsetzt über diesen ungerechtfertigten Vorwurf von Wentworth und außerdem wütend. Aber die Abgeschiedenheit des Hotels und der vertraute Ablauf der Sommerferien in Flat Rock waren letztlich doch stärker als Gardens Ärger oder Wentworths Eifersucht. Nach ein paar Tagen waren beide wieder unzertrennlich. Garden nahm an der Erörterung der Modefragen teil, und Wentworth entdeckte die Freuden des Radfahrens und Schwimmens von neuem.

Die aufregenden Garderobenpläne schlugen Garden bald in ihren Bann. Sie hatte die Tragweite des Schrittes vom Mädchen zur jungen Frau bisher nur nicht richtig begriffen. Irgendwann im Juli warf sie einen Blick auf die Liste, die Margaret aufgestellt hatte. Sie war höchst eindrucksvoll:

6 Ballroben
1 Ballrobe – St. Cecilia
6 Lunchkleider und Hüte
5 Tanzkleider
2 lange Kleider für Empfänge
4 Teekleider und Hüte
1 Abendcape
1 vornehmer Mantel (Tag) nebst Hut
4 P. vornehme Schuhe
12 P. Tanzschuhe
1 Dtzd. P. lange weiße Handschuhe
1 Dtzd. P. kurze weiße Handschuhe
1 Pelzstola
6 Abendtäschchen
4 Handtaschen
3 Dtzd. Spitzentaschentücher
1 Dtzd. Korsettleibchen
1 Dtzd. Chemisettes
2 Dtzd. Schlüpfer
1 Dtzd. Mieder

6 Haarbänder
6 Unterröcke
6 Petticoats
3 Tageskorsetts
4 Abendkorsetts
2 Dtzd. weiße Seidenstrümpfe
1 Dtzd. schwarze Seidenstrümpfe

Die Saison dauerte zwölf Tage. In dieser Zeit standen vier Bälle seitens der Familien der Debütantinnen an, der Junggesellenball und der Sylvesterball im Yachtclub. Darüber hinaus gab es fünf Tanztees, zwei förmliche Empfänge, sechs Lunchs, zwei Teegesellschaften und fünf Frühstücke nach den Bällen. Diese wurden von Freunden oder Verwandten zu Ehren eines oder mehrerer der Mädchen veranstaltet. Wenn der ganze Wirbel vorüber war und alle Zeit zum Atemholen gehabt hatten, kam als krönender Abschluß der St.-Cecilia-Ball.

»Mama!« Garden schrie auf. »Ist das auf dieser Liste alles für mich?«

»Selbstverständlich. Meine Liste ist viel einfacher.«

»Aber Mama, das bedeutet ja für jedes einzelne Fest ein anderes Kleid. Wentworth kriegt das nicht. Sie hat schon geschimpft, daß sie nur zwei Ballkleider bekommt.«

»Tja, Wentworth ist Wentworth, und du bist du. Du kriegst die meisten Kleider und die schönsten Kleider, die je ein Mädchen bekommen hat. Wenn du doch schon mit der Schule fertig wärst, so wie die anderen Mädchen. Das Anziehen wird jede Minute in Anspruch nehmen.«

42

Ashley Hall entließ die Schülerinnen am ersten Ferientag um zwölf Uhr Mittag. Garden rannte aus der Tür, ohne Hut und Mantel anzuziehen. Die Saison nahm keine Rücksicht auf Debütantinnen, die noch zur Schule gingen. Die erste Party, ein Tanztee, fand am Nachmittag statt.

Das Mittagessen stand bereits auf dem Tisch – drei Stunden früher als gewöhnlich. Garden schlang die Speisen hungrig in sich hinein; ihre Mutter hatte sie auf Diät gesetzt, und sie hatte immer Hunger. Margaret stocherte in ihrem Teller herum; sie war zu aufgeregt zum Essen. Ihre Wangen waren rosig, die Augen leuchteten. Sie strahlte vor Glück. In den nächsten zwei Wochen würde sie zusehen können, wie sich all ihre Pläne und Träume verwirklichten.

»Und jetzt nimmst du ein Bad«, sagte sie, als Garden fertiggegessen hatte. »Danach habe ich eine Überraschung für dich.«

»Schon wieder? Mama, du verwöhnst mich.« Seit Wochen hatte Margaret Überraschungen bereitgehalten: eine Perlenkette, Perlenohrringe (natürlich mit der Erlaubnis, sich Ohrlöcher stechen zu lassen), Fächer, eine Puderdose, Parfum, Kämme und Haarbänder. Als ob jeden Tag Weihnachten wäre.

Die heutige Überraschung war tatsächlich eine Überraschung. Es war ein Mann. Nach dem Bad rieb Garden ihre Haut mit Glyzerin und Rosenwasser ein, wie ihre Mutter es ihr gezeigt hatte. Dann schlüpfte sie in die Sachen, die in ihrem Zimmer bereitlagen: ein Tageskorsett mit feinen Fischbeinstäbchen, weiße Seidenstrümpfe mit eingewebten Zierblättern am Knöchel, ein besticktes Korsettleibchen mit breiten Spitzenträgern, einen weißen Baumwollschlüpfer mit Rüschen und einen weißen Batistunterrock mit einem breiten Spitzensaum. Sie hatte noch nie etwas so zartes besessen. Bisher hatte sie immer schlichte weiße Baumwollwäsche getragen. Garden schlüpfte in die alten ausgetretenen Hausschuhe, legte ihren karierten wollenen Überwurf um – wobei es ihr leid tat, die ganze Schönheit zu verdecken – und machte sich auf die Suche nach ihrer Mutter. Sie wollte ihr danken. Sie fand es herrlich, eine Debütantin zu sein.

Summend lief sie die Treppe hinunter ins Ankleidezimmer. Der Raum gegenüber dem Wohnzimmer war zum Lager für all die neuen Sachen umfunktioniert worden, die Margaret für Garden und sich gekauft hatte. An zwei Wänden standen vollbeladene Kleiderständer aus der Schneiderwerkstatt. Das Bett stand an der dritten Wand, und darauf lagen Stapel von Handschuhen, Strümpfen, Taschentüchern, Unterwäsche, mit Schuhspannern versehene Schuhe und in Seidenpapier gewickelte Abendtäschchen und Handtaschen. Alle Hüte lagen auf Stühlen daneben. Es brachte Unglück, wenn man einen Hut aufs Bett legte.

An der vierten Wand stand ein Tisch mit Tischtuch und einem Spiegel darüber. Als Garden ins Zimmer trat, sah sie, daß auf dem Tisch allerlei Flaschen, Schachteln, Tiegel und ein Sortiment an Kämmen und Bürsten lagen. Das muß die Überraschung sein, dachte sie. Am Morgen war der Tisch noch leer gewesen.

Dann hörte sie Margaret aus dem Wohnzimmer rufen: »Garden?«

»Ich bin im Ankleidezimmer, Mama.«

Margaret kam über den Gang. »Hier ist die versprochene Überraschung. Das ist Mr. Angelo.«

Garden schoß hinter die Tür. »Mama«, kreischte sie, »ich bin noch nicht fertig angezogen.«

Margaret lachte. »Keine Bange. Mr. Angelo ist Damen im Unterrock gewohnt. Er ist Friseur. Ich habe ihn für die ganze Saison für dich eingestellt. Setz dich an den Frisiertisch, und dann geht's los.«

Garden nickte befangen dem rundlichen, lächelnden Mann hinter ihrer Mutter zu. Er verbeugte sich, bot ihr den Stuhl am Tisch an und ließ seine Finger spielen. Er trug einen Kittel über dem Anzug, der an der Vorderseite mindestens ein Dutzend Taschen für die verschiedenen Gerätschaften seiner Kunst hatte. Mr. Angelo kam aus Rom und war erst vor kurzem in Charleston eingetroffen. Man sagte ihm nach, daß er fast zaubern könne.

Er ging um Garden herum, betrachtete ihren wilden gestreiften Schopf und murmelte in einem Trastevere-Dialekt vor sich hin. Dann faßte er ihr plötzlich mit beiden Händen ins Haar. Garden sah ängstlich zu ihrer Mutter hin. Margaret hatte vor Anspannung die Stirn gerunzelt.

Mr. Angelo knetete Gardens Haar und redete dabei die ganze Zeit mit sich selbst. Er teilte eine Strähne ab, zog sie nach oben, beäugte sie aus zusammengekniffenen Augen, roch daran, rollte sie zwischen den Fingern und ließ sie wieder in das wallende Haar auf ihren Schultern zurückfallen. Es war wie eine Szene aus der großen Oper.

»Si, Signora«, seufzte er. »Angelo kann das machen.« Er nahm zwei Haarbürsten vom Tisch und ging zu Werk. Trotz der täglichen Prozedur mit der Ausdünnschere war Gardens Haar nach wie vor außerordentlich dick und auffällig gestreift. Es hing ihr fast bis zur Hüfte. Hoffnungslos, wie Margaret des öfteren bemerkte.

Mr. Angelo ging darauf los, als sei es ein wildes Tier, daß es zu zähmen gelte. Er schmeichelte, streichelte, murmelte, gebot, und alles in fließendem Italienisch. Strähne für Strähne trennte er das glänzende Gold vom feuerroten Kupfer, zwirbelte, steckte auf, pomadisierte, schnippelte, drehte und flocht. Er schuftete über zwei Stunden lang.

Dann trat er zurück und klatschte in die Hände. »Bravo«, gratulierte er sich zu seiner Kunstfertigkeit. »Ecco, Signora«, sagte er zu Margaret. Mit Schwung hielt er Garden den Handspiegel hin und drehte ihren Stuhl, so daß sie zum ersten Mal vor dem Spiegel saß.

Sie erkannte sich nicht wieder. Ihr Haar war eine schimmernde Masse aus flüssigem Gold, die sanft von ihrem Gesicht wegwallte und in einen glänzenden raffinierten Doppelknoten mündete, der den Hinterkopf vom Scheitel bis zum Nacken bedeckte. Man sah keine Spur von Rot.

Margarets Gesicht erschien im Spiegel neben Garden. »Ich hab's gewußt«, sagte sie. »Ich war mir sicher, daß es geht, wenn nur jemand etwas davon versteht. Siehst du, Garden, so wollte ich dich haben.« Sie beglückwünschte Mr. Angelo, brachte ihn hinaus und bestätigte noch den Zeitplan für den nächsten Tag. Garden starrte die Fremde im Spiegel an.

Margaret kam schnell wieder. »Faß nichts an«, sagte sie. »Sitz nur still, während ich dich fertig mache.« Mit schiefgelegtem Kopf betrachtete sie die Verwandlung ihrer Tochter einen ausgiebigen, zufriedenen Augenblick lang. Dann ging sie schnell zum Bett und holte einen dünnen Seidenschal.

Sie hielt ihn über Gardens Kopf, ließ ihn los und sah zu, wie er sich sanft auf die Frisur legte. »Gut«, sagte sie, »jetzt mach die Augen zu und nimm deinen Umhang ab. Ich will die Schultern und den Hals pudern.«

Während der nächsten Stunde leistete Garden nur den Anweisungen ihrer Mutter Folge. Sie schloß die Augen, öffnete sie, schloß sie wieder, bewegte Arme, Hände, das Kinn, den Mund. Margaret bepuderte Garden, polierte, zwickte und parfümierte ihre Haut. Sie tuschte ihr die Wimpern, gab Glyzerin auf die Lider und Lippen, damit sie glänzten, formte die Nägel und rieb sie, bis sie zart rosa schimmerten.

Dann hob sie den Schal vorsichtig von Gardens Kopf und trat wie Mr. Angelo einen Schritt zurück, um ihr Werk zu bewundern. Garden war atemberaubend.

Margaret nahm den Schonumhang von dem Kleid, das sie für die erste Party ausgesucht hatte. Es war zartrosa, wie ihre Lippen und Fingernägel. »Steh auf«, sagte Margaret. »Ich halte es dir, dann kannst du hineinsteigen.« Sie zog das Kleid auf den zierlichen Schultern ihr Tochter zurecht und schloß die winzigen Perlenknöpfe am Rücken. »Laß mich dich anschauen«, sagte sie.

Das Kleid fiel Garden gemäß der neuesten Mode gerade von den Schultern bis zu den Knöcheln. Margaret mißbilligte den Stil und dachte sehnsüchtig an die engen Taillen von früher, als sie in Gardens Alter gewesen war. Aber die Schneiderin hatte hervorragende Arbeit geleistet und ein Bild aus der Vogue nachgemacht. Der Ausschnitt war breit und hatte eine weiche Kapuze, die Gardens zierliche Schlüsselbeine und die elegante Halslinie freigab. Am Oberteil war weiße Spitze auf das dünne Seidenkrepp des Kleides genäht. Die Spitze reichte genau bis unter die Büstenlinie; sie modellierte die sanfte Schwellung von Gardens Brüsten. Margaret band die schlichte Schärpe Garden um die Taille – locker, wie die Mode befahl, aber eng genug, um die schlanke Gestalt unter der feinen Seide ahnen zu lassen. »Dreh dich um«, sagte sie.

Garden drehte sich um. Die spitzenbesetzten Ärmel bauschten sich an ihren Armen, die ab dem Ellbogen nackt waren. Und der Rock wirbelte ihr um die anmutigen, schlanken Fesseln.

Margaret kicherte. »Du hast noch deine Hausschuhe an.«

Garden sah auf ihre Füße. Sie lachte. Es war ihre erste natürliche Regung seit Stunden, und es tat gut.

Margaret stellte Garden ein Paar Tanzschuhe aus weißem Ziegenleder neben die Füße. »Leg mir die Hand auf die Schulter und steig hinein. Du darfst dich nicht hinsetzen, sonst verknitterst du dein Kleid.«

Sie steckte Garden Perlenohrringe an und tupfte ihr noch einen Tropfen Parfum hinter die Ohren. »So«, sagte sie, »du bist fertig. Dein Pelzcape ist im Wohnzimmer und deine Handschuhe und die Tasche ebenfalls. In der Tasche hast du ein Parfumröhrchen. Nach einer Stunde tupfst du einen Tropfen hinter jedes Ohr und an die Handgelenke.«

Sie hörten, wie Zanzie auf den Türklopfer hin öffnete. Jetzt raunte Margaret nur noch. »Wer holt dich ab? Alex Wentworth, oder?«

»Ja«, flüsterte Garden.

»Also, schau auf die Uhr hier am Fenster. Laß ihn genau vierzehn Minuten warten. Ich unterhalte mich inzwischen mit ihm im Wohnzimmer.« Sie wählte noch einen federleichten weißen Seidenschal von den vielen auf dem Bett liegenden aus. »Den steck' ich in deine Tasche«, flüsterte sie. »Wenn er ein offenes Auto hat, schlingst du ihn dir um den Kopf. Das ist er schon. Ich muß gehen. Denk daran, genau vierzehn Minuten. Und setz dich auf keinen Fall hin.«

Alex Wentworth starrte Garden an, als sie ins Wohnzimmer trat. Er überreichte ihr einen Strauß rosa Kamelien, und als Garden lächelte, schluckte er hörbar. Margaret verzog keine Miene. Sie gab ihm das leichte Kaninchencape und sah zu, wie er es Garden um die duftenden Schultern legte. Ein leichter Schweißglanz erschien auf seiner Stirn. Margaret reichte Garden Handschuhe und Tasche. »Amüsier dich gut«, sagte sie. »Das tust du bestimmt.«

Als die Tür hinter ihnen zuging, schlüpfte Margaret aus ihren Schuhen und sank aufs Sofa. Sie war müde, bereute aber die Anstrengung nicht. Sie dachte an den Blick von dem kleinen Wentworth und kicherte. O ja, die Mühe hatte sich gelohnt. Garden würde bald die Schönheit des Jahrhunderts sein.

43

Den Tanztee gab Marion Leslies Großmutter zu Ehren ihrer Enkelin. Sie hatte den Ballsaal im zweiten Stock ihres großen Hauses auf der South Battery eingerichtet und das Schild mit der Aufschrift ›Gästezimmer‹ abgenommen, das sonst immer am Eisentor hing. Die Leslies hatten es fertiggebracht, ihr schönes Haus nach dem Bürgerkrieg in der Familie zu halten, indem sie die leerstehenden Zimmer an Durchreisende vermieteten.

Garden legte ihr Cape in dem zur Garderobe umfunktionierten Wohnzimmer im Erdgeschoß ab und begann, die Treppe hinaufzusteigen. Auf halbem Weg zum ersten Stock mußte sie zur Seite ausweichen, um nicht von zwei jungen Männern überrannt zu werden, die eilig und unter großem Gelächter dem Ausgang zustrebten.

Die Männer hätten fast Zwillinge sein können. Beide hatten dunkles Haar und waren braungebrannt, sehr groß und stämmig. Sie strahlten einen bestimmten Glanz aus, den nur viel Geld hervorbringen kann. Ihre Abendanzüge waren aus besonderes edlen Stoffen gefertigt und hatten den lässigen, makellosen Sitz von maßgeschneiderter Kleidung. Ihre Hemden und Krawatten waren blendend weiß, ihre Lackschuhe funkelten. Sie bewegten sich so geschmeidig wie Sportler und so selbstbewußt wie jemand, dem die Welt noch nie etwas versagt hat.

Draußen auf dem Bürgersteig lehnten sie sich an den Zaun der Leslies und schüttelten sich aus vor Lachen. »Also wirklich«, japste der eine, »als du vorhin gesagt hast, wir gehen Eingeborene kucken, wußte ich ja nicht, wie ernst du das gemeint hast. Ich komme mir vor wie ein Anthropologe. Oder eigentlich mehr wie ein Paläontologe. Was für eine Fossiliensammlung.«

»Du sagst es. Und der ganze Laden trocken wie die Sahara. Aber hast du den Pfirsich auf der Treppe gesehen? Vielleicht sind wir zu früh abgehauen, Mark.«

»Die bonbonfarbene Blondine? Ich habe sie nicht richtig gesehen, bloß einen Schwall von Rosa.«

»Sie hatte ein Gesicht wie die schöne Helena. Ach zum Teufel, komm, wir gehen. Am Hafen soll es ein paar anständige Spelunken geben.«

»Wie spät ist es, Tommy?«

Tommy Hazlehurst sah auf die Uhr. »Halb neun.«

»Ich muß etwas erledigen. Bitte entschuldige mich einen Augenblick.«

»Natürlich. Ich warte oben an der Treppe auf dich.«

Garden schritt die lange Treppe hinunter, wie sie es in Ashley Hall gelernt hatte, mit Blick nach vorn statt auf die Füße, und ohne sich am Geländer einzuhalten. In der Garderobe nahm sie aus ihrem Abendtäschchen das Parfum und legte ein paar Tropfen auf, wie ihre Mutter ihr eingeschärft hatte. Dann – unter Mißachtung der Anweisungen ihrer Mutter – setzte sie sich.

»Kann ich etwas für Sie tun, Miss Garden?« Marions altes Kindermädchen kümmerte sich um das Wohl der Gäste.

»Nein, vielen Dank, Susie. Ich muß mich nur ein bißchen ausruhen.«

Susie gluckste. »Ihr Mädchen tanzt ja bis zum Umfallen, wenn man nicht aufpaßt.«

Garden versuchte zu lächeln. Es ist immer noch dasselbe, dachte sie. Ich kann immer noch nicht tanzen. Ich kann immer noch nicht reden. Mama hat mein Äußeres herausgeputzt, aber innerlich bin ich die alte. Am liebsten wäre ich tot.

Sie zog die Schultern zurück. Die zierlichen Schmetterlingsärmel zitterten. »Bis später, Susie.« Dann ging sie mit hoch erhobenem Kopf die Treppe wieder hinauf, ohne auf die Füße zu sehen oder sich am Geländer einzuhalten. Sie würde weiterhin mit Tommy tanzen und sich seine Klagen über Wentworths Gleichgültigkeit ihm gegenüber anhören. Keiner würde sie beim Tanz abklatschen, daß wußte Garden genau. Sie war geprüft und für schlecht befunden worden. Es dauerte nicht lange, bis jeder Mann dort drinnen mit jedem Mädchen getanzt hatte. Zwischen Garden und ihren Tanzpartner mischte sich keiner ein zweites Mal.

Alex Wentworth würde den letzten Tanz mit ihr tanzen und sie nach Hause bringen. Bis dahin blieb sie entweder bei Tommy oder setzte sich, unterhielt sich mit den Anstandsdamen und beobachtete, wie die anderen Mädchen mit ihrem Gefolge von Verehrern flirteten, die sie übers Parkett wirbelten.

Am nächsten Tag sah Margaret gerade bewundernd zu, mit welchem Geschick Mr. Angelo Gardens Haar bändigte, als das Telefon klingelte. »Entschuldigt mich«, sagte sie, »ich bin gleich wieder da.«

Es dauerte jedoch eine geraume Weile, und als Margaret wiederkam, hatte Mr. Angelo Gardens Frisur bereits vollendet. Zu einem Mittagessen trug sie ohnehin einen Hut, unter dem nur die beiden blonden Löckchen hervorsahen, die Mr. Angelo auf ihre Wangen gezaubert hatte.

»Um wieviel Uhr heute abend, Signora?«

»Mal sehen.« Margaret studierte die Einladungskarten auf dem Sims. »Empfang, dann Ball. Kommen Sie lieber schon um fünf, Mr. Angelo. Ich komme heute abend mit, so daß Sie meine Frisur auch zurechtmachen können.«

Sobald der Friseur draußen war, drohte Margaret Garden scherzhaft mit dem Finger. »Du Schlimme, du«, sagte sie.

»Was ist denn, Mama?«

»Du hast mir nicht erzählt, wer gestern auf dem Ball war. Man spricht in der ganzen Stadt von nichts anderem, und ich muß es als letzte erfahren.«

Garden schüttelte den Kopf. »Ich weiß nicht, wen du meinst.«

»Beweg deinen Kopf nicht so heftig, du machst deine Frisur kaputt. Ich meine natürlich den Sohn der Principessa. Er kam gestern hier an und holte sich bei Andrew Anson etwas Geld. Natürlich hat in Edith gleich auf die Liste setzen lassen. Wie ist er denn? Warum hast du ihn nicht erwähnt?«

»Ich kann mich nicht an ihn erinnern.«

»Nun, Annie hat gesagt, daß er früh gegangen ist. Ich kann mir nicht vorstellen, daß er dir nicht aufgefallen wäre. Oder du ihm. Es macht auch nichts. Er steht ja auf der Liste, er wird hier und da auftauchen. Es wird dir Spaß machen, ihn in die Reihe deiner Verehrer aufzunehmen; die Mütter der anderen Mädchen werden mit den Zähnen knirschen, aber schließlich ist er nicht Charleston. Für dich ist er nichts. Du suchst dir einen aus, entweder Bill Lawrence oder Rhett Campbell oder Maine Wilson oder Ashby Radcliffe. Das sind diejenigen, die wirklich zählen.«

Garden starrte ihre Mutter an. Jetzt hörte sie zum ersten Mal von den hochfliegenden Plänen ihrer Mutter. Die Ungeheuerlichkeit von Margarets Ehrgeiz verschlug ihr die Sprache.

Margaret bemerkte Gardens Schweigen nicht. Sie war mit einem neuen Gedanken beschäftigt. Schuyler, dachte sie. Schuyler Harris. Geschrieben wie Schuh und gesprochen wie Skai. Das klang schon nach Reichtum. Wenn seine Mutter Prinzessin ist, macht ihn das dann zum Prinzen? Oder müßte dazu sein Vater Prinz sein?

Seit der Tanzstundenzeit hatte Garden sich immer vor dem Moment gefürchtet, da ihre Mutter erfahren mußte, daß sie nicht erfolgreich war, nicht so umschwärmt wie die anderen Mädchen. An diesem Abend war es soweit. Auf dem Empfang für Alice Mikell schob sich Margaret an ihre Tochter heran und zischte ihr ins Ohr. »Sag was. Steh nicht einfach rum. Gib dir ein bißchen Mühe.«

Auf dem anschließenden Ball funkelte Margaret Garden unentwegt an, auch wenn sie dabei lächelte oder sich mit den anderen Müttern unterhielt. Noch in derselben Nacht knöpfte sie sich Garden vor. Sie schlug ihr alles um die Ohren, all die Opfer, die sie für Garden gebracht habe, die Zeit für sie, die Luxusgüter, mit denen sie sie bedacht habe, Gardens Bildung, die Kleider, die Ferien in Flat Rock, die teuren Tanzstunden, die unvorstellbaren Kosten für die Dienste von Mr. Angelo.

»Ich habe an nichts anderes gedacht«, schrie Margaret, »als an dich, Garden Tradd. Keine Sekunde habe ich auf mich oder mein eigenes Glück verwendet. Alles war für dich. Wie konntest du mich so im Stich lassen?« Sie warf sich auf den Teppich und heulte vernehmlich.

Garden ließ das wunderschöne goldene Haupt hängen. Sie wußte nicht weiter. Ihre Mutter war schön öfter böse gewesen und hatte auch manchmal geweint. Aber nicht so.

»Ich kann nichts dafür, Mama«, sagte Garden. Ihre sonst so warme, tiefe Stimme klang flach und farblos. Sie war so stumpf wie ihr Herz. »Ich geb' mir die allergrößte Mühe, aber es hat keinen Zweck. Wird nie einen haben.«

Am dreiundzwanzigsten Dezember gab Elizabeth Cooper einen Tanztee für Garden, wie sie es im Jahr zuvor für ihr Patenkind Lucy Anson getan hatte und im nächsten Jahr für ihre Enkelin Rebecca Wilson tun würde. Joshua holte einige

Verwandte und Freunde zu Hilfe, um die Möbel wegzurükken und die Teppiche aufzurollen.

Elizabeth überließ Joshua das Kommando. Sie wollte sich vor dem Umkleiden ausruhen. Drei Stunden mit der Nervensäge, wie sie Margaret für sich nannte, würden anstrengend werden. Vielleicht wurden es keine drei Stunden. Sie hatten es so eingerichtet, daß Garden sich schon um sieben verabschieden würde. Kein Mensch mit Anstand würde länger als der Ehrengast bleiben. Aber was dachte sie da? Diese Nervensäge gehörte wohl kaum in die Kategorie ›Menschen mit Anstand‹. Elizabeth hatte sie schon mit Nachdruck darauf hinweisen müssen, wie wichtig die Chorprobe für Garden war. Das Mädel sang schließlich ein Solo bei dem Konzert am Weihnachtsabend. Elizabeth war sich sicher, daß Margaret das Weihnachtsfest nichts bedeutete, obwohl sie jeden Sonntag in die Kirche ging. Nicht nur eine Nervensäge, sondern noch dazu eine Heuchlerin. Elizabeth schnaubte in ihr Kissen und fiel dann in einen tiefen, kurzen Schlaf.

»Ich schleich' mich jetzt davon, Tante Elizabeth. Vielen Dank für das schöne Fest.« Garden drückte ihrer Großtante einen Kuß auf die Wange. Die Party war auf jeden Fall bisher von allen die beste gewesen. Die Regeln des Anstands geboten, daß sie als Ehrengast nie links liegenblieb oder sich langweilen mußte. Diesmal mußte ihre Mutter zufrieden gewesen sein. Mindestens viermal war Garden bei jedem Tanz abgeklatscht worden.

Sie winkte ihrer Mutter zum Abschied, lächelte Wentworth zu, die gerade mit Maine tanzte, und sauste zur Tür. Dort stand Joshua und hielt schon ihr Cape bereit.

Bevor er die Tür aufhalten konnte, wurde sie von der anderen Seite schwungvoll aufgedrückt. Herein kam Schuyler Harris. Er reichte Joshua Stock und Mantel, ohne ihn anzusehen. Seine Augen ruhten auf Garden.

»Guten Abend«, sagte er. »Gehen Sie jetzt gerade, wo ich komme? Das letzte Mal war es genau andersherum. Bitte bleiben Sie doch noch, ich bin nur wegen Ihnen gekommen.«

Garden lächelte automatisch. Man lächelte neue Gäste immer an, auch wenn sie noch so einen Unsinn redeten. »Darf ich mich vorstellen?« fragte er. »Ich bin Sky Harris.«

Garden streckte die Hand nach ihrem Cape aus, als sie plötzlich begriff, wer der Fremde war. Mitten in der Bewegung hielt sie inne. »Ach, ich weiß, wer Sie sind. Sie wohnen auf der Barony. Ich würde mich furchtbar gern mit Ihnen unterhalten, ich habe so viele Fragen. Aber ich muß wirklich weg. Sonst komme ich noch zu spät.«

Sky nahm ihre Hand. »Wartet er denn nicht auf Sie? Ich würde das schon.«

Garden sah im Geiste den Chorleiter vor sich, einen jähzornigen ehemaligen Oberst mit kahlem Eierkopf. Sie lachte. »Ich gehe zur Chorprobe«, sagte sie. Sie zog ihre Hand zurück, nahm ihr Cape von Joshua und legte es sich um, bevor Sky ihr helfen konnte. »Es tut mir wirklich leid. Auf Wiedersehen, Mr. Harris.«

Sky ging ihr bis auf die Vorderveranda nach. »Darf ich Sie begleiten?«

Garden hörte, wie die Glocken von St. Michael die volle Stunde schlugen. »Nein«, sagte sie. Sie kam zu spät, und dieser Mann hielt sie noch auf. Sie nahm die Röcke in die Hand und rannte los.

»Kommen Sie zum Ball?« schrie Sky ihr nach.

»Ja«, erwiderte Garden. Ihre Füße bewegten sich noch schneller.

Schuyler Harris stand vor dem Haus der Tradds, mit einem Fuß auf der Treppe zur Tür und blickte dem schönsten Mädchen nach, das er je gesehen hatte. »Mein Gott«, sagte er selbstironisch. »Ich komme mir vor wie im dritten Akt von Aschenputtel. Warum hat sie nicht gleich einen Tanzschuh verloren?« Sein Freund Mark hatte ihn erbarmungslos gehänselt, als er gesagt hatte, er fahre nach Charleston. Aber er mußte einfach, er mußte sich vergewissern, ob das Mädchen wirklich so traumhaft war, wie er nach dem kurzen Blick auf der Treppe gedacht hatte. Tja, nun hatte er es gesehen. Sie war sogar noch schöner als in seiner Erinnerung. Und erst ihre Stimme – nicht so schrill wie bei den meisten jungen Frauen. Sky lachte noch einmal auf. Er kannte sonst bestimmt kein Mädchen, das einer Party für eine Chorprobe den Rücken kehrte.

Tja, dann mußte er wohl auf den verdammten Ball. Das würde ihm Mark nie verzeihen.

44

»Möchtest du, daß Mr. Angelo erst dein Haar macht, Mama?« Garden fühlte sich wohl nach ihrem Bad und war zum Anziehen bereit. Außerdem hatte sie schrecklichen Hunger, denn sie war nach der Chorprobe heimgekommen und sofort in die Badewanne gestiegen.

»Ich komme nicht mit auf den Ball«, sagte Margaret. »Ich kann nicht mitansehen, wie du alle meine Hoffnungen zunichte machst.«

Garden setzte sich an den Frisiertisch. Sie wußte, daß ihre Frisur Ewigkeiten dauern würde. Für einen Ball tat Mr. Angelo sein Äußerstes und schuf eine Krone aus Locken und Zöpfen mit eingeflochtenen Bändern und Blumen. Garden ergab sich in die lange Prozedur.

Es war fast elf, als ihre Mutter verkündete, daß sie fertig sei. Maine war ihr Begleiter; er hatte seit einer Stunde in der Bibliothek in einem von Peggys Büchern gelesen.

Gardens Kleid bestand aus blauem Samt, einem so dunklen Blau, daß es fast schwarz wirkte. Es machte ihre weiße Haut noch blasser und warf dunkle Schatten in die Höhlen unter ihren Schlüsselbeinen und in die Kerbe zwischen ihren hohen Brüsten, die man andeutungsweise über dem rechteckigen tiefen Dekolleté sah. Ihre blauen Augen wirkten fast so dunkel wie der Samt. Darunter schimmerten bläuliche Schatten der Erschöpfung durch den Puder.

»Du siehst wunderschön aus, Garden«, sagte Maine, als sie schließlich in der Tür erschien. Es war das erste Mal, daß ihr jemand sagte, wie schön sie war. Sie glaubte ihm nicht. Sie hatte sich zu lange die Klagen über ihre gräßlichen Sommersprossen und das abscheuliche Haar anhören müssen.

»Danke, Maine.« Garden wußte, daß sie antworten sollte, er sehe ebenfalls sehr gut aus, was auch der Wahrheit entsprach. Aber die Worte blieben ihr im Hals stecken. Das war nicht ihr Freund und Cousin Maine. Das war einer der begehrtesten Junggesellen, den sie nach den Vorstellungen ihrer Mutter bezaubern sollte.

Maine reichte ihr einen Strauß roter Rosen. »Hoffentlich nimmst du sie mit.«

Garden sah ihn an. Er machte sich nicht über sie lustig, er hatte nur keine Ahnung. In Charleston war es Sitte, daß eine Debütantin von ihren Verehrern vormittags einen Blumenstrauß geschickt bekam. Sie konnte sich einen davon aussuchen oder den Strauß ihres Begleiters nehmen. Durch ihre Wahl konnte sie Zeichen geben oder kleine Manöver durchführen. Alle beobachteten, welchen Strauß sie im Arm trug, wenn sie dann abends auf dem Ball erschien.

Garden hatte überhaupt keine Sträuße bekommen. »Sie sind wunderschön«, sagte sie zu Maine. »Danke.«

Die Empfangsreihe löste sich bereits langsam auf, als Garden und Maine eintrafen. Der Ball hatte um zehn Uhr begonnen. Garden beeilte sich; sie wußte, daß sie unerhört spät kamen. Sie schüttelte die Hände der Eltern, der Debütantin, des Bruders und ihrer Schwester und murmelte jedesmal Entschuldigungen. Die letzte Hand, die sie schüttelte, ließ die ihre nicht wieder los. »Sie sollten sich allerdings schämen, so spät zu kommen«, sagte Sky Harris. »Ich warte schon ewig auf Sie.«

Garden warf einen Blick zurück auf die Empfangsreihe. »Nein, ich gehöre nicht zur Familie«, sagte Sky. »Ich habe mich einfach ans Ende der Reihe gestellt, als ich Sie kommen sah. Ich wollte den ersten Tanz keinem anderen gönnen.« Er legte ihr den Arm um die Taille und wirbelte sie mitten unter die tanzenden Paare. Garden war zu verblüfft, um zu widersprechen. Oder zu erstarren.

Fast unmittelbar klatschte sie Maine ab. »Ich bin der Begleiter dieser Lady«, sagte er. »Der erste Tanz gehört mir.«

Er nahm Gardens Hand aus Skys Griff und legte ihr seinen Arm um die Taille. »Wer ist dieser Mensch, Garden?« Maine machte den ersten Tanzschritt. Garden spürte, wie sie ihre alte Lähmung überkam. Sie konnte seinem Schritt nicht folgen.

Aber dann tippte ein weiß behandschuhter Finger Maine auf die Schulter. »Darf ich?« sagte Skys Freund Mark. Maine trat zurück und verneigte sich. Mark umfaßte Garden, machte eine halbe Drehung und übergab sie Sky.

Er nahm sie bei der Hand und lachte sie an. »Geben Sie lieber gleich auf«, sagte er. »Ich habe Mark mitgebracht, damit er Sie von jedem zurückholt, der Sie mir abklatscht. Ich habe vor, Sie den ganzen Abend für mich zu behalten.«

Garden wußte nicht, was sie sagen oder tun sollte. Sie spürte, wie sie errötete, wodurch ihr das Blut noch heftiger in die Wangen schoß. Sky beobachtete wie gebannt ihr Gesicht. Die Mädchen, die er kannte, wurden nicht rot.

Andere Paare streiften sie, denn sie standen mitten auf der Tanzfläche herum. »Man schaut schon auf uns«, bemerkte Garden.

»Sollen sie doch ... Na gut, Garden, tanzen wir eben. Sehen Sie, ich weiß, wie Sie heißen. Ich habe mich über Sie erkundigt. Ich weiß, daß ich in Ihrem Haus wohne. Es ist ein herrliches Haus. Vermissen Sie es?« Er glitt mit der Hand ihren Rücken hinab bis zur Taille und zog sie an sich.

Garden merkte nicht einmal, daß sie tanzte. Sie wollte alles über die Barony wissen. Gab es die Siedlung noch? Den Laden von Sam Ruggs? Den Dachboden mit seinen Schätzen? Die Erdbeerstauden? Den großen Feigenbaum mit dem breiten Ast, auf dem man so bequem sitzen konnte?

Bevor Sky antworten konnte, klatschte sie Tommy Hazlehurst ab. Daraufhin wieder Mark, mit der halben Drehung in Skys ausgestreckte Arme. Garden wurde schwindelig. »So, nun zur Plantage«, sagte Sky.

Maine klatschte sie ab. Dann Mark; und wieder war Garden in den Armen von Sky. Er führte sie von der Tanzfläche. »So geht das nicht«, sagte er. »Wir müssen den Tanz aussetzen, wenn wir uns kennenlernen möchten.«

»Garden, darf ich bitten?« Ashby Radcliffe verneigte sich und streckte die Hand aus. Die Charlestoner Männer mochten es nicht, wenn ihnen ein reicher Yankee und sein Freund in die Quere kamen und Streiche spielten. Sämtliche Freunde von Maine waren sofort unaufgefordert zur Stelle, um seine Lady und seine Ehre zu schützen. Für diesen Ball war Garden ihm zugesprochen worden, nicht diesem Außenstehenden.

Mark nahm Kurs auf Ashby und Garden, aber Maine kam ihm zuvor. Er brachte Garden zu einem Stuhl. »Dieses Theater muß aufhören, Garden«, sagte er.

»Ich kann nichts dafür Maine. Was soll ich denn machen?« Garden wußte nicht, ob sie weinen oder lachen sollte. Einmal im Leben wurde sie umworben, und dann war es eine solche Katastrophe.

»Wer sind diese Kerle? Vielleicht sollten wir sie hinauswerfen.«

»Nein, Maine, tu das nicht. Mr. Harris ist der Sohn der Lady auf der Barony. Er will mir erzählen, was aus der Plantage geworden ist, aber ich werde immer wieder abgeklatscht. Laß mich doch bitte kurz mit ihm reden.«

»Kein Mensch läßt dich jetzt mit ihm in Ruhe, Garden. Die Sache ist schon zu weit gegangen. Ich befürchte, daß es wirklich scheußlich werden könnte. Jetzt hör mal, du gehst am besten deine Nase pudern. Inzwischen spreche ich mit deinem Yankee-Freund und bringe ihn zur Vernunft. Er kann dich ja einmal besuchen und dir von der Barony erzählen.«

Garden stand auf und ging auf die Tür zu. Sky wollte ihr schon nachlaufen, aber Maine schnitt ihm den Weg ab. Sie hörte, wie er sich kühl und übertrieben höflich vorstellte. Garden zwang sich, langsam und normal zu gehen.

Der Ball fand in der South Carolina Hall statt, dem Schauplatz ihrer allwöchentlichen Tanzstundenqualen. Garden ging die wenigen Stufen in die Eingangshalle hinunter und steuerte auf die Garderobe zu. Sie dachte an die vielen Male, da sie vor ihrem Unglück hierhergeflüchtet war, weil niemand mit ihr tanzen wollte. Jetzt mußte sie davonlaufen, weil jemand zu oft mit ihr tanzen wollte. Sie lachte los, ein bebendes, gefährliches Lachen am Rande der Hysterie.

»Garden!« Das war Wentworth. »Was ist denn los? So etwas habe ich ja noch nie erlebt. Will Maine ihn verprügeln, oder was? Was sagt er zu dir? Schmutzige Sachen?«

Garden versuchte es zu erklären, aber Wentworth hörte ihr nicht zu. »Vergiß doch die Plantage. Dieser Sky hat Schlimmes mit dir vor. Er will *das Eine*, und Maine rettet dich vor ihm. Vielleicht duellieren sie sich. Das ist das Aufregendste, was ich mir vorstellen kann.«

»Ach, Wentworth, sei nicht so eine dumme Gans. Das legt sich alles wieder. Er wird mich nie besuchen, und ich werde nie erfahren, ob es Reba und Matthew und ihren Kindern gut geht und was sonst noch los ist.«

»Garden, du bist eine solche Spielverderberin. Komm, gehen wir wieder hinauf. Ich begleite dich; ich möchte hören, was sie sagen.«

Maines Lippen waren zu einem dünnen, weißen Strich zusammengepreßt. In seinem ganzen Leben hatte ihn noch nie etwas so aufgeregt. Er wußte genau, daß Sky Harris und sein Freund sich über ihn lustig machten, über alle hier. Aber er war Gardens Begleiter und ihr einziger männlicher Verwandter. Ob es ihm paßte oder nicht, er mußte sie vor einem Skandal bewahren.

Garden konnte sich nicht beherrschen und lugte Maine über die Schulter. »Sie sind gegangen«, sagte Maine.

»Ach so«, sagte Garden. »Ich verstehe.«

Wentworth stieß einen enttäuschten Seufzer aus.

»Nein, du verstehst nicht«, fuhr Maine fort. »Sie sind nur gegangen, weil ich in einen Kompromiß eingewilligt habe. Wir bleiben noch eine halbe Stunde auf dem Ball, bis das Gerede verstummt. Dann gehen wir auch. Ich bringe dich zur Barony.«

»Mitten in der Nacht?«

»Du hast damit angefangen, Garden, mit der ganzen Sache, wie sehr du die Barony vermißt, wie es dort jetzt aussieht und so weiter. Wenn ich dich nicht hinbringen würde, wollte er dich holen. Das geht aber nicht. Es gibt dort keine Anstandsdame. Seine Mutter ist nicht da. Lieber fahren wir heute nacht, als daß er morgen bei dir aufkreuzt oder hierbleibt und noch mehr Schaden anrichtet.«

»Es tut mir so leid, Maine.«

Maines Züge glätteten sich. Sie war eben doch noch ein Kind. Wie sollte sie von Männern wie Harris etwas verstehen? »Wir müssen eine Dame finden, die uns begleitet. Möchtest du deine Mutter anrufen?«

»Ich komme mit.« Wentworth stellte sich neben Garden. »Garden ist meine beste Freundin.«

Maine blickte geduldig. »Wentworth, du hast einen Begleiter. Vielleicht möchte er nicht so früh gehen.«

»Ach komm, Maine. Ich bin mit Billy Fisher hier, und der ist stockbetrunken. Du kennst ihn doch. Du rettest mir womöglich das Leben, wenn du mich mitnimmst.«

»Ist Billy mit dem Auto da?«

»Allerdings. Ich ende wahrscheinlich an einem Baum. Garden, sag du es ihm.«

Garden sah Wentworths flehenden Blick. Bitte, stand da, bitte laß mich in Maines Auto fahren, mit Maine im Auto sitzen, bei Maine sein. Es ist meine große Chance.

»Wentworth ist meine Freundin, Maine.«

Maines Lippen wurden wieder weiß. Wie kam es nur, daß er diesen ganzen Kindergarten auf dem Hals hatte?

»Also gut«, sagte er. »Ihr beiden benehmt euch jetzt ganz natürlich. Ich spreche mit Bill, wenn es Zeit zum Gehen ist.« Er machte einem Freund mit den Augen ein Zeichen. Der junge Mann kam herüber und tanzte mit Wentworth davon. Maine reichte Garden den Arm, um sie aufs Parkett zu bitten.

Garden stolperte. O Gott, dachte Maine. Ich habe vergessen, daß sie nicht tanzen kann. Das wird die längste Nacht aller Zeiten.

Mark und Sky rasten in Skys Stutz Bearcat über die Brücke am Ashley. »Warum um alles in der Welt hast du so einen Blödsinn gemacht?« verlangte Mark zu wissen.

Sky schnippte seine Zigarette in den Fluß. »Ich hatte einfach keine Lust, mich von Robert E. Lee schikanieren zu lassen.« Er äffte Maines schwerfälligen, breiten Südstaatenakzent nach. »›Söäh, hier in Chawsten achten wir unsere Layadies noch.‹ Ich wollte sehen, wie er nach meiner Pfeife tanzt.«

»Aber wozu überhaupt den ganzen Zinnober? Die Kleine ist ja wirklich wunderhübsch, aber prüde wie noch was. Sie hat ein Korsett angehabt, Sky! Darunter ist sie wahrscheinlich genauso steif wie darin.«

Sky warf den Kopf in den Nacken und lachte schallend. »Du weißt noch nicht alles, Kumpel. Sie singt im Kirchenchor!«

Mark lachte, bis ihm die Luft wegblieb.

45

Garden saß aufrecht und mit hocherhobenem Kopf in einem kostbar bezogenen Ohrensessel. Sie lächelte schwach in Wentworths Richtung. »Meine Schwester Peggy saß früher stundenlang in diesem Zimmer und las jedes einzelne Buch aus den Regalen«, sagte sie. Ihre Stimme klang flach, aber wenigstens zitterte sie nicht. Ihr war nach Schreien und Heulen zumute, nach allem, nur nicht nach höflicher Konversation. Sie war so unglücklich wie noch nie.

Die Barony hatte sie erschüttert. Alles wirkte falsch und unecht. Die elektrischen Laternen an der Einfahrt, das große rotgoldene Wappen am Tor, die blendend weißen Häuser an der Stelle, wo früher die Siedlung gewesen war, die gepflasterte Auffahrt und das makellos instand gesetzte Haus mit der teuren Einrichtung und der hellen Beleuchtung. Das war nicht die Barony. Auch nachdem das Gut verkauft worden war, hatte es Garden gefühlsmäßig als ihr eigentliches Zuhause betrachtet. Jemand anderer mochte darauf wohnen, aber sie gehörte dorthin. Jetzt, da es die Barony nicht mehr gab, hatte sie kein Zuhause mehr.

Statt dessen hatte sie mit der folgenden Situation zu kämpfen: sie und Wentworth saßen in zwei großen Sesseln auf der einen Seite der Bibliothek, während sich alle anderen an der gegenüberliegenden Seite um die Bar scharten. Alles trank und lachte. Wahrscheinlich lachen sie über uns, dachte Garden. Sogar Maine. Seitdem er die Mädchen gesehen hatte, war er wie ausgewechselt. Sky hatte nicht erzählt, daß er seine Freundin hier hatte, und Mark hatte ebenfalls ein Mädchen. Warum waren sie auf den Ball gekommen, wenn sie Freundinnen hier hatten? Warum sie die Mädchen nicht auf den Ball mitgebracht hatten, war offensichtlich. Sie rauchten und waren geschminkt, und Garden hatte den Verdacht, daß sie unter den Kleidern nichts als Hemdhosen trugen. Sie redeten auch viel zu laut, machten Witze, die sie nicht verstand, und verdrehten die Augen.

Maine verstand die Witze durchaus. Zunächst waren sie ihm offenbar peinlich gewesen, aber dann hatte sich eines der Mädchen einfach auf seinen Schoß gesetzt und ihm etwas ins Ohr geflüstert, und seitdem hatten sie ständig miteinander zu flüstern gehabt.

Wentworth und sie hatten versucht, das nicht zu beachten.

Sie hatten sich mit Sky und dem anderen Mädchen unterhalten, das Bunny hieß. Die bei Maine nannte sich Mitzi. Komische Namen, bemerkte Wentworth, als sie auf die Toilette gingen. Das war, nachdem sie Ewigkeiten Konversation gemacht hatten.

Als sie zurückkamen, saßen alle an der Bar. »Was machen wir jetzt?« fragte Wentworth.

»Wir müssen wohl warten, bis Maine uns nach Hause fährt. Wir setzen uns einfach und reden miteinander.«

»Garden«, rief Maine, »komm rüber, du und Wentworth. Wir machen einen Champagner auf.«

Wentworth stand auf. »Setz dich«, zischte Garden. »Mit so etwas wollen wir nichts zu tun haben.« Mitzi und Bunny hingen buchstäblich an Maine und Mark. Mark hatte seine Hand auf Bunnys Schenkel gelegt. Sky schenkte lachend Champagner aus. Für wohlerzogene junge Ladies war das ein Bild der Sünde schlechthin.

»Maine hat mich gerufen, Garden. Vielleicht meint er es so. Vielleicht ist das meine Chance.« Wentworth warf den Kopf zurück und setzte ein Lächeln auf. »Ich liebe Champagner«, kreischte sie und rannte zur Bar.

»Garden!« Maine schob Mitzi beiseite und rannte seiner Cousine nach. An der Auffahrt blieb er stehen und blinzelte in die schwarze Nacht jenseits der Lichter vom Haus.

Sky trat hinter ihn. »Keine Sorge, Wilson. Sie kennt sich hier aus. Wahrscheinlich ist sie im Garten oder auf dem Feigenbaum, von dem sie immer redet. Sie kommt bestimmt gleich wieder.« Seinetwegen konnte sie nicht schnell genug zurückkommen. Er hatte genug von seinem kleinen Streich, genug von diesen Charlestoner Langweilern, vor allem genug von Garden Tradd. Es war ein Verbrechen, ein solches Gesicht einer Holzpuppe aufzusetzen. Das war sie nämlich, und nichts anderes. Eine zickige, hölzerne Puppe. Sie hatte kein Leben in sich. Je früher sie alle abzogen, desto besser. Er sah es auch nicht so gern, daß Mitzi den guten Robert E. Lee hier umgirrte. Er hatte sie schließlich nicht aus New

York hierhergebracht, damit der hiesige Platzhirsch ihr seine Hand unter den Rock schob.

»Kommen Sie, Wilson«, sagte Sky. »Der Champagner wird warm.«

Garden rannte instinktiv die Auffahrt hinunter. Das harte Pflaster unter ihren Füßen fühlte sich fremd an, genauso wie die engen Tanzschuhe. Fast ihre ganze Kindheit lang war sie diese Strecke jeden Sommer tagtäglich gelaufen, aber barfuß und auf der zerfurchten, weichen Erde.

Die Hunde aus der Siedlung bellten, als sie in die Nähe des ersten Hauses kam. Garden fiel aus dem Lauf in den Schritt. Wenn man langsam ging, bissen sie einen nicht. Dann fiel ihr ein, daß das nicht mehr die Hunde waren, die sie kannte. Vier Jahre lang hatte sie keinen Fuß in die Siedlung gesetzt. Sie war eine Fremde. Sie fing an zu weinen.

Die Hütten waren nicht mehr da. An ihrer Stelle standen vier Häuser. Garden stand schluchzend auf dem Weg. Sie kannte die Häuser nicht und wußte auch nicht, wer darin wohnte. Vielleicht waren all ihre Freunde nicht mehr da. Maine hatte sie schon verlassen, und Wentworth ebenfalls. Wenn Reba nun auch weg war, und Matthew, und Chloe, Herklis, Juno und alle anderen, dann hätte sie niemanden mehr, keinen, der ihr helfen würde.

In einem der Häuser ging ein Licht an, und ein Fenster wurde hochgeschoben. »Wer ist da?«

»Matthew! Matthew, ich bin's Garden! Ach Matthew, ich bin so froh, deine Stimme zu hören. Laß mich hinein. Mach auf. Reba, Reba, ich bin's Garden. Ich brauche euch.«

»Besser, mein Liebes?«

Garden nickte. Der Weinkrampf war vorüber, und der anschließende stockende Bericht über ihren Kummer ebenfalls. Reba hatte sie in den Arm genommen, sie gestreichelt und mit bedauernden Seufzern zärtlich mitgefühlt. Garden fühlte sich leer, aber erleichtert.

Reba tippte Garden mit einem knochigen Finger aufs Handgelenk. »Und jetzt hörst du Reba mal zu, mein Kind. Weglaufen hat noch nie was genützt. Wenn einer gemein zu dir ist, läßt du ihn gemein sein. Lachst ihm ins Gesicht. Dann hört er auf. Wenn du wegläufst, läuft er dir nach und ist noch gemeiner. Du warst doch immer Rebas tapferes kleines Mädchen. Ich hab' dich noch nie weglaufen sehen. Und ich will es auch in Zukunft nicht sehen. Hörst du?«

Garden nickte.

Reba zog sie vom Stuhl hoch. Sie strich ihr das Kleid glatt und bewunderte den kostbaren, weichen Samt. »Zu schön«, gurrte sie, »mein erwachsenes Mädel ist zu schön.« Sie schalt Garden wegen des schmutzigen Saumes und der lädierten Tanzschuhe. »Hab' ich dir nicht schon hundertmal gesagt, daß du auf deine Sachen aufpassen sollst? So.« Sie machte Gardens Gürtel auf, zog den Rock ein wenig hoch und befestigte ihn mit dem Gürtel, so daß der Saum eine Handbreit über Gardens Knöcheln endete. »Wir schnallen den Rock einfach ein bißchen höher, dann bleibt der Saum sauber.«

Sie umarmte Garden mit ihren starken Armen und drückte sie einen Augenblick an sich. »Jetzt geh«, sagte sie und ließ sie los. »Und kümmere dich nicht um diese Leute. Ist das nicht deine Plantage? Was wissen diese nichtsnutzigen Yankees schon von Ashley Barony? Weinen nützt nichts. Da wird man nur verrückt.«

Garden reckte das Kinn. Reba klatschte. »So ist es recht, das ich doch Rebas Mädchen.«

Als Garden ins Haus trat, hörte sie das Grammophon spielen. ›In the morning/in the evening/Ain't weg got fun?‹ Durch die Musik drangen Stimmen von Bunny und Mitzi. »Komm schon, Wentworth. Das kannst du doch besser. Black-Bottom sollst du tanzen, nicht Walzer.«

Unbemerkt trat sie in die Bibliothek. Mark hatte Wentworth um die Hüfte gefaßt und schüttelte sie lachend, während er sich mit seiner Mitte und den Beinen gegen sie drückte. Wentworth versuchte seinen Schritten zu folgen, versagte aber kläglich. Sie war bleich und hatte ein verzweifeltes, starres Lächeln aufgesetzt.

»Schluß damit«, sagte Garden laut. Was unterstanden sie sich, ihre Freundin zu quälen. Alle sahen sie an. »Wenn Sie hier tanzen wollen, dann lernen Sie gefälligst, wie man bei uns in Charleston tanzt.« Sie warf die Arme zur Seite und tanzte den wilden, ursprünglichen Tanz der Schwarzen aus der Siedlung. »So«, schrie sie, als Gruß an Reba, den kleinen Moses, Sarah, Cuffee, die alte Pansy. Der Puls der Musik wurde zu ihrem Herzschlag, und sie überließ sich ihm, war wieder Kind, von den Fesseln befreit und einfach glücklich. Den gestelzten Posen der Haltungsschule und Mr. Angelos Kunstgriffen zum Trotz schüttelte sie beim Tanzen heftig den Kopf. Bänder, Kämme, Blumen und Haarnadeln flogen zu Boden und wurden von ihren wirbelnden Füßen zertrampelt. Die Frisur löste sich, und ihr Haar schoß in einem goldenen, flammenzüngelnden Strudel über ihre Schultern und den Rücken. Sie war primitiv, heidnisch, ein Sturm aus entfesselter Bewegung und Leidenschaft. ›In the meantime/and between time ...‹ Garden war ein Derwisch, hemmungslos, eine Furie mit schwarzen Seidenstrumpfbeinen, weißen Elfenbeinarmen und peitschendem, loderndem Haar.

Die Platte war zu Ende, es klickte, und die Nadel kratzte immer wieder über die letzte Rille. Garden ließ die Arme sinken, ihre Füße hielten still, und sie stand keuchend da. Dann wischte sie sich mit beiden Händen die feurige Mähne aus der blassen Stirn. Rote Flecken standen ihr auf den Wangen, und ihre blauen Augen blitzten herausfordernd.

»Mein Gott«, ächzte Maine.

Sky Harris schritt durch die zerquetschten Haarbänder und zertrampelten Blumen. »Prachtvoll«, sagte er. Er zog sie an sich und küßte sie, indem er seinen Mund schmerzhaft auf den ihren preßte und versuchte, ihre Lippen zu öffnen.

Garden entwand sich blitzschnell seiner Umarmung. Sie

holte aus und schlug mit aller Kraft zu. Das Klatschen klang wie ein Schuß und brachte Sky, dem der Abdruck ihrer Hand auf der Wange glühte, zum Straucheln.

»Maine«, befahl Garden, »fahr uns nach Hause.«

46

»Wach auf, Garden, es ist gleich elf.« Margarets fröhliche Stimme drang in Gardens köstlichen Schlummer. So gut hatte sie seit Wochen nicht geschlafen. Widerwillig öffnete sie die Augen. »Hier, Schatz, zieh das an. Es ist ein Geburtstagsgeschenk.« Margaret hielt ihr ein Négligé hin, einen Traum aus feinster Baumwolle und Baumwollspitzen mit breiten blauen Seidenbändern als Gürtel. »Deinen alten Morgenrock werfen wir weg.« Die strahlende Margaret war ein vollkommen anderes Wesen als die mürrische Person vom Vorabend. »Komm«, drängte sie, »wasch dich und komm herunter. Zanzie macht schon dein Frühstück. Am Geburtstag braucht man nicht Diät zu halten. Sie kocht dir Maisbrei mit Shrimps und bäckt Buttermilchbrötchen.«

Garden kletterte schnell aus dem Bett. Sie bürstete ihr Haar, band es mit einer Schleife zusammen, wusch sich rasch das Gesicht und putzte die Zähne. Ich esse eine ganze Schüssel Butter, beschloß sie. Sie hörte ihre Mutter unten fröhlich am Telefon schwatzen. Was für ein schönes Geburtstagsgeschenk, daß ihre Mutter gute Laune hatte. Und der Morgenmantel war auch wunderbar. Lagenweise lief der feine, seidige Baumwollstoff an der Schulterpasse aus Spitze zusammen. Als Garden das Négligé überzog, bauschte es sich wie eine Wolke um sie. Ihre Hausschuhe waren zu scheußlich für so ein Gewand, dachte sie. Außerdem hatte sie Geburtstag. Sie hüpfte also barfuß die Treppe hinunter, während der weite Morgenmantel hinter ihr die Treppen hinunterglitt.

Margaret fing sie vor dem Wohnzimmer ab. »Komm mal mit.« Sie zog Garden an der Hand in das sonnendurchflutete Zimmer. Überall standen Blumen, auf jedem Tisch Vasen mit Rosen in allen Farben und offene Schachteln mit grünem Blumenpapier, in denen Rosensträuße, Kamelien und Veilchensträuße lagen.

»Schau«, sagte Margaret, »dieser ist von Maine, der von Tommy, der von Ashby, der ... der ... und der.« Im ganzen waren es neun, Symbole der Eifersucht der Charlestoner Männerwelt, und Mahnungen, daß eine junge Dame sich nicht nach Fremden umsehen sollte. Garden stellte die Motive nicht in Frage. Die Sträuße waren da, das genügte. Zum ersten Mal spürte sie den Rausch des Erfolgs, das himmlische, prickelnde Gefühl, eine begehrte Schönheit zu sein. Sie drehte Pirouetten durchs Zimmer, strich mit den Fingern zart über die Blumen und sog ihren Duft ein.

»Ach, Mama, das ist wunderbar.«

»In der Bibliothek und im Eßzimmer sind noch mehr. All diese Rosen. Ich wette, in ganz South Carolina gibt es keine einzige Rose mehr. Es waren sechzehn Schachteln. Der Prinz hat sie geschickt.«

Welcher Prinz? wollte Garden schon sagen. Dann verstand sie, wen ihre Mutter meinte. Unwillkürlich fuhr sie sich mit den Fingern an die Lippen, und sie verspürte einen seltsamen frostigen Schauer, dann ein noch seltsameres warmes Gefühl.

»Komm«, sagte Margaret, »sonst wird dein Frühstück kalt. Auf dem Tisch liegen noch mehr Geschenke.« Sie war außerordentlich zufrieden mit ihrer Tochter.

Garden vertilgte einen Riesenteller dampfenden Maisbreis mit gelben Butterflöckchen und köstlichen, in Butter gedünsteten rosa Shrimps. Beim Essen las sie den langen Brief, den Peggy zusammen mit ihrem Geschenk, einem Buch über Pionierfrauen, geschickt hatte.

»Peggy schreibt, daß sie und Bob an den Wochenenden in

einem Indianerreservat arbeiten«, verkündete Garden. »Sie sprühen nur so vor Glück.« Sie reichte den Brief ihrer Mutter und strich dick Butter auf die Brötchen, die Zanzie hereinbrachte.

»Also dann«, sagte sie beschwingt und sah die bunt verpackten Päckchen vor sich an. Das von Wentworth machte sie als erstes auf. »Schau, Mama, was für ein hübsches Fläschchen. Es ist Eau de Toilette.« Sie schraubte es auf und roch daran, dann gab sie es Margaret.

Es klopfte an der Tür. »Bestimmt wieder Blumen«, sagte Margaret. Unter dramatischem Schnauben schritt Zanzie mühsam durchs Eßzimmer.

»Ui, wie hübsch«, sagte Garden. »Schau, Mama, von Tante Elizabeth. Ein Medaillon. Ob ein Bild drin ist?« Sie strich auf der Suche nach einer Öffnung an dem ziselierten goldenen Oval entlang.

»Sie können dort nicht hineingehen«, hörte sie Zanzie sagen. Schuyler Harris kam ins Zimmer gestürmt. In der Tür blieb er stehen und betrachtete Garden mit ihrem langen, wilden Haar, das lose über das jungfräulich weiße Négligé fiel.

Bevor sie oder Margaret den Mund aufmachen konnten, ging er zu Garden und kniete neben ihr nieder. »Die haben mich an Sie erinnert«, sagte er, öffnete die hohlen Hände und ließ drei Blütenzweige in ihren Schoß fallen. Es waren tellergroße Kamelien mit fast durchsichtig weißen, feuerrot gestreiften Blütenblättern. Sie waren zart, vollkommen, wunderschön und verwegen.

Garden starrte auf ihren Schoß voller Blumen. Ihr Herz machte einen Sprung. »Oh, Sky«, flüsterte sie, »vielen Dank.«

»Junger Mann«, sagte Margaret streng. Sky stand auf und verneigte sich.

»Bitte vergeben Sie mir, Mrs. Tradd. Ich bin verliebt, und das macht mich so ungestüm. Ich heiße Schuyler Harris.« Er hob Margarets Hand vom Tisch, neigte sich darüber und küßte sie. »Verzeihen Sie mir?« Er lächelte Margaret gewinnend an.

»Nun, ich weiß nicht ... so etwas ist mir ja noch nie ... ich denke nicht daran ...«

»Gut«, sagte Sky. »Darf ich mir ein Brötchen nehmen?« Er zog den Stuhl rechts neben Garden zurück und setzte sich. »Danke, mein Engel. Haben Sie etwas Kaffee für mich?«

»Sie können meine Milch haben.«

»Milch, hätte ich mir denken können. Nein, Kleines, ich bin kein Milchtrinker. Zu Ihnen paßt es, trinken Sie nur.« Seine Augen ergötzten sich an Gardens Kontrasten, ihrer milchtrinkenden Unschuld und dem bacchantischen Tanz der vergangenen Nacht, der Kleinmädchenspitze und den blauen Bändern, die sich in ihrem lebenssprühenden, herausfordernden Haar verhedderten.

Sie errötete und sah weg. Ihre Hand zitterte, als sie an ihm vorbei nach dem letzten Geburtstagsgeschenk griff.

»Was ist denn das? Sie können doch Weihnachtsgeschenke nicht schon am Tag zuvor aufmachen. Das wird sich der Weihnachtsmann aber merken.«

Garden warf ihm einen triumphierenden Blick zu. »Ich habe heute Geburtstag, Sie Neunmalkluger. Möchten Sie noch Brötchen?«

Margaret klingelte Zanzie. Eigentlich sollte sie diesen Schuyler Harris ja hinauswerfen, aber seine Selbstsicherheit hatte ihr gleich von Anfang an den Wind aus den Segeln genommen. Jetzt konnte man wohl nur so tun, als sei Garden schicklich angekleidet und Sky Harris ein normaler Gast. »Noch Brötchen, Zanzie«, sagte sie, »und eine Kanne Kaffee bitte.«

»Ihr Geburtstag«, rief Sky. »Da sind Sie ja gelackmeiert. Aber mich können Sie damit nicht schrecken. Ich habe Ihnen ein Weihnachtsgeschenk mitgebracht. Jetzt ist es eben ein Geburtstagsgeschenk, und ich kann zusehen, wie Sie es aufmachen.« Er nahm ein kleines Päckchen aus der Brusttasche. »Alles Gute zum Geburtstag, Garden.«

Margaret erkannte das Papier. Es kam von James Allen, dem Juwelier. Man mußte es selbstverständlich zurückweisen. Eine junge Dame konnte nicht so etwas Wertvolles annehmen. Aber man konnte es ja wenigstens anschauen.

Das funkelnde Armband verschlug ihr die Sprache. Es war ein breites Diamantgitter mit Blumen aus Saphir, wo sich die Gitterbänder kreuzten.

»Ich möchte es Ihnen anlegen«, sagte Sky. »Geben Sie mir die Hand.« Garden blickte hilfesuchend zu Margaret.

»Sie kann es selbstverständlich nicht annehmen, Mr. Harris«, sagte Margaret.

»Aber es steht ihr, Mrs. Tradd. Ich möchte, daß sie es bekommt. Wir brauchen keinem zu sagen, woher es kommt.«

Garden reichte ihm die Hand. »Ich habe noch nie etwas so Schönes gesehen, Sky, aber Sie wissen, daß ich es nicht annehmen kann. Ich danke Ihnen trotzdem.« Sie strahlte. Skys Griff an ihrer Hand wurde fester.

»Und wenn ich es morgen durch den Kamin fallen lasse?«

Garden schüttelte lächelnd den Kopf.

»In einem Korb vor die Tür stelle?«

Garden lachte. »Nein.« Sie zog ihre Hand zurück und stand auf. »Ich muß jetzt gehen.«

»Zur Chorprobe?«

»Woher wissen Sie das?«

»Das sieht man. Wann singen Sie?«

»Morgen in der Mitternachtsmette.«

»Da komme ich.«

Die Christmette war immer überfüllt. Sky überlegte, ob er hinten stehenbleiben sollte. Er war jahrelang nicht mehr in der Kirche gewesen, erkannte aber richtig, daß die altmodischen Kirchenbänke nicht für Fremde da waren, sondern für die Familien, denen sie gehörten. Glücklicherweise sah Andrew Anson ihn stehen und bat ihn mit zu seiner Familie. Sky saß am Rand. Als die Orgel die ersten Töne der Prozessionshymne anschlug, stand die Gemeinde auf. Sky drehte sich suchend nach Garden um.

Sie ging in der Mitte der Zweierreihe, auf Skys Seite. Sie

hatte den Kopf erhoben, ihre Kehle vibrierte, und ihr Gesicht leuchtete vor Lust am Singen und Freude an der majestätischen Melodie. Der Chor trug schlichte weiße Chorhemden über langen schwarzen Gewändern. Die Kleider waren schmucklos und doch auf eine ernste Weise schön. Garden sah so rein und froh wie eine Nonne aus. Sie sah Sky erst, als sie neben der Bank der Ansons stand. Dann lächelte sie überrascht und beglückt, ein ungekünsteltes, von Herzen glückliches Lächeln. Sky jubelte das Herz im Leib.

Du lieber Gott, dachte er, ich bin wohl tatsächlich verliebt. In ihre frische und direkte Art, nicht nur in ihre Schönheit. Und in ihre Unschuld. Ich weiß, was sich dahinter verbirgt, welche wilde Leidenschaft, aber sie selbst hat keine Ahnung davon. So ein Geschöpf wie sie habe ich noch nie getroffen. So etwas gibt es nicht noch einmal.

Als Garden sang, wurden Sky wieder die faszinierenden Kontraste ihrer Natur bewußt. Ihre Stimme erhob sich rein und froh. »Adeste fidelis ...« Und doch schwang ein pulsierender, geheimnisvoller Ton darunter mit.

Sky sah sich in der Gemeinde um. Alle freuten sich ruhig an der hübschen jungen Stimme. Sie haben keine Ahnung, wie sie ist. Ich bin der einzige, der es weiß.

Aber er täuschte sich. Maine Wilson hatte die Verwandlung seiner kleinen Cousine bei ihrem Tanz auf der Barony mitangesehen. Und er hörte von seinem Platz zwischen seiner Mutter und seiner Schwester in der Bank der Wilsons das Raunende in ihrer Stimme. Es jagte ihm einen Schauer über den Rücken.

47

Der erste Weihnachtsfeiertag war für Freunde und die Familie reserviert. Es fanden keine gesellschaftlichen Veranstaltungen statt. Sky durfte mit Margarets Erlaubnis Garden nach dem Frühstück besuchen. Er brachte ein schickliches Geschenk mit, nämlich Konfekt –, allerdings zwanzig Schachteln voll. Garden lachte, Margaret war ratlos, und Zanzie trug die Köstlichkeiten in die Küche, um sofort davon zu kosten.

Sky hielt sich nicht an den angemessenen begrenzten Zeitraum für einen Besuch. Um drei Uhr nachmittags saß er immer noch gemütlich im Wohnzimmer und erzählte seelenruhig von seinen Bergsteigeversuchen in den Alpen, den Rocky Mountains und den Pyrenäen. »Ich würde gern einmal den Himalaja ausprobieren«, sagte er, »aber so ein guter Bergsteiger bin ich eigentlich nicht. Außerdem dauert es so lang, bis man dort hinkommt, im Gegensatz zu Europa.«

Margaret hörte, wie das Geklapper der Töpfe und Tiegel in der Küche immer lauter wurde. In ihrer Verzweiflung lud sie Sky ein, zum Essen zu bleiben.

Margaret und Garden sahen bewundernd zu, wie Sky den Truthahn mit chirurgischer Präzision zerlegte. Und er sah danach ungläubig zu, wie Garden ihren Teller restlos leer aß: Truthahn, Reis und Soße, kandierte Süßkartoffeln, Rahmzwiebeln, Spinat, Preiselbeeren und eingemachte Wassermelone.

Margaret plapperte dahin. »Ja, wir essen jeden Tag Reis in der einen oder anderen Form, mit Braten- oder Tomatensoße, als Pilav oder gebraten oder als Reisring mit Füllung. Charleston ist auf Reis gegründet, müssen Sie wissen, Mr. Harris. Der beste Reis der Welt wurde hier angebaut. Ashley Barony war eine Reisplantage. Die ganzen Marschen am Fluß entlang waren früher Reisfelder. Gardens Großvater, der Richter, erzählte immer Geschichten von früher, als er noch klein war und die Wehre bediente, durch die das Wasser vom Fluß auf die Felder geleitet wurde. Damals lebte seine Tante noch auf der Plantage, Miss Julia Ashley. Die Ashleys gehörten natürlich zu den frühesten Siedlern in

Charleston. Und unsere Plantage, die von den Gardens, lag gleich neben der Barony ...«

Sky tat geschickt so, als sei er interessiert und beeindruckt. Margaret beschloß, daß sie ihn sympathisch fand, obwohl er ein Yankee war.

Nach dem Essen verkündete Garden, daß sie ihrer Tante Elizabeth einen Besuch versprochen habe. Margaret lehnte ein Mitkommen höflich ab. Sky erbot sich mit irreführendem Eifer. Der Gedanke, seinen Charme an eine weitere gezierte verarmte Südstaatenlady zu verschwenden, war alles andere als angenehm. Andererseits bekäme er die Gelegenheit, Garden zum Haus ihrer Tante zu fahren, und vielleicht ließ sich ja ein kleiner Umweg arrangieren.

Sie gingen zu Fuß zu Tante Elizabeth. »Sie wohnt gleich um die Ecke«, sagte Garden. Sky stellte sich auf stundenlange Langeweile ein.

Von dem Augenblick an, als er Elizabeth Cooper zu Gesicht bekam, besann er sich eines anderen. Diese Lady mochte alles mögliche sein, aber langweilig war sie gewiß nicht.

Sky sah Elizabeth sofort an, daß sie ihr Leben kompromißlos gelebt hatte und daß sie für Schwäche bei anderen wenig Geduld aufbrachte. Ihr Blick war abwartend freundlich. Er würde sich beweisen müssen, wenn er von ihr anerkannt oder auch nur geduldet werden wollte. Aus irgendeinem Grund kam es ihm sehr wichtig vor, Elizabeth Cooper für sich zu gewinnen. Ihre Meinung, ihre hohe Meinung, wäre ein nützliches Gut.

»Guten Tag, Mr. Harris«, sagte sie.

Sky kam sich vor, als sollte er dieser Frau sofort sein Herz ausschütten.

Garden küßte ihre Großtante und zeigte ihr das alte Medaillon, das sie trug. »Ich bin ganz begeistert von deinem Geburtstagsgeschenk«, sagte sie. »Vielen, vielen Dank.«

Elizabeth nickte. »Das freut mich, meine Liebe. Setzt euch,

ihr beiden.« Sie zog an einer Klingel an der Tür und setzte sich dann auf einen Stuhl neben ihnen. Sky fiel auf, daß sie mit dem Rücken nie die Lehne berührte.

»Hast du das Medaillon aufgebracht, Garden? Gut. Auf dem Porträt ist mein Bruder Pinckney. Du erinnerst mich an ihn; deshalb solltest du das Medaillon bekommen.« Joshua kam mit einem Teewagen herein. Darauf standen sämtliche Teeutensilien sowie eine Karaffe, ein Siphon und Gläser. »Ich habe beobachtet«, sagte Elizabeth, »daß erstaunlich wenige Gentlemen wirklich Tee mögen. Schenken Sie sich einen Drink ein, Mr. Harris. Garden, wenn du bitte den Tee machen möchtest.«

Sky sah Garden fasziniert bei dem Zeremoniell zu. Sie goß siedendes Wasser aus dem riesigen silbernen Samowar in eine Porzellanteekanne mit Rosenmuster. Mit beiden Händen schwenkte sie dann die Kanne in kleinen Kreisen vor sich, um das Wasser zu verteilen, während sie ihre Großtante ansah und ihr zuhörte. Elizabeth erzählte von ihrem Bruder. Es klang nach einem Romanhelden von Fitzgerald Scott, dachte Sky skeptisch. Garden hob den Samowardeckel und goß das Wasser aus der Kanne wieder zurück. Sie öffnete die silberne Teedose und gab drei Löffel Teeblätter in die Kanne, neigte dann den Kessel vom Samowar über die Teekanne und stellte ihn wieder an seinen Platz.

Garden schenkte die Tasse ihrer Tante halb voll, indem sie den Tee durch einen Silberlöffel mit Löchern goß. Dann ließ sie heißes Wasser aus dem Samowar dazulaufen.

»Zwei Stück Zucker, bitte«, sagte Elizabeth und streckte die Hand nach ihrer Tasse aus.

»Sie müssen sich langweilen, Mr. Harris, mit diesen ganzen Familiengeschichten. Das ist immer die Gefahr, wenn man ältere Damen besucht. Wir reden von der Vergangenheit oder von unseren Freunden, die gerade gestorben sind. Ihr jungen Leute müßt uns sehr seltsam finden.« Sie stellte ihre Tasse auf den Teewagen. »Garden, wer ist der älteste Mensch, den du je gekannt hast?«

»Maum' Pansy auf der Barony. Sie war so alt, daß sie selber noch Sklavin gewesen ist.«

»Du liebe Zeit. Ich kann mich gut an Pansy erinnern. Sie muß ja hundert gewesen sein.«

»Mindestens. Und sie war stolz darauf.« Garden erzählte von Pansy, Plat Eye, ihrer Brandwunde und den Liedern, die sie Pansy immer vorgesungen hatte. Gleichzeitig kippte sie geschickt den Teesatz aus den Tassen in das dafür bereitgestellte Silberschälchen, spülte sie mit heißem Wasser aus dem Samowar und goß wieder Tee und Wasser nach, mit Zucker für Elizabeth, mit Milch für sich selbst. Sky war hingerissen von Gardens graziösen Bewegungen, und in Bann geschlagen von ihren Geschichten über Geheimnisse, denen er kaum Glauben schenken konnte. Er erkannte, was für ein Eindringling er auf Ashley Barony und im Süden war, und einen Augenblick lang beneidete er diese Charlestoner mit ihren ineinandergreifenden Generationen von Schwarzen und Weißen.

»Sing das Lied vom kleinen Moses, Garden. Das hat mir immer besonders gefallen.« Elizabeth summte leise mit, während Garden im vollen, wohlklingenden Gullah-Dialekt sang. Sky verstand kein einziges Wort.

»Das war wunderhübsch«, sagte Elizabeth. »Hoffentlich bleibst du noch und singst mit uns Weihnachtslieder. Meine Tochter und ihr Mann kommen mit meinen Enkeln zum Abendessen und zum Singen. Ich fürchte, das gibt ein rechtes Froschkonzert. Aber ich vertraue darauf, daß es Gott nichts ausmacht. Singen Sie, Mr. Harris?«

»Nicht direkt, Mrs. Cooper, aber ich glaube nicht, daß das Gott etwas ausmacht.« Elizabeth lachte. Sky fühlte sich geschmeichelt.

Gleich darauf kamen die Wilsons. Sky freute sich keineswegs, Maine zu sehen. Sein Mißvergnügen verwandelte sich fast in Haß, als er den Blick sah, mit dem Maine Garden musterte. Nach der Begrüßungs- und Vorstellungszeremonie setzte Garden sich neben das Klavier. Rebecca Wilson spielte. Maine saß neben Garden, und irgendwie war auf einmal kein Platz für Sky. Elizabeth räusperte sich, und als Sky zu ihr hinsah, winkte sie ihn zu sich.

Die Weihnachtsliedersingerei glich mit Lautstärke aus, was ihr an Musikalität fehlte. In dieser Deckung konnte Elizabeth reden. »Sie sind mir nicht unsympathisch, Schuyler Harris«, sagte sie, »aber ich habe keinen Grund, Ihnen zu vertrauen. Gardens Mutter ist ein wenig einfältig; sie wird sie nicht beschützen, deshalb kommt mir das zu. Ihr Herz wird sicher eines Tages gebrochen werden, aber ich will nicht, daß es zu früh geschieht. Wie schön Garden auch sein mag und wie sehr sie Sie reizen mag, sie ist noch vollkommen unverdorben. Wenn Sie nicht das haben, was wir Viktorianer als ernste Absichten bezeichnen, dann müssen Sie gehen, bevor sie sich in Sie verliebt. Wenn Sie das nicht tun, wenn Sie absichtlich zum Spaß mit ihren Gefühlen spielen, dann lasse ich Ihnen das Herz aus dem Leib schneiden und werfe es meinen Hunden zum Fraß vor.«

Sky sah sie bewundernd an. »Das glaube ich Ihnen sogar aufs Wort.« Er beugte sich vor und gab Elizabeth einen Kuß auf die Wange. »Keine Sorge, Tante Elizabeth«, sagte er, »meine Absichten sind so ernst, daß ich selber Angst bekomme.«

Sky hatte bei Elizabeth sofort verstanden, daß man Garden nicht einfach haben konnte, daß sie in ein Gefüge aus Familie, Tradition und Ehrbarkeit gebettet war, das sie unterstützte und in eine andere Welt als die der weltklugen, unabhängigen, freigeistigen Mädchen rückte, die er gewohnt war.

Als er sah, wie Maine Wilson Garden am Arm berührte, merkte er, daß er es nicht ertrug, wenn ein anderer von ihr Besitz ergriff. Er wollte sie für sich; er begehrte sie mit einer nie erlebten Leidenschaft; er wollte ihr all die köstlichen Seiten des Lebens und der Liebe zeigen. Er wollte sie heiraten.

Maine sagte etwas zu Garden; sie bog den Kopf zurück und lachte. Er sah sie mit einem flehentlichen und begehrlichen Blick an. Elizabeth gluckste. »Viel Glück, Mr. Schuyler Harris«, sagte sie. »Hier bei uns nennt man so was die liebe Verwandtschaft. Er ist ihr Cousin.«

Am nächsten Tag rief Elizabeth Andrew Anson an. »Erzählen Sir mir alles über diesen Harris, Andrew«, ordnete sie an.

Andrew druckste herum. »Tja, Miss Elizabeth, Sie wissen doch, daß wir von der Bank keine privaten Auskünfte über unsere Kunden geben können ...«

Elizabeth schnitt ihm das Wort ab. »Unsinn, Andrew. Sie und Edith haben diesen jungen Mann schließlich bei uns eingeführt. Ich möchte wissen, wer in meinem Haus verkehrt. Lassen Sie sich nicht alles aus der Nase ziehen. Heraus mit der Sprache.«

Und Andrew Anson rückte heraus. Schuyler Harris sei der Sohn der Principessa Montecatini, die im Vorstand der Bank sitze. Nein, der Sohn des Prinzen sei er nicht. Sein Vater war der erste Mann der Prinzessin, ein Mann aus gutem New Yorker Hause. Er habe ebenfalls Schuyler Harris geheißen, sei aber tot, deshalb nenne man den Jungen nicht mehr Schuyler junior. Er sei von seiner Mutter aufgezogen worden, habe die besten Schulen besucht, sei Andrews Wissen nach nie in irgendwelche Schwierigkeiten geraten und in der kultivierten Gesellschaft durchaus gern gesehen.

Elizabeth war noch nicht zufrieden. »Was ist mit seiner Mutter, Andrew? Sie soll geschieden sein.«

Mr. Anson räusperte sich. »Nun ja, das stimmt, Miss Elizabeth. Aber sie kommt aus New York. Dort denkt man nicht so wie hier. Im Norden ist sie ein höchst prominentes Mitglied der oberen Zehntausend.«

»Sie sind doch manchmal ein Dummkopf, Andrew. Mir ist egal, was man im Norden tut oder läßt. Aber trotzdem vielen Dank. Auf Wiederhören.«

Elizabeth starrte das Telefon an, nachdem sie aufgehängt hatte. Was Andrew Anson ihr erzählt hatte, gefiel ihr gar nicht. Wie konnte man einem jungen Mann aus New York ein argloses Kind wie Garden anvertrauen? Wenn ihm eine Scheidung nichts ausmachte, würde er nie die Charlestoner Werte verstehen lernen.

Dann schalt sie sich selbst als übereifrig. Der junge Harris blieb sicher nicht lang genug in der Stadt, um irgend etwas anzurichten. Die Yankees auf den Plantagen reisten immer bald wieder ab. Und Garden ging in ein Paar Wochen wieder in die Schule. Es gab keinerlei Grund zur Beunruhigung.

48

Die folgende Woche war wie ein Traum für Garden. An ihrem Geburtstagsmorgen hatte sich alles gewandelt. Die Blumensträuße, Skys Armband, die Blumen, die er ihr in den Schoß fallen ließ. Sie fühlte sich begehrenswert und erwachsen, als sei sie ein anderer Mensch geworden, als hätte sie nur bis zu ihrem Geburtstag warten müssen, bis sich alles, was in ihrem Leben falsch lief, berichtigen sollte.

Weil sie daran glaubte, war es auch so. Ihre Unbeholfenheit verschwand; sie konnte sich beim Tanzen leicht wie eine Feder führen lassen. Ihre Zunge löste sich; sie flirtete nicht und sprudelte nicht mit irgend etwas heraus, aber sie hatte keine Angst mehr zu reden, Fragen zu stellen, zuzuhören, zu lachen und ihre Achtung oder Bewunderung auszudrücken.

Maines Interesse an ihr weckte das Interesse von anderen Männern. Skys entschlossene Aufmerksamkeiten brachten ihr Interesse zum Siedepunkt. Urplötzlich war Garden eine Ballkönigin. Sträuße türmten sich im Wohnzimmer, Gedichte erschienen in Konfektschalen, die im Hause abgegeben wurden, sie kam beim Tanzen nie zum Verschnaufen und war auf Empfängen von Verehrern umschwärmt. Ihre Mutter war begeistert. Garden wurde schöner denn je.

Das machte Sky verrückt. Er bekam kaum die Gelegenheit zwei zusammenhängende Sätze mit ihr zu wechseln. Sie hatte für jeden Tanz, jeden Empfang, jeden Ball, jedes Frühstück einen zugewiesenen Begleiter, und die Saison ließ ihr für nichts anderes Zeit. Er besuchte jede Veranstaltung, tanzte soviel wie möglich mit ihr und brachte ihr Punsch, sofern ihm nicht drei andere Männer zuvorkamen.

Sky hatte reichlich Erfahrung im Erobern von Herzen, aber keine seiner Methoden griff. Er konnte Garden nicht zum Essen oder ins Theater ausführen; er konnte ihr keinen Schmuck schenken; seine Blumen verloren sich im Meer der Sträuße, die sie von anderen Männern bekam.

Verzweifelt wandte er sich an Andrew Anson um einen Rat. »Ich bin ein Fisch auf dem Trockenen, Mr. Anson. Sie müssen mir helfen.«

Mr. Anson legte die Fingerspitzen beider Hände aneinander. »Mr. Harris«, sagte er ernst, »diese junge Dame ist eine Verwandte von mir …«

»Sie ist mit allen verwandt«, rief Sky. »Sie sind hier alle miteinander verwandt. Die meiste Zeit habe ich keine Ahnung, wovon überhaupt geredet wird. Das ist ja das Problem. Ich gehöre nicht dazu, und sie lassen mich das spüren, so aufreizend höflich wie möglich.«

»Möchten Sie denn dazugehören?«

»Nein, Mr. Anson, so dumm bin ich nicht. Ich weiß, daß das nie der Fall sein könnte, und wenn ich hundert Jahre hier leben würde. Ich möchte Garden, sonst nichts. Ich möchte sie kennenlernen, und sie soll mich kennenlernen. Ich möchte, daß sie mich lieben lernt.«

»Und …?«

»Jawohl, und daß sie mich heiratet.« Andrews Hände fielen in eine bequeme Ruheposition auf seinem Schreibtisch. Seine Pflicht war erfüllt. Aber Skys Seelenqualen rührten ihn.

»Ich sage es Ihnen ganz offen, Mr. Harris, als Charlestoner glaube ich, daß es für Garden das Beste wäre, hier zu bleiben und jemanden aus ihrem Umkreis zu heiraten, ein Teil des hiesigen Lebens und der Traditionen zu bleiben. Wir glauben, daß wir hier fast im Garten Eden sitzen. Und dagegen müssen Sie ankommen. Zugute kommt Ihnen dabei, daß Sie ein Außenseiter sind. Das macht Sie zur verbotenen Frucht, und Sie wissen, was Adam und Eva passiert ist. Außerdem haben Sie, um es direkt zu sagen, eine Menge Geld auf Ihrer Seite. Sie haben doch eigene finanzielle Mittel?«

»Jawohl. Mein Großvater Harris hat mir einiges hinterlassen.«

»Entschuldigen Sie die Frage eines Bankdirektors, Mr. Harris. Wieviel?« Andrew Anson pfiff durch die Zähne, als Sky es ihm sagte. »Nun, Mr. Harris, das unterscheidet Sie ganz erheblich von sämtlichen Charlestonern. Wir sagen alle, daß Geld keine Rolle spielt; manche von uns glauben sogar daran. Aber wir müssen alle Essen auf den Tisch bringen und Schuhe an die Kinderfüße. Nutzen Sie Ihr Geld, Menschenskind!«

»Das bringt nichts. Wie viele Blumen und Pralinen kann ein Mädchen denn vertragen?«

Andrew Anson schüttelte den Kopf. »Überlegen Sie doch einmal. Suchen Sie nach dem schwachen Glied in der Kette. Wer hat den größten Einfluß auf das Mädchen? Ihre Mutter. Sie hat große Pläne mit Garden, aber ihr Ehrgeiz blickt über Charleston nicht hinaus, weil sie nichts anderes kennt. Lassen Sie etwas Glitzerndes vor ihren Augen baumeln; sagen Sie ihr, daß Sie Garden in Hermelin hüllen werden, sie mit Diamanten überschütten.«

»Meinen Sie, das klappt?«

»Den Versuch ist es wert.«

Nachdem Sky gegangen war, sah Mr. Anson lange aus dem Fenster. Hoffentlich habe ich das Richtige getan, sagte er zu sich selbst. Bei so einem Köder beißt Margaret Tradd an, bevor er noch ganz ausgeworfen ist.

Der nächste Tag war der einunddreißigste Dezember. Sky dachte daran, Gardens Mutter eine Kiste Champagner zu bringen und Mr. Ansons Ratschlag zu folgen. Aber der Gedanke war widerlich. Garden war zu kostbar, um gekauft zu werden.

Am Abend auf dem Ball des Yachtclubs beobachtete er die Uhr und seine Rivalen. Eine Minute vor zwölf klatschte er Garden von ihrem Tanzpartner ab. Lächelnd hob Garden die Hände, um sie auf seine Schulter und in seine Hand zu legen. Aber Sky faßte sie an beiden Händen. »Ich muß Ihnen etwas sagen, Garden«, sagte er ernst. »In meinem ganzen Leben habe ich immer bekommen, was ich wollte. Ich will Sie mehr als irgend etwas je zuvor. Und ich habe die Absicht, Sie zu kriegen.«

Mit lautem Getöse wurde das neue Jahr eingeläutet. Sky ließ Gardens Hände los und faßte ihr Gesicht mit seinen Händen. Er beugte sich vor und flüsterte ihr ins Ohr. »Ich liebe dich, Garden Tradd. Ich werde dich heiraten.« Langsam berührte er ihren Mund mit seinen Lippen und küßte sie lange und zärtlich, bis er spürte, wie sie zu beben begann. Dann umarmte er sie und hielt sie fest, mit geschlossenen Augen und taub für den Lärm um sie herum.

»Mam, ich bin verlobt. Ich bin so glücklich.«

»Aber Garden, die Saison ist noch gar nicht vorbei. Der St.-Cecilia-Ball ist erst in zwei Wochen. Man soll nichts überstürzen. Du brauchst dich noch monatelang nicht zu entscheiden.« Margaret bat sie flehentlich.

»Ich muß mich nicht entscheiden, Mama. Ich weiß es einfach. Ich liebe Sky, und er hat mir einen Heiratsantrag gemacht.«

»Der Yankee? Nein, Garden, das geht auf keinen Fall.«

»Ich habe schon ja gesagt, Mama. Ich liebe ihn und sonst keinen. Morgen kommt er, um mit dir zu sprechen.«

»Ich werde meine Zustimmung nicht geben.«

Garden kicherte. »O doch, Mama, Sky kann sehr überzeugend sein.«

Sky stattete Elizabeth Cooper einen Besuch ab, bevor er zu

Margaret ging. »Mir liegt etwas an Ihrem Urteil«, erklärte er ihr frei heraus. »Ich achte Sie sehr.«

»Sie haben meinen Segen«, sagte Elizabeth. »Meine Anerkennung müssen Sie sich erst erwerben.«

Von Elizabeth aus fuhr Sky in die King Street. Die Juweliere waren über einen Anruf am frühen Neujahrsmorgen nicht begeistert gewesen, aber als sie hörten, was Sky wollte, stimmten alle einem sofortigen Treffen zu. Der Blumenhändler ebenfalls.

»Ich soll hier was abgeben«, rief Sky schallend, als Zanzie die Tür öffnete. »Gutes neues Jahr, Zanzie«, fügte er leiser hinzu. Er überreichte ihr eine Schachtel Konfekt. Eine goldene Fünfzig-Dollar-Münze war in die Schleife eingeknüpft. Sky winkte dem Blumenhändler und seinem Sohn, und sie folgten ihm die Treppe hinauf ins Wohnzimmer. »Stellen Sie ihn auf den Tisch«, sagte er.

Er sah Garden mit seligem Blick an, ging aber hinüber zum Sofa, auf dem Margaret saß. »Gutes neues Jahr, Miss Margaret.«

»Danke.« Ihre Stimme klang kühl.

Sky trat zur Seite, so daß Margaret freien Blick auf den Tisch in der Mitte des Zimmers hatte. Ein Rosenstrauch in voller Blüte stand darauf. Es waren dunkelrosa Damaszenerrosen; ihr süßer Duft war unverkennbar.

»Garden«, sagte Sky, »komm her, mein Liebling. Ich möchte, daß du dir eine Rose aussuchst. Am besten bittest du deine Mutter, daß sie dir hilft. Keine Angst, die Dornen sind alle entfernt worden.«

Garden ging zu ihm hin. »Mir gefällt der Strauch, wie er ist. Danke.« Sie stellte sich auf die Zehenspitzen und küßte ihn auf die Wange.

»Danke«, sagte er. »Du wirst rot. Bin ich der erste Mann, den du dieses Jahr geküßt hast?«

»Sky!« Garden versuchte angestrengt, strafend zu gukken.

Margaret mußte sich nicht erst anstrengen.

Sky führte Garden zu den Rosen. »Ich finde, ein Mädchen sollte sich ihren Verlobungsring aussuchen können.«

Garden stieß einen kleinen Schrei aus. Dann drehte sie sich zu Margaret um. »Mama, komm und schau dir das an. In jeder Rose steckt ein Edelstein.«

Margaret stand auf der Stelle neben ihr.

Die blassen Blütenblätter umschlossen Mittelpunkte in allen Formen und Farben: runde, quadratische, viereckige, blaue, rote – und durchsichtige Prismen, die in allen Farben leuchteten. »Ich wußte nicht, welcher dir am besten gefallen würde.«

Margaret war sprachlos. »Kein Juwelier in Charleston hat so viele Steine«, schwärmte sie.

»Ich weiß«, stimmte Sky ihr zu. »Ich mußte zu allen hingehen.«

Margaret nahm die Ringe heraus und betrachtete sie. Garden sah Sky an. »Du machst nie etwas so wie die anderen«, sagte sie. »Ich glaube, du bist der gescheiteste Mensch auf der ganzen Welt.«

»Muß ich wohl, wenn ich gescheit genug bin, um dich zu ergattern.« Er führte sie aus dem Zimmer und küßte sie, außerhalb von Margarets Sichtweite. Erst als die beiden wiederkamen, merkte Gardens Mutter, daß sie überhaupt weggewesen waren.

»Ich kann mich nicht entscheiden zwischen dem hier und diesem hier«, sagte Margaret. Ein Ring mit einem großen runden Diamanten steckte an ihrer rechten Hand, einer mit einem quadratischen an ihrer linken.

49

Die Hochzeit wurde für den siebzehnten Februar um acht Uhr abends angesetzt. »Wie ich zu Garden gesagt habe«, erzählte Margaret jedermann, »hat sie bereits eine vollständige Aussteuer, mit all den Sachen für ihr Debüt, und wenn wir noch länger warten würden, kämen wir in die Fastenzeit hinein. Um die Einladungen zu drucken, hatten wir mehr als genug Zeit, und die Schneiderin war auch sehr froh über den Auftrag für das Hochzeitskleid. Nach der Saison hat die arme Frau ja praktisch monatelang nichts zu tun. Elizabeth Cooper hat darauf bestanden, daß Garden den Traddschen Hochzeitsschleier trägt, und deshalb mußten wir ihr Kleid ohnehin schlicht halten. Die Prinzessin hat ihr ein goldiges kleines Perlendiadem dazu geschickt. Schuyler hat sie in Europa aufgespürt, per Ferngespräch selbstverständlich. Sie ist natürlich begeistert. Prinzessin hin oder her, sie versteht genau, was es heißt, in eine alteingesessene Charlestoner Familie einzuheiraten. In zwei eigentlich. Garden Tradd. Zwei Namen, die etwas bedeuten, sogar in Europa.

Schuyler versteht es ebenfalls. Er sei der glücklichste Mann der Welt, sagt er. Sie werden oft in Charleston vorbeikommen. Natürlich gibt es die Barony, aber die gehört seiner Mutter. Schuyler wollte lieber noch ein Haus, in dem sie sich richtig daheim fühlen können. Deshalb hat er das Gardensche Haus gekauft, das früher meiner Familie gehört hat, und mit der Renovierung zählt er auf meine Hilfe. Sie können ja nicht dauernd hier sein, um die Arbeiten zu beaufsichtigen, und ich übernehme das gern für sie. Er hat es auf meinen Namen gekauft.«

»Der Yankee hat eine hübsche Stange Geld für die kleine Tradd bezahlt«, sagte ein Gentleman an der Bar im Yachtklub. Maine Wilson verpaßte ihm einen Kinnhaken. Die Umstehenden griffen schnell nach ihren Gläsern. Selbst in Charleston und sogar im Yachtklub war guter Whiskey rar.

Die Principessa beauftragte Andrew Anson mit der Organisation für das große Diner am Vorabend der Hochzeit und die Unterbringung der vielen New Yorker Gäste. Auf der Barony konnten nur vierzehn untergebracht werden. Andrew gab die Aufgabe sofort an seine Frau weiter.

»Du würdest Andrew am liebsten umbringen, nicht wahr, Edith? Die ganze Arbeit.«

»Nein, es macht mir riesigen Spaß. Ich habe schon immer davon geträumt, alles kaufen zu können, ohne nach dem Preis zu fragen. Wenn bloß dieser Innenausstatter, den sie hergeschickt hat, sich nicht immer mit der Faust an die Stirn trommeln und zetern würde: ›Bewahre mich vor diesen Provinzlern.‹ Ansonsten amüsiere ich mich prächtig. Und alle meine Freundinnen können zu haarsträubenden Preisen Zimmer an die Gäste vermieten. Nora Leslie kann davon das ganze Haus streichen und das Dach komplett erneuern lassen.«

»Wo findet die Hochzeitsparty statt?«

»Hochzeitsdiner –, die Yankees essen doch abends. Ich habe die ganze Villa Margherita reserviert. Schuyler und seine Begleiter werden in den Gästezimmern wohnen, und das Fest wird sich in sämtliche Gesellschaftsräume ausdehnen.«

Die Villa Margherita galt als ein Charlestoner Kuriosum. Sie war als Privathaus erbaut worden, und zwar in einem Stil, der weder typisch für Charleston noch für italienische Villen war, aber sie sah gut aus mit ihren hohen korinthischen Säulen und den Balustraden an Terrassen und Balkonen. Man hatte sich daran gewöhnt. Innen befand sich ein überdachtes Atrium mit einem marmornen Becken in der Mitte und einem doppelten Säulengang aus weißem Marmor. Rings herum schlossen sich vier riesige Räume an. Der Innenausstatter der Principessa fand sie angemessen.

Am Freitag abend war sie ein Märchen aus Tausendundeiner Nacht. Die Atriumdecke hatte man mit gestreifter Seide behängt. Bahnen der gleichen Seide erstreckten sich von der Decke bis auf den Fußboden; sie waren mit dicken Goldkordeln und Troddeln verziert und an den Türen zusammengerafft. Ein kleineres Zelt aus dem gleichen Seidenstoff hatte man in einem der Räume auf einer Bühne für ein Streicherensemble aufgestellt.

Die Streifen hatten die Farben magentarot, rosa, gold,

grün, kobalt und zinnober. In den Räumen um das Atrium standen runde Sechsertische, die mit bodenlangen Seidendecken in verschiedenen Farben gedeckt waren. Die Sitze der vergoldeten Louis-quinze-Stühle waren ebenfalls mit gestreifter Seide bezogen. Stoffservietten in verschiedenen Farben standen zu Blüten gefaltet auf weißen Tellern mit Goldrand. Ebenfalls goldgeränderte Platzkarten steckten in den Blütenblättern. Die Weingläser bestanden aus schillerndem Goldkristall.

Nicht so auf den Tischen für den engeren Kreis der Hochzeitsgesellschaft. Diese vier Tische waren rechteckig und standen um das Marmorbecken herum. Die Kelchgläser und Teller darauf waren aus purem Gold, die Tischdecken aus smaragdgrünem Samt.

Auf allen Tischen standen goldene Kandelaber mit smaragdgrünen, parfümierten Kerzen. In dem Becken schwammen in Seerosenform gegossene, gefärbte Kerzen.

Als Edith Anson ihrem Mann von den Aktivitäten des Innenausstatters erzählte, weigerte er sich, auf dem Diner zu erscheinen. »Da bekomme ich bloß Sodbrennen«, sagte er. Als sie nun eintrafen, führte sie ihn in allen Räumen einschließlich des Atriums herum. Mit Blick auf die goldenen Kelche bemerkte Andrew Anson: »Dem Maßlosen stehen alle Wege offen.«

»Es ist schon schade«, pflichtete Edith ihm bei. »Wer hätte gedacht, daß man in Charleston im Vorfrühling ein Fest ausstatten kann, ohne eine einzige frische Blume zu verwenden?«

Das Kleid der Principessa war aus Goldlamé, ihr Haar metallisch golden und ihr Schmuck ein Wunderwerk aus diamantgefaßten Smaragden. Empfangsreihen fand sie lästig und langweilig, also gab es keine. Sie stand in einer Ecke des Atriums vor einem Hintergrund aus gestreiften Seidenvorhängen und unterhielt sich mit ihren Freundinnen und Freunden, während die Gäste kamen.

Sky kam kurz zu ihr her und küßte sie auf französische Art auf beide Wangen. »Vicki, du bist wirklich eine Prinzessin«, sagte er. »Du hast ja sämtliche Register gezogen.«

Die Principessa zuckte mit der Achsel. »Sky, mein Schatz, du hast mir deutlich zu verstehen gegeben, daß du auf dieser Heirat bestehst. Was konnte ich da tun? Ich bin doch keine Spielverderberin.«

»Das bist du allerdings nie, Vicki. Jetzt suche ich mal Garden.« Er bahnte sich einen Weg durch das Gefolge der Principessa.

Garden stand in der Nähe des Eingangs und begrüßte die Gäste. Sky beobachtete sie minutenlang; er konnte von ihrem Anblick nicht genug bekommen. Als Elizabeth Cooper hereinkam, stellte er sich neben Garden. Er bewunderte ihre Großtante, hatte allerdings den starken Verdacht, daß sie ihn nicht besonders schätzte. Sie hatte nicht begeistert gewirkt, als Garden ihn mit zu ihr genommen und die Verlobung bekanntgegeben hatte. Immerhin hatte sie ihnen den Traddschen Brautschleier angeboten. Vielleicht war er einfach zu empfindlich.

»Tante Elizabeth«, sagte er. »Ich freue mich sehr, Sie zu sehen.« Er küßte sie auf die Wange. Dann Garden. »Haben Sie je eine so schöne Braut gesehen?«

»Nein«, sagte Elizabeth. Garden strahlte vor Glück. »Ich wünsche euch beiden alles Glück der Welt.«

Garden umarmte ihre Großtante. »Das haben wir schon, Tante Elizabeth. Ist es nicht einfach herrlich?«

»Doch, mein Kind.« Elizabeth lächelte und ging weiter; andere Gäste kamen herein. Von weitem wandte sie sich um und beobachtete Garden und Sky. Durch seine offenkundige Liebe zu Garden kam sie sich mit ihren Sorgen wegen der Hochzeit töricht vor, und sie entspannte sich.

Du liebe Zeit, dachte sie, was diese Yankees für einen protzigen Geschmack haben. Das ist ja wie im Zirkus. Sie betrachtete die Dekoration und die Kleider der New Yorker Gäste und begann sich bestens zu unterhalten. Edith Anson hatte allen ein Spektakel versprochen, und sie hatte nicht übertrieben. Elizabeth schritt durch alle Räume, sprach ein paar Worte mit allen Bekannten und nahm mit ihren scharfen Augen jede Einzelheit um sie herum wahr, jedes Kleid und jedes Schmuckstück der fremden Frauen. Daneben sehen wir tatsächlich altmodisch aus, gestand sie sich fröhlich ein.

Eine Frau rauschte vom Atrium aus durch die Tür und wäre beinahe mit ihr zusammengestoßen. »Entschuldigung«, sagte sie.

Elizabeth faßte sie stützend am Arm. »Keine Ursache«, murmelte sie automatisch. »Es war meine Schuld.« Dann schloß sich ihre Hand fester um den Arm der Frau. »Moment mal«, sagte sie und betrachtete das ihr zugewandte Profil der Frau genauer.

Die Frau drehte sich herum und sah sie an. »Mein Gott«, sagte sie.

»Ich traue meinen Augen nicht. Habe ich recht? Sie sind Joes Tochter? Victoria Simmons?« Es schien kaum möglich, daß diese glitzernde, geschminkte Person das heulende Häufchen Elend sein sollte, das Elizabeth damals in die Eisenbahn gesetzt hatte. Aber das Kinn, die Nase und die Ohren waren dieselben. Elizabeth mußte einfach fragen.

»Wie schlau von Ihnen, Elizabeth. Ja, ich bin es. Ich darf Sie doch beim Vornamen nennen, oder? Ich bin wohl etwas zu alt, um ›Miss Elizabeth‹ zu sagen.«

Elizabeth lächelte. »Meine Liebe, Sie können mich nennen, wie Sie möchten. Ich freue mich so, Sie zu sehen. Wie ist es Ihnen ergangen? Sie sehen aus, als ginge es Ihnen gut. Und wunderschön sind sie dazu.«

»Mir geht es auch gut. Wie geht es Ihnen?« Victoria Simmons klang nicht so herzlich wie Elizabeth. Ihre Augen blieben kalt.

Elizabeths Lächeln verschwand, als sie dem Blick begegnete. »Victoria«, sagte sie, »ich habe Ihnen und Ihrem Vormund in dieser schrecklichen Zeit, nachdem man Ihren Vater umgebracht hatte, so oft geschrieben. Ich wollte wissen, wie es Ihnen geht, ob Sie zurechtkommen. Ich habe nie eine Antwort erhalten.«

Victoria hob die gezupften Augenbrauen. »Sie waren wohl neugierig wegen diesem Traddschen Bankert. Das war kein Problem, Elizabeth. Ich hatte praktischerweise eine Fehlgeburt. Es ist doch fantastisch, was ein hilfsbereiter Arzt alles tun kann.«

Elizabeth zuckte zurück. »Wie schrecklich für Sie.«

»Seien Sie nicht albern.« Jetzt lächelte Victoria Simmons. »Eine Abtreibung ist doch keine große Sache. Man bekommt unter der Narkose überhaupt nichts mit. Ich hatte das ganze schon vollkommen vergessen, bis Sie mich wieder darauf gebracht haben.«

Elizabeth sah Victoria traurig an. Diese Frau wirkte allerdings wie jemand, der vergessen kann. Sie war so spröde – ihre Stimme, ihr maskenhaftes, geschminktes Gesicht, ihr künstlich leuchtendes Haar und ihre krallenartigen Fingernägel. Sie war so hart und kalt wie die glitzernden Edelsteine, die sie trug.

»Das ist sehr großherzig von Ihnen, Victoria«, sagte Elizabeth und versuchte, sich dem gefühllosen Ton der Frau anzupassen. »Und daß Sie zu der Hochzeit gekommen sind, ist ebenfalls großherzig.« Sie hielt Victoria für eine enge Freundin der Principessa.

Victoria lachte. »Meine beste Elizabeth, ich hätte nicht im Traum daran gedacht, sie zu verpassen. Ich bin die Mutter des Bräutigams.« Sie lächelte mit funkelnden Augen. »Jetzt denken Sie an Inzest, was? Typisch Südstaatlerin. Aber ich kann Sie beruhigen, meine Teuerste. Ich hatte wirklich eine Abtreibung. Sie können Schuylers Geburtsurkunde sehen. Ich hätte zwanzig Monate lang mit ihm schwanger sein müssen, wenn er ein Tradd sein sollte. Die süße kleine Garden heiratet schon nicht ihren Bruder.«

Elizabeth stand wie vom Donner gerührt. Victoria streifte Elizabeths Hand von ihrem Arm. »Schauen Sie nicht so verdutzt«, sagte sie. »Wirklich, Elizabeth, versuchen sie doch, ein bißchen weniger provinziell zu sein. Ich bin enttäuscht von Ihnen. ... Jetzt muß ich aber weiter. Meine Freunde warten auf mich.«

Elizabeth sah zu, wie Victorias goldene Gestalt in der Menge verschwand. Dann riß sie sich aus ihrer halben Trance und bahnte sich einen Weg durch die Grüppchen von Partygästen, bis sie Margaret fand.

Sie packte Margaret am Handgelenk. »Entschuldigen Sie uns«, sagte sie zu dem Mann, mit dem Margaret sich gerade unterhielt, dann zog sie Margaret eilig ins Freie auf die hintere Terrasse.

»Sie müssen diese Hochzeit aufhalten«, rief Elizabeth außer sich.

Margaret versuchte sich von ihr freizumachen. »Sie haben offensichtlich den Verstand verloren, Mistress Cooper. Wovon um alles in der Welt sprechen Sie eigentlich?«

Elizabeth nahm sie an den Schultern und schüttelte sie. »Margaret, hören Sie mir zu. Es kann keine Hochzeit stattfinden. Wissen Sie, wer die Mutter des Jungen ist? Victoria Simmons, die Tochter von Joe Simmons.

Du lieber Himmel, Margaret, verstehen Sie denn nicht? Ihr Mann, Stuart, hat ihr Leben zugrunde gerichtet. Er hat sie geschwängert, er hat sie verlassen, und er hat ihren Vater umgebracht. Was, glauben Sie, hält sie wohl davon, daß ihr Sohn die Tochter von Stuart Tradd heiratet?«

Margaret legte Elizabeth die Hände vor die Brust und schob sie weg. »Wie können Sie es wagen, mich so grob anzufassen? Und wie können Sie es wagen, sich in das Leben meiner Tochter einzumischen? Ich weiß alles über Vicki und Stuart. Sie und ich haben uns gestern abend unterhalten. Von Mutter zu Mutter. Sie will, daß ihr Sohn glücklich wird, genauso wie ich will, daß Garden glücklich wird. Wir sind übereingekommen, daß es am besten ist, wenn die Kinder nichts davon erfahren.

Meine Güte, das ist alles Jahre her. Kein Mensch will tote

Hunde ausgraben. Vicki will nur eines, nämlich so tun, als ob das nie passiert wäre, und damit hat sie auch recht.«

Elizabeth hätte sie am liebsten ins Gesicht geschlagen. »Margaret, seien Sie doch nicht dumm. So etwas kann man nicht vergessen, man kann nicht so tun, als ob es nie passiert wäre.«

»Doch. Genau das werden wir, Elizabeth. Und Sie auch. Sie haben Schuyler von Anfang an nicht gemocht, das weiß ich schon. Sie wollen nur irgendwie recht behalten. Aber das lasse ich nicht zu. Er liebt Garden, und sie ist ganz verrückt nach ihm. Sie heiraten morgen, und kein Mensch wird sie davon abhalten. Wenn Vicki so tapfer sein kann und die Vergangenheit ruhen läßt, dann haben Sie kein Recht, ihr dazwischenzufunken.«

Elizabeth war verzweifelt. Vielleicht hatte Margaret recht. Es stimmte, daß sie Sky schon immer mißtraut hatte. Und daß die Principessa so gefühllos wirkte, daß sie vielleicht wirklich nichts empfand, noch nicht einmal Haß. Aber Garden war so verletzlich, so jung und so hilflos.

»Sie ist nicht Ihre Tochter, Elizabeth, sondern meine«, sagte Margaret. »Sie wußten bis letztes Jahr noch nicht einmal, daß es sie gibt. Sie können nicht ein Kind sein Leben lang ignorieren und sich dann einmischen.«

Elizabeth mußte sich geschlagen geben.

Am Abend darauf war die St. Michaelskirche überfüllt. Sogar auf der Empore drängten sich die Menschen. Draußen leiteten Polizisten mit Handzeichen den Verkehr um. Die Meeting Street war mit Schaulustigen, Reportern und Fotografen verstopft. Die Aschenputtel-Hochzeit der schönen, adligen Debütantin mit einem der reichsten jungen Männer Amerikas kam in sämtlichen Hauptstädten der Welt in die Zeitung.

In der Kirche tauchten hohe weiße Wachskerzen das Meer von Gardenien auf dem Altar und vor den Fenstern in ein warmes Licht. Die Glocken von St. Michael läuteten zur vollen Stunde. Mit dem letzten Glockenschlag setzte die Orgel ein und erfüllte die ganze Kirche mit Musik. Alle standen auf.

Die Brautjungfern gingen in geschlossener Reihe langsam den langen Mittelgang hinab, hinter ihnen Wentworth Wragg, die erste Brautjungfer, und Peggy Thurston, die Brautführerin. Pause. Hälse verrenkten sich. Dann ließ ein Seufzer aus hundert Kehlen die Kerzenflammen aufflackern. Wie eine Königin schritt Garden am Arm ihres Cousins Maine an den altmodischen, mit Bändern geschmückten Kirchenbänken entlang. Ihr goldenes Haar schimmerte durch den Schleier. Auf ihrem Gesicht lag ein träumerischer Ausdruck, die großen blauen Augen strahlten. Hinter ihr wallten zehn Meter hauchfeinster Spitze: der in Ehren gehaltene Schleier, den die Bräute der Familie Tradd seit sechs Generationen trugen.

Auf der Traddschen Kirchenbank rollten Tränen über Elizabeth Coopers Gesicht. Bei einer Hochzeit mußte man eben weinen.

Buch Fünf

1923–1931

50

Eine Limousine brachte Garden und Sky vom Hochzeitsempfang zu den Docks an der East Bay Street. Als Garden sah, wohin sie fuhren, zappelte sie vor Aufregung. »Eine herrliche Überraschung, Sky. Ich wollte schon immer mit dem Schiff nach New York. Bei offenem Fenster konnte ich die Dampfer immer tuten hören, und dann habe ich mir ausgemalt, wie es wohl an Bord sein mag.«

Sky küßte sie. »Mein Engel«, sagte er. Er führte sie eine Landungsbrücke mit Strickgeländer hinauf zum Deck. Ein Maat blies zur Begrüßung in eine Bootsmannspfeife, und ein Mann in Uniform salutierte.

»Willkommen an Bord, Sir.«

»Vielen Dank, Kapitän. Mrs. Harris und ich freuen uns auf die Reise.« Garden lief bei dem Klang von ›Mrs. Harris‹ ein nie erlebter wohliger Schauer über den Rücken. Sie drückte Skys Arm, den er gleich an den Körper zog, um ihre Hand darunter heimlich zu liebkosen.

»Hier entlang, mein Schatz«, sagte er. Plötzlich hob er sie hoch. »Eine Schwelle ist so gut wie die andere.« Er trug sie in einen großen Raum und sank in einen weichen Lehnstuhl, mit Garden auf dem Schoß.

»Sky, wenn uns jemand sieht.«

»Na und? Ich möchte die Braut küssen. Das macht man so bei einer Hochzeit.« Garden schlang ihm die Arme um den Hals und schloß die Augen.

Als sie sie wieder aufschlug, sah sie sich schuldbewußt um. Sie befanden sich in einem wohnzimmerähnlichen Raum mit Sofas und Sesseln, Tischchen mit Lampen, Tischchen mit Aschenbechern und Zigarettenschachteln, Vorhängen an den Fenstern und kleinen Perserteppichen auf dem Boden. Außer ihnen war niemand da.

»Wo sind die anderen Passagiere, Sky?«

»Es gibt keine anderen Passagiere. Wir sind hier nicht auf einem Linienschiff, sondern auf einer Yacht.«

Garden war sichtlich erstaunt. »Es sieht aus wie ein Dampfer.«

»Nicht ganz, mein Kleines. Aber es ist bestimmt genügend Platz für zwei. Und für die Mannschaft natürlich. Möchtest du dich ein bißchen umsehen?« Garden nickte eifrig. Dann hielt sie sich plötzlich die Hand vor die Augen; ein helles Licht hatte vor dem Fenster neben ihnen aufgeblitzt.

Sky sprang auf und warf sie dabei fast zu Boden. »Mistkerl«, sagte er. Auf dem Deck hörte man Rufe und Fußgetrappel. Sky rannte hinaus.

Als er wiederkam, verriegelte er die Tür und zog an allen Fenstern die Vorhänge zu. »Was ist denn los?, Sky?«

»Ach, so ein verdammter Fotograf. Ich habe gedacht, wir sind ihnen über die Schleichwege entwischt. Aber das macht nichts. Wir haben seine Kamera zerstört und legen jetzt gleich ab ... Es tut mir leid, mein Schatz. Wenn wir wiederkommen, haben sie sicher genug von uns und lassen uns in Ruhe. Wie wär's jetzt mit unserem Rundgang?«

Garden stand auf. Sie war froh, daß niemand ein Bild von ihr auf Skys Schoß hatte, aber ihr tat auch der Mann leid, dessen Kamera nun kaputt war. Außerdem tat ihr auch ein bißchen leid, daß die Reporter genug von ihnen haben sollten. Das ganze Tamtam vor St. Michael war sehr aufregend gewesen. Sie war sich vorgekommen wie ein Filmstar.

Das Hauptdeck der Yacht bestand aus dem Wohnzimmer, genannt Salon, wie Sky ihr erklärte, einem Eßzimmer, einem Anrichteraum, zwei Gästekabinen mit Bad und einem großen Schlafzimmer mit Doppelbett nebst einem Ankleidezimmer und einem Bad. Das Schlafzimmer wirkte wie aus einem französischen Landhaus. Die Wände waren mit blau-weißem Stoff bespannt; dasselbe Muster fand sich auch auf den Sesseln, an den Fenstern und am Bett. Noch nie hatte Garden ein so prächtiges Himmelbett gesehen. Die Füße waren mit Schnitzereien verziert, der Himmel war innen gepolstert, und die Vorhänge bestanden aus dem gleichen feinen Tuch wie der Wandbehang. Die Tagesdecke lag ordentlich zusammengefaltet auf einem Gepäckständer, und die Decken waren in zwei sauberen Dreiecken zurückgeschlagen.

Sky legte Garden den Arm um die Taille. »Möchtest du etwas essen, bevor wir uns hinlegen? Du hast auf dem Empfang überhaupt nichts gegessen.« Seine Stimme zitterte.

Garden sah zu ihm auf. »Nein«, sagte sie. »Ich möchte, daß du mit mir schläfst. Das möchte ich schon seit langem.«

Sky starrte sie an. In seinen Mundwinkeln zuckte es. Dann zog er sie an sich und lachte, vergrub das Gesicht in ihrem Haar. »Garden, du bist immer für eine Überraschung gut. Ich weiß nie, was du als nächstes sagst oder tust.«

Garden wartete, bis er ausgelacht hatte. »Ich habe keinen Witz gemacht«, sagte sie. Sie trat zurück, so daß sie ihm in die Augen sehen konnte. »Ich liebe dich, Sky, und ich will dich ganz und gar lieben. So soll es doch sein, oder?«

Sky wurde genauso ernst wie sie. »Jawohl. Genau so soll es sein.«

Er führte sie zu einem Sessel. »Ich möchte dich am liebsten sofort lieben, aber das werde ich nicht tun. Setz dich mal hin, ich mache den Champagner auf. Trinken wir ein Gläschen und reden wir. Ich glaube, ich sollte dir ein paar Dinge erklären.«

Garden sah zu, wie er sich an dem silbernen Sektkübel zu schaffen machte. Mit geübtem Griff drehte er die Drähte an der Flasche auf. »Ich weiß, was du mir sagen willst«, sagte sie. »Aber Peggy hat mir schon alles erklärt. Sie hat mir Zeichnungen gezeigt und mir einen Spiegel gehalten, damit ich mich anschauen kann, und sie hat gesagt, daß es beim ersten Mal weh tut, aber ganz herrlich ist.«

Champagner spritzte auf den Teppich, und der Korken flog an die Wand. »Es macht mir nichts, wenn es weh tut, falls du darum besorgt bist, Sky. Ich weine bestimmt nicht.«

Er nahm sie in die Arme und wiegte sie, hin- und hergerissen zwischen Gelächter über ihren kindlichen Stolz auf ihr Wissen und zärtlicher Rührung über ihr Vertrauen und ihren Mut. »Ich bete dich an, Garden Harris.«

Sie lächelte an seiner Brust. »Das gefällt mir. Sag das noch mal. Jetzt habe ich zum ersten Mal meinen neuen Namen ganz gehört.«

»Garden Harris. Geliebte Braut von Schuyler Harris, dem glücklichsten Mann der Welt.« Unter ihren Füßen vibrierte das Deck. Die Yacht bewegte sich. »Mrs. Harris, unsere Hochzeitsreise beginnt.« Er hob sie hoch und trug sie zum Bett.

Sanft zog er sie aus, wobei er über ihre Unterwäsche staunte. Alles war aus Baumwolle, gerafft, bestickt und spitzenbesetzt wie ein Kindertaufkleid. Als sie nackt war, löste er die elfenbeinernen Spangen Stück für Stück aus ihrem Haar – so vorsichtig, daß die Frisur erhalten blieb, bis er die letzte entfernt hatte. Dann sprang der schwere, goldblonde Knoten auf, ergoß sich über das Kissen, und die versteckten roten Flammenzungen kamen zum Vorschein. Beinahe verlor er seine herkulische Beherrschung, als Garden sich vor seinen Augen in die unerhört schöne Wilde des entfesselten Tanzes auf Ashley Barony verwandelte. Er strich ihr übers Haar und wunderte sich fast, daß ihm die roten Strähnen nicht die Fingerspitzen verbrannten; dann wand er es sich um Hände und Arme und legte es ihr über den weißen Hals, die Schultern und die Brüste. Garden stöhnte leise. Schauer liefen ihr durch den Körper. Sie sah ihn aus staunenden, verhangenen Augen an.

Mit Küssen drückte er ihr sacht die Lider zu und ließ die Lippen dort, während er ihre verschleierten Brüste berührte und ihren Bauch und die sanft geschwungene Taille streichelte. Ihr Atem ging schnell, genau wie seiner. Er spürte, wie ihr das Herz bis zum Hals schlug, und zählte ihren Puls mit der Zungenspitze, während er sich selbst entkleidete.

Dann nahm er sie in die Arme und legte sich neben sie,

drückte ihre bebende Gestalt an sich, nahm ihren Körper mit allen Sinnen in sich auf und ließ sie den seinen entdecken. Gardens Hände befühlten die starken Muskeln an seinen Schultern und Armen, erforschten seinen Rücken und fuhren mit dringenden, aber unendlichen, zarten Fingern über sein Gesicht und seinen Hals.

»Jetzt, mein Schatz?« flüsterte er.

»Ja. Bitte.«

Beide stießen einen Schmerzensschrei aus, als er eindrang; dann hielten sie sich eng umschlungen und erfuhren den geheimnisvollen Zauber eines gemeinsam erlebten Wunders. Er zog sich sanft zurück und küßte sie auf die Lippen. Sie waren salzig von ihren Tränen. Seine Finger strichen über ihre nassen Wimpern. Garden ergriff seine Hand und hielt sie fest. Sie wandte den Kopf und küßte seine salzigen Fingerspitzen. »Ich habe zwar versprochen, nicht zu weinen, aber ich muß einfach. Ich bin so furchtbar glücklich. Ich habe nie im Traum gedacht ... wie hätte ich wissen sollen ...«

»Pscht«, sagte er. »Ich weiß, ich weiß, meine Liebste, mir geht es genauso. Schau, ich weine mit dir.«

51

Sky wachte vor Garden auf. Er stützte sich mit einem Ellbogen auf und betrachtete sie, verblüfft über die Stärke seiner Liebe zu ihr. Er hatte viele Frauen kennengelernt, gemocht, manche sogar eine Zeitlang geliebt. Aber nichts hatte ihn auf die vielschichtigen Gefühle vorbereitet, die er jetzt verspürte. Er wollte ein neues Wort, eines, das noch nie ein Mensch vor ihm benützt hatte, um auszudrücken, was er meinte. ›Liebe‹ genügte nicht. Aber er konnte kein anderes finden.

»Ich liebe dich«, sagte er, als Garden die Augen aufschlug.

Sie erschrak, als sie das Blut auf dem Laken entdeckte.

»Ich wasche die Flecken aus und beziehe das Bett wieder«, sagte sie.

Sky hielt sie zurück. »Die Stewards wechseln die Bettwäsche sowieso jeden Tag, mach dir keine Sorgen.« Außerdem, dachte er bei sich, erwartet Vicki wahrscheinlich einen Bericht.

Sie mußten drinnen frühstücken. Ein kalter Wind peitschte die Gischt von den Wellen herauf. Garden jauchzte über das niedrige Geländer um den Tisch, durch das die Teller auch bei Seegang nicht hinunterrutschen konnten. »Was für eine gute Idee. Bist du darauf gekommen, Sky?«

Sky sagte, daß das für seine Begriff seit den Wikingern so gemacht würde, wenn nicht noch länger.

Garden hielt ihren Teller mit der Linken fest, während sie ihr Spiegelei mit Speck und einen Toast aß. Sky wagte sich an nichts außer Kaffee. Er war seefest, aber er hatte nicht Gardens unerschütterlichen Magen.

»Das macht so viel Spaß«, sagte Garden. »Fährst du oft auf deiner Yacht?«

»Sie gehört nicht mir, sondern Vicki. Ich besitze nicht gern irgendwas.«

»Es klingt so komisch, wenn du deine Mutter beim Vornamen nennst. Machst du das beim Prinzen auch so?«

»Beim Prinzen?« Sky schaute einen Augenblick verständnislos. Dann lachte er kurz. »Ach so. Nein, der gute Giorgio ist schon lange von der Bildfläche verschwunden. Vicki hat sich vor vielen Jahren von ihm scheiden lassen.«

Garden zeigte nicht, wie schockiert sie war. Sky sprach so leichthin über eine Scheidung. Sie verdrängte den Gedanken und konzentrierte sich auf Wichtigeres. »Wegen deiner Mutter, wie soll ich sie denn nennen?«

»Einfach Vicki.«

»Das klingt so respektlos. Vielleicht sollte ich ›Miss Vicki‹ sagen.«

»Bloß nicht, mein Engel, das klingt so nach Südstaaten. Vicki hält nicht so viel von den Südstaatlern.«

Garden nickte. »Das Gefühl hatte ich auch. Wahrscheinlich mag sie mich deshalb nicht.«

Sky legte seine Hand auf die ihre. »Das stimmt doch nicht, Garden. Sie hat nichts gegen dich. Wie kommst du denn darauf?«

»Ach, durch nichts Besonderes. Ich hab' nur so ein Gefühl. Sie sah auf der Hochzeit nicht sehr glücklich aus.«

Sky grinste. »Weiter nichts? Das lag daran, daß sie es nicht erwarten konnte, wegzukommen. Die Engländer haben eines der Pharonengräber entdeckt, und Vicki will unbedingt sofort nach Ägypten reisen und es besichtigen.«

»Ägypten? Das ist aber weit weg.«

»Nicht für Vicki. Sie ist gern überall, wo etwas Aufregendes passiert, egal wo. Sie hat Mut und Schwung für ein Dutzend normaler Menschen.«

»Du hältst viel von ihr, was?«

»Das tut jeder. Sie ist auch außergewöhnlich.«

Garden beschloß, daß es albern war, sich vor Skys Mutter zu fürchten. Sie tat es aber doch. Bis seine nächsten Worte ihr alles erklärten.

»Du darfst dich nicht ärgern, mein Schatz, wenn Vicki kurz angebunden wirkt. Sie hat es einfach immer eilig. Außerdem ist sie Mädchen nicht gewöhnt. Ich bin ihr einziges Kind, und ich war schon immer sehr selbständig. Sie sagt immer wieder, daß sie statt mir lieber eine Tochter gehabt hätte, dann könnte sie sich wenigstens wie eine Mutter fühlen.«

Zwei Wochen lang kreuzten sie vor Florida und sechs Wochen in den Bahamas. Sie hielten sich abseits der belebten Häfen, ankerten vor menschenleeren Stränden und schwammen oder fuhren mit dem Beiboot an Land – meistens im Mondlicht, damit Garden nicht zu sehr der Sonne ausgesetzt war. Jeden Tag rückte sie dem in ihr schlummernden temperamentvollen Wesen ein bißchen näher, bis sie schließlich zu der Frau wurde, die Sky in ihr an jenem Abend auf der Barony entdeckt hatte. Sie schüttelte alle Hemmungen ab und wurde immer fordernder, schenkte und begehrte Liebe mit entfesselter Leidenschaft. Aber gegenüber dem Kapitän und der Mannschaft blieb sie zurückhaltend und ein wenig schüchtern. Es gab eine private Garden, die Sky allein gehörte, und eine offizielle Garden für alle anderen.

Sie schwebten auf Wolken, machten kleine Anspielungen und Witze, die sonst niemand verstand, und kamen sich dabei unerhört geistreich vor. Bei der Ankunft in New York wurde ihr Wagen von einer Parade aufgehalten. Sie wußten nicht, was man feierte, und beschlossen, daß die Parade zu ihren Ehren stattfand. Das verkürzte die Wartezeit vor der Fifth Avenue, und es schien auch ein vernünftiger Anlaß zum Feiern. Blaskapellen und winkende Flaggen waren ein angemessener Salut für das Wunder ihrer Liebe.

52

»Gleich gegenüber der Zweiundachtzigsten«, wies Sky den Taxifahrer an. Garden drehte pausenlos den Kopf, um nichts zu verpassen. Die Yacht hatte im Hudson River festgemacht, und sie hatte bereits die riesigen Häuser am Riverside Drive bestaunt. Das seien Wohnhäuser, hatte Sky ihr erklärt, und jedes hätte so einen Aufzug wie das Kaufhaus Kerrison's in Charleston. Von dort aus waren sie in Richtung Central Park an langen, dunklen Häuserreihen vorbeigekommen, die man ›Brownstones‹ nannte, und dann hatten sie den Park durchquert, wo sie von der Parade aufgehalten wurden. Jetzt fuhren sie die Fifth Avenue hinauf. Innerhalb von ein paar hundert Metern bekam Garden mehr Autos zu Gesicht, als es in ganz Charleston gab, da war sie sich sicher. Es waren auch ganz andere Modelle, so gut wie gar keine schwarzen ›Model T's‹.

Das Taxi bog in eine halbkreisförmige Auffahrt ein, und Garden duckte sich, um aus dem Fenster nach oben zu sehen. Das Haus war riesig, aber nicht so hoch wie die Wohnhäuser auf dem Riverside Drive. Hoffentlich war die Wohnung der Principessa im obersten Stockwerk, und hoffentlich gab es einen Lift, dachte sie.

Sie hielten unter einem Schutzdach, und ein Mann in Uniform kam die breite Treppe herunter, um die Taxitür zu öffnen. Als Garden ausstieg, kamen drei Männer aus dem Central Park über die Straße gerannt. »Zum Teufel noch mal«, murmelte Sky. Er nahm sie am Arm und hastete mit ihr die Stufe hinauf. »Reporter«, erklärte er. »Dreh dich nicht um, sie haben womöglich Kameras.«

Die mächtige Flügeltür öffnete sich, als sie die fünfte und letzte Stufe erreicht hatten, und sie stürzten ins Haus. Nun standen sie in einer gigantischen Eingangshalle mit einem grünen Marmorfußboden, der fast ganz von einem Teppich mit grünen Drachen auf goldenem Untergrund bedeckt war. In der Mitte stand ein großer runder Tisch, der Garden an das Monstrum erinnerte, daß Peggy damals im Antiquitätenladen erstanden hatte, außer daß bei diesem hier die Füße aus vier geschnitzten Drachen bestanden.

Am hinteren Ende der Eingangshalle führte eine breite Treppe im Halbkreis nach oben. Sie hatte ein kunstvolles schmiedeeisernes Geländer und weiße Marmorstufen mit einem grünen Teppich in der Mitte. Garden hörte ein leises Plätschern und machte den Hals lang, um den Brunnen in der Biegung der Treppe zu sehen. Er hatte ebenfalls die Form eines Drachens – der statt Feuer Wasser spie. Sie fand alles sehr schön und raffiniert, war aber enttäuscht, daß es nur eine Treppe gab.

Sky nahm einen Stapel Post vom Tisch. Er brach eine große weiße Blüte aus dem Gesteck auf dem Tisch. »Hier, mein Engel, riech mal. Jetzt ist es wirklich Frühling.«

Der Blumenduft erfüllte die ganze Eingangshalle, aber Garden beugte sich trotzdem gehorsam vor. Von nahem roch es so süß, daß ihr ganz flau wurde. »Ein herrlicher Duft«, sagte sie. »Was ist das?«

Sky legte ihr den Arm um die Schultern. »Flieder, meine kleine Magnolienblüte. Yankeeblumen. Komm, jetzt gehen wir hinauf. Willst du den Aufzug nehmen?«

»O ja! Wo ist er denn? Ich habe gar keinen gesehen.«

»Gewußt, wo!« Sky schwang sie nach links herum, und sie sah einen Mann in einem eleganten Frack, der eine Tür aufhielt. Sie überlegte, ob er wohl in einer der Wohnungen wohnte oder eine Art Hausmeister war. Sky klärte sie weder auf, noch stellte er sie ihm vor. Garden lächelte im Vorübergehen, kurz und er neigte kurz den Kopf.

Der Lift war kleiner als der bei Kerrison's und viel fantasievoller ausgestattet: Er hatte grün gepolsterte Innenwände an denen bronzene Lampen mit weißen gefältelten Schirmchen angebracht waren. Dazwischen hing in einer bronzenen Halterung eine geschliffene Kristallvase voller Flieder.

Der Aufzug erzitterte und hielt an. »Das hätte man doch richten sollen«, sagte Sky. »Aber er ist völlig sicher, keine Angst.« Garden hatte keine Angst, sie war nur ein bißchen traurig, daß sie nicht höher hinaufgefahren waren.

Sky hielt die Tür auf, und Garden trat auf einen Vorplatz hinaus. Ein Schauer von Reiskörnern prasselte ihr über Kopf und Schultern, und aufgeregte Stimmen riefen: »Überraschung!«

»Da soll doch …«, sagte Sky. »Duck dich, Schatz!« Er packte Garden bei der Hand und rannte los, durch den weißen Körnerschauer in einen großen Raum, in dem es von Menschen nur so wimmelte.

Die Frischvermählten wurden stürmisch begrüßt, Sky von den Frauen mit Küßchen und von den Männern mit Schulterklopfen, Garden mit Handschlag und einem gelegentlichen Wange-an-Wange-Gruß. Für ihre Begriffe redeten sie alle sehr laut und vor allem gleichzeitig. Lächelnd sagte sie zu allen »Danke«, denn man gratulierte ihnen wohl oder hieß sie willkommen oder beides. Sie war durcheinander und kam sich ziemlich verloren vor. Ein paar Gesichter kamen ihr bekannt vor, wahrscheinlich waren sie auf der

Hochzeit gewesen, aber Sky hatte zweihundert Gäste eingeladen, und sie hatte keine Zeit gehabt, irgend jemanden kennenzulernen. Sky kannte hier jeden, und er freute sich ganz offensichtlich, alle zu sehen. Garden schien er ganz vergessen zu haben.

Hatte er aber nicht. Als der Begrüßungstumult abebbte, scheuchte Sky die Menschentraube um sie herum zur Seite. »Laßt uns ein wenig Luft«, sagte er, »sonst wird aus diesem Fest noch eine Totenwache für das junge Ehepaar Harris, das leider erstickt ist.« Er legte seinen Arm um Garden. »Komm, mein Herzblatt, leg den Hut ab, und mach's dir gemütlich. Ich such' dir einen Stuhl.«

Er drückte sie auf ein Sofa und setzte sich neben sie. Garden stellte ihre Handtasche auf das Tischchen neben sich. Dann zog sie die Handschuhe aus, nahm den Hut ab und legte beides dazu.

»Siehst du!« sagte eine Frauenstimme. »Hab ich's dir nicht gesagt? Sie ist ein halber Rotschopf.« Garden erkannte Mitzi wieder, Skys Gast auf der Barony. Sie sah sich um und fand auch Mark und Bunny. Sie war erleichtert, daß sie jetzt zumindest ein paar Leute kannte. Aber über ihr rotes Haar war sie gleich wieder unglücklich. Und es war so auffällig. Das Dienstmädchen auf der Yacht war nicht so geschickt wie Mr. Angelo; sie hatte Garden heute morgen Zöpfe geflochten und zu einer Krone gesteckt.

Garden lächelte Mitzi unsicher zu.

Mark erhob die Stimme. »Ganz genau, Garden hat wildes Haar, und sie ist eine wilde Tänzerin. Tanz uns einen Charleston vor, Garden.«

»Ja, Garden, bitte. Bring ihn uns bei«, sagte Bunny.

»Nein, das geht doch nicht.«

»Klar geht das. Komm schon, Garden. Legt mal eine Platte auf«, ordnete Mark an. »Und zwar was Heißes.«

Andere meldeten sich zu Wort, drängten und bettelten. Garden sah Sky an. Er mußte sie zur Räson bringen, schließlich waren es seine Freunde.

Er lächelte fröhlich und stolz. »Na los, mein Schatz, zeig den Yankees mal, wo's langgeht.«

»Sky, ich kann nicht. Ich kenne diese Leute doch gar nicht.«

»Das sind alles unsere Freunde, mein Engel. Keine Sorge. Und ich geb' gern ein wenig an, mit meiner Braut.«

Garden stand auf. Die Knie zitterten ihr. Alles klatschte, und sie blickte verzweifelt zu Sky. Er nickte ihr aufmunternd zu. »So ist es recht«, sagte er, »zeig, was du kannst.« Aus der Ecke tönte plötzlich laute Musik, der ›Twelfth Street Rag‹, von einer Jazzband gespielt. Garden machte einen Schritt, dann noch einen. Sie breitete die Arme zur Balance aus und tanzte. Der Rhythmus war ansteckend, aber ihre Bewegungen waren steif. Sie hatte Angst, daß sie sich lächerlich machen könnte. Ein Mann, ein Mädchen und dann noch eines standen auf und versuchten, ihre Schritte nachzumachen. Sie lachten sie nicht aus, sie wollten es ernsthaft lernen. Es gefällt ihnen tatsächlich, dachte Garden. Sie lächelte sie an und machte alle Bewegungen übertrieben deutlich, damit man sie leichter kopieren konnte.

»Toll ... fantastisch ... umwerfend ... ich auch ... das muß ich auch probieren ...« Im ganzen Raum versuchte man, es Garden gleichzutun.

Als das Lied zu Ende war, riefen alle »noch mal« und »rollt doch den Teppich auf«, und »zeig's mir« und »bitte noch mal von vorn, Garden«. Sie mögen mich, dachte Garden, und ihre Nervosität verschwand. Sie war der Mittelpunkt, und Sky konnte stolz auf sie sein. Sie sah ihn an. Er war ebenfalls aufgestanden. »Ich krieg die erste Stunde«, sagte er. »Ich bin mit der Lehrerin verheiratet.«

Garden tanzte, bis ihre Füße taub wurden. Nachdem alle den Grundschritt einigermaßen beherrschten, zeigte sie ihnen die Drehung und den Kick. Die Platte drehte sich ununterbrochen auf dem Grammophon, und die Begeisterung nahm kein Ende. Garden entspannte und freute sich. Ihre

Schüchternheit löste sich in Nichts auf, und sie überließ sich ganz der Musik und dem Rausch der Bewegung.

»So, Schluß jetzt«, rief Sky.

Garden blieb stehen. Sie spürte, wie ihr das Blut durch die Adern schoß, faßte sich mit den Fingern an die heißen Wangen und die feuchten Schläfen. Ihre Zöpfe waren ihr auf die Schultern gefallen und lösten sich langsam auf. »Du liebe Zeit«, keuchte sie, »ich bin ja ganz außer Atem.«

»Nein, bitte, tanz weiter«, sagte ein Mädchen neben ihr. Mit den Füßen tanzte sie immer noch.

»Laßt Garden mal verschnaufen«, sagte Sky. Seine Stimme klang fast wütend. »Setz dich, mein Schatz, ich hol' dir was zu trinken.« Er geleitete Garden zum Sofa. Dankbar sank sie in die tiefen Kissen. Sie hatte es zwar vorher nicht bemerkt, aber sie war doch müde.

»Danke, Sky.«

»Hier.« Er gab ihr ein Taschentuch und die Handvoll Haarspangen, die er vom Fußboden aufgeklaubt hatte. »Was möchtest du? Champagner? Oder Milch?«

»Milch, bitte.« Sky drückte ihr einen Kuß aufs Haar.

»Bin schon unterwegs«, sagte er.

Sky rannte die Treppen hinunter, um die Milch für Garden selbst zu holen. Er wollte dem lauten Stimmengewirr im Wohnzimmer kurz entfliehen. Während Garden getanzt hatte, war ihm etwas Seltsames widerfahren. Er war stolz auf sie gewesen und hatte sich gefreut, daß seine Freunde von ihr beeindruckt waren.

Bis sich ihre Frisur auflöste. Da kam es ihm vor, als mischte sich jeder einzelne Mensch im Raum in sein ganz privates Leben, in seine Ehe, in seine Liebe zu Garden. Ihr langes rotblondes Haar – offen und in seiner ganzen Wildheit –, das sollte kein anderer Mann je zu Gesicht bekommen. Das gehörte ihm, ihm ganz allein. Bevor sie sich liebten, löste Garden immer die Zöpfe oder den Knoten, und der Anblick, wie ihr das Haar über die blasse, schimmernde Haut fiel, war für ihn jedesmal ein atemberaubender sinnlicher Reiz. Er gönnte seine Frau keinem anderen Mann, noch nicht einmal dessen Blicken, nicht seine private Garden.

Mit dem Glas Milch für Garden lief er wieder hinauf. Seine Freunde waren inzwischen mit einem neuen Star beschäftigt. Vicki war eingetroffen, während Sky in der Küche war.

»Meine Lieben«, sagte sie gerade, »Ägypten ist einfach zu herrlich. In jedem Hotel wimmelt es von finsteren, dunkelhäutigen, bärtigen Männern, die einem hinter den Topfpalmen versteckt zuzischeln. Alle behaupten, sie hätten ein paar Schmuckstücke aus dem Grabschatz gestohlen, und die würden sie einem nun zu einem lächerlichen Preis überlassen, weil ihre Großmutter im Sterben läge. Oder ihre Kamele.«

»Haben Sie etwas gekauft, Principessa?«

»Kindchen! Das waren doch alles scheußliche, unechte Klunker. Nein, da hab' ich der Versuchung einmal im Leben widerstanden. In der Hotellobby zumindest. Vom Botschafter hab' ich mich dann einem wirklich verläßlichen Antiquitätenhändler vorstellen lassen. Der hat mich natürlich auch geschröpft, aber wenigstens waren seine Sachen echt.«

Vicki wühlte in der Kamelsatteltasche, die sie als Handtasche benützte. »Ah, da haben wir sie. Tja, Kinderchen, so sehen also Skarabäen aus.« Sie zog die Schnur an einem Ledersäckchen auf und schüttete Hunderte von bunten Steinen auf den Tisch. »Das sind Mistkäfer, ist das nicht köstlich? Diese sind natürlich aus Quarz und Fayence und Cabochon. Aber sie sind garantiert antik und heilig. Ich finde, man kann herrlichen Sommerschmuck daraus machen.«

Sie stöberte wieder in der Tasche herum. »Das ist das einzig wirklich schöne Stück, das ich gefunden habe. Ich habe es für meine neue Tochter erstanden. Schuyler, hier, leg das mal Garden um den Hals.«

Es war ein mächtiges Kollier aus Gold- und Lapislazuliperlen, auf feinen Golddraht aufgefädelt. Es reichte Garden bis zu den Schultern. Vorn bis zum Brustbein und hinten bis unter die Schulterblätter.

»Es ist wunderschön«, sagte Garden. »Ich weiß gar nicht, wie ich Ihnen ... dir danken soll ... Vicki.«

»Aber nichts zu danken, Kindchen. Ich war mir sicher, daß Lapislazuli dir mit deinen Augen hinreißend steht, und genauso ist es. Ich habe nun mal so gerne recht. Es ist so erfreulich, endlich eine Tochter zu haben. Kannst du dir Sky mit so einem Kollier vorstellen?«

Sky legte es gehorsam um, zur allgemeinen Erheiterung.

Vicki lud alle ein, zu Cocktails und einem zwanglosen Abendessen zu bleiben. Zwei Dutzend nahmen dankend an. Es wurde ziemlich spät, und Garden beobachtete und horchte zu und lernte eine ganze Menge.

Das Haus hatte mitnichten mehrere Wohnungen. Es war einfach Vickis Haus in New York. Sie hatte auch in London, Paris, Palm Beach und Southampton Häuser. Und Ashley Barony.

Skys Freunde kannten die meisten dieser Häuser. Sie waren alle irgendwann in irgendeinem zu Gast gewesen. Alle schienen sich schon seit Ewigkeiten zu kennen. Garden fragte sich, ob sie wohl je lernen würde, wer wie hieß, wer verheiratet war und wer nicht, und wer von den Verheirateten wessen Mann oder Frau war.

Sie war müde, und langsam brummte ihr Kopf. Aber das machte nichts, Sky war ja bei ihr. Er ließ sie keine Sekunde allein, auch nicht vorhin beim Abendessen, und jetzt hielt er die ganze Zeit ihre Hand, während er mit seinen Freunden redete.

»Keine Sorge, Liebling«, flüsterte er. »Du fühlst dich in Nullkommanichts hier zu Hause.«

53

Gardens Eingewöhnungszeit begann mit einem Schock am nächsten Morgen.

Beim Aufwachen wußte sie nicht, wo sie war. Sie hatte das abgedunkelte Schlafzimmer noch nie zuvor gesehen. Genausowenig wie das Nachthemd, das sie anhatte, die Hausschuhe neben dem Bett und den Morgenrock, der am Fußende über einen Stuhl gebreitet lag. Und sie war ganz allein.

Was war passiert, was hatte sie in diesem fremden Zimmer verloren, und wo war Sky? Sie zog den Morgenrock über und öffnete die Tür neben dem Bett. Sie führte in einen Raum mit je acht Türen an jeder Wand. Garden war zumute wie in einem Alptraum.

Sie zog die nächstgelegene Tür auf. Sie führte in einen leeren Wandschrank. Genauso wie die nächste und übernächste und über-übernächste. Wie gehetzt rannte sie zur nächsten Wand, öffnete die Türen und fand unzählige Schubladen dahinter. »O nein«, rief sie und flüchtete sich ins Schlafzimmer zurück.

Auf der anderen Seite des Bettes befand sich noch eine Tür. Garden drehte den Knauf und drückte wie wild, aber die Tür rührte sich nicht. Sie fing an zu weinen. Auf der Suche nach einem anderen Weg hinaus drehte sie sich um, und hinter ihr öffnete sich lautlos die Tür. Nach innen.

Mit dem Handrücken wischte sie sich über die Wangen. Wie dumm du bist, sagte sie sich im stillen. Sie steckte den Kopf durch die Tür und fand einen breiten Korridor mit Türen an beiden Seiten vor.

»Sky?« rief sie kläglich. »Sky?«

Sky küßte ihr die Tränen vom Gesicht und von den Augen. »Was bist du doch für ein Dummerchen«, sagte er. »Du hättest nach einem Zimmermädchen klingeln sollen, damit sie mich holt. Kein Mensch hört dich hier rufen. Bloß gut, daß ich ungeduldig geworden bin und dich aufwecken wollte, sonst würdest du immer noch heulend hier liegen.«

»Ich wußte nicht, wo ich bin.«

»Armes Kindchen.«

»Oder wo du bist.«

»Jetzt bin ich ja da, und alles ist wieder gut.«

Die Erklärung sei ganz einfach, meinte Sky. »Du warst gestern abend so fest eingeschlafen, daß ich dich einfach in dein Zimmer getragen und ins Bett gebracht habe. Nachthemd und Morgenmantel lagen für dich bereit, und ich dachte, sie seien aus deinem Gepäck.

Du darfst nicht vergessen, Schatz, daß du auf der Yacht aus irgendwelchen Gründen nie ein Nachthemd getragen hast.«

»Aber warum habe ich ein eigenes Zimmer? Warum haben wir nicht eines zusammen?«

»Weil jeder Mensch sein eigenes Schlafzimmer braucht. Wir gehen vielleicht manchmal nicht zur selben Zeit ins Bett, und wir wachen immer zu verschiedenen Zeiten auf. Außerdem ist es romantischer, wenn ich dich mit lüsternen Absichten besuche, als wenn wir uns daran gewöhnen, daß einer dem anderen die Bettdecke wegzieht.

Natürlich kannst du mich auch besuchen. Mein Schlafzimmer liegt gleich gegenüber. Das wäre sehr nett.«

Garden meinte, daß er wohl recht habe. Ihr Vater und ihre Mutter hatten schließlich sogar getrennte Häuser gehabt. »Hilfst du mir meine Kleider suchen? Dieses Ankleidezimmer besteht nur aus leeren Schubladen und Schränken. Und das Gesicht würde ich mir auch gern waschen.«

»Komm mit.« Sky machte alle Türen auf und ließ sie offen stehen. Gardens Kleider hingen hinter drei der Türen und waren zum Teil in Schubladen verstaut. Hinter einer Flügeltür verbarg sich ein Frisiertisch. Ihre Kämme und Bürsten lagen darauf, daneben Parfumflakons und ein Stapel Taschentücher.

Die letzte Tür befand sich gegenüber dem Eingang zum

Schlafzimmer und führte in ein funkelndes Badezimmer aus rosafarbenem Marmor.

»Ich bestelle dein Frühstück, während du dich frischmachst«, sagte Sky. »Möchtest du im Bett oder am Tisch frühstücken?«

»Ganz egal.«

»Gut. Bis gleich. Ich komme dann in dein Zimmer.«

Als Garden wieder in ihr Zimmer kam, waren die Vorhänge zurückgezogen, und helles Sonnenlicht flutete herein. Sofort war alle Angst vergessen. Sky saß an einem Tisch vor einer breiten Balkontür. Er stand auf und schob Garden den Stuhl gegenüber zurecht. Auf dem Tisch lag ein rosafarbenes feines Tischtuch. Zartes Porzellan mit einem Blumenmuster in Rosa nahm fast den ganzen Tisch ein. Vor Sky stand nur eine Tasse.

Garden setzte sich. Sie drückte die Nase an die Fensterscheibe. »Schau, Sky, da ist ein Balkon, ein riesengroßer. Wir könnten draußen frühstücken.«

»Wenn es wärmer wird, tun wir das auch. In New York ist noch nicht richtig Frühling.«

Garden kicherte. »Ach ja, wir sind ja im hohen Norden, das hab' ich ganz vergessen«, sagte sie.

»Freche Göre«, gab Sky lachend zurück und nahm ihre Hand. Händchenhaltend sahen sie sich in die Augen und tauschten stumme Bekenntnisse aus.

»Dein Frühstück wird kalt«, sagte Sky sanft.

»Ich habe keinen Hunger. Ich schau' dir lieber in die Augen.«

Sky ließ ihre Hand los.

»Das wirst du in einer Stunde nicht mehr sagen, wenn erst dein Magen knurrt. Iß nur, mein Schatz. Wir haben heute einiges vor uns.«

Garden hob die hohen Deckel ab und entdeckte ein Omelett, eine gegrillte Forelle, gebackene Tomaten und eine Auswahl an frisch gebackenem Brot. »Mmmh«, sagte sie. »Ißt du nicht mit?«

»Nein, danke. Ich habe schon gefrühstückt. Aber die Kaffeekanne kannst du mir reichen.«

Garden goß ihm Kaffee ein. Sie tat gern solche hausfraulichen Dinge. »Was haben wir denn alles vor?«

»Sightseeing, dann Lunch mit den Pattersons, Cocktails bei Mark, Abendessen bei irgendwem, ich weiß gar nicht mehr, dann Theater, und danach schauen wir mal, was sich so ergibt.«

Bevor Garden erfragen konnte, wer denn die Pattersons seien, klopfte es leise an die Tür. »Herein«, sagte Sky.

Eine stämmige ältere Frau trat ein, deutete einen Knicks an und kam an den Tisch. Ihr Haar war in einem strengen Knoten auf dem Hinterkopf zusammengefaßt, und sie hatte ein einfaches, ernstes Gesicht mit einer ziemlich großen Nase zwischen den kleinen braunen Augen. »Guten Morgen«, sagte sie. »Ich bin Corinne, Ihr Mädchen, Madam.«

»Guten Morgen«, antwortete Garden. Sie wußte nicht, was sie sonst noch sagen sollte. Corinne stand still da, die Hände über der steif gestärkten Schürze gefaltet.

»Guten Morgen, Corinne«, sagte Sky. »Mrs. Harris wird nach Ihnen klingeln, wenn sie zum Anziehen bereit ist.«

»Sehr wohl, Sir. Madam.« Corinne verschwand ebenso rasch, wie sie gekommen war.

Garden sah Sky verständnislos an. »Habe ich ein Dienstmädchen für mich allein? So unordentlich bin ich gar nicht. Zanzie hat mir gesagt, ich sei ordentlicher als Mama und Peggy.«

»Sie ist eine Kammerzofe, mein Schatz, kein Zimmermädchen. So wie sie aussieht, weiß sie genau, was zu tun ist; du mußt sie nicht erst erziehen. Laß sie nur machen. Aber laß sie nicht an dein Haar. Sonst macht sie dir womöglich noch so eine Frisur wie sich selbst. Ich habe Laurie Patterson nach dem besten Friseur in der Stadt gefragt, und sie hat versprochen, jemanden zu schicken. Wenn er nicht gut genug ist, dann suchen wir so lange, bis wir den richtigen finden.«

In der nächsten halben Stunde lernte Garden ihre Privatsekretärin, Miss Trager, und ihren Friseur, Mr. François, kennen. Sky wies Miss Trager an, bei ihm nachzufragen, welche Einladungen sie annehmen solle. »Bis Sie wissen, wen wir mögen und wen nicht, Kindchen.« Und er sagte Mr. François, Mrs. Harris möchte ihre Frisur so, daß ihr Haar vollkommen blond wirkt. »Erklär ihm, wie das dein Friseur in Charleston gemacht hat, Garden.« Dann ging er hinaus. »Miss Trager kann mir sagen, wenn du fertig bist. Ich schicke Corinne hinauf«, sagte Sky von der Tür aus.

Garden überließ sich den Expertenhänden. Es war eigentlich nicht viel anders als in ihrer Saison und bei ihrer Hochzeit, nur daß das Mädchen und die Privatsekretärin die Rolle ihrer Mutter übernommen hatten, und daß Mr. François viel schneller als Mr. Angelo arbeitete.

Um elf traf sie sich mit Sky im Wohnzimmer neben ihrem Schlafzimmer. Sie trug ihr bestes blaues Seidenkleid. Sky zwinkerte ihr zu. »Die Schönste in der ganzen Stadt«, sagte er.

Corinne räusperte sich. »Madam braucht noch blaue Schuhe und Strümpfe«, sagte sie.

»Wir kümmern uns darum.« Sky nahm dem Mädchen Gardens Hut und Mantel aus der Hand. »Und, Corinne, gestern abend hat jemand die falschen Sachen für Mrs. Harris bereitgelegt. Entfernen sie sie.« Sky wußte, woher das Satinnachthemd und der Morgenrock stammten. Mitzi hatte sie an einem Wochenende vergessen.

»Sehr wohl, Sir«, sagte Corinne mit unbewegter Miene. Sie hätte es ohnehin getan. Bevor Garden ihr Zimmer wieder betrat, wollte Corinne es genauestes inspizieren. In solchen Fällen gab es immer übersehene Haarspangen, Lippenstifte und Parfums, wenn nicht intimere Accessoires.

Sky gab Garden eine kurze Führung durchs Haus. Ihr Bereich bestand aus dem Wohnzimmer, wo die Empfangsparty stattgefunden hatte, Skys Schlafzimmer, Arbeitszimmer, Ankleidezimmer und Bad sowie Gardens Wohnzimmer,

Schlafzimmer, Ankleideraum und Bad; außerdem einem Schlafzimmer und Bad für die Dienstmädchen. Vickis Räumlichkeiten lägen auf demselben Stockwerk in einem anderen Flügel, erklärte er ihr. Ein paar Gästezimmer ebenfalls, aber die müsse man jetzt nicht extra besichtigen.

Aber den Ballsaal wollte sie vielleicht sehen. Er nahm den ganzen Mittelteil der ersten Etage ein. Sky öffnete die Tür und faßte an einen Schalter. Sechs Kristallüster erstrahlten in blendendem, sich brechendem Licht. Sie spiegelten sich in großen Spiegeln an sämtlichen Wänden.

»Der stammt aus Vickis Versailler Periode«, sagte Sky. Er schaltete die Lüster aus und lief quer durch den riesigen Raum, um die Goldbrokatvorhänge an einem der Fenster aufzuziehen. »So ist es besser«, sagte er. »Komm mal her. Man sieht schon, wie die Bäume im Park langsam grün werden.«

»Noch ein Balkon. Was für ein wunderschönes Haus, Sky. Es ist wie ein Schloß.«

Sky lachte. ›Wo sollte eine Prinzessin auch sonst wohnen? Als Kind habe ich immer Luftballons voller Wasser auf die Leute unten auf dem Gehweg geworfen.« Er öffnete die Balkontür. »Mmmmh, es riecht nach Frühling.«

Garden schnüffelte. Es roch eher nach Benzin, fand sie. All diese Autos auf der Straße. Sie trat auf den Balkon und blickte die belebte Avenue hinauf und hinunter.

»Garden! Huhu, Garden!« rief jemand von unten herauf. Sie lächelte und winkte.

Sky riß sie mit einem Ruck ins Zimmer zurück.

»Da ist jemand, der mich kennt, Sky.«

»Alle kennen dich, Garden. Das ist irgend so ein verdammter Reporter. Du darfst es ihnen nicht auch noch leicht machen.« Sky schlug die Türen zu und zog die Vorhänge vor, wodurch das Sonnenlicht wieder ausgesperrt war.

Garden versuchte, in dem plötzlichen Halbdunkel seine Miene zu erkennen. Er klang ärgerlich. »Es tut mir leid«, sagte sie. »Ich habe gedacht, es sei ein Freund von dir.«

»Macht nichts. Aber denk daran. Und tu's nicht wieder.«
Der Rest der Führung ging schnell vonstatten. Skys Ärger war verflogen; Garden kicherte über seine hämischen Bemerkungen im Erdgeschoß. »Das sind die Empfangsräumlichkeiten«, bemerkte er, während er eine breite Doppeltür aufgleiten ließ, »auch die Drachenhalle genannt.« An den Wänden hingen leuchtend bunte chinesische Festkimonos und prachtvolle Wandschirme mit chinesischen Landschaften und Figuren. Rote Teppiche mit goldenen Drachen lagen auf dem Boden. Die Möbel waren anders als alles, was Garden bisher gesehen hatte: aus glänzend schwarzem Holz und mit fantastischen Schnitzereien verziert.

»Das ist entstanden, als Vicki das Mah-Jongg entdeckt hat«, sagte Sky. Garden schaute ihn fragend an. »Das ist ein Spiel, Kindchen. Jetzt sag nicht, daß es noch nicht bis nach Charleston gedrungen ist. Auf der ganzen Welt ist man doch verrückt danach. Ich bring' es dir auf der Stelle bei. Wir spielen es alle.«

Er führte sie in einen kleineren, ebenfalls chinesischen Raum, in dem vier mit grünem Flanell bezogene Tische standen. »Das ist das Mah-Jongg-Zimmer. Und das die Mah-Jongg-Kostüme.« Sky öffnete einen Schrank und zeigte ihr die lange Stange mit bestickten Seidenkimonos in allen Farben. »Zum Spielen sucht sich jeder einen aus.«

Sky sah auf die Uhr. »Jetzt beeilen wir uns lieber ein bißchen. Der Rest ist ganz normal. Das Speisezimmer hast du ja schon gesehen. Dann gibt es noch ein Frühstückszimmer, eine Bibliothek, das Billardzimmer und die Bar, ebenfalls chinesisch, und die Ankleidezimmer für Gäste. Alles klar?«

»Alles klar. Solange mich die Drachen nicht verschlingen.«

Sky lachte. »Ich weiß, was du meinst. An die muß man sich erst gewöhnen. Aber nächsten Monat verwandeln sie sich womöglich in Sphinxen, denn Vicki ist zur Zeit ganz vernarrt in Ägypten. Sie richtet immer irgendeines ihrer

Häuser neu ein. Ich glaube, in jeder Stadt der zivilisierten Welt leben ein bis zwei Innenausstatter allein von ihren Aufträgen.«

»Mein Zimmer ist ausgesprochen hübsch. Das Wohnzimmer auch.«

»Ach, damals war Vicki Elsie-de-Wolfe-Fan. Ich finde, daß sie das toll gemacht hat, und ich habe Vicki erklärt, sie soll meinen Teil des Hauses jetzt gefälligst so lassen.«

Garden freute sich, daß Sky seiner Mutter erklären konnte, sie solle alles so lassen. Nicht auszudenken, wenn sie eines Morgens in einem Mumienschrein aufwachen würde. Sie fuhr mit den Armen in den Mantel, den der Butler ihr aufhielt.

»Danke, Jennings«, sagte sie mit einem Lächeln. Jennings sei der wahre Chef im Haus, hatte Sky ihr verraten. Er konnte alles tun, alles bekommen und alles wegschaffen. Man brauchte ihn nur zu bitten. Am liebsten hätte in Garden gebeten, irgend etwas zu tun, damit sie sich nicht mehr so wie das Mädchen vom Land vorkam. Aber das überstieg wohl sogar Jennings' Fähigkeiten.

54

Garden erkannte Laurie Patterson sofort wieder. Laurie war eine kleine, dunkelhaarige, energische Frau mit einem naßglatten Kurzhaarschnitt und einem großen, grell geschminkten Mund, der das Auffälligste und Attraktivste an ihr darstellte. Sie hatte die Charlestonschritte am schnellsten gelernt, erinnerte sich Garden, und sie schien sich auf der Party am besten von allen amüsiert zu haben. Garden lächelte erwartungsfroh, als Sky und sie zu dem anderen Paar an den Tisch trat.

»Schätzchen!« kreischte Laurie mit sorgfältig kontrollierter Lautstärke, »dieses Blau steht dir umwerfend, mit deinen

Augen. Findest du nicht, David? Ich bin ja soo neidisch. Was gäb' ich nicht drum, für solche Augen.«

Davids ruhiger, polternder Baß war das genaue Gegenteil zu dem munteren Geplapper seiner Frau. »Nicht so forsch, Laurie, die arme Garden wird ja ganz rot«, sagte er, worauf Garden das Blut noch heftiger in den Kopf stieg. »Aber natürlich hast du wie immer recht. Gardens Augen sind umwerfend. Das sieht ihm ähnlich, unserem guten Sky, daß er sich eine so hinreißende Frau sucht.«

Garden und Sky sonnten sich in den Komplimenten; jeder freute sich über das Lob des anderen. David goß Sky einen Martini aus dem ›Wasser‹-Krug ein.

»Wie findest du Mr. François, Garden?« fragte Laurie. »Antoine schäumte vor Wut, als ich ihm seinen besten Mann praktisch gewaltsam entführt habe, aber ich habe ihm gesagt, daß er sich damit einfach abfinden muß.«

»Er ist sehr nett«, sagte Garden.

»Wenn du ihn nicht wirklich gut findest, mußt du ihn nämlich nicht behalten, weißt du. In New York wimmelt es von Friseuren.«

Garden blickte zu Sky. »Dir gefällt doch meine Frisur so, oder?«

»Ausgezeichnet, mein Schatz. Aber Laurie hat recht. Wenn er dir nicht gefällt, dann gibt es noch genügend andere. Ich will, daß du glücklich bist.«

»Ich finde ihn gut, wirklich.«

Sky prostete Laurie zu. »Wieder ein genialer Schachzug von dir, Laurie. Wie du das nur immer machst. Mein Kompliment.« Er nahm einen kräftigen Schluck.

»Darauf trinke ich nun auch«, sagte Laurie. Sie stieß mit Sky an und nippte an ihrem Martini.

Fasziniert von dem leisen Gemurmel so vieler Stimmen und der unauffälligen Geschäftigkeit der Kellner blickte Garden sich um. In Charleston ging man nicht zum Essen aus. Außer in der Eisdiele auf der King Street war sie noch nie in einem Restaurant gewesen.

Sky reichte ihr eine Speisekarte, und sie vertiefte sich in das Dilemma, aus Dutzenden von Gerichten etwas auszuwählen. »Soll ich für dich bestellen, mein Schatz?«

»Nein, nein, ich will mir etwas aussuchen. Laß mir nur ein wenig Zeit.«

Sky bat den Kellner, in ein paar Minuten wiederzukommen. David schenkte nach. »Was habt ihr an Gardens erstem Tag in New York gemacht?« fragte Laurie.

»Sehenswürdigkeiten besichtigt. Wir sind bis zur Südspitze der Insel und wieder zurück gefahren und haben uns alles angeschaut. Das Woolworth Building, das Waldorf-Astoria, Grand Central, alle großen Gebäude, die mir eingefallen sind. Das höchste Haus in Charleston hat vielleicht zwölf Stockwerke, und es ist das einzige Hochhaus. Garden hat auch nicht schlecht gestaunt. Wir hätten eigentlich im Plaza zu Mittag essen sollen. Heute früh hat sie mir nämlich erzählt, daß es in Charleston bloß ein einziges Hotel gibt, und dort war sie noch nie.«

»Redet ihr von Charleston?«

»Hallo, da sind wir wieder, Mrs. Harris. Willkommen bei uns.« Sky nahm ihre Hand. »Ich habe gerade von unserer Sightseeing-Tour erzählt. Was ich dabei noch vergessen habe, ist, daß dich die Kaufhäuser eigentlich am meisten beeindruckt haben.«

»Die sind ja so groß.«

»Das ist die Public Library auch, mein Kind, aber da wolltest du nicht anhalten, um sie dir genauer anzusehen.«

Laurie schnitt Sky eine Grimasse. »Sei nicht so gemein. Was weiß ein Mann schon von so wichtigen Dingen wie Lord and Taylor?«

»Reingefallen«, lachte Sky. »Dieser Mann hier weiß alles, deshalb wollte er dich fragen, Laurie, ob du Garden unter deine Fittiche nehmen könntest. Du kennst dich doch aus und weißt, wo die besten Geschäfte sind. Würdest du Garden alles zeigen und ihre Konten bei den einschlägigen Geschäften eröffnen und was man sonst als Frau so zu erledigen hat?«

»Mit dem größten Vergnügen. Ich gehe doch zu gern in alle guten Geschäfte. Man weiß nie, was für ein unwiderstehliches Stück womöglich gerade neu hereingekommen ist. Wir werden uns prächtig amüsieren, Garden.«

Laurie und David berührten sich unter dem Tisch, mit den Knien. Sie hatten in gemeinsamer Arbeit soeben einen großen Erfolg errungen. Die Pattersons gehörten nicht zu der Multimillionärsfamilie mit diesem Namen. Das hatten sie nie behauptet, es allerdings auch nicht abgestritten. Es war wichtig, daß man ihnen großen Reichtum unterstellte, weil es wichtig war, daß sie mit den sehr Reichen befreundet waren, und sie wußten genau, daß sich die Reichen nur unter ihresgleichen wohl und sicher fühlten. David und Laurie waren im Gegenteil so tief verschuldet, daß sie nur durch einen dauernden nervenaufreibenden Balanceakt überleben konnten, mit ungedeckten Schecks, geborgtem Geld von dem einen Gläubiger, um den nächsten auszuzahlen, lange Wochenenden bei Bekannten, wenn Lebensmittelgeschäft und Metzger endgültig keinen Kredit mehr geben wollten, sowie Davids gefährlichen, unseriösen Transaktionen mit dem Vermögen seiner Kunden. David war Börsenmakler.

Laurie brachte ebensoviel Einkommen nach Hause wie David. Sie war ebenfalls Maklerin, aber eher versteckt. Sie hatte es sich zur Aufgabe gemacht, jegliche Zulieferer – für Waren oder Dienstleistungen – für die Reichen in New York zu kennen, und sie hatte sich den Ruf zugelegt, man brauche sich nur an sie zu wenden, wenn man etwas Schwieriges oder Ungewöhnliches wollte. Laurie wußte immer, wo man es fand. Oft hatte Laurie ein Abkommen mit dem Schneider, dem Innenausstatter, Orchester oder Feinkostlieferanten; ihre Kommissionen stellten einen unverzichtbaren Teil der Überlebensstrategie der Pattersons dar.

Garden entpuppte sich bestimmt als Goldgrube. Und was auf lange Sicht noch wichtiger war: Gardens Dankbarkeit stimmte Sky wahrscheinlich günstig. David wartete seit einiger Zeit auf den richtigen Moment für seinen Vorschlag, Sky solle sein Vermögen den Maklern der Principessa aus der Hand nehmen und ihm, David, anvertrauen. Ein solches Konto würde auf ganz legale Weise genügend abwerfen, um David und Laurie ihren Lebensstil zu finanzieren. Und um ihre Schulden abzuzahlen, vor allem die riskanten Lücken auf den Depots der anderen Kunden. Die Pattersons waren nicht gern unehrlich, sie gaben es nicht einmal zu; nach ihrem Verständnis machten sie nur die nötigen Investitionen in die Zukunft.

David kritzelte seinen Namen unter die Rechnung fürs Mittagessen. In einem Restaurant bezahlte er immer pünktlich, so daß er Kunden dorthin einladen konnte. Aus irgendeinem Grund dachten die Schwerreichen nie daran, zu bezahlen.

»Sag mal, David, wie wär's, wenn wir die Mädels losschicken, damit sie uns in den Ruin treiben, und wir spielen währenddessen eine Runde Squash? Der Club ist gleich um die Ecke.«

»Abgemacht.« David hatte noch ein paar Briefe zu erledigen, aber das konnte warten. Für ihn war jeder Mensch im Squashclub ein potentieller Kunde.

»Wunderbar.« Sky sah auf die Uhr. »Holt uns doch einfach um fünf wieder ab. Ist das genug Zeit?«

Laurie schüttelte den Kopf. »Bei weitem nicht. Aber es ist immerhin ein Anfang.« Sie hielt David die Wange hin, warf Sky ein Küßchen zu, schenkte dessen Chauffeur Martin ein Lächeln und stieg in den wartenden Daimler.

Sky hob Gardens Kinn, so daß er ihr Gesicht unter dem breitkrempigen Hut sehen konnte. »Einverstanden, mein Schatz?«

»Natürlich. Wir werden uns prächtig amüsieren«, echote Laurie. Sky half ihr beim Einsteigen in die Limousine. Martin schloß die Tür und ging um das Auto herum zur Fahrerseite, während Garden zusah, wie Sky und David um die Ecke bogen und verschwanden. Arme Kleine, dachte Laurie.

»Wohin sollen wir zuerst fahren?« fragte sie munter.

»Es ist furchtbar nett von dir, Laurie, daß du mitkommst. Ich will dir wirklich keine Umstände machen.«

»Unsinn, Garden, ich gehe doch für mein Leben gern in die Stadt. Ich bin ganz verrückt danach, aber meine Schränke quellen längst über.«

»Also, ich bräuchte auf alle Fälle blaue Schuhe und Strümpfe zu diesem Kleid.«

»Wunderbar. Ich kenne da einen fantastischen Schuhmacher. Du wirst begeistert sein.« Laurie hob das Sprachrohr an den Mund. »Madison und einundfünfzigste, Martin, gleich hinter der Kreuzung auf der rechten Seite.«

Der Schuhmacher vermaß Gardens Füße und versprach, bis zum nächsten Tag die Formen anzufertigen. Dann brachte er verschiedene Ledermuster in allen Farben und ein Heft mit Schnitten.

»Aber ich brauche sie jetzt«, sagte sie zu Laurie.

»Wir kaufen dir ja noch welche«, versprach Laurie, »aber die sind nur für jetzt. Konfektionsschuhe passen nie genau; man sieht es schon von weitem, und deine Füße sagen es dir bei jedem Schritt. Schau, wie rot deine Zehen sind. Das kommt von schlecht passenden Schuhen. Und dann sind deine Füße ruiniert, bevor du zwanzig bist ... Soll ich dir welche vorschlagen?«

»Ja bitte, Laurie, das wäre nett. Ich habe keine Ahnung, was man in New York trägt.«

»Das tu' ich doch gern für dich.« Laurie blätterte die Muster und Zeichnungen schnell durch und suchte nur vier schlichte Schnitte aus. »Wenn diese zu ihrer Zufriedenheit ausfallen, wird Mrs. Harris über weitere nachdenken«, sagte sie. »Und es eilt sehr. Lassen Sie sie sofort an die Adresse schicken, sobald sie fertig sind.«

»Für normale Schuhe ist er unübertrefflich«, sagte Laurie, als sie wieder im Wagen saßen. »Wenn wir Zeit haben, gehen wir einmal in ein sagenhaftes Atelier, wo dieses absolut verrückte Genie die unglaublichsten Abendschuhe entwirft. Und dann brauchst du natürlich noch englische Schuhe zum Laufen ... Martin, wir möchten bitte zu Lord and Taylor.«

Laurie hängte das Sprachrohr an seinen Haken zurück. Sie drehte sich auf dem Sitz so, daß sie Garden eingehend mustern konnte. »Du fürchtest dich ein bißchen, was? Du brauchst mir nichts zu erzählen, ich kann es mir gut vorstellen. New York ist eine Welt für sich. Garden, ich möchte dir jetzt etwas sehr Persönliches sagen. Hoffentlich trete ich dir nicht zu nahe. Sky ist verrückt nach dir; im Moment findet er dich absolut perfekt. Aber das wird vermutlich nicht so bleiben, wenn du dich nicht ein bißchen änderst. Er ist einen gewissen Lebensstil gewohnt, und eine gewisse Art von Menschen, die genauso leben. Eines Tages wird er entdecken, daß du nicht so aussiehst oder dich nicht so verhältst wie seine Freunde, und dann wird er dich nicht mehr perfekt finden, sondern eher langweilig. Verstehst du, was ich sagen will?«

Garden knetete die Hände. »Ja«, sagte sie, »das macht mir schon die ganze Zeit Sorgen, seitdem wir gestern hier angekommen sind. Ich bemühe mich ja, aber ich muß noch so viel lernen.«

»Ich mag dich, Garden. Ich würde dir gern helfen.«

»Da wäre ich dir schrecklich dankbar, Laurie.«

»Keine Ursache, Kindchen. Schau, hier sind wir schon bei Lord and Taylor. Mir nach, ich kenne mich hier besser aus als in meinem eigenen Wohnzimmer.«

Laurie verfrachtete Garden auf einen bequemen Stuhl in der Schuhabteilung, wies den Verkäufer an, ihr alles zu zeigen, was er in Blau in ihrer Größe da habe, und flüsterte dann Garden ins Ohr: »Ich muß mal schnell für Damen. Bin gleich wieder da.«

Vor der Tür zur Damentoilette ging sie in eine Telefonzelle.

»Miss Pierce, hier ist Laurie Patterson. Kann ich die Principessa sprechen? ... Guten Tag. Ja, ich bin jetzt bei ihr ... Ja, es wird gehen. Es wird wohl eine Weile dauern, aber ich sehe da kein Problem ... Danke, Principessa. Auf Wiederhören.«

Laurie lehnte sich mit dem Kopf an die Tür. »Wie konnte ich bloß so verdammt tief sinken?« fragte sie das stumme Telefon.

55

Nachdem Laurie ihr Make-up aufgefrischt hatte, steuerte sie auf die Büros zu. Als sie zur Schuhabteilung zurückging, begleitete sie ein Herr in gestreiften Hosen und perlgrauem Frack.

Sie fand Garden ebenso heillos verwirrt, wie sie angesichts der Speisekarte gewesen war. »Laurie«, sagte sie, »ich hatte keine Ahnung, daß es so viele Schuharten gibt. Ich kann mich nicht entscheiden, welche ich am schönsten finde.« Laurie überflog die Szene vor ihr mit einem Blick. Gardens Wangen leuchteten rosa. Sie sah so frisch und gut aus, daß die Leute sie einfach anstarren mußten. Zu dem Verkäufer hatten sich noch zwei weitere gesellt. Alle drei Männer sahen aus, als würden sie sich mit Freuden auf den Boden legen und Garden in den überall herumliegenden Schuhen auf sich herumtrampeln lassen. Gardens naive Begeisterung hatte sämtliche Herzen der blasierten New Yorker in diesem Geschäft gewonnen. Laurie spürte, wie ihr eigenes Herz schmolz. Es war so einfach, diesem goldigen Mädchen eine Freude zu machen, und sie war so dankbar.

»Es muß doch drei oder vier Paar geben, die dir am besten gefallen, Garden«, sagte sie. »Zeig mir, welche.«

Sie wandte sich an den Herrn an ihrer Seite. »Bitte lassen Sie noch Strümpfe und Handtaschen von unten kommen«, raunte sie ihm zu. Dann setzte sie sich neben Garden. »Probier sie an und geh nach vorn, so daß ich sie sehen kann.«

Eine Stunde später verließen Garden und Laurie das Kaufhaus, begleitet von einem Pagen mit sechs aneinandergebundenen Schachteln sowie dem Herrn aus der Kreditkontoabteilung. Im Erdgeschoß, auf dem Weg zum Ausgang, blieb Garden plötzlich stehen. »Entschuldigung«, sagte sie, als Laurie gegen sie stieß. »Ich habe gerade noch etwas gesehen, was ich kaufen möchte.« Mit einem schüchternen Lächeln sah sie ihren Begleiter an. »Kann ich bitte noch etwas haben, Mr. Anders? Ich könnte ja ein paar Schuhe dafür hierlassen.«

Mr. Anders versicherte ihr, daß sie alles haben könne, was ihr Herz begehre. Garden bedankte sich herzlich. »Dieses Buch möchte ich«, sagte sie. »Das über den Himalaja.«

»Für Sky?« fragte Laurie. Garden nickte. »Dann lassen wir es als Geschenk einpacken«, sagte Laurie. »Mr. Anders, würden sie es bitte zu dem Wagen von Mrs. Harris bringen lassen?« Sie zog Garden an den neugierigen Kunden in der Bücherabteilung vorbei.

An der Tür zur Fifth Avenue packte Laurie Garden am Arm. »Lächeln!« befahl sie.

Garden lächelte dem Portier zu, der ihnen die schwere Tür aufmachte. Blitzlichter leuchteten auf dem Gehweg auf. »Jetzt lauf«, drängte Laurie, stürzte mit Garden in den Daimler und zog das Rouleau herunter.

Ich habe meine gute Tat für Lord and Taylor getan, dachte Laurie. Dieses Bild erscheint morgen in mindestens drei Zeitungen. Dabei kriege ich hier noch nicht mal Rabatt. Sie zählte die Beträge zusammen, die sie von den Zeitungen bekommen würde, und beschloß, daß sie trotzdem nicht schlechtgefahren sei.

»Squashclub, Martin«, sagte sie, sobald der Fahrer am Steuer saß.

»Was für ein herrliches Kaufhaus«, sagte Garden. »Alle waren so nett. Ich möchte unbedingt wieder hin und alles anschauen, in jedem einzelnen Stockwerk.«

»Das sollst du ja auch, Kindchen. Und in allen anderen Geschäften ebenfalls. Wir haben viel vor uns.«

Sky kroch auf Händen und Füßen auf den Boden vor dem Rücksitz. »Gib mir einen Tritt«, stöhnte er. »Ich bin ein schrecklicher Mensch, der nichts Besseres verdient.« David holte mit dem Fuß aus.

»Du nicht, Patterson. Du solltest von mir einen Tritt kriegen, für diesen letzten Schlag. Ich hab' den Ball nicht kommen sehen, beinahe hätte er mich am Kopf erwischt.

Nein, ich rede von meiner wunderbaren Ehefrau. Ich habe unser Jubiläum vergessen. Gestern haben wir zweimonatigen Hochzeitstag gehabt, und ich habe nichts gemacht. Kein Feuerwerk, kein Rosenbett, keine kleine Aufmerksamkeit. Ich bin ein schlechter Mensch.« Sky kletterte auf den Klappsitz gegenüber von Garden. »Kannst du mir je verzeihen?« deklamierte er, die Hand auf der Brust.

David stieg auf den anderen Klappsitz, und Martin schloß die Tür. »Bitte verzeih ihm, Garden«, sagte David. »Das geht schon seit einer Stunde so mit ihm. Ich mußte mich mit ihm genieren.«

Garden ließ die Hand aus dem Handschuh gleiten. Sie legte Sky den Handrücken an die Schläfe, wo die Haut von der Dusche noch feucht war. Sie hätte ihm auch verziehen, wenn er ihr ein Messer in die Brust gestoßen hätte. Sky faßte Gardens Hand und drückte sie sich an die Lippen. »Ich bin verrückt nach dieser Dame«, sagte er zwischen ihren Fingern hindurch.

Laurie spürte, wie ihr die Augen brannten. Sie rang sich ein überzeugendes Lachen ab. »Das solltest du auch, Sky Harris«, sagte sie. »Während du dich mit kindischen Spielen abgegeben und euren Hochzeitstag vergessen hast, ist deine Frau bei Lord and Taylor treppauf treppab gelaufen, um ein Geschenk für dich zu finden.«

»Garden.« Sky zog sie ungestüm in seine Arme.

»Sky, wir sind in der Öffentlichkeit«, Garden versuchte nicht sehr anstrengt, sich aus der Umarmung zu befreien.

»David«, sagte Laurie laut, »hast du je das Gefühl, im Weg zu sein? Ich komme mir im Augenblick höchst sperrig vor.«

In der Rufanlage knisterte es, und Martins verzerrte Stimme sagte: »Entschuldigen Sie, Mr. Harris. In meinem Terminkalender steht für fünf Uhr Mr. Mark Stevensons Adresse eingetragen. Möchten Sie jetzt dorthin fahren?«

Sky ließ Garden los. »Verdammt!« sagte er. »Ich habe Marks Party völlig vergessen. Es ist schon fünf vorbei. Geht ihr beiden hin, David?«

»Wir sollten eigentlich, aber ich habe es auch vergessen. Bis wir uns umgezogen haben, ist das Fest vorbei.«

»Mist. Mark ist doch so empfindlich. Ich muß einfach hin. Ich weiß was, wir laden euch beide ab, rasen heim, ziehen uns um und kommen in vierzig Minuten wieder bei euch vorbei. Dann nichts wie hin zu Mark, mit einer schönen Flasche und tausend Entschuldigungen ... Martin, hörst du mich? Mit Vollgas zu Mr. Patterson.

Ich gehe mit Garden heute abend ins Theater, und wir haben keine Zeit zum Abendessen. Möchtet ihr mit uns die Kanapees bei Martin plündern und dann mit ins Theater und nachher zum Essen?«

David schüttelte den Kopf. »Wir können einfach nicht. Ich muß mich noch durch ganze Aktenberge wühlen. Ich glaube, wir lassen sogar Mark sausen. Auf uns kann er besser verzichten als auf euch. Vielleicht klappt es ja ein andermal mit dem Broadway.«

»Alles klar. Wenn das so ist, wird die Route geändert ... Martin, erst zu uns, dann zu Mr. Patterson. Und dann hol uns wieder ab.«

An der nächsten Kreuzung schwenkte der große Wagen herum. Garden war schwindelig von all der hektischen Planerei, dem Hin und Her und dem Gerase durch den dichten Verkehr. New York war wie der Zirkus, den sie einmal besucht hatte. Es geschah so viel, daß sie nicht wußte, wohin sie zuerst schauen sollte.

Bald merkte Garden, daß dieser Zirkus nie aufhörte. Jeder Tag und jeder Abend waren verplant, und zwar so vollständig, daß sie und Sky eigentlich überallhin zu spät zu kommen schienen. Irgendwo gab es immer eine Cocktailparty, ein Essen oder eine Verabredung zum Tanztee im Plaza, oder man ging in den Madison Square Garden zu den Boxkämpfen.

Und ins Theater. Davon konnte Garden nie genug bekommen. Auf dem großen runden Tisch in der Eingangshalle lagen jeden Tag vier Sperrsitzkarten für alle Vorstellungen am Broadway, außerdem für Konzerte, für die Oper und jedes besondere Ereignis, das in New York stattfand. Sie sahen Jeanne Eagles in *Rain*, und Garden war schockiert. Sie sahen Will Rogers in *The Ziegfield Follies*, und danach sangen alle tagelang, »Oh, Mr. Gallagher/Yes, Mr. Shean«, in den Kneipen, wo es trotz der Prohibition Alkohol gab. Es waren nämlich immer ›alle‹ dabei. Sie waren immer in einer Gruppe, mit Skys Freunden und deren Freunden, auf allen Parties und in den ausgelassenen Umzügen von einer Lokalität zur anderen, weil man immer ein neues Restaurant, eine neue Kneipe, eine neue Band, eine neue Sängerin oder ein neues Spiel entdeckte. Sie fuhren mit der U-Bahn auf der Staten-Island-Fähre, holten sich eine Band aus irgendeinem Jazzlokal und brachten Sekt und Gläser selbst mit. Sie gingen nach Greenwich Village und nach Harlem, zur Brooklyn Bridge und zu Grant's Tomb. Sie kamen nach Hause, wenn die Sterne verblaßten, und gingen zu Bett, wenn die Sonne aufging. Und dann waren sie endlich allein und zusammen, und die Welt jenseits ihrer Umarmungen existierte nicht mehr. Garden schlief dann selig ein; ihr Kopf lag auf Skys Brust, und ihr Herz schlug im Takt mit dem seinen. Und im Schlaf spürte sie seinen Kuß, wenn er sie liebevoll zudeckte und ihr Bett verließ.

Sie wachte immer mit einem Lächeln auf den Lippen auf. Es verwandelte sich in ein Kichern, wenn sie nach dem Nachthemd griff, das man am Abend zuvor für sie bereitgelegt hatte. Wenn sie es übergezogen hatte, drückte sie auf die Klingel an ihrem Nachttisch und rollte sich wieder in ihrem warmen Nest aus Kissen und Daunendecken zusammen, bis das Mädchen mit dem Frühstück kam.

›Bridget‹, nannte Sky alle Hausmädchen und alle Diener ›Harold‹. Es seien zu viele, als daß man sich ihre Namen merken könnte. Garden fand das unmöglich, aber nicht bei Sky. Alles, was Sky machte, war bei ihm richtig. Sie fand heraus, daß ihr Zimmermädchen Esther hieß.

Während Garden ihren Saft trank, zog Esther die Vorhänge auf und machte eine Bemerkung über das Wetter.

Dann begann der Tag, und zwar genauso geschäftig wie die vergangene und die kommende Nacht. Tagsüber lernte sie. Sie lernte, wie Mrs. Harris zu sein hatte. Garden lernte Mah-Jongg und das Coué-Ritual. Sie lernte Tango, Black Bottom und Bunny Hug. Sie lernte die Unterschiede zwischen der East Side und der West Side, die Lage der Avenues, des Broadway, von Chinatown und vom Village, und sie lernte, daß man es eben nicht Greenwich Village nannte.

Sie lernte, daß man die Zeit gut nutzen mußte, weil es nie genügend davon gab. Ihre privaten Briefe wurden ihr mit dem Frühstück gebracht. Auf dem Tablett lag außerdem der Herald Tribune, dessen Schlagzeilen und Gesellschaftsteil sie beim Frühstücken überflog. Es war wichtig zu wissen, worüber alle am Abend reden würden.

Sie las ihre Briefe, falls sie welche bekam, beim Kaffeetrinken. Ihre Mutter schrieb oft – lange, ausführliche Schilderungen der Möbel, die sie für das Gardensche Haus auf der East Battery erstanden hatte. Wentworths Briefe verschlang Garden regelrecht, sie waren voller Klatsch und neuester Neuigkeiten über die Mädchen, die Garden in Charleston kannte. Von Peggy kamen hin und wieder ein paar fast unlesbare Zeilen, daß sie zuviel zu tun hätte, um zu schreiben.

Das Beste hob Garden sich bis zum Schluß auf. Unter ihren Briefen fand sich immer ein Zettel von Sky. Manchmal war es eine Seite voller ›X‹, dem Kürzel für Umarmung, dann wieder ein Herz mit ihren Initialen oder ein gekritzeltes ›Ich liebe dich – dein Tiger‹. Oft war der Zettel um ein Geschenk gewickelt. Einmal war es eine Schachtel von Cartier mit einem ›für eine Lady annehmbaren Geschenk‹, einem einzelnen Pfefferminzbonbon. Öfter war es jedoch eine Schachtel von Cartier oder Tiffany mit einem Armband, einem Ring, Ohrringen, einer Halskette oder einer Brosche. Sky war vernarrt in Juwelen. Er sah sie liebend gern an ihr und suchte sie liebend gern für sie aus. Er hatte einen ausgezeichneten Geschmack, liebte aber das Üppige. Garden kam es vor, als könnte sie nie erwachsen genug werden, um die großen Steine selbstverständlich zu tragen. Sie hatte sich immer noch nicht an den feurigen eckigen Diamanten an ihrer linken Hand gewöhnt.

Nach dem Frühstück klingelte sie Corinne, und während ihr Bad eingelassen wurde, setzte sie sich an den Frisiertisch, starrte sich an und sagte mehrmals hintereinander: »Ich werde jeden Tag besser, in jeder Beziehung.« Sie konzentrierte sich angestrengt darauf und versuchte mit aller Kraft, daran zu glauben. Sie bemühte sich. Sehr sogar.

Mit jeder Woche wurde ihr Terminkalender voller. Zweimal in der Woche kam eine Nagelpflegerin, um sie zu maniküren, während Mr. François zu Werke ging. Einmal wöchentlich ging Garden zu Elizabeth Arden zur Gesichtsbehandlung und Pediküre sowie alle zwei Wochen zum Enthaaren unter den Achseln und an den Beinen. Garden konnte das nicht ausstehen. Eine Kosmetikerin im rosa Kittel strich ihr warmes flüssiges Wachs auf die Waden und zog es nach dem Erkalten mit einem scharfen Ruck ab, so daß die Haare mit den Wurzeln aus der Haut gerissen wurden. »Mit der Zeit geht es immer leichter«, sagte die Principessa, als sie Garden diese Prozedur verordnete, »und außerdem spürt man nur einen kurzen Stich.« Garden schrie trotzdem jedesmal laut auf – und schämte sich gleichzeitig dafür.

Der Principessa gab sie keine Schuld. Vicki unterzog sich ja derselben Prozedur, daß wußte sie. Garden sah ihre Schwiegermutter zwei- oder dreimal in der Woche, immer nur kurz. Beide waren so beschäftigt. Vicki fragte immer, ob Garden glücklich sei, ob sie bei irgend etwas Hilfe brauche.

Vicki war es auch, die sie zum Frauenarzt schickte, damit er ihr ein neues Diaphragma anpaßte, und Vicki war diejenige, die ihr sagte, daß kein Mann eine altmodische Frau mochte. »Du solltest einfach all deine Kleider zur Heilsarmee geben, Kindchen. Fang noch mal von vorn an. Ich will dich ja nicht mit zuviel Kritik bombardieren, aber offengestanden deprimiert es mich, wenn du so schrecklich nach Südstaaten aussiehst. Nicht daß Schuyler sich mit dir genieren muß. Schließlich gibt es Dutzende von Mädchen, die nur darauf warten, ihn dir wegzuschnappen.«

Mit Laurie Pattersons Hilfe folgte Garden Vickis Ratschlägen. Sie fuhr fast täglich mit dem Daimler los, holte Laurie ab und lief dann so entschlossen durch alle Geschäfte, daß Laurie sprachlos war. Die Schränke in ihrem Ankleidezimmer füllten sich mit kürzeren Kleidern, die nur halb über die Waden reichten und tiefe Taillen hatten. Die Abendkleider waren ärmellos und üppig mit Perlen besetzt. Ihre Abendschuhe entwarf Lauries ›Genie‹; er nannte sie ›Charleston Slippers‹ und fertigte sie exklusiv für sie an. Jeden Abend, ob auf einer Party oder in einem Nightclub, tanzte sie den Charleston. Ihre Freunde verlangten das. Sie bestellte die zarten, perlenbestickten Seidenschühchen gleich im Dutzend. Jede Nacht tanzte sie ein Paar durch.

Die Hausbediensteten verkauften sie an Souvenirjäger für mehr, als Garden selbst bezahlt hatte. Sie verkauften auch ihre abgelegten Seidenstrümpfe und die Parfums und Lippenstifte, die sie ausprobiert und für schlecht befunden hatte. Garden blieb der Liebling der Presse. Die Verwandlung von Aschenputtel in einen Star der New Yorker Nachtklubszene verlor nie ihren Glanz für die normale Arbeiterin oder Hausfrau, die die Boulevardzeitungen verschlangen. Sie glaubten an das Märchen, an das ›und so lebten sie glücklich bis an ihr Lebensende‹.

Garden glaubte auch daran. Ihr Leben war für sie selbst fast so ein Traum wie für die Millionen, die darüber lasen.

Sie war von Luxus umgeben, brauchte keinen Finger zu

rühren, konnte sich kaufen, was sie sich im Moment einbildete, und brauchte es noch nicht einmal nach Hause zu tragen, auszupacken und zu verstauen.

Sie war von Menschen umgeben, die ihr sagten, wie schön sie sei, die sie für alle neuen Errungenschaften bewunderten, die ihr beim Tanzen applaudierten und jedes Wort aus ihrem Mund schon wegen des Akzents hinreißend fanden. Sie war der Liebling in ihrem Freundeskreis und ein Idol für die Öffentlichkeit.

Und sie war erst siebzehn.

56

Am siebzehnten Juni feierten Sky und Garden ihren viermonatigen Hochzeitstag mit einer Dinnerparty in ihrem Haus. Laurie half Garden bei der Planung. Miss Trager und Jennings kümmerten sich um das übrige.

Das Thema der Abendgesellschaft war die Vier. Der Ballsaal war als Nachtklub hergerichtet, mit Vierertischen und einer Tanzband aus vier Musikern. Es gab vier Sorten Wein und vier Gänge aus je vier Speisen, auf jedem Tisch standen vier winzige Blumenvasen und vier Kerzen, und an jedem Platz lagen vier kleine Geschenke, die bei jedem Gang ausgepackt werden sollten.

Die Einladungen schrieben vierfarbige Krawatten für die Herren, vier Ringe an jeder Hand und vier Armreifen an jedem Arm für die Damen vor.

Der Höhepunkt des Abends kam um vier Uhr früh, als Jennings die Tür für vier Trompeter öffnete, die eine Fanfare bliesen, während vier Lakaien einen langen Tisch hereintrugen und in der Saalmitte abstellten. Auf dem Tisch stand ein vier Meter langer Kuchen in der Form eines Flugzeugs. Dieses war mit grünem Zuckerguß überzogen, und auf den Tragflächen stand je eine gelbe Nummer vier. »Alles Gute zum Hochzeitstag, mein Schatz«, rief Garden, fiel Sky um den Hals und küßte ihn viermal. Sie war ganz aus dem Häuschen. Endlich hatte sie ihn einmal überrascht und mit eigenen Mittel ein Geschenk gemacht. Das Kuchenflugzeug war eine Nachbildung des echten Flugzeugs, das sie ihm gekauft hatte. Das Geld dafür hatte sie mit ihrem Namenszug unter der Werbung für eine neue Hautcreme verdient. Die Anzeigen sollten im Herbst in allen Zeitschriften erscheinen.

»Hier«, sagte sie selig und reichte ihm einen Schlüsselanhänger mit einem vierblättrigen Kleeblatt und vier Schlüsseln. »Du wolltest doch diesen Sommer fliegen lernen. Das Flugzeug steht in einem Hangar auf Long Island.«

Sky wirbelte sie durch die Luft. »Wir fliegen zum Mond«, jauchzte er. Er freute sich wie ein Kind über sein erstes großes Spielzeug. Als Geschenk von Garden war das Flugzeug viel aufregender, als wenn er es sich selbst gekauft hätte.

Er setzte Garden wieder ab und erwiderte die vier Küsse. »In Sachen Fantasie bin ich leider ein Waisenkind, mein Engel«, sagte er und überreichte Garden vier Geschenke. Unter den bewundernden Rufen aller Frauen packte Garden vier Armbänder aus. Eines aus Diamanten, eines aus Saphiren, das dritte aus Rubinen und das vierte aus Smaragden.

»Was schenkt er ihr wohl, wenn sie erst ein Jahr lang verheiratet sind?« murmelte einer der Gäste seiner Frau zu.

»Dreihundertfünfundsechzig Perlen natürlich«, antwortete sie. »Hat dieses Mädel ein Glück.«

Die Party war außer der Feier für Garden und Sky auch ein Abschiedsfest. Die New Yorker fuhren bald in Sommerferien – nach Europa, Newport, Cape Cod oder Long Island. Erst im Oktober traf man sich dann wieder – wo New York am schönsten war, wie alle Garden versicherten.

Vicki war schon nach Southampton gefahren; in zwei Tagen reisten Garden und Sky ihr nach.

Das ließ ihnen noch einen großen Abend in der Stadt.

Mark lud einen intimen Kreis von zwölf Freunden zum Essen zu sich und dann in die Premiere der neuen Gershwin-Oper *George White's Scandals* ein. Nach der Vorstellung gingen sie in das Restaurant an der alten Brauerei, dessen deutsche Würstel und Bratkartoffeln man für ›nach dem Theater‹ sehr raffiniert und witzig fand. Man mochte außerdem die Atmosphäre der heruntergekommenen Gegend mit den vielen Künstlerateliers und die verlassene Brauerei nebenan. Der East River war dunkel und geheimnisvoll, die engen Straßen zwischen den Häuserblocks aufregend bedrohlich. Es war exotisch und damit spannend für die verwöhnten jungen New Yorker; das einfache Essen war für sie ebenfalls exotisch.

Um eins – viel zu früh, um nach Hause zu gehen – standen sie vor der Brauerei auf der Straße und flachsten herum, was man jetzt noch unternehmen könnte. Aus einem der Fenster schrie jemand »Ruhe!«; aus einem anderen hörte man »Way Down Yonder in New Orleans« pfeifen.

»Harlem«, sagten Mark und Sky gleichzeitig.

Sie waren schon ein paarmal in Harlem gewesen, und Garden hatte es nicht gefallen. Die Schwarzen dort waren anders als die, bei denen sie auf der Barony aufgewachsen war; sie waren irgendwie mehr ›schwarz‹, ohne daß sie das näher beschreiben konnte; Garden fühlte sich unerwünscht und als Eindringling, trotz der eilfertigen tiefen Diener und dem breiten Dauergegrinse.

Sie sagte aber nichts, denn wenn Sky nach Harlem wollte, wollte sie auch.

»Gehen wir doch in den Cotton Club«, schlug Mark vor. Er fuhr mit Garden und Sky voraus, die anderen folgten in drei weiteren Autos.

»Ich mag Small's Paradise eigentlich lieber«, sagte Sky.

»O.k., o.k. Es ist dein Auto.«

»Aber deine Party. Also Cotton Club.«

»Nein, nein, Small's.«

»Warum nicht beides? Die Nacht ist noch jung.«

Garden unterdrückte einen Seufzer.

Kurz nach zwei kamen sie in Small's Paradise an. Für Garden sah es hier fast genauso aus wie im Cotton Club: Das Publikum bestand aus Weißen in Abendkleidung und das Personal aus Schwarzen in Uniform. Auf einen Wink des Oberkellners sprangen ein Dutzend Kellner los, um schnell ein paar Tische für sie zusammenzuschieben. Die Musik war laut und die Luft dick verräuchert.

Ein Scheinwerfer leuchtete auf und richtete sich auf den Vorhang, durch den der nächste Künstler kommen sollte. Der Rand des Scheinwerfers streifte einen Kellner vor der Bühne. Garden sprang auf und schoß durch den Raum, rannte ein paar Leute fast um und murmelte Entschuldigungen. Einen Augenblick berührte der Scheinwerfer ihr goldblondes Haar, und die Diamanten funkelten auf. Dann richtete er sich auf die Sängerin auf der Bühne.

»Wo ist denn Garden?« brüllte Sky durch die Musik hindurch.

»Wahrscheinlich für kleine Mädchen, Sky«, antwortete Laurie. »Da läßt du sie doch wohl alleine hin.«

Ein paar Minuten später glitt Garden wieder auf den leeren Stuhl neben Sky. »Rate, wen ich gerade getroffen habe, Sky?« rief sie ihm ins Ohr. »John Ashley, Rebas ältesten Sohn. Von der Barony, weißt du? Er ist hier Kellner.«

»Garden, du darfst mit einem Kellner nicht freundlich reden. Sonst werfen sie ihn raus.«

»Das hat John auch gesagt. Deshalb bin ich wieder weggegangen. Aber ich freue mich so, daß ich ihn getroffen habe. Er ist einer meiner besten Freunde. Er hat mir das Weitspucken beigebracht.«

Sky lachte so laut, daß er die Musik übertönte. Er drückte Garden an sich. »Du hast doch die erstaunlichsten verborgenen Qualitäten, mein Schatz«, sagte er.

Nach dem Auftritt der Sängerin gingen die Lichter an, und die Band spielte zum Tanzen auf. »Komm, mein Engel«, sagte Sky, »heb dir das Spucken für später auf und zeig diesen Touristen, wie man in Charleston tanzt.« Er führte sie zu der kleinen Tanzfläche vor der Bühne.

Garden suchte mit den Augen John Ashley. Er stand ganz hinten an der Bar. Sie lächelte ihm zu, und er lächelte zurück. Dann fing sie an zu tanzen, mit ihren Gedanken bei den früheren Zeiten, als sie beide Kinder waren und auf der nackten, festgestampften Erde zwischen den Hütten der Siedlung tanzten. Sie bewegte sich selbstvergessen wie ein Kind, getragen von der Musik und der Freude am Tanz. Ihre Juwelen funkelten, ihr sorgfältig frisiertes Haar glänzte, und die Ziermünzen auf ihrem teuren Kleid glitzerten im schummrigen Licht. Aber am meisten strahlte sie selbst, von innen, vor lauter Glück. Sie war wieder Rebas Mädchen, das aus reiner Lust an der Bewegung tanzte.

Langsam blieben die anderen Paare stehen, um Garden zuzusehen. Sky stand am Rand der Tanzfläche und freute sich an den bewundernden Bemerkungen um sich herum. Garden bekam davon nichts mit. Der Rhythmus war ihr ins Blut gegangen, und sie hatte ihre Umgebung vergessen.

Als das Stück vorbei war, blickte sie sich überrascht um. Auf ihrem Gesicht, den Schultern und den Armen glitzerten Schweißperlen, aber sie war nicht einmal außer Atem. Sie spürte keinerlei Anstrengung. Die Musik hatte sie einfach mit sich fortgetragen. Die Musik und die Erinnerung.

Der Bandleader fing an zu klatschen. Erst fielen die Musiker, dann die Kellner und Bartender mit ein. John Ashley nickte grinsend und klatschte ebenfalls. Er wußte das, wovon Garden keine Ahnung hatte, nämlich, daß keine Weiße und kein Weißer in einem Harlemer Nachtklub je so beklatscht worden waren. Er war stolz auf das kleine, häßliche blausüchtige Baby seiner Mutter.

57

»Na, Kinder«, rief Vicki, als Garden und Sky eintrafen, »was sagt ihr zu meinem kleinen Grab?«

»Tutenchamuns Rache«, raunte Sky Garden zu. Das Wohnzimmer in dem Sommerhäuschen war vollkommen ägyptisch, von den Fresken mit Nilpferd-Jagdszenen an der Wand bis zu den vergoldeten Tierpfoten an den niedrigen Diwanen und Tischen. Vickis Haar war pechschwarz; ihre Frisur bestand aus einem kinnlangen, schnurgeraden Schnitt mit ebenfalls schnurgeradem Pony über den Augen. Sie trug einen wallenden Kaftan und Sandalen aus roten und schwarzen Lederstreifen.

»Liebste Principessa«, sagte Sky, »du hast dich wieder einmal selbst übertroffen.« Er küßte sie auf beide Wangen und stellte seine Gäste, Margot und Russell Hamill, vor. Russell sollte ihm das Fliegen beibringen.

»Liebster Sky«, sagte Vicki, »ich kenne die Hamills doch seit Jahren.« Sie begrüßte erst Margot und Russell, dann Garden mit Küßchen. »Kommt rein, ihr müßt müde von dieser gräßlichen Fahrt sein. Wir trinken gerade Cocktails auf der Terrasse.«

Garden trat auf die Terrasse und stieß einen freudigen Seufzer aus. Die Veranda sah fast aus wie die in Flat Rock, mit ihren Schaukelstühlen und Sesseln, die lange, gemütliche Sommerabende im Freien versprachen. Auch wenn die Polster hier mit Sphinxen und Hieroglyphen bedruckt waren, vermittelte das ganze doch den Eindruck von sorglosem Sommerleben ohne Uhr oder Kalender. Erst jetzt spürte sie, daß das hektische Leben in New York sie erschöpft hatte. Herrlich, dachte Garden, Sky wird mit den Flugstunden beschäftigt sein, und ich kann mich einfach ausruhen.

Der Urlaub stellte sich als erheblich komplizierter heraus. Mr. François wohnte in einer Suite mit im Haus und kümmerte sich um die Frisuren sämtlicher anwesender Damen, Maniküre und Gesichtsmaske gab es wie immer zweimal in der Woche, und jeden Abend fand im Club oder bei irgend jemandem eine Party statt. Sie waren genauso schwer wie sonst damit beschäftigt, sich zu amüsieren. Vielleicht noch schwerer, weil Sky nach jeder langen Nacht früh aufstehen mußte. Er und Russell nutzten jede Stunde mit Tageslicht zum Fliegen.

Und während er weg war, bildete Garden sich weiter.

Sie nannte es nicht so; für ihre Begriffe unterhielt sie sich einfach nett mit Margot. Aber Russells Frau, die etwas zehn Jahre älter war als Garden, brachte ihr viel über die Welt bei. Margot liebte Klatsch.

Sie wußte alles über Vickis Freunde, klärte sie über die Beziehungen, die Ehen, die Scheidungen, die Affären und die sexuellen Vorlieben auf. Garden glaubte ihr zunächst kein Wort. Sie dachte, Margot wollte sich ein wenig aufspielen. Garden hatte noch nie von Ehebruch, Homosexualität oder Promiskuität gehört.

Aber das gab es überall in ihrer Umgebung, und schließlich merkte sie, daß Margot die Wahrheit sagte. Sie sah plötzlich Dinge, für die sie früher blind gewesen war, und verstand Witze, die ihr früher entgangen waren. Die Gespräche beim Abendessen und die verstohlenen Blicke bildeten mit einemmal für sie tägliche Unterrichtsstunden in Sachen Weltklugheit. Vicki und ihre Freunde waren köstlich bösartig; oft ging es um Namen, bei denen Garden große Augen machte. Man klatschte über Herzöge und Herzoginnen, Vanderbilts und Mellons, sogar über den Prince of Wales. Auf den Parties sah sie alle mit den Augen der Gruppe bei Vicki. Langsam hörte sie auf, schockiert zu sein.

Bis Margots Getratsche näher an ihr eigenes Leben rückte. Vicki, so ließ Margot eines Tages fallen, sei ja nicht mehr so wählerisch wie früher. Der derzeitige Innenausstatter sehe aus, als hätte er überhaupt kein Stehvermögen.

Garden wußte nicht, wovon sie sprach.

Margot erklärte ihr, was ein Gigolo ist.

»Das glaube ich nicht«, platzte Garden heraus.

Margot lachte. »Ehrlich, Garden, du bist so grün, daß du deinen Namen wirklich verdienst«, sagte sie. »Jeder weiß über Vicki Bescheid. Ihre Familie hat die Heirat mit Skys Vater arrangiert, und nach fünf Jahren ist sie mit einem Möchtegern-Schauspieler davongelaufen. Sie hat sich zu Tode gelangweilt als brave Mrs. Harris, Nachkommensproduzentin und Haushälterin in Gramercy Park. Der Skandal hat dem armen alten Harris einen Herzschlag beschert, bevor die Scheidung noch perfekt war, und sie hat flugs Nummer zwei geheiratet. Wie der hieß, weiß heute keiner mehr. Er war ein Reinfall, als Schauspieler wie als Ehemann. Also hat sie ihn ausgezahlt und sich scheiden lassen.

Dann hat sie sich den Titel gekauft. Der Prinz hatte einen verfallenen Palast und eine ganze Sippe zu versorgen, aber das fand Vicki erst nach den Flitterwochen heraus. Mit dem, was er sie gekostet hat, hätte man die ganze Staatsverschuldung von Italien begleichen können. Und erst die Scheidung – das war eine astronomische Summe. Danach hat sie sich das Heiraten abgewöhnt.

Jetzt hält sie sich Liebhaber, die sie rausschmeißen kann, wenn sie ihr langweilig werden. Und sie hat das fürstliche Wappen überall auf der Bettwäsche. Warum auch nicht? Sie kann es sich leisten.«

Margot sah Garden in die tränennassen Augen. »Du mußt erwachsen werden, Schätzchen«, sagte sie aufmunternd. »Du bist jetzt in der großen weiten Welt.«

»Das ist so traurig, Margot. Die arme Vicki. Vielleicht findet sie ja einmal einen netten Mann und ...« Margots dröhnendes Gelächter schnitt ihr das Wort ab.

Am Abend erzählte sie Sky davon. Sie wiederholte alles, was Margot gesagt hatte, außer das mit Vicki. »Ich will ihr nicht glauben, Sky, aber sie tut so überzeugt. Stimmt das alles?«

Sky drückte ihr einen Kuß auf den Kopf. »Armes Kleines, jetzt bist du ganz entsetzt, was? Mach dir nichts draus. So ist halt das Leben.«

Garden blickte flehentlich zu ihm auf. Sky drückte sie an sich. »Für die anderen, mein Schatz. Nicht für uns. Wir sind was Besonderes.«

Eine Woche lang mied Garden Margot. Sie wollte nicht noch mehr über das Leben erfahren. Statt dessen vergrub sie die Nase in Bücher über das Fliegen. Über das, was Sky tat, wollte sie mehr erfahren.

58

Die Bücher waren langweilig, Margot nicht. Mit einer Limonade setzte Garden sich wieder zu ihr auf die Terrasse; Margot lächelte sie an und erzählte ihr lustige Geschichten über Mrs. Keppel und König Edward.

»Natürlich hatte der arme Edward einen fürchterlichen Mutterkomplex«, sagte sie, »aber damals wußte noch keiner, was das ist.« Wie alle in ihrem Umkreis, plauderte Margot ziemlich oberflächlich über Freud.

Garden sah sie verständnislos an. Margot nahm ihre Lehrerrolle wieder auf. Sexuelle Hemmungen, erklärte sie, seien die Wurzel allen Übels, sowohl der physischen als auch der psychischen Krankheiten. Die von der Gesellschaft vorgeschriebenen Regeln seien unnatürlich und unmöglich zu befolgen, ohne grundlegende Triebe zu unterdrücken, die den gesündesten Teil der Seele ausmachten. Deshalb hätten die Menschen dann Minderwertigkeitskomplexe und Asthma, abgebissene Fingernägel und Mordgelüste.

Garden hörte zu und lernte. Und kuschelte sich jeden Abend in Skys Arme, während er von seinen Flugabenteuern erzählte – froh, daß sie anders, gesund und etwas Besonders waren.

Anfang August wurde die Gesellschaft langsam unruhig. »Das Strandleben ist so langweilig«, hörte man an allen Ekken und Enden. Vicki verkündete, daß sie nun nach Deauville fahren würde. Margot und Russell waren nach Irland zur Pferdeleistungsschau und zur Jährlingsauktion eingeladen. Sky könnte jetzt so gut fliegen wie er, sagte Russell, also brauche er jetzt nicht mehr hierzubleiben.

Sky beklagte sich, daß er wegen der regelmäßigen Stürme am Nachmittag noch keine Langstreckenflüge hatte machen können. »Ich glaube, ich fliege für ein paar Tage in die Great Plains.«

Garden verließ aller Mut. Sie war ein paarmal mit Sky mitgeflogen und hatte allen erzählt, wie herrlich sie das Fliegen fand. In Wirklichkeit stand sie jedesmal Todesängste aus. »Wunderbar, mein Schatz«, sagte sie munter. »Wann fliegen wir los?«

»Diesmal kannst du nicht mit, Garden. Es sind alles Männer, wir landen auf staubigen Pisten und schlafen wahrscheinlich die meiste Zeit in irgendeinem schmutzigen Hangar.«

Sie war erleichtert, daß es ihr zunächst gar nicht auffiel, daß sie und Sky ja dann nicht zusammen wären.

Bis zu seiner Abreise. Sie fuhr um fünf Uhr früh mit ihm zum Startplatz, winkte und lächelte tapfer, während das kleine grüne Flugzeug über die Graspiste hoppelte und abhob. Sky drehte noch eine Runde, lehnte sich aus dem Cockpit und warf ihr eine Kußhand zu.

Garden weinte die ganze Rückfahrt im Auto. An der Tür erwartete sie Vicki mit einer Tasse Kaffee. »Armes Kind«, sagte sie. »Ich habe schon befürchtet, daß du dich grämst. Komm, trink. Das weckt dich auf.«

Garden nahm einen Schluck. Er wärmte sie und stach ihr in die Nase. Es war ein Schuß Cognac drin, und Garden wollte Vicki schon erinnern, daß sie außer einem gelegentlichen Glas Sekt keinen Alkohol trank, aber sie wollte nicht undankbar erscheinen. Und die Wärme tröstete sie.

Sie schluchzte; Vicki tätschelte ihr den Rücken. »Warum kommst du nicht mit nach Deauville, Garden? Wir amüsieren uns dort sicher prächtig. Ich kann dir sofort die Schiffspassage buchen.«

»Danke, Vicki, aber ich kann wirklich nicht. Ich möchte hier sein, wenn Sky zurückkommt. Wann immer das ist.«

»Selber schuld, mein Herzchen. Du solltest dir lieber ein paar Verehrer anlachen, es täte Schuyler gar nicht schlecht, wenn er mal ein bißchen Grund zur Eifersucht hätte. Es ist doch zu dreist, daß er sich noch vor eurem halbjährigen Hochzeitstag einfach für einige Zeit einen schönen Lenz macht.«

Garden weinte noch heftiger. Sie vergrub den Kopf im Schoß der Principessa und überließ sich ihrem Elend. Das zufriedene Lächeln auf Vickis Gesicht sah sie nicht.

Zwei Tage später war Garden allein. Nach ihren morgendlichen Übungen sprach sie ein ernstes Wort mit ihrem Spiegelbild. »Du sollst nicht schmollen. Es gibt genügend zu tun.« Sie ging unvermittelt zu ihrem Schreibtisch und stellte eine Liste auf. »Fahren lernen. Lesen. Briefe schreiben.« Sie überlegte wirr, als ein Klopfen an der Tür sie unterbrach.

»Guten Morgen, Mrs. Harris. Ich bin Mrs. Hoffmann, die Haushälterin. Wenn Sie bitte die Speisenfolge für heute abzeichnen möchten.«

Garden sah sie verständnislos an.

»Die Prinzessin ist abgereist, Mrs. Harris.«

»Oh. Ja, natürlich. Lassen Sie mich nachdenken.« Sie hatte nie einen Gedanken daran verschwendet, wie das Essen immer auf den Tisch kam; es war eben da. Sie streckte die Hand nach dem Ringbuch aus, das Mrs. Hoffmann in der Hand hielt.

›Mittwoch, 8. August 1923‹, stand oben rechts. Darunter:

LUNCH
Brunnenkressecrèmesuppe
Toastfingerchen
Lachs in grüner Soße

Endivien Vinaigrette
Crêpes
Pfirsichkompott
Makronen

DINNER
Trüffelleberpastete
Toast
Kalbsmedaillons Bordelaise
Pommes de Terre Soflées
Petit Pois
Grüner Salat
Käse: Gruyère, Camembert, Edamer,
Bel Paese, Gorgonzola
verschiedene Brotsorten
Erdbeeren Crème Fraiche

Romanée-Conti 1913

Garden studierte das Blatt fast eine Minute lang. »Wissen Sie, was ich gern hätte?« fragte sie. »Ein Hot Dog und einen Rieseneisbecher mit Früchten.«

»Wie sagten Sie, Mrs. Harris?«

»Nichts. Ich habe nur mit mir selbst gesprochen. Das sieht gut aus, Mrs. Hoffmann.«

»Danke, Mrs. Harris. Die Prinzessin möchte immer, daß hier draußen leicht gegessen wird. Ich weiß, daß Sie von New York etwas Besseres gewohnt sind. Wenn Sie hier oben bitte abzeichnen möchten.«

Garden setzte ein sauberes G.T.H. aufs Papier und gab es der Haushälterin zurück. Nachdem Mrs. Hoffmann wieder fort war, fügte sie an ihre Liste ein ›Haushalt führen‹ dazu. Energisch drückte sie die Löschwippe über die Schrift. Es tat gut, beschäftigt zu sein.

Sky rief am selben Abend an, als Garden gerade allein beim Essen saß. Er war bereits in Ohio. »Ich weiß gar nicht, wie die Stadt heißt«, überschrie er das Rauschen der schlechten Verbindung. »Ich weiß noch nicht mal, ob es überhaupt eine Stadt ist. Ich habe ein paar Männer getroffen, die mir gezeigt haben, wie man eine Decke als Hängematte unter die Tragfläche spannt. Wie geht's dir, mein Schatz?«

»Oh, mir geht's prima. Ich habe den ganzen Nachmittag im Club Mah-Jongg gespielt, und heute abend ist eine Party bei den Wellfleets. Morgen fange ich bei Smith mit meinen Fahrstunden an. Ich habe unheimlich viel zu tun.«

»So ist es recht. Ich nehme ab morgen auch wieder Unterricht. Einer in unserer Gruppe ist ein Kunstflieger.«

»Nein, Sky, nicht! Ich stehe Todesängste um dich aus.«

Sein Lachen vermischte sich mit dem Rauschen in der Leitung. »Red keinen Unsinn, mein Engel. Weißt du denn nicht, daß ich der beste Pilot von ganz Amerika bin? Der Mann soll mir nur noch die Feinheiten zeigen. Da brauchst du dir gar keine Sorgen zu machen.«

»Tu ich aber.«

»Laß es bleiben und amüsier dich lieber.«

»Na gut.«

»Also dann, bis bald, mein Schatz.«

»Sky! Sky!«

»Ja?«

»Du fehlst mir, mein Liebling.«

»Du fehlst mir auch, Engelchen. Und jetzt mach's gut.«

Garden hielt den Hörer noch eine Weile in der Hand, bevor sie aufhängte. Er vermißt mich kein bißchen, sagte sie sich. Und dann: Ich will nicht Trübsal blasen.

Sie ging an den Tisch zurück und aß fertig. Dann machte sie sich zurecht, und Smith fuhr sie zu der Party.

Elliott und Francine Wellfleet waren Vickis Freunde, aber sie hatten auch ein paar entferntere Bekannte aus Skys Freundeskreis eingeladen. Garden unterhielt sich mit allen, parierte geschickt alle Witze über die Farmerstöchter im Mittelwesten, um derentwillen man sie verlassen habe, und die Bemerkungen über den Sex Appeal des Flugzeugs. »Ich habe schon Minderwertigkeitskomplexe«, sagte sie mit aufgesetztem Schmollmund, und »Ja, wir wissen ja alle, was es mit den Träumen vom Fliegen auf sich hat.« Als Elliott Wellfleet sie um die Hüfte faßte und fragte, ob sie sich in dem großen Haus nicht einsam fühle, brachte sie es fertig, trotz seines vertraulichen Gehabes zu lächeln. »Wenn ich mal einsam sein sollte, Elliott«, sagte sie, »dann erfährst du es bestimmt als allererster.« Sie schob seine Hand von ihrer Hüfte und stellte sich zu einem Grüppchen, das gerade über den neuen Präsidenten Calvin Coolidge diskutierte.

Ein paar Tage später rief sie Wentworth Wragg in Flat Rock an. »Bitte komm mich besuchen«, sagte sie. »Ich würde dich so gern mal wieder sehen. Die Terrasse hier erinnert mich immer an Flat Rock und unsere herrliche Zeit dort.«

Garden holte Wentworth persönlich in New York vom Zug ab.

»Garden, du bist vielleicht elegant.«

»Und du siehst prima aus, Wentworth.«

Insgeheim fand sie Wentworth allerdings ziemlich altmodisch, mit ihrem knöchellangen Rock und dem ungeschminkten Gesicht. Wentworth fand Gardens Aufzug sehr gewagt. Sie hatte fleischfarbene Strümpfe an, was sich für eine Lady nicht schickte, und ein kurzärmeliges Kleid.

»Die Hitze in der Stadt ist entsetzlich. Wir fahren morgen früh gleich nach Southampton.« Garden ging schon den Bahnsteig hinauf Richtung Treppe.

»Hey, Garden, was ist meinem Gepäck? Sollte ich mir nicht einen dieser Kofferträger nehmen?«

»Das macht Martin schon.«

Der Chauffeur nahm ihren Gepäckabschnitt und legte die Hand an die Mütze. »Danke, Madam. Ich kümmere mich um alles.«

Wentworth lief Garden nach, die gewartet hatte. Auf dem Bahnsteig drängelten sich Menschen, riefen Gepäckträger, zählten ihre Koffer, und alle schwitzten und waren gereizt wegen der Hitze.

»Genauso habe ich mir New York vorgestellt«, sagte Wentworth munter.

»Also, an dein Leben könnte ich mich gewöhnen«, raunte sie Garden zu, als sie in der großen Limousine auf den weichen Polstern saßen.

Garden kicherte. Sie hatte überhaupt nicht darüber nachgedacht, wie ihr Leben wohl auf Wentworth wirken mußte. »Warte nur, bis du erst alles gesehen hast, Wentworth. Es ist wie im Märchen.«

Wentworth konnte sich gar nicht mehr beruhigen vor lauter Staunen. »Mensch Garden, heißt das, du hast all diese Zimmer ... eine Marmorbadewanne ... die ganzen Kleider ... Schuhe – Hüte ... einen eigenen Friseur ... jeden Tag Frühstück im Bett ... einen richtigen Butler ... eine Zofe ... dauernd Parties ... *und diesen ganzen Schmuck?*«

Miss Trager begleitete sie nach Southampton. Zum Teil, weil sonst niemand die Post erledigen könnte, vor allem aber, weil es Garden inzwischen Spaß machte, Wentworth ihren aufwendigen Lebensstil zu zeigen. Wenn Wentworth zufällig morgens in ihrem Zimmer war, änderte sie die Speisekarte immer ein wenig. Auf Parties nannte sie alle Bekannten ›Schätzchen‹, so wie Vicki. Jeden Abend trug sie ihre Diamantarmbänder, auch wenn sie gar nicht ausgingen.

Aber sonst war sie immer noch dieselbe Garden wie in Flat Rock, kicherte, machte alberne Spiele und naschte verbotene Köstlichkeiten. Sie hatten Fahrräder kommen lassen, damit sie in die Stadt radeln und Riesenbecher vertilgen könnten. Aber dazu sollten sie gar keine Gelegenheit finden.

Als sie vom Bahnhof zurückkamen, hatte ein gelber Sportflitzer mit einer riesigen blauen Samtschleife auf dem Verdeck vor dem Haus gestanden. »Was ist denn das, Smith?« rief Garden.

»Ein Geschenk zum sechsmonatige Hochzeitstag, Mrs. Harris, ein Duesenberg Sechszylinder. Mr. Harris hat mich beauftragt, Ihnen das Fahren beizubringen.«

Garden fiel Wentworth um den Hals. »Und Miss Wragg bringen Sie es dann auch bei, Smith.«

Die Fahrstunden und später die Spazierfahrten nahmen den größten Teil des Tages ein. Die Mädchen waren sich einig, daß Garden der größte Glückspilz auf der ganzen Welt war.

»Ich kann auch nicht klagen«, sagte Wentworth. »Ashby Radcliffe hat mir im Frühling ziemlich den Hof gemacht, und im Juli ist er eine Woche nach Flat Rock gekommen. Er wird mir wohl einen Antrag machen, wenn ich wieder zu Hause bin.«

»Liebst du ihn denn?«

»Schon. Ich vermisse ihn, wenn er nicht da ist. Aber ... versprich mir, daß du es keinem weitererzählst?«

»Der Blitz soll mich treffen, wenn ich ein Sterbenswörtchen sage.«

»Ich bin immer noch in Maine Wilson vernarrt. Eigentlich sollte ich dich überhaupt nicht mehr anschauen. Er schmachtet nämlich nach dir.«

»Nach mir? Er ist doch mein Cousin.«

»Bloß Großcousin, das zählt nicht. Ich würde ja warten, bis er dich verschmerzt hat, aber die böse Wahrheit ist, daß ich ihn nicht die Bohne interessiere. Er wird mich nie mögen, und ich werde ihn immer lieben. So ist das Leben.«

»Oh, Wentworth, das ist so traurig. Ich heule gleich.«

»Nicht. Ich habe längst genug für uns beide geheult und noch für zehn andere. Und ich mag Ashby sehr gern, wir werden bestimmt glücklich. Du kommst doch zu meiner Hochzeit, oder?«

»Ich bin dir ewig beleidigt, wenn ich nicht deine Trauzeugin sein darf.«

»Sky kommt heim, Sky kommt heim.« Garden hängte den Hörer auf und kam jubelnd auf die Terrasse gerannt.

»Toll. Wann denn? Krieg' ich das Flugzeug noch zu sehen?«

»Am Sonntag. Aber ohne Flugzeug. Das hat er Gott sei Dank irgendeinem neuen Freund in Nebraska vermacht. Ich konnte das Ding sowieso nicht leiden. Er kommt mit dem Zug, und ich brauche keine Angst mehr zu haben, daß er abstürzt.«

»Zu blöd, Garden, mein Zug fährt am Sonntag. Ich hätte Sky so gern noch gesehen.«

»Dann bleibst du einfach noch da. In ein paar Tagen fahren wir sowieso wieder in die Stadt, da mußt du unbedingt mitkommen. Es wird so viel los sein; Oktober ist nämlich die beste Zeit für New York.«

»Das geht nicht, Garden. Mama verliert die Geduld.«

Schließlich gab Garden nach. Vielleicht war es ganz gut so, dachte sie. Es war herrlich, Wentworth in Southampton dazuhaben, aber in New York würde sie eigentlich nicht dazupassen. So nett sie war, die Provinzlerin sah man ihr einfach immer noch an.

59

Mein Gott, dachte Sky bei sich, als er aus dem Zug sprang, ich hatte vergessen, wie schön sie ist. Wie konnte ich das bloß vergessen? Er schloß Garden fest in die Arme, und das Bild des sonnengebräunten Mädchens in Reithosen aus Nebraska verblaßte zusehends.

Sie war aufregend gewesen. Etwas Neues. Selbst Pilotin, noch dazu Kunstfliegerin auf Flugleistungsschauen. Er war wirklich nicht gern von ihr fortgegangen, hatte ihr das Flugzeug und ein Diamantkollier als Andenken gegeben und geschworen, daß er sie nie vergessen würde.

Aber sie war ein Teil dieser anderen Welt, der Welt der Loopings und Immelmann-Turns, des schwarzgebrannten Whiskeys und der Fliegerei. Und diese Welt hatte er satt. Sie hatte ihm großen Spaß gemacht und ihn vollkommen fasziniert, bis er das Fliegen selbst gut beherrschte. Dann fand er es plötzlich fürchterlich langweilig. Genauso, wie es ihm mit dem Bergsteigen ergangen war. Und mit dem Polo, dem Segeln und dem Tennisspielen. Sky interessierte sich für alles erst ganz und dann gar nicht mehr.

»Ist Martin hier?« raunte Sky Garden ins Ohr.

»Ja.«

»Dann soll er sich um meine Koffer kümmern. Wir nehmen ein Taxi. Ich möchte dich so dringend lieben, daß ich nicht warten kann.«

Er hatte vergessen, wie schön es war. Schöner als mit dem Mädchen aus Nebraska, schöner als mit jeder Frau je zuvor. Sky bettete Gardens Brüste in ihr magisches Haar und liebte sie noch einmal von neuem.

Die Principessa kam mit einem jungen Liebhaber aus Paris zurück, der außer seinem Charme nichts vorzuweisen hatte. Sie war nicht entzückt darüber, daß ihr Sohn mit seiner Frau in ihrem Haus neue Flitterwochen verbrachte.

»Das Heft kommt nächste Woche heraus«, teilte ihr Miss Trager mit. »Ich habe mich selbst noch vergewissert.«

»Garden, was zum Teufel soll das?« Sky warf ihr die Novemberausgabe der *Vogue* quer durchs Zimmer auf ihr Bett.

»Sky, du hast meinen Kaffee verschüttet.«

»Dein Kaffee ist mir scheißegal.« Er nahm ihr Frühstückstablett und warf es auf den Boden.

Garden drückte sich vor Angst in ihre Kissen. »Was ist los, Sky? Was hast du denn?«

»Das hier. Dein Bild in diesem Heft. In der Kosmetikwerbung.«

»Ach so. Zeig mal. Das hatte ich fast vergessen.« Garden setzte sich aufrecht hin und blätterte die Seiten durch. »Damit habe ich dein Geschenk gekauft, Sky. Das Flugzeug. Sie haben mir fünftausend Dollar für das Bild gezahlt.« Sie lächelte ihn strahlend an, denn jetzt verstand er sicherlich alles.

Sein Gesicht war ein Bild der Entrüstung. »Verdammt noch mal, was glaubst du eigentlich, wer du bist? Ein Revuegirl aus den Ziegfield Follies? Man verkauft sein Gesicht nicht für Geld. Das ist genauso Hurerei, wie wenn man seinen Körper verkauft. Kriegst du von mir vielleicht nicht genügend Geld? Fehlt dir irgendwas? Herrgott noch mal, ich fand es toll, daß du mir das verdammte Flugzeug geschenkt hast. Ich habe doch nicht im Traum damit gerechnet, daß du es bezahlt hast. Und mich damit beleidigt hast. Schon gar nicht auf so eine Art und Weise. Ich schäme mich für dich.«

Tränen strömten Garden über die Wangen. »Ich habe einfach nicht nachgedacht«, schluchzte sie. »Es tut mir leid, Sky. Es tut mir so leid.«

»Das sollte es auch.«

Er schlug die Tür hinter sich zu.

Miss Trager ging leise aus dem Wohnzimmer, um ihren Bericht zu erstatten.

Laurie Patterson rief am selben Nachmittag an. »Wir haben uns seit Ewigkeiten nicht mehr gesehen, Garden. Ich habe des öfteren angerufen, aber deine Sekretärin ist so ein Drachen, sie sagt immer nur, du seist beschäftigt.«

»Das war ich auch, sozusagen.«

»Kannst du dich vielleicht ein Stündchen für eine alte Freundin freimachen? Henri Bendel hat ein paar Hüte im Fenster liegen, die ich unbedingt genauer ansehen muß. Wie wär's morgen mit Lunch im Plaza, und danach ein kleiner Einkaufsbummel?«

»Danke, Laurie. Sehr gern.«

»Also dann um halb eins im Palm Court.«

»Champagner«, bestellte Laurie beim Oberkellner, »wir müssen unser Wiedersehen feiern – was hast du denn, Kindchen? Du siehst ja aus, als wäre deine beste Freundin gestorben.«

»Ich bin so unglücklich, Laurie. Sky und ich haben zum ersten Mal gestritten.«

»Armes Schätzchen. Hier, trink einen Schluck, das wird dich aufmuntern, auch wenn es aus der Kaffeetasse ist. Du hättest den Blick sehen sollen, den mir der Kellner zugeworfen hat, als ich meinen Flachmann aus der Tasche gezogen habe. Jetzt trink schon, Garden. Und dann erzählst du mir alles.«

»Und das ist alles? Sei nicht albern, Garden. Das ist doch vergessen, sobald das nächste Heft erscheint.«

»Die Fotografen sind auch schon wieder hinter mir her. Sie haben vor dem Haus gewartet, bis ich herauskomme.«

»Schätzchen, die gehen schon wieder. Nächste Woche sind sie hinter einer neuen Geschichte her. Außerdem geht es Sky gar nicht wirklich um das Bild. Er ärgert sich, weil du etwas ganz allein geschafft hast. Das kränkt ihn in dem dummen Stolz, den alle Männer haben. Morgen hat er es verwunden.«

»Laurie, da ist noch was, ich weiß nicht, wie ich es sagen soll ...«

»Nur heraus mit der Sprache. Mir kannst du alles erzählen.«

»Gestern nacht hat Sky nicht ... ich meine, ich habe gewartet, wie immer. Daß er kommt und, ähm, wir uns küssen und so. Aber er ist nicht mal in mein Zimmer gekommen.«

»Schätzchen, so ist das eben. Wenn man verheiratet ist, schläft man nicht jede Nacht miteinander. Das ist was für heimliche Wochenendtreffs, nicht für die Ehe.«

»Aber es war das erste Mal, Laurie. Seit unserer Hochzeit. Außer der Zeit, wo er fort war. Das erste Mal!«

»Jetzt hör mir mal zu, Garden. Auch wenn es das erste Mal war, es bleibt bestimmt nicht das letzte. Das ist eben so. Das passiert allen, wenn sie eine Zeitlang verheiratet sind. Es ist angenehmer, glaub mir. Das heißt nicht, daß ihr euch nicht liebt. Es ist einfach ... na ja, das normale Eheleben. Und jetzt bestellen wir etwas zu essen. Dann gehen wir rüber zu Bendel. Es geht nichts über einen Hut, wenn man auf andere Gedanken kommen will. Du wirst schon sehen. Und auf keinen Fall darfst du den Kopf hängen lassen. Wenn Sky seinen kleinen Wutanfall überwunden hat, dann möchte er eine hübsche, glückliche, lächelnde Frau.«

»Probier mal den, Garden. Das Blau steht dir mit deinen Augen sicher fantastisch.«

Garden nahm Laurie den Hut aus der Hand. »Er paßt nicht. Keiner paßt. Jetzt habe ich zehn Hüte aufgesetzt, und alle sind zu klein.«

Die Verkäuferin nahm ihr den Hut schnell ab. »Madame probieren die Glocken. Die sind nicht für eine so hohe Frisur gemacht. Wenn Sie vielleicht diesen hier aufsetzen möchten, den kann man mit langem Haar tragen. Und die blaue Feder sieht sehr hübsch zu Ihren Augen aus.«

Laurie winkte ab. »Scheußlich«, sagte sie. »Einfach scheußlich. Ein ... alter Hut. Garden, Schätzchen, du brauchst einen Kurzhaarschnitt.«

»Das kann ich nicht machen, Laurie.«

»Natürlich kannst du. Du solltest sogar. Da fühlt man sich wie neugeboren. Hast du es nicht satt, immer von François abhängig zu sein? Bei einem Kurzhaarschnitt gehst du nur einmal mit dem Kamm durch und schwupp, bist du ausgehbereit.«

»Aber du weißt nicht, daß ich diese häßlichen roten Strähnen habe. Mr. François versteckt sie unter dem Blond.«

»Wenn's weiter nichts ist ... meine Liebe, ich kenne einen Mann, der so gut mit Farbe umgehen kann, daß Raphael neidisch würde. Ich rufe ihn sofort an, er soll dich auf der Stelle drannehmen. Laß dir schon mal diesen göttlichen Deckel einpacken. Den trägst du heute nachmittag.«

»Schütteln Sie den Kopf, Madame.«

Garden schüttelte. Die glatte, blonde Kappe von einer Frisur flog von einer Seite zur anderen und legte sich dann wieder an. Ein Pony reichte ihr bis an die Augenbrauen, und im Handspiegel sah sie, daß ihr Hinterkopf wie eine Reihe glänzender Stufen wirkte. »Es fühlt sich komisch an«, sagte sie. »So leicht.«

»Du siehst absolut umwerfend aus. Hab' ich dir nicht gesagt, daß Demetrios ein Künstler ist? Ich weiß gar nicht, warum alle zu den Franzosen pilgern, wo die Griechen doch die Kunst erfunden haben.«

Demetrios nahm das Kompliment mit einer leichten Verneigung entgegen. »Mrs. Harris, darf ich mir die Bemerkung erlauben, daß Sie mit dem Schnitt, der Farbe und vor allem dem Ausdünnen sehr gewissenhaft sein sollten? Ich habe noch nie so dickes Haar gesehen.«

»Jetzt finde ich es nicht mehr dick. Und nicht mehr gestreift. Ich finde es herrlich. Geben Sie mir einen regelmäßigen Termin, jeden Freitag. Sie werden nicht glauben, wie schnell es wächst.«

»Hier, Garden, setz den Hut auf.«

»Ach, Laurie, muß das sein? Die neue Frisur gefällt mir so gut. Sky hat das Rot immer gehaßt. Wegen ihm mußte Mr. François es verstecken. Er wird vielleicht Augen machen.«

Laurie hielt ihr den Hut hin. »Setz ihn auf. Du wirst entzückend aussehen.«

Garden sah nicht entzückend aus. Sie sah atemberaubend aus. Wie ein Fotomodell. Oder ein Filmstar. Oder ein Revuegirl aus den Ziegfield Follies.

»Hier ist Judas Ischariot, Principessa«, sagte Laurie ins Telefon. »Schicken Sie die Silberlinge. Ihre Schwiegertochter ist jetzt nicht von den anderen gepflegten, gut angezogenen, steinreichen Mädchen der New Yorker High Society zu unterscheiden.«

60

Am neunundzwanzigsten Oktober hatte ein neues Musical am Broadway Premiere. Es war eine rein schwarze Show namens *Runnin' Wild*, und es eroberte New York im Sturm. Das Titellied wurde über Nacht zum Hit, genauso wie ein weiteres Stück mit dem dazugehörigen Tanz. Das Stück hieß ›Charleston‹, der Tanz ebenfalls.

Es war Gardens Tanz – weniger wild, ein wenig abgeschliffen für die Broadwaybühne – aber es war derselbe Tanz. Ihre Freunde fühlten sich den Horden, die jetzt Charleston tanzten, maßlos überlegen. Sie genossen es, in einem Nachtklub so lange zu warten, bis alle Charleston tanzten. Und dann klopften sie auf die Tische und schrien: »Garden, Garden, Garden. Tanz den *echten* Charleston.«

Und weil Sky immer zusah, ihr immer auffordernd zunickte, tanzte Garden. Sie tanzte mit dem Mut der Verzweiflung, überließ sich mit Haut und Haar dem Rhythmus, weil sie dann wenigstens für den Augenblick ihre Sorgen vergaß.

Und manchmal, manchmal erregte es Sky, und wenn sie im Morgenlicht nach Hause kamen, ging er mit in ihr Zimmer und sie liebten sich auf ihren blaßroten seidenen Laken.

Das nächste Mal tanzte Garden dann noch wilder, in der Hoffnung, daß alles wie früher und Sky wieder der alte sein würde.

Doch das geschah nicht.

Es gab keine Streits mehr, kein Gebrüll und keine harten Worte. Sky war gesprächig, nett und aufmerksam. Er ging mit ihr genauso sachlich und rücksichtsvoll um wie mit allen anderen Frauen, die er kannte. Genauso.

Garden versuchte es mit Tränen, mit Flehen, sogar mit kleinen Botschaften, die sie ihm aufs Kopfkissen legte. Sag mir doch, was los ist, bettelte sie, damit ich versuchen kann, es besser zu machen.

Und Sky antwortete, nichts sei los, er sei einfach beschäftigt ... oder müde ... oder er reagierte überhaupt nicht.

Garden kam es vor, als sei das rasante Tempo des letzten Frühlings im Vergleich zu ihrem jetzigen Leben das reinste Gekrieche gewesen. Es gab mehr Parties, mehr Eskapaden, mehr Nachtklubs, mehr Sucht nach Vergnügen, nach Neuem und mehr Hetze von einem Ort zum anderen als je zuvor. Sie war nur noch müde.

Und traurig. Aber sie durfte sich nichts anmerken lassen, vor allem nicht gegenüber Sky. Sie mußte ihn zurückgewinnen. Mit Geplauder, Gelächter und ihren Tanzkünsten.

»Du mußt fröhlich sein, Schätzchen«, sagte Laurie. »Trink ein bißchen Champagner, das macht lustig.«

»Du mußt chic sein, Schätzchen«, sagte die Principessa. »Die Tour mit der süßen Kleinen vom Land zieht nicht ewig.«

»Du mußt über den Dingen stehen«, sagte Margot, »sonst wird es peinlich.«

Die Frau hieß Alexa MacGuire. Sie war eine rothaarige, langbeinige Schönheit aus Kalifornien. Nach ihrer Scheidung war sie nach New York gegangen, ›um dieser verdammten ewigen Sonne zu entfleuchen‹. Sie fluchte, trank, rauchte wie ein Schlot und machte keinen Schritt, ohne ihre Astrologin zu konsultieren.

»Sky«, schnurrte sie, als sie ihn kennenlernte, »was für ein himmlisch vielsagender Name. Was sind Sie für ein Sternzeichen ... Sky?«

Er habe am achtzehnten November Geburtstag, sagte Sky.

»Skorpion! Fantastisch. Skorpione sind so sagenhaft sensibel.«

Margot zischte Garden über die Schulter: »Und Schlangen sind so schauderhaft schleimig. Schau, wie sie ihm umzüngelt.«

Sky saß im Wohnzimmer am Kamin. Garden bemerkte ihn nicht, bis sie ihren roten, mit schwarzem Persianer besetzten Wintermantel und die Pelzmütze abgelegt hatte. Man kleidete sich in diesem Winter ›à la Russe‹. »Sky!« rief sie. »Stell dir vor, es schneit! Ich habe noch nie Schnee gesehen. Es ist so aufregend, die Flocken wirbeln durch die Luft, und die ganze Erde wird weiß. Ich konnte einfach nicht im Auto sitzen, deshalb bin ich zu Fuß heimgelaufen, habe mich einschneien lassen und die Flocken mit den Händen gefangen.« Sie rieb sich die Hände am Feuer.

Sky lächelte nachsichtig. Ihre Begeisterung war entzückend, ihre rote Nase allerliebst. »Setz dich«, sagte er. »Ich zieh' dir die Stiefel aus. Deine Füße müssen ja Eiszapfen sein.«

Garden ließ sich in den Sessel fallen und plapperte fröhlich weiter. »Meinst du, daß es bis Weihnachten weiterschneit? Das wäre herrlich, eine richtige weiße Weihnacht. Dann könnte ich vielleicht Schlittschuhlaufen lernen.«

Sky rieb ihre Füße zwischen den Händen. »Natürlich kannst du das. Aber nicht dieses Jahr. Wir fahren nämlich nach Südfrankreich.«

»Ach nein! Dann verpassen wir ja den ganzen Schnee.«

»Wir können ja einen Abstecher in die Schweiz machen. Da siehst du so viel Schnee, wie du dir nicht vorstellen kannst. Und du wirst von Südfrankreich begeistert sein. Das Mittelmeer ist unvergleichlich schön, das Wasser hat ein unglaubliches Blau, sogar verschiedene Blautöne. Sie ändern sich, wie bei deinen Augen.«

»Bei meinen Augen?«

»Genau. Die sind mal dunkler und mal heller. Und wenn du grün trägst, schillern sie wie das Mittelmeer. Du mußt dort sehr oft grün tragen.«

Garden fühlte sich heimelig und geliebt. »Mlle. Bongrand hat uns immer von Südfrankreich erzählt. Das war meine Französischlehrerin in Ashley Hall, weißt du. ›La Côte d'Azur‹ hat sie es genannt. Klingt das nicht hübsch? Ich wollte schon immer einmal dorthin. Wann fahren wir denn?«

»Am ersten Weihnachtsfeiertag.«

Gardens halbgeschlossene Lider öffneten sich mit einem Schlag. »Aber das geht nicht. Wentworth heiratet doch am dritten Januar, und ich bin Brautjungfer. Weißt du das nicht mehr, Sky?«

»Nein. Das hast du mir nie erzählt.«

»Doch. Als du von Nebraska zurückgekommen bist.«

»Also, davon weiß ich nichts. Es ist auch egal. Schreib einfach, daß du nicht kommen kannst.«

»Das geht nicht, ich habe es ihr versprochen. Außerdem ist Wentworth meine beste Freundin. Sie war auf unserer Hochzeit, und ich will bei der ihren sein.«

Sky stellte Gardens Füße wieder auf den Boden und setzte sich in den Sessel gegenüber. »Na gut«, sagte er. »Dann fährst du eben nach Charleston und kommst nach der Hochzeit nach Monte Carlo.« Er nahm die Abendzeitung und fing an zu lesen.

Gardens Füße fühlten sich kalt an. »Kommst du nicht mit nach Charleston?«

»Ich habe dir doch schon gesagt, daß ich am ersten Weihnachtsfeiertag abreise.« Seine Stimme drang hinter der Zeitung hervor.

»Warum können wir nicht zusammen im Januar fahren? Das ist doch nur eine Woche später.«

»Weil in meinem Horoskop steht, daß die ersten Tage im Zeichen des Steinbocks günstig für eine neue Unternehmung sind.«

»Du meine Güte, Sky! Du glaubst doch nicht wirklich an diesen Quatsch.«

Sky ließ die Zeitung sinken. »Das ist kein Quatsch, Garden. Die Astrologie ist eine Wissenschaft, nämlich reine Mathematik. Sie hat sich seit Jahrhunderten bewährt. Trotz aller Anstrengungen von seiten der Kirche und der Regierungen besteht sie immer noch. Man kann das Wirken des Universums nicht aufhalten.«

Garden kannte den feurigen Blick. So hatte er ausgesehen, als er sich fürs Fliegen begeistert hatte. Eine leise Hoffnung stieg in ihr auf. Wenn es nur Astrologie war, so wie es nur die Fliegerei gewesen war ...

»Geht Alexa mit nach Südfrankreich?«
»Natürlich. Sie ist ja meine Geschäftspartnerin.«
»Bei welchem Geschäft.«
»Wir wollen die Bank in Monte Carlo sprengen. Es ist so einfach. Das Rouletterad, die Würfel und die Karten, das ist doch alles reine Mathematik. Wie die Astrologie. Wir brauchen nur die Zahlenreihen aufzuzeichnen und die Beziehungen herauszufinden, und dann – schwupp – können wir vorhersagen, welche Zahlen kommen. Die reine Wissenschaft.«

61

Margaret holte ihre Tochter am Bahnhof ab. »Garden«, rief sie. »Garden, du hast dich so verändert.« Sie drückte ihr einen Kuß auf die Wange.

»Ich habe mir die Haare schneiden lassen.«

»Das weiß ich schon von den Fotos. Aber du siehst so erwachsen aus, das habe ich gemeint.«

»Ja, was hast du denn erwartet? Letzte Woche bin ich schließlich achtzehn geworden. Vielen Dank nochmal, für die schönen Ohrringe.« Sie hakte sich bei ihrer Mutter unter. »Komm, gehen wir, ich bin schon so gespannt auf das Haus. Keine Sorge, mein Gepäck wird nachgebracht.« Die Leute wandten sie nach Garden um, als die beiden auf den Ausgang zugingen. Sie bewegte sich so selbstbewußt, daß man sie für etwas Besonderes halten mußte.

»Die Taxis halten hier drüben, Garden.«

»Ich habe ein Auto gemietet. Ich habe mich jetzt so daran gewöhnt, immer eins zu haben. Wenn du willst, laß ich es dir hier. Das Autofahren lernt sich wirklich schnell.«

Vor dem Eingang stand ein grauer Packard Phaeton. »Ich weiß schon, er sieht groß aus, Mama, aber dafür kommt man überall gut durch. Alle fahren dir nämlich aus dem Weg.« Garden setzte sich hinters Steuer und ließ den Wagen an.

Das ist es, dachte Margaret. Jetzt weiß ich, wie sie sich verändert hat. Sie ist es jetzt gewohnt, den anderen Anweisungen zu geben. Sie ist den Reichtum gewohnt. Wortlos stieg Margaret ein. Als sie am Haus ankamen, führte sie Garden überall herum, in der bangen Hoffnung, daß es ihr gefallen möge.

»Das hast du wunderschön gemacht«, sagte Garden ehrlich. »Es ist viel schöner als die Barony oder sonst eines von den Häusern der Principessa.«

Margaret errötete wie ein junges Mädchen. »Ich arbeite immer noch daran«, erklärte sie eifrig. »Ich suche alles, was den Gardens vor dem Krieg gehört hat, und habe Antiquitätenhändler in allen Nordstaaten angeschrieben. Denn dorthin sind die ganzen Sachen natürlich verkauft worden.«

Garden warf einen Blick auf den spitzbübischen Ashley auf dem Porträt über dem Kamin. Er schien dieselben sarkastischen Gedanken über Margarets Leichtgläubigkeit und die Ehrlichkeit von Antiquitätenhändler zu hegen wie sie. »Eine sehr gute Idee«, sagte sie.

»So. Und jetzt rufst du am besten gleich Wentworth an, das Mädchen läßt mir seit Tagen keine Ruhe mit ihrem ewigen Gefrage, wann du kommst.«

»Gleich. Sag mal, geht mein Zimmer eigentlich nach vorn raus oder nach hinten? Das weiß ich gar nicht mehr.«

»Nach hinten. Zum Garten hinaus.«

»Ich möchte aber lieber nach vorn schlafen. Dann höre ich morgens den Shrimpsmann und den Gemüsemann.«

»Warum denn das? Die wecken dich doch nur auf.«

»Wir haben in New York keine Straßenhändler, die ihre Ware ausrufen. Für mich gehört das zu Charleston.«

»Na, wenn es dir Freude macht, dann sage ich Zanzie, sie soll deine Sachen rüberbringen.«

Bevor Garden noch danke sagen konnte, klingelte das Telefon.

Auf dem Weg zu Wentworth machte Garden einen kurzen Abstecher nach White Point Gardens. Es war ein komisches

Gefühl, wieder in Charleston zu sein, eine verwirrende Mischung aus Altvertrautem und Unerwartetem. Die Kinder, die im Park in der Sonne spielten, die schwarzen Kinderfrauen, die auf den Bänken saßen und sich in ihrem melodiösen Gullah unterhielten, der Trinkbrunnen mit dem metallisch schmeckenden Mineralwasser – alles war wie früher, nichts hatte sich verändert. Nur, daß es ihr damals selbstverständlich vorgekommen war. Jetzt genoß sie das friedliche Bild und die Wärme, die von ihm ausging.

Bei Wentworth bewunderte sie gehörig deren Aussteuer und die Hochzeitsgeschenke, die schon aufgestellt waren. Sie hatte ein spitzenbesetztes Seidennachthemd mit Negligé für die Braut geschickt und ein silbernes Punschservice als Geschenk von Mr. und Mrs. Harris. Beides stach zwischen den anderen Sachen deutlich hervor. »Du liebe Zeit, Wentworth, es ist mir peinlich, so protzig zu wirken«, entschuldigte sie sich bei Wentworth. »Aber ich kann nun mal nicht so tun, als wäre ich nicht reich, und ich habe mir gedacht, du verstehst das schon.«

Wentworth war es überhaupt nicht peinlich. »Ich finde die Sachen wunderschön, und sonst hätte ich nie im Leben so etwas bekommen. Wenn ich ein Baby kriege, bade ich es in der Punschschale. Ein silberner Löffel im Mund ist nichts gegen eine silberne Badewanne.«

Sie aßen mit Wentworths Eltern zu Abend. Für Charlestoner Verhältnisse war es ein ausgiebiges Mal, und die Wraggs achteten sorgsam auf angeregte Konversation. Natürlich, dachte Garden. Wentworth hat ihnen bestimmt alles über New York und Southampton erzählt. Sie denken wahrscheinlich, daß ich normalerweise nicht mal die Gabel selber halten muß. Ihr wurde bewußt, daß Mr. und Mrs. Wragg sich mit ihr nie mehr unbefangen unterhalten würden. Und sonst vermutlich auch keiner in Charleston. Je früher ich wieder fahre, desto besser für alle Beteiligten, dachte sie traurig und mit Bedauern. An mir liegt es nicht, ich bin noch die alte. Aber die anderen behandeln mich nicht mehr wie früher.

62

»Shrimps, Shrimps, frische Shrimps. Fünf Pfund zum Sonderpreis.«

Garden wachte auf. Verdammt, dachte sie, zwei Treppen runter bis zur ersten Tasse Kaffee, und dann muß ich auch noch mit Zanzie plaudern.

Nach dem Frühstück fuhr sie zur Barony, um Reba, Matthew und all ihre anderen Freunde in der Siedlung zu besuchen. Reba bewunderte ihre Frisur und ihr Kleid und war fasziniert von der Lösung mit Gardens zweifarbigem Haar. »Da bleicht man die ganze Zeit die Wäsche und denkt nicht im Traum dran, daß man auch Menschen bleichen könnte.« Garden erzählte von John und drängte die beiden, ihn einmal in Harlem zu besuchen. »Vielleicht«, sagte Matthew. Das bedeutete, daß sie nie hinfahren würden, soviel wußte Garden.

Auf dem Rückweg schaute sie spontan bei ihrer alten Schule vorbei. Sie hätte Mlle. Bongrand so gern getroffen und ihr erzählt, daß sie an die Côte d'Azur fuhr. Ein Dienstmädchen kam ans Portal vom Haupthaus. »Es ist keiner da«, sagte sie. »Wir haben ja Ferien.« Garden kam sich dumm vor. Natürlich war um diese Zeit niemand da.

»Sie sind neu hier, oder?« sagte sie. »Ich bin eine alte Schülerin von Ashley Hall, Garden Tradd. Ich wohne jetzt nicht mehr in Charleston und wollte nur meine alte Schule wiedersehen. Darf ich hineinkommen?«

Widerwillig ließ das Mädchen sie ein. Garden ging bis zur Halle durch und spürte sofort die erhebene Wirkung, die die freie Treppe immer auf sie ausgeübt hatte. »Ich habe nie gemerkt, wie sehr ich diesen Ort liebe«, sagte sie leise.

»Ja, Ma'am, aber ich hab' noch meine Fußböden zu schrubben.«

»Natürlich. Vielen Dank, daß Sie mich eingelassen haben.« Garden ging die Auffahrt hinunter, nahm instinktiv die Schulter zurück und mußte plötzlich an den Haltungsunterricht denken. Wie alle gelacht hatten, als sie ihnen zeigte, daß sie einen Wäschekorb auf dem Kopf tragen konnte. Das mußte sie sich merken. In New York gäbe das ein fabelhaftes Partyspiel. Eines, bei dem sie wieder gewinnen würde.

»Meine liebe Garden, ich bin so froh, daß du kommen konntest.« Elizabeth Cooper umarmte sie herzlich. »Setz dich und erzähl mir von der Großstadt. Kannst du zum Essen bleiben? Ich hätte dich am Telefon fragen sollen, aber ich habe mich so über deinen Anruf gefreut, daß ich nicht daran gedacht habe.«

»Ich hätte schon früher anrufen sollen, aber ich mußte erst mit Wentworth besprechen, was ich hier alles zu tun habe. Zum Essen sollte ich wohl lieber nach Hause.«

»Natürlich. Dann trinken wir eben Tee.« Elizabeth zog an der Klingel. »Und jetzt laß hören, wie es dir geht.«

Sie unterhielten sich eine Stunde lang angeregt und herzlich unaufrichtig. Elizabeth ließ sich nicht anmerken, daß ihr Garden ziemlich nervös vorkam, und sie ihr Lachen sehr schrill fand; Garden ließ sich nicht anmerken, daß ihr die Fragerei ihrer Großtante lästig war. Merkst du denn nicht, daß ich nicht über mein Leben reden will? hätte sie am liebsten geschrien. Merkst du denn nicht, daß ich einfach so tun will, als sei alles wie früher?

Nach dem Abendessen setzte sie sich mit Margaret ins Wohnzimmer an den Kamin. Garden nahm ein großes, ledergebundenes Buch vom Couchtisch. »Was liest du denn da, Mama? Das kann man ja kaum hochheben?«

»Das interessiert dich vielleicht«, sagte Margaret. »Schau mal rein.« Garden klappte den Buchdeckel auf. Ein Zeitungsausschnitt mit der Ankündigung von Gardens Debütparty prangte auf der ersten Seite.

»Es ist dein Album«, sagte Margaret stolz. »Ich lasse mir alles schicken, was in irgendeiner Zeitung über dich erscheint.«

Garden beugte sich vor, blätterte um und las sich fest. Sie hatte ja die Resultate all der auf sie gerichteten Kameras noch nie zu Gesicht bekommen und war nun verblüfft über den Umfang der Sammlung und fasziniert von der bildlichen Entwicklung vom blassen, ängstlichen jungen Mädchen zur eleganten, gelassenen jungen Frau. »Bin das wirklich ich?« fragte sie begeistert.

Margaret nickte stolz. »Das hier habe ich noch nicht einkleben können. Es ist eine ganze Seite.«

Es waren die Bilder von der Abschiedsparty auf der *Paris*, Skys Schiff nach Frankreich. Garden betrachtete sie lächelnd. Bis sie auf einem Alexa im Leopardencape mit einem Leopardenbaby auf dem Arm entdeckte. Neben ihr sehe ich aus wie eine herausgeputzte Landpomeranze, dachte Garden. Was ich ja im Grunde auch bin. Mit einem Gähnen sagte sie: »Jetzt gehe ich wohl lieber ins Bett. Ich bin die frische Landluft nicht mehr gewohnt. Danke, daß du mir das Buch gezeigt hast. Ich freue mich, daß du mein neues Leben so verfolgst.«

Die Hochzeitsparty fand am nächsten Tag statt. Garden gab sich große Mühe beim Ankleiden. Ich werde versuchen, so altmodisch wie möglich auszusehen, gelobte sie sich. Heute soll Wentworth die Schönste sein. Jetzt tat es ihr leid, daß sie ihre eigene Schneiderin das Brautjungfernkleid hatte nähen lassen. Stoff und Schnitt war zwar von Wentworth genau angegeben worden, aber irgendwie sah das Kleid bestimmt doch nach New York aus. Sie zog ein schlichtes blaues Kleid über. Zu chic. Sie nahm den gestreiften seidenen Gürtel und das Halstuch ab. Zu sehr wie bei einer Beerdigung. Sie legte eine goldene Halskette um. Zu protzig. Sie nahm sie wieder ab. Dann holte sie eine Nagelschere aus ihrem Maniküretäschchen, schnitt den Spitzenkragen an einem ihrer seidenen Morgenröcke durch, klappte ihn nach innen um und strich den Ausschnitt glatt. Nicht schlecht. Sie kramte im Schmuckkasten herum und hoffte auf ein Wunder. Da war es. Das alte Medaillon, das Tante Elizabeth ihr geschenkt hatte. Genau richtig. Mit ihren hochmodischen blauen Pumps konnte man nichts machen, aber die fielen wahrscheinlich keinem auf. Keine Schminke, nur etwas Puder. Kein Schmuck außer dem Verlobungs- und Hochzeitsring. Wentworth würde sich wundern, wenn sie die nicht tragen würde. Sie griff schnell nach Handtasche, Handschuhen und den Autoschlüssel und rannte die Treppe hinunter.

»Garden, du hast keinen Hut auf.«
»Ich lege mir ein Spitzentaschentuch auf den Kopf, Mama. Das machen die anderen Mädchen auch.« Und alle meine Hüte sind so verdammt modern.

Die Hochzeitsgesellschaft war schon vor St. Michael versammelt. Garden parkte auf der anderen Straßenseite beim Postamt. Als sie stehenblieb, kamen vier schwarze Frauen auf das Auto zugeeilt und steckten ihr um die Wette Blumensträuße entgegen. Diese Blumenverkäuferinnen gehörten zu Charleston, und das Postamt war ihr Lieblingsstandort. Garden scheuchte sie mit einer Handbewegung davon. »Wofür haltet ihr mich, für einen Yankee?« sagte sie mit einem dikken Gullah-Akzent.

Lachend wichen die Frauen zurück. Garden lachte mit. Es war ein herrlicher, sonniger Tag, die Blumenkörbe vor der Post leuchteten in allen Farben, ihre beste Freundin heiratete, und sie fuhr übermorgen zurück nach New York und von dort aus nach Paris. Sie fühlte sich wohl. Mit den Frauen zusammen ging sie zu den Körben an der Wand und fing an, heftig zu feilschen.

Ein paar Minuten später überquerte sie unter Gelächter und großem Hallo der Blumenfrauen die Meeting Street, auf dem Kopf einen Korb mit sämtlichen Blumen in allen Farben. »Blumen für die Brautjungfern«, rief sie aus.

Erst viel später wurde ihr bewußt, welches Glück sie hatte, daß kein Fotograf in der Nähe gewesen war.

63

Ihr Schiff, die *France,* war kleiner und älter als die *Paris,* strahlte aber eine Eleganz aus, bei der die moderne geometrische Ausstrahlung des neueren Schiffes bei weitem nicht mithalten konnte. Es war ganz im Stil Ludwigs des Vierzehnten eingerichtet, mit vergoldeten Schnitzereien, Brokat und Damast von Bug bis Heck und hatte den bezeichnenden Spitznamen ›Château des Atlantiks‹.

»Der Kapitän lädt Sie ein, an seinem Tisch zu sitzen, Mrs. Harris.« Miss Trager trat zu ihr an die Reling. Sie mußte über das Tuten der Schiffssirene hinwegschreien.

»Nein. Ich möchte einen großen Einzeltisch für mich allein. Nicht einmal mit Ihnen zusammen, Miss Trager.«

Sie hatte das nicht angeordnet, um Aufmerksamkeit zu erregen. Sie wollte auf der Überfahrt wirklich allein sein. Jetzt, da ihr Aufenthalt in Charleston vorüber war, hatte sie nichts mehr, was sie von ihrer ausweglosen Lage ablenken konnte. Wie sollte sie ihren Mann zurückerobern? Sie fühlte sich elend, und sie brauchte Ruhe zum Nachdenken und Pläne schmieden. Die Aussicht, sechs Tage lang mit einer Gruppe von fremden Leuten Konversation zu treiben, war ihr unerträglich. Und an einen kleinen Tisch wollte sie sich auch nicht zwängen. Die Küche der französischen Linie war berühmt, und sie aß gern, besonders wenn sie unglücklich war. Deshalb wollte sie einen großen Tisch, damit alle Soßen und das Brot und die Butter Platz hatten.

Nun, da sie einen Sechsertisch für sich allein bekommen hatte und alle sie anstarrten, beschloß sie, sich nichts anmerken zu lassen. Sie genoß die Aufmerksamkeit sogar. Laß sie gaffen und reden. Soll Sky Harris nur davon hören. Seine Frau fiel eben auf, und zwar ohne billige Tricks wie Leopardenbabys auf dem Arm.

Die See war für den winterlichen Nordatlantik ruhig, aber immer noch rauh genug für manche Reisende. Garden machte der Seegang überhaupt nichts aus. Die dichten Wolken erlaubten ihr längere Aufenthalte an Deck, ohne daß sie einen Sonnenbrand befürchten mußte. Sie packte sich in ihren warmen Mantel mit der Kapuze und ging zwanzig Minuten auf dem Promenadendeck spazieren, streckte sich dann mit einer Decke über die Beine in ihrem Liegestuhl aus und widmete sich weitere zwanzig Minuten ihrem Hauptvorhaben: Sie lernte das Rauchen. Alle Frauen in ihrem Bekanntenkreis rauchten; Alexa war eine Kettenraucherin.

»Ich beobachte Sie schon eine Weile.« Der Mann stand groß und drohend vor ihr. Er trug einen Tweedmantel mit einem Schultercape, und beides flatterte dicht vor Gardens Augen heftig im Wind. Ihre Beine waren unter der Decke eingesperrt; weglaufen kam nicht in Frage. Sie sah sich nach einem Decksteward um, aber es war keiner in Sicht.

»Gehen Sie weg«, sagte sie.

Der Mann ging neben ihr in die Hocke. »Mein Kind, ich habe nicht vor, Sie zu überwältigen«, sagte er. »Ich möchte Ihnen nur einige Tip fürs Rauchen geben. Sie üben nun schon tagelang und machen kaum Fortschritte.«

Er hatte ein nettes Gesicht. Tiefe Falten um die Augen und einen wettergegerbten Teint. Und er lachte sie nicht aus, soweit sie das beurteilen konnte.

»Sind Sie Arzt?«

»Woher wissen Sie das? Dr. Francis Faber mein Name. Möchten Sie meine Karte sehen?«

»Nein, danke. Sind Sie Lungenarzt?«

»Leider nein. Ich bin Psychiater. Tut Ihnen die Lunge weh?«

»Ich muß immer husten. Vielleicht ist mein Brustraum nicht richtig entwickelt.«

»Das bezweifle ich stark. Sie müssen nur mehr Luft mit dem Rauch zusammen einatmen.«

Dr. Faber, nahm eine von Gardens Zigaretten und demonstrierte es. Eine Weile später schlenderten sie gemeinsam übers Deck. Dann gingen sie an die Bar und rauchten wieder. Bei einer Flasche Champagner. Er trug einen dicken Rollkragenpullover und hatte sehr breite Schultern.

»Ich dachte, alle Psychiater hätten Bärte«, bemerkte Garden. Sie rauchte inzwischen ziemlich geschickt.

»Wir müssen uns nicht im Aussehen nach Freud richten, nur im Denken«, sagte Dr. Faber.

Sie sprachen über Freud.

Der Steward fragte, ob sie noch Champagner wünschten. Der Doktor sagte nein. »Es ist fast Zeit zum Lunch. Darf ich Sie zu Ihrer Kabine begleiten.«

»Ich finde sie allein, Dr. Faber.«

»Oh, entschuldigen Sie. Ich bin wohl sehr altmodisch, fürchte ich.«

Garden seufzte. »Nein, ich bin sehr unhöflich. Ich weiß nicht, warum ich so schnippisch war. Es tut mir leid.« Plötzlich mußte sie kichern. »Sie wissen wahrscheinlich, warum ich unhöflich war. Sie sind doch Psychiater.«

»Sie waren überhaupt nicht unhöflich, Mrs. Harris. Höchstens ein wenig defensiv, aber das verstehe ich. Wenn ein fremder Mann Sie anspricht, ohne daß er Ihnen vorgestellt wurde ... Das ist eine Dame nicht gewohnt.«

»Was heißt denn ›defensiv‹?«

64

Am nächsten Tag flatterte Francis Fabers Mantel schon auf dem Promenadendeck im Wind, als Garden zu einem Spaziergang hinaustrat. Er zog die Mütze. »Guten Morgen, Schülerin.«

Garden ging neben ihm her. »Ich muß Sie gestern gelangweilt haben mit all meinen Fragen. Das tut mir leid.«

Faber lachte. »Sie können sich nicht vorstellen, was für ein Luxus es war, soviel zu reden. In meinem Beruf tue ich nichts anderes als zuhören. Bitte fragen Sie, was Sie möchten, nur zu.«

Garden hatte eigentlich nur eine einzige Frage: Wie kann ich es anstellen, daß mein Mann mich wieder liebt? Das konnte sie nicht fragen. Und vermutlich konnte Dr. Faber es auch nicht beantworten.

»Wie sind Sie Psychiater geworden?« fragte sie statt dessen.

Die Geschichte, die Dr. Faber nun erzählte, dauerte bis nach dem Lunch, den sie sich zusammen in der Bar servieren ließen. Sie handelte von Armut, harter Arbeit, Stipendien, Hingabe an den Beruf und schließlich vom Dienst am leidenden Menschen.

»So lange hat das gedauert, bis Sie Arzt wurden«, sagte Garden, nachdem er fertig erzählt hatte. Sie staunte, daß jemand so lange und so hart für ein Ziel arbeiten konnte, ohne aufzugeben.

»Tja. Mit vierzig habe ich erst meinen Titel bekommen. Und jetzt bin ich fünfzig und gehe nach Wien, um wieder von vorn mit dem Lernen anzufangen.«

Fünfzig. Er hätte ihr Vater sein können. »Was machen Sie in Wien?« fragte sie höflich. Fast hätte sie ein ›Sir‹ an die Frage angehängt.

»Sie tanzen aber gut, Dr. Faber.«

»Und Sie schmeicheln gut, Mrs. Harris. Ich kann gerade noch Foxtrott, aber bei den modernen Tänzen hört es bei mir auf.«

Garden dachte an Miss Ellis und ihre Tanzstundenzeit.

»Warum lächeln Sie so charmant und hintergründig?«

Garden erzählte ihm von ihrem abgrundtiefen Versagen als Tänzerin.

»Das glaube ich nicht.« Sie tanzten wunderbar zusammen, schwebten mühelos im Takt zu ›Who's Sorry Now?‹ übers Parkett.

»Es stimmt aber. Und es wurde immer schlimmer. Stellen

Sie sich vor, ich bin von einem Auto angefahren worden, und als das Ding auf mich zukam, hatte ich nur einen Gedanken: ›Gott sei Dank, jetzt muß ich nicht auf diesen Tanztee‹.«

»Mein armes Kind.« Er zog sie leicht an sich, um eine kleine Drehung zu tanzen. Danach behielt er sie so eng im Arm.

Garden merkte nichts, sie war mit einem neuen Gedanken beschäftigt. »Wenn es stimmt, daß es keine Zufälle gibt, meinen Sie, daß ich dann absichtlich auf die Straße getreten bin?«

»Zufällig absichtlich?«

»Genau. Das frage ich mich. Du liebe Zeit, ich hätte schon tot sein können. Wie dumm von mir.« Sie sah, daß die breite Schulter von Dr. Faber nah an ihrer Wange war. Am liebsten würde ich den Kopf daran lehnen, die Augen zumachen und die ganze Nacht tanzen, dachte sie. Die Musik war so schön, und der starke Arm um ihre Taille fühlte sich gut an. Mit einem Ruck kam sie wieder zu sich. Was dachte sie da nur? Sie stolperte.

»Entschuldigung«, sagte er. »Bin ich Ihnen auf die Zehen getreten?«

»Nein, überhaupt nicht. Es war meine Schuld. Ich muß jetzt gehen.«

»Wirklich? Aber ich bin Ihnen doch auf den Fuß gestiegen.«

»Nein, nein. Sie haben bestimmt nichts falsch gemacht. Ich bin einfach nur müde.«

»Selbstverständlich.« Er begleitete sie an den Tisch, nahm ihr Cape und legte es ihr um die Schultern.

»Bitte erlauben Sie mir, Sie nach Hause zu bringen«, sagte er. »Ich möchte sichergehen, daß Sie nicht hinken.« Er bot ihr den Arm.

Garden hakte sich mit der Hand ein.

»Sollen wir den Weg übers Deck nehmen? Die frische Luft tut gut vor dem Schlafengehen.« Ohne auf ihre Zustimmung zu warten, steuerte er auf die Tür zum Deck zu. Ein Steward öffnete ihnen.

»Endlich reißt es auf«, sagte Dr. Faber. »Morgen kriegen wir zum ersten Mal blauen Himmel.« Den Mond sah man nicht; die Sterne waren so hell und so nah, als hielte jemand Laternen vom Oberdeck.

»Wie herrlich«, sagte Garden.

»Haben Sie noch nie auf See die Sterne gesehen? Dann kommen Sie mal mit.« Sie gingen an den erleuchteten Fenstern vorbei zum Bug. Es sah aus, als liefen sie direkt in den sternenübersäten Himmel hinein.

Dann schoben sich vor die Sterne plötzlich Francis Fabers Schultern und sein Kopf, als er sie umarmte und mit seinem Mund den ihren suchte. Seine Lippen drückten gegen die ihren, und seine starke, warme Hand glitt unter dem Cape zu ihrem Nacken, dann den Rücken hinunter, zog sie an sich, wanderte bis zum Ende ihres Rückgrats und drückte sie an ihn. Und er drückte sich an sie.

Garden spürte ein warmes Gefühl in sich aufsteigen; ein Prickeln lief ihr über Arme und Beine. Ihre Hände glitten an seinem Körper entlang bis zu den Schultern hinauf, legten sich um seinen Nacken, und dann erwiderte sie seinen Kuß mit der ganzen Gier ihres ausgehungerten, liebebedürftigen Herzens.

Ihr Cape fiel zu Boden. Dr. Fabers Lippen bewegten sich an ihrem Hals entlang zu den Schultern.

»O mein Gott«, rief Garden und wand sich in seinen Armen. »Was tue ich da? Lassen Sie mich los.«

Dr. Faber hob den Kopf, lockerten seinen Griff und faßte sie am Handgelenk. »Keine Angst«, sagte er beruhigend. »Vertrau mir. Es ist die natürlichste Sache der Welt, daß ein Mann und eine Frau sich begehren.«

»Ich liebe Sky. Nur Sky. Und ihn begehre ich.«

»Das ist auch ganz richtig so. Aber jetzt in diesem Augenblick begehrst du mich. Das nimmt deinem Sky nichts weg. Er ist nicht hier, ich schon. Da können wir uns aneinander erfreuen.«

»Nein. An so etwas glaube ich nicht. Es ist falsch.« Garden

riß sich los und rannte über das Deck. Faber hob ihr Cape auf und wollte ihr nachlaufen, hielt dann aber inne. Er klemmte sich den Umhang unter den Arm, nahm sich eine Zigarette und zündete sie in der hohlen Hand an. Das aufflammende Streichholz beleuchtete sein Lächeln.

»Kommen Sie sich so modern vor«, murmelte er, »wenn sie ihre falschen Vorstellungen von Freud herumposaunen. Und haben solche Angst, wenn sie mal wirklich damit konfrontiert werden.« Er schnippte das Streichholz über Bord. »Aber schade. Die Kleine muß im Bett ganz außerordentlich sein.«

Garden verließ für den Rest der Überfahrt nicht mehr ihre Kabinen. Die Mahlzeiten wurden ihr gebracht, Champagner und Zigaretten ebenfalls.

Man hatte sie überlistet, sagte sie sich. Dr. Faber hatte sie ausgenutzt.

Aber ihr war auch bewußt, daß sie einen Augenblick lang etwas ganz Neues verspürt hatte. Francis Faber küßte anders als Sky, und es war aufregend gewesen. Spannend. Gefährlich. Neu.

Sie hatte nie daran gedacht, daß ein Mann womöglich nicht wie der andere küßt, oder daß sie sich von irgend jemand anderem als Sky berühren lassen könnte. Oder daß man begehren konnte, ohne verliebt zu sein.

Nun ließen sie solche Gedanken Tag und Nacht nicht mehr los.

65

Die barocke Üppigkeit der *France* hatte Garden perfekt auf das Pariser Domizil der Principessa vorbereitet. Gold, Marmor und Wandgemälde zierten jeden Winkel der riesigen Villa.

Ansonsten war von den Uniformen der Bediensteten bis zum Briefpapier alles in Pflaumenblau und Grau gehalten. So wie das New Yorker Haus in Grün und Grau und das in Southampton in Gelb und Weiß. Der Butler war ein englischsprechender Franzose namens Bercy; der Chauffeur hieß Maupin. Das Auto war ein grauer Delage mit pflaumenblauen Polstern. Das Leben war dasselbe.

Ein Dienstmädchen führte sie auf ihre Zimmer. Wie in New York, hatte auch hier das Schlafzimmer einen Balkon zum Garten hinaus.

Aber das hier war Paris. Garden durchsuchte die Bücher auf dem Regal in ihrem Wohnzimmer nach einem Stadtführer. Sky holte sie ab, und da wollte sie ein paar Vorschläge für gemeinsame Unternehmungen bereithaben, bevor sie dann nach Monte Carlo fuhren. Vielleicht sollten sie zum Essen gehen. Vickis Koch mochte noch so gut sein, aber es ging doch nichts über einen Abend im Restaurant auf dem Eiffelturm. Oder im Maxim.

Ohne Klopfen trat Alexa ins Zimmer.

»Garden, Schätzchen, wie göttlich, dich zu sehen. Sei ein Engel und klingle bei einer Marie nach Champagner.« Sie ließ sich graziös in einen Sessel sinken.

Garden blickte zur Tür.

»Sky ist nicht mitgekommen, Garden. Er arbeitet schrecklich hart, und ich mußte sowieso nach Paris, da hat er mich gebeten, dich abzuholen.«

Garden war so betroffen, daß ihr die Worte fehlten. Alexa plapperte munter weiter.

»Der Gute, er reibt sich vollkommen auf. Er kriegt das System einfach nicht hin. Immer wieder taucht irgendein Fehler auf. Aber er läßt sich die Laune nicht verderben und sprüht nur so vor Witz.

Aber nun laß doch den Champagner kommen. Drück den verdammten goldenen Amor auf seinen verdammten Goldnabel. Also, so etwas Schamloses wie dieses Haus ist mir noch nie untergekommen.«

Garden tastete nach dem Klingelknopf, der sich im Tischbein neben ihr verbarg. Als das Mädchen kam, bestellte sie Champagner.

»Aber Kindchen, du sprichst ja Französisch, wie hinreißend. Ich spreche natürlich kein Wort. Irgendwie ist immer jemand da der übersetzt ... Diese Marie könnte sich auch etwas beeilen. Ich finde es zu komisch, wie Sky das Personal nennt. Im Hotel sagt er zu allen Kellnern, Zimmerkellnern und Empfangschefs ›Maurice‹. Die Croupiers heißen Henri.«

Das Mädchen kam mit Bercy zurück. Er öffnete den Champagner, schenkte zwei Gläser ein und stellte die Flasche in den silbernen Sektkübel zurück. »Wünschen Sie noch etwas, Madame?«

»Nein danke, Bercy.« Er zog sich mit einer Verbeugung zurück. »Wie heißen Sie«, fragte Garden das Mädchen.

»Veronique, Madame.«

»Schön, Veronique. Wir nehmen uns dann selbst. Sie dürfen gehen.« Alexa reichte Garden ein Glas, leerte das ihre und schenkte es wieder voll.

»Jetzt hör mal zu, Kindchen. Ich bin nicht so kaltblütig, wie ich aussehe. Ich sehe andere Menschen nicht gern leiden. Sky habe ich erzählt, daß ich wegen neuen Kleidern nach Paris fahre, aber in Wirklichkeit wollte ich dich hier abfangen. Komm nicht nach Monte Carlo, Garden. Bleib in Paris oder fahr nach Hause. Dein Mann ist in mich verliebt. Alle wissen das, und man wird dich auslachen. Warum willst du dir das antun?«

Garden konzentrierte sich auf den moussierenden Champagner in ihrem Glas. »Sind die Pariser Kleider wirklich so anders?« fragte sie.

»Spinnst du, Garden? Hast du nicht gehört, was ich gesagt habe?«

»Doch. Ich denke gerade darüber nach. Weil es dir doch um Kleider geht, wollte ich nur wissen, wofür man so eine weite Reise unternimmt.«

»Wenn du es genau wissen willst, war die Winterkollektion von Chanel ganz auf Russisch. Und in Monte Carlo wimmelt es nur so vor Russen. Ich möchte einfach ein paar Sachen kaufen, bevor sie durch die Frühjahrskollektion wieder überholt sind.«

»Démodé.«

»Was?«

»Démodé. Das heißt ›aus der Mode‹. Und genau das bist du, Alexa. Ich weiß sehr gut, wie lange die Anproben bei einer Schneiderin dauern. Sky hätte dich nie tagelang weggelassen, wenn er tatsächlich in dich verliebt wäre. Du willst doch nur bluffen.«

»Da täuscht du dich. Aber es zeigt mir, daß es eben keinen Sinn hat, wenn man nett sein will.« Alexa schenkte wieder Champagner nach und prostete Garden zu. »Nichts für ungut, Garden. Ich habe nichts gegen dich persönlich.«

Garden blätterte im Reiseführer. »Ich schaue mir heute nachmittag wohl den Eiffelturm an. Möchtest du mitkommen?«

»Ähm ...«

»Und den Louvre.«

»Danke, aber ich muß einiges besorgen. Treffen wir uns so um fünf.«

Sobald Alexa zur Tür hinaus war, vertiefte Garden sich weiter in den Reiseführer. »Train Bleu«, stand da, »die luxuriöse Art an die Côte d'Azur zu reisen. Unser Zug verbindet Paris direkt mit den Spielkasinos und den Stränden von Cannes, Nizza und Monte Carlo. Für die Mahlzeiten sorgt der renommierte ...« Sie überflog den langen Absatz, rannte durchs Zimmer und machte die Schlafzimmer auf. »Pack alles wieder ein, Corinne. Wir reisen in einer halben Stunde ab.«

Sky saß im Wohnzimmer seiner Suite im Hotel de Paris am Tisch, als Garden hereinkam. Mit Zahlenreihen bekritzelte Zettel lagen auf dem Tisch und am Boden im ganzen Raum verstreut.

»Was für eine Überraschung«, sagte er. »Ich habe gedacht, Alexas Verwandlung in eine Russin würde mehrere Tage in Anspruch nehmen.«

»Das mag schon sein. Ich bin ohne sie hergekommen.« Sie blieb in der Tür stehen, um zu beobachten, ob ihre Rechnung aufging.

»Na, komm schon herein. Kriegt dein armer, schwer schuftender Mann keinen Begrüßungskuß?«

Garden rannte auf ihn zu.

Sie liebten sich stürmisch und vollkommen erfüllend. »Mein Schatz, mein geliebter Schatz«, murmelte Sky in ihre Schulter, »du bist einfach umwerfend.«

Ich habe gewonnen, jubelte Garden innerlich. Sie bettete Skys Kopf in ihre Hände, spürte die vertrauten, geliebten Konturen. Dieser Astrologiezauber hatte ihn verhext, aber jetzt war er davon geheilt und von Alexa ebenfalls. Noch bevor er darum bat, hatte sie ihm schon verziehen.

Am Nachmittag fuhren sie die Corniche entlang. Von der kurvigen Küstenstraße bot sich ein überwältigender Blick. »So schön ist es bestimmt nirgends auf der Welt«, sagte Garden immer wieder. Über und unter ihnen klebten prachtvolle Villen am Berg, umgeben von steilen Terrassengärten mit leuchtend bunten Blumen und graugrünen Olivenbäumen. Während die Straße sich am Abgrund entlangwand, verschwand das Meer hinter Haarnadelkurven und tauchte dann wieder auf, überraschte das Auge von neuem mit der satten, unvergleichlichen Reinheit und Kraft seiner Farbe.

Sie hielten an einem Gasthof, der gefährlich nahe am Rand einer Klippe hing, und tranken einen Wein, der von den Trauben auf den Terrassen hinter dem Gasthof gekeltert war. Sie saßen im Hof, die Sonne wärmte ihnen den Rücken, und der Wirt stellte ihnen gerade Brot und Käse hin. Garden war wunschlos glücklich.

»Wie wohl der Gasthof innen ist? Warum bleiben wir nicht einfach hier, statt ins Hotel zurückzufahren?«

»Wahrscheinlich strotzt er vor Flöhen. Außerdem liegt das Hotel gleich bei der Spielbank. Diese Straße wäre mir nachts nicht recht geheuer.«

»Du spielst also immer noch?«

»Dafür ist Monte Carlo doch da, mein Schatz ... Seit wann rauchst du eigentlich, Garden?«

»Seit der Überfahrt. Nachdem alle so viel daran finden, wollte ich es auch mal probieren.«

»Dann gehen wir morgen zu Cartier und kaufen dir eine Zigarettenspitze. Oder gleich mehrere.«

»Warte doch noch ein paar Wochen, dann kannst du sie mir zum Hochzeitstag schenken.«

Sky legte ihr den Arm um die Schultern. »Stimmt«, sagte er lächelnd. »Wir sind ein altes Ehepaar. Ein ganzes Jahr schon verheiratet.«

Alexa gab ein rauschendes Fest zum Hochzeitstag der beiden in ihrer neuen Wohnung in Nizza. Sie war einen Tag nach Garden aus Paris zurückgekehrt und hatte ihre Koffer von Corinne ordentlich gepackt vorgefunden.

»Du hast recht gehabt«, sagte sie zu Garden. »Ich habe nur gebluíft. Ich habe gespürt, daß ich nicht mehr viel zu melden habe, und wollte noch einmal alles auf eine Karte setzen.«

»Nichts für ungut«, sagte Garden.

Alexa mußte lachen. »Du merkst dir alles, was? Nein, nichts für ungut.«

Am selben Nachmittag suchte sie sich die Wohnung und am selben Abend einen neuen Liebhaber. Es war ein Russe, dessen Namen Alexa nicht aussprechen konnte. Sie nannte ihn einfach Peter den Großen.

66

Im Lauf der nächsten Monate gesellten sich immer mehr Amerikaner zu der Gruppe um Sky und Garden. Auf der Party zum Hochzeitstag hatten sich bereits einige Freunde aus der alten New Yorker Clique zusammen mit Skys neuen Bekanntschaften von der Côte d'Azur – Engländer, Franzosen, Schweizer und Polen – vergnügt. Nun sprach es sich in New York, Chicago und San Francisco und überall dazwischen immer weiter herum, daß der Dollarkurs günstig zum Franc stand und daß es in Frankreich keine Prohibition gab.

Die Leute kamen und gingen; der Freundeskreis war nicht so beständig wie der in New York. Manche blieben eine Woche, andere einen Monat. Einige stellten fest, daß es an der Riviera trotz aller Blumen und Palmen im Winter kalt war, und fuhren fast sofort weiter nach Griechenland oder Italien. Sky und Garden blieben. Er war zu sehr in seine Theorien über eine astrologische Beherrschung des Rouletterades verstrickt, als daß er mehr als ein paar Tage hintereinander fort sein konnte.

Also wurde Monte Carlo zu ihrem Zuhause. »Warum nehmen wir uns nicht eine Villa?« schlug Garden vor, aber Sky fand, das mache zuviel Arbeit. Im Hotel bekämen sie doch alles, was sie brauchten. Sie funktionierten eine ihrer Suiten in ein doppeltes Wohnzimmer um, Garden kaufte ein Grammophon samt Schallplatten sowie vier Mah-Jongg-Spiele und ein paar Zigarettenkästchen für die Tische. Miss Trager arrangierte es, daß das Hotel jeden Nachmittag einen Barkeeper und einen Kellner zur Verfügung stellte. Und jeden Nachmittag waren die Zimmer voll: Bekannte, Freunde der Bekannten und deren Freunde. »Schau bei den Harrises vorbei«, hieß es immer, wenn die Sprache auf Monte Carlo kam. »Du mußt nur sagen, daß du mich kennst.«

»Wir betreiben ja eine Kneipe«, beklagte sich Garden. Sky antwortete, sie könnten doch froh sein, so viele Freunde zu haben. Er genoß den ganzen Trubel.

Nach der nachmittäglichen Cocktailparty speiste man im Restaurant zu Abend und machte sich dann ins Casino auf, wo Sky seinem jeweiligen todsicheren System gemäß setzte. Danach gingen sie noch aus und versuchten sich zu amüsieren, um den bittern Nachgeschmack loszuwerden, den der jeweilige Fehler in seinen Berechnungen hinterlassen hatte.

Sie fuhren die Küste auf und ab; ein, zwei, drei oder mehr Autos kurvten hinter Sky her, der die Straße inzwischen in- und auswendig kannte. Langsame Fahrer wurden abgehängt, leichtsinnige Fahrer hatten Unfälle. Die furchtlosen und geschickten Autofahrer ließen sich von Skys Lust an der Geschwindigkeit und am Risiko anstecken. Er führte sie in Nightclubs, kleine Arbeiterbars, auf die Tanzflächen der Boîtes, in andere Casinos. Oft waren sie nicht willkommen, manchmal ließ man sie auch nicht ein. Sky war überall bekannt. Für üppige Ausgaben und großzügige Trinkgelder. Und für die Scherben, die er hinterließ. Das hatte er Peter dem Großen abgeschaut, der auf ihrer Party zum Hochzeitstag in makellosem Französisch eine Rede geschwungen und danach sein Glas mit Schwung zu Boden geworfen hatte. Alexa hatte es ihm sofort gleichgetan, und daraufhin alle anderen. So etwas war ganz nach Skys Geschmack.

Er bezahlte den Schaden immer, meistens sogar erheblich mehr. Und wenn er dann mit Garden bei Tagesanbruch ins Hotel zurückging, hatte er seinen Ärger und seine Verzweiflung über das neuerliche Versagen am Roulettetisch fast verwunden.

Garden haßte dieses Leben. Sie haßte den Roulettetisch. Sie haßte es, wenn sie im offenen Mercedes durch die Nacht rauschten. Sie haßte die lauten Nightclubs und ihre betrunkenen ›Freunde‹, die sie beim Tanzen betatschten. Sie haßte die angewiderten Blicke der Arbeiter, wenn die Männer mit ihren Schlipsen und Seidenhüten und die Frauen im Pelzmantel, mit Diamanten behängt, in deren Bars einbrachen. Sie haßte die Spannung, die in der Luft lag, bis der Klang von berstendem Glas die Spannung löste und Garden sich schämte. Am meisten haßte sie Skys glasigen Blick und seine wütende, mechanische Art, auf die er ohne irgendein zärtliches Wort mit ihr schlief.

Sie trank zuviel, rauchte zuviel und aß zuviel. Sie verachtete sich, weil sie Sky nicht zum Aufhören bewegen konnte und sie liebte ihn um so mehr, weil sie glaubte, er brauche sie. Damit er sich nicht selbst kaputtmachte, so wie er Gläser, Geschirr, Tische und Stühle in allen Bars ruinierte. Manchmal weinte er, wenn sie sich liebten, und Garden brach das Herz.

Also machte sie sich schön, lachte und tanzte Charleston inmitten der Trümmer; und sie schrieb Postkarten an ihre Mutter, an Tante Elizabeth und ihre Freundinnen in Charleston, mit Bildern vom Blumenmarkt in Nizza, vom Zoo in Monaco und von Palmen vor dem traumhaften blauen Mittelmeer. »Es ist unbeschreiblich schön hier! Viele Grüße, Garden.«

Nur beim Tanzen konnte sie ihr Leben einigermaßen ertragen. Eines Abends war sie wieder so in ihren Charleston vertieft, daß sie nichts mehr um sich herum wahrnahm. Die Tanzfläche leerte sich, alle feuerten sie an und zerschmetterten ihre Gläser vor Begeisterung.

Alle außer Sky. Er hob sein Glas und blickte in die schmelzenden schwarzen Augen einer kleinen Italienerin, die vor kurzem in die Gruppe eingeführt worden war.

Sie wurde von einer Dänin abgelöst, und an der Bar in ihren Gesellschaftsräumen trank alles Aquavit. Der Aquavit verschwand, und Calvados tauchte auf – für eine kleine Französin aus der Normandie. Sky verlegte sich vom Roulette auf Baccarat, wo man nicht in Hundertern, sondern in Tausendern setzte.

Garden wurde von einem Schwarm von Möchtegern-Oscar-Wildes angehimmelt, die in ihren Gedichten ihre Schönheit besangen und sich gern ihre besonders extravaganten Pelzcapes ausliehen, wenn es kühl wurde. Ansonsten hielten sie sich krampfhaft am Armaturenbrett fest, wenn Garden in dem Auto, das Sky für sie gekauft hatte, bei der nächtlichen Jagd nach Vergnügen verzweifelt hinter ihrem Mann herfuhr.

67

»Ich kann die Riviera nicht mehr sehen. Fahren wir nach Paris.«
 »Ich möchte auch weg. Laß uns nach Hause fahren, Sky.«
 »Nach Hause? Wo ist das? In New York? Fast alle unsere Bekannten aus New York sind in Paris.«
 »Dann gehen wir doch nach Charleston. Auf die Barony.«
 »Du machst wohl Witze. Was tun wir denn da – zuschauen, wie wir langsam verschimmeln? Nein, in Paris ist heutzutage das Leben. Und dahin gehören wir.«
 »Wann möchtest du denn losfahren?«
 »Heute, am liebsten sofort.«
 Garden zündete sich eine Zigarette an. Sie saßen ausnahmsweise allein beim Dinner. Leider stritten sie bei diesen seltenen Gelegenheit dann oft. »Wir können ja am Freitag fahren«, schlug sie in möglichst versöhnlichem Ton vor. »Am Donnerstag abend ist die Party zu unserem zweijährigen Hochzeitstag.«
 Sky konzentrierte sich auf sein Entrecôte.
 »Einverstanden, Sky?«
 »Natürlich.«
 Paris wirkte erfrischend. Mehr als ein Jahr lang hatten sie unter dem strahlend blauen Himmel der Côte d'Azur gelebt, und jetzt kamen sie in einem grauen, wolkenverhangenen Paris bei kaltem, unbarmherzigem Regen an. Die Straßen waren mit hupenden Autos verstopft, die Gehwege mit Fußgängern, die ihre Regenschirme wie Waffen nach vorn gestreckt hielten. Sie setzten sich über den Verkehr hinweg,

sprangen spritzenden Rädern aus dem Weg, hoben erbittert die Faust oder schrien die Autofahrer an, die ihnen keinen Platz machten.

»Hach«, sagte Sky, »ich hatte ganz vergessen, wie herrlich es in der Stadt ist.«

Vicki empfing sie mit offenen Armen und zog sie sofort in den Ballsaal, den sie inzwischen zu einem riesigen Atelier umfunktioniert hatte. Fünf Maler saßen bei der Arbeit. »Ein Wettbewerb«, erklärte Vicki. »Alle porträtieren mich – kubistisch natürlich –, und ich kaufe dann das Porträt, das mir am besten gefällt.« Die Künstler waren ausnahmslos jung und wirkten sehr männlich, stellte Garden fest, während sie hinter Vicki von Staffelei zu Staffelei ging. Es störte sie weder, noch interessierte es sie besonders, daß Vicki sich in Paris offenbar Sex in rauhen Mengen kaufte. Nach den Geschichten, die sie über manche Leute an der Riviera gehört hatte, war Vicki noch höchst zahm in ihren Vorlieben. Sie sah blendend aus, hatte ihr Haar kastanienbraun gefärbt und trug ein Tuch quer über die Stirn und an der Seite geknotet, daß ihr über die Schultern flatterte und in den Chiffonbahnen ihres chromgelben Kleides verschwand.

»Du siehst fantastisch aus, Vicki«, sagte Garden.

»Und du, mein Kind, siehst verboten aus«, erwiderte Vikki. »Sky, du mußt Garden sofort losschicken, daß sie sich etwas Anständiges zum Anziehen kauft.«

»Nicht sofort, geschätzte Mutter mein. Sofort gehen wir nämlich mit ein paar Leuten zum Lunch. Der gute Mark ist mit neuem Anhang in der Stadt, Mimi mit dem ihren, außerdem Laurie und David.«

Garden schüttelte den Kopf. »Nicht ›wir‹, mein Schatz, sondern du. Ich nehme erst mal ein Bad und leg mich hin. Ich habe im Zug kein Auge zugetan.«

»Das sieht man«, sagte Vicki mit einem strahlenden Lächeln. »Bring deine Freude mit zum Abendessen, Schuyler. Ich habe ein paar Leute eingeladen. Und dann gehen wir alle nach Montparnasse und spielen Bohemiens.«

»Ihr Lieben«, zwitscherte Garden, »wie wundervoll, euch zu sehen!« Sie küßte an sämtlichen Wangen ihrer New Yorker Freunde vorbei, schüttelte Hände oder reichte die ihre zum Handkuß, wenn man sie Vickis Freunden vorstellte, plapperte daher, wie göttlich es sei, in Paris zu leben – kurz, sie spielte die glückliche, weltläufige, lebhafte junge Frau. Diese Nummer hatte sie in Monte Carlo in den vergangenen Monaten zur Vervollkommnung gebracht. Manchmal, wenn sie genügend Beachtung fand und genügend Champagner getrunken hatte, hielt sie sich dann selbst für echt.

Beim Essen saß sie zwischen zwei von Vickis Gästen, beides Banker aus New York. Kein Wunder, daß die Künstler nirgends zu sehen sind, dachte Garden. Die Banker redeten über ihren Kopf hinweg über Weltfinanzen und Weltpolitik. Sie gähnte in ihre Serviette.

»Es stimmt aber.« Die Frau auf der anderen Seite der Bank wurde aufdringlich laut. »Ich komme gerade aus Rom, und der Zug fuhr pünktlich. Ich finde, Mussolini schafft eben Ordnung in Italien.«

»Martha«, sagte einer der Banker ungeduldig, »es gibt Wichtigeres als Fahrpläne.«

»Nicht, wenn man einen Anschlußzug braucht. Vor zwei Jahren saß ich einmal in Mailand auf dem trockenen, ausgerechnet im gräßlichen Mailand. Wer fährt schon nach Mailand?«

»Wer fährt schon nach Mailand?« äffte Vicki Martha nach, nachdem die Banker mit ihren Frauen und sie und ihr Mann gegangen waren. »Entschuldigt, Kinder, daß ich euch diese Langweiler zugemutet habe. Ich mußte sie einfach mal einladen. Aber jetzt wollen wir noch unseren Spaß haben.« Sie öffnete eine Schublade und holte ein Tablett heraus, auf dem ein Dutzend Schüsselchen mit weißem Pulver standen. »Das konnte ich vorher nicht auf den Tisch stellen, sonst hätte Martha das ihre als Salzfaß benützt.«

»Was ist das?« fragte Garden Mark.

»Wie ich Vicki kenne, ist es wohl Kokain, und zwar vom Feinsten. Hast du das je probiert?«

»Nein. Ich habe davon gehört, aber wir sind beim Champagner geblieben.«

»Aber Mädchen, von Kokain kriegt man keinen Kater, und außerdem macht man sich nicht die Leber kaputt. Es ist ein tolles Zeug. Wenn ich es mir leisten könnte, würde ich es dauernd nehmen.« Vicki ließ das Tablett herumgehen. Mark nahm sich ein Schälchen und wog es in der Hand. »Das müssen ja fast fünfzig Gramm sein. Vicki, du bist keine Prinzessin, du bist eine Königin.«

Er zeigte Garden, wie man sich ein Nasenloch zuhält, den winzigen Löffel an das andere hält und schnupft. »Aah«, sagte er. »Das ist herrlich.«

Garden zögerte. Es war etwas Abstoßendes an Marks lautem Geschnupfe und an dem Gedanken, sich irgend etwas in die Nase zu ziehen. »Komm schon, Garden«, sagte er, »sei nicht so prüde. Du wirst begeistert sein, glaub mir.«

Garden hob den Löffel an die Nase und hielt sich ein Nasenloch zu. »So?« Mark nickte. Sie machte die Augen zu und zog das Pulver hoch.

»Aua!« Sie schrie auf und hielt sich die Hände vors Gesicht. Sie mußte etwas falsch gemacht haben. In der Nase, hinter der Nase bis hinauf zu den Augen fühlte sich alles kalt, taub, tot an.

Aber plötzlich war alles andere an ihr lebendiger denn je. Sie war in Hochstimmung und zugleich ruhig und gelassen, hatte vor nichts Angst, war voller Energie und hatte ihren Körper, ihren Geist und ihr Leben unter Kontrolle. Ach, sie hatte sich von Kleinigkeiten deprimieren lassen. Die Riviera war an ihrer Ehekrise schuld gewesen. Aber jetzt waren sie in Paris, wieder bei ihren Freunden, wunderbaren Menschen, denen wirklich etwas an ihnen lag. Jetzt wurde alles gut. Dafür würde sie schon sorgen. Es gab nichts, was sie nicht schaffen könnte.

»Wir wär's mit der anderen Seite?« fragte Mark.

Garden suchte den Löffel, den sie fallen gelassen hatte. »O ja, unbedingt«, erwiderte sie.

Inzwischen waren Vickis Künstler auf der Party aufgetaucht. Sie kämpften handgreiflich darum, wer in Vickis Autos mitfahren durfte, was Garden himmelschreiend komisch fand. Vicki sah dem ganzen eine Weile schweigend zu. Als drei im Auto saßen, gab sie Maupin einen Wink. Der Chauffeur stieß die übrigen zwei Maler beiseite und schloß die Autotür.

Sie machten so belämmerte Gesichter, daß Garden kichern mußte. »Kommt«, sagte sie und packte sie an der Hand. Sie stiegen in eines der Taxis vor dem Haus. »Diesem Wagen hinterher!« schrie sie den Fahrer an. Sie amüsierte sich königlich.

Sie fuhren in den ›Jungle‹ auf dem Boulevard Montparnasse. Dort war es so voll, daß man die Tanzfläche unter den Füßen der Tänzer nicht mehr sah. Vicki zeigte mit den Fingern an, daß sie insgesamt sechzehn Personen seien, und zählte dann sechzehn Hundertfrancscheine auf die Hand. Der Oberkellner nickte zwei bulligen Männern an der Tür auffordernd zu. Sie kamen her und flankierten ihn, während er Leuten auf die Schulter tippte und sie hinauswies.

»Rausgeschmissen!« frohlockte Vicki. »Seht ihr, es macht gar nichts, daß ich nicht französisch spreche.«

Sie setzten sich gerade so lang, bis der Champagner bestellt war. »Zehn Francs für eine Flasche«, sagte der Maler neben Garden. »Wehe, der ist nicht gut. Das sind ja Räuberpreise.« Er schwieg finster vor sich hin. Garden ließ ihn sitzen und ging mit David auf die Tanzfläche. Sky und Mark kämpften sich durch die Menge zur Bar, um je eine der Prostituierten zum Tanzen aufzufordern, die sich aufreizend an einer Ecke der Bar postiert hatten. Garden fand das schrecklich komisch. Über der Tanzfläche hing eine verspiegelte Kugel, die sich drehte und das farbige Licht zurückwarf, mit dem sie angestrahlt wurde. Rote, blaue und gelbe Punkte huschten über die Gesichter der Tanzenden. Garden sah auf Davids weiße Hemdbrust und versuchte, den Punkten mit den Blicken zu folgen.

Mark sah, was sie tat. Partnerwechsel«, rief er plötzlich. »Garden ich glaube, ich habe dir zuviel Kokain fürs erste Mal gegeben. Komm, setz dich.«

»Nein, nein, nein, nein, Mark. Ich fühle mich prächtig.« Sie schlang ihm die Arme um den Hals. »Tanz mit mir. Ich tanze sehr gut. Frag Miss Ellis.« Sie kicherte und machte ein paar Schritte auf der Stelle. »Ein Tango. Komm schon, Mark. Ba-di-dum-di-dum-da. Komm.«

Mark führte wunderbar. »Du tanzt wirklich gut, Garden. Ich habe immer gedacht, du kannst nur Charleston.«

»Pah! Ich kann alles, einfach alles. Du hast mir gezeigt, wie es geht. Ich liebe dich dafür, daß du mir das beigebracht hast. Küß mich. Und zwar richtig.«

Ihre wunderschönen Augen schimmerten unter halbgeschlossenen Lidern hervor, ihre Lippen waren zum Kuß gespitzt. Mark biß sie sanft in die Unterlippe, ließ dann aber los. »Noch nicht«, sagte er. »Nicht hier.«

68

Mark hatte recht gehabt, dachte Garden beim Aufwachen am nächsten Tag. Kein Kater, und die Zunge fühlte sich nicht so pelzig an wie an jedem Morgen in Monte Carlo. »Ich fühle mich wie neugeboren«, verkündete sie dem goldenen Amor über ihrem Himmelbett. Sie klingelte nach dem Frühstück und machte Pläne für den Tag. Sie beschloß, sich neu einzukleiden. Ein neuer Mensch verdiente neue Sachen. Das rosa Kleid von gestern abend zum Beispiel konnte man gleich wegwerfen. Oder nein, das gab sie einem der Dienstmädchen. Wie nannte Sky die noch? Ach ja, Maries. Genau, das Kleid schenkte sie einer Marie. Und wo sollte sie einkaufen? Sie könnte Laurie fragen, die kannte sich aus. Oder nein, Laurie kannte sich in New York aus, aber das hier war Paris. Die Modemetropole der Welt. Der perfekte Ort, um sich neu einzukleiden. Sie kicherte. Das Kokain wirkte schon lange nicht mehr, aber sie war immer noch euphorisch.

Vicki. Die wußte bestimmt, wo man hinging.

Vicki machte für sie Termine bei Paquin, Poiret und den Callot Sœurs aus. Schon auf der Modenschau bei Paquin sprach sie jedoch eine junge Amerikanerin namens Connie Weatherford an, die ihr Bild aus der Zeitung kannte und die ihr den einzig wirklich heißen Tip in Paris verriet: Chanel.

»Aber dort bin ich nicht angemeldet.«

»Hören Sie, in diesem Mantel brauchen Sie dort nur vorbeigehen, und der Portier wird Sie praktisch von der Straße zerren und Mademoiselle Chanel persönlich vorstellen. So viele Frauen gibt es nun auch wieder nicht, die sich solche Kleider leisten können.«

»Kommen Sie mit?«

»Nur zu gern. Nicht, daß ich mir etwas kaufen würde, aber ich arbeite bei der *Vogue* und bin verrückt nach Mode.«

Die Offenheit der jungen Frau gefiel Garden. Bei Chanel suchte sie sich vier Kleider aus, einen Anzug und ein Abendkleid, das man als *robe de style* bezeichnete. Connie Weatherford seufzte sehnsüchtig; jedes der Kleider kostete etwa ihr halbes Jahresgehalt. Sie blieb bei Garden, während erste Maße für die Kleiderpuppe genommen wurden, die nach ihren Formen angefertigt und für die ersten Anproben verwendet werden würde. Garden fand alles furchtbar langweilig. In New York wurden nicht halb soviel Maße genommen. Connie Weatherford fand alles furchtbar aufregend. Sie hatte noch nie hinter die Kulissen eines der großen Couturehäuser gesehen.

Als Garden zu Hause ankam, war sie erschöpft. Wie am Tag zuvor machte sie ein Nickerchen und war immer noch müde, als sie wieder aufwachte. Ob Vicki am Abend wohl wieder das Kokain herumreichen würde?

Die kleinen Schälchen standen auf dem Tisch, als sie sich zum Dinner setzten. Garden konnte es nicht erwarten, bis die endlose Abfolge der Gänge auf- und wieder abgetragen war und Vicki endlich lachend ihren kleinen goldenen Löffel nahm.

Garden wappnete sich innerlich, wieder so ein Hochgefühl wie am vorigen Abend zu erleben. Das wäre zu schön, um wahr zu sein.

Und es wurde wahr. Sie spürte es schon, während sie noch mit der Panik und dem eisigen Gefühl in der Nase zu kämpfen hatte. Sie schnappte nach Luft, blickte ringsum alle anderen an, lächelte und verkündete: »Ich fühle mich fantastisch.«

Bevor sie in den Nachtklub an den Champs-Élysées fuhren, steckte Vicki Garden ein kleines Goldfläschchen in die Handtasche. »Jetzt kannst du dich immer fantastisch fühlen. Denk nur daran, es nicht in aller Öffentlichkeit zu nehmen. Man geht einfach auf die Toilette.«

Kokain hatte alle möglichen angenehmen Auswirkungen, wie Garden herausfand. Sie war nie hungrig, hatte unbegrenzte Energie und brauchte fast keinen Schlaf. Sie mochte alle Menschen, die sie kannte und kennenlernte, sogar Fremde auf der Straße, einfach jedermann. Und nichts konnte sie ärgern. Wenn sie auf ihrem Kleid Kaffee verschüttete, war ihr das egal. Wenn ihre Haarfarbe beim Coiffeur zu blaß wurde, machte ihr das nichts aus. Wenn Sky mit irgendeiner Frau aus einem Nachtklub verschwand, kümmerte sie sich schon gar nicht mehr darum.

Zeitmangel war auch kein Problem mehr. Sie ging zu allen Couturiers und gab neue, fröhliche Kleider für die neue, fröhliche Garden in Auftrag.

Weder die stundenlangen Anproben noch das Warten, bis die letzten Feinheiten mit der Hand genäht wurden, brachten sie auf. Wenn sie die *robe de style* diesen Mittwoch nicht haben konnte, dann eben am nächsten Mittwoch. Oder am übernächsten.

Die Zeit war dehnbar. Sie verschwendete so wenig mit Schlafen, daß sie immer noch Zeit für die nächste Unternehmung hatte. Und in Paris gab es so viel zu tun. Mehr als hundert Kinos standen ihr zu Verfügung. Sie schwärmte der Reihe nach für John Gilbert, Douglas Fairbanks und immer wieder Rudolph Valentino, weinte um Charlie Chaplin und bog sich vor Lachen über Harold Lloyd und Buster Keaton.

Sie wurde rot, als sie in den Folies-Bergère zum ersten Mal die barbusigen Revuegirls sah. Nach dem vierten oder fünften Mal fand sie es langweilig, aber alle Neu-Pariser wollten immer als erstes in die Folies, also gingen Sky und sie fast jede Woche mit einem Neuankömmling aus New York dorthin. Eine Zeitlang bewunderte Garden den komplizierten hohen Kopfputz der Mädchen und verglich deren Balanceprobleme mit der Logistik des Wäschekorbtragens auf dem Kopf. Aber bald wurde ihr auch das zu langweilig.

Die Langeweile war ihr großer Feind. Glücklicherweise tauchte immer wieder eine neue Mode auf, mit der man sie sich vertreiben konnte. Kreuzworträtsel kamen aus Amerika über den Atlantik und wurden für alle zur Manie. Nach dem Frühstück trank sie mit Vicki noch einen Kaffee, bei dem sie ihre jeweiligen Lösungen für das Rätsel in der Pariser Herald Tribune verglichen. Dann wieder erfand Harold Vanderbilt eine neue Variante des Bridge, Kontrakt-Bridge, und alle machten es ihm nach. Sie spielten um hohe Einsätze. Meist gewannen Sky und sein jeweiliger Partner, was Sky auf seine Übung im Roulette und Baccarat zurückführte.

Gelegentlich fragte sie die Künstler in den Cafés und Nachtklubs auf dem Montmartre, ob sie irgend etwas über Tradd Cooper, den Sohn ihrer Tante Elizabeth, wüßten, aber keiner hatte je von ihm gehört. Das machte ja auch nichts. Das einzig Entscheidene war, sich zu amüsieren, im Moulin Rouge und im Lido ein- und auszugehen, ständig in Bewegung zu bleiben und chic, weltläufig, jung und schön zu sein. Laurie Patterson sagte ihr, daß sie sich übernehme, daß sie zu dünn werde und doppelt so alt aussehe, wie sie sei, aber Garden nahm davon keine Notiz.

69

Im August war ganz Paris geschlossen. Die Franzosen gingen in Urlaub. Die Kreise um Sky und Vicki fuhren geschlossen nach Deauville, dessen frühere Klientel inzwischen zum großen Teil an die Riviera abgewandert war. Nach Pariser Maßstäben ging es in dem Seebad am Kanal sehr flau zu. Aber es gab dort das elegante Spielkasino, die Pferderennen und – für die Männer – das Vergnügen, die Frauen am Strand in ihren engen schwarzen Badekleidern, der jüngsten revolutionären Mode, zu betrachten.

Garden wurde es nach einer Weile am Strand zu langweilig; außerdem wurde sie sogar unter ihrem auffälligen, orange gestreiften Sonnenschirm von der Sonne verbrannt. Sie verbrachte ihre Zeit mit Einkaufsbummeln, Kreuzworträtseln und einer gelegentlichen Partie Bridge mit den älteren Damen aus ihrem Hotel. Sie brauchte immer mehr Abstecher mit dem Goldfläschchen zur Damentoilette, um sich bei Laune zu halten.

Bis zu dem Nachmittag, an dem sie in einem der kleinen, von der Hotellobby abgelegenen Salons Patiencen legte. Sie hatte die Karten bereits verteilt und überlegte sich den ersten Schritt, als sie eine Hand auf ihrem Nacken spürte, und dann einen warmen Mund. Die Lippen wanderten langsam zu ihrem Ohr. »Jetzt«, flüsterte Mark.

Er habe sie vom ersten Augenblick an geliebt, sagte Mark. Sky sei ein unbegreiflicher Banause, daß er sie so vernachlässige. Ein Banause und ein Ekel, weil er vor ihrer Nase mit seinen Weibern herumstolzierte. Er begreife eben nicht, was für ein unverschämtes Glück er habe, mit einer Frau, die so lieb sei, so schön und so begabt ... so fürsorglich ... so aufregend ... sinnlich ... weich ... duftend ...

Die Liebe mit Mark war anders. Er war gieriger als Sky und fordernder. Nach der ersten langen, langsamen Verführung war er immer ungeduldig; einmal zerriß er ihr fast das Kleid, als der Reißverschluß klemmte. Und er begehrte sie immer. Sie trafen sich jeden Tag, wenn Sky vor dem Lunch zum Schwimmen ging, aber das genügte Mark nicht. Er flüsterte ihr beim Tanzen im Spielkasino ins Ohr, so daß sie erst auf die Toilette ging, sich dann durch eine Hintertür davonstahl und zum Strand hinunterrannte, wo er in einer der Strandkabinen wartete, eine Decke bereits auf dem Sand ausgebreitet. Wenn Sky mit seiner neuesten Flamme verschwand, nahm Mark Garden augenblicklich mit auf sein Zimmer und behielt sie bis zum frühen Morgen dort. Die Angst vor Entdeckung und das ständige Bewußtsein darüber, daß Marks Küsse und sein Körper anders waren als Skys Küsse und dessen Körper, wirkten anregend und aufregend. Aber für Garden kam es eigentlich nur darauf an, daß ihr zehrendes Verlangen nach Liebe endlich gestillt wurde.

Im September kehrte man wieder nach Paris zurück – gerade rechtzeitig für die wildeste aller Wellen: den Fimmel für alles, was mit Negern zu tun hatte.

La Revue Nègre hieß die große Varietérevue im Théatre des Champs-Élysées. Das Werbeplakat, eine groteske Karikatur von glänzend schwarzen Gesichtern mit einem breiten, blendend weißen Grinsen hing an jedem Kiosk. Man munkelte, daß diese Revue der Hit der Saison werden sollte, also besorgten sie sich Karten für die Premiere.

Der Star des Abends war Maud de Forest; als sie ihren rauchigen, klagenden Blues gesungen hatte, verlangte das Publikum zwei Zugaben. Das Saxophonsolo von Sidney Bechet wurde minutenlang beklatscht. Dann begann die nächste Nummer. Ein riesiger Schwarzer mit nacktem Oberkörper und eingeölten Muskeln kam von hinten auf die Bühne. Er trug ein junges schwarzes Mädchen mit dem Kopf nach unten, das die Beine zum Vorwärtsspagat gespreizt hatte; ein Bein lag dabei auf seiner Schulter. Zwischen den Beinen hielt sie eine einzelne rosafarbene Flamingofeder. In der Mitte der Bühne drehte sie der Mann langsam um und setzte sie ab. Ihre Hände fielen nach unten, und dann stand sie da wie eine Statue, eine braune Venus mit einem vollendeten Körper – zu schön, um echt zu sein.

Das Publikum raste. Das Mädchen war eine unbekannte neunzehnjährige Tänzerin namens Josephine Baker. Innerhalb von Wochen war ganz Paris verrückt nach ihr und allem, was mit Negern zu tun hat. Stilisierte schwarze Gesichter aus Email oder Ebenholz schmückten Diamantarmbänder und Broschen. Kaufhäuser sprühten ihre Schaufensterpuppen schwarz an. Jedes Orchester holte sich einen Saxophonisten und spielte die Musik zu dem Tanz, der mit der Revue über den Atlantik gekommen war. Endlich hatte der Charleston auch Frankreich erreicht.

Gardens Freunde rümpften die Nase. »Wir kennen ihn schon seit Jahren«, verkündeten sie und gaben in den Nachtclubs an, wo die Franzosen noch die einfachsten Schritte übten. »Los Garden, zeig's ihnen. Man braucht kein Nigger zu sein, um tanzen zu können.« Und Garden tanzte. Sonst konnte sie ja nichts tun.

Mark fuhr nach Amerika zurück und nahm ein französisches Mannequin mit.

Sky mußte mit gebrochenem Kiefer ins Krankenhaus; er hatte versucht, im Boule Noire, dem Nachtklub wo sich die Pariser ihre schwarzen Tanzpartner holten, ein schwarzes Mädchen ihrem Begleiter auszuspannen.

David Patterson fing Garden in der Bar des Ritz ab, um ihr mitzuteilen, daß Laurie nicht zu ihrer Verabredung dort kommen konnte. Er nahm sie mit zum Dinner, dann an die

Bar seines Hotels für einen letzten Drink, dann auf sein Zimmer und in sein Bett.

Er mietete ein Apartment im Quartier Latin, wo sie sich zu Cocktailrendezvous treffen konnten, welches die weltlich gesinnten Franzosen ›fünf-bis-sieben‹ nannten. Garden kaufte sich ein schwarzes Chiffonkleid bei Molyneux, weil es *cinq à sept* hieß. Sie fand das lustig. Bei ausreichender Kokainzufuhr fand sie alles lustig.

Aber ihre Hände zitterten manchmal, so daß sie den kleinen Löffel kaum mehr handhaben konnte. Sie lernte, einen kurzen Strohhalm zu benutzen, und kaufte sich die Halme schachtelweise in einer Bar, wo man die Frappées mit Crème de Menthe damit trank.

Einmal, als sie im Jungle wie üblich unter großem Hallo auf dem Tisch tanzte, rutschte sie aus und viel einem von Vickis Freunden, einem Spanier, auf den Schoß. Er hieß sie mit einem langen Kuß willkommen, dem die ganze Gesellschaft am Tisch applaudierte, und er behielt sie für den Rest des Abends auf seinem Schoß, goß mit der einen Hand ihr Champagnerglas immer wieder nach und ließ die andere an ihrem Bein entlang unter ihren Rock gleiten. Bei ihrem Treffen mit David am nächsten Tag war alles, was er sagte und tat, so gräßlich vorhersehbar und langweilig.

Alexa kam wieder zurück nach Paris. Und zwar mit Felix, einem braungebrannten, blonden Schweizer, der in St. Moritz als ihr Skilehrer fungiert hatte. Sie beschwor Garden, zum Arzt zu gehen. Garden lachte. An dem Abend tat sie so, als sei sie gestolpert, und taumelte dem Schweizer auf den Schoß. »Sky«, sagte sie kichernd, »zahlst du mir einen Skikurs?« Er langte über den Tisch und schlug sie ins Gesicht.

Ihre Nase fing an zu bluten und hörte nicht wieder auf.

70

»Sie haben eine gefährliche Suchtkrankheit, Mrs. Harris«, sagte der Arzt. »Wenn Sie mit dem Kokain nicht aufhören, sterben Sie.« Er gab ihr einen Zettel. »Hier ist die Adresse einer ausgezeichneten Klinik, dazu der Name des Chefarztes. Ich schlage vor, daß Sie sich dort unverzüglich anmelden.«

Garden steckte den Zettel in ihre Handtasche. Dabei kam ihr das kleine Goldfläschchen zwischen die Finger. Sie zitterte schon; sie brauchte einen kleinen Muntermacher. »Danke, Doktor«, sagte sie. »Ich kümmere mich gleich morgen früh darum.«

Sky, Alexa und Felix warteten vor der Notaufnahme auf sie. Garden betupfte die Blutflecken auf ihrem Kleid. »Ich muß mich schnell umziehen«, sagte sie. »Und dann gehen wir ins Au Pied du Cochon. Ich habe wahnsinnig Lust auf Zwiebelsuppe.«

Sie lernte, wie man sich mit einer Spritze die Nase ausspült, so daß sie nicht mehr so weh tat. Eine Zeitlang nahm sie auch weniger Kokain, aber dann wurden die Kopfschmerzen so stark, daß sie es nicht mehr aushielt. Außerdem wurde sie so deprimiert. Das war viel schlimmer als die Kopfschmerzen. Sogar wenn sie high war, wurde sie manchmal so traurig, daß sie in ein anderes Zimmer gehen mußte, um zu weinen. Das geschah meistens in einem der Nachtklubs, wo eine schwarze Sängerin auftrat. Diese Lokale schossen inzwischen wie Pilze aus dem Boden. Die Sängerinnen und Sänger wurden immer heftig beklatscht und bejubelt, auch wenn sie schlecht waren. Oft warfen die Zuhörer Geld und Blumen auf die Bühne, pfiffen und verlangten Zugaben.

Garden verstand ja, daß die Sänger sich freuten, aber sie konnte es nicht mitansehen, wenn sie auf der Bühne hin und her rannten und unter Gedienere und Gegrinse das Geld aufhoben. Es war unwürdig. Sahen die Künstler denn nicht, daß die Menge ihnen auf die gleiche Weise Geld zuwarf, wie sie einem Affen Erdnüsse oder einem braven Hund einen Wurstzipfel zuwerfen würde? Hörten die Sänger nicht die Bemerkungen über die ›Nigger‹ und ›Dschungelhäschen‹? Merkten die Künstler das nicht, oder war es ihnen egal? Verstanden ihr Mann und ihre Freunde denn nicht, daß Schwarze keine Zirkuspferde sind, sondern Menschen?

Sie versuchte Sky davon abzuhalten, aber er meinte, sie würde nur herummäkeln, weil sie alle Schwarzen am liebsten wieder als Sklaven bei ihrer heißgeliebten Familie in Charleston sehen würde. Er verstand kein bißchen. Sie verstand ja selbst nicht, warum es sie so aufbrachte. Es ging sie doch nichts an. Sie hatte nur die Aufgabe, sich abzulenken, sich zu amüsieren, unterhaltsam, attraktiv und begehrt zu sein.

Sie erstand neue Kleider, neue Mäntel, neue Wäsche. Nichts paßte ihr mehr; alles war zu groß. Sie kaufte sich knalligeres Rouge und ließ sich die Nägel passend zum üppig aufgetragenen Lippenstift lackieren.

Zu ihrem dritten Hochzeitstag gaben sie eine Party in Vickis Villa. Sky verwöhnte sie mit seiner ungeteilten Aufmerksamkeit und ließ sie nicht aus den Augen, bis die geheimnisvolle spanische Schönheit auftauchte, die seit Wochen hin und wieder zu ihrer Gruppe stieß und immer wieder verschwunden war, bevor jemand ihren Namen erfahren konnte. Fast augenblicklich manövrierte Sky sich an ihre Seite, und als er ihr tief in die Augen sah, war Garden schon mit einem von Vickis Malern im Studio verschwunden.

Zwei Täter später probierte sie den nächsten Künstler aus; dem dritten saß sie Modell für einen Akt, mit nichts am Leib außer ihrem Schmuck. Das Bild schickte sie Felix. Alexa platzte in ihr Zimmer, während sie beim Frühstück saß.
»Was zum Teufel soll das, Garden?«
»Nur das Gleiche, was du mit mir gemacht hast«, erwiderte Garden eisig. »Nichts für ungut.«
»Du bist doch krank, Garden. Und verrückt. Felix würde mich nie verlassen, wegen so einer Kokstante wie dir.«

An dem Abend zog sich Garden mit einem siegesgewissen Lächeln an. Sie gab ein paar extra Tropfen Moschusöl ins Badewasser und ölte sich nach dem Baden Arme und Beine ein. »Keine Strümpfe«, sagte sie, als Corinne ihr welche hinhielt. Sie ließ sich von Corinne ihre neue *robe de style* überziehen. Sie bestand aus einem Schwall von Silberfransen, in drei Stufen von knapp über den Brüsten bis knapp unter die Knie. Corinne knüpfte die diamantbesetzten Streifen ein, die Garden anstelle der ursprünglichen Träger hatte anfertigen lassen. »Danke, das ist alles«, sagte Garden.

Sobald Corinne aus der Tür war, nahm Garden einen Strohhalm und das Fläschchen aus der Tasche. Als sie wieder high war, zog sie sich das Kleid über den Kopf und legte die Unterwäsche ab und band ihre Brüste los. Dann streifte sie das Kleid über ihre losen Brüste.

Parfum, Puder, Make-up, ein Diamantband über die Stirn, Diamantarmbänder und -ringe und ein Diamantkollier um das rechte Bein über dem Knie. Nun war sie bereit. Sie stieg in die silbernen Pumps, warf sich das Cape aus Silberlamé um und nahm das glitzernde silberne Handtäschchen. »Viel Spaß, Schneewittchen«, sagte sie zu ihrem Spiegelbild, das mit ihr lachte. Das Leben war so umwerfend komisch.

Sie war ein silberner Wirbelwind, als sie zu tanzen begann. Die anderen auf der Tanzfläche wichen zurück, und dann war sie allein, im Rampenlicht, unter der rotierenden Spiegelkugel. Alle Augen waren auf sie gerichtet, und Garden tanzte, bis ihr die Schweißperlen auf der Stirn standen. Dann lief sie hinüber, wo Felix mit Alexa saß. Über einen Stuhl stieg sie auf deren Tisch und tanzte dort leidenschaftlich, schüttelte sich, ließ die Hüften kreisen und zittern, hüllte Felix in die Moschuswolke von ihren Beinen und wedelte ihm mit dem glitzernden Fuß vor dem Gesicht herum, so daß er und nur er allein die Diamanten um ihren Schenkel aufblitzen sah.

Als das Stück zu Ende war, stand sie schwer atmend da,

ihre Brüste hoben und senkten sich und versetzten die Fransen in Bewegung. Felix stand auf. »Ich bring' dich nach Hause«, sagte er. Seine Stimme klang rauh.

Garden verabschiedete sich von Sky mit einer Kußhand und von Alexa mit einem strahlenden Lächeln. Dann hakte sie sich mit dem linken Arm bei Felix ein und inszenierte ihren Abgang, wobei sie nach Alexas Manier den Mantel am Boden hinter sich herschleifte, wie ein Matador nach dem Sieg.

Corinne machte sich Sorgen über die Geräusche, die hinter der geschlossenen Tür zu Gardens Schlafzimmer hervordrangen. Sie ging auf die Suche nach Miss Trager. »Die ganze Nacht ging das so, Mademoiselle, und jetzt sind sie lauter denn je. Es ist schon nach elf. Mr. Harris wird wohl bald nach Hause kommen, und ich weiß nicht, was dann passiert.«

Miss Trager horchte und wurde bleich. »Ich hole die Principessa«, sagte sie. »Ihr gehört das Haus, sie hat das Recht, hineinzugehen.«

Vicki machte mit Schwung die Tür auf und trat ins Zimmer, als ob sie auf einen ganz normalen Besuch käme. Miss Trager und Corinne blieben in der Tür stehen.

Garden hatte Felix zum ersten Mal Kokain probieren lassen. Auf dem Bett lagen Strohhalme verstreut, und auf ihren nackten verschwitzten Körpern klebte weißes Pulver. Beide waren über und über mit Gardens Schmuck behängt. Die Steine funkelte in allen Farben in den Spiegeln, die auf Stühlen rings ums Bett aufgestellt waren. Die beiden räkelten sich nebeneinander auf dem Bett, zitterten unkontrolliert und lachten hysterisch.

Garden wandte den Kopf und sah ihre Schwiegermutter an. Unter noch größerem Gelächter stieß sie japsend hervor: »Hallo ... Vicki ... das ist ... Felix ... Er bringt ... mir das Ski ... fahren bei.«

Vicki lachte mit, bis sie sich die Seiten halten mußte. Dann ging sie immer noch lachend hinaus und auf ihr Zimmer. Ihr Gelächter war ein unverhohlenes Triumphgeschrei.

Miss Trager folgte ihr. »Warum?« fragte sie, als sie allein waren. »Ich habe immer Ihre Anordnungen befolgt, Principessa, ohne Fragen zu stellen. Aber jetzt muß ich erfahren, aus welchen Grund Sie dieses Mädchen vernichten wollen. Mein Gewissen spielt sonst nicht mehr mit.«

Vicki starrte sie eiskalt an. »Ihr Gewissen, Miss Trager, interessiert mich nicht im geringsten. Ich habe Ihnen bei Ihrer Einstellung gesagt, daß der Job nichts für Schwächlinge ist. Wenn Sie zu zimperlich sind, bitte, hier ist die Tür. Garden merkt nicht mehr, wer um sie ist und wer nicht. Und es wird noch schlimmer werden. Und dann noch schlimmer. Genauso, wie ich es geplant habe, als ich zum ersten Mal ihren Namen gehört habe.«

Vicki begann auf den Fellen in ihrem Wohnzimmer auf- und abzulaufen. Die Arme hatte sie gekreuzt und die Hände unter die Achseln gesteckt, als wollte sie die Wut in sich halten, vor der ihre Stimme zitterte.

»Ich werde ihre Vernichtung mitansehen, jeden einzelnen Schritt in den Abgrund auskosten. Warum, meinen Sie, bin ich den ganzen Sommer in Paris geblieben und habe fremde Leute mit der Planung der Villa in Cap d'Antibes beauftragt? Weil ich keinen einzigen Moment von ihrem Abstieg, ihrem Leiden und ihren Qualen verpassen will. Sie ist mir das schuldig. Sie ist eine Tradd. Sie wird bald den Verstand verlieren, aber ich werde sie nicht wegschicken. Ich behalte sie hier, lasse die Fenster vergittern, sehe jeden Tag zu ihr hinein, achtzehnmal am Tag, wenn ich Lust habe. Sie wird um Kokain betteln, sie wird mich anflehen, sie sterben zu lassen. Sie wird mir Genugtuung verschaffen.«

Miss Trager war entsetzt. »Sie ist doch die Frau Ihres Sohnes«, flüsterte sie.

»Und das bleibt sie auch. Er merkt überhaupt nicht, worum es geht. Dafür habe ich schon gesorgt. Er hat das Interesse an ihr verloren, sobald sie ganz gewöhnlich wurde, wie alle Frauen um ihn herum, mit Kurzhaarschnitt und allem Drum und Dran. Er hält sie für ein versoffenes kleines Flittchen. Seine nächste Frau werde ich aussuchen. Bis dahin ist diese hier tot. Ihr Körper muß schon ganz zerrüttet sein, sie ißt ja nichts mehr. Als nächstes kommt der Verstand. Dann nehmen wir die Droge weg. Als Frau meines Sohnes wird sie in meinem Haus und unter meiner Fürsorge bleiben.«

Sie warf Miss Trager einen Blick zu. »Was ist nun mit Ihrem Gewissen, Miss Trager? Was ist Ihnen ihr zartbesaitetes Mitgefühl wert? Möchten Sie einen Tausender im Monat aufgeben und sich nach einer neuen Stelle umsehen? Ich gebe Ihnen die besten Referenzen ... Sie sagen ja gar nichts?

Dann gehen Sie wieder hinüber und hören Sie dem glücklichen jungen Paar zu. Kümmern Sie sich darum, daß sie alles bekommen, wonach ihr Herz begehrt. Ich möchte, daß die gute Garden glücklich ist; sie bereitet mir so großes Vergnügen.«

71

Irgend jemand half Garden aus dem Taxi. Sie sah sich um. Alles war verschwommen. In letzter Zeit verschwamm ihr so oft alles vor den Augen. »Was ist das«, fragte sie. »Wo bin ich?«

»Place Pigalle, Zuckerpuppe. Wir gehen in den neuen Nachtklub, den Josephine Baker gerade aufgemacht hat. Weißt du's jetzt wieder? Wir wollen Neujahr feiern, feuchtfröhlich und mit gutem Essen. Komm schon, es sind bloß ein paar Schritte.«

Garden sah den Mann an, der sie am Arm zog und ihr weh tat. »Kennen wir uns?«

Er legte den Kopf zurück und lachte. »Im biblischen Sinn, ja«, sagte er. »Ich bin gerade übers Wochenende in Paris.«

Jetzt wußte sie es wieder. Das war der, der Paris als Sodom und Gomorrha bezeichnet hatte. So ein Idiot. Oder vielleicht war er es doch nicht. Der hier war ziemlich dick, und der mit Sodom war doch dünn gewesen. Oder war der Dünne der Italiener gewesen? Sie wußte es nicht mehr. Es war auch egal. Alles war egal.

»Wer hat dich bei uns eingeführt?« Irgend jemand mußte einen Neuen immer vorstellen. Nur ein Flittchen würde mit einem Mann ins Bett gehen, der nicht ordentlich eingeführt war. Sie wollte nicht, daß Sky sie für ein Flittchen hielt. Er sollte stolz auf sie sein.

»Man könnte wohl sagen, dein Mann hat mich eingeführt. Er hat nämlich was mit meiner Frau.«

»Ach so.« Garden hörte Musik aus einem Lokal weiter vorn. Sie fing auf der Straße zu tanzen an. »Ich liebe Musik«, sagte sie und lächelte ihr wunderschönes Lächeln, das man jetzt so selten an ihr sah. »Und ich tanze für mein Leben gern. Schau.« Sie warf die Beine in die Höhe. »Alle lieben mich, wenn ich tanze.«

»Das glaube ich gern.« Der Mann legte ihr den Arm um die Hüfte. »Wie wär's mit einem kleinen Neujahrskuß? Es ist schon fast zwölf.«

»Pourquoi pas?« Garden reckte ihm dem Mund entgegen und schloß die Augen. Ihre Füße und ihr Körper bewegten sich weiter zur Musik.

»Mmmhm. Das wird aber ein gutes Jahr, Schätzchen. Warum lassen wir nicht die Party sausen und gehen lieber in mein Hotel?«

»Aber wir waren doch schon im Bett.«

»Schon, aber das war gestern nacht. Da war ich betrunken. Gehen wir doch jetzt noch mal, solange ich nüchtern bin.«

»Nein. Ich will tanzen.« Garden ließ ihn stehen und ging auf den Nachtklub zu.

Alle Freunde erwarteten sie bereits. Sky kam ihnen entgegen und brachte sie an den Tisch. »Setz dich gar nicht erst hin, Garden, komm. Du hast was zu erledigen.«

»Ich muß auf die Toilette.«

»Nein, nein, Liebling, das hat Zeit. Du hast ja noch kein einziges Glas getrunken. Komm, das hier ist einfach zu gut.« Er führte sie an den Rand der Tanzfläche. In der Mitte stand Josephine Baker, mit Diamanten bestückt und in einem weißen Satinkleid mit Straußenfedern am Saum. Sie brachte einer korpulenten, aufgetakelten weißen Frau die ersten Charleston-Schritte bei.

»Das ist der Gag«, sagte Sky. »La Bah-kähr persönlich bringt den Gästen das Tanzen bei. Wir warten schon alle auf dich, Garden. Wenn sie mit dieser alten Schachtel fertig ist, gehst du hin. Sie soll dir einen Schritt zeigen, und dann machst du einen interessanteren. Das wird zum Schreien komisch.«

»Ich finde es gemein.«

»Sei doch nicht so ein Tugendbold. Sie ist ein Star. Sie muß gute Miene zum bösen Spiel machen. Das wird ein todsicherer Erfolg. Weißes Mädchen weist Josephine in ihre Schranken.«

»Da mach' ich nicht mit.«

»Doch, Garden. Du mußt. Wir rechnen alle auf dich. Ich habe schon allen um uns herum erzählt, daß meine Frau besser tanzt als Josephine Baker. Keiner wollte es glauben. Ich will doch stolz auf dich sein.« Sky drückte ihr einen Kuß aufs Haar. »Komm, mein Schatz, jetzt bist du dran.« Er gab ihr eine kleinen Schubs ins Rampenlicht.

Josephine lächelte sie an: »*Bon soir*«, sagte sie.

»*Bon soir, Mademoiselle Baker*«, sagte Garden. Sie stellte sich ganz nah an die junge Ausnahmetänzerin heran. »Ich muß Ihnen ganz schnell etwas sagen. Ich kann wie verrückt Charleston tanzen. Mein Mann hat mit ein paar Leuten gewettet, daß ich besser tanze als Sie.«

Das schwarze Mädchen sah sie amüsiert an. »Tatsächlich? Und hat er recht?«

Garden war todernst. »Vermutlich«, sagte sie.

Josephine Baker lachte. »Na, das wollen wir doch mal sehen.« Sie gab dem Orchester einen Wink, und das vertraute Stück erklang. Mit nachsichtigem Lächeln tanzte sie den Vor-Rück-Rück-Vor-Grundschritt des Charleston.

Garden tat es ihr gleich und fügte am Schluß einen Kick dazu.

Josephine wiederholte Gardens Schritt, mit einem doppelten Kick.

Garden machte es ihr nach, und legte noch einen doppelten Kick nach hinten drauf. Sie grinste Josephine zu. Josephine grinste zurück und hob die Augenbrauen. »Also dann«, sagte sie, »legen wir los!«

Die beiden jungen Frauen stürzten sich in ein mitreißendes Duell, beide strahlten, und beide genossen die Musik, das Scheinwerferlicht und die Herausforderung. Sie boten ein Bild, das keiner der Anwesenden je vergessen sollte. Die dunkelhäutige Schönheit in Weiß gegen die blonde Schönheit in Schwarz. Sie waren ungefähr gleich groß und tanzten etwa denselben Stil; sie paßten vollendet zusammen.

Die Band beschleunigte das Tempo, und ihre Füße bewegten sich so schnell, daß die Zuschauer beim Hinsehen gar nicht mehr mitkamen. Sie warfen die Arme zur Seite und ihre Diamanten sprühten Funken. »Ayii!« rief Josephine. »Ayii!« echote Garden. Sie waren von Sinnen vor Lust an der Bewegung.

Das Publikum raste. »Vive la nègre ... danse, Joséphine ... go, Gar-den, go ... bravo la Bah-käär ... Gar-den, Garden ... Joséphine ...«

Es gab Rufe und Pfiffe, und hundert Hände klatschten im Takt, immer schneller und schneller. Blumen flogen den Tänzerinnen zu und stoben, von ihren Füßen getroffen, zur Seite. Immer mehr Blumen, dann eine Münze, und dann regnete es Papiergeld, die großen französischen Scheine zu Wurfgeschossen zusammengeknüllt. Eines traf Garden am Arm, das nächste an der Schulter. Von den Lichtern geblendet und von den Drogen in ihrem Körper verstört, sah sie sich um. Die Luft war voller Blumen und Papierknäuel. Da war doch etwas, worauf sie kommen mußte. Die Musik nahm sie mit, sie tanzte wie seit Jahren nicht mehr – entfesselt, glückselig und selbstvergessen, ohne auf Josephine oder das Gejohle und Gepfeife zu achten. Aber immer wieder hagelte es irgend etwas. Sie mußte darauf kommen. Was war es bloß? Es war wichtig.

Und dann fiel es ihr ein. Sie warfen ihr Geld zu, wie Wurstzipfel einem braven Hund. Sie war kein Mensch, sondern ein Clown, ein Spielzeug, ein Zirkuspferd. Sie bedeutete keinem irgend etwas.

Nein. Das wollte sie nicht wahrhaben. Sie liebten sie. Ihre Freundinnen. Die unzähligen Männer, an die sie sich nicht erinnern konnte. Die Fremden dort hinter dem Scheinwerferlicht. Sie fanden sie hinreißend.

Aber sie warfen ihr Dinge zu. Sie bezahlten sie, schenkten ihr Geld, nicht Liebe.

Sie war erschöpft. Verzweifelt rang sie nach Atem. Aber die Musik forderte unerbittlich, und sie tanzte weiter. Und ihr erschöpfter Geist hatte keine Kraft mehr, die Illusionen aufrechtzuerhalten, die sie sich zurechtgezimmert hatte. Sie wehrte sich mit einem rasenden Tanz gegen die Wahrheit, konzentrierte sich krampfhaft auf die Musik.

Aber schließlich siegte die Wahrheit. Sie hörte, wie der Arzt ihr erklärte, daß sie süchtig sei, wie Alexa sie eine Kokstante nannte, wie Corinne darauf bestand, daß Vicki ihre Feindin sei. Sie sah die Gesichter der Männer vor sich, mit denen sie zusammengewesen war, hörte ihr eigenes hysterisches Drogenlachen. Die Erinnerungen hagelten auf sie herab wie die Geldscheine und die Blumen, und plötzlich stieg eine brennende Scham in ihr auf. Ihre Glieder hörten auf zu zucken, und sie stand reglos, mit bloßgelegter Seele, im gleißenden Scheinwerferlicht. Ihr war zum Sterben elend.

»Nein!« schrie sie auf. »Ich will nicht. Ich will leben.«

Sie hörte weder den donnernden Applaus, noch sah sie Josephines ausgestreckte Hand. Sie drängte sich nur verzweifelt durch die Menschen, die auf sie zustürmten. »Laßt mich durch, laßt mich durch, laßt mich durch.«

Ihre Verzweiflung bahnte ihr den Weg. Ohne Mantel rannte sie auf die Straße und verkroch sich auf dem Rücksitz eines wartenden Taxis, nachdem sie dem Fahrer Vickis Adresse zugerufen hatte. Sie zitterte vor Kälte und weil sie unbedingt wieder eine Dosis Kokain brauchte.

Plötzlich krachte es rings um sie fürchterlich. Glocken, Sirenen, Feuerwerkskörper gingen los. Garden zuckte zusammen. »Was ist los?« schrie sie.

»Das neue Jahr fängt an. Neunzehnhundertsiebenundzwanzig. Ich wünsche Ihnen ein gutes neues Jahr, Madame.«

Garden zitterte unentwegt. Sie mußte nach Hause. Sie hatte etwas vor. »Schnell«, flehte sie, »bitte beeilen Sie sich.«

»Mrs. Harris!« Bercy wunderte sich, daß sie vor ihm stand, und war entsetzt über ihren Zustand.

»Zahlen Sie das Taxi«, ordnete Garden an. »Zahlen Sie ihm das Doppelte. Oder das Dreifache. Und wünschen Sie ihm ein gutes neues Jahr.«

Sie rannte die mächtige Steintreppe hoch, überkreuzte die Hände immer wieder auf dem Bronzegeländer zu ihrer Rechten. Als sie ihr Zimmer erreichte, waren sämtliche ihrer Nervenfasern in Aufruhr. Sie zog ihre Nachttischschublade auf. »Irgendwo habe ich es doch hingelegt«, schluchzte sie laut. »Bitte laß es mich finden.« Sie ließ die Schublade auf den Boden fallen, durchwühlte sie auf Knien und mit zitternden Fingern.

Dann fand sie es. Ich nehme nur eine kleine Prise, sagte sie sich, damit ich mich wieder in der Gewalt habe. Dann schaffe ich es leichter. Aber die Wahrheit, die sie vor kurzem eingeholt hatte, sagte ihr sehr deutlich, daß sie es nie schaffen würde, wenn sie den Teufelskreis jetzt nicht durchbrach.

Sie kroch ins Wohnzimmer. Ihre Beine wollten sie nicht mehr tragen. Es war so weit zum Telefon. Sie wimmerte, brach zusammen, zog sich mit Händen und Ellbogen vorwärts.

Das Telefon fiel ihr auf den Arm, als sie es an der Schnur vom Tisch zog. Garden hörte die schrille Stimme des Fräuleins vom Amt durch das Rauschen in der Leitung. Ihre eigene Stimme wollte ihr nicht gehorchen. Sie schob ihren Kopf über den Teppich, schabte an der Wange entlang, bis ihr Mund am Hörer lag.

»Hilfe«, flüsterte sie. »Ich brauche Hilfe.«

Die Stimme aus dem Telefon kam langsam und deutlich. »Ganz ruhig. Ich helfe Ihnen.«

Sie hörte Gardens schwacher Stimme zu, wartete geduldig, bis Garden die Buchstaben auf dem Zettel entziffert hatte. Um sie zu Worte zusammenzusetzen, reichte Gardens Verstand nicht mehr aus.

»Ich verstehe«, sagte das Fräulein. »Bleiben Sie am Telefon. Ich sage Ihnen, wenn Sie wieder sprechen sollen.« Sie schaltete eine neue Leitung, sprach, bekam Antwort, sprach dringender, wartete gespannt und atmete dann auf.

»Dr. Matthias, vielen Dank, daß Sie Ihre Feier einen Augenblick unterbrochen haben. Ich bin von der Telefonvermittlung in Paris. Ein junge Frau hat mich gerade angerufen und mir Ihren Namen und Ihre Adresse vorgelesen. Oder besser gesagt, buchstabiert. Sie ist sehr schwach und sehr verwirrt. Womöglich liegt sie im Sterben.«

»Wissen Sie, wie sie heißt?«

»Nein, Herr Doktor.«

»Ist sie Amerikanerin?«

»Jawohl.«

»Dann weiß ich, glaube ich, wer sie ist. Ich spreche mit ihr. Bitte bleiben Sie in der Leitung. Womöglich brauche ich Sie, um den Krankenwagen zu rufen.«

»Mademoiselle«, sagte die Stimme, »hier ist der Arzt, den Sie sprechen wollen.«

»Ist da Mrs. Garden Harris?«

Garden klapperten die Zähne. Sie brachte kaum mehr ein

Wort über die Lippen. »Kommen ... Sie? ... Ich ... brauche ...«

»Ich weiß, was Sie brauchen, mein Kind. Sind Sie Mrs. Harris?«

»... Gar-den ...«

»Genau. Sehr gut, Garden. In ein paar Minuten wird jemand bei Ihnen sein. Er gibt Ihnen etwas gegen die Schmerzen, und er bringt Sie zu mir. Seien Sie noch ein bißchen tapfer. Es wird Ihnen sehr lang vorkommen, aber es dauert nur ein paar Minuten. Sie schaffen es. Das Schlimmste haben Sie jetzt überstanden.«

72

Garden war in ihrem ganzen Leben noch nicht länger als insgesamt eine Woche lang krank gewesen. Sie hatte eine ungemein starke und gesunde Natur. Und von dieser Kraft brauchte sie jetzt jede einzelne Faser.

Zwei Wochen lang ging sie durch die Hölle, durch ein Inferno aus Schmerzen. Sie hörte die tierischen Schreie einer gequälten Kreatur und wurde wütend. Konnte man sie nicht wenigstens in Ruhe leiden lassen? Die Schreie griffen ihr Gehör und ihre Nerven an. Sie nahm ihre ganze Kraft zusammen. Sie mußte das Wesen anbrüllen, daß es endlich den Mund hielt und sie in Frieden ließ. Aber sie konnte nicht schreien. Verschwommen merkte sie, daß ihr Mund offenstand, ihre Kehle wund war, und ganz entfernt erkannte sie, daß die Schreie von ihr selbst kamen. »Arme Garden«, wollte sie sagen, schaffte es aber nicht. Sie schrie. Nach den Schreien kam ein Wimmern, danach die gequälten Schluchzer und dann das lange, leise, dauernde Stöhnen.

Und dann war eines Tages alles still. Sie hörte nur noch quietschendes, schnelles Gummisohlengetrappel. Eine Schwester im weißen Nonnenschleier erschien an ihrem

Bett. Sie hielt eine weiße, dampfender Tasse in der Hand. »Möchten Sie eine Suppe, Madame Harris?«

Garden merkte plötzlich, daß sie Heißhunger hatte. Sie streckte beide Hände nach der Tasse aus.

Die Schwester lächelte. »Ich füttere Sie«, sagte sie in einem freundlichen Singsang.

Gardens robuster junger Körper kam schnell wieder zu Kräften. Sie war spindeldürr und zu schwach, um einen Löffel zu halten, aber eine Stunde später hob sie schon den Kopf, wenn der Löffel in ihre Nähe kam, und am Abend lehnte sie zur fünften Fütterung aufrecht in ihren Kissen. Nach drei Tagen saß sie in einem Sessel am Fenster, hatte ein Rolltablett auf dem Schoß und löffelte Haferbrei mit Rosinen und dickem Rahm darüber. Sie dachte an nichts anders als ans Essen und ihren Appetit darauf, und sie tat eine Woche lang nichts anderes als essen und schlafen. Sie hatte keine Vergangenheit und keine Zukunft, nur den instinktiven, nackten Willen, zu überleben und gesund zu werden.

»*Bonjour*, Madame Harris. Hier ist Ihr Frühstück. Heute bekommen Sie ein Omelette und etwas Käse zu Ihrem Porridge dazu.« Garden sah die Schwester an. Man bekam nur ihr Gesicht und die Hände zu sehen, der Rest verbarg sich hinter der weißen, gestärkten Uniform und dem Schleier. Garden wollte sie nach ihrem Namen fragen, sich mit ihr anfreunden, aber die berufsmäßig resolute Art der Pflegerin schüchterte sie zu sehr ein.

»Ich möchte Kaffee«, sagte Garden, »und eine Zigarette.«

»Kein Frühstück, Madame Harris?«

»Natürlich auch Frühstück. Sie wissen doch, daß ich am Verhungern bin. Zuerst das Frühstück, dann den Kaffee. Und eine Schachtel Zigaretten.«

»Sehr wohl.«

»Sie ist biestig und kommandiert mich herum«, berichtete die Schwester ihrer Vorgesetzten. »Es geht ihr wieder gut.«

»Dann setzen Sie sie nach dem Frühstück in den Rollstuhl«, sagte die Stationsschwester. »Und nach dem Mittagessen können Sie schon mit ihr spazierengehen.«

Dr. Louis Matthias hatte zwei Kliniken. Die eine lag in Sierre, hatte hundert Betten und bot den Ärmsten des Kantons Wallis die modernsten Einrichtungen und Behandlungsmethoden, und zwar kostenlos. Über Sierre, im Dorf Montana hoch in den Alpen, standen in der zweiten Klinik nur zehn Betten zur Verfügung. Die waren für die reichen, drogen- oder alkoholabhängigen Patienten reserviert. Mit der Tagesgebühr von eintausend Dollar ließ sich der Betrieb beider Kliniken aufrechterhalten.

Dr. Matthias war ein wahrer Menschenfreund; er verachtete seine reichen Patienten nicht. Ihre Schmerzen waren genauso echt wie die der Armen in seiner anderen Klinik. Dr. Matthias sah keine Veranlassung, die Abhängigen zu bestrafen. Das hatten sie selbst mit ihrer Sucht bereits zur Genüge getan. Seine Aufgabe war, ihnen wieder auf die Beine zu helfen. Und die erledigte er mit Bravour.

Garden sah sich willenlos um, während sie durch alle Räume, die Korridore entlang und auf eine breite, verglaste Terrasse geschoben wurde. Ein paar Leute waren unterwegs. Einer schwamm in dem langen, grünen Schwimmbecken durch kleine Dampfschwaden; eine Frau ließ sich im modernen Schönheitssalon das Haar waschen, zwei Männer spielten vor einem hellen Kaminfeuer in der Bibliothek Schach, vier weitere Patienten saßen auf der Terrasse bei einer Partie Bridge. Weder die anderen Patienten noch die Klinikeinrichtungen interessierten Garden. Aber für die gleißende weiße Landschaft jenseits der Glaswände der Veranda konnte sie sich begeistern.

»Ich bin doch in der Schweiz, oder?«

»Jawohl, Madame.«

»Ich wollte schon immer einmal hierher. Ich liebe den Schnee. Sind das die Alpen?« Vor der Klinik erhob sich ein Berg, dessen schneebedeckten Gipfel man in der Ferne erkennen konnte.

»Wir sind in den Alpen, Madame. Das ist ein Berg.«

Garden seufzte. »Daß die Berge so hoch sind. Das erstaunt mich immer.« Sie dachte an Wentworth und überlegte, ob ihre Freundin wohl glücklich war; dann mußte sie plötzlich weinen und konnte nicht mehr aufhören. Die Bridgespieler sahen nicht von ihren Karten auf. Die Schwester schob Garden wieder in ihr Zimmer zurück.

Die Tränen kamen diesmal nicht in einem Schwall, sondern sickerten langsam und unaufhörlich, sogar im Schlaf. Als die Schwester sie zum Abendessen weckte, war ihr Kissen durchtränkt. Sie blickte die Frau in Weiß stumpf über ihr Tablett hinweg an und ließ die Augen auch nicht von ihr, während sie hungrig ihr Essen hinunterschlang. »Ich weiß nicht, warum ich weine«, sagte sie nach dem letzten, von ihren Tränen salzigen Bissen.

»Sie werden schon darauf kommen.«

Als die Tränen versiegten, fühlte sich Garden leer und leblos. Sie lag still in ihrem frisch gemachten, wieder tränennassen Bett und wartete auf den Schlaf. Statt dessen überfiel sie ein unendlicher Jammer. »Arme Garden«, sagte sie zu dem abgedunkelten Zimmer. »Arme Garden.« Und dann schüttelte sie ein trockenes, verzweifeltes Schluchzen.

Tagelang wurde sie von Selbstmitleid gebeutelt. Es war doch nicht meine Schuld. Das Kokain, die wahllosen Bettgeschichten, die Untreue ihres Mannes, der fehlende Sinn in ihrem Leben und ihre gescheiterte Ehe. Sie wollte in Ruhe gelassen werden, wollte immer wieder über dieselben Sachen nachgrübeln und sich in einen Kokon aus Elend und Rechtfertigungen einspinnen.

Aber die Schwester bestand darauf, daß sie ein paar Schritte ging, genügend aß und sich pflegte, daß sie sich das Haar waschen, die Nägel maniküren und sich Massagen geben ließ.

Und dann verging auch das große Selbstmitleid. Am ersten Februar, sah Garden, wie es draußen vor ihrem Fenster schneite, und plötzlich hatte sie Lust, im Schnee spazierenzugehen. Sie wußte noch genau, wie aufregend der erste Schnee damals in New York gewesen war, wie sich die zarten, kalten, nassen Flocken auf dem Gesicht anfühlten. Das schien so weit zurückzuliegen. Zehnmal weiter als die vier Jahre, die inzwischen tatsächlich vergangen waren. Sie war jetzt kein Mädchen mehr. Sie war nicht einmal einundzwanzig. Und müde, unendlich müde. Aber ein paar Dinge machten ihr immerhin noch Spaß, zum Beispiel der Schnee. Und sie freute sich, daß sie lebte.

Sie zog sich ein Wollkostüm, Wollstrümpfe und Pelzstiefel an – wie gut, daß Vicki ihr Kleider geschickt hatte. Ihr Zobel hing im Schrank, und sie war heilfroh, daß sie ihn nie hatte kürzen lassen.

Der Schnee wirbelte ihr ins Gesicht, als sie die zwei Stufen von der Eingangstür zu dem Hohlweg hinunterging, den man freigeschaufelt hatte. Die Schneewälle an den Seiten reichten ihr bis zu den Schultern. Irgend jemand hatte sie zu einer Fantasiemauer mit Zinnen modelliert. Der fallende Schnee ebnete die Spitzen schon fast wieder ein, und Garden versuchte ihn wegzuwischen, aber davon wurden ihre Handschuhe naß; deshalb zog sie sie aus und steckte die Hände in die Manteltaschen.

Der Weg führte rings um das ganze Chalet. Die Lichter in den Fenstern wirkten anheimelnd und fröhlich. Garden fühlte sich geborgen. Sie ging langsam, da sie immer noch einen unsicheren Schritt hatte – eine Nachwirkung ihrer Sucht. Aber das Laufen erschöpfte sie nicht. Daß die erzwungenen häufigen Gänge mit der Schwester sie so gekräftigt hatten, überraschte sie.

Nach einer Weile nahm sie nicht mehr jeden einzelnen Schritt bewußt wahr, und sie kam selbstverständlich und schneller vorwärts. Und die Gedanken stellten sich ein.

Ich werde gesund. Irgendwann, in einer Woche oder einem Monat oder wann auch immer, werde ich hier entlassen. Wohin muß ich zurück? Sky liebt mich nicht. Alle meine sogenannten Freunde halten mich für eine Art Spielzeug, eine Aufziehpuppe, die man mit Champagner, Kokain und ein bißchen Applaus zum Tanzen bringt. Ich habe nichts. Eine Träne fror auf ihrer Wange fest; sie rieb sich das Gesicht an dem Pelzkragen, um sie abzuwischen. Kein Selbstmitleid. Die Zeiten waren vorbei.

Das kuschelige Fell war tröstlich. Sie drehte den Kopf hin und her, schmiegte sich mit den Wangen hinein. Zobel ist weicher als Nerz, stellte sie fest, dicker und flauschiger als Hermelin, und er kitzelt nicht so wie Fuchs.

Sie blieb stehen. Ihr war soeben etwas aufgefallen. Ich bin sehr reich, sagte sie sich. Ich besitze alle möglichen Pelze, allen erdenklichen Schmuck, alles, was man sich nur wünschen kann. Ich lebe im Luxus, werden von hinten und vorn bedient. Es ist einfach so gekommen, und ich habe nie einen Gedanken daran verschwendet. Ich war so damit beschäftigt, die Verhaltensregeln dieser Welt zu lernen, daß es mir überhaupt nicht zu Bewußtsein gekommen ist. Mein Gott, jede andere Frau würde liebend gern mit mir tauschen. Warum muß ich mir dann leid tun?

Mein Mann liebt mich nicht. Na und? Mein Vater hat meine Mutter auch nicht geliebt, die meisten Männer in meinem Bekanntenkreis lieben ihre Frauen nicht. Ich bin auch nichts anderes als die anderen. Oder eben doch. Meine Mutter mußte knausern und sich die Straßenbahnfahrten vom Mund absparen. Laurie Patterson mußte daran Spaß finden, andere zum Einkaufen der Dinge zu begleiten, die sie selber gern gehabt hätte. Ich kann mir alles kaufen, was mir nur einfällt. Es gibt überhaupt keinen Grund, warum das nicht genügen sollte. Ich werde mich einfach damit begnügen.

Ich muß nicht bei allem mitmachen, wenn ich nicht will. Sky ist es doch eigentlich egal, ob ich in die Nachtklubs mitgehe oder nicht. Ich komme einfach nur noch mit, wenn ich Lust habe, wenn es einen Film oder ein Theaterstück gibt, das ich sehen will. Und ich muß auch nicht die ganze Zeit mit Skys Clique zusammensein. Ich suche mir eigene Freunde. Dieses Mädchen bei der *Vogue,* zum Beispiel, die hat mir gefallen. Ich rufe sie einfach an. Sie geht bestimmt gern ins Theater oder mit mir zum Essen. Es gibt genug, was zwei Damen ohne männliche Begleitung unternehmen können. Man braucht keine Männer.

Ich jedenfalls nicht. Nicht mehr. Nie wieder möchte ich eine Hand unter meinem Rock spüren, oder einen Körper, der sich an mich preßt. Es war ekelhaft.

Sie ging weiter, schritt entschieden über den Schnee, der unter ihren Füßen knirschte, und hielt ihr Gesicht den Flokken entgegen. Sie fühlte sich entschlossen und stark. Fast glücklich. Wieder zurück in ihrem Zimmer, warf sie den Mantel aufs Bett und zog die Stiefel aus und Schuhe an.

Sie bürstete sich das Haar und erschrak über die nachgewachsenen roten Stellen. Sieht aus wie eine Kopfwunde, dachte sie und klingelte nach der Schwester.

»Ich muß mir das Haar machen lassen. Sofort. Und bitte bringen Sie mir meinen Schmuckkasten aus dem Safe aufs Zimmer.«

»Sehr wohl. Hatten Sie einen schönen Spaziergang?«

»Allerdings. Und morgen möchte ich mir ein paar Sachen kaufen. Ich habe keine warmen Handschuhe.«

»Gut, ich sage unten Bescheid. Jemand fährt Sie dann morgen ins Dorf.«

»Danke.« Fast hätte Garden gelächelt. Warum sollte ich mich mit einer Schwester anfreunden? dachte sie dann. Sicher lacht sie über die Patienten hinter ihrem Rücken. Außerdem gehört sie schließlich auch nur zum Personal.

73

In Montana gab es nur ein einziges Geschäft, und das hatte nicht sonderlich viel zu bieten. Der Fahrer brachte Garden deshalb weiter hinunter nach Crans, das sich in den letzten Jahren zu einem Ort für die eher unerschrockenen Urlauber entwickelt hatte, die einem jüngst aufgekommenen Sport nachgingen: dem Skifahren. Garden überkam plötzlich ein Feriengefühl, und sie fühlte sich, als sei sie seit Monaten nicht mehr aus dem kleinen weißen Zimmer in der Klinik herausgekommen.

Sie fand bald ein Paar pelzgefütterte Handschuhe, wollte aber ihren Ausflug nicht gleich wieder abbrechen und stöberte daher noch ein bißchen in dem Geschäft herum. Sie kaufte sich drei dicke, bunt gemusterte Pullover und eine Mütze mit einem frivolen Pompon, der farblich genau zu dem einen Pullover paßte. Während sie weiter durch den liebenswert unordentlichen Laden schlenderte, fiel ihr hinter einer Schachtel mit Leuchtkugeln für den Bergnotfall eine Flasche Parfum ins Auge. Sie hatte einen hellblauen, birnenförmigen Zerstäuber mit einer schweren Quaste daran. Wie kitschig, dachte Garden. Das riecht bestimmt wie ein Sonderangebot bei Woolworth. Sie pumpte sich ein wenig aufs Handgelenk, verrieb es und roch daran. Es duftete eigentlich nach frischgemähter Wiese. Sie wußte nicht genau, ob sie es mochte oder nicht. Auf alle Fälle roch es irgendwie nach Bergen und nach Schweiz. Sie beschloß, ein Fläschchen zu kaufen.

Sie sprühte sich etwas auf den Hals und hinter die Ohren. »Halt!« rief eine Männerstimme und riß ihr das Parfum aus der Hand.

Garden starrte den wütenden Mann an. Er war nicht größer als sie und ziemlich schmächtig, aber er hielt ihrem funkelnden Blick stand. »Ich möchte eine Flasche kaufen«, sagte sie mit hochmütiger Miene. »Und wenn Sie nicht wollen, daß man es ausprobiert, sollten Sie keinen Zerstäuber aufsetzen.«

Der Mann warf einen Blick auf die Flasche in seiner Hand. »Sie glauben doch wohl nicht, daß *ich* dieses Eau de Heuschober verkaufen würde? Aber ich bitte Sie. Ich tue Ihnen nur einen Gefallen. Sie haben etwas Parfum auf Ihre Halskette gebracht, und das ist das Schlimmste, was man

Perlen antun kann. Parfum tötet Perlen, es nimmt ihnen den Glanz.«

»Tatsächlich? Danke für die Belehrung.« Sie wandte sich von dem Mann ab und schlenderte weiter durch das Geschäft.

Als sie endgültig alles inspiziert hatte, wies sie den Ladeninhaber an, die Rechnung in die Klinik zu schicken und ihre Päckchen ins Auto zu tragen. Das Parfum hatte sie schließlich doch nicht gekauft, denn sie befürchtete, daß ihr der Name ›Eau de Heuschober‹ dafür nicht mehr aus dem Kopf gehen würde.

Sie fühlte sich ziemlich erschlagen und geriet auf den paar Metern zum Wagen fast ins Stolpern.

Der Mann aus dem Geschäft saß neben dem Fahrer auf dem Vordersitz. »So trifft man sich wieder«, sagte er. »Ich wußte nicht, daß Sie auch aus der Klinik sind. Herunter konnte ich laufen, aber hinauf fahre ich doch lieber. Hoffentlich macht es Ihnen nichts aus, wenn ich mit in Ihrem Wagen sitze.«

»Nein, nein.« Er gehörte vermutlich zum Personal.

Den Eindruck stellte er sofort richtig. »Wenn ich mich vorstellen darf: ich heiße Lucien Vertin. Ich halte den Rekord für die langsamste Heilung in der ganzen Klinikgeschichte. Seit dem dritten November bin ich jetzt schon hier.« Er grinste höchst vergnügt.

Garden stockte das Blut in den Adern. Das waren drei Monate. Wie lange mußte sie wohl bleiben? »Wie schrecklich«, platzte sie heraus.

»So schlimm ist es auch wieder nicht. Man findet meistens jemanden zum Schachspielen. Können Sie Schach, Madame?«

»Nein.«

»Schade. Mein derzeitiger Partner wird morgen entlassen. Dann muß ich wohl Bridge lernen.«

»Das ist nicht schwer. Ich zumindest habe es sehr schnell gelernt.«

»Würden Sie es mir vielleicht beibringen?«

»Nein, Monsieur. Mir ist nicht nach Gesellschaft.« Garden zog sich den Mantel fester um die Schultern.

»Das verstehe ich. Ich finde es zwar nicht richtig, aber ich verstehe es. Sollten Sie Ihre Meinung ändern, würde ich mich sehr glücklich schätzen. Ich könnte Ihnen zum Ausgleich dann etwas über Parfum erzählen, wenn es Ihnen recht ist. Das in dem Laden war je ein entsetzliches Gebräu.«

»Ach ja? Wenn Sie mich entschuldigen, Monsieur, mache ich jetzt meine Augen zu. Ich bin müde.«

An der Klinik weckte sie der Fahrer wieder auf. Vertin war schon ausgestiegen. Garden dachte, damit wäre der Fall erledigt.

Aber da hatte sie sich getäuscht. Vertin suchte sie geradezu heim. Wenn sie im Schnee spazierenging, holte er sie nach spätestens zwanzig Schritten ein. Wenn sie auf dem Balkon in der Sonne dösen wollte, fand sie einen Zettel von ihm auf ihrem Liegestuhl. Er war immer fröhlich, und er redete nicht mehr so viel wie auf der Fahrt. Aber er war lästig. Nachdem sie es zwei Tage mitangesehen hatte, stellte sie ihn wütend zur Rede. Sie liebte ihre Spaziergänge über alles und hatte keine Lust, darauf zu verzichten, nur um ihm zu entfliehen. »Sie verfolgen mich absichtlich«, sagte sie. »Sie sind nicht nur zufällig immer gerade dann draußen, wenn ich spazierengehe.«

Sie erwartete eine Entschuldigung und seinen Rückzug. Statt dessen verbeugte er sich mit einem Lächeln. »Aber selbstverständlich. Ich lauere Ihnen auf, Madame, ich liege im Hinterhalt. Und wenn ich Sie aus der Tür treten sehe, bin ich sofort hinter Ihnen. Ich betrachte Sie gern. Sie sind so gesund.«

Garden war verblüfft. Für gesund hielt sie sich nun wirklich nicht. Sie war immer noch sehr mager, und ihre Hände zitterten immer noch so, daß sie manchmal etwas fallen ließ.

»Wie können Sie das sagen? Wenn ich gesund wäre, wäre ich nicht hier.«

»Schon, aber alles ist relativ, oder nicht? Schauen Sie sich die anderen an. Gehen Sie aus Ihrem Zimmer und machen Sie die Augen auf, schauen Sie zum Beispiel mich an.«

Es stimmte. Lucien Vertin sah gespenstisch aus. Bestenfalls konnte man seinen Anblick als komisch bezeichnen; er hatte eine riesige Adlernase und dazu passend ein fliehendes Kinn und eine beginnende Stirnglatze. Noch dazu war seine Hautfarbe gräulich-bleich, und er hatte manchmal leichte Zuckungen. Für Gardens Ohren, die das Pariser Französisch gewohnt waren, klang seine Aussprache ebenfalls irgendwie ungesund.

»Ich möchte aber allein sein. Warum lassen Sie mich nicht in Ruhe?«

»Weil ich ein Ekel bin.« Er schien sich zu freuen, daß er eine Antwort gefunden hatte.

Garden mußte lachen. Er war komisch.

»Na also«, sagte Vertin. »Ist es nicht schöner, zu lachen, als dauernd über das zu grübeln, was Sie immer so traurig aussehen läßt? Ich bin ein höchst unterhaltsamer Gesellschafter. Ein sehr informativer obendrein. Kennen Sie die Geschichte von Wilhelm Tell? Nein? Dann kläre ich Sie darüber auf. Es ist eine so durch und durch schweizerische Geschichte; die Hauptrolle spielt ein Apfel – welcher, wie wir wissen, sehr gesund ist –, und die Geschichte hat überhaupt keinen Witz.«

Garden gab nach. An dem Tag gingen sie zweimal gemeinsam spazieren.

Am Abend setzte sie sich sogar mit ihm zusammen an einen Tisch im Speiseraum. Wie er versprochen hatte, war er sowohl unterhaltsam als auch informativ. Später, vor dem Einschlafen, versuchte sie sich zu erinnern, wann sie das letzte Mal so herzlich gelacht hatte. Sie wußte es nicht mehr.

Garden blieb noch drei Wochen in der Klinik. Und in diesen drei Wochen wurde Lucien Vertin zum engsten Freund, den sie je hatte. Die beiden steckten von morgens bis abends zusammen. Sogar für ihr Nickerchen auf dem Balkon stellten sie ihre Liegestühle nebeneinander. Er schnarchte, mit einem Pfeifton am Schluß jedes Atemzugs.

Sie unternahmen Ausflüge zusammen, fuhren mit der Zahnradbahn von Crans bis Sierre hinunter und wieder hinauf. Bisweilen behandelte er sie wie ein Kind, neckte sie, schimpfte sie und gab ihr Verhaltensmaßregeln. Sie sollte tiefer atmen, sich mehr bewegen, mehr Milch trinken, mehr von dem immer herumstehenden Porridge essen.

Er ermunterte sie auch zum Erzählen. Sie hätte nie darüber geredet, warum sie in die Klinik gekommen war, aber er sprach das Thema ohnehin nicht an. Er fragte sie über ihre Kindheit aus. Sie erzählte von Reba, Matthew und deren Kindern. Er wollte Lieder hören, die sie damals gesungen hätten. Sie sang das Lied von Moses im Binsenkörbchen und mußte weinen. Lucien gab ihr ein Taschentuch. Während sie sich die Nase putzte, stimmte er ein französisches Volkslied an, von einem Müller und seinem weißen Entlein, das vom Prinzen geschlachtet wird. Da mußten beide weinen. Er hatte einen ungeübten, aber schönen Bariton. Sie brachten sich gegenseitig ihre Lieblingslieder bei und sangen sie gemeinsam. Garden konnte sich nicht mehr erinnern, wann sie das letzte Mal gesungen hatte.

Lucien überredete sie, zu schwimmen. Das Becken war zwar überdacht, lag jedoch im Freien, und Garden hatte beschlossen, das sei ihr zu kalt. Lucien bestand darauf. »Ich kann nicht schwimmen. Aber Sie. Deshalb müssen Sie. Es wird Sie kräftigen.« Garden beugte sich hinunter und steckte die Hand ins grüne Wasser. Ihre Miene entzückte ihn. Das Wasser hatte Badetemperatur und war salzhaltig. Schwimmen wurde zu Gardens Lieblingsbeschäftigung. Sie ließ sich treiben und paddelte herum und redete dabei mit Lucien.

Er sei eigentlich Bauer, sagte er, aber er baue weder Weizen noch Hafer an, sondern züchte Blumen. Er habe hektarweise Rosen, Nelken, Maiglöckchen, Lavendel, und immer noch mehr Rosen. Er stamme aus einer Parfumeursfamilie in Grasse. »Sehen Sie diese Nase?« fragte er und strich mit dem

Finger über ihre ausladenen Konturen. »Das ist eine der wertvollsten Nasen in ganz Frankreich. Ein pingeliger Ästhet hält sie womöglich für ein Ideechen zu groß, aber in der Welt des Parfums genießt sie einen legendären Ruf. Sie ist ein Erbschatz, diese Nase. Mein Vater hatte sie, sein Vater und dessen Vater und so fort, bis ins sechzehnte Jahrhundert zurück. Um die Vertinsche Nase beneiden uns sämtliche Parfumeure. Sie schafft Parfums, die sprechen können, singen, entzücken, verzaubern ... Leider hat es Gott offenbar gefallen, mir mit dieser Gabe auch eine unglaubliche Aufnahmekapazität für Kokain zu schenken. Aber das ist ja Gott sei Dank Vergangenheit.«

Garden liebte es, wenn Lucien über Parfums sprach. Sie hatte sich nie überlegt, wie man es wohl machte. Die Erklärung war verblüffend. Eine Tonne Blüten ergebe gerade zwei Pfund Essenz, erklärte Lucien, und das sei nur der Anfang. Die ätherischen Öle müßten gemischt und aufeinander abgestimmt werden. Manchmal seien fünfzig oder hundert Versuche nötig, bis man die perfekte Mischung erhalte – das Parfum, das dem Ideal in der Vorstellung und in der Nase des Parfumeurs entspreche.

»Ich würde liebend gern ein Parfum für Sie kreieren, Garden. Mit diesem Namen, der paßt so wunderbar zu einem Parfum. *Jardin*. Nichts weiter. Es würde so sein wie Sie, wie ich Sie sehe. Vielschichtig. Moschus für Ihre tiefe, geheimnisvolle Weiblichkeit. Ein Hauch von afrikanischem Gewürz für Ihre Kindheit. Frische, leichte Blumen, die in der Sonne gewachsen sind, für Ihre Jugend. Jasmin für die Wälder auf Ihrer Plantage. Rosen – immer Rosen – für die Mädchenhaftigkeit und fürs Erröten, und Veilchen, weil sie so zart sind und weil Sie mich daran erinnern. Vielleicht mache ich es eines Tages. Wenn Sie irgendwann in irgendeinem Geschäft ein astronomisch teures und erlesenes Parfum namens *Jardin* sehen, dann kaufen Sie sich die größte Flasche und legen Sie nie wieder etwas anderes auf. Schwören Sie das?«

Garden schwor.

»Außerdem werden Sie es so auflegen, wie es sich gehört.« Lucien hob drohend den Zeigefinger. »So wie die Französinnen sich parfümieren, nicht so feige wie ihr Amerikanerinnen. Hier ein Tröpfchen, dort ein Sprüher. Ihr werdet den Seifengeruch nie ganz los, ihr Amerikanerinnen. Bei dem puren Gedanken daran schmerzt meine Nase.« Er ging mit einer imaginären Parfumflasche am Beckenrand entlang und drückte in der Kinngegend ein paarmal den imaginären Zerstäuber zusammen. »So macht es eine Amerikanerin. Und jetzt die Französin.« Er hielt den Zerstäuber vor sich hin, drückte immer wieder und schwenkte die Flasche großzügig im Kreis. Dann trat er in die imaginäre Wolke, schnüffelte mit verzückter Miene und drehte Pirouetten. »Ach«, seufzte er, »jetzt haben sich Tonnen von Blüten auf mich herabgesenkt, jetzt bin ich ein wahrer Rausch für die Sinne. Es ist wirklich ein Verbrechen, daß nur Frauen von meinem Genie profitieren können. Im achtzehnten Jahrhundert hatten die Männer das gleiche Privileg. Allerdings heißt es, daß in Versailles keiner gebadet hat, weil es in den Zimmern immer so kalt war, da hat vermutlich selbst Parfum von Vertin nichts genützt.«

Als Garden entlassen wurde, küßte ihr Lucien die Hand. »Ich werde Sie vermissen, Jardin. Wenn ich auf meine Farm zurückgehe, werde ich mir Sie dort vorstellen, in der Sonne und in einem Blumenmeer, soweit das Auge reicht. Sie werden Millionen von Sommersprossen haben, viele Lieder singen, und ich werde ein Parfum komponieren, das Sie unsterblich macht. *Adieu*.«

74

Sky holte sie vom Zug ab. Er umarmte sie fest. »Mein Schatz, ich freue mich so, daß du wieder hier bist.« Einen Augenblick lang dachte Garden, ihre Träume seien in Erfüllung gegangen – Träume, die sie sich selbst nicht eingestehen wollte. Dann merkte sie, wie unwohl er sich fühlte und wie künstlich er sich benahm. »Ich bin froh, daß ich wieder hier bin«, sagte sie ruhig. »In der Schweiz ist es so verdammt sauber.« Sie ließ sich nicht mehr verletzen. Sie hatte eine Mauer um sich herum gezogen.

Als sie im Haus ankamen, ging sie sofort auf ihr Zimmer. Sky trottete ihr nach, redete nervös von Leuten, die Garden kannte, wer in der Stadt und wer abgereist war, wohin sie gefahren seien.

»Ich bin müde von der Reise, Sky, ich gehe gleich ins Bett. Das verstehst du bestimmt. Ruf doch ein paar Leute an, ob sie mit dir zum Essen und nachher noch ausgehen möchten.«

»Bist du sicher, daß dir das nichts ausmacht?«

»Ganz sicher. Morgen habe ich vielleicht wieder Lust, etwas zu unternehmen.«

Sie trank Bouillon und diktierte Miss Trager einige Briefe. Sie hatte keine Ahnung, was sie in ihren ›schlechten Zeiten‹ an Post bekommen und ob sie sie beantwortet hatte. Sie schickte fast wortgetreu die gleichen Briefe an ihre Mutter, Peggy, Wentworth und Tante Elizabeth. Sie habe Ferien in der Schweiz gemacht; die Alpen seien umwerfend. Es sei sehr kalt gewesen, aber durch die Sonne und die trockene Luft käme einem das nicht so schlimm vor. Ihr Hotel habe einen geheizten Swimmingpool gehabt und eine Schneemauer mit Zinnen ringsherum, wie ein Schloß. Ihr ginge es gut, sie sei glücklich und schicke liebe Grüße.

Miss Trager hatte ihr mitgeteilt, daß die Principessa und Mr. Harris beschlossen hätten, man tue am besten so, als sei nichts gewesen. Sie hätten allen erzählt, Mrs. Harris sei wegen unbedeutender Leberbeschwerden in ein Schweizer Heilbad gefahren. Die Reporter hätten glücklicherweise nichts Gegenteiliges erfahren.

Am nächsten Tag ließ sie Miss Trager bei der *Vogue* anrufen und nach Connie Weatherford fragen. Sie trafen sich zum Lunch. »Ich bin nicht mehr auf dem laufenden«, erklärte Garden. »Ich habe sogar die Februarkollektionen verpaßt. Was ist der letzte Schrei? Wohin soll ich als erstes gehen?«

Connie stürzte sich in eine Analyse der Modeszene, die Garden ganz schwindelig machte. Das Mädchen kannte sich mit jedem Detail aus, bis hinunter zu den Knöpfen. Garden behielt von dem ganzen Vortrag nur, daß die Röcke mehr Bein denn je freiließen und Schwarz immer noch die einzig zählende Farbe war.

»Wie findest du das?« fragte Connie. Sie stand auf und stolzierte mit einer Persiflage auf die vorgeschobenen Hüften der Mannequins vor ihrem Tisch auf und ab. Sie trug ein schwarzes Strickkostüm, das schlichter war als alles, was Garden bisher gesehen hatte. Der Rock war gerade und reichte knapp über die Knie, und die Jacke sah fast aus wie ein Pullover, mit engen Ärmeln, aufgesetzten Taschen und ohne jegliche Verzierungen, nicht einmal einem Knopf. Es war das nüchternste Gewand, das man sich vorstellen konnte – außer daß Connie über der weißen Bluse üppigen Schmuck trug: Perlen, Goldketten, einen riesigen rubinbesetzten Anhänger und ein goldenes Kollier mit Jaderingen zwischen den Gliedern.

»Erstaunlich«, sagte Garden. Sie war allerdings erstaunt.

Connie setzte sich wieder, hochzufrieden mit sich selbst.

»Der Schmuck ist natürlich nicht echt«, sagte sie, »aber das gehört dazu. Modeschmuck ist jetzt in, vorausgesetzt, er ist gut gemacht und frech genug. Das sind die Neuigkeiten der Saison. Natürlich Chanel. Sie ist solch ein Genie. Das Prinzip ist, die Kleider so schlicht wie möglich zu halten und dann beim Schmuck zu übertreiben. Tag und Nacht. Der alte Poiret schäumt vor Wut. Er läßt immer noch in Tausenden von

Arbeitsstunden seine Perlen auf die properen Kleidchen nähen. Weißt du, was er gesagt hat? ›Was hat die Chanel erfunden? Die Edel-Armut.‹ Ist das nicht fantastisch? Er sagt, Frauen in Chanelkleidern sehen aus wie ›kleine unterernährte Fräuleins vom Amt‹.«

»Das klingt beleidigend, aber dir steht das, Connie. Ich weiß nur nicht, ob ich so etwas tragen kann.«

»Du wärst die Schau in so etwas, Garden. Du bist so herrlich schlank.«

Garden faßte sich an die hageren Wangen. »Ich bemühe mich zuzunehmen. In Schwarz würde ich aussehen wie eine Leiche. Gibt es die Chanelkleider auch in Farbe?«

»Um Gottes willen, nein. Sie hält praktisch alles in Schwarz.« Connie hatte einen komischen verschwörerischen Ausdruck im Gesicht. Sie zog ihren Stuhl näher an den Tisch und beugte sich zu Garden. »Aber ich weiß einen Weg«, flüsterte sie hinter vorgehaltener Hand.

Sie habe Zutritt zur Unterwelt der Mode bekommen. Es gebe ein richtiges Netz von Spionen und Doppelagenten, genauso geheim und gefährlich wie jeder politische Geheimdienst. Männer und Frauen mit photographischem Gedächtnis und künstlerischen Fähigkeiten würden sich mit gefälschten Papieren Zugang zu den Kollektionen verschaffen und dann alles nachzeichnen. Diese Skizzen seien den Produzenten von Massenware ein Vermögen wert. Sie könnten billige Kopien in die Läden drücken, fast bevor die Privatkunden der großen Couturiers ihre von Hand entworfenen Originale geliefert bekämen. Noch wertvoller seien die *toiles*, die Schnittmuster, nach denen man das Original exakt kopieren konnte, in allen genialen Einzelheiten, die der Modeschöpfer sich hatte einfallen lassen. »Wer das schafft, der verkauft es normalerweise zu einem horrenden Preis und muß sich dann irgendwo in der Provinz niederlassen, weil man die Schuldigen fast immer ausfindig macht.«

Garden war ziemlich verwirrt über diese Spionagegeschichte. Im Endeffekt gestand sie Connie aber zu, daß nun einmal nicht jede Frau so viel Geld zur Verfügung hatte wie sie, und im übrigen wollte sie ein Chanelkostüm in Farbe, was nur über den Schwarzmarkt zu bekommen war. Sie schlug also vor, ein Modell in Schwarz zu kaufen, es Connies ›Unterweltschneiderin‹ vorzulegen, damit sie ihr eines in Blau kopierte – und mit dem schwarzen könne Connie natürlich machen, was sie wolle.

»Du bist ein Schatz«, rief Connie und drückte ihr einen herzhaften Kuß auf die Backe.

75

Das Einkaufen auf dem Schwarzmarkt war sehr viel schwieriger als das Einkaufen auf der Rue-de-la-Paix, aber das machte Garden nichts aus. Es nahm nämlich Zeit in Anspruch, und genau das kam Garden gelegen. Sie hatte zuviel Zeit – Zeit zum Nachdenken und Verzweifeln. Und zu oft wanderten ihre Gedanken zu dem Fläschchen in ihrer Kommode, das immer noch zu drei Vierteln mit Kokain gefüllt war, und zu dem Ausweg aus der Leere in ihrem Inneren, den es versprach. Das Kaufen half nicht wirklich weiter.

Sky war so aufmerksam zu ihr wie schon seit langem nicht mehr. Er bestand darauf, daß Garden nachmittags mit ihm Cocktails trank, mit ihm zu Abend aß und mit ihm ins Theater und in Nachtklubs ging, Er ließ sie nicht aus den Augen, und er hatte keine offizielle Geliebte. Garden redete sich ein, daß sie glücklich sein sollte. Aber Skys Aufmerksamkeit war wachsam, nicht liebevoll. Sie war sich sicher, daß er nur Angst hatte, sie würde in aller Öffentlichkeit Selbstmord begehen oder einen sonstigen Skandal verursachen. Bei ihren gemeinsamen Unternehmungen blieb sie still. Kein Charleston, kein überdrehtes Geflirte. Sie machte keinerlei Anstalten, sich in den Vordergrund zu spielen, und schämte sich, daß ihr das je etwas bedeutet hatte.

Nur wenn ein Brief von Lucien Vertin kam, hob sich ihre düstere Laune. Den ersten erhielt sie Mitte März, ungefähr zwei Wochen nach ihrer Rückkehr. Er sei entlassen worden, schrieb er, und habe sich bereits an die Arbeit gemacht, um ihr Parfum zu komponieren. Die Klinik sei ohne sie ein ödes Nest gewesen. Der einzige Gefährte, den er habe finden können, sei ein Mann gewesen, der ihn nicht nur beim Schach besiegt, sondern auch bezüglich seines mächtigsten Attributes ausgestochen habe: Er hatte eine größere Nase. An dieser Stelle hatte Lucien den Mann karikiert. Die Nase erstreckte sich über drei Seiten. Garden mußte lachen. Das tat wohl.

»Möchten Sie eine Antwort auf Ihren französischen Brief diktieren, Mrs. Harris?« fragte Miss Trager bemüht beiläufig.

Soso, sie liest meine Post, dachte Garden. Deshalb sind die Umschläge immer aufgeschlitzt, nicht damit ich es leichter habe. »Ja«, sagte sie. Ihr war eingefallen, daß Miss Trager nur miserabel Französisch konnte. Sie ratterte einen Satz herunter, um sie zu testen. »Mein Schirm liegt unter dem Bett meines Onkels mit dessen Hund, dem englischen Terrier«, sagte sie auf französisch.

Miss Trager wand sich auf ihrem Sessel, schlug vor, ob Garden nicht lieber auf englisch schreiben wollte, und gab schließlich zu, daß sie Gardens Satz nicht verstanden hatte.

»Das macht nichts, Miss Trager«, sagte Garden. »Dann schreibe ich ihn selbst.« Sie setzte sich augenblicklich hin und schrieb über Seiten ein langes Gedicht nieder, das sie in der Schule einmal auswendig hatte lernen müssen. »Bitte schicken Sie den Brief ab. Die Adresse steht auf dem Brief, den ich heute früh bekommen habe.« Ob Miss Trager sich die Mühe machte und die Wörter nachschlug? Und was sie dann wohl von der Geschichte vom Fuchs, dem Raben und dem Stück Käse hielt?

Sie ging in ein Café und schrieb bei einem *Café au lait* mit *Brioches* Lucien einen echten Brief. Sie brauchte ziemlich lange dafür, denn sie sprach zwar ausgezeichnet Französisch, tat sich aber mit der Rechtschreibung und den verschiedenen *Accents* schwer. Sie bedankte sich für seinen Brief, erzählte ihm von Miss Tragers Betrügereien und ihrem sprachlichen Dilemma und bat ihn, ihr bald wieder zu schreiben, wenn er Zeit habe. »Die ausgefallensten umgangssprachlichen Wörter bitte, und so schmutzig wie möglich. Ich möchte Miss Trager über ihrem Larousse schwitzen sehen.«

Lucien tat ihr den Gefallen, und zwar so erfinderisch und mit einem so breiten Wortschatz, daß Garden überwältigt war. Die Hälfte der Wörter verstand sie selbst nicht. Diejenigen, die sie verstand, waren obszön, pornographisch und, wie sie Lucien schrieb, ›so verdorben, daß die Engel Trauer tragen.‹

Er schrieb zwei bis drei Briefe in der Woche und wiederholte sich kein einziges Mal. Am Ende fügte er jedesmal ein P. S. mit dem neuesten Entwicklungsstand des Parfums an. Im April hatte er bereits über vierzig Mischungen ausprobiert. Seine Nase hatte sie alle wieder verworfen.

Am ersten April begann es zu regnen. Ein kalter, stürmischer, unerbittlicher Regen, der die jungen Blätter von den Bäumen riß und Äste auf die Straße warf. Es regnete Tag und Nacht, tagelang, bis die Feuchtigkeit durch die Mauern des großen Hauses drang und man die Schränke gegen Schimmel präparieren mußte. Sky erkältete sich, blieb aber einfach nicht im Bett. Er ließ seine ganze Freundesschar ins Haus ziehen, und dann gab es kein Entrinnen mehr vor dem Lärm des Plattenspielers, dem Klicken der Billardkugeln, dem Getanze, dem Korkengeknall und lauten Auseindersetzungen. Das dauernde Eingesperrtsein ging allen auf die Nerven. Und es regnete immer weiter.

Vicki kam wieder und verscheuchte Skys Freunde, um für ihre eigenen Platz zu haben, die sie sich aus Südfrankreich mitgebracht hatte. Sie beklagten sich bitter über das Wetter, aber Vicki wehrte ihr Gejammer mit einer Handbewegung ab. Sie sollten sich lieber gratulieren, meinte sie. Sie hätten das Glück, bei der Vernissage des neuen Picasso anwesend sein zu dürfen. Einer ihrer Maler hatte sich als echtes Talent entpuppt, und eine große Galerie richtete ihm eine Einzelausstellung aus. Die Eröffnung sollte am sechzehnten April stattfinden.

Garden betrachtete Vicki mit unverhohlener Neugier. Sie hatte sich viele Gedanken über Vickis Freigiebigkeit mit dem Kokain gemacht. Vicki schnupfte selbst, das wußte Garden, aber viel konnte sie nicht nehmen, sonst wäre sie nicht so gesund. Sie hatte Gardens Fläschchen immer wieder aufgefüllt; sie mußte gewußt haben, wieviel sie nahm. Hatte sie das mit Absicht getan? Oder wußte sie einfach nicht, was das Kokain anrichten konnte? Garden spürte, daß sie das unbedingt herausfinden mußte, wußte aber nicht wie.

Ihr forschender Blick war Vicki unangenehm. Nachdem sie ihn einen Tag lang geduldet hatte, lud sie Garden demonstrativ zu einer Partie Bridge mit ihren Freunden ein. »Liebste Garden, du mußt meine Partnerin machen. Wir spielen gegen die Männer und gewinnen haushoch. Du siehst einfach reizend aus, meine Liebe. Sieht sie nicht reizend aus, Henry?«

Der pensionierte Bankier pflichtete ihr gehorsam bei. In Wirklichkeit sah Garden einfach umwerfend aus. Sie hatte gewissenhaft gegessen und Sport getrieben und fast wieder ihr Normalgewicht erreicht. Connie hatte sie zu Alexandre geschickt, dem neuen Coiffeur, den *Vogue* als den ›Jahrhundertfriseur‹ bezeichnet hatte, und ihr ein Kleid extra zur neuen Jeanne-d'Arc-Frisur entworfen. Garden ließ es sich gefallen. Sie war ein Aushängeschild für Connie, und ihr war es eigentlich egal, wie sie aussah.

Am nächsten Tag war es ihr nicht mehr egal. In einem Brief von Lucien stand, daß er am fünfzehnten nach Paris komme und sie als Rubensfigur vorzufinden erwarte, ansonsten würde er sich weigern, ihr das Parfum zu geben. Er hatte es entdeckt: Die zweiundfünfzigste Mischung war *Jardin*.

Der fünfzehnte war in drei Tagen. Garden schob ihr Frühstückstablett beiseite und ging schnurstracks zum Telefon.

»Ich bin fett wie ein Schwein«, sagte sie, als Lucien abnahm, »und ich werde mir einen Apfel in den Mund stecken, damit Sie mich erkennen.«

»Nein. Sie müssen diese lächerliche Mütze aufsetzen, die Sie bei unserem ersten Zusammentreffen gekauft haben. Darauf bestehe ich.«

Garden lachte. Miss Trager sah von Gardens Kalender auf, in den sie gerade einen Termin eingetragen hatte.

»Wo wohnen Sie? Wann sehe ich Sie? Ich gehe am Tag darauf zu einer Vernissage, da müssen Sie unbedingt mitkommen. Sie können über die Bilder spotten.«

»Stammt der Künstler aus der Schweiz?«

»Nein, er ist Franzose.«

»Dann werde ich nicht spotten. Trauern vielleicht, über den Niedergang der französischen Kultur, aber niemals Spott auf einen Landsmann. Ich wohne im Crillon. Wir werden uns in den Tuilerien ergehen und daran ergötzen, daß kein Schnee liegt.«

»Wir werden in der Bar sitzen und den Regen beweinen. Paris ist ein Trauerspiel.«

»Unmöglich. Auch im Regen: Paris ist Paris und nicht die Schweiz.«

»Wann treffen wir uns?«

»Sagen wir, um halb fünf?«

»Sagen wir. Ich freue mich sehr, daß Sie kommen.«

»Ich auch. Ich habe mich sofort entschlossen zu kommen, als meine Nase mir die Geburt von *Jardin* verriet. Ich hätte ja angerufen, aber ich fürchte mich vor Ihrer Sekretärin, dem Drachen. Hat sie meine Briefe eigentlich goutiert?«

»Keine Ahnung. Ich dafür außerordentlich. Sie müssen ein sehr schlimmer Mensch sein.«

»Sehr.«

»Meinen Wortschatz haben Sie jedenfalls erweitert.«

»Verbessert. Ihr amerikanisches Schulfranzösisch benötigte dringender Schulung.«

»Es hat aber gereicht.« Garden warf einen verstohlenen Blick auf Miss Trager. Ihr Rücken war auf ein wütende, ekkige Art gekrümmt. Sie verstand kein Wort von dem Gespräch. Garden lachte. »Ich habe solchen Spaß an der Folter meines Drachens gehabt, Lucien, daß ich meiner alten Schule einen großzügigen Scheck geschickt habe. Ich bin Mlle. Bongrand ewiglich dankbar, daß sie Französisch in mein begriffsstutziges Hirn gepreßt hat.«

»Sie müssen mir die Adresse geben, wenn wir uns sehen. Ich werde ebenfalls einen Scheck schicken. Und jetzt, mein kleines Gerippe, trinken Sie mal schön Ihre Milch und bestellen beim Koch einen Porridge. Mit Fliegen drin.«

»Rosinen.«

»Geflügelte Rosinen. Auf diese Schweizer fall ich nicht rein. *A bientôt*, Jardin.«

»*Au revoir*, Lucien.«

»Du bist heute aber gut gelaunt«, bemerkte Vicki, als Garden sich zum Mittagessen setzte.

»O ja. Ein sehr lieber Freund hat angerufen, er kommt am Dienstag nach Paris.«

»Wie schön für dich, mein Schatz. Jemand aus Charleston?«

»Nein, aus der Klinik.«

Sky ließ mit einem lauten Klappern Messer und Gabel fallen. »Bring ihn bloß nicht hierher«, sagte er. »Ich habe keine Lust auf irgendwelche Junkies.«

»Lucien!«

»Meine Garden.« Lucien nahm Gardens Hände und küßte erst die eine, dann die andere. »Kommen Sie. Setzen Sie sich. Lassen Sie mich Ihr fettes, wunderschönes Gesicht anschauen. Und nehmen Sie diese Narrenkappe ab. Man wird mich aus dem Hotel verweisen, wenn man mich mit Ihnen sieht.«

Garden tat, wie ihr geheißen. »Sie sehen gut aus, Lucien.« Das war gelogen.

»Die Herausforderung tut mir gut. So, jetzt kann ich nicht länger warten. Ich muß Ihnen *Jardin* präsentieren. Ich habe auch ein Badesalz machen lassen.« Er öffnete eine Schachtel, die auf dem Tisch stand, und hielt Garden eine schlichte Glasflasche hin, eine Laborphiole mit einem gläsernen Stöpsel. »Sehr professionell«, sagte er. »Ich habe noch nicht mit dem Designer wegen der Flasche gesprochen. Riechen Sie daran. Riechen Sie.«

Garden zog den Stöpsel heraus und hielt sich die Phiole unter die Nase.

»*Imbécile!*« dröhnte Lucien. »Auf den Arm, damit es sich mit der Haut verbindet. Ihr Amerikanerinnen seid fast so schlimm wie die Schweizerinnen.«

Garden verrieb ein paar Tropfen auf dem Handgelenk.

»Herrgott noch mal«, murmelte Lucien. Er nahm ihr die Flasche weg, schüttete sich Parfum in die Hand und verteilte es von der Ellbogenbeuge aus über die ganze Innenseite ihres Armes bis zum Handgelenk. Ein himmlischer Duft stieg rings um sie auf – leicht, frisch, süß, zart, fein und gleichzeitig unerhört sinnlich. Eine unmögliche, widersprüchliche Kombination.

»Lucien, jetzt glaube ich Ihnen. Sie sind ein Genie.«

»Und ein Künstler. Vergessen Sie den Künstler nicht.«

»Keine Sorge. Sie sind tatsächlich ein Künstler. Es ist das herrlichste Parfum der Welt. Es gibt nichts, überhaupt nichts Vergleichbares. Es ist alles Schöne auf einmal.«

»Wie Sie, Garden. Es ist wie Sie, Jardin.«

»Ach, Lucien, solch ein Kompliment hat mir noch niemand gemacht.« Sie legte ihre Hand auf die seine. Er faßte mit der anderen darauf.

»Es ist mehr als ein Kompliment, Jardin. Viel mehr. Es ist ein Antrag. Ich war ohne Sie unglücklich. Ohne Sie vergeht mir das Lachen. Und das Leben. Ich brauche Sie, damit die Sonne für mich aufgeht. Ich brauche dich.«

Garden zog ihre Hand weg. Sie fühlte sich geprellt. »Ich dachte, Sie wären mein Freund.«

»Aber das bin ich doch. Wie könnte ich Sie lieben, wenn wir nicht Freunde wären? Ich habe mir nicht gesagt: hier ist eine wunderschöne und leidenschaftliche Frau, die möchte ich verführen. Ich habe mir gesagt: hier ist ein Mädchen, das mehr lachen sollte, ich möchte ihr Freund werden. Und das habe ich erreicht. Ich hatte nicht vor, mich zu verlieben. Erst als Sie fort waren, habe ich bemerkt, daß Sie ein dunkles Loch hinterlassen haben, wo vorher die helle Sonne strahlte. Erst als ich es nicht mehr hatte, habe ich gemerkt, was dort gewesen war.

Sagen Sie ehrlich, Jardin. War es bei Ihnen nicht ebenso? Haben Sie nicht den komischen kleinen Kerl mit der großen Nase vermißt?«

»Doch. Aber ich habe meinen Freund Lucien vermißt, nicht einen Liebhaber.«

»Du irrst dich, meine kleine Garden. Du erlaubst dir selber nicht, es zu verstehen. Keine Liebe ist so wahr wie die, die man nicht mit überhitzten Körpern verwechselt. Wir lieben uns. Wir stimmen überein, die Köpfe, die Seelen, das Lachen, die Albernheiten, die Musik. Eine solche Liebe kommt selten und stirbt niemals. Stell dir die Frage: Was brauche ich für mein Leben, damit es vollkommen wird? Wenn die Antwort Lucien lautet, dann darfst du dich nicht sperren, sonst spürst du dein Leben lang eine Leere.

Sag nichts, nicht jetzt. Du mußt dich mit deinem Herzen beraten, nicht mit mir. Wir trinken jetzt von diesem fantastischen französischen Wein und reden über meine Pläne für dein Parfüm. Vielleicht nehme ich eine Statue als Flasche. Ich habe schon lange eine geheime Schwäche fürs Sammeln kleiner Figürchen. Dresdner Kostbarkeiten, englische Keramik, chinesische Hunde oder diese kleinen Püppchen, die man auf dem Jahrmarkt gewinnt. Was hältst du davon, meine Blume, wenn wir dein Parfum in einer Flasche aus Schweizer Alpen präsentieren? Mit einem Bernhardiner als Stöpsel?«

Garden mußte lachen, wie er es beabsichtigt hatte. Danach konnten sie wieder so miteinander reden wie immer. Und so lachen. Er kehrte ihr zuliebe sogar zum förmlichen ›Sie‹ zurück.

Um sechs Uhr abends sagte Lucien, er müsse sich verabschieden. »Ich treffe mich mit einer Nase von der Konkurrenz. Wir werden uns gemeinsam betrinken; ich spüle mein Mitleid mit ihm hinunter, und er muß irgendwie verwinden, daß er nie so ein Genie sein wird wie ich.

Morgen komme ich dann zur Vernissage deines drittklassigen Künstlers. Wir treffen uns vor dem scheußlichsten Gemälde, was zweifellos nicht einfach zu bestimmen sein wird. Und dann sagst du mir, ob du dich entschlossen hast, uns beide glücklich zu machen. Bis dahin mußt du ganz ehrlich in dich gehen. Mein Zug fährt morgen abend. Ich habe zwei Abteile reserviert. Ich möchte, daß du mit mir kommst, und zwar mit leeren Händen. Ich möchte dir ein neues Leben schenken. Ich liebe dich, wie noch kein Mensch je geliebt hat, meine Jardin. Jetzt nimm dein Parfum und geh. Und komm morgen.«

Garden war den ganzen Abend sehr still. Es fiel keinem auf, denn sie war in der letzten Zeit immer sehr still.

Aber diesmal war es etwas anderes. Sie versuchte mit aller Kraft, die Wahrheit in ihrem Inneren zu finden. Sie dachte an Lucien und wünschte sich einen Freund, mit dem sie über ihn sprechen könnte. Aber er war ihr einziger Freund.

Viele Meilen weit weg sprach Dr. Matthias mit einem Freund über Lucien. »Eine Tragödie«, sagte er, »vom Kokain habe ich ihn heilen können, aber mit der Ursache für seine Sucht war nichts zu machen. Er hat Syphilis. Bald letztes Stadium. Eine Tragödie.«

76

Garden wachte mit einem Gefühl auf, daß dieser Tag etwas Besonderes sei. Sie tastete auf dem Nachttisch nach der Klingel. Was es doch ausmachte, wenn man den Tag glücklich begann.

Sie saß aufrecht im Bett, als eine Marie ihr Tablett hereinbrachte. Inzwischen war ihr eingefallen, was den Tag so außergewöhnlich machte. Lucien. »*Bonjour*, Marie«, sagte sie. Was sie wohl denken würde, wenn ich gesagt hätte »Zum letzten Mal *bonjour*, Marie?«

»*Bonjour*, Madame«, erwiderte das Mädchen. Sie zog die Vorhänge zurück und ließ einen herrlich sonnigen Morgen herein. »Es riecht schon fast nach Frühling.«

Wird auch Zeit, dachte Garden. Der Regen ist vorbei, ein neuer Anfang ist fällig. Sie sog den Kaffeeduft ein, während sie sich einschenkte. Das Frühstück schmeckte sicher köstlich.

Eine ganze Reihe von Briefen war heute gekommen. Schnell sah sie sie durch. Vielleicht war eine Nachricht von Lucien dabei. Nein. Um so besser. Sie waren ohnehin nicht vorsichtig genug gewesen. Ein Brief von ihrer Mutter. Was wollte sie wohl? Garden ließ ihn im Umschlag. Miss McBee bedankte sich für das großzügige Geschenk an Ashley Hall. Garden dachte flüchtig an die Hintergründe der Spende und mußte lächeln. Du liebe Zeit. Wentworth Wragg hatte ebenfalls geschrieben. Heute war offenbar Charleston-Tag.

Miss Trager klopfte und trat ein. »Alexandre hat anrufen lassen, Mrs. Harris, um Ihren Termin zu bestätigen. Um zehn Uhr, hieß es. Ich habe gesagt, Sie würden zurückrufen. Ich habe in Ihrem Kalender nichts stehen.« Miss Trager hatte den schnippischen Blick aufgesetzt, wie immer wenn Garden irgend etwas aus der Reihe plante.

»Ich hätte es Ihnen sagen sollen, Miss Trager, rufen Sie an und bestätigen Sie den Termin. Ich bin um zehn Uhr dort.«

Alexandre hellte ihr Blond auf, kürzte den geometrischen Schnitt am Hinterkopf mit der Spitze im Nacken nach, verwandelte ihren geraden Pony in einen Fächer zur Seite und schnitt statt der geraden Seiten fransige Strähnen an den Schläfen und Wangen. Garden gefiel es. Nächste Woche sah die halbe Pariser Damenwelt so aus, oder zumindest so ähnlich. Aber für heute gehörte der Schnitt nur ihr. Eine neue Frisur für ein neues Leben. Und sie würde die nachgemachten Schnitte nicht einmal mehr sehen. Mit einem strahlenden Lächeln verabschiedete sie sich.

»Ein neuer Liebhaber«, sagte das Mädchen an der Kasse zur Maniküre. »Ich wußte gar nicht, daß sie so mädchenhaft lächeln kann. Sie muß einen neuen Liebhaber haben.«

»Oder sie hat geerbt«, warf die Maniküre ein. Sie hatte immer genügend Liebhaber. In ihren Augen konnte nur eine größere Erbschaft solches Glück hervorzaubern.

Garden schwang ihren Hut mit den Pfauenfedern in der Hand und genoß die Wintersonne auf ihrem glänzenden Haar. Sie wäre am liebsten zu ihrer Anprobe gelaufen, aber ihr Schwarzmarkt-Kürschner hatte seine Werkstatt ganz am anderen Ende der Stadt. Sie winkte mit den Pfauenfedern einem Taxi.

»Langsamer, bitte. Ist das nicht der Flohmarkt?«

»Jawohl, Madame«, erwiderte der Taxifahrer und drückte aufs Gas, um eine Straßenbahn zu überholen.

»Ich habe es mir anders überlegt. Halten Sie hier.« Der Kürschner konnte warten. Ihretwegen konnte er warten, bis er schwarz wurde. Was tat sie auf einer Farm mit einem weißen Fuchscape? Sie wollte etwas für Lucien. Etwas Besonderes. Vielleicht zwei Figürchen, einen Schäfer und eine Schäferin. Und zwar nicht von einem Antiquitätenhändler mit Herkunftsnachweis und ohne besonderen Charme. Bei diesem Geschenk kam es aufs Herz an, nicht aufs Geld. Sie wollte es selber suchen, irgendwo im Gewimmel zwischen den Buden und Zelten auf dem Flohmarkt.

Sie bezahlte das Taxi und stürzte sich ins Getümmel. Wohin sie blickte, war Farbe, Leben, Spannung. Zwei Männer feilschten schimpfend um einen Preis und drohten sich mit der Faust; eine Inderin probierte eine mottenzerfressene Kaninchenjacke über ihren rot-goldenen Sari an; ein Budenbesitzer hatte einen Bengel beim Klauen erwischt und verbleute ihn mit dem Lineal. Garden spürte, wie der Schwung dieses Marktes sie ansteckte. Bestimmt fand sie, was sie suchte.

Ein Tisch mit Porzellanfiguren stach ihr ins Auge. Sie ging hin, nahm eine Statuette und hob sie hoch, um den Hersteller zu erkunden. Dahinter fiel ihr ein kleines, schmutziges Gemälde auf, das an der Markisenstange über dem Stand hing. Einen Augenblick lang hielt sie es für ein Bild von Charleston. Heute ist wirklich mein Charlestoner Tag, sagte sie sich im stillen – ich bilde mir schon Sachen ein. Sie stellte das Figürchen wieder hin und betrachtete das Bild genauer.

Kein Zweifel, es war die St. Michaelskirche. Nicht sehr exakt gemalt, aber klar erkennbar. Die Friedhofstore stimmten genau. Der Stil war impressionistisch mit einem Stich ins Naive. Garden trat noch näher heran und entdeckte, daß der Maler Palmen auf den Friedhof gestellt hatte und schwarze Frauen mit Blumenkörben auf dem Kopf durch den Säulengang gehen ließ. Wie lustig. Das mußte sie kaufen und Mr. Christie und Mlle. Bongrand schicken. Kein französischer Maler konnte in Charleston gearbeitet haben, ohne daß sie es wüßten. Vielleicht war es ja signiert.

Das war es. Und zwar mit ›Tradd‹. Das mußte Tante Elizabeths Sohn sein!

Garden packte das Bild und machte sich auf die Suche nach dem Standbesitzer. Er trank gerade einen Kaffee mit einem Freund am nächsten Stand. Als er Garden kommen sah, stand er auf. »Ah, Madame haben etwas gefunden?«

»Was wissen Sie über diesen Künstler?«

»Madame haben ein äußerst geschultes Auge. Eine der Perlen unter den Impressionisten. Ein Vertrauter von Monet,

Madame, und er teilte sich die Wohnung mit Pissarro, manche sagen, auch die Kurtisane.«

Garden hatte nicht die Geduld, sich noch mehr Verkäufergeschwätz anzuhören. »Wieviel wollen Sie für dieses Bild?«

»Weil Sie es sind, Madame, tausend Francs.«

Garden griff in ihrer Handtasche. »Hier.« Sie nahm das Gemälde unter den Arm und ging davon.

»Was für eine Dummheit«, staunte der Verkäufer. »Ich wäre mit fünfzig mehr als glücklich gewesen.«

»Amerikaner«, bemerkte sein Freund. »Ich stifte den Heiligen Kerzen und bete, daß sie mir Amerikaner schicken ...Du liebe Zeit, sie kommt zurück. Du mußt ein ganzes Lagerfeuer stiften.«

»Haben Sie noch mehr Bilder von diesem Maler, Monsieur?«

»Leider nein, Madame. Ich kann aber eines beschaffen. Oder sogar zwei. Wenn Madame die Güte hätten, morgen oder übermorgen noch einmal vorbeizukommen?«

Garden lächelte zum ersten Mal. Beide Männer blinzelten verwirrt. »Dann kennen Sie jemanden, der eine Sammlung hat. Bringen Sie mich hin. Ich möchte mit dem Besitzer sprechen.«

Der Händler dachte an die fünfundvierzig Francs, die er für das Bild bezahlt hatte. Er dachte nicht daran, diese verrückte Amerikanerin mit der Besitzerin der anderen bekanntzumachen. Es gab noch mindestens acht Bilder. Zusammen bekam er sie sicher für fünfhundert Francs, vielleicht sogar für weniger. »Das ist leider nicht möglich, Madame.«

Gardens Lächeln erlosch. Sie sah ihn kühl an. »Ich lasse mich nicht gern für dumm verkaufen, Monsieur. Ich zahle Ihnen etwas für den Kontakt zu dem Sammler, aber ich lasse mir nicht ein Bild nach dem anderen andrehen. Außerdem habe ich meine Zeit nicht gestohlen. Ich frage Sie also zum letzten Mal: Bringen Sie mich hin?«

Der Standinhaber rang die Hände, breitete sie vor ihr aus

und schüttelte sie flehentlich. »Wenn ich doch könnte, Madame. Ich wäre der glücklichste Mann in ganz Frankreich. Aber es steht nicht in meiner Macht.«

»Monsieur, Sie sind ein Dummkopf.« Garden stolzierte davon.

»Michel«, sagte sein Freund, »du bist der größte Hornochse, der rumläuft.«

»Die kommt schon wieder.«

»Da täuschst du dich.«

»Wart's ab.«

Eine Frau und ein Mann blieben vor Michels Stand stehen. »Daddy, schau mal, diese wertvolle Teekanne.«

Michel zwinkerte seinem Freund zu. »Die nächsten Amerikaner«, sagte er. »Die Heiligen belohnen mich für meinen untadeligen Lebenswandel.« Lächelnd trat er an das Paar heran. »Marie Antoinette hat darin eigenhändig den Tee bereitet, Madame, als Milchmädchen verkleidet ...«

Sein Freund verschwand im Gedränge.

Er fand Garden auf der Avenue bei der Suche nach einem Taxi. »Ich bitte tausendmal um Entschuldigung, Madame«, sagte er. »Ich weiß, wo sie zu finden ist, die Dame mit den Bildern ...«

77

Er führte Garden zu einem hohen, schmalen Haus auf der Rue de Clignancourt. Es sah genauso aus wie tausend andere Pariser Häuser: grau mit grünem Mansardendach, schwarze Schmiedeeisengitter unten an den Fenstern, ein schwarzes schmiedeeisernes Tor mit einer Glasscheibe dahinter als Eingangstür und eine schwarzgekleidete Concierge, die man durch die Scheibe in der Eingangshalle auf einem Stühlchen sitzen sah.

»Der Name?« fragte Garden.

»Lemoine, Hélène«, erwiderte ihr Begleiter. Garden gab ihm tausend Francs. Er tippte sich an die Mütze und verschwand. Garden machte sich auf eine vergebliche Suche gefaßt. Sie klingelte.

Für die Concierge hatte sie einen Zehn-Francs-Schein parat. Alles Größere würde sie nur noch argwöhnischer machen, als Conciergen ohnehin sein sollten. Auch so mußte sie warten, während die Concierge ihre Karte nach oben brachte, ob man sie empfangen wollte. Garden hatte auf die Rückseite ›eine Freundin von Tradd Cooper‹ gekritzelt.

»Sie können hinauffahren«, sagte die Concierge, als sie wiederkam. Ohne rechtes Vertrauen betrat Garden den eisernen Käfig von einem Aufzug. Bei der Fahrt mit der Concierge hatte er geklappert und geknarzt, als wolle er jeden Moment seinen Geist aufgeben.

Eine Frau erwartete sie im dritten Stock. Schweigend sah sie zu, bis Garden auf ihrer Ebene stand. Dann öffnete sie ihr die Tür. »*Bonjour*, Mademoiselle Harris«, sagte sie. »Ich bin Hélène Lemoine.«

»*Madame* Harris bitte, Madame Lemoine«, sagte Garden. Hélène Lemoine hatte ein ziemlich exzentrisches Äußeres. Sie war klein, üppig gepudert und hatte ihr graues Haar mit zahlreichen Schildplattkämmen zu einer welligen Pompadourfrisur aufgesteckt. Sie trug ein schwarzes bodenlanges Kleid mit einem hohen, weiß eingefaßten Stäbchenkragen. Um die Schultern lag ein weißer Spitzenschal. Ihr einziger Schmuck bestand in einer filigran gearbeiteten Goldkette mit einer goldenen Lorgnette daran. Sie hielt sich die Lorgnette mit einer kleinen, vor Arthritis knorrigen Hand vor die Augen und musterte Garden langsam von oben bis unten.

»*Mademoiselle* Lemoine«, sagte sie, als sie damit fertig war. »Kommen Sie mit.«

Garden kam mit – in eine andere Ära. Das Wohnzimmer war mit überladenen Möbeln vollgestopft: Tische mit Spitzendeckchen, auf denen tausend Nippessachen standen, ein Klavier, über das ein Seidenschal drapiert war, der unter den aufgereihten Fotografien in kunstvollen Silber- und Goldrahmen fast verschwand. An den Fenstern hingen Samtvorhänge mit Fransenbesatz über Spitzengardinen mit Fransenbesatz. Die Sessel- und Sofabezüge hatten Fransen, der Schal über dem Klavier hatte Fransen, die Lampenschirme hatten Fransen, und eine fransenbesetzte Decke lag auf dem Sims über dem Kamin mit dem hell lodernden Kohlenfeuer, das den Raum zum Ofen machte. Bilder und Gemälde hingen von der Decke bis zum Boden an den brokatverzierten Wänden. Garden war von dem Durcheinander überwältigt.

»Setzen Sie sich, Madame«, sagte Mademoiselle Lemoine, »und erzählen Sie mir, warum Sie gekommen sind.«

Garden setzte sich auf die Kante eines riesigen Sessels und hielt Mademoiselle das Bild hin, das sie gekauft hatte. »Man hat mir gesagt, Sie hätten noch weitere Bilder von diesem Maler. Ich möchte sie gern kaufen.«

Ihre Gastgeberin hob wieder die Lorgnette. »Ach, die Kirche des kleinen Tradd. Was für ein Räuber dieser Michel doch ist. Er hat anscheinend gleich den Rahmen verkauft und das Bild einfach verkommen lassen.« Ihr Blick wanderte zu Garden. »Warum haben Sie gelogen, Madame? Sie sind zu jung, um eine Freundin von diesem Maler zu sein. Was bezwecken Sie damit?«

»Er war ein Verwandte von mir, obwohl ich ihn nicht gekannt habe. Seine Mutter ist meine Großtante. Mein Mädchenname ist Tradd.«

»Das kann nicht sein. Alle Tradds haben doch angeblich feuerrotes Haar.«

Garden wurde ungeduldig. »Ich habe auch rote Strähnen. Ich blondiere sie nur.«

»Wie dumm von Ihnen.«

»Mademoiselle Lemoine, ich bin nicht hergekommen, um mit Ihnen über meine Haarfarbe zu streiten. Ich möchte diese Bilder kaufen. Ich zahle Ihnen einen sehr guten Preis.«

Sie öffnete ihre Handtasche.

»Nein, Madame«, sagte die Französin.

Garden traute ihren Ohren nicht. »Aber dieses haben Sie doch dem Flohmarkthändler verkauft«, erregte sie sich: »Ich zahle mehr. Sie haben doch noch andere Bilder, oder nicht?«

»Ich habe sogar noch sehr viele. Aber die muß ich momentan nicht verkaufen.«

Garden verlor die Beherrschung. »Mademoiselle, ich habe keine Zeit für irgendwelche Mätzchen. Wenn Sie den Preis hochtreiben wollen, bitte. Ich lasse mich hinaufhandeln. Der Preis ist mir egal, ich will sie einfach.«

Hélène Lemoine nickte. Ein leises Lächeln zeigte sich auf ihrem Gesicht. »Sehr überzeugend. Jetzt glaube ich, daß Sie teilweise rotes Haar und teilweise Traddsches Blut haben. Aber trotzdem sind die Bilder nicht zu verkaufen.«

Garden war sprachlos. Ihrer Erfahrung nach war alles käuflich, wenn man genug dafür bot.

»Aber Sie müssen sie mir verkaufen«, sagte sie. Ihr Zorn war verraucht, sie bettelte nur noch. »Meine Tante Elizabeth ist selbst nach Paris gereist und hat alles danach abgesucht. Sie hat nie ein Bild von ihm gesehen. Tradd war ihr einziger Sohn, Mademoiselle Lemoine, und sie hat ihn verloren. Die Bilder sind das einzige, war er hinterlassen hat.«

Hélène Lemoine nahm eine Porzellanklingel von dem Tischchen neben sich und läutete mit einer heftigen Handbewegung. »Das hätten Sie mir gleich sagen sollen, Madame. Für die Mutter des kleinen Tradd ist das natürlich etwas anderes. Wir werden uns bei einer Tasse Kaffee einigen.«

Garden entspannte sich. Diese alte Dame ließ sich offenbar nicht aus der Ruhe bringen; und sie traf Lucien ja auch erst in ein paar Stunden. Laurie Patterson müßte sie dann eben versetzen. Die Bilder waren wichtiger. »Wie viele Bilder gibt es von ihm, Mademoiselle?«

Mademoiselle Lemoine zuckte mit den Achseln. »Wie soll ich das wissen? Ein Dutzend, zwanzig, vielleicht dreißig. Er war kein großer Künstler, Ihr Cousin, aber er hat hart gearbeitet.

Ah, da kommt der Kaffee. Céleste wird uns einschenken, meine Hände zittern heute arg. Nehmen Sie Milch und Zucker?«

»Beides bitte.«

Das Dienstmädchen gab Garden eine Tasse mit Café au lait; Hélène bekam ihren Kaffee in einem ›bol‹, einer Schüssel, die man mit beiden Händen zum Mund führt. Dann stellte sie einen Teller mit Makronen neben Garden.

»Greifen Sie zu«, sagte Mlle. Lemoine. »Céleste bäckt hervorragend. Sie dürfen jetzt gehen, Céleste; Sie haben Ihr Kompliment bekommen.«

»Erzählen Sie mir von Ihrer Großtante, Madame Harris. Von der faszinierenden Bess.«

»Elizabeth. Sie ist eine außergewöhnliche Frau. Ihr Mann ist sehr früh gestorben, und sie mußte allein ein Geschäft führen, um ihre Kinder durchzubringen.«

»Ja, ja, das weiß ich alles. Ich möchte wissen, wie es ihr jetzt geht. Ist sie zufrieden? Ist sie gesund? Ist sie einsam? Hat sie wieder geheiratet? Sie fasziniert mich, sie war die einzige Rivalin, die ich nie ausstechen konnte.«

Mlle. Lemoine schnalzte ungeduldig mit der Zunge.

»Schauen Sie nicht so entgeistert«, sagte sie. »Meinen Sie, wir waren nie jung, nur weil wir jetzt alt sind? Wir sind gleich alt, Bess und ich. Sie ist vielleicht ein Jahr und ein paar Monate älter, aber da bin ich großzügig. Wir hatten einmal denselben Geliebten, den charmanten Harry. Herrgott im Himmel, hatte der Charme. Wegen ihm hätte ich beinahe den Kopf verloren. Er hat mich natürlich angebetet, aber geliebt hat er Bess. Wie gern hätte ich sie einmal kennengelernt ... Trinken Sie Ihren Kaffee. Er ist zu teuer, um vergeudet zu werden.« Mlle. hob ihre Schale an die Lippen. Garden nahm gehorsam ihre Tasse. In ihrem Kopf ging es drunter und drüber. Die blaßblauen Augen der Französin beobachteten sie über die Schale hinweg.

»Haben Sie sich wieder gefangen?« fragte sie, als sie ausgetrunken hatte. »Dann können sie mir jetzt von Bess erzählen. So hat sie Harry genannt, und so heißt sie für mich. Ist sie zufrieden mit ihrem Leben?«

Garden stellte sich das Leben ihrer Großtante vor, so gut sie konnte. »Ja«, sagte sie. »Ich glaube, daß sie glücklich ist.«

»Glücklich? Was heißt das? Ich habe gefragt, ob sie mit ihrem Leben zufrieden ist. Ihr jungen Leute seid komisch. In Wahrheit wissen Sie nämlich einfach nicht, wie Bess ihr Leben findet. Sie haben sich das noch nie überlegt. Ihr eigenes Leben ist das einzige, was Sie interessiert. Zweifellos kommt daher Ihr ganzes Unglück.«

»Aber ich bin überhaupt nicht unglücklich.«

»Natürlich sind Sie das. Wenn Sie es nicht merken, sind Sie nur zu dumm. Es steht Ihnen in großen Lettern im Gesicht geschrieben.«

»Was erlauben Sie sich!«

»Ich erlaube mir, mich für Sie zu interessieren. Nicht weil Sie interessant wären, sondern weil die noble Bess Ihre Tante ist. Ich bin mir sicher, daß Ihr Unglück sie betrüben würde. Genauso wie Ihre Dummheit. Ich werde Ihnen helfen, wenn Sie gestatten. Ihr zuliebe.«

Irgend etwas nahm sie für die Französin ein. Ihre Nüchternheit vielleicht, oder ihr unerschütterliches Selbstbewußtsein. »Wie wollen Sie mir denn helfen?« fragte Garden.

Mlle. Lemoine blickte in Gardens strahlende junge Augen. »Ich kann die Dinge klären«, sagte sie. »Erzählen Sie mir von sich.«

Ohne zu wissen warum, glaubte Garden, es sei für sie sehr wichtig, den Anweisungen der Französin genau Folge zu leisten. Also erzählte sie. Sie erzählte von Lucien, von der Klinik, den ›schlechten Zeiten‹ mit Kokain und Promiskuität; sie erzählte von Vicki und ihren Häusern; sie erzählte von Sky und seinen Frauen, seinem Flugzeug, seiner Spielleidenschaft; sie erzählte, wie es mit Sky am Anfang gewesen war, auf der Yacht, wo sie sich so gut verstanden hatten und wie sie dann versucht hatte, sich seiner Welt anzupassen; und sie erzählte, daß sie ihn jetzt ganz verloren habe.

Als sie fertig war, tat ihr der Hals weh, und sie hatte eine trockenen Mund. Sie zitterte vor Erschöpfung.

»Aha«, sagte Mlle. Lemoine. »Und weil Ihr Mann Sie nicht mehr liebt, wollen Sie jetzt mit einem anderen weglaufen, weil er behauptet, er würde Sie lieben.«

»Er liebt mich wirklich. Das weiß ich.«

»Und was machen Sie, wenn er Sie einmal nicht mehr liebt? Sich einen anderen suchen? Wieder Kokain nehmen?«

Garden hob die Hände zu einer abwehrenden Geste. »Sie sind grausam«, rief sie.

»Ich bin realistisch. Wissen Sie, was Sie tun, mein Kind? Sie suchen sich in den Augen eines anderen. Sie müssen sich aber bei sich selber suchen. Antworten Sie ganz schnell. Was wollen Sie?« Sie schrie die Frage fast heraus.

Garden antwortete vor Schreck, ohne nachzudenken. »Ich will Sky«, sagte sie. »Ich will ein Kind und ein eigenes Haus.«

»Aha, eine *bonne bourgeoise*. Ausgezeichnet. Jetzt essen wir eine Kleinigkeit, und dann fangen wir an.«

»Womit denn?«

»Na, mit dem Unterricht. Ich zeige Ihnen, wie Sie ihr Ziel erreichen.«

»Aber haben Sie denn nicht gehört, was ich gesagt habe? Sky hat genug von mir. Er liebt mich nicht.«

»Pah! Das läßt sich leicht ändern.«

»Tatsächlich? Sind Sie sicher? Wie denn?«

»Geduld, Geduld. Ich bin ganz sicher. Aber auf nüchternen Magen können wir nicht anfangen. Sonst rebelliert die Leber.«

78

»Während wir verdauen«, sagte Hélène Lemoine, »erzähle ich Ihnen von meinem Leben. Das macht Ihnen Mut.

Ich bin in Lyon als sechstes Kind und vierte Tochter einer

bürgerlichen Familie geboren. Es war von vornherein klar, daß ich keine Mitgift bekommen würde und deshalb nicht heiraten konnte. Ich sollte ins Kloster. Leider fühlte ich mich jedoch nicht berufen und riß aus. Nach Paris. Wohin sollte man sonst weglaufen? Ich hatte wenige Kleider und noch weniger Geld, also mußte ich mir eine Arbeit suchen. Da gab es nicht viele Möglichkeiten.

Wir hatten 1875, und ich war fünfzehn. Ich war gebildet, ich konnte Klavier spielen und sprach Deutsch und Italienisch fast so gut wie Französisch. Die Sprachen bestimmten dann mein Schicksal. Eines Tages, als ich die Champs-Élysées hinunterging, hörte ich ein fürchterliches Gestreite. Eine Frau schrie eine andere an, während ein Mann beide anbrüllte. Die Frauen waren Italienerinnen, der Mann Deutscher.

Den Mann hörte ich nur, denn ich mußte unentwegt die Frauen anstarren. Die eine, die in der Kutsche – habe ich schon gesagt, daß der Mann und die Frau in einem vornehmen offenen Zweispänner saßen? – trug ein Satinkleid mit einem extremen Dékolleté, dazu einen prachtvollen Hut mit einem unübertrefflich üppigen Arrangement aus Blumen, Federn und Aigretten. Außerdem funkelte sie wie ein Sternenhimmel vor lauter Diamanten. Das Erstaunlichste aber war ihr Gesicht. Es war geschminkt. Sie hieb der anderen Frau mit einem Regenschirm auf den Kopf und schrie, daß dies der Falsche sei.

Die andere Frau interessierte mich fast noch mehr. Sie war ungeschminkt, hatte als einzigen Schmuck ein kleines Goldkreuz und – keinen Hut, die Ärmste. Aber ihr Kleid war in meinen Augen sogar noch schöner als das der Dame in der Kutsche. Es war aus blauer Moiréseide und fiel hinten über eine riesige, frivole Tournüre. In den Falten saßen himbeerrote Samtschleifen. Ah, wie gern ich die berührt hätte! Sie sahen so herrlich weich aus.

Das unglückliche Wesen mit den erlesenen Samtschleifen war natürlich die Zofe der prächtigen Kutscheninsassin. Sie hatte einen blauen Schirm gebracht, obwohl ihre Herrin grün trug. Verdientermaßen wurde sie soeben entlassen.

Eine Zofe, die solche Kleider trug! So eine wollte ich werden. Ich lief also zu dem Herrn, der sich über diese öffentliche Szene schrecklich aufregte, und erklärte ihm schnell, worum es ging. Die Frau in der Kutsche sei außer sich vor Furcht, daß sie ihm mit ihrem Aussehen Schande mache, erzählte ich ihm. Dann rannte ich durch die Tür, die hinter dem Mädchen offenstand, fand einen lachsfarbenen Schirm, sauste wieder auf die Straße und reichte ihn ihr mit einem Knicks. Auf Italienisch bat ich sie um eine Anstellung als Kammerzofe.

Meine Herrin war eine der großen Kokotten, eine *grande horizontale*, wie man sagte. Sie war eine Art Schauspielerin – das heißt, sie posierte spärlich bekleidet auf der Bühne in den *Folies-Bergère* – aber vor allem war sie eine bezaubernde Frau. Sie hatte zahlreiche Liebhaber, und die waren so wohlhabend wie großzügig; sonst blieben sie nicht ihre Geliebten ... Sie starren mich an. Sie werden doch wohl von Kurtisanen gehört haben?«

Das hatte Garden nicht. Sie dachte, Mlle. Lemoine meine Prostituierte.

»Diane de Poitiers ... Madame du Barry ... Joséphine du Beauharnais, die Kaiserin von Frankreich wurde – das waren doch keine Prostituierten, die großen Kurtisanen waren Stars, wie eure Kinostars heute, nur daß sie mehr Talent hatten. Das mußten sie, denn sie waren ständig auf der Bühne. In der Öffentlichkeit und im Privatleben, was noch viel schwieriger ist.«

»Wie hieß Ihre Brotherrin?«

»Sie hieß Giulietta della Vacchia, aber so sagte niemand. Man nannte sie ›La Divina‹. Sie war auch göttlich anzusehen, und sie hatte das Temperament einer sehr reizbaren Göttin. Aber sie war sehr großzügig. Das lag in der Natur der großen Kokotten. Sie wurden mit so viel überschüttet, daß sie üppig Geld ausgeben und großartige Geschenke machen konnten. La Divina trug kein Kleid öfter als einmal. Danach gehörte es mir. In Dienstmädchentracht mußte ich nur erscheinen, wenn ich Gentlemen in ihre Gemächer geleitete und wenn ich auf die Klingel antwortete, während sie dort waren. Sie können sich vorstellen, daß ich dort eine Menge lernte. Als ich genug wußte, begann ich meine eigene Karriere.«

Garden konnte nicht glauben, daß die spitzzüngige, gebeugte, grauhaarige Frau je eine Kurtisane gewesen sein sollte. Sie behielt aber ihre Gedanken für sich. Zumindest war es eine gute Geschichte.

»Sie sind skeptisch«, sagte Hélène Lemoine. »Das wird sich legen. Ich war inzwischen sechzehn und sehr hübsch. Nicht schön, wie La Divina, aber mein Gesicht sah sehr anziehend aus, und mein Körper war hinreißend, wie das in diesem Alter so oft der Fall ist. Und ich hatte gelernt – durch Lauschen an der Tür –, worauf es ankam.

La Divina war vor allem für zweierlei bekannt: ihre Rubine und die Zahl der Selbstmorde, die sie verursachte. Ein Klatschkolumnist gab ihr den Spitznamen ›Russisches Roulette‹, weil sich im selben Jahr drei Russen wegen ihr erschossen.«

Garden schnappte nach Luft. »Das ist ja schlimm.«

»Das ist das slawische Temperament, meine Liebe. Und das war die Zeit der großen Extravaganzen in allem. Einer ihrer Liebhaber rannte ihr geradezu hündisch nach, aber sie empfing ihn nur selten. Ich wußte, daß sie ihn bald ganz verstoßen wollte. Und zwar in aller Öffentlichkeit, so daß es in alle Zeitungen kommen würde. Es hatte eben seit drei Monaten keinen Selbstmord gegeben, und sie machte sich Sorgen um ihren Ruf.«

Garden war entsetzt. Von La Divina und von Mlle. Lemoines beiläufigem Ton.

»Tja«, sagte die Französin, »La Divina war brutal. Aber diese Männer waren auch die größten Dummköpfe. Man bringt sich doch nicht wegen einer Liebesaffäre um, vor allem, wenn von Liebe sowieso keine Rede ist. La Divina war wie ein teures Stück auf einer Auktion. Keiner mußte bieten, aber allein die Anwesenheit von Mitbietern setzte einen unter Druck.

Ich hatte ziemlich Mitleid mit dem armen Étienne, und außerdem wußte ich, daß sich eine solche Gelegenheit so schnell nicht wieder ergeben würde. An einem Donnerstag, meinem freien Tag, wartete ich auf ihn vor dem Jockey Club. Ich sah besonders reizend aus, in einem Cape mit Kapuze – die sind so romantisch. Und ich habe ihm erzählt, La Divina hätte mich entlassen, weil sie erfahren hätte, daß ich in ihn verliebt sei.«

»Stimmte das denn?«

»Natürlich nicht. Weder war ich verliebt noch entlassen. Wenn mein Spielchen nicht aufgegangen wäre, hätte ich meine Stelle weiter gebraucht. Es klappte jedoch. Étienne bot mir ein Glas Wein an, dann ein Dinner, dann seine Protektion. In derselben Nacht wurde ich seine Geliebte. Ich war noch Jungfrau. Die Männer sind immer überwältigt, wenn sie die ersten sind. Der gute Étienne. Wir sind bis auf den heutigen Tag befreundet. Er vergißt mir das nie, verstehst du?«

»Hat es Ihnen denn nicht leid getan, Mademoiselle Lemoine? Ich meine, weil Sie nicht verliebt waren?«

»Meine liebe Garden, ich habe beschlossen, daß wir uns duzen sollten. Ich bin Hélène für dich. Meine liebe Garden, hätte ich eine Mitgift bekommen, dann hätte mein Vater mir einen Ehemann ausgesucht, dem ich dieselben Sonderrechte zugestanden hätte, nur mit weniger Geschick und für weniger Lohn. Étienne war zu mir sogar noch großzügiger, als er zu La Divina gewesen war. Er brachte mich in einer entzückenden Suite in einem *Hotel privé* unter, gab mir einen Wagen, Pferde, Kutscher und Lakaien und eröffnete für mich ein Konto bei Worth. Außerdem schenkte er mir meinen ersten Schmuck – ein Perlenhalsband, wie wir es nannten. Ich stellte ein fantastisches, außerordentlich häßliches

Dienstmädchen ein. Und das *Hotel* hatte einen anständigen Koch, das war nicht schlecht für den Anfang.«

Mlle. Lemoine wurde sichtlich nostalgisch. Garden empfand langsam Sympathie für sie. Es mußte traurig sein, nichts als Erinnerungen zu haben. Sie dachte an ihre eigene Ehe. Auch sie hatte nichts als Erinnerungen.

»War er sehr lang Ihr Geliebter?« fragte sie sanft.

»Aber nein. Ich mußte Karriere machen, solange ich noch jung war. Étienne führte mich natürlich aus. Mich vorzeigen zu lassen gehörte zu meinen Pflichten. Und eines Abends bei Maxim griff mich La Divina tätlich an. Sie riß mir ein Büschel Haare aus. Da hatte ich meinen Ruf weg.«

»Sie wurden eine – wie hieß das – *grande horizontale?*«

»Nur kurz. Eigentlich war ich nämlich nicht dafür geschaffen. Man mußte Szenen machen, seinen Namen in die Klatschkolumnen bringen, Gesprächsthema sein. Das wurde mir bald zu anstrengend. Im Grunde meines Herzens bin ich nämlich genauso *bonne bourgeoise* wie du. Ich habe lieber ein ruhigeres Leben. Also verwandelte ich mich in eine *demi-castor*.«

»Was ist denn das?«

»Eine *demi-castor* ist eine Kurtisane mit kleineren Ambitionen und immer nur einem Geliebten. Für den spielt sie auch die Dame des Hauses. Ich war berühmt für meine Einladungen. Ich habe auch immer auf einem hervorragenden Koch bestanden, selbst wenn ich dafür weniger Zimmermädchen haben konnte.«

»Wie lange sind Sie dann bei einem Mann geblieben?«

»Das war verschieden. Man mußte aufpassen. Es bestand immer die Gefahr, daß der Gönner sich verliebt. Und ich wollte keine Selbstmorde. Also wechselte ich den Gönner, wenn sich so etwas abzeichnete, oder wenn ich mich damit verbessern konnte.«

»Und haben Sie sich nie verliebt, Mademoiselle?«

»Hast du …, Hélène, heißt das.«

»Warst du da nicht gefährdet, Hélène?«

»Natürlich. Nicht, daß ich mich in meinen Gönner verliebe; dazu war ich zu sehr auf ihn angewiesen. Aber ich wurde selber zur Gönnerin. Ich habe diese Wohnung gekauft und für einen Schützling eingerichtet. Meistens war das ein Maler. Oben ist ein Atelier. Donnerstag hatte ich frei, dann kam ich immer hierher. Ich habe Montmartre geliebt. Das tue ich immer noch, obwohl es dort keine Künstler mehr gibt.«

»Was für ein außergewöhnliches Leben du gehabt hast, Hélène.« Garden war traurig und verspürte Mitleid.

Die alte Dame reckte das Kinn und sah Garden durchdringend an. »Tatsächlich?« fragte sie kalt. »Du denkst doch, die arme Hélène, die wie ein Zirkuspudel an der Leine vorgeführt wurde, arme Hélène, die Diener und Schmuck hat, aber keinen Mann, arme Hélène, die sich an Männer verkaufen mußte. Dann laß mich auch denken. Arme Garden, die sich zur Schau stellt, arme Garden, die Diener und Schmuck hat, aber keinen Mann, arme Garden, die sich für Liebe verkauft hat und jetzt nicht mehr geliebt wird. Arme Garden, mich hat nie ein Mann willentlich gehen lassen. Kein einziges Mal. Und ich könnte immer noch jeden Mann, der mich kannte, wieder als Gönner haben. Mit wem muß man also Mitleid haben?

Ich bin so streng mit dir, Garden, weil du nicht lernst und nicht denkst. Beides mußt du, wenn ich dir helfen soll ... Hör auf zu weinen, oder nimm wenigstens ein Taschentuch. Du machst mir ja Flecken auf den Sessel.« Hélènes Stimme wurde wieder sanfter. »Hör zu, mein Kind. Ich habe dir diese lange Geschichte erzählt, damit du glaubst, daß ich von den Männern und von dem, was du Liebe nennst, etwas verstehe. Ich habe das Wissen, das du brauchst. Und ich werde es mit dir teilen. Wenn du genau aufpaßt und dich anstrengst, dann bringe ich dir bei, was dir fehlt. Du sollst deinen Sky und dein Baby und dein bürgerliches Leben haben. Willst du denn lernen?«

»Ja, bitte. Es tut mir leid, wenn ich unhöflich war.«

»Du warst nicht unhöflich, sondern scheinheilig. Das ist unendlich viel schlimmer. Aber es wird spät. Wolltest du nicht irgendwohin?«

Garden sah auf die Uhr auf dem Kaminsims. Es war schon fünf vorbei. Die Vernissage war längst im Gange, und Lucien war vermutlich bereits weg. Es machte ihr nichts aus, außer daß sie ihn damit verletzte. Sie würde ihm noch heute abend einen Brief schreiben.

Heute abend. »Ich soll heute abend eigentlich nach Antibes fahren«, sagte sie. »Mein Mann und ein paar Freunde wollen für eine Zeitlang in das neue Haus von Vicki.«

»Was passiert, wenn du nicht mitfährst? Bleiben dann alle in Paris?«

»Nein. Sie fahren ohne mich.«

»Sehr gut. Sag deinem Sky, daß du hierbleiben und mit einer alten Dame Konversation treiben mußt, damit du die Bilder von deinem Cousin kriegst. Sei morgen um elf bei mir, dann fangen wir mit deinem Unterricht an. Ich bringe dir bei, vollkommen unwiderstehlich zu werden.« Hélène lächelte, und jetzt sah Garden, daß sie tatsächlich sehr hübsch gewesen sein mußte.

79

»Fangen wir mit deinen Gaben an«, sagte Mlle. Lemoine. »Du bist außerordentlich schön. Das ist durchaus nützlich. Aber du darfst nicht vergessen, daß eure Hollywoodfilme zu Dutzenden schöne Frauen zeigen. Schönheit ist kein so seltenes Gut. Vor allem nicht, wenn sie gewöhnlich ist. Du hast gesagt, du hättest eine besondere Haarfarbe. Laß das Gefärbte sofort herauswachsen. Trag in der Zwischenzeit einen Turban.

Was kannst du noch für dich verbuchen? Du hast eine stolze Haltung. Das ist selten. Und es fällt einem auf, bevor man Gesicht oder Figur betrachtet. Die Haltung ist dein wertvollster Aktivposten.

Danach kommt deine Stimme. Sie klingt angenehm, ein Vorzug, den man nur schwer erlernen kann. Da hast du Glück.

Und du bist gut erzogen. Angenehm. Gute Manieren muß man eindrillen, bevor sie automatisch werden, und das nimmt viel Zeit in Anspruch. Das können wir uns sparen.

Soviel zu deinen Vorzügen, Garden. Alles andere an dir sind Nachteile. Du bist gut angezogen, aber ohne Chic. Wo ist die Kette, die du gestern getragen hast?«

»Zu Hause. Sie gehört nicht zu diesem Kleid.«

»Wer hat dir das erzählt? Und warum um alles in der Welt hast du demjenigen geglaubt? Gestern habe ich schon fast Hoffnungen gehabt: Du hattest ein nachgemachtes Kostüm an, und deine Glasperlenkette war nicht von Cartier oder Van Cleef, wie dein anderer Schmuck. Heute siehst du aus wie von Lanvin eingekleidet, nicht von Garden Harris.

Aber die Schale kann warten. Erst müssen wir das Fundament anpacken. Garden, hast du irgendwann in deinem Leben Bildung genossen?«

»Natürlich. Ich war auf einer ausgezeichneten Schule.«

»Und warst du gut in der Schule?«

»Ich glaube schon. Ich hatte nicht so gute Noten, aber ich habe sehr viel gelernt.«

»Und hat dir das Lernen Spaß gemacht?«

Garden dachte an Ashley Hall. Der Geruch aus Kreidestaub, Tinte und Bohnerwachs stieg ihr in die Nase. Miss Emerson fiel ihr ein, mit ihrer frischen Stimme, die höchste Konzentration verlangte; ihre Geduld, wenn Garden ihr Bestes tat, aber trotzdem Schwierigkeiten hatte, ihr Vergnügen, wenn Garden schließlich doch etwas verstand. Garden dachte auch an ihr eigenes Vergnügen, ihr Gefühl, etwas geschafft zu haben, die Befriedigung nach disziplinierter, harter Arbeit. »Jawohl. Ich habe gern gelernt.«

»Warum hast du dann damit aufgehört? Such keine Antwort. Es gibt nämlich keine. Man muß immer weiterlernen, sonst wird das Leben fade. Und eine Frau muß sogar noch mehr als ein Mann immer neugierig sein, immer dazulernen. Denn darauf gründet sich Charme. Ich bin neugierig auf dich: Was machst du, denkst du, glaubst du, liebst du, haßt du? Erzähl es mir. Es interessiert mich. Ich bin nicht deiner Meinung und sage dir, warum. Du antwortest, widersprichst mir. Worüber reden wir, du und ich? Wir reden über dich, deinen Verstand und deine Interessen. Natürlich findest du mich dann reizend. Ich rede mit dir über das, was dich am meisten interessiert. Über dich.

So, Garden, und jetzt sag mir: Was interessiert deinen Sky?«

»Frauen und Alkohol.«

»Bitterkeit bringt uns nicht weiter. Du weißt es nicht, das willst du mir damit sagen. Kein Wunder, daß du ihn langweilst. Du fragst ihn nicht nach seinen Interessen, und selber hast du keine.«

Hélène Lemoine nahm Gardens Persönlichkeit auseinander, analysierte jeden Winkel und zerrte alle Mängel ans Licht. Dann begann sie mit der schwierigen Arbeit, alles wieder aufzubauen. Garden lebte nun seit zwei Jahren in Paris, ohne ein einziges Mal durch die faszinierenden, verwinkelten Straßen gelaufen zu sein oder in einem Straßencafé gesessen zu haben. Bis sie Hélène kennenlernte, hatte sie, außer beim Einkaufen, noch mit keinem Franzosen und keiner Französin gesprochen.

Hélène stellte ihr Aufgaben.

Garden mußte Bücher lesen, über die Geschichte von Paris und von Frankreich. Die Bücher hatte sie an den Ständen am linken Seineufer zu kaufen, nicht in einer Buchhandlung. Und sie mußte mit den anderen Leuten an den Bücherständen plaudern, sie fragen, wonach sie suchten und was diese Bücher lesenswert machte. Garden lernte, daß Bücher Freude machen und ganz Paris ein endloser Fundus an aufregenden Geschichten ist.

Die nächste Aufgabe hieß: Laufen. Durch Museen, durch Stadtviertel, an der Seine entlang. Und Schauen. Die kleinen Parks besuchen, die es überall in der Stadt gibt, und das frische Grün riechen. Sie mußte sich in Cafés setzen und Zeitung lesen, die anderen Leute beobachten und ihre Gespräche belauschen. Ohne es zu merken, lernte Garden, keine Angst vor dem Alleinsein zu haben, und dann, es zu genießen.

Und immer wieder Konversation. Was sie gelesen und wie sie es gefunden habe. Was sie gesehen und wie sie es gefunden habe. Was sie gehört habe, welche Leute sie kennengelernt habe, welche Straßen, Bilder, Kirchen und Parks sie entdeckt habe. Und wie sie sie gefunden habe. Schritt für Schritt tastete sich Garden voran, von der passiven Haltung zum aktiven Gestalten, von der reinen Beobachtung zu einer eigenen Meinung. Sie lernte denken.

»Man muß auf dem laufenden sein«, schärfte Hélène ihr ein. Garden las Zeitungen und Zeitschriften, erfuhr von Hitler, Houdini, Gertrude Ederle, vom Davis-Cup, Winnie-the-Pooh, Mussolini, Chiang Kai-Shek, Al Capone, Joseph Stalin, Commander Byrd und Peaches Browning.

Und Charles Lindbergh.

Am Samstag nachmittag um fünf rief Garden Hélène Lemoine an, ob sie mit ihr nach Le Bourget auf den Landeplatz fahren wolle. Wie alle Welt hatten die beiden die Meldungen über den Flug seit dem Vortag im Radio verfolgt, als der junge Amerikaner am frühen Morgen – am frühen Nachmittag Pariser Zeit – gestartet war. Keinesfalls wolle sie das versäumen, erwiderte Hélène, wenn Geschichte gemacht werde. Garden wies die Küche an, einen Picknickkorb zu packen. Sie konnte nicht länger vor dem Radio sitzen, sie mußte selbst dabeisein, wenn Lindbergh ankam.

»Wir werden sehr früh dort sein«, sagte Hélène. »Das ist gut, dann finden wir einen guten Aussichtspunkt, bevor das Gedränge zu groß wird. Denn ein Gedränge gibt es bestimmt.«

Das gab es allerdings, auch schon, als sie eintrafen. Polizei und Soldaten sorgten dafür, daß die Menge hinter dem Eisenzaun an der Ostseite des Flugplatzes blieb. Ein Polizist öffnete ihrer Limousine das Tor und winkte sie durch, direkt auf den Flugplatz selbst. »Haben wir ein Glück«, sagte Garden. »Wie kommen wir wohl zu der Ehre?«

Ihr Fahrer, Laborde, drehte sich um. Er grinste. »Ich habe mir erlaubt, Madame, eine amerikanische Flagge an den Scheinwerfer zu montieren.«

Garden und Hélène jauchzten auf. »Sie halten uns für eine Delegation von der Botschaft«, sagte Garden. »Ich schicke dem Botschafter ein Dankschreiben.«

Um sieben traf das echte Empfangskomitee der Botschaft ein. Die Wagenkolonne wurden neben Gardens Limousine eingewunken. Sie hob ihr Weinglas zu einem Willkommensgruß. Laborde hatte den Picknicktisch um halb sieben gedeckt. Sie wollten fertig sein, bevor Lindbergh landete.

»Huch«, schnappte Garden aus der Botschaftskarosse auf, »das müssen ja um die fünfzigtausend Menschen da draußen sein.« Sie übersetzte die Bemerkung für Hélène und Laborde, der auf Gardens Drängen mit ihnen am Tisch saß. »Schließlich sind Sie der Kopf der Delegation«, hatte sie gesagt. Sie freute sich wie ein Schneekönig, daß die anderen Amerikaner ihre kleine Runde neugierig beäugten. Dadurch kam sie sich spitzbübisch und schlau vor, und es hob ihre festliche Stimmung noch mehr.

Die Szenerie war dramatisch. Rechts und links schnitten große Scheinwerferkegel in den dunkler werdenden Himmel. Blau-weiß-rote Raketen stiegen auf und explodierten in einem bunten Funkenregen. Über die hundert Meter, die ihre Wagen vom Zaun entfernt standen, hörte man deutlich das aufgeregte Gemurmel der Menge. Inzwischen war es halb acht.

Eine Karawane von drei Limousinen, an denen die Trikolore flatterte, schaukelte am Rand des Flugplatzes entlang. Die französische Empfangsdelegation war eingetroffen.

Lindbergh allerdings nicht. Laborde ging zu dem nächststehenden französischen Wagen hinüber und sprach mit dem Chauffeur. Er kam wieder und schüttelte den Kopf. »Wir müssen noch warten«, sagte er. »Die *Spirit of St. Louis* wurde vor einer Stunde über Irland gesichtet. Vor neun kann er nicht hier sein.«

»Dann müssen wir eben im voraus feiern«, sagte Garden. »Wir haben nur noch Champagner. Wenn er über Irland war, dann hat er den Ozean ja überquert, und alles ist in Ordnung.« Sie war in Gedanken sehr fest bei dem jungen Piloten gewesen, denn sie kannte das einsame Gefühl über den Wolken nur zu gut. Es war schon einschüchternd genug, wenn man allen gewohnten Kontakt zur Erde verlor und die Landschaft unter einem sich in eine Patchworkdecke verwandelte, mit kleinen Spielzeughäusern darauf. Welche Angst mußte man da erst ausstehen, wenn man allein durch die Nacht flog, mit nichts als dem endlosen Ozean unter sich. Sie bewunderte den Mut des Charles Lindbergh unendlich.

Nach einer Stunde setzten sie sich schließlich ins Auto. Inzwischen war es dunkel. Riesige Bogenlichter flammten auf – erst eines, dann zwei, dann war plötzlich der ganze Flugplatz in helles Flutlicht getaucht. »Er kommt«, schrie Garden. Sie sprang aus dem Wagen und schaute in den Himmel. Kein einziger Stern war zu sehen; die Flutlichter um die Landebahn blendeten zu sehr.

Dann waren mit einemmal die Sterne wieder da. Nur noch die Suchscheinwerfer zogen ihre langsamen, müden Kreise durch den Nachthimmel. Die Landebahn lag im Dunkeln. »Was war das?« fragte Garden. Sie rannte an den nächsten Wagen und bat um Auskunft.

»Ich weiß es auch nicht, Lady«, sagte einer der Amerikaner im Auto. »Vielleicht haben sie die Lichter getestet.«

»Wie spät ist es jetzt?«

»Viertel nach neun.«

Garden dachte gerade noch daran, sich zu bedanken, und

ging dann langsam zu ihrem Wagen zurück. Sie konnte nicht glauben, daß der Kanal getan hatte, was der Ozean nicht vermocht hatte.

Hélène tätschelte ihr die Hand. »In den ganz bangen Momenten, meine liebe Garden, muß man sich an die Tatsachen halten. Die sind der einzige Fels, an den man sich klammern kann. Was sind unsere Tatsachen? Der tapfere Kapitän wurde sicher auf dieser Seite des Ozeans gesichtet. Er hat mehr als genug Benzin an Bord. Er ist ein erfahrener Pilot. Er ist spät dran. Mehr wissen wir nicht.«

»Aber es ist dunkel, Hélène, und er hat keine Navigationsinstrumente. Die Landung sollte bei Tageslicht stattfinden.«

»Wenn es dunkel ist, leuchten die Sterne. Die Menschen haben schon nach den Sternen navigiert, als es noch gar keine Instrumente gab. Tatsachen, Garden, Tatsachen.« Sie wartete schweigend. In großen Abständen leuchteten einzelne Raketen auf und versprühten ihre Farben. Laborde breitete Hélène eine Decke über die Knie, es wurde kalt.

Die Flutlichter gingen an. Garden hielt den Atem an. Jawohl, da waren Motorengeräusche. Sie hörten die Menge jubeln. »Ich hab's gewußt, er schafft es.« Hélène bekreuzigte sich und murmelte ein leises Dankgebet. »Wenn er landet, steigen wir aus«, sagte Garden. »Ich möchte sein Gesicht sehen, wenn er aussteigt.«

Die Lichter gingen aus. »Laborde!« rief Garden.

Der Chauffeur rannte bereits auf das Betriebsgebäude zu. Man hörte die Menge laut stöhnen. Garden hielt sich an die Tatsachen. Und an die Gewißheit, die sie vorhin plötzlich gespürt hatte. Als Laborde zurückkehrte, konnte sie ganz gefaßt fragen, ob er etwas erfahren hätte.

»Das war ein anderes Flugzeug, Madame, das nur vorbeigeflogen ist. Aber Captain Lindbergh wurde um halb neun über Cherbourg gesehen. Er kommt.«

»Was für ein Drama«, sagte Hélène glucksend. »Um nichts in der Welt hätte ich das verpassen wollen.«

»Hören Sie das, Madame? Ein Motor.« Laborde kurbelte sein Fenster hinunter.

»Ja, ja. Aber nein, es wird wieder schwächer.«

Die Flutlichter und ein Dutzend Leuchtraketen, alles auf einmal. Hélène und Garden hielten sich die Hand vor die Augen. Garden nestelte am Türschloß. »Endlich«, sagte sie. Als sie die Tür aufgestoßen hatte, hörte sie ein Dröhnen, als käme das Flugzeug direkt auf sie zu. Laborde schob sie wieder auf den Sitz, bevor sie noch ganz ausgestiegen war. Garden blickte sich um.

»Du lieber Himmel«, sagte Hélène.

Die Menge raste schreiend und jubelnd über den Flugplatz. Die Menschen hatten den Stahlzaun niedergetreten und Polizei und Soldaten beiseite gedrängt. Sie waren wie eine Flutwelle. Laborde wurde mit fortgerissen, als die Welle des Auto erreicht hatte und an ihm vorüberschwappte, um das kleine silbrige Flugzeug zu umringen, das hundertfünfzig Meter vor ihnen zum Stehen gekommen war.

»Zu unser beider Glück«, sagte Hélène, »habe ich einen Flachmann mit Cognac dabei. Wer weiß, wann unser Fahrer zurückkommt.«

»Er hat's geschafft, Hélène, nonstop über den Ozean. Schau, sie tragen ihn auf den Schultern. Hör doch das ganze Gejubel. Am liebsten würde ich selber jubeln.«

»Dann tu's doch.«

Garden kurbelte ihr Fenster herunter. Die Tür war von winkenden, brüllenden Menschen blockiert. Sie steckte den Kopf hinaus und jubelte mit. »Lindy! Lindy! Bravo! Bravo!«

Als man Lindbergh weggebracht hatte und die ausgelassene Menge sich langsam auflöste, kämpfte sich Laborde bis zum Wagen durch. Seine Mütze war weg, und ein Ärmel hing in Fetzen. »Alles in Ordnung, Laborde?«

»Bestens, Madame.«

Eine weit auseinandergezogene Reihe von Offiziellen im Zylinder bahnte sich den Weg durch das übriggebliebene

Gedränge. Sie sahen fast noch schlimmer zugerichtet aus als Laborde. Ein eleganter Herr mit den Resten eines Ordensbandes über der Brust wurde an das Auto gedrängt.

»Entschuldigen Sie vielmals«, sagte er und tippte sich mit weiß behandschuhter Hand an den Zylinder. Dann bekam er große Augen. »Hélène«, sagte er, »was machst du denn hier?«

»Mich königlich amüsieren, Marius. Es war einfach wunderbar. Und jetzt widme dich wieder deinen Ministerpflichten. Sonst vermissen dich deine Kollegen.«

Mlle. Lemoine gluckste den ganzen Nachhauseweg leise vor sich hin. Garden kicherte.

80

»Liebste Garden«, sagte Hélène am darauffolgenden Tag, »ich war gestern abend sehr zufrieden mit dir. Die ganze Unternehmung hat mir sehr gefallen, aber du hast mir am allerbesten gefallen. Du hast die Initiative ergriffen, alles organisiert und uns beiden zu diesem Erlebnis verholfen. Du hast alles Nötige erledigt, und zwar allein. Und es hat dir gefallen, du bist froh, daß du dort warst.

Außerdem warst du offensichtlich stolz darauf, Amerikanerin zu sein. Dieser fabelhafte Captain Lindbergh hat in dir die ersten Funken eines gesunden Selbstbewußtseins entfacht. Du hast jetzt erfahren, daß du Amerikanerin bist, Interessen hast, diese Interessen auch verfolgen kannst und daß diese Mühe sich lohnt.

Diesen Weg mußt du nun weiter gehen. Du mußt herausfinden, wer du bist. Amerikanerin. Ja, und was noch? Wir haben jetzt dein Leben lang und breit durchgekaut, und ich sage dir, was ich in dir sehe. Ein Mädchen, inzwischen eine junge Frau, die immer getan hat, was man von ihr verlangte, die sich immer mit dem Strom treiben ließ, wie der Chauffeur gestern mit der Menschenmenge. Du warst immer nur ein Teilchen, nie ein Ganzes. Erst warst du das Geschöpf deiner Mutter, dann das deines Mannes und schließlich das Spielzeug deiner sogenannten Freunde. Du hast dich selbst durch die Brille der Vorstellungen und Wünsche der anderen gesehen. Nun mußt du mit deinen eigenen Augen schauen. Du hast angefangen, deinen Verstand zu gebrauchen, dir ein bißchen Wissen angeeignet und ein wenig Neugier entwickelt. Jetzt nutz das und mach aus dir einen Menschen, den du achten würdest und mit dem du gern zusammen wärst. Den Anfang hast du geschafft. Mach so weiter, aber streng dich noch mehr an.«

Garden nickte mit gerunzelter Stirn. »Ich verstehe, was du meinst. Glaube ich zumindest. Mir geht es jedenfalls besser als früher. Es kommt mir vor, als würde ich etwas mit meinem Leben anfangen, jetzt, wo ich lerne und viele Dinge erst entdecke. Ich werde bestimmt nie mehr in den früheren Trott zurückfallen, Hélène. Mein Leben war so leer. Aber ich sehe noch nicht, wieso das Sky zurückbringen soll, wenn ich mich selber kennenlerne. Wann bringst du mir das bei?«

»Mein Kind, ich habe dir schon längst gesagt, daß das der einfachere Teil ist. Den schwierigsten hast du bereits geschafft. Du hast deine Aufmerksamkeit nach draußen gerichtet und herausgefunden, daß es sich lohnt. Jetzt mach so weiter. Das macht dich interessanter.

Wir haben heute den zweiundzwanzigsten Mai. Geh weg. Erforsch dich selbst, so wie du Paris und deine Bücher durchforscht hast. Komm in einem Monat wieder, dann fangen wir mit deiner letzten Lektion an.«

»Aber Hélène, das sind dann schon mehr als zwei Monate, und jetzt soll es noch mal dauern. Mit der anderen Schülerin, von der du mir erzählt hast, hast du angeblich nur zwei Monate gebraucht.«

»Tja, die war eben Französin. Sie mußte sich nicht erst alles mögliche abgewöhnen.«

Hélène Lemoine erkannte die junge Frau kaum wieder, die einen Monat später vor ihrer Tür stand. Garden hatte eine schlichte weiße Bluse und einen schwarzen Rock an, ihr Haar war kurzgeschnitten. Und blond mit roten Sprenkeln.

»*Mon dieu*«, entfuhr es Hélène.

»Furchtbar, was?« sagte Garden fröhlich. »Fünf Prostituierte haben mich aufgehalten und mir interessante lesbische Praktiken angeboten. Ich konnte diese ewigen Turbane nicht mehr ertragen.«

»Wenn das wächst, wird es zum Großbrand«, sagte Hélène. »Mit solchen Haaren hätte ich Kaiserin von China werden können. Oder von Rußland. Oder was mein Herz begehrte. Setz dich, teure Garden. Ich sehe einen Korb in deiner Hand. Was hast du mir mitgebracht?«

»Walderdbeeren, Hélène. Und zwar außerhalb der Saison. Schwieriger zu kriegen als Trauben aus dem Gewächshaus, aber ich bin schließlich keine Französin.«

»Du bist recht spitzzüngig geworden. Paß nur auf, mit dieser Fähigkeit.«

»Die nutze ich nur für Witze. Ich habe vieles gesehen, worüber man lachen kann, und ich war sehr schlimm. Miss Trager habe ich ein fürchterliches Theater vorgespielt, Selbstgespräche geführt, mir das Haar abgeschnitten. Sie meint, ich verliere den Verstand.«

»Und leitet das weiter.«

»Wie schlau du bist, Hélène. Jawohl, das habe ich jetzt herausgefunden. Ich weiß immer noch nicht, warum mich die Principessa so haßt, aber das ist auch unwichtig. Daß sie mich haßt, steht jedenfalls fest, und ich bin nicht schuld daran. Ich muß mich nur vorsehen.«

»Du hast eine Menge gelernt. Ich bin sehr zufrieden. Dann können wir ja weitermachen. Aber vorher möchte ich noch wissen, warum du dich wie eine Verkäuferin anziehst und warum du einen Knochen mit Feder um den Hals trägst.«

»Ich habe zugenommen, deshalb passen mir die alten Sachen nicht mehr. Und ich habe keine Zeit gehabt, zur Couture zu gehen. Also war ich in einem Geschäft, wie alle anderen Frauen auch. Meinen Anhänger habe ich als Zauber gegen böse Geister geschenkt bekommen. Er ist ein Teil meiner Vergangenheit, der ich viel zu verdanken habe. So. Willst du jetzt nicht hören, was ich über mich erfahren habe?«

»Das weiß ich bereits. Jetzt, wo du es auch weißt, können wir endlich weitermachen. Ich muß mir schließlich meine Erdbeeren verdienen. Welche Erkenntnisse hast du über deinen Sky gewonnen, oder warst du zu beschäftigt, um an ihn zu denken?«

»Ich habe erkannt, daß er viel Abwechslung braucht. Ihm ist es schnell langweilig.«

»Aha. Garden, du bist eine ausgezeichnete Schülerin. Du mußt französische Vorfahren haben. Hast du dir einen Plan zurechtgelegt?«

»Das habe ich allein nicht geschafft. Ich habe überlegt, was wir gemeinsam unternehmen könnten, etwas, woran Sky nicht denken würde. Aber da bin ich nicht weit gekommen. Nachtklubs sind überall gleich, also hilft uns Reisen auch nicht weiter.«

»Nein. Obwohl du es jetzt schätzen könntest. Die Antwort bist du, meine Liebe. Jetzt, wo du eine Persönlichkeit bist, und zwar eine Persönlichkeit, die du kennst, mußt du eine Garden erschaffen, die man nicht ergründen kann. Eine Garden, die anders ist als sonst irgendwer, geheimnisvoll und leidenschaftlich, und immer wieder anders. Du mußt eine Rolle spielen.«

Garden runzelte die Stirn. »Mein Gott, Hélène, ich habe mein Leben lang Rollen gespielt. Jetzt, wo ich das endlich überwunden habe, soll ich wieder von vorn damit anfangen? Das mache ich nicht.«

»Du stellst dich begriffsstutzig. Wenn du dir eine Rolle erschaffst und sie spielst, dann gibst du dich nicht selber auf. Das ist eine Kunst, wie das Kochen. Du bist die Köchin, die Rolle das Soufflé. Nur wenn du dich mit einem Ei verwechselst, wird aus deinem Leben so ein Gewurstel wie früher. Du willst diesen Mann. Du kennst seine Bedürfnisse. Du mußt sie nur noch erfüllen, dann ist er dein.«

»Das klingt so hartherzig.«

»Das ist es auch. Wenn du Glück hast und es sehr geschickt anstellst, kannst du ihn so verzaubern, daß er sich ganz der Aufgabe widmet, die Garden hinter der Maske zu entdecken. Dann kannst du die Rolle aufgeben.«

»Dann muß ich also noch lange daran arbeiten.«

»Willst du mich ärgern? Hast du noch nicht begriffen, daß die Ehe die allerschwerste Arbeit überhaupt bedeutet? Da hat man nicht donnerstags frei. Ich habe dir das Gerüst für deine Rolle gegeben: Disziplin und wache Sinne. Gestalten mußt du sie selbst. Denk immer daran, daß du etwas Einzigartiges darstellen sollst. Du mußt für alle begehrlich sein und für ihn erreichbar, aber nie sein Besitz.«

»Darf ich dich dann ab jetzt nicht mehr besuchen?«

»Doch, unbedingt. Ich interessiere mich für dich. Und ich habe dir beigebracht, interessant zu sein. Ich freue mich auf dich als Freundin.«

»Und darf ich jetzt Tradds Bilder kaufen?«

Hélène lächelte. »Warst du in dieser Hinsicht brav? Hast du Bess nichts erzählt?«

»Kein Wort. Das habe ich doch versprochen. Aber ich möchte ihr so gern alles erzählen. Die Bilder bedeuten ihr sehr viel.«

»Dann soll sie sie haben. Alle, außer einem. Mein Porträt behalte ich. Es sieht mir zwar nicht sehr ähnlich, aber ich bin nicht nachtragend. Komm. Ich zeige sie dir.«

Es waren fast alles Landschaftsbilder und Straßenszenen.

Garden betrachtete die Ölgemälde, die in dem hellen Atelier auf dem Boden ausgebreitet lagen. »Eigentlich sind sie ziemlich schlecht, oder?«

»Ziemlich. Man merkt, daß du jetzt auch in Museen gehst. Aber er war ein lieber Junge.«

»Hat er je versucht, welche zu verkaufen?«

»Garden, er hat sich als Künstler betrachtet. Er war kein Dilettant.«

»Armer Tradd, dann war er sicher schrecklich enttäuscht.«

»Wieso? Er hat doch alle verkauft. Und zwar nicht zu den schlechtesten Preisen, für damalige Verhältnisse.«

»Das verstehe ich nicht – oder doch? Du hast sie gekauft.«

»Ja, aber das hat er nie erfahren. Ein alter Freund von mir hat eine Galerie. Eine angesehene Galerie. Er hat alles erledigt. Er hat sie sogar versteckt, bis Tradd aus Paris fortgegangen ist.«

»Du bist ein wunderbarer Mensch, Hélène.«

»Das stimmt. Aber nun möchte ich einen Vorschlag machen. Das Gesamtwerk ist vielleicht ein bißchen überwältigend. Wie wäre es, wenn wir drei oder vier für Bess aussuchen und die Existenz der anderen stillschweigend übergehen?«

»Das fände ich sehr vernünftig ... Ich sehe nirgends dein Porträt.«

»Das habe ich aufgehängt. Da, über dem Tisch.«

Garden stellte sich davor. »Hélène, das ist ein Akt!«

»Genau.«

»Du hast Tradd nackt Modell gestanden?«

»Warum nicht? Er war mein Geliebter ... Nun komm, Garden, schau nicht so ahnungslos und zimperlich. Ich habe Tradd kennengelernt, als er noch ein Kind war, frisch aus Charleston eingetroffen. Er war sechzehn, aber noch so jung, daß Harry ihn an meinen Donnerstagen irgendwohin ins Kino schicken konnte. Nach ungefähr fünf Monaten hat ihn Harry dann mit auf seine langen Reisen genommen. Erst neun Jahre später habe ich die beiden wiedergesehen. Harry kam auf der Durchreise nach Paris, und Tradd beschloß, hierzubleiben und Maler zu werden. Er war jetzt ein Mann. Sechsundzwanzig, glaube ich. Und ich war in meinen besten Jahren. Ich war vierzig. Wir haben einander sehr glücklich gemacht.«

»Donnerstags.«

»Donnerstags.«

»Und Harry?«

»Ah ja. Ich weiß nicht, was aus Harry geworden ist. Als ich ihn das letzte Mal sah, ging es ihm nicht sehr gut. Ein Beinbruch war nicht richtig verheilt, und er hatte große Schmerzen. Er hat von einem Arzt erfahren, der ihm helfen könne, meinte er. Er sei bald wieder in Ordnung. Das war bestimmt gelogen.

Aber in meiner Erinnerung ist er anders. Ich denke an den Harry, der nie müde wurde und nie krank war. Er hatte eine unersättliche Neugier und eine unbändige Lebenslust. Mit ihm zusammen fühlte man sich lebendiger und wacher.«

»Und er hat Tante Elizabeth geliebt. Warum hat sie ihn wohl gehen lassen?«

»Liebe Garden, man konnte Harry nicht halten. Er war wie Quecksilber. Und rastlos. Er konnte nicht seßhaft werden. Deshalb wollte er sie mitnehmen, denn bei ihr bleiben konnte er nicht. Sie hat ihm nicht vertraut, oder vielleicht sich selbst nicht genügend. Sie wollte ihr Charleston nicht aufgeben.«

»Aber sie hat ihren Sohn gehen lassen. Das finde ich seltsam.«

»Sie muß ihn sehr geliebt haben, ihren Tradd. Sie hat ihm die größte Erfahrung ermöglicht, die ein junger Mann nur machen konnte – die Welt, mit Harry Fitzpatrick als Dolmetscher. Während sie allein blieb und keinen von beiden mehr hatte. Sie hat ein sehr großes Herz ... Ich hätte das nicht fertiggebracht.«

»Wie hat Tradd denn hier gelebt, in Paris? Ich möchte das alles Tante Elizabeth schreiben.«

»Nicht alles. Gott bewahre. Es war die Belle Époque. Er war Maler auf dem Montmartre. Es gab Absinth, das Moulin Rouge, die Place Pigalle, den Can-Can. Es war eine herrliche Zeit und ein aufregender Ort für einen jungen Mann, aber nicht unbedingt das, was eine Mutter gern hören möchte.«

»Ich glaube, sie schon.«

»Dann schreibe ich es ihr. Du hast ohnehin keine Zeit, du mußt ja die neue Garden erschaffen.«

81

Garden blieb noch zwei Monate lang allein in Paris und bereitete sich auf ihre neue Rolle vor, die Mischung aus Sphinx, Ehefrau und Kurtisane. Mit ihren unerschöpflichen Geldmitteln, ihrem wachsenden Verstand und zunehmender Fantasie fand sie diese Beschäftigung höchst aufregend.

Dann gab es eigentlich keinen Grund mehr, noch länger zu warten. Garden hatte so viel Angst wie nie zuvor. Und wenn Hélène nicht recht hatte? Wenn Sky trotz all der Anstrengungen immer noch kein Interesse an ihr zeigte?

Du mußt es versuchen, sagte sie sich streng. Du kannst dich nicht ewig verstecken und mit deinen Plänen und Vorbereitungen herumspielen. »Miss Trager«, sagte sie, »schikken Sie ein Telegramm an Mr. Harris und die Principessa, daß ich am dreißigsten August nach Antibes komme. Corinne soll packen; schicken Sie die Koffer voraus. Sie und Corinne fahren am neunundzwanzigsten direkt mit dem Zug; reservieren Sie die Plätze. Ich fahre mit Laborde im Wagen und komme am nächsten Tag an.«

»Lieber Lucien«, schrieb Garden, »du hast meine Briefe nicht beantwortet, aber davon lasse ich mich nicht entmutigen. Wie ich dir im zweiten Brief geschrieben habe, war der erste keine angemessene Erklärung dafür, daß ich auf der Vernissage nicht aufgetaucht bin, und das tut mir sehr leid. Ich hatte gehofft, daß du auf den zweiten Brief mit der besseren Erklärung antworten würdest. Daß du sagen würdest, du verstehst mich und wir können weiterhin Freunde sein.

Denn das sind wir für meine Begriffe, Lucien, das waren wir von Anfang an. Solch einer Freundschaft begegnet man nicht so oft, als daß man sie sich entgleiten lassen dürfte. In meinem Leben kommt sie jedenfalls sehr selten vor. Deshalb weigere ich mich, dein Schweigen zu akzeptieren. Ich fahre nach Antibes und komme auf dem Weg dorthin in Grasse vorbei. Am dreißigsten bin ich früh vormittags da. Du kannst mich wahrscheinlich schon meilenweit riechen. Ich nehme mehr *Jardin* als Wasser und dufte jetzt immer köstlich. Glücklicherweise habe ich rechtzeitig erfahren, daß es letzte Woche in den Handel kommen sollte, so daß ich die gesamte Lieferung aufkaufen konnte, um meinen privaten Vorrat aufzustocken. Die Glaspyramide als Flasche finde ich ausgesprochen gelungen. Gratuliere! Obwohl ich den Hund vermisse. Außerdem vermisse ich meinen Freund und freue mich sehr auf ihn.«

Gerade als Garden aus dem Haus kam und ins Auto steigen wollte, wurde ein Telegramm abgegeben. »Komm nicht«, stand darauf. Sie kritzelte eine Antwort und wies den Botenjungen an, sie aufzugeben. »Telegramm nicht erhalten. Zu dumm.« lautete sie.

Lucien wartete in einem abgedunkelten Zimmer. Man sah ihn nur als schattenhaften Umriß. »Liebe Garden«, sagte er, »ich bin sehr glücklich, daß du mir nicht gehorcht hast. Es war schrecklich feige von mir, nicht zu schreiben, und ich wäre wahrscheinlich weiterhin feige geblieben, wenn du nicht entschlossen gehandelt hättest.

Nein, mein Liebes, sag nichts. Laß mich sagen, was ich dir nicht schreiben konnte. Ich bin nicht auf der Vernissage erschienen, Jardin. Ich war aus zwei Gründen in Paris, wegen dir und wegen eines Arztes. Es gab da ein Gerücht, daß er womöglich meine Krankheit heilen könnte. Ich habe aber erfahren, daß das nicht stimmt.«

»Lucien. Das glaube ich nicht.«

»Du mußt aber, meine liebe Garden. Ich habe dir doch einmal erzählt, daß ich dich so gern ansehe, weil du so gesund aussiehst. Die Gesunden glauben nie an den Tod, aber du mußt es jetzt. Wenn ich mehr Mut hätte, würde ich Licht machen und dir das Angesicht des Todes zeigen. Aber dazu bin ich zu eitel. Du sollst mich als den hübschen Teufel in Erinnerung behalten, der ich damals war ... Nicht weinen, mein Schatz. Ich wollte dich doch zum Lachen bringen.

Wir hatten viel zusammen zu lachen, und wir waren so zärtlich, ohne uns zu berühren. Du hast mich bereichert. Bereicherst mich immer noch. Und du hast mich zur größten Leistung meines Lebens inspiriert. Du duftest jetzt und hier besser als jede andere Frau auf dem ganzen Planeten. Es war sehr boshaft von dir, das ganze Parfum aufzukaufen, mein Engel. Die gesamte Damenwelt muß sich grün und blau ärgern. Ich habe dafür gesorgt, daß du dein Leben lang genug von deinem Parfum erhältst. Genug für fünf Frauen, nein für zehn. Und jetzt mußt du mir schwören, daß du es damit gut sein läßt. Gönn ein paar anderen auch einen kleinen Tropfen. Schwörst du?«

»Ich schwöre.«

»Was für ein zitterndes Stimmchen. Schwöre es laut und deutlich. Mit einem Lächeln. Ich höre den Unterschied genau.«

»Ich schwöre.«

»Schon besser. Ich werde dir vom Himmel aus Felsbrocken auf den Kopf werfen, wenn du wegen Lucien traurig bist. Und ich fürchte sehr, daß es im Himmel vor Felsbrocken wimmelt. Ich habe eine Vision gehabt, einen Alptraum. Der Himmel ist blendend hell und weiß, eine himmlische Schweiz. Die Engel jodeln den ganzen Tag, und überall fließt Porridge und Rahm. Ich würde die Hölle unbedingt vorziehen, aber mein Beichtvater sagt, ich hätte keine Chance. Bei meinem untadeligen Lebenswandel ...

Ah, ich spüre, wie du lächelst. Sehr gut. Jetzt werde ich langsam müde, meine Geliebte. Du mußt gehen. Ich bin dir sehr dankbar, daß du gekommen bist.«

»Lucien?«

»Ja?«

»Darf ich dir einen Abschiedskuß geben?«

»Nein! Das darfst du nicht. Auf dir wimmelt es wahrscheinlich von Bakterien. Ich bestehe auf meinen eigenen Keimen. Geh jetzt. Ich muß schlafen. Und sei glücklich. Das ist ein Befehl.«

Als Garden zu ihrem Auto zurückkam, fand sie auf ihrem Sitz einen lebensgroßen Spielzeug-Bernhardiner. Unter dem Kinn trug er das traditionelle Faß, in diesem Fall mit Parfum gefüllt. Sie schlang ihm die Arme um den Hals und lachte und weinte zugleich, die Wange an seinen Kopf gelehnt, während der Wagen zwischen blühenden Lavendelbüschen dahinfuhr.

82

Garden schüttelte sich die Spannung aus den Schultern und ging über die Terrasse in die Villa. Sie hatte ihre Ankunft auf den Spätnachmittag gelegt, so daß alle beim Cocktail sitzen würden. Sie wollte andere Leute dabeihaben, wenn sie Sky wiedersah. Dann würde es ihr leichter fallen, die Schauspielerin zu sein, die sie zu sein hatte.

Sie hörte den vertrauten Klang von Gelächter und klirrenden Eiswürfeln und folgte ihm in ein Wohnzimmer mit einer breiten, offenstehenden Verandatür. Drinnen befanden sich nur etwa ein halbes Dutzend Gäste. Außer Sky und Vicky kannte sie niemanden.

Garden blieb an der Tür stehen. »Hilfe«, sagte sie lachend, »ich bin nach meiner Reise am Verdursten.« Als alle Augen auf sie gerichtet waren, legte sie mit Schwung ihr weißes Leinencape ab und streifte sich den weißen Glockenhut vom Kopf. Dabei schüttelte sie den Kopf. Die leuchtenden zotteligen Strähnen, die ihr Alexandre so meisterhaft zurechtgeschnitten hatte, fielen in Form und spiegelten die satten Farben ihres kurzen Hängerkleides wider, das locker um die vollen, weichen Kurven ihres Körpers schwang.

Sie ließ Cape und Hut auf einen Stuhl fallen. »Erzählt mir nicht, daß der Brunnen ausgetrocknet ist.« Scheinbar ohne die Blicke der Anwesenden zu bemerken, ging sie auf die Bar in der einen Ecke zu, sah jedoch aus den Augenwinkeln genau, wie Vicki plötzlich erblaßt war und Skys Augen aufleuchteten. Sie kannte den Blick sehr gut, er hatte in den letzten Jahren aber immer anderen Frauen gegolten.

»Liebling!« Sky stolperte vor lauter Eile auf dem Weg an die Bar. »Ich mach' dir einen Drink. Du siehst fantastisch aus.«

Garden hielt ihm kühl eine Wange hin. »Du auch, mein Schatz«, sagte sie. Dann ließ sie ihn stehen. »Einen Vermouth Cassis«, rief sie über die Schulter zurück. »Liebste Vicki«, sagte sie, »ich könnte schwören, ich wäre am linken Seineufer. Die Villa ist so *décoratif*.« Sie legte ihre Wange an Vickis, erst links, dann rechts. Und ging dann weiter, stellte sich mitten auf das aggressive Art-Deco-Muster des Teppichs. Eine Kriegserklärung.

»Guten Tag«, sagte Garden zum erstbesten Gast, einem Mann, der auf ihre vollen Brüste unter der dünnen Plisséeseide starrte. »Ich heiße Garden. Ich bin Skys Ehefrau, die so lange auf sich warten ließ.«

Sie ging locker von einem zum anderen, schüttelte allen die Hand und kam dann zu Sky zurück. »Danke, Liebling«, sagte sie und nahm ihm das Glas aus der Hand. Sie sah ihm in die Augen, als wären sie allein im Zimmer. »Wie ist es dir ohne mich ergangen, Sky? Hast du mich vermißt?« In ihrer Stimme lag nichts Bittendes, nichts Einladendes. Es war eine Kampfansage.

Ihren Ehemann zurückzuerobern war lächerlich einfach. »Ich bin mir einfach über meine Gefühle nicht mehr sicher, Sky«, sagte sie und hielt ihn sich wochenlang vom Leibe, während er ihr nicht von den Fersen wich. Und sie war ständig unterwegs.

Sie fuhr auf die Lérins-Inseln vor der Küste, besichtigte das Schloß aus dem zwölften Jahrhundert in Antibes. Sie besuchte die seltsamen, traurigen kleinen Veranstaltungen, wenn Isadora Duncan in einem Café tanzte und Jean Cocteau seine Gedichte las. Sie ging jeden Tag an den Strand und zeigte sich in den weißen Kaftans mit den großen Kapuzen, die Connie für sie entworfen hatte.

Und sie saß bei Sonnenuntergang mit Sky am Meer. Die Sonne versank hinter den fernen Gipfeln der *Alpes Maritimes*, färbte die schneebedeckten Gipfel blutrot, und dann glitzerten die Lichter von Nizza in einem weiten Bogen herüber und ihre Zigaretten leuchteten im Dunkeln wie Glühwürmchen. »Wie ist es, wenn man auf so einem Gipfel steht?« fragte Garden. Und »Was für Kunstflugfiguren hast du mit deinen Fliegerfreunden gemacht?« Und »Du warst sicher sehr einsam, als Einzelkind. War deine Kinderfrau sehr streng?«

Die Dunkelheit war nötig, weil Sky dann nicht den sehnsüchtigen Blick und die Tränen in ihren Augen sehen konnte, wenn sie hörte, wie unglücklich und verstört seine Stimme klang. Sie hätte ihn am liebsten in den Arm genommen, ihm die größten Liebeserklärungen gemacht und ihm versprochen, die Leere in seinem Leben zu beheben, die er selbst nicht ausfüllen konnte.

Aber sie hatte bei Hélène gut aufgepaßt. Er sehnte sich nach ihr, das merkte sie. Sie wußte allerdings auch, daß das nicht genügte, um ihn zu halten, sobald die Sehnsucht erst gestillt war. Er mußte lernen, sie zu lieben. Und ihr zu vertrauen. Erst dann konnte sie für ihn alles sein, was sie für ihn sein wollte.

Vicki nahm den Fehdehandschuh auf, den Garden ihr hingeworfen hatte. Zu Gardens Entzücken stellte sie sich plump an. Sie rief Sky zu sich, wenn er sich mit Garden unterhielt, bat ihn um einen Drink oder um Feuer, hielt ihn am Arm fest und klopfte neben sich aufs Sofa, damit er sich setzte. Garden wandte sich dann dem nächstbesten Gast zu und machte sich daran, ihn oder sie zu bezaubern – ganz nach Hélène Lemoines Anweisungen. Fast immer fand sie das Gespräch dann wirklich anregend, für das sie zu Anfang nur Interesse geheuchelt hatte. Hélène wäre bestimmt stolz auf sie. Garden war selbst stolz auf sich; das dauernde Verstellen war zwar anstrengend, aber sie fühlte sich stark genug, ihre Rolle so lange wie nötig beizubehalten.

Nach weniger als zwei Wochen jedoch wurde sie schwach. Sie und Sky waren zum Lunch verabredet, ganz allein und außerhalb der Zuckerbäckervilla mit ihrer ungereimten Chrom-und-Lack-Einrichtung. Beide fühlten sich übermütig, als sie ihr entronnen waren. »Fahren wir doch nach Nizza und spielen Engländer«, schlug Garden vor.

»Was soll das heißen? Du kommst zur Zeit auf die merkwürdigsten Ideen.«

»Das ist doch nicht schwer. Die Engländer halten Nizza für ihre persönliche Entdeckung. Wir gehen einfach am Wasser entlang, auf der Promenade des Anglais, zeigen auf die Palmen und die Schiffe und rufen ›I say‹ und ›What?‹ und ›By Jove‹ und solche herrlichen englischen Sachen.«

»Blimey«, sagte Sky, »eine bombige Idee, altes Haus.« Garden grinste.

Sie schlenderten die Promenade entlang, blödelten auf Englisch und amüsierten sich königlich über ihre Albernheit. Dann schlug Sky vor, Richtung Place Masséna zu wandern. »Da fangen die Läden an. Ich möchte dir gern eine Kleinigkeit schenken, mein Herz.«

»Aber du hat mir doch erst gestern diese wunderschönen Ohrringe geschenkt.«

»Gestern ist gestern.«

»Du bist ein Schatz. Ich würde aber gern essen gehen. Einen Salat Niçoise zum Beispiel, mir ist so nach Lokalkolorit.«

»Du sagst wirklich die lustigsten Sachen. Ich liebe dich, weißt du das?«

»Und du sagst die nettesten Sachen. Schau, hier ist ein Tisch mit Sonnenschirm. Setzen wir uns und machen wir uns über die amerikanischen Touristen lustig. Wir Engländer tun das immer.«

»*Jolly good.*« Sky rückte ihr den Stuhl zurecht.

Die Martinis waren scharf, kühl und köstlich. »Überhaupt nicht englisch, aber trinkbar. Meinst du, sie halten uns jetzt für Amerikaner?«

»Nie im Leben, *old boy.*« Der Gin machte Garden noch schwindeliger. Sie und Sky hatten noch nie so viel gealbert und gelacht. Es war ein himmlischer Tag.

Der Salat war ein Kunstwerk aus Farben und Formen. »Fast zu schade zum Essen«, sagte Garden, »aber ich zwinge mich einfach dazu. Mmmmm. Warum schmecken Oliven am Mittelmeer immer besser als irgendwo sonst? Da, probier mal.« Sky hielt ihre Finger sanft mit den Zähnen fest. Garden hielt den Atem an.

Sie zog die Hand weg, bevor sie zu zittern begonnen hätte. Jetzt mußte sie schnell etwas sagen. Sie sah sich um, nach jemandem in einem komischen Hut oder sonst irgend etwas.

»Schau, Sky, da ist Isadora Duncan. Weißt du, die Tänzerin, die wir gesehen haben. Meinst du, sie tritt heute abend hier auf? Oder nein. Das ist ja wohl kaum Cocteau.«

Isadora Duncan ging am Arm eines unverschämt gut aussehenden sehr jungen Mannes auf einen offenen Sportflitzer zu. Er half ihr einsteigen.

»Das Auto ist ja nicht schlecht. Ich kenne die Marke gar nicht. Italienisch vielleicht? Was meinst du?«

Garden packte Sky am Arm. »Nein, Sky, halt sie auf. Schnell, schnell. Siehst du das nicht? Um den Hals. Dieser lange Schal hängt bis zum Reifen hinunter. Der Junge darf nicht anfahren. Um Gottes willen!« Garden war aufgesprungen, ihr Stuhl umgefallen. »Halt!« schrie sie. »Halt!«

Dann schrien alle, und Garden hielt sich die Hände vors

Gesicht und rieb es heftig, um das Gesehene auszulöschen. Sie lehnte sich an Sky und sank zusammen. »Ich halte das nicht aus. Bring mich heim. Halt mich fest. Oh, Sky, halt mich fest. Laß mich nie wieder los, nie wieder.«

Auf der Fahrt nach Antibes mußte sie sich aus dem Auto heraus übergeben.

»Was hat Garden denn?« fragte Vicki, als sie in der Villa ankamen. Garden stolperte weinend auf ihr Zimmer. Sky berichtete seiner Mutter von dem grotesken Tod der Tänzerin. Vicki schoß auf die Terrasse, um es ihren Gästen beim Lunch zu erzählen. Garden blieb den ganzen Nachmittag zitternd und schluchzend im Bett. Sky erkundigte sich bei Corinne nach ihr, kam aber nicht ins Zimmer. Du bist nicht attraktiv, wenn du schwach bist, Garden, sagte sie sich. Vergiß das nicht. Wenn du ihn brauchst, bist du lästig, unbequem und langweilig.

Sie brach nicht mehr zusammen, nicht einmal, als sie zum Abendessen herunterkam und Vickis Freunde sich um eine Bronzestatue von der tanzenden Isadora Duncan im wallenden Gewand, barfuß und mit Zymbeln in der Hand, scharten.

»Meine Lieben«, verkündigte Vicki gerade, »ich bin Hals über Kopf zum Händler gestürzt. Er hatte es noch nicht erfahren, und ich habe sie zum alten Preis ergattert. Inzwischen schäumt er sicher vor Wut.«

Am nächsten Tag hatte Garden sich wieder in der Gewalt. Sie machte schnell den Boden wieder gut, den sie bei Sky verloren hatte, und bald darauf ging sie in einer mondhellen Nacht, als sie allein am Strand waren, ins Meer. »Es ist herrlich«, rief sie, »komm auch ins Wasser.«

»Garden, du hast doch deine ganzen Kleider an. Du spinnst.«

»Ich hab' sie nicht mehr an. Zieh dich auch aus.«

Wenn sie und Sky sich liebten, konnte Garden sich nicht verstellen, keine Rolle spielen und nichts in der Gewalt haben. Die ganze Leidenschaft, die sie da packte, war echt, und die ganze Liebe, die sie hinter ihrer Maske verstecken mußte, durfte sich endlich ungezügelt verströmen. Es war immer noch ein Wunder, ein gemeinsames Erlebnis, und die Vereinigung zweier Teile zu einem vollkommenen Ganzen. Und für diese kurze Zeit gehörte Sky ihr ganz und gar.

Aber damit er ihr nicht entglitt, mußte die erdachte Garden ihn immer weiter faszinieren. »Laß uns wegfahren«, sagte sie, als er begann, unruhig zu werden. »Ich war noch nie in London ... Venedig ... Rom ... Athen ... Wien ... Kopenhagen ...« Sie wälzte insgeheim Reiseführer und Geschichtsbücher, so daß sie immer wieder ›zufällig‹ auf irgendein interessantes Restaurant, Café oder Schloß, einen Park oder einen Aussichtspunkt stießen und sich gemeinsam über ihre Entdeckung freuen konnten. Sie sprach andere Menschen an und gewann die Freunde, die Sky um sich brauchte. Sie trug immer eine Gardenie, vergaß nie ihr Parfum; sie war schön, und alle bewunderten sie; die Zeitungen und Zeitschriften vergötterten sie, und Sky stand im Bann von *La Dame aux Gardénias*.

Sie reisten fast ein Jahr lang herum. Und dann hatte Sky genug. Es war tatsächlich Wirklichkeit geworden. Er brauchte nicht mehr den Aufregungen hinterherzujagen. Alles, was er wollte, fand er in Garden.

»Laß uns seßhaft werden, *old bean*«, sagte er. »Hast du nicht langsam genug von den ganzen Zügen und Hotelhandtüchern?«

»Hast du denn genug?«

»Sie hängen mir zum Hals raus. Genauso wie all die Männer, die nach Luft schnappen, wenn du vorbeigehst. Es ist wirklich die Hölle mit einer berühmten Frau.«

»Dann fahren wird doch heim. In den Staaten kümmert sich keiner um so was.«

»In den Staaten serviert man auch keinen Champagner. Ein bißchen praktisch müssen wir schon denken.«

»Wohin dann? Mach einen Vorschlag.«

»Gehen wir doch nach England. Wir sind langsam sowieso die perfekten Engländer.«

»Ganz recht, *old chap*. Die Eingeborenen werden nicht das geringste merken. Und all die tollen Theater in London ...«

»Ich stelle mir eigentlich mehr etwas Ländliches vor. Weißt du, so Tweed und Hunde und lange Spaziergänge über die Highlands.«

»Genau, im Kilt.«

»Dann eben ins Moor. Würde dir das gefallen? Nur wir zwei? Kannst du eine ständige Dosis von deinem Mann vertragen?«

Garden breitete die Arme aus und legte alle Rollen ab. »Komm her, du Verrückter«, sagte sie. »Komm in meine Arme.«

83

Sie beschlossen, daß Hampstead Heath so gut wie ein Moor sei, mit dem Vorteil, daß es nach London nur ein paar Minuten waren. »Da wäre Vickis Haus in Mayfair«, sagte Sky, »aber ich finde, wir sollten ein eigenes haben, was meinst du?«

»O ja. Unbedingt. Und vor allem nicht zu groß.«

Sky stimmte ihr zu. Zwei Tage später fand Garden ein Schächtelchen unter dem Kopfkissen. Drinnen lag ein kleiner Schlüssel. »Nicht zu groß«, stand auf dem Zettel dabei.

Es war ein viktorianisches Haus mit einem hohen schmiedeeisernen Zaun, einem Garten mit Kutschenremise, Brunnen und einem Gartenhäuschen; und es hatte nur acht Zimmer, dazu Bäder, Küche, Anrichteraum und Zimmer für die Bediensteten. Ihnen kam es sehr klein und gemütlich vor.

Sie kauften ein großes Bett und zwei große Lehnsessel, dann zogen sie ein. »Im Freien zelten«, nannten sie es. In der Nähe gab es ein Pub und ein kleines Restaurant. Garden fing die Putzfrau vom Nachbarhaus ab und stellte sie für zwei Stunden am Tag ein. Corinne hatte sie im Savoy gelassen, und Miss Trager war gefeuert worden, als sie auf ihre Reisen gingen.

Sie benahmen sich wie die Kinder, die Vater und Mutter spielten, und sie waren zum ersten Mal in ihrer Ehe allein. Keine Bediensteten, keine strengen Stundenpläne, nichts zu tun als die Heide zu erkunden und einander näherzukommen.

Erst nach einer knappen Woche fiel ihnen der mangelnde Komfort überhaupt auf. Und dann stellten sie gemeinsam fest, daß das zivilisierte Leben doch auch seine Vorteile habe, und lachten über ihre eigene Albernheit.

Garden beschäftigte sich bald begeistert mit Auktionen, Innenarchitekten, Antiquitätenhändlern und Zeitschriften, die die neuesten Entwicklungen in Sachen Haushaltsgeräte inserierten. Außerdem ging sie zu einer renommierten Vermittlungsagentur für Hauspersonal. Schon bald genossen sie vorzügliche Menues auf einem wunderschönen Hepplewhite-Tisch, serviert von einem englischen Butler, wie er im Buche steht. Sky brachte einen Freund aus dem Club mit, in den er sich als ›echter Engländer‹ des Abends gern begab. Dann lud die Frau des Freundes die beiden zum Abendessen ein. Garden revanchierte sich für die Einladung und bat dazu noch das andere Paar, das sie bei dem Dinner kennengelernt hatten. Bis Weihnachten hatten sie sich einen Freundeskreis aus ähnlichen, jungverheirateten Paaren wie sie selbst geschaffen.

Am Weihnachtsabend gaben sie eine große Party. Es war ein Einweihungsfest: Sie hängten feierlich die letzten Vorhänge auf. Und es war Gardens dreiundzwanzigster Geburtstag. Sie kam sich vor, als hätte sie endlich einen sicheren Hafen erreicht und als sei sie nun endgültig erwachsen geworden.

Sie ließ dreiundzwanzig Gardenienpflanzen im Topf in dem Gewächshaus hinter dem Wohnzimmer aufstellen.

Und er schenkte ihr ein komplettes Service mit den verschlungenen Initialen ihrer Namen auf der Unterseite jedes einzelnen Stückes. »Es ist nicht ganz komplett«, sagte er. »Du kriegst noch ein Teil von allem nächstes Jahr, dann sind es vierundzwanzig.« Garden weinte fast vor Glück. Es war das erste Mal, daß er ihr etwas geschenkt hatte, was sie zusammen benutzen würden. Es bedeutete ihr mehr als der ganze teure Schmuck von allen Geburts- und Hochzeitstagen zuvor.

»*Très bonne bourgeoise*«, murmelte sie. Sie sah sich um, betrachtete ihr gemütliches, großes Wohnzimmer und die nicht besonders modisch gekleideten Menschen darin sowie ihren äußerst zufriedenen Mann.

Sky stand am Kamin, den Ellbogen auf das Sims gestützt, einen Absatz auf dem glänzend polierten Kamingitter. Er war jetzt siebenundzwanzig, sah aber viel älter aus. Sein Haar bekam an den Schläfen schon lichte Stellen, und ein kleiner Bauchansatz machte sich bemerkbar. Gardens Herz überschlug sich vor Liebe. Er war ehrlich glücklich mit ihr und mit ihrem geruhsamen Leben.

Seine ganze frühere Rastlosigkeit und Abenteuerlust konzentrierten sich jetzt auf seine Arbeit. Er fuhr wie jeder andere Geschäftsmann in die Stadt. Er hatte ein Büro gemietet, eine Sekretärin eingestellt und ein Telefon nebst Telexapparat installieren lassen. Es war fast wie in alten Zeiten in New York, nur viel schöner. Damals hatte er zum Spaß an der Börse spekuliert. Jetzt beschäftigte er sich damit ernsthaft, als Beruf. Er hatte sein Konto von Vickis ultrakonservativen Finanzmaklern zu David Pattersons Gesellschaft transferiert, und er telefonierte täglich mit David zu einer bestimmten Uhrzeit, die er sich für das Ferngespräch freihielt. Er verdiente das Geld schneller, als sie es je hätten ausgeben können, und häufte ein Vermögen an, das Gardens Vorstellungskraft überstieg.

Ein Vermögen für ihre Kinder. Das war ihr Weihnachtsgeschenk für Sky. Unter dem großen, glitzernden Baum fand er eine kleine Schachtel mit seinem Namen. In der Schachtel lag ein Paar winzige weiße Wollschühchen mit einem Zettel: ›Werden am 15. Juli ausgefüllt.‹

84

Dienstag, 29. Oktober 1929

Liebste Hélène,

Dein Brief lag da, als wir von einem Wochenendausflug aufs Land zurückkamen. Wir halten immer noch nach Häusern Ausschau. Sky will unbedingt Gutsherr werden, so daß sein Sohn, so er einen bekommt, nach Eton gehen kann. Nein, ich bin nicht wieder schwanger, aber Sky ist von seinem Vaterdasein so begeistert, daß er diese Erfahrung jedes Jahr wiederholen möchte. Ich deute dann immer an, daß ich gegen etwas größere Abstände nichts einzuwenden hätte. Auf nochmalige zweiunddreißig Stunden in den Wehen bin ich im Augenblick nicht gerade erpicht.

Nicht, daß es sich nicht mehr als gelohnt hätte. Baby Helen macht mir mehr Freude, als ich mir je hätte vorstellen können. Sie ist so ein *liebes* Kind. Sie lächelt die ganze Zeit und gurgelt und blubbert und macht all diese herrlichen Babysachen. Ich bin vernarrt in sie, und Sky ist noch schlimmer. Er ist regelrecht verhext. Sie sieht ihm so ähnlich, braunes Haar – glücklicherweise Locken! – und braune Augen. Sie kann sich jetzt schon mit den Armen aufstützen, und dann hebt sie den süßen runden Kopf und lacht, als wollte sie sagen: ›Schaut, wie stark und schlau ich bin!‹ Sky meint, daß sie morgen bestimmt allein sitzen kann und übermorgen zu krabbeln anfängt. Ich zeige ihm dann das Babybuch. Helen macht genau das, was alle Babies mit vier Monaten tun. Aber so was will er natürlich nicht hören.

Es tut mir so leid, daß Dir Deine Arthritis wieder zu schaffen macht. Nein, geschrieben hast Du das nicht, aber ich kann zwischen den Zeilen lesen. Ob ich Dich überreden könnte, uns für ein paar Wochen in Cannes zu besuchen? Wir wollen den Winter dort verbringen. Sky findet, Helen braucht ihre Spaziergänge im Park, und unsere Heide ist ab Dezember ziemlich rauh und windig. Daran kannst Du sehen, wie das Baby ihn becirct. Sky ist doch sonst für nichts in der Welt von seinem Telex wegzubringen. Die letzte Woche muß ziemlich nervenaufreibend gewesen sein. Große Schwankungen an der Börse, und die Maschine tickerte bis spät in die Nacht, so daß Sky manchmal erst nach Mitternacht nach Hause kam. Uns ist natürlich nichts passiert, aber viele Kleinanleger sind wohl vernichtet. Sky sagt immer, man soll nichts auf Einschuß kaufen, wenn man nicht genug in der Hinterhand hat, um Verluste zu decken. Jawohl, ich weiß sogar, was das bedeutet. Wir reden über alles, nicht nur über das Baby. Ich bin so vollkommen, so überschäumend glücklich, Hélène, und das verdanke ich nur Dir. Ich weiß, daß Du es langsam nicht mehr hören kannst, aber es stimmt eben, und ich kann es nicht oft genug sagen.

Deine Namensschwester wacht auf, wie ich höre. Ich muß schnell ein bißchen mit ihr schmusen, bevor die Kinderfrau sie zum Füttern und Baden holt und sie dann wieder ins Bett steckt. Laß mich wissen, was Du von der Idee mit Cannes hältst. Die Sonne wird uns allen guttun, und ich möchte unbedingt, daß Du Sky kennenlernst. Er hat keine Ahnung, daß Du an unserem ganzen Glück schuld bist, aber er wird sicher trotzdem genauso für Dich schwärmen wie ich.

Alles Liebe,
Garden.

Garden klebte schnell den Umschlag zu und lief ins Kinderzimmer, um Helens Bad nicht zu verpassen. Sie planschte gerade zu ihrem großen Vergnügen und zum Mißfallen der Kinderfrau mit den Babyhändchen im Wasser, als sie hörte, wie die Haustür ging. Noch ein letztes Planschen, dann rannte sie zur Treppe.

Sky stand in der Diele und zog seinen Mantel aus. Garden hüpfte die Treppe hinunter. »Mein Schatz, du bist früh zu Hause. Was für eine herrliche Überraschung.« Sie streckte die Arme nach ihm aus.

Sky drehte sich weg. Er schien sie nicht einmal zu sehen. Garden packte ihn am Ärmel und zupfte daran. »Was ist denn, mein Schatz? Was ist passiert?«

Er betrachtete die Hand auf seinem Ärmel, dann wanderte sein Blick langsam an ihrem Arm entlang bis zu ihrem Gesicht. »Garden«, sagte er, »Garden, David Patterson ist tot. Er hat sich erschossen.« Skys Lippen zitterten, verzogen sich, sein Mund öffnete sich angstvoll und gequält, und dann begann er zu schluchzen.

»Ruhig, mein Liebes, ganz ruhig. Ist ja gut.« Sie legte einen Arm um seine hängenden Schultern und führte ihn an einen Sessel. »Setz dich, mein Herz. Ich hol' dir einen Brandy.« Sie schubste ihn sanft, so daß er in die weichen Polster sank. Er schlug die Hände vors Gesicht und senkte den Kopf. Die Laute, die er ausstieß, waren herzzerreißend.

»Hier, Sky, trink das.« Garden zog eine Hand weg, um ihm das Glas hinzuhalten. Sky ließ die andere los und sah zu ihr auf. Seine Augen waren rot und starr, sein Mund naß und verzogen. »Wir sind erledigt, Garden. Vernichtet. Ich kann dir gar nicht sagen, wie schlimm es ist.«

Garden kniete sich neben den Sessel. »Ganz ruhig, mein Liebes. Trink einen Schluck. Egal, was ist, wir schaffen es schon. Keine Angst, wir schaffen es. Wir haben uns beide und das Baby. Alles andere ist nicht so wichtig.«

Als alles ausgerechnet war, stellte sich heraus, daß sie tatsächlich kaum mehr als sich und das Baby hatten. Wie so viele andere hatte sich Sky von den überhitzten Kurssteigerungen verleiten lassen und sich in schwindelnde Höhen vorgewagt. Er hatte jedoch vorher ein solches Vermögen angehäuft, daß er den Crash überlebt hätte. Wenn nicht David bei den ersten Anzeichen des jähen Kursrutsches Skys Konten angezapft hätte, um neben Skys seine eigenen, viel größeren Margen zu decken. Als für beide nichts mehr übrig war, brachte er sich um.

Sie hatten Sachwerte, aber es gab wenig Käufer für Luxuslimousinen, graviertes Austernbesteck oder Hepplewhite-Möbel. Garden bestürmte Sky, ihren Schmuck zu verkaufen, um das Haus zu halten, aber er weigerte sich. Die Preise für Diamanten waren ohnehin nicht hoch genug, als daß es viel geholfen hätte.

»Wir müssen Vickis Angebot annehmen und in die Villa ziehen«, sagte Sky. »Wir haben genügend Geld, um die Kinderfrau zu halten und uns ein paar Zimmer neu einzurichten. Helen soll nicht schwarzes Lackleder vor der Nase haben. Zum Teufel, mein Schatz, wir wollten sowieso nach Cannes, warum also nicht Antibes? Der Markt kommt schon wieder auf die Beine. Und dann überlegen wir, wie es weitergehen soll.«

Garden hätte lieber irgendwo zur Miete gewohnt. Aber sie sah die Angst in seinen Augen. »Das halte ich für eine sehr gute Idee, mein Schatz«, sagte sie mit Begeisterung in der Stimme. »Bei den vielen Orangenbäumen rund um die Villa wird das Baby schier platzen vor lauter Vitaminen.«

Am schlimmsten für Garden war, daß sie ihre Freunde verlassen mußte. Sie und Sky hatten bisher ein so rastloses Leben geführt, daß Gardens einzige Freundschaften kurzlebig blieben: Connie, Hélène, Lucien – alle sehr intensiv und dann wieder vorbei. Aber in London hatte sie Zeit gehabt, vermeintlich dauerhafte Freundschaften langsam aufzubauen. Sie hatte Freundinnen mit kleinen Kindern und Ehemännern, die ebenfalls abends müde von der Arbeit kamen. Sie nahmen gegenseitig Teil am Leben der anderen. Die Paare luden sich zum Essen ein, gingen zusammen ins Theater und spielten Bridge. Es brach ihr das Herz, das aufzugeben.

Sky machte es offenbar nichts aus. Er war zu verzweifelt, um sich um irgend etwas zu kümmern. Garden versuchte nach Kräften, ihn aufzuheitern, aber ihr war das Herz trotz ihrer fröhlichen Natur auch zu schwer, als daß sie überzeugend hätte wirken können. Nur das Baby war von den Ereignissen wirklich unberührt und aufrichtig vergnügt.

Zunächst ließ sich das Zusammenleben mit Vicki eigentlich nicht so schlimm an. Sie machte großes Aufhebens um Helen, kaufte ihr dutzendweise Spielzeug und erlesene, unpraktische Kleidchen und Mützchen. Und sie bestand darauf, die neue Einrichtung für ihre Zimmer zu bezahlen.

Aber bald stellte sich heraus, daß die Räume wieder nach Vickis Geschmack ausgestattet werden sollten, daß Helen nur noch die von der Oma gekauften Kleider tragen und mit den von der Oma gekauften Spielsachen spielen sollte. Vicki zahlte, also wollte sie auch bestimmen.

Garden beklagte sich bei Sky. Er hielt sie für überempfindlich, Vicki sei schließlich so großzügig und Garden einfach griesgrämig. Danach verkniff sich Garden weitere Bemerkungen. Vicki war schlau. Sie lobte Garden in den Himmel und piesackte sie mit kleinen Bosheiten.

Sie bestand darauf, daß Garden eine Zofe brauche, und stellte eine unverschämte und ungeschickte Person aus der Belegschaft der Villa für sie ab. Sie machte Garden Komplimente über ihren Takt und setzte sie bei Tisch neben Männer, die sich betranken und vertraulich wurden. Sie bewunderte Gardens Selbständigkeit und beanspruchte Sky ununterbrochen für sich. Gardens Post kam nicht an, sie hatte keine Briefmarken im Schreibtisch, und nie stand ein Auto für sie zur Verfügung. In ihrem Bad fehlte die Seife, ihre Schuhe waren nicht geputzt, ihre Bücher verschwanden.

Vicki behauptete, der Börsenkrach habe sie schwer getroffen. Sie mußte sämtliche Häuser schließen, außer denen in New York und Paris – und der Villa. Aber ihren Lebensstil änderte sie kein bißchen. Sie beherbergte nach wie vor einen

Schwarm von Gästen in der Villa, gab Cocktails und Dinner Parties und spielte mit hohen Einsätzen in dem kleinen Spielkasino in Juan Le Pins oder den großen in Nizza, Cannes und Monte Carlo.

Sky und Garden mußten sie überallhin begleiten. Vicki gewährte ihnen jeglichen Luxus – außer dem der freien Wahl. Sie hatten kein Geld. Sie mußten essen, was auf ihren Teller kam. Und sich bedanken. Garden fand höllisches Vergnügen daran, sich nichts anmerken zu lassen, Vickis Freunde zu bezaubern, in ihren klassischen Kleidern von Fortuny in Paris besser als alle anderen auszusehen und für die Fotografen, die ihr immer noch auflauerten, ein strahlendes Lächeln aufzusetzen. Für die Presse war sie immer noch *La Dame aux Gardénias*, obwohl sie jetzt Blumen aus dem Garten an der Schulter oder eingeflochten in den französischen Zopf aus wild gestreiftem Haar trug.

Sie genoß außerordentlich, daß Sky sich trotz Vickis Anstrengungen eigentlich nur für Helen und deren Entwicklung interessierte. Ihr Zahnen beschäftigte ihn, als ob der Rest der Welt mit einem Gebiß herumlaufen würde. Als sie zu krabbeln begann, krabbelte er mit. Wenn sie »Pa-pa« lallte, stolzierte er wie ein Pfau durchs Zimmer. Garden hatte zu Sky gesagt, solange sie sich und das Baby hätten, sei alles in Ordnung. Trotz ihrer Armut, Vickis Bosheit und der Anstrengung, gute Miene zu machen, hatte sie damit nun recht behalten. Im Grunde war alles gut.

Bis zum Frühling.

Da fielen Garden wachsende Anzeichen der alten Rastlosigkeit bei Sky auf. Er trank mehr, fuhr schneller und hielt ständig Ausschau nach irgendeiner Zerstreuung. Sie erzählte ihm von Helens jüngsten Errungenschaften, und er warf ihr vor, sich nur für das Kind und nicht für ihn zu interessieren. Sie kam in sein Zimmer, und er stellte sich schlafend. Sie schlug Picknicks vor, Bergwanderungen, einen Apéritif in einem Straßencafé. Sky erwiderte, daß sie das alles schon tausendmal gemacht hätten, daß er den Alltagstrott hasse und daß er sich auch hätte umbringen sollen, wie David Patterson.

Garden erschrak dermaßen, daß sie Vicki um Hilfe bat. Noch am selben Abend verkündigte Vicki, sie müsse für eine Weile nach Paris. »Schuyler, mein Lieber, du kommst doch mit, oder? Eine Dame braucht schließlich einen Begleiter, und ich kenne doch dort keine Menschenseele mehr.« Garden lud sie nicht ein, aber das machte Garden nichts aus. Sie freute sich darauf, allein zu sein, Ruhe zu haben, und viel Zeit für Helen, zum Lesen und Briefeschreiben. Sky bei Laune zu halten hielt einen den ganzen Tag lang auf Trab.

Mitte April reisten Sky und Vicki ab. Garden machte sich sofort an die Arbeit. Die beiden wollten zwei Wochen lang weg sein, und sie hatte jede Minute davon bereits verplant.

Die schwierigen Dinge erledigte sie zuerst. Einen kühlen sachlichen Brief an ihre Mutter, in dem sie ihr zum zehnten Mal erklärte, warum Sky nicht weiterhin den monatlichen Scheck schicken konnte, auf den sie inzwischen ein Anrecht zu haben glaubte. Dann sorgfältig formulierte Briefe an Connie, Hélène, Tante Elizabeth, Wentworth und ihre Londoner Freunde. Sie mußte glücklich klingen, ohne direkt zu lügen. Das war nicht leicht.

Daraufhin nahm sie sich einen ganzen Vormittag Zeit für Peggy. Ihre Schwester und Bob waren inzwischen in Cuba; Peggy erwartete endlich ein Baby. ›Ich bin jetzt fast neunundzwanzig‹, hatte sie geschrieben, ›und wir wollten immer einen ganzen Stall voll haben, also wird es langsam Zeit. Ich kann ja dann trotzdem noch beim Aktionskomitee für die Rechte der Zuckerrohrarbeiter mitmachen. Kannst du dir vorstellen, daß die Großgrundbesitzer …‹ Garden lächelte beim Lesen. Peggy war immer noch die alte.

Sie gab ihre schriftlichen Ratschläge bezüglich Essen und Ruhe während der Schwangerschaft und setzte als P. S. für Bob darunter, er solle Peggy zwingen, auf sich aufzupassen. Dann suchte sie ihre Umstandskleider zusammen. Peggy kaufte sich sicher keine, und Sky wollte partout kein zweites

Kind, bevor sich ihre finanziellen Verhältnisse nicht gebessert hätten.

Garden saß auf dem Boden inmitten der bunten Kleider, die sie aus den Schachteln ausgepackt hatte. Sie hielt sich einen auffällig gestreiften Kittel an den Oberkörper. ›Mein Zirkuszelt‹, hatte Sky sie darin immer genannt. Sie vergrub ihr Gesicht in den festlichen Farben und ließ den lange zurückgehaltenen Tränen freien Lauf.

»Tatsachen«, sagte sie nach einer Weile laut vor sich hin, wischte sich das Gesicht an dem Kittel ab und legte ihn ordentlich zusammen. »Man muß sich an den Tatsachen festhalten. Das hat dir Hélène doch beigebracht.« Was waren die Tatsachen?

Sie überprüfte die tatsächlichen Gegebenheiten in ihrem Leben. Dann faltete sie den Kittel sorgfältig wieder auseinander und weinte noch einmal hinein.

85

Als sich der zweiwöchige Parisaufenthalt auf zwei Monate ausgedehnt hatte, beschloß Garden, selbst dorthin zu fahren. Sky war nie im Haus, wenn sie anrief, und ihre Briefe beantwortete er nicht. Garden war sich sicher, daß Vicki an seinem Schweigen schuld war. Er bekam wahrscheinlich ihre Briefe nicht, und die Anrufe wurden nicht ausgerichtet. Sie hielt es nicht länger aus.

Sie fand ein Leihhaus in Monte Carlo und bekam für einen Ring mit Rubinen und Diamanten, den sie nie gemocht hatte, genügend Geld für ihre Zugfahrkarte. Helen konnte man mit gutem Gewissen der Kinderfrau anvertrauen.

Garden kam Ende Juni in Paris an. Mit den bunten Sonnenschirmen vor den Cafés und dem noch jungen Grün der Bäume in den Parks bot die Stadt ein fröhliches Bild. Die Seine glitzerte in der hellen Sonne. An den Kais standen Angler, und in den Tuilerien tummelten sich Kinder mit tanzenden Luftballonen an der Schnur.

»Haben Madame genügend von der Stadt gesehen?« fragte der Taxifahrer.

»Ja, danke.« Garden gab Vickis Adresse an. Was sie im Haus auch vorfinden mochte, es war herrlich, wieder in Paris zu sein.

Sky kam gerade aus dem Haus, als das Taxi am Gehweg anhielt. Garden atmete auf, ohne sich ihrer Anspannung bewußt gewesen zu sein. Er sah gut aus, so gut wie seit der Zeit vor dem Börsenkrach nicht mehr. Was Vicki auch angestellt haben mochte, versprach sich Garden hoch und heilig, was immer vorgefallen sein mochte, sie wollte nur dankbar sein.

Sky sah sie und strahlte über das ganze Gesicht. »Mein Engel!« rief er. »Wie wunderbar, daß du da bist.« Er rannte über den Gehweg und zog sie aus dem Auto in seine Arme. Dann gab er ihr einen Kuß und nahm sie am Arm. »Komm rein. Ich muß sausen, aber für einen Kaffee wird wohl noch Zeit sein.«

Garden fiel auf, daß Sky nicht gesagt hatte: »Zeit für einen Drink.«

Vicki kam ihnen in der Eingangshalle entgegen. Sie ließ sich nicht das geringste anmerken. Sie küßte Garden auf die Wange, erkundigte sich nach Helen und bot ihr wahlweise Kaffee oder Champagner an.

Bevor Garden antworten konnte, fiel Sky ihr ins Wort. »Findest du es nicht fantastisch, mein Schatz? Ist Vicki nicht die Allergrößte?«

»Was denn, Sky?«

»Komm schon, Garden. Vicki hat dir doch alles geschrieben. Ich wollte dir ja auch immer schreiben, aber ich hatte einfach zu viel zu tun.«

»Aha. Ja, natürlich. Ich bin ganz begeistert, Sky.« Sie sah Vicki ins unbewegte Gesicht. Ihre eigene Miene war ebenso ausdruckslos.

Sky warf einen Blick auf die Uhr. »Um Gottes willen. Bis dann, Ladies.« Er küßte beide flüchtig aufs Haar und rannte hinaus.

»Was hat das alles zu bedeuten, Vicki?« Garden achtete darauf, daß ihr Ton ruhig blieb. Sie erinnerte sich an ihr Versprechen.

Vicki zündete sich eine Zigarette an und nestelte demonstrativ lange mit der Zigarettenspitze herum. Als Garden trotzdem schwieg, rückte sie mit der Sprache heraus. »Schuyler interessiert sich jetzt für Pferderennen. Gerade ist er nach Longchamps gefahren. Mit Longchams, Auteuil und Saint-Cloud ist er vollauf beschäftigt. Er kniet sich ja in alles so hinein.«

Garden war bleich geworden. Sie dachte an Skys Zeiten mit Roulette und Bakkarat. »Leihst du ihm Geld, Vicki?«

Vicki lachte. »Er wettet nicht, Garden. Er will seinen eigenen Rennstall aufbauen, vielleicht sogar in die Zucht einsteigen.«

»Wie denn? Das kostet ein Vermögen.«

»Genau. ›Der Sport für Könige‹. Ich finde es selber höchst spannend. Wenn Schuylers Begeisterung anhält, bin ich bereit, ihm ein bißchen unter die Arme zu greifen. Bis jetzt macht er sich gut. Im Sommer will er sogar in einem Trainingslager in Chantilly arbeiten. Wenn er tatsächlich ein Auge für Sieger entwickelt, dann kaufe ich ihm vielleicht ein paar Pferde und sehe zu, was er daraus macht.«

Garden verschlug es die Sprache. Sky und harte Arbeit! Sie wußte von einer Freundin in London, deren Vater mit einem Rennstall zu tun hatte, wieviel körperliche Arbeit und eiserne Disziplin nötig waren, um ein Pferd auf seine erste Rennsaison vorzubereiten. Wenn Sky das durchhielt, dann wäre solche Arbeit das beste, was ihm je passiert ist. Sie hätte Vicki am liebsten umarmt, geweint und ihr die Hände geküßt, daß sie so viel für Sky tat. Sie ermöglichte ihm, seine Selbstachtung wiederzufinden.

»Das ist aber sehr großzügig von dir, Vicki.«

»Liebe Garden, machen wir uns doch nichts vor. Ich tue nichts ohne eigene Vorteile für mich. Rennstallbesitzer sind heutzutage die Créme de la Créme. Der Aga Khan, die Rothschilds, die englische Königsfamilie ... Es gibt nicht mehr viele reiche Amerikaner. Also werde *ich* jetzt die höchsten gesellschaftlichen Ränge stürmen.

Und wenn ich mir so einen süßen irischen Trainer nehme, wer will mir dann Steine in den Weg legen?«

Garden mußte ihr glauben. Es klang ganz nach Vicki.

Sky arbeitete tatsächlich auf dem Gut. Den ganzen Sommer, den ganzen Herbst hindurch. Garden besuchte ihn einmal und fand ihn sonnengebräunt, mit verdreckten Stiefeln und voller Begeisterung. Sie kam im Oktober zum größten Rennen der Pariser Saison, dem Prix de l'Arc de Triomphe, und stellte sich in die Box zu ihm und den Leuten von dem Gut, auf dem er gearbeitet hatte. Der Comte de Varigny hatte eines seiner Pferde im Rennen, und zwar eines, bei dessen Training Sky mitgeholfen hatte. Es gewann zwar nicht, aber Skys Augen leuchteten trotzdem unentwegt.

Kurz vor Weihnachten kam Sky zurück in die Villa. Er hatte Helen im Auftrag vom Weihnachtsmann ein Pony gekauft und führte sie ständig darauf unter den Obstbäumen im Garten der Villa spazieren. Noch nie hatte er so gut und so glücklich ausgesehen, nicht einmal während ihres ruhigen, seßhaften Lebens in London.

»Die viele frische Luft tut mir einfach gut, mein Schatz«, sagte er. »Ich habe einen fabelhaften Plan. Wir kaufen uns Land in Kentucky oder irgendwo nördlich von New York, bei Saratoga. Helen spricht langsam schon französisch, und ich will nicht, daß ich mein eigenes Kind nicht verstehen kann. Land ist in Amerika zur Zeit spottbillig, und Arbeitskraft ebenfalls. Vicki unterstützt uns bestimmt. Ich habe tatsächlich ein Auge dafür, welcher Jährling ganz groß rauskommt. Was hältst du davon? Könntest du dich mit Pferdemist auf deinen Teppichen abfinden?«

»Könnte ich. Wir müßten dann nur unser distinguiertes Englisch aufgeben und wieder Amerikanisch lernen.«

»Yeah, right.« Sky grinste. »Morgen bringen wir Helen ihr erstes amerikanisches Wort bei, und dann ...« Garden unterbrach sein Geplapper mit einem leidenschaftlichen Kuß. Sie war zu glücklich, um noch irgend etwas zu sagen. Sie konnte ihn nur an der Hand in ihr Schlafzimmer ziehen.

Im Februar feierten sie ihren achten Hochzeitstag mit einem Dinner in St.-Paul-de-Vence. Am nächsten Tag fuhr Sky wieder nach Chantilly. »Keine Tränen, Mädels«, sagte er, als er Garden und Helen einen Abschiedskuß gab.

»Ich vermisse dich so«, sagte Garden. »Wann kommst du wieder?«

Sky wand sich. »Das kann ich nicht genau sagen, mein Herz. Ich muß mit Vicki erst alles in die Wege leiten, wegen unserem Kauf in den Staaten. Ich fahre sobald wie möglich nach Paris. Keine Sorge, ich ruf' dich an. Bring du inzwischen Helen nur anständig Amerikanisch bei.«

»Yeah«, sagte Helen plötzlich.

Die beiden brachen in Gelächter aus, und Sky warf Helen in die Luft, daß sie aufjauchzte. »Um Gottes willen, mein Zug.« Er gab die Kleine Garden in die Arme.

»Ich liebe dich, Sky.«

»Ich dich auch, mein Schatz. Yeah!«

86

Statt eines Anrufs von Sky erhielt Garden Ende März einen Brief von Vicki. ›Garden: Ich habe auf Schuyler eingeredet, bis ich schwarz wurde, aber er will einfach keine Vernunft annehmen. Deshalb habe ich folgendes arrangiert: Für Dich, Helen und die Kinderfrau sind Plätze auf der *Roma* reserviert, die am 11. August von Genua abfährt und am 24. August in New York ankommt. Für die Überfahrt von Le Havre müßtet ihr sonst mit dem Kind durch ganz Frankreich reisen. Schuyler fährt nach der Dublin Horse Show und der Jährlingsauktion mit dem ersten möglichen Schiff von Cork aus. Er nimmt dann gleich die Pferde mit, die er kaufen möchte. Womöglich ist er vor Euch in New York. Wenn nicht, stößt er kurz nach Eurer Ankunft dort zu Euch. Ich sage dem Personal Bescheid, daß man alles für Euren Aufenthalt vorbereitet.

Es wäre absurd, so zu tun, als wäre ich mit Schuylers Entscheidung, nach Amerika zurückzugehen, einverstanden. Er hat jedoch immer schon seinen Kopf durchgesetzt, und ich brauche mich nicht zu wundern, daß er das nach wie vor schafft.

Ich möchte dich vor deiner Abreise eigentlich nicht unbedingt noch einmal sehen. Über die Weihnachtsfeiertage werde ich ebenfalls in New York sein. Du bekommst einen Scheck für die nötigen Trinkgelder an Bord. Der Fahrer holt dich am Hafen ab. Vicki.‹

Garden tanzte mit Helen auf dem Arm im Zimmer herum. »Wir haben gewonnen, mein Baby. Wir fahren heim.«

Danach machte es nichts aus, daß Sky so selten anrief oder daß er es dann immer so eilig hatte. Es war sogar überhaupt nicht schlimm, daß er zu Helens zweitem Geburtstag nicht kommen konnte.

Die Kinderfrau war das einzige Problem. Sie weigerte sich, in die Vereinigten Staaten mitzukommen. »Ich habe die Kanalüberfahrt für Helen riskiert, Mrs. Harris. Aber über den Ozean fahre ich nicht, nicht einmal für den König selbst.«

Garden setzte Helen vor sich auf den Schoß. »Könntest du dich mit einer einfachen Mutter abfinden, Miss Harris?«

Helen zappelte auf Gardens Knien auf und ab. »Hoppei«, bettelte sie.

Garden spielte gehorsam Hoppe hoppe Reiter.

Als die Freiheitsstatue in der Ferne auftauchte, war Helen nicht sonderlich beeindruckt, aber Gardens Herz schlug schneller. Die Skyline von New York fand sogar das kleine Mädchen spannend. »Alpen«, rief sie und deutete darauf.

»Nein, mein Täubchen, das sind nicht die Alpen. Das ist deine Heimat.«

Das Haus war vollkommen unverändert. Garden stellte Helen mit feierlichem Ernst dem Butler Jennings vor und sah Jennings zum ersten Mal lächeln. Ihre Zimmer sahen noch genauso aus wie früher. Sie bemerkte erschrocken, wie lange sie nicht mehr hiergewesen war.

Das Kinderzimmer lag ein Stockwerk weiter oben, im Gästeflügel. Garden paßte es nicht, daß Helen so weit von ihr weg sein sollte. Und vor allem paßte ihr die Kinderfrau in steifer Schwesterntracht nicht, die im Nebenraum des Kinderzimmers auf sie wartete. »Ich heiße Miss Fisher«, erklärte sie Garden. »Ich komme von der Agentur ›Das exklusive Hauspersonal‹.«

Helen ignorierte Miss Fisher. Sie steuerte schnurstracks auf den rosa Hasen in dem niedrigen Kinderbettchen zu. »*Bon soir, lapin*«, wünschte sie ihm, nahm ihn in den Arm und schlief augenblicklich ein. Miss Fisher zog ihr die Schuhe aus und deckte sie sorgfältig mit einer Decke zu. Womöglich ist sie doch ganz in Ordnung, dachte Garden. Wir bleiben schließlich nicht lange hier. Nur bis wir etwas gefunden haben.

Sie war müde, aber zu aufgeregt zum Schlafengehen. Sie beschloß, spazierenzugehen. Ich hätte New York auch einmal zu Fuß erkunden sollen, so wie Paris und London. Ich kenne diese Stadt eigentlich überhaupt nicht.

Sie ging die Fifth Avenue hinunter, genoß den Lärm und den hektischen Verkehr und staunte über die hohen neuen Gebäude, die so viele der alten Häuser verdrängt hatten. Sie war erleichtert, daß wenigstens das Plaza Hotel noch stand, wo es immer gestanden hatte. Es war fast das einzige Gebäude, das sie wiedererkannte. Dort angekommen, drehte sie um und ging denselben Weg zurück. Als sie wieder vor dem Haus stand, waren alle Strapazen der Schiffsreise vergessen. Sie fühlte sich entspannt und reif für ein Nickerchen vor dem Abendessen.

Vicki saß champagnertrinkend im Wohnzimmer. »Möchtest du auch ein Glas, Garden? Ich habe ihn hergeschmuggelt; er ist fantastisch.«

»Nein, danke, Vicki.« Garden blickte sich suchend um.

»Schuyler ist nicht hier, Garden. Er kommt auch nicht. Du genehmigst dir lieber doch einen Schluck. Und einen Stuhl. Tja, Garden, nun habe ich doch gewonnen.«

Garden setzte sich hin.

Vicki schenkte ein Glas ein und hielt es Garden hin. Garden schüttelte den Kopf. »Wie du willst«, sagte Vicki. Sie sah über ihren Glasrand. Mit eiskaltem Blick. Dann stellte sie ihr leeres Glas auf den Tisch und nahm das volle.

»Schuyler läßt sich von dir scheiden, Garden. Meine Anwälte haben schon alle Papiere vorbereitet. Sobald das Ganze perfekt ist, heiratet er die kleine Comtesse de Varigny, Nichte eines Rennstallbesitzers aus Chantilly.«

»Nein!«

»O doch. Ich habe mit ihren Eltern bereits alles vereinbart. Schuyler steigt als Partner bei ihrem Onkel ein. Catherine ist völlig verrückt nach meinem Sohn, wie dir vielleicht nicht entgangen ist. Erst fand er das amüsant, dann ärgerlich und dann anziehend. Sie ist in Chantilly, seit sie im Mai die Schule abgeschlossen hat.«

»Das glaube ich dir nicht, Vicki.«

»Sei doch nicht dumm. Warum glaubst du, hat er dich geheiratet? Weil du von all diesen Charlestoner Anstandsregeln und Traditionen so behütet warst, daß er dich nicht auf andere Weise haben konnte. Das hat dir einen Wert gegeben, den all seine anderen, leichten Eroberungen nicht hatten. Catherine wird auch keine Sekunde aus den Augen gelassen. Das verleiht ihr denselben Anschein des Wertvollen. Noch dazu besitzt ihr Onkel all diese Pferde. Satz und Sieg, Garden.«

»Vicki, du bluffst. Das passiert mir nicht zum ersten Mal, deshalb erkenne ich es. Sky liebt mich. Und er liebt Helen.« Garden war siegesgewiß. Sie war sogar froh, daß es mit Vicki endlich zum Eklat kam.

»Ich bluffe nicht«, sagte Vicki langsam und deutlich. »Ich war mir meiner Sache schon einmal zu sicher, und da hast du mich hereingelegt. Ich hatte dich unterschätzt. Du hast es bis in diese Klinik geschafft, und dann bist du irgendwie sehr schlau geworden. Jetzt kann ich ja zugeben, daß du sehr gut warst, sehr elegant und sehr gefährlich. Gottseidank kam dann der Börsenkrach.« Sie schüttete den Champagner hinunter und schenkte sich wieder nach.

»Das habe ich mir verdient«, sagte sie. »Ich darf mir eine Feier gönnen. Ich mußte viel länger warten, als ich gedacht hatte.

Aber jetzt habe ich dich. Und zwar mit Sonderzulagen. Mit deiner ›Gardeniendame‹ hast du mir in die Hände gespielt. Die Zeitungen haben dich vergöttert. Jetzt ist deine Scheidung ein gefundenes Fressen. Nichts macht sich so gut als Schlagzeile wie ein gefallenes Idol. Im Staat New York gibt es nur einen legalen Grund für eine Scheidung, Garden: Ehebruch. Ich habe ein halbes Dutzend Männer an der Hand, die schwören, daß sie, sagen wir, deine Gunst genossen hätten. Bei manchen stimmt es sogar. Die Zeiten sind schwer. Manch einer erinnerte sich erstaunlich genau, als man ihm eine kleine Aufwandsentschädigung für die Reise nach New York bot.

Selbstverständlich werden wir auch ernsthafte Zweifel an der Identität von Helens Vater in Umlauf bringen.«

»Das kannst du nicht machen, Vicki! Du weißt, daß das nicht stimmt.«

»Natürlich weiß ich das, aber ich möchte nicht, daß Schuyler dann doch noch irgendwie an dem Kind hängt. Er erinnert sich gut an deine wilden Zeiten; es war nicht schwer, ihn davon zu überzeugen, daß du in London weiterhin deine Liebhaber hattest.«

»Das glaubt er nie im Leben.«
»Doch.«
»Ich fahre zu ihm. Er vertraut mir. Ich rede mit ihm.«
»Ich sehe dich nicht gern in der Rolle der dummen Gans, Garden. Du hast mir doch einige Achtung abgenötigt. Jetzt meine ich wieder, daß du vielleicht doch keine so große Herausforderung warst. Kennst du denn Schuyler nicht? Weißt du nicht, daß er, wenn er sich etwas in den Kopf gesetzt hat, nichts anderes sieht? Er will Rennpferde züchten. Er will so ein Leben, wie er es in Chantilly vorgeführt bekommt. Er will sogar Catherine, weil sie ein Teil davon ist. Und außerdem völlig unberührt ist. Eine Jungfrau, Garden, während du gebrauchte Ware bist. Gib auf. Du hast verloren. Und zwar haushoch. Die Zeitungen sind schon im Druck. Morgen oder spätestens übermorgen ist dein Ruf so berühmt und so beschmutzt wie der der Hure von Babylon. Du, mein Kind, hast dich vernichtet, dein Kind und deine ganze vermaledeite Familie.«

Vicki hob ihr Glas. »Ich trinke auf dich, Garden Harris. Du hast mich sehr glücklich gemacht.« Ihre Augen glitzerten seltsam. Sie hielt das Glas so fest, daß der Stiel zerbrach. Vicki trank aus dem Kelch und zerschmetterte ihn dann auf dem Boden. Ihr Gelächter ließ Garden das Blut in den Adern stocken.

Sie ist verrückt, dachte Garden. Sie ist zu allem imstande. »Warum?« fragte sie mit rauher Stimme, vor Angst wie gelähmt.

»Ich habe meine Gründe«, sagte Vicki und lachte so laut, daß es im ganzen Haus widerhallte.

Buch Sechs

1931–1935

87

Die Tatsachen, hämmerte sich Garden ein. Ich muß mich auf die Tatsachen konzentrieren. Wenn ich je in meinem Leben einen Felsen zum Festklammern gebraucht habe, dann jetzt. Was sind die Tatsachen?

Vicki ist besessen. Egal warum oder wovon. Tatsache ist, daß sie aus irgendeinem Grund vollkommen von Sinnen ist. Weitere Tatsache: Sie will mir schaden. Und Helen.

Tatsache, wichtige Tatsache: Ich muß Helen von hier wegbringen.

Tatsache: Ich habe fast kein Geld. Ein paar übrige Dollar von meinem Trinkgeldbudget auf dem Schiff. Gott sei Dank hatte ich Dollar und keine Lire.

Tatsache: Ich habe keine Freunde in New York.

Tatsache: Ich habe Angst vor ihr. So viel Angst, daß ich nicht weiß, ob meine Beine sich von der Stelle bewegen würden, wenn ich versuchen würde, wegzulaufen.

»Du bist so still, Garden«, sagte Vicki. Ihr irres Gelächter hatte sich inzwischen zu einem höhnischen Grinsen verdichtet. »Warum weinst du nicht und bettelst nicht, daß ich mir alles noch einmal überlege? Das würde mir gefallen ... Ja? Was ist denn?« Vicki funkelte das Dienstmädchen an, das an die Tür geklopft hatte.

»Eine Mrs. Pelham ist am Telefon für Sie, Principessa.«

»Legen Sie mir das Gespräch hier ins Zimmer.« Vicki goß mit Schwung das heile Sektglas wieder voll. »Und bringen Sie noch eine Flasche herauf.« Sie trug ihr Getränk an den Schreibtisch und nahm den Hörer ab. »Sybil, Schätzchen«, gurrte sie, »woher weißt du bloß, daß ich in der Stadt bin? ... Erst seit gestern. Ich habe praktisch noch nichts ausgepackt.«

Garden starrte ihre Schwiegermutter an. Vicki war unglaublich. Man merkte ihr keine Spur von Wut mehr an. Sie plapperte in ihrem üblichen hohen, künstlichen Plauderton, als ob nichts gewesen wäre.

»Southampton?« sagte sie. »Wo denkst du hin! Das Haus habe ich doch schon vor Jahren geschlossen. Die Staaten sind so deprimierend. Ich bin jetzt eher im freiwilligen Exil. Die Franzosen sind so fabelhaft charmant. Die meiste Zeit bin ich auf dem Schloß bei meinem lieben Freund, dem Grafen de Varigny.« Vicki blickte zu Garden hin, dann wieder weg. Garden rührte sich nicht.

»Das ist wirklich ein starkes Stück, Sybil. Aber ich habe ihre Adresse. Warte, ich hole sie dir.« Vicki nahm ihr Glas mit hinaus.

Das ist meine Chance, dachte Garden. Jetzt nimmt sie den Hörer im Wohnzimmer ab und redet womöglich noch eine Weile. Gardens Verstand hatte die ganze Zeit wie wild gearbeitet. Nun wußte sie, was sie zu tun hatte.

Sie rannte in ihr Schlafzimmer. Dort türmten sich die offenen, noch nicht ausgepackten Koffer. Garden durchwühlte die Schrankkoffer nach dem Regenmantel aus Segeltuch, den Connie ihr geschneidert hatte. Er war für lange Spaziergänge in der Stadt gedacht; durch die vielen Taschen in allen Größen brauchte man keine Handtasche und konnte sogar Bücher oder sonstige Kleinigkeiten trocken nach Hause bringen. Garden zog in den Schrankkoffern eine Schublade nach der anderen auf, bis sie die mit ihrem Fortuny-Kleidern fand. Es war eines der Wunder von Fortuny, daß man seine Kleider zu einem kleinen Bündel zusammengerollt aufbewahren konnte. Wenn man sie dann ausschüttelte, sah die Plisseeseide so glatt und frisch aus wie am ersten Tag. Es waren acht Bündel, mit Gummiband zusammengeschnürt. Garden stopfte sie in eine große Manteltasche.

Die sieben Dollar aus ihrer Handtasche kamen in einen kleinen Beutel, Kamm, Puder und Lippenstift in den nächsten. Sie sah auf die Uhr. Drei Minuten hatte sie bisher gebraucht. Beeil dich, drängte ihr Verstand. Sie öffnete eine große Manteltasche und griff nach ihrem Schmuckkasten. Bestimmt fand sie irgendwo ein Leihhaus, das noch offen hatte, und dann konnte sie Zugfahrkarten nach Charleston kaufen. Sie wollte mit Helen nach Hause, ins Gardensche Haus, zu ihrer Mutter.

Der Schmuckkasten war leer. Garden verschwendete eine ganze Minute damit, noch alle Schubladen und Taschen zu durchwühlen. Ihr ganzer Schmuck war weg. Sogar ihr Ehering. Sie hatte nur noch den umgearbeiteten Talisman der alten Pansy. Den trug sie an einer Goldkette um den Hals.

Garden riß sich zusammen. Sie mußte sich beeilen. Der Schmuck war weg. Tatsache. Sie nahm ein goldenes Zigarettenetui, mit dazu passendem Feuerzeug aus ihrer Handtasche. Die mußten einiges wert sein. Dann streifte sie den Mantel über.

Im Wohnzimmer war immer noch niemand. Sie hörte schwach die Stimme vom Telefon oben. Sie raste die Treppe hinauf, den Gang entlang ins Kinderzimmer. Es war leer. Tatsache, schrie ihr Verstand stumm. Tatsache, Helen ist nicht da. Weiter weißt du nichts. Mal dir nicht alles mögliche aus. Sie rannte durch die Gänge, machte eine Tür nach der anderen auf. Alle Zimmer waren leer. Zeit. Wieviel Zeit war schon vergangen? Wieviel hatte sie noch? Garden keuchte vor Anstrengung und Aufregung. Mach schnell. Mach schnell.

Sie rannte wieder zurück, vorbei an den offenen Türen. An der Treppe begegnete ihr eines der Dienstmädchen. Laß dir nichts anmerken, schärfte sie sich ein. Sie zwang sich, langsam zu gehen. »Guten Tag«, sagte sie. »Ich suche Helen. Ich möchte mit ihr in den Park zu den Luftballons.« Das Mädchen sah sie verständnislos an. »Meine Kleine«, sagte Garden. »Sie mag Luftballons so gern.«

»Ach so! Sehr wohl, Madam. Die Kleine. Sie ist schon im Park. Mit Miss Fisher.«

Garden rannte bereits auf die Treppe zu, und zwar die

Hintertreppe für die Dienstboten, die Vicki niemals benutzen würde. Das Mädchen starrte ihr nach. Reiche Leute waren schon seltsam.

Der Central Park ist riesig, dachte Garden. Wie soll ich sie da finden? Sie konnte auch nicht vor dem Haus auf sie warten. Vicki war zu allem fähig. Sie holte womöglich die Polizei oder ließ sie von Lakaien ins Haus zurückziehen. Garden lief durch den dichten Verkehr auf die andere Seite der Fifth Avenue. Dort führte ein kleiner Weg in den Park. Vielleicht hatte Miss Fisher den genommen. Hier war das Metropolitan Museum. Vielleicht war sie mit Helen dort hineingegangen. Garden blieb stehen, mutlos und verzweifelt angesichts der Aussichtslosigkeit des Unterfangens. Ich kann nicht mehr, dachte sie, ich breche gleich zusammen. Ich weine gleich. Oder schreie. Oder beides.

»Mami, Mami, Helen Luftballon.« Ein ungeduldiges Zupfen an ihrem Rockzipfel riß Garden aus ihrem tranceartigen Ringen um Fassung. Sie beugte sich hinunter und drückte Helen an sich. Ihr Blick fiel auf die weißen Schuhe und weiß bestrumpften Beine von Miss Fisher. Garden richtete sich auf, behielt dabei Helen am Händchen gefaßt.

»Helen hatte bereits einen Luftballon, Mrs. Harris. Sie hat ihn losgelassen.«

»Sie sieht gern zu, wie er hochfliegt, Miss Fisher.«

»Man darf ihr nicht noch einen kaufen, sonst erzieht man sie zur Verschwendung.«

Miss Fisher war so steif wie ihre gestärkte Tracht. Garden wollte sich schon mit ihr anlegen, hielt sich dann zurück. Was tust du da Idiotisches, sagte sie sich. Mach, daß du wegkommst. »Ich übernehme Helen, Miss Fisher. Wir gehen spazieren.«

Das Kindermädchen stellte sich ihr in den Weg. »Die Prinzessin hat mir aufgetragen, Helen nicht aus den Augen zu lassen, Mrs. Harris.«

»Helen ist meine Tochter.«

»Das weiß ich, Mrs. Harris. Aber die Prinzessin hat mich angestellt. Ich befolge ihre Order.«

Garden reckte den Kopf vor. »Jetzt hören Sie mir mal gut zu, Miss Fisher. Ich nehme jetzt mein Kind mit, und Sie versuchen nicht, mich davon abzuhalten. Wenn Sie es wagen, Helen oder mich auch nur anzufassen, dann stoße ich Sie vor ein Auto.« Sie drehte sich um und winkte mit aller Kraft einem leeren Taxi. Mit dem Blick hielt sie Miss Fisher in Schach, während sie die Tür aufmachte und Helen hineinhalf. Eingeschüchtert von Gardens funkelnden Augen und entschlossenem Auftreten, trat das Kindermädchen unschlüssig von einem Fuß auf den anderen.

Garden sprang in das Taxi und schlug die Tür zu. »Fahren Sie los«, sagte sie. »Schnell, weg von hier.« Das Taxi fuhr so ruckartig an, daß sie in den Sitz geschleudert wurde. Sie blickte aus dem Rückfenster. Miss Fisher rannte heftig mit den Armen rudernd über die Straße auf das Haus zu.

»Wohin, Lady?« Der Fahrer war ein Schwarzer. Sein Tonfall klang für Gardens Ohren nach den Jahren im Ausland fremd. Und doch vertraut.

Garden drückte Helen an sich. »Harlem, bitte«, sagte sie. »Fahren Sie uns zu Small's Paradise. Ich habe dort einen Freund.«

»John Ashley. Er ist hier Kellner. Oder war es zumindest.«

»Lady, ich habe Ihnen doch schon gesagt, wir haben noch nicht offen. Kommen Sie gegen Mitternacht wieder. Da ist dann die Hölle los.«

»Nein, nein, Sie verstehen mich nicht. Warten Sie. Bitte. Machen Sie die Tür nicht zu.« Garden stemmte die Hand gegen die Tür. Dabei öffnete sich ihr Mantel.

Der Mann in der Tür blickte auf das Amulett an ihrer Halskette. »Wer sind Sie, Lady?« Er klang halb ängstlich, halb beeindruckt.

»Ich bin eine Freundin von John Ashley. Ehrlich. Aus Charleston, von Ashley Barony. Ich bin in Schwierigkeiten und brauche Hilfe. Er hilft mir bestimmt, wenn ich ihn nur finde.«

Der Mann sah die Weiße mit den hellen Augen und dem kleinen weißen Kind an der Seite unsicher an. Helen fing an zu weinen. Sie hätte längst ihr Abendessen bekommen sollen. »Helen Hunger«, wimmerte sie.

Diese Sprache verstand der Mann. Er lächelte das kleine Mädchen an. »Kommen Sie herein«, sagte er zu Garden.

Helen saß bei Garden auf dem Schoß und aß ein Hühnerbein, während John und Garden miteinander sprachen. Er war auf den Anruf seines Freundes sofort hergeeilt.

»Das klingt wirklich schlimm, Miss Garden«, sagte John. »Ein Leihhaus kenne ich schon. Aber wenn diese Frau Sie kriegen will, dann postiert sie bestimmt ihre Leute am Bahnhof und genauso am Busbahnhof.«

»Vielleicht sollte ich einfach zur Polizei gehen. Aber was sage ich denen?«

»Miss Garden, die Polizei hält immer zu den reichen Weißen. Und Sie sind nicht mehr reich. Sie müssen irgendwie nach Charleston. Ich habe ein altes Model T. Nicht gerade blitzblank, und das Dach hat Löcher. Aber es fährt. Nehmen Sie das Auto und Ihr Kind und fahren Sie zu Ihrer Familie. Und passen Sie auf sich auf, bis Sie dort sind. Ich habe eine Menge komischer Dinge erlebt, seitdem ich hier arbeite. Reiche Weiße meinen, sie können sich alles rausnehmen. Und bei verrückten reichen Weißen kann man nie sagen, was sie sich womöglich rausnehmen wollen.«

Es war schon sieben Uhr vorbei, als Garden in den neuen weißgekachelten Tunnel zwischen Manhattan und New Jersey hineinfuhr. Helen hatte sich auf dem Beifahrersitz zusammengekuschelt, mit dem Kopf auf Gardens Schoß. Der weiße Mantel lag achtsam unordentlich über sie gebreitet, so daß man sie nicht sah. Garden hatte sich frisch die Nase gepudert, die Lippen nachgezogen und sich gekämmt. Sie durfte keinesfalls nach einer hysterischen Frau mit einem Kind auf der Flucht aussehen. Der Mann im Mauthäuschen sollte womöglich eine solche Frau aufhalten.

Der Tunnel war ihr unheimlich. Daß er unter dem Fluß durchführte, stellte eine unglaubliche Konstruktionsleistung dar, die Garden weder verständlich noch geheuer war. Sie hatte das Gefühl, das Wasser über ihr drückte nach unten, und sie mußte sich beherrschen, um nicht aufs Gas zu treten, damit sie schnell wieder ins Freie käme.

Der Mann an der Mautstelle beugte sich herunter, um sie genau zu betrachten. Der Tunnel hatte eine seltsame Wirkung auf manche Leute, vor allem auf Frauen, dachte er. Und eine Frau allein bei Anbruch der Dunkelheit war ohnehin ziemlich seltsam.

Gardens Hände krampfen sich um das Steuer. Warum schaute er denn so, was suchte er? Sie hielt den Atem an. Wenn Helen sich jetzt rührte, war sie erledigt.

»Haben wir's noch weit, Lady?«

»Wie? Nein, nein. Nur zu meiner Schwester in ... in ...«

Ihr fiel kein Ort in New Jersey ein. Hinter ihr hupte es.

»Dann fahren Sie mal vorsichtig. Seit dem Regen letzte Woche hat die Strecke böse Schlaglöcher.«

»Ja, mach' ich. Danke.« In ihrer Hektik legte sie den ersten Gang krachend ein. O Gott, dachte sie, jetzt erinnert er sich garantiert an mich. Hinter ihr schüttelte der Mautner den Kopf. Seiner Ansicht nach gehörten Frauen nicht ans Steuer.

Die Straße erstreckte sich vor ihr ins Endlose. Wir sind draußen, dachte Garden. Sie drehte den Kopf hin und her, lockerte die Schultern. Die Anspannung fiel langsam ab. Sie rückte den Mantelkragen weg, so daß Helen genügend Luft bekam. Tatsachen, dachte sie. Wir sind weg von New York. John hat mir zwanzig Dollar für Benzin und für Notfälle geliehen. Sein Freund hat uns eine Tüte mit Huhn und Maisbrot gegeben. Es sind nur ungefähr achthundert Meilen bis Charleston. Das sind gute Felsen zum Festhalten.

Das Auto fuhr viel unruhiger als die, die sie gewohnt war. Und dann die unbekannte Straße. Aber Garden war froh, daß sie sich vollkommen konzentrieren mußte. Sie wollte ihren Kopf nicht frei haben, um an Vicki denken zu müssen. Oder an Sky.

Bald waren die Scheinwerfer ihre einzige Verbindung zur Straße. Gardens Augen wurden vom Blinzeln gegen die Lichter der entgegenkommenden Autos müde. Nach einer Weile kamen immer weniger entgegen. Dann bedeuteten Lichter vor ihr, daß sie auf eine Stadt zufuhren. Sie fuhr langsam durch die fremden Straßen, warf einen Blick auf die beleuchteten Schaufenster. Alles war so anders als in Europa. Die Städte so weit auseinandergezogen und so neu, die Landschaft so weitläufig, mit so vielen Wäldern. Sie fuhr weiter. Helen wurde wach und setzte sich auf. »Ganz dunkel, Mami.«

»Ja, mein Schätzchen. Wir erleben zusammen ein Abenteuer.«

»Helen Hunger.«

»Na, kein Wunder. Weißt du was? Wir machen ein Abenteuerpicknick. Was hältst du davon?«

Garden bog auf einen Feldweg und blieb stehen. Im Handschuhfach sei eine Taschenlampe, hatte John gesagt. Helen spielte beim Essen damit herum. Sie fand das Abenteuer sehr lustig. Garden nahm ihr die Taschenlampe aus der Hand und führte sie an den Wegrand. »Das ist ein Abenteuerklo«, erklärte sie Helen. Die Wälder und Felder ringsum raschelten im leichten Wind. Vielleicht waren es auch Tiere, die man im Dunklen nicht sehen konnte. Das machte die Sache nicht gerade anheimelnder; Garden war froh, als sie wieder im Auto saßen.

Das dahinholpernde Auto wirkte wie eine Wiege auf Helen. Sie plapperte noch ein paar Minuten, dann schlief sie wieder ein. Garden starrte angestrengt auf die Scheinwerferbahn. Wieder eine Stadt und noch eine, ohne Straßenlaternen. Bald gab es nur noch dunkle Umrisse von Läden und

Häusern und die dunkle, menschenleere Straße. Garden kramte nach einer Zigarette und zündete sie sich an.

Die schlafenden Städte waren unheimlich. Baltimores weiße Treppen sahen aus wie gebleckte Zähne; Washington wirkte wie von gespenstischen weißen Monumenten bevölkert. Garden schauderte und faßte an ihr Amulett. Und fuhr weiter.

Jetzt war schon hier und da ein Fenster in den dunklen Farmhäusern beleuchtet. Garden kam es vor, als wäre sie tagelang, wochenlang durchgefahren. Die Schultern und Arme taten ihr weh, und sie hatte einen trockenen Mund. Richmond 10 Meilen. Wir sind in den Südstaaten, dachte sie und fühlte sich gleich besser.

Der Sonnenaufgang weckte Helen. Sie setzte sich auf und rieb sich die Augen. »Helen Durst«, jammerte sie. Garden strich ihr das zerzauste Haar aus der feuchten Stirn.

»Ich auch, mein Schatz. Wir halten bald.«

Im nächsten Ort wetteiferte ein blinkendes Neonschild mit der Morgendämmerung: IMBISS-IMBISS-IMBISS. Garden bog in die Zufahrt.

Eine Kellnerin und drei Männer in Overalls unterhielten sich lachend über die Theke hinweg. Sie sahen Garden und Helen an, als seien sie wie Wesen von einem anderen Stern. Garden war so müde, daß ihr das nichts ausmachte. Sie hob Helen auf einen der hohen Barhocker vor der Theke und ließ sich auf den daneben fallen.

»Sie sehen ein bißchen müde aus«, sagte die Bedienung. »Setzen Sie sich doch an einen Tisch, dann können Sie sich anlehnen.«

Die freundliche Geste ließ Garden die Tränen in die Augen steigen. O Gott, dachte sie, ich bin zum Umfallen müde. Ich kann mich nicht gehenlassen, wir haben es noch so weit.

Helen wollte sich nicht von dem Barhocker trennen. Kichernd wippte sie darauf hin und her. Garden legte ihr einen Arm um die Taille und trug sie trotz Gestrampel an einen Tisch. Ein Glas Milch besänftigte sie. Kaffee und ein üppiges Frühstück weckten Gardens Lebensgeister.

Im Auto war es heiß und stickig, als sie wieder einstiegen. Garden kurbelte die Fenster herunter. »Jetzt mußt du Mami helfen, eine Tankstelle zu finden«, sagte sie, »und dann fahren wir nach Charleston.« Sie fühlte sich jetzt bärenstark und allem gewachsen. Das Frühstück hatte so heimatlich geschmeckt, Würstchen, Eier, Brötchen und Griesbrei mit Bergen von gesalzener Butter. Frankreich war meilenweit weg. Und Charleston war direkt vor ihnen.

Eine Stunde später hatte die heiße Südstaatensonne das Auto in einen Ofen verwandelt. Zwei Stunden später in ein Inferno. Die Straße erstreckte sich schnurgerade und gleißend vor ihnen, mit hitzeflimmernden Fata Morganen von glitzerndem Wasser, die sich beim Näherkommen auflösten. Helen war bockig, dann mißmutig und schließlich todunglücklich. Garden war in einem Alptraum befangen, aus blendend hellem Licht, Tankstellen, tropfenden Eisbechern, lauwarmen Coca-Cola und der endlosen Monotonie der schnurgeraden Straße, den schnurgeraden Feldern und dem schnurgeraden, wolkenlosen Horizont. Die Kleider klebten ihnen am verschwitzten Körper, die Luft war schwer und heiß, Gardens Augen waren ausgetrocknet und juckten. »Ist es noch weit?« quengelte Helen, und Garden konnte es ihr nicht sagen. »Wie spät ist es?« weinte sie, und Garden hatte keine Ahnung. Sie fuhr seit einer Ewigkeit, einer höllischen Ewigkeit.

Helen war daumenlutschend eingeschlafen, als sich der Himmel plötzlich verfinsterte und es zu regnen anfing. Sturzbäche ergossen sich durch das löchrige Dach und durchnäßten die kratzigen Sitze. Garden hieß die Nässe mit heiserem, unsicherem Gelächter willkommen. Helen wachte auf und lachte mit. Dann kamen sie aus den Wolken wieder heraus, und die Pfützen auf dem Boden verdampften in der Hitze. Garden zitterten die Beine vor Erschöpfung, und ihre

Arme waren zwei schmerzende Klötze. Helen schlief wieder ein.

»Was ist das für ein Zeug, Mami?« Garden hatte nicht bemerkt, daß Helen aufgewacht war. Die Kleine kniete auf dem Sitz und deutete aus dem Fenster. Du lieber Gott, dachte Garden, ich muß stehenbleiben. Ich bin ja überhaupt nicht mehr bei Sinnen. Sie wandte den Kopf in die Richtung, in die Helen zeigte. Die Bäume waren mit Flechten behangen.

»Ach, Helen«, rief sie, »wir sind in der Küstenebene. Jetzt sind wir gleich zu Hause.« Sie stieg aufs Gas und drückte vor Freude auf die Hupe. Die nächsten Stunden verbrachte sie wie hinter einem nebelhaften Schleier. Sie sang Lieder, erzählte unzusammenhängende Geschichten, hielt an kleinen Läden am Straßenrand, nur um den Tonfall zu hören, mit dem man sie zum Kühlschrank mit den Coca-Cola-Flaschen unter Bergen von Eisschnee lotste.

Charleston 5 Meilen. Garden bildete sich ein, daß sie das Meer schon roch. Sie bewegte die ausgetrockneten Lippen und redete mit sich selbst, vor Erschöpfung den Halluzinationen nahe. »Schau nach einem Schild für die Fähre, sonst fährst du in den Fluß.« Sie schüttete sich aus vor Lachen über ihren flauen Witz. Die Luft wurde kühler. Die Sonne stand tiefer. Helen schlief. Garden nickte.

Das Modell T hoppelte, zwei Räder waren von der Bahn geraten. Garden fuhr hoch und lenkte den Wagen auf den Teer zurück. Die pfeilgerade Straße machte einen Bogen. Sie konzentrierte sich mit letzter Energie darauf, den Wagen auf der Straße zu halten. »Fahr langsamer«, sagte sie laut, »nimm den Fuß vom Gas.« In der Ferne stand irgend etwas mitten auf der Straße. Ein Hund? Reh? Sie fuhr noch langsamer.

Es war ein Mann, der mit den Armen ruderte und sie zum Halten zwang. Der Wagen tuckerte, stotterte und starb ab. Gardens Hände fühlten sich an wie ans Lenkrad angeschmolzen. Sie starrte mit dumpfen Augen durch die mit

Fliegen verdreckte Windschutzscheibe. Wie hatte sie nur glauben können, sie könnte Vicki entkommen. Der Mann war ein Polizist.

88

»Alles in Ordnung, Ma'am?« Der breitkrempige Hut des Polizisten füllte das Fenster neben Garden aus. Sie blickte in ein besorgtes Gesicht. Langsam drang sein Satz in ihr Gehirn. Er war kein Feind.

»Soldat«, sagte Helen.

»Nein, mein Täubchen, ich bin kein Soldat«, sagte der Mann mit einem offenen Lächeln.

»Was wollen Sie?« fragte Garden. Es kam als Krächzen heraus.

»Ich habe mir gedacht, ich könnte Ihnen einen Tip geben. Habe Ihr Nummernschild gesehen. Wenn man die Brücke zum ersten Mal sieht, wird einem leicht schummerig. Vor allem um diese Tageszeit. Wenn die Sonne so blendet. Sie sind ein bißchen Schlangenlinien gefahren.«

»Brücke?« Garden versuchte sich zu erinnern. Da war doch irgend etwas gewesen. Sie hatte von einer Brücke gehört. Was nur? Warum wollte ihr Kopf nicht funktionieren?

Der Polizist wies mit schwungvoller Geste auf das Spektakel vor ihnen. Die Brücke ragte hoch und stieg scheinbar sehr steil an, schmal wie ein dünnes Band, und hörte an einer Spitze auf, die ins Nichts zu führen schien. »O Gott«, stöhnte Garden.

»Das geht vielen so«, sagte der Mann. »Deshalb bin ich ja hier. Ich fahre Ihnen den Wagen hinüber, wenn Sie möchten. Wir haben das richtig als System eingeführt. Ich fahre jeden Tag zehn-, zwölfmal.« Er war sichtlich stolz und sehr geduldig.

»Ja, bitte«, stammelte Garden. Sie kroch auf den Beifahrersitz hinüber und nahm Helen auf den Schoß.

Der Polizist redete pausenlos über das technische Wunderwerk der Brücke. Es war ein gut eingeübter, gut angelegter, beruhigender Monolog für ängstliche Passagiere. Garden hörte nichts und sah nichts von der Brücke. Sie hatte die Augen geschlossen; die Lider waren zwar heiß und geschwollen, aber die Dunkelheit und die Befreiung von der Fahrerpflicht wirkten wie Balsam.

Das alte Auto brauchte mehr als fünf Minuten für die knapp drei Meilen. Der Polizist parkte hinter der Brücke am Straßenrand. »Da wären wir, Ma'am und kleine Lady.«

»Lustig«, sagte Helen.

»Vielen Dank«, sagte Garden. »Ich hätte es nicht geschafft.«

Der Mann stieg aus und tippte sich an den Hut. »Ich helfe doch gern, Ma'am.« Er wandte sich zum Gehen.

Garden lehnte sich über den Sitz ans Beifahrerfenster. »Officer? Können Sie mir bitte sagen, wie ich zur East Battery Street komme?«

Die Lichter im Treppenhaus von Margarets großem Haus waren bereits an. »Schau, Helen, das gehört Grandma Tradd. Der Mami von deiner Mami. Sie wird sich so freuen, daß du kommst.«

»Helen Hunger.«

»Und sie hat bestimmt die größten Köstlichkeiten zum Essen. Komm, mein Engelchen.« Sie stolperte den kurzen Weg hinunter. Die Beine wollten ihr nicht gehorchen.

»Helen Durst.«

»Ja, mein Schatz. Sofort.« Garden lehnte sich gegen die Wand neben der Haustür. die Knie knickten ihr ein. Sie hörte Schritte und zwang sich, aufrecht zu stehen. Ihr Anblick mußte zum Fürchten sein, dachte sie.

Margaret machte die Tür auf. Licht blendete Gardens müde Augen. Ihre Mutter war nur ein Umriß.

»Ich habe mir schon gedacht, daß du das bist, Garden«, sagte Margaret. Sie weinte. »Bist du noch nicht zufrieden mit dem, was du mir angetan hast?« Sie fuchtelte Garden mit einer Zeitung vor den Augen herum. »Du kannst deine Schmach nicht auch noch in dieses Haus tragen. Geh weg.« Die Tür schloß sich.

»Mama!« schrie Garden auf. »Mama!« Sie konnte nicht denken und nichts sagen, nicht fragen, was los war. Sie verstand nichts, außer daß das Licht aus der Eingangshalle verschwunden war. Sie trommelte mit den Fäusten gegen die Tür. Das mußte ein Mißverständnis sein. Ihre Mutter konnte ihr nicht die Tür vor der Nase zuschlagen. Es war doch ihr Zuhause. Oder vielleicht nicht?

Helen zupfte heulend an ihrem Rock. »Helen müde.«

Dann gaben Gardens Knie nach. Was sollte jetzt aus ihnen werden? Im Schatten des großen Hauses war es kühl, und Garden konnte weinen.

Das erschreckte Helen. Sie tappte mit klebrigen Fingerchen an Gardens nasse Wangen. »Nein«, sagte sie. »Nein, Nein.« Garden nahm die Kinderhand in ihre.

»Keine Angst, mein Kleines. Schsch, ist schon gut. Mami macht alles wieder heil. Keine Angst.« Sie klang nicht überzeugend. Helen schluchzte herzzerreißend.

Gardens erschöpfter Körper tat weh, ihr Verstand raste. Sie mußte überlegen. Irgend etwas zum Festhalten finden. Sie schrie innerlich um Hilfe. Wenn nur Hélène hier wäre ... wenn das hier nur Paris wäre ... dann könnte sie irgendwo hin. Sie sehnte sich nach der trockenen, praktischen Art, mit der ihre Freundin Katastrophen meisterte. Dann wußte sie plötzlich, was Hélène sagen würde. Als ob sie es ihr eingeflüstert hätte. Die großherzige Bess.

»Tante Elizabeth«, murmelte Garden. »Helen, wir gehen zu Tante Elizabeth.«

Joshua öffnete die Haustür mit einer kleinen Verbeugung. »Miz Cooper ist nicht zu Hause«, sagte er förmlich. Dann fiel sein Blick auf die verzweifelte, schmutzige Frau mit dem

Kind auf der Treppe. »Du lieber Himmel«, sagte er, »geben Sie mir das Kind und stützen Sie sich auf den alten Joshua, Miss Garden.«

89

»Ich weiß gar nicht mehr, wie ich durch die Tür gekommen bin«, sagte Garden.

Elizabeth Cooper lachte. »Auf alle Fälle nicht aus eigener Kraft, meine Liebe. Der arme Joshua hatte Schlagseite wie ein sinkendes Schiff, mit Helen auf dem einen Arm und dir am anderen hängend.«

»Schläft sie noch?«

»Du liebe Güte, nein. Kinder sind so schrecklich unverwüstlich. Sie ist seit Stunden wach und fragt Celie in der Küche ein Loch in den Bauch. Sie behauptet steif und fest, Celie hätte ein Pony in einem der Schränke versteckt.«

Garden stöhnte leise auf. Sie wollte nicht an Sky oder Vicki oder sonst irgend etwas denken.

»Das wird sich aber nicht vermeiden lassen«, las Elizabeth ihre Gedanken: »Du mußt dich damit auseinandersetzen.«

»Nicht jetzt«, bettelte Garden.

»Aber heute noch. Ich habe dir die gestrige Zeitung aufgehoben. Zwing dich dazu, sie zu lesen. Es ist häßlich, aber du mußt wissen, was jeder Mensch in Charleston inzwischen gelesen hat.«

»Es stimmt nicht.«

»Ob es stimmt oder nicht, tut nichts zu Sache. Du mußt Bescheid wissen. Noch etwas solltest du wissen: Du hast bei mir ein Zuhause, solange du es brauchst.«

»Ich begreife nicht, wie Mama mich so abweisen konnte, Tante Elizabeth. Sie hat mir die Tür vor der Nase zugeschlagen. Vor der Nase. Ich begreife es nicht.«

Elizabeth faßte Garden bei der Hand. Der kurze Druck

war Ausdruck des Mitgefühls und Mahnung zur Selbstbeherrschung zugleich. »Du bist jetzt eine erwachsene Frau, Garden. Wie alt bist du, fünfundzwanzig, oder? Das ist zu alt für die Kindergartenvorstellung von der perfekten Mutter. Margaret hat schon immer übertriebenen Wert auf die Gesellschaft und ihre Stellung darin gelegt. Sie ist im Grunde genommen sehr dumm und oberflächlich, und das weißt du auch. Du mußt sie so nehmen, wie sie ist. Sie wird nie so sein, wie du sie gern hättest.«

»Aber ich bin doch ihre Tochter.«

»Und du bist auch nicht so, wie sie dich gern hätte. Aber sie wird die Wahrheit nie akzeptieren können. Du schon, wenn du dir Mühe gibst. Auf dich warten einige bittere Pillen, meine Liebe. Ich lasse dich jetzt allein, damit du mit dem Schlucken anfangen kannst.«

Garden blickte Elizabeths großer schlanker Gestalt nach. Am liebsten hätte sie sie nicht gehen lassen. Sie wollte sich den Tatsachen nicht stellen. Sie wollte sich in die Kissen kuscheln und einfach einschlafen, um alles zu vergessen. Aber dann stellte sie sich den mißbilligenden Blick auf dem ernsten, hageren Gesicht ihrer Großtante vor, riß sich zusammen und stand auf.

Elizabeth hatte die Zeitung auf dem Schreibtisch liegenlassen. Garden nahm sie und blätterte sie durch. Ganz oben auf Seite vier sprang ihr ihr Foto entgegen. Es war ein altes, aus den ›schlechten Zeiten‹. Sie war blond und trug ein perlenbesetztes Kleid mit schweren Perlenquasten am kurzen Saum. Um ihre Arme spannten sich unzählige diamantbesetzte Armreifen, an den Ohrläppchen hingen Quasten aus Perlen und Diamanten, und um ihre Schultern war ein Satincape mit Fuchskragen drapiert. In der einen Hand hielt sie eine lange Zigarettenspitze, in der anderen ein Champagnerglas, und im Gesicht hatte sie ein glattes, künstliches Lächeln. INTERNATIONALES JET-SET-ASCHENPUTTEL VON BETROGENEM EHEMANN ANGEKLAGT lautete die Schlagzeile. Garden setzte sich auf den Bettrand.

Der Artikel kam von einer der großen Presseagenturen. Das bedeutete, daß er wahrscheinlich in jedem noch so kleinen Blatt auf der ganzen Welt erschien. Er beschrieb Sky als schwer arbeitenden Farmverwalter in einer nicht namentlich genannten ländlichen Kleinstadt in Frankreich, der ›von den schockierenden Enthüllungen schwer getroffen‹ sei. Das klang natürlich so, als hätte Garden ein ausschweifendes Nachtleben in Pariser Nachtklubs und südfranzösischen Spielkasinos genossen, während ihr ahnungsloser Mann sich bei der edlen Landarbeit abschuftete.

›Man erwartet, daß der Prozeß Beweismaterial für eine Dekadenz und Lasterhaftigkeit vorlegt, wie sie seit den letzten Tagen des römischen Reiches nicht mehr vorgekommen sind‹, berichtete die Zeitung, ›und in den normalerweise ruhigen Straßen vor dem Gerichtsgebäude sammeln sich bereits die Menschenmengen. Mr. Harris hat sich zurückgezogen und in ärztliche Obhut begeben. Er wird von dem bekannten Anwalt Atherton Wills vertreten. Der Aufenthaltsort von Mrs. Harris ist nicht bekannt. Mr. Wills hat eine schlichte, bewegende Erklärung über die Verteidigung der mutmaßlichen Ehebrecherin vor der Presse verlesen. Ihr gramgebeugter Ehemann hat ihr einen Verteidiger besorgt. Selbst unter diesen peinlichen Umständen gilt Mr. Harris' erste Sorge dem Wohl seiner Frau.

Als mittellose Debütantin aus der exklusiven gesellschaftlichen Welt von Charleston, South Carolina, wurde Mrs. Harris von ihrem hingebungsvollen jungen Ehemann in ein unerhörtes Luxusleben eingeführt, indem sie in ihren Flitterwochen auf seiner 185 Fuß langen Yacht in der schwülen Karibik kreuzten. "Er gab dem Mädchen, was sie nur verlangte, und sie verlangte alles", sagte die Mutter von Mr. Harris, die Prinzessin Victoria Montecatini. Die Prinzessin wird bei dem Prozeß vermutlich als Hauptzeugin der Anklage fungieren.‹

Garden knüllte die Zeitung zu einem Ball zusammen und schleuderte sie auf den Boden. Ihr erster Impuls war, zu kämpfen und ihre Version der Geschichte zu erzählen. Skys Untreue. Vickis Kokainschüsselchen. Sie konnte ebenfalls Zeugen bekommen. Und zwar mehr, die die Wahrheit sagten, als Vicki zum Lügen verdingen konnte. Tatsache. Sie würde trotzdem verlieren.

»Mein liebes Mädchen«, sagte sie laut, »du bist mit fliegenden Fahnen in die Falle getappt.«

Aber zumindest war sie in Charleston, wo man sie kannte. Egal, was in den Zeitungen stand, die Leute hier wußten, daß sie nicht so war. Sie war nicht geldgierig und hinterhältig, und keine Nymphomanin. Sie hatte Fehler gemacht, aber das passierte jedem. Auf ihre Freunde aus der Schule und aus dem Chor konnte sie sich verlassen. Ihre Mutter fiel nicht so ins Gewicht. Sie würde es schon verwinden.

»Mami?« Helen schnaufte vor Anstrengung über die gemeisterten Treppen in den zweiten Stock. »Helen Eis.«

Garden blickte auf den kräftigen kleinen Körper und die gesunden rosigen Wangen ihrer Tochter. Als Ehefrau hatte sie vielleicht versagt, hatte Sky nicht glücklich machen und seine Liebe nicht halten können. Aber sie wollte die beste Mutter der Welt werden, das beschloß sie in diesem Augenblick. Helen sollte nie eine Tür vor der Nase zugeschlagen werden.

»Täubchen«, sagte sie, »wir kaufen uns das größte Eis mit der meisten Schlagsahne und einer knallroten Kirsche oben drauf. Was hältst du davon?«

Helen nickte zustimmend.

Garden fuhr mit Helen in die Eisdiele auf der King Street. ›Schwettmann's‹ war eigentlich gar keine Eisdiele, sondern eine Drogerie, aber hinten an der rechten Seitenwand standen eine Marmortheke mit dem Limonadeautomaten und davor weiße Bistro-Tische und Stühle. Dort traf sich die Jugend von Charleston, vor allem die jungen Mädchen. Man konnte zu jeder Tageszeit dort aufkreuzen und kannte immer irgend jemanden, zu dem man sich an den Tisch setzen konnte. Zu Gardens Ashley-Hall-Zeiten war ein Kinobesuch mit anschließendem Cola bei ›Schwettmann's‹ der letzte Schrei und das höchste der Gefühle gewesen.

Natürlich erwartete sie nicht, daß sie jetzt dort jemanden treffen würde. ›Schwettmann's‹ war sicher fest in der Hand der jüngeren Generation. Sie wollte hin, weil sie sich dort zu Hause fühlte und weil sie Helen zeigen wollte, wo die Mami ihren ersten Eisbecher geschlemmt hatte.

Die Fliegengittertür quietschte beim Öffnen wie in alten Zeiten. Und die Ventilatoren an der Decke surrten sanft wie eh und je. Garden sah sich um. Nichts hatte sich verändert. Es kam ihr ganz natürlich vor, daß sie Wentworth an einem der Tische sitzen sah. Zwei kleine süße Buben saßen neben ihr.

»Wentworth!« Garden begann, sich durch den Wald aus weißen Stühlen zu schlängeln. Sie behielt Helen im Auge, damit sie sich nicht irgendwo verletzte. Sie blickte gerade rechtzeitig auf, um zu sehen, wie Wentworth einen Dollar auf den Tisch legte und hastig ihre Handschuhe und Päckchen ergriff.

Garden stand sprachlos da, während Wentworth die beiden Buben eilig durch das Stühledickicht lotste. Sie gingen nicht weiter als einen Meter von ihnen entfernt vorbei. Wentworth ließ die Augen keine Sekunde von den Köpfen ihrer Kinder. »Wentworth?« fragte Garden leise.

»Wer ist die Lady, Mama?« fragte einer der Jungen so unbefangen und laut, wie Kinder das zu tun pflegen.

»Niemand«, erwiderte seine Mutter.

Garden blickte sich an den vereinzelt besetzten Tischen um. Keiner sah ihr in die Augen.

»Helen Eis.«

Garden reckte das Kinn und ging an die Theke. »Einen großen Becher Vanilleeis zum Mitnehmen, bitte«, sagte sie.

»Nimm das zu Celie in die Küche mit«, wies sie Helen an, als sie wieder bei Elizabeth zu Hause waren. Sie ging langsam in die Bibliothek, streifte sich auf dem Weg die Handschuhe ab. Elizabeth blickte von ihrem Buch auf.

»Es ist viel schlimmer, als ich gedacht habe«, sagte Garden. »Was soll ich bloß tun, Tante Elizabeth?«

90

Stück für Stück setzte Garden mit Elizabeths Hilfe die Trümmer ihres zerrütteten Lebens langsam wieder zusammen. Als erstes bot Elizabeth überraschend an, Johns Auto zu kaufen. Sie habe schon seit Jahren fahren lernen wollen. Das uralte, verbeulte Model T eigne sich ideal, da es nach einem möglichen Unfall genauso aussehen und klingen würde wie vorher. »Natürlich müßtest du es mir beibringen«, sagte Elizabeth. Was Garden gerne tat. Sie konnte ohnehin recht wenig für ihre Großtante tun, und Elizabeth hatte ihr schon so viel geholfen.

»Ich habe deine pingelige Mutter besucht«, verkündete Elizabeth eines Tages bald nach Gardens Ankunft, »und sie schickt dir jetzt wöchentlich einen bestimmten Betrag. Sie ist so ein Geizkragen, diese Frau, daß sie grün und blau sein muß von all den Nächten auf einer mit Goldbarren ausgestopften Matratze.«

»Wie nett von ihr«, rief Garden erfreut. »Sollte ich da nicht gleich zu ihr und mich bedanken?«

»Von wegen nett! Ich habe ihr erklärt, daß sie dir Geld für deinen Lebensunterhalt geben muß, sonst ziehst du bei ihr ein. Katastrophen haben immer ihre komische Seite, Garden.«

Aber Garden war noch nicht zum Lachen aufgelegt.

»Du mußt dieses Haushaltsgeld für Helen ausgeben«, sagte Elizabeth. »Sie kann nicht jeden Tag dasselbe Kleidchen tragen, auch wenn es noch so schön gewaschen und gebügelt ist. Und sie braucht eine Kinderfrau, Garden. Es tut weder ihr noch dir gut, wenn ihr so viel zusammen seid. Sie wird sich in Nullkommanichts zu einem kleinen Tyrannen entwickeln.«

Garden protestierte. »Helen ist alles, was ich noch habe, Tante Elizabeth. Und sie braucht mich. Alles ist doch so neu für sie.«

Elizabeth runzelte die Stirn. »Du hast dich selbst, Garden, dein Ich. Und das verlierst du womöglich, wenn du dich in Helen und dein Selbstmitleid vergräbst.«

Garden gingen die Nerven durch. »Verdammt noch mal, dann könnte ich genausogut wieder bei Vicki wohnen. Du triffst für mich Entscheidungen, machst für mich Pläne, spuckst Essen und Trinken aus, und dann soll ich dir die Füße küssen und mit einem tiefen Diener ›danke Ma'am‹ sagen.«

»Ich werde mich sehr freuen, wenn du dein Leben wieder ohne meine Hilfe führst, Garden. Das kannst du mir glauben. Ich bin nicht scharf drauf, in meinem Alter noch einmal Mutter zu spielen.«

»Warum tust du es dann? Mach doch deine Tür auch zu. Wenn es so schlimm ist, Helen und mich zu beherbergen, warum läßt du es dann nicht bleiben?«

»Weil ich nun einmal beschlossen habe, mich für dich zu interessieren, genau wie deine Freundin Hélène Lemoine. Du liegst mir am Herzen, Garden, und zwar schon lange. Ich glaube, daß in dir Großes steckt. Ich warte nur darauf, daß es zum Vorschein kommt.«

Garden stürmte in ihr Zimmer hinauf und tat sich selber leid. Aber ein paar Tage später nahm sie sich Elizabeths ermutigende Worte zu Herzen und ihr eigenes Leben wieder in die Hand.

Sie fuhr noch einmal zu Reba hinaus, teils aus Mitleid, das gestand sie sich ein, teils weil ihr erster Besuch, mit den Neuigkeiten von John, so kurz gewesen war.

Sie traf Matthew ebenfalls zu Hause an, mitten am Nachmittag. Reba und er saßen auf der Stufe vor ihrem Haus und hielten sich an der Hand. Die Sonne glitzerte auf dünne graue Strähnen in Rebas Haar. Sie müßten bald ausziehen, erklärten sie Garden. Die Kündigung sei am Morgen angekommen. Die Barony werde in ein Kloster verwandelt. Die Principessa habe sie den Trappisten übereignet. Die Mönche bräuchten keine Arbeiter, sagte Matthew traurig. Sie erledigten alle Arbeiten selbst.

Dabei ist Vicki nicht einmal katholisch, dachte Garden. Nicht einmal christlich, soweit ich weiß. Sie blickte ihren Freunden in die verzweifelten Gesichter und spürte Tränen und hilflose Wut in sich aufsteigen. Dann verstand sie plötzlich den Grund für Vickis großzügige Schenkung an die Kirche. Es war ein neuerlicher Hieb gegen Garden und ihre Familie.

»Wohin wollt ihr gehen?«

Matthew erwiderte: »Rüber zu Mister Sam. Wie alle hier. Es ist ja nicht so schlimm. Fast alle unsere Freunde sind schon bei ihm. Aber traurig ist es doch, daß auf der Plantage dann kein Ashley mehr übrig ist, kein schwarzer und kein weißer.«

Reba ließ Matthews Hand los und stand auf. »Trinken wir jetzt unseren Kaffee, sonst müssen wir ihn nur mitschleppen. Ich setz' den Kessel auf.«

Beim Kaffeetrinken erinnerte sie Garden an ihr Vermächtnis von der alten Pansy. »Ich habe dann keinen Platz mehr für diese riesige alte Kommode. Kannst du sie mitnehmen, oder soll ich sie zu Feuerholz zerhacken?«

»Tante Elizabeth? Wo bist du?« Garden rannte in das halbdunkle Haus, dessen geschlossene Fensterläden die Sonne abhalten sollten. Sie stolperte über einen Teppich, fiel beinahe hin und stieß gegen ein Tischchen an der Wand.

»Ich bin in der Bibliothek«, rief Elizabeth. »Beim Teetrinken. Komm auch, falls du dir nicht das Bein gebrochen hast.«

Garden lachte. Elizabeth freute sich über diese Klänge. Garden lachte immer noch, als sie eintrat. »Milch und zwei Stück Zucker bitte«, sagte sie. »Nein, drei Stück. Ich hab' was zu feiern, und außerdem brauche ich die Energie. Tante Elizabeth, ich werde Geschäftsfrau.«

»Laß hören. Ich bin begeistert.«

Zu aufgeregt zum Hinsetzen, lief Garden im Zimmer auf und ab. »Ich war bei Reba. Erinnere mich, daß ich dir nachher erzähle, was dieses Biest von Vicki sich jetzt wieder ausgedacht hat. Jedenfalls hat Reba mich darauf gebracht, daß die alte Pansy mir doch ein Möbelstück vermacht hat. Früher kam es mir immer wie ein Koloß vor. Na ja, ich habe es mir angeschaut, ob ich es behalten will. Es hat zwar unzählige Dreckschichten auf dem Buckel, aber darunter muß es fantastisch sein. Eine riesige Kommode mit Aufsatz. Es ist wunderschön geschnitten, und die Messingbeschläge sind noch original. Ich verstehe was davon. Das habe ich gelernt, als ich unser Haus in Hampstead Heath eingerichtet habe.

Also kam's mir wie ein Blitz aus heiterem Himmel. Wer hat heutzutage noch Geld? Leute wie Vicki. Und was tun die neuen Plantagenbesitzer und reichen Touristen zum Zeitvertreib am liebsten? Sie gehen zum Antiquitätenhändler. Wenn ich es nun mal zu so trauriger Berühmtheit gebracht habe, dann kann ich doch wenigstens Kapital daraus schlagen. Kein Mensch redet mit mir. Ich bin in Ungnade gefallen. Jetzt werde ich's ihnen zeigen. Ich mache ein Geschäft auf.

Die Leute werden in meinen Laden pilgern, nur um das Aschenputtel aus dem internationalen Jet-Set aus der Nähe zu sehen. Und dann setze ich sie so lange unter Druck, bis sie was gekauft haben. Zu einem horrenden Preis. Mit einer riesigen Gewinnspanne für mich.

Matthew leiht sich einen Lastwagen aus und fährt mir meinen Schatz in die Stadt. Ich stelle ihn in der Remise unter, wenn es dir recht ist. Ich kann es gar nicht erwarten, meine Kommode zu putzen und zu sehen, was da zum Vorschein kommt.

Natürlich brauche ich mehr als nur ein Möbelstück. Aber ich habe in England wirklich einiges gelernt. Ich kann Sachen auf Kommission von anderen Händlern kriegen, zu Auktionen gehen und in Hütten wie die von Reba herumstöbern. Sie hat zum Beispiel eine Teekanne, die garantiert original aus China stammt. Der Deckel hat einen Sprung, aber den sieht man fast nicht.«

Elizabeth hüstelte, um auch einmal einen Satz anzubringen. »Koch ihn in Milch«, sagte sie, »dann schließt sich der Sprung wieder.«

Garden fiel ihrer Großtante um den Hals? »Du bist eine Wucht. Hältst du mich für verrückt? Ein großes Risiko ist es schon, eigentlich kann es gar nicht klappen. Als erstes versetze ich mein Zigarettenetui. Damit müßte ich die Miete in irgendeinem Loch für ein oder zwei Monate zahlen können.«

Elizabeth lachte. »Allerdings halte ich dich für verrückt, meine Liebe. Und ich freue mich unglaublich darüber. Es gibt doch nichts Besseres als Aufregung und Risiko und Verrücktheiten. So, und wegen dem Pfandleiher, da kenne ich einen, mit dem ich zu meiner Zeit ganz gut im Geschäft war ...«

Auf Elizabeths Anruf hin schickte Andrew Anson am nächsten Tag einen Boten von der Bank. Er kam in Begleitung von zwei bewaffneten Polizisten. Elizabeth quittierte den Empfang des Pakets, während alle drei Männer auf der Veranda warteten. »Andrew hätte genausogut gleich eine Annonce in die Zeitung setzen können: ACHTUNG DIEBE. Er war ein lieber kleiner Junge, aber das Bankiersdasein hat eine alte Jungfer aus ihm gemacht.«

Sie klappte die Kassette auf, und Garden stockte der Atem. Nicht einmal in Monte Carlo hatte sie je so große oder so viele Diamanten gesehen. »Was ist das?« flüsterte sie.

Elizabeth kippte die Kassette um und leerte die Diamanten auf ihren Schreibtisch. »Ist es nicht gräßlich?« fragte sie stolz. »Ich vergesse immer, wie scheußlich es tatsächlich ist.« Sie hob den Haufen mit beiden Händen auf. Es war eine Halskette, fast schon ein Lätzchen aus riesigen Steinen mit einem birnenförmigen Anhänger, der an die dreißig Karat haben mußte.

»Außerdem ziemlich verdreckt«, sagte Elizabeth. »Wir müssen es wohl in Ammoniak legen. Kannst du dir vorstellen, Garden, daß mein Vater, der angeblich ein höchst feiner und verständiger Mensch war, das meiner Mutter gekauft hat? Es ist eindeutig das vulgärste Stück, das je von Menschenhand gefertigt wurde.« Sie ließ die Kette wieder auf den Schreibtisch fallen.

»Allerdings war es die Rettung unserer Familie. Mein Bruder, dein Großvater, hat es in einem hohlen Baumstamm versteckt, als die Yankees kamen. Nach dem Krieg war es mindestens ein halbes dutzendmal im Leihhaus. Dieses Ding hat sozusagen die Phosphatgesellschaft gegründet, und es hat mich immer wieder gerettet, als ich die Leitung übernommen hatte. Jetzt wird es dir bei deinem Start ins Geschäftsleben helfen.«

»Aber Tante Elizabeth, das geht doch nicht.«

»Natürlich geht das. Und du mußt durchschlagenden Erfolg haben, es wieder auslösen und mir zurückgeben. Es ist zwar häßlich, aber ich hänge sehr daran.«

Gardens Geschäft ›Küstenschätze‹ eröffnete am 6. Januar 1932.

91

Vier Monate vergingen zwischen Gardens Entschluß, sich ein Geschäft aufzubauen, und der Eröffnung des Ladens. Sie war in dieser Zeit jede Minute beschäftigt, so beschäftigt, daß weder Thanksgiving noch ihr sechsundzwanzigster Geburtstag sich von den anderen Tagen besonders unterschieden.

Das meiste an ihrem vollen Stundenplan war unabdingbar. Sie hatte unglaublich viel zu tun. Aber sie tat auch manches für sich, was nicht unbedingt notwendig gewesen wäre. Sie mußte sich ununterbrochen beschäftigen, um nicht zu verzweifeln. Der Scheidungsprozeß zog sich zur Freude der weltweiten Zeitungsvertriebsleiter noch den ganzen September hin. Zunächst lauerten die Reporter stundenlang vergeblich vor Margarets Haus, in der Hoffnung, daß Garden auftauchen würde. Dann verriet ihnen irgend jemand, wo Garden wohnte – Elizabeth bemerkte säuerlich, daß es vermutlich Margaret war, und zwar gegen Geld –, und ihr blieb nichts anderes übrig, als sich hinter den geschlossenen Fensterläden und abgesperrten Toren von Elizabeths Haus zu verschanzen.

Sie nützte die Zeit zum Studium von Fachliteratur über antike Möbel, antikes Silber, Porzellan und Glas. Nach einer Woche wurde ihr klar, daß sie nie eine echte Expertin in irgendeiner Sparte der Antiquitäten werden konnte, und wenn sie noch soviel zum Thema las. An dem Punkt hätte sie wahrscheinlich ihr Vorhaben aufgegeben, wäre nicht von Peggy ein Tip gekommen.

Peggys Brief war kurz und liebevoll direkt. »Du hast dich ja in einen schönen Schlamassel hineingeritten. Bin froh, daß du dich jetzt bessern willst. Wende dich mal an den Mann, dem ich das ganze Zeug von der Barony verkauft habe. Er heißt Benjamin, und er kennt sich wohl ziemlich gut aus. Wegen der Hitze in Charleston kriegst du von mir kein Mitleid. Kuba ist ein einziger Dampfkessel. Bob muß bald versetzt werden, und ich hoffe auf einen kühlen Standort. Meinetwegen Alaska. Bobby wird sich allerdings nur schwer umgewöhnen. Er hat praktisch fast keine Kleider an seinem fetten Leib. Ich bin schwanger, Geburt ist im März, und ich hoffe auf ein Mädchen, damit ich sie zur ersten Präsidentin der Vereinigten Staaten erziehen kann. Die Männer haben uns solche Katastrophen gebracht, da muß es jetzt bald mal eine Frauenpartei geben.«

Garden rief George Benjamin an. O ja, er erinnere sich lebhaft an Peggy. Jawohl, er würde ihrer Schwester nur zu gern helfen. Ja, er wisse, wer sie sei. Selbstverständlich meine er, was er sage. Er würde mit Freuden helfen. Er käme auch gern vorbei, wenn sie im Moment das Haus nicht gern verlasse.

Mr. Benjamin war von Garden zunächst ein wenig enttäuscht. Peggy hatte ihm damals solchen Eindruck gemacht, daß ihre Schwester daneben blaß wirkte. Garden hatte nichts von Peggys Dreistigkeit und auch nichts von deren gerissener Seeräubermanier. Aber sie war sehr lernbegierig und sich ihrer Unwissenheit wohl bewußt – zwei angenehme Züge für den Lehrmeister. Am Ende ihrer Unterredung war er von ihr ziemlich eingenommen.

Und er hatte gute Nachrichten für sie. »Machen Sie sich keine Sorgen wegen Ihres mangelnden Sachverstandes«, sagte er. »Das können Sie sich auch zunutze machen. Die meisten Ihrer Kunden werden sowieso meinen, daß sie mehr von der Sache verstehen als Sie. ›Nelson‹ sagt eine Frau dann zu ihrem Mann, ›dieser Stuhl sieht nach einem original Chippendale aus.‹ Daraufhin wendet sie sich an Sie: ›Miss, können Sie mir irgend etwas über diesen Stuhl sagen?‹«

»Und was sagen Sie dann? Wenn Sie außerordentlich gut Bescheid wissen, sagen Sie: ›Madam, das ist ein Stuhl im Chippendale-Stil aus dem späten neunzehnten Jahrhundert, der eindeutig aus der Werkstatt eines der Kopierer in New Jersey stammt, die Möbel für Restaurants herstellten. Man erkennt das daran, daß die hinteren Beine schlecht proportioniert sind und die Querverstrebung viel zu schwach ist.‹

Aber meine beste Garden, das wissen Sie nicht. Sie wissen nur, daß Sie den Stuhl auf irgendeiner kleinen Auktion für neunzehn Dollar erstanden haben und ihn für vierzig verkaufen wollen. Also sagen Sie: ›Ich kann Ihnen nicht viel dazu sagen, Madam. Wie Sie sehen, ist er aus Mahagoni und sieht nach Chippendale aus.‹

›Aha‹, denkt sich die Frau, ›dieses Mädchen hat keine Ahnung, und ich kann mir diesen original Chippendale-Stuhl für lumpige fünfzig Dollar unter den Nagel reißen.‹

Sie ist glücklich, Sie haben einen schönen Gewinn, und Thomas Chippendale dreht sich wieder einmal im Grab um. Sehen Sie jetzt, wie segensreich es ist, wenn man nicht zu gut Bescheid weiß?«

Garden tat vor Lachen der Bauch weh. Mr. Benjamin lächelte milde. Er sonnte sich in einem guten Publikum.

Dann sprach er ernsthaft über die Grundregeln, die sie befolgen sollte. »Kaufen Sie nichts, was Ihnen nicht gefällt, denn womöglich bleibt es Ihnen eine ganze Weile. Auf der anderen Seite dürfen Sie Ihr Herz auch nicht so an die Ware hängen, daß Sie traurig sind, wenn Sie etwas verkaufen. Sie sind Händlerin, und das bleiben Sie nur, wenn Sie auch verkaufen. Der übliche Aufschlag liegt bei fünfzig Prozent – das heißt, Sie sollten versuchen, Ihr Geld zu verdoppeln. Für zehn Dollar kaufen, für zwanzig Dollar verkaufen. Die Kunden sind jedoch überzeugt, daß man Sie herunterhandeln kann. Viele gehen überhaupt nur in ein Geschäft, weil ihnen das Handeln so viel Spaß macht. Deshalb müssen Sie auf den Preis noch einmal ungefähr zehn Prozent aufschlagen, die Sie sich dann nach langem Feilschen wieder abluchsen lassen. Ihren Zehn-Dollar-Kauf zeichnen Sie also jetzt mit zweiundzwanzig oder dreiundzwanzig Dollar aus, so daß Sie ihn schließlich für zwanzig verkaufen können. Folgen Sie mir, Garden?«

»Ja. Es klingt nach schrecklicher Zeitverschwendung.«

»Viele gehen genau aus diesem Grund zum Einkaufsbummel. Sie zahlen eigentlich für Ihre Zeit und Zuwendung, wenn sie eine schöne Tasse erstehen. Oft kaufen sie die Tasse nicht einmal. Das ist das Unangenehme an diesem Beruf. Man muß zu jedem Hornochsen freundlich sein.

Aber man trifft auch viele reizende Menschen. Es hält sich ungefähr die Waage. Und jetzt eine letzte, wichtige Grundregel: Sie müssen mit eigenen Fehlern rechnen, und Sie müssen sie wegstecken lernen. Das zerbrochene Glas, das Imitat, das Sie für echt gehalten haben, die im Auktionsfieber viel zu hoch ersteigerte Kommode, das alles läßt sich leicht verschmerzen. Am allerschwierigsten ist – und das ist zum Beispiel mir passiert –, wenn Sie, sagen wir, ein hübsches Nähkästchen kaufen. Sie zahlen fünfzig Dollar dafür, weil Sie es entzückend finden, und Sie verkaufen es für hundert. Sie staunen. Sie fanden den Preis eigentlich zu hoch. Und dann lesen Sie in einer Zeitschrift von dem Glückspilz, der in einer Kleinstadt das Nähkästchen der leibhaftigen Betsy Ross aufgestöbert hat. Und Sie erkennen die Abbildung wieder. In solchen Momenten müssen Sie sich dazu zwingen, an den Profit von fünfzig Dollar zu denken, der für vier Monate Miete reicht, und dafür sind Sie schließlich in diesem Geschäft.«

Garden unterdrückte ihr Gelächter lange genug, um einzuwerfen: »Sie haben nicht wirklich das Nähkästchen von Betsy Ross verkauft, oder?«

»Nein, aber es war fast so schlimm. Ich sage Ihnen nicht, was es war. Ich kann nämlich meine guten Ratschläge selber nicht befolgen. Es tut mir jedesmal in der Seele weh, wenn ich daran denke.«

Elizabeth kam zu ihnen ins Wohnzimmer. »So ein Gelächter habe ich ja nicht mehr gehört, seitdem der Zahnarzt meiner Tochter einmal Lachgas gegeben hat. Darf ich mitlachen?«

Garden stellte Mr. Benjamin ihrer Großtante vor und setzte dann hinzu: »Wir reden uns mit Vornamen an, Tante Elizabeth, weil wir in derselben Sparte tätig sind. George ist furchtbar nett. Er schärft mir ein, daß Dummheit kein Hindernis sei.«

»Unwissenheit, Garden. Ich habe Unwissenheit gesagt. Dummheit ist sogar ein unüberwindliches Hindernis. Mistress Cooper, ich werfe schon die ganze Zeit begehrliche Blicke auf jedes einzelne Möbel in diesem Zimmer. Sie haben ein wunderschönes Haus.«

»Danke, Mr. Benjamin. Die Lorbeeren kann ich allerdings leider nicht für mich beanspruchen. Das meiste war bereits hier. Von mir stammen eigentlich nur die Lampen. Für mich ist das elektrische Licht immer noch ein kleines Wunder. Hat Garden Ihnen schon ihr schwarzes Rhinozeros gezeigt?«

»Ich weiß nicht genau, was Sie meinen.«

Elizabeth gluckste. »Dann hat sie es Ihnen offenbar noch nicht gezeigt. Sie hat es von einer alten Schwarzen von Ashley Barony geerbt. Es ist das größte, dunkelste, schmutzigste Ding, das mir je untergekommen ist, aber Garden ist überzeugt, daß es irgendwo unter all dem Dreck wunderschön ist.«

»Tante Elizabeth, das hättest du jetzt nicht sagen dürfen. George soll doch nicht merken, daß ich nicht nur unwissend, sondern auch dumm bin. Ich hätte nichts davon erzählt.«

Mr. Benjamin breitete die Hände aus. »Tja, jetzt weiß ich nicht, was ich tun soll«, sagte er. »Ich platze vor Neugier, aber ich möchte Garden nicht bloßstellen.«

Garden zuckte mit den Achseln. »Dann kommt eben jetzt die Stunde der Wahrheit. Wenn Sie sich die Mühe machen wollen ...«

George Benjamin stand auf. »Ich werfe nur zu gern einen Blick darauf. Aber denken Sie daran, Sie dürfen sich nicht entmutigen lassen, wenn ich nicht davon beeindruckt bin. Das Betsy-Ross-Kästchen sei Ihnen Warnung genug. Mein Urteil ist keineswegs unfehlbar.«

Garden schloß die Tür zur Remise auf und trat einen Schritt zurück, um George Benjamin und Elizabeth den Vortritt zu lassen. Die große Kommode stand mitten im Raum. Sie war riesig.

Garden wischte sich die Hände am Rock ab. Sie schwitzte vor Aufregung. Im unbarmherzigen Sonnenlicht, das durch die Tür einfiel, sah es tatsächlich aus wie ein schwarzes Rhinozeros. Sie kam sich dumm vor.

»Du liebe Güte«, sagte Mr. Benjamin leise.

Garden fiel keine Bemerkung ein.

Elizabeth stand schweigend in der Tür.

Mr. Benjamin ging auf die Kommode zu, dann einmal um sie herum. Mit einem Taschentuch rieb er kreisförmig über eine Schubladenfront. Dann betrachtete er den fettigen schwarzen Fleck auf dem Tuch. »Du liebe Güte«, sagte er wieder. Garden hätte am liebsten aufgeschrien.

Er fuhr mit den Fingerspitzen an den Konturen der Kommode entlang, über die Verzierungen an der Randleiste und die Fuge zwischen Aufsatz und Unterteil. Er schaute böse. »Dieses herrliche Möbelstück ist vollkommen verdreckt«, sagte er.

»Es hat was? George, es hat tatsächlich was?«

»Barbarisch«, sagte er und nahm seine Untersuchung wieder auf. Er zog eine Schublade auf und drehte sie um. »Jawohl, Zypresse, genau, hier vernutet, mit Schwalbenschwanz ... jawohl, spitz zulaufend ... könnte tatsächlich sein.« Er zog alle Schubladen nacheinander auf und untersuchte jede mit der gleichen Sorgfalt. Als die vorletzte Schublade halb offen stand, erstarrte er plötzlich. »Nein, unmöglich«, sagte er.

Garden verließ der Mut.

Mr. Benjamin nahm die Schublade heraus und trug sie wie ein Baby in den Armen zur Tür. Er stellte sie ehrfürchtig auf den Boden und nahm eine Brille aus seiner Brusttasche. Langsam setzte er sie auf.

»Was ist da?« fragte Elizabeth.

»Ruhe!« entfuhr es Mr. Benjamin. Auf dem staubigen Boden kniend beugte er sich über die Schublade. Vor der Rückwand lag ein schmutziger kleiner Zettel mit aufgebogenen Ecken. In der Mitte war ein komischer dunkler Fleck. Mr. Benjamin legte beide Zeigefinger auf zwei der Ecken und glättete sie. Dann tat er dasselbe mit den anderen beiden

Ecken. Auf seiner Stirn glänzte der Schweiß. Er ließ das Papier los, und die Ecken rollten sich wieder ein. Mr. Benjamin setzte sich auf die Hacken und nahm die Brille ab.

»Meine Damen«, sagte er feierlich, »das ist wirklich ein Schatz, ein echter Beitrag zur Forschung. Sehen Sie sich diesen Zettel an. Fassen Sie nicht hin, schauen Sie nur. Es ist das Etikett eines Kunsttischlers.

Sieht nicht sehr imposant aus, was? Ist es aber. Höchst imposant sogar, und ich will Ihnen auch sagen, warum. Im achtzehnten Jahrhundert und Anfang des neunzehnten gab es viele Kunsttischler in dem kleinen Land, das Amerika damals war. Sie arbeiteten in den Städten mit einer reichen Einwohnerschaft, die sich einen aufwendigen Lebensstil leisten konnte – in Boston, Philadelphia, Baltimore und Charleston. Philadelphia ist heutzutage für seine Tischlerkunst am besten bekannt, weil so viel davon am Ort geblieben ist. Charleston ist den Historikern ebenso vertraut, aber sehr, sehr viele Stücke wurden hier während und nach dem Bürgerkrieg vernichtet und noch mehr verschleppt.«

Mr. Benjamin warf einen liebevollen Blick auf die Schublade. Garden und Elizabeth sahen sich verständnislos an. Worauf wollte Mr. Benjamin hinaus? Was stand auf dem Schild?

»Dem ernsthaften Sammler«, sagte er sanft, »genügt es nicht, über die Herkunft eines Stücks zu spekulieren; es kann noch so schön sein, er will doch ganz sichergehen, wer es wirklich gemacht hat. Viele Stücke haben ein Etikett von ihrem Schreiner. Viele Stücke aus Philadelphia. Und aus Boston und Baltimore. Aber nicht aus Charleston. Und woher kommt das? Weil die Schilder angeklebt wurden und sich in unserem feuchten Klima ablösten. Oder abgeknabbert wurden, von irgendwelchen Insekten hier, die eine Schwäche für Klebstoff haben.

Bis zum heutigen Tag gab es nur ein einziges Möbelstück aus Charleston mit intaktem Etikett. Bis heute.«

Garden fiel ihrer Großtante um den Hals. Am liebsten hätte sie Mr. Benjamin auch gleich umarmt, aber das hielt sie dann doch nicht für angebracht, Vornamen hin und her.

»Dann ist es also ein schönes Stück«, sagte sie mit einem Anflug von Selbstgefälligkeit.

»Ist es denn wertvoll, Mr. Benjamin?« Elizabeth war erstaunlich gelassen.

»Unbezahlbar, Mistress Cooper. Es gehört in ein Museum.«

»Unsinn. Es wird mitten im Laden aufgestellt. Garden, du mußt es mit einem horrenden Preis auszeichnen. Dann finden die Kunden alles andere im Geschäft äußerst preiswert.«

Mr. Benjamins Schultern zuckten, dann fing seine ganze Gestalt an zu beben. Er lachte, bis Elizabeth und Garden sich schon Sorgen machten. Schließlich wischte er sich die Lachtränen ab und polierte mit dem schmutzigen Taschentuch die Brille. »Ich sollte schnell auf einen anderen Beruf umsatteln, bevor Garden ihren Laden aufmacht. Erst Peggy mit ihrem Verhandlungsgeschick und jetzt Garden mit der Spürnase. Dagegen kommt unsereiner nicht an. Ich schicke einen Antiquitätenfachmann, wenn's recht ist, der diese unglaubliche Entdeckung fotografiert und aufnimmt. Nicht nur ein Stück mit Etikett – sondern ein Stück von Thomas Elfe, dem berühmtesten Kunsttischler von Charleston.« Er stand mühsam auf und schob die Schublade wieder an ihren Platz.

»Fassen Sie ohne mich bitte nichts an. Man muß sie fachmännisch reinigen. Sie dürfen vielleicht mithelfen, Garden, weil es ja Ihr Eigentum ist, aber versprechen kann ich da nichts. Ich kann es kaum erwarten, bis ich es zwischen die Finger kriege.« Er strich über einen der schwarzen Schubladengriffe. »Originalbeschläge. Was für ein denkwürdiger Tag. Ich muß gehen. Morgen rufe ich Sie an.«

Elizabeth brachte Mr. Benjamin zur Tür. »Sie wußten das, nicht wahr, Mistress Cooper?« fragte er leise.

»Daß ein Schild drinnen ist? Oder was das heißt? Keineswegs. Ich wußte allerdings, daß die Kommode etwas wert ist. Meine Tante Julia hat sie der alten Pansy geschenkt, und Julia Ashley hat in ihrem ganzen Leben nichts Unwürdiges gemacht.«

»Aber Sie haben so verächtlich getan, als könnte an dem Möbelstück nichts dran sein. Sie müssen Garden sehr ins Herz geschlossen haben.«

»Das stimmt. Und ich habe großes Vertrauen in sie. Leider hatte sie das selber zu wenig. Jetzt allerdings schon. Das verdanke ich Ihnen, Mr. Benjamin.«

»Ich habe zu danken. Mein Leben lang habe ich von solchen Entdeckungen gelesen. Daß ich je bei einer dabeisein würde, habe ich nicht zu träumen gewagt.«

»Ich bin so froh, daß Sie dabei waren. Ich hätte sonst den schmutzigen Fetzen sicher weggeworfen, so unansehnlich, wie er ist.« Elizabeth lächelte listig.

Mr. Benjamin schüttelte sich und deutete mit einer Verbeugung seinen Abschied an. Er war sprachlos.

92

»Ist das nicht herrlich, Tante Elizabeth? Ich kann es gar nicht glauben. Ist George Benjamin nicht umwerfend?« Garden tanzte praktisch im ganzen Zimmer herum.

Elizabeth lächelte. »Ausgesprochen. Ist dir klar, Garden, daß du jetzt deinen ersten Wert besitzt? Finanziellen Wert, meine ich. Dein Auge ist dein allererster Wert; und damit hast du den zweiten entdeckt.«

Garden blieb in der Zimmermitte stehen. »Daran habe ich noch gar nicht gedacht. Da bin ich aber erleichtert. Ich kann die Kommode immer verkaufen, wenn es nötig werden sollte. Was auch kommt, ich werde immer deine Kette wieder auslösen können. Ha, jetzt bin ich eine richtige Geschäftsfrau.« Sie setzte sich und starrte in die Luft, malte sich die Zukunft in schillernden Farben aus.

Elizabeth ließ sie eine Weile schwelgen und unterbrach dann die Träumereien. »Jetzt, wo du so erfolgreich bist, laß uns überlegen, wie und wo du in Zukunft leben wirst. Hättest du nicht gern eine Wohnung für dich allein? Du hast doch sicher genug vom Gästedasein.«

Garden dachte an die kurzen Jahre in Hampstead Heath, als sie und Sky ihr eigenes Haus hatten. Ihre Euphorie über die Elfe-Kommode verschwand. »Ich wollte immer ein eigenes Haus. Eine Zeitlang hatte ich auch eines. Das war die glücklichste Zeit in meinem Leben. So schön wird es nie mehr sein.«

»So nicht«, sagte Elizabeth, »also hat es auch keinen Sinn, sich darüber zu grämen. Ich habe einen Vorschlag für die Zukunft. Laß die Vergangenheit in Ruhe. Aus der Remise, wo dein Schatz jetzt steht, könnte man ein nettes kleines Häuschen machen. Über dem einen Raum sind noch zwei Zimmer. Ich habe schon öfter daran gedacht, sie auszubauen und zu vermieten, aber ich habe es nie geschafft. Jetzt könnten wir es anpacken. Oder besser du. Dahinter steht noch so eine Hütte. Da war mein Büro, als ich die Firma hatte. Wenn man es einmal ordentlich durchputzt, könnte Helen an Regentagen wunderbar darin spielen. Was hältst du davon?«

»Dann zahle ich aber Miete.«

»Darauf bestehe ich sogar.«

»Laß es uns sofort noch einmal anschauen.«

»Geh du nur. Ich habe es oft genug gesehen. Ich genehmige mir noch ein ruhiges Täßchen Tee, bevor Helen vom Mittagsschlaf aufwacht. Du hättest diesem Kind nie das Sprechen beibringen sollen.«

Der Makler bemühte sich nach Kräften, taktvoll zu sein. Er ging die Angebote der Reihe nach durch und erklärte Garden, daß ihr diese Räumlichkeiten nicht gefallen würden, weil sie klein seien ... oder zu groß ... zu dunkel ... oder zu hell.

»Mr. Smythe, ich merke doch, daß es Schwierigkeiten

gibt«, sagte Garden. Sie war bleich. »Man will mir nichts vermieten, stimmt's?«

»Es tut mir so leid, Mrs. Harris.«

»Sie können nichts dafür. Ich verstehe schon.«

Mr Smythe fühlte sich ausgesprochen unwohl. Zwei der Angebote gehörten ihm selbst. Er fragte sich, ob all diese Geschichten wohl stimmten. Eine Schönheit war sie ja wirklich. Und wenn nur irgend etwas dran war, an dem, was in den Zeitungen stand ... Vielleicht sollte er ihr dieses Objekt auf der Church Street vermieten ... Sie wäre ihm dankbar, und er müßte immer mal wieder vorbeikommen und nach dem Rechten sehen ... Seine Frau würde ihn umbringen. »Eine Möglichkeit gäbe es, aber die Lage ist nicht allzu gut.«

»Ich habe etwas gefunden«, sagte Garden, als sie wieder zu Hause war. »Es war früher ein Stall und ist unvorstellbar verdreckt, aber es hat einen kleinen Hof mit einem wunderschönen Feigenbaum dabei. Es liegt in der Chalmers Street.«

Elizabeth betrachtete Gardens strahlendes Gesicht. In den Augenwinkeln und an den Nasenflügeln waren winzige Fältchen von all dem Kummer, aber der Stier war bei den Hörner gepackt, und sie hatte überlebt. Sie hatte sich aus ihrer Schutzzone herausgewagt.

In den folgenden Wochen gruben sich die Falten noch tiefer ein, als sie die praktische Tragweite ihrer Ächtung zu spüren bekam. Aber sie brach nie zusammen. Sie war zu beschäftigt.

Ihre Lieblingsbeschäftigung waren die ländlichen Auktionen. Sie fuhr im Morgengrauen los, in das Dorf oder die Stadt, wo eine Versteigerung stattfinden sollte, und kam rechtzeitig hin, um sich die Stücke vor Eröffnung der Auktion genau anzusehen. Sie gab sich sehr professionell, hatte immer ein Notizbuch dabei und schrieb sich auf, was sie kaufen und wieviel sie dafür ausgeben wollte. Wenn höher geboten wurde, stieg sie aus, obwohl sie sich oft ärgerte, daß jemand anderer es wagte, mit ihr mitzubieten.

Manchmal paßten ihre Käufe nicht auf das Dach des Model T. Dann lieh sie sich am nächsten Tag den Lastwagen von Matthews Freund, packte ein Picknick zusammen und nahm Helen mit, um ihre Beute abzuholen.

Sie nahm Helen auch mit, wenn sie ›jagen‹ ging. Dann fuhr sie zu den Hütten, die in der Nähe der alten Plantagen noch stehengeblieben waren. Sie klopfte an die Tür, bat um ein Glas Wasser und sah sich innen nach Dingen um, die sich womöglich von den einst großartigen Häusern in diese übriggebliebenen Hütten verirrt hatten. Sie machte reiche Beute. Es hatte so viele großartige Häuser in der Küstenebene gegeben. Garden freundete sich auf diesen Ausflügen oft mit den Leuten an. Die Eigentümer waren immer froh, irgendein ›verdrecktes altes Stück‹ gegen Geld für neuen Ersatz loszuwerden. Oft kam sie wieder und lud den Lastwagen voll. An dem Tag, als sie auf eine schwarz angelaufene hohe silberne Urne stieß, die als Schmalztopf benutzt wurde, rief Garden George Benjamin an. »Ich glaube, ich habe was gefunden. Könnten Sie mir helfen, herauszubringen, was es ist?«

Er polierte den Boden und sah in einem Kennzeichenlexikon nach. »Wie machen Sie das bloß? Es ist Hester Bateman.«

Garden schrieb Peggy sofort über die neuesten, von Mr. Benjamin gelernten Erkenntnisse. Einer der besten englischen Silberschmiede des achtzehnten Jahrhunderts war eine Frau gewesen.

Und dann, nach Monaten der endlosen Schrubberei und Räumerei, Poliererei und Planerei, war plötzlich alles fertig. Mr. Benjamin gab dem glänzenden Holz und Messing der Elfe-Kommode den letzten Schliff. Garden fegte die letzten Packpapierkrümel aus dem Laden. Helen packte für den Umzug in ein neues Heim ihre Puppenkleider in einen Korb. Elizabeth legte die letzte Flasche Wein aus ihrem Vorrat von der Zeit vor der Prohibitionin in den neuen elektrischen Kühlschrank in der Remise.

»Was für eine wundervolle Überraschung«, sagte Garden, als sie die Flasche fand. »Danke, Tante Elizabeth. Ich lade dich bald zum Abendessen ein, und dann machen wir sie auf.« Sie blickte auf die Vorräte, die sie für ihre kleine Küche eingekauft hatte. »Amerika ist herrlich. Sogar ich sollte hier etwas Eßbares zuwege bringen.« Sie hatte Dosensuppen, Erdnußbutter, eine Backmischung für Kekse, Apfelmus und sogar die neueste Errungenschaft der modernen Küche eingekauft: in Scheiben geschnittenes Weißbrot.

»Mein eigenes Reich«, murmelte sie und betrachtete den großen Raum, der sich über das ganze Erdgeschoß der Remise erstreckte. Anstelle der großen Tore hatte sie Fenster mit vielen Fensterkreuzen setzen lassen; auf dem Boden waren Ziegel verlegt, die jetzt eingewachst schimmerten. Die Möbel bestanden aus ›Gelegenheiten‹ von Auktionen, eine angenehme Mischung aus verschiedenen Stilen, nichts sehr Wertvolles, aber alles solide. Helen war schließlich ein sehr tatkräftiges kleines Mädchen. Stühle und Sofa hatten blauweiße, abnehmbare Bezüge und große rot-weiß karriert bezogene Kissen. Verschiedene Fleckerlteppiche waren über den Boden verstreut.

»Es ist hell und gemütlich, Garden«, lobte Elizabeth.

»Und waschbar und billig«, ergänzte Garden. Das einzige teure Stück im ganzen Raum war ein großer Kupferkessel auf dem Herd neben dem Kamin, in dem ein Feuer fröhlich prasselte. Über dem Kaminsims hing Tradds Bild von St. Michael, eine Leihgabe von Elizabeth. Dann waren da noch Bücherborde, ein Radio und eine blaue Obstschale aus Ton mit Äpfeln darin. Was wollte man mehr? fragte sich Garden und verschloß sich zugleich der Antwort. Sie hatte das Feuer mit einer zerknüllten Zeitung entfacht, in der die Hochzeit von Sky und der jungen Comtesse de Varigny lang und breit beschrieben war.

In dieser Nacht schlief Garden in ihrem eigenen Bett in ihrem eigenen Zimmer in ihrem eigenen Haus. Vor dem Einschlafen sagte sie sich einen Satz von Elizabeth vor. »Ich lebe seit mehr als dreißig Jahren allein«, hatte Elizabeth gesagt, »und ich zweifle nicht daran, daß das bei weitem die beste Art zu leben ist.«

93

Am nächsten Tag eröffnete Garden die ›Küstenschätze‹.

Der Laden gefiel ihr fast noch besser als ihr neues Häuschen. Die Kommode hatte einen Ehrenplatz an der Wand bekommen, auf einem niedrigen Podest, an dessen Eckpfosten eine Samtkordel als Barriere befestigt war. Fünf verschiedene Tische standen im Raum, jeweils mit ein paar Kostbarkeiten aus Silber oder Porzellan darauf; außerdem ein Lehnsessel, ein Tête-à-tête-Sitz und ein großes Regal mit Glas und Porzellan in den Fächern. Im Hintergrund stand ein Queen-Anne-Schreibtisch nebst Stuhl vor einem Fenster zum Hof. In dessen Schubladen lagen Garden Geschäftsbücher, das Quittungsbuch und eine kleine Kasse. Nicht weit davon stand ein kleiner Ofen mit einem Kohlenkasten aus Messing daneben und einem Kupferkessel darauf. Sie hatte sich als nettes Extra ausgedacht, den Kunden Tee anzubieten, während sie ihnen die gekauften Stücke verpackte. Auf einem Tablett standen Tassen, Untertassen, Löffel, Teedose, Keksbüchse, Teekanne, Sieb, Schälchen für die gebrauchten Teeblätter, Wasserkännchen, Zuckerdose und Zange bereit. Garden hatte alles viermal neu arrangiert und ärgerte sich, daß sie die Servietten zu Hause vergessen hatte.

Um vier Uhr servierte sie George Benjamin Tee. »Die Tür ist den ganzen Tag kein einziges Mal gegangen«, sagte sie und brach in Tränen aus.

Mr. Benjamin klopfte ihr unbeholfen auf die Schulter. »Mein liebes Kind, es gibt viele, viele Tage, an denen kein Mensch meinen Laden betritt, dabei liegt er auf der King Street. Sie müssen sich ein Buch zum Lesen mitbringen. Ich habe schon

Unmengen von Büchern im Geschäft gelesen. Oft ärgere ich mich sogar, wenn die Tür geht, weil ich meine Lektüre unterbrechen muß ... Nein, dieser Gedanke behagt Ihnen wohl nicht, das merke ich schon. Lassen Sie mich überlegen ...

Ich hab's. Garden, bitte weinen Sie nicht mehr. Ich weiß, was wir machen.«

Garden sah ihn erwartungsvoll an.

»Wir rufen bei der Zeitung an«, sagte Mr. Benjamin.

»Bei der Zeitung? Ich kann die verdammte Presse nicht ausstehen.«

Mr. Benjamin war schockiert. Er war vierundsechzig und ein Gentleman. Er hatte noch nie eine Dame fluchen gehört.

Garden starrte ihn an. »Wie kommen Sie bloß auf diese Idee, George? Die Zeitungen haben mich doch gehetzt und mir das Leben schwergemacht. Mit denen will ich nichts zu tun haben.«

»Ach so, natürlich. Jetzt verstehe ich. Aber Sie verstehen mich nicht. Die Presse würde ja nicht wegen Ihnen kommen, sondern wegen Thomas Elfe.«

Garden überlegte. »Ich fürchte, das sehen Sie ein wenig naiv, George. Einen Seitenhieb auf die untreue Ehefrau verkneifen die sich sicher nicht. Sünde verkauft sich besser als Gelehrtenkram.«

»Nicht, wenn ich mit meinem Freund, dem Herausgeber, ein Wörtchen rede. Ich verrate ihm einfach nicht, um welche Art von Schatz es sich hier handelt, bis er auf meine Bedingungen eingeht. Was meinen Sie, Garden? Chalmers Street liegt ziemlich ab vom Schuß.«

»Geben Sie mir ein wenig Bedenkzeit.«

Eine Woche später schickte Garden ihm ein Briefchen. »Habe es mir überlegt. Stimme Ihnen zu.«

Ein einziger Mensch hatte ihren Laden betreten, und zwar ein Mann, den sie aus ihrer Debütantinnenzeit flüchtig kannte. Er hatte ein Mädchen geheiratet, das in Ashley Hall zwei Klassen über ihr gewesen war. Sie lächelte ihn besonders herzlich an, da sie sich weder an seinen Namen noch an den seiner Frau erinnern konnte. Er lächelte zurück und bedeutete ihr in äußerst derber Manier, daß sie ja wohl sehr einsam sei und er ihr gern aushelfen würde.

»Wenn Sie nicht auf der Stelle verschwinden, kriegen Sie diesen Schürhaken über den Schädel«, schrie Garden und bewaffnete sich.

»Mach keinen Zirkus, Kleine. Du bist doch ganz scharf darauf.« Er fuhr mit der Hand an seinen Reißverschluß.

Garden stieß den Schürhaken in die Glut im Ofen. »Wenn Sie das wagen, dann brenne ich ihn Ihnen ab«, verhieß sie.

Die Tür fiel hinter ihm zu, und Garden fing an zu zittern. Von nun an hatte sie Angst, wenn sie allein war. Der Laden lag so abseits von den anderen Häusern, und die Straße war nie sehr belebt. Das schlimmste öffentliche Aufsehen war immer noch besser als Angst. Sie hatte vor Elizabeth damit geprahlt, daß die Kunden allein wegen der verrufenen Garden Harris kommen würden. Okay, dann sagte sie ihnen eben, wo sie zu finden war. Sollten sie doch starren, soviel sie wollten, solange sie sie vor dem schutzlosen Alleinsein bewahrten.

Der Artikel in der Zeitung sah genauso aus, wie George Benjamin versprochen hatte. Ein Foto vom Laden mit der Elfe-Kommode, eines von der offenen Lade mit dem Etikett, und Garden war nur einmal erwähnt, als »G. Harris, Inhaberin der ›Küstenschätze‹«.

Nach Erscheinen des Berichts kam die kleine Glocke über der Tür tagelang nicht mehr zur Ruhe. Die meisten Besucher waren einfach neugierig auf Garden. ›G. Harris‹ hatte nicht ausgereicht, um eine Verbindung zu dem Skandal zu vertuschen. Sie starrten und staunten und flüsterten miteinander. Aber sie kauften auch manches ein. Garden schrieb eine ganze Seite in ihrem Geschäftsbuch voll und durchforstete die Zeitung aufmerksam nach Anzeigen von Auktionen im Umkreis. Leider fanden alle samstags statt, und da mußte sie im Laden sitzen.

Anfang Februar ließ der erste Ansturm nach, und langsam tauchten auch ernsthafte Interessenten für die Kommode auf. Einem nannte sie auf seine Frage einmal den höchsten Preis, den sie sich vorstellen konnte – fünfzigtausend Dollar – und er schien immer noch sehr angetan. Garden blieb beinahe das Herz stehen.

Sie erhielt so viele schriftliche Anfragen, daß sie sogar eine Karte mit Informationen über Thomas Elfe, einer Zeichnung des Etiketts und der Kommode samt genauer Maße drucken ließ. Das kostete sie zwölf Dollar, und daraufhin setzte sie den Preis auf fünfundsiebzigtausend hinauf.

»Schließlich brauche ich auch viele Briefmarken, um all die Briefe zu beantworten«, sagte sie als Erklärung zu George Benjamin. Er konnte sich gar nicht mehr fassen vor Lachen.

Meistens kamen die Anfragen auf schwerem, vornehmem Briefpapier, aber manchmal steckte auch eindeutig ein Exzentriker dahinter. Einmal erhielt sie einfach eine Abbildung der Kommode, die aus der New York Times herausgerissen worden war. »Wieviel?« war mit grüner Tinte über das Foto gekritzelt. Garden schickte eine Karte an den angegebenen Absender und warf Umschlag und Zeitungsausschnitt in den Papierkorb.

Sie kam nicht auf die Idee, den Zeitungsfetzen umzudrehen. Sonst hätte sie einen Teil der Story über den Autounfall lesen können, bei dem Sky und seine Frau ums Leben gekommen waren. Sky hatte auf der Haute Corniche eine Kurve zu schnell genommen.

94

»War heute viel los?« Elizabeth nickte in Richtung der dampfenden Schüssel, in der Garden ihre Füße badete.

»Nicht genug. Ich mag es lieber, wenn der Laden voll ist.

Nein, heute war es ruhig, aber ich mußte mich ärgern. Ich erzähle es dir nach der Sendung.« Gardens Leben hatte sich auf einen geschäftigen, größtenteils angenehmen Alltag eingependelt. Um sieben Uhr stand sie auf, machte Kaffee für sich und Frühstück für Helen und sich. Belva, Helens Kinderfrau, kam um halb neun und übernahm das Kind, während Garden badete und sich anzog. Gegen neun ging Garden in den Laden, um aufzuräumen und zu putzen, bevor sie dann um zehn Uhr öffnete. Um halb zwei hängte sie ein Schild an die Tür und ging zu Elizabeth zum mittäglichen Dinner, wie es in Charleston üblich war. Von halb vier bis sechs wieder ins Geschäft, dann nach Hause, um Belva abzulösen, Abendessen für Helen zu richten und mit ihr bis zur Schlafengehenszeit um sieben Uhr zu spielen. Danach aß sie selbst eine Kleinigkeit, räumte die Küche auf und setzte sich mit Kaffee und Zigarette gemütlich aufs Sofa. Elizabeth kam meistens kurz vor acht, und sie hörten gemeinsam bis Viertel nach acht die Radioserie ›Amos und Andy‹.

Bis neun unterhielten sie sich oft noch, dann ging Elizabeth wieder nach Hause, und Garden konnte lesen, Wäsche oder Haare waschen und sich wieder vors Radio setzen.

»So, jetzt erzähl mir, was dich so geärgert hat«, sagte Elizabeth, nachdem ihre Radiosendung vorüber war.

»Ach, einfach Charleston. Die Leute hier. Verstehst du, keine Menschenseele, die ich von früher kenne, ist bisher in meinem Laden aufgetaucht. Alle Kunden haben irgendwas mit der Navy zu tun, oder es sind Touristen. Das ist schlimm genug. Aber am gemeinsten ist, wenn ich auf dem Weg zur Arbeit und nach Hause für alle einfach Luft bin. Die Leute auf der King Street schauen richtig durch mich hindurch. Lucy Smith hat heute ihr Dienstmädchen geschickt, um sich nach der Terrine im Fenster zu erkundigen. Ihr Dienstmädchen! Sie hätte wenigstens anrufen können. Meinetwegen ohne ihren Namen zu nennen. Wahrscheinlich hat sie gedacht, ihr Telefon wird durch meine Stimme vergiftet.«

Elizabeth schwieg nach diesem Ausbruch von Garden eine ganze Weile lang. »Man wird immer bestraft, wenn man Regeln übertritt«, sagte sie dann leise.

»Aber das ist doch so lange her. Ich bin jetzt anders. Und selbst wenn man mich unbedingt bestrafen will, warum auch Helen? Belva kann mit ihr überhaupt nicht in den Park. Die anderen Kinderfrauen lassen ihre Kinder nicht mit ihr spielen. Das ist gemein. Ich hasse Charleston.«

»Du mußt dich erst bewähren, Garden. Du bist noch kein halbes Jahr hier. Mit der Zeit beruhigen sich die Leute schon wieder.«

»Das glaube ich nicht. Warum sollten sie? Ich bleibe mein Leben lang als Ehebrecherin gebrandmarkt. Und Helen genauso. Es ist wirklich gräßlich.«

»Sie beruhigen sich wieder, weil du eine Einheimische bist, und Charleston kümmert sich immer um die seinen. Du hast ja keine Ahnung von deiner Heimatstadt. Deine törichte Mutter hat nie kapiert, worum es hier geht.

Jetzt hör mir mal zu, Garden, ich will dir was über Charleston erzählen. Als der Bürgerkrieg begann – jawohl, der Bürgerkrieg, nicht der ›Sezessionskrieg‹ oder der ›Unabhängigkeitskrieg der Südstaaten‹ oder die ›Jüngste Unannehmlichkeit‹ und was es sonst noch für beschönigende Bezeichnungen gibt. Wenn ein Bruder gegen seinen Bruder kämpft, dann nennt man das Bürgerkrieg. Jedenfalls, 1861 hatte diese Stadt eine fast zweihundertjährige Geschichte hinter sich, und mehr als hundertfünfzig Jahre davon war Charleston der kultivierteste Fleck auf diesem Kontinent. Oper, Theater, Kunst, Architektur, Gärten, Bildung – wir hatten alles Wesentliche und noch viele Extras dazu. Weil wir nämlich unerhört wohlhabend waren. Wenn du meinst, die Principessa und ihre Freunde würden im Luxus schwelgen, dann stell dir das ganze noch zehnmal besser vor. Oder zwanzigmal. So war Charleston. Mit einem entscheidenden Unterschied.

Es war wirklich kultiviert. Ehre, Pflicht, Verantwortung, Rücksicht und Anstand waren echte Anliegen, keine leeren

Worte. Noblesse Oblige hieß die Kehrseite der Privilegien. Dann kam der Krieg, und der Wohlstand verschwand. Aber nicht die Kultur. Charleston war klein genug, daß man zusammenhalten und sich gegenseitig helfen konnte, die Anstandsregeln aufrechtzuerhalten. Wir kannten uns alle, waren miteinander verwandt; wir waren wir, und die Besetzerarmee waren die anderen. Ich erinnere mich genau an diese Zeit. Mein Gott, war das hart.

Aber wir haben zusammengehalten, und wir haben es geschafft. Weil niemand kapituliert hat. Weder vor der Armut noch der Angst, noch vor einem leichten Ausverkauf der Prinzipien für Geld. Genügend Leute mußten Angst, Erschöpfung und sogar Hunger am eigenen Leib verspüren. Aber sie haben sich nicht gehenlassen. Sie haben sich ihre Würde bewahrt. Weil Charleston uns alle umfaßte, und wir uns gegenseitig nicht erlaubt haben aufzugeben.

Das tun wir auch heute nicht. Die Zeiten sind jetzt viel leichter. Die Zeitungen jammern zwar über die Wirtschaftskrise, aber uns bedeutet sie nicht viel. Wir stecken seit dem Ende des Bürgerkriegs in unserer eigenen Krise, und zwar in einer dauernden. Da macht das jetzt auch nichts mehr aus, außer daß die Preise fallen, und das ist ein Segen.

Wofür du bestraft wirst, Garden, ist, daß du eine Charlestonerin bist und dich nicht entsprechend benommen hast. Du hast dich gehenlassen und deine Würde verloren. Du hast nicht nur die Regeln einer zivilisierten Gesellschaft gebrochen, sondern du warst schamlos. Ich sage nicht, daß die Charlestoner nicht trinken und nicht ehebrechen. Aber sie binden es den anderen nicht auf die Nase. Diskretion ist nicht dasselbe wie Heuchelei. Diskretion ist die Konvention, die es einem ermöglicht, tolerant zu sein und wegzuschauen, sich nicht einzumischen. Das hier ist eine kleine Gemeinschaft, auf irgendeine Weise sind wir alle Sünder. Aber wir können trotzdem weiterhin zusammenleben und uns umeinander kümmern, solange wir von den Sünden der anderen nichts erfahren müssen – oder sie übersehen dürfen.

Keiner kann so tun, als wüßte er von deinen Sünden nichts. Noch eine Zeitlang jedenfalls nicht. Die Verletzung, die du zugefügt hast, muß erst heilen. Du gehörst hierher. Die Menschen hier würden dich gegen jeden Außenseiter verteidigen. Der Preis, den du für diesen gesammelten Beistand zahlst, ist die gesammelte Ächtung, wenn du die Grenzen des Anstands verletzt hast.

Jetzt habe ich den ganzen Abend nur gepredigt. Aber ich habe mir gedacht, es fällt dir vielleicht leichter, wenn du ein bißchen verstehst, warum man dich so behandelt. Verstehst du es denn? Waren meine weitschweifenden Ausführungen irgendeine Hilfe?«

Garden zuckte mit den Achseln. »Ich verstehe es, theoretisch. Aber praktisch hilft es mir nicht weiter. Ich hasse Charleston immer noch.«

»Dann kann ich nur hoffen, daß du deine Abneigung überwindest. Ich habe dich gern hier. Es wäre schade, wenn du weggehen würdest.«

»Darüber mach dir keine Sorgen, Tante Elizabeth. Ich muß erst wieder auf die Beine kommen, bevor ich es wagen würde, allein irgendwohin zu gehen, wo ich auf deine Hilfe verzichten müßte.«

»Das ist natürlich lächerlich, aber für den Moment akzeptiere ich es. Es kommt mir gerade recht. Gute Nacht, Garden.«

»Gute Nacht ... sag mal, Tante Elizabeth, wenn ich mir in Zukunft nichts mehr zuschulden kommen lasse, wann heben sie den Bann dann wohl auf?«

»Ich weiß es wirklich nicht, Garden. Wir sind alle nur Menschen. Bestimmt würde es schneller gehen, wenn du nicht so schön wärst. Aber jetzt gehen wir ins Bett. Es ist schon spät.«

Elizabeths Porträt von Charleston half tatsächlich, weil es Garden ein bißchen Hoffnung machte, daß sich irgendwann etwas ändern würde. Sie war sehr beschäftigt, aber nicht so sehr, daß sie ihre tatsächliche Einsamkeit hätte vergessen können. Manchmal hörte sie im Radio ›Mood Indigo‹ oder ›Love Letters in the Sand‹, und dann weinte sie hemmungslos.

Aber am nächsten Morgen sagte Helen wieder irgend etwas Lustiges, irgend jemand kam ins Geschäft und machte ihr ein Kompliment über einen Blumenstrauß, und Celie kochte abends Reis mit Shrimps, weil sie wußte, daß das Gardens Leibspeise war. Und dann verbot Garden es sich, eine solche Heulsuse zu sein.

Am ersten März kam Garden und zugleich jeder anderen amerikanischen Mutter zu Bewußtsein, daß sie überhaupt kein Recht hatten, sich über irgend etwas zu beklagen. Das Baby der Lindberghs war entführt worden. Es war so ein Greuel, daß man nicht daran denken durfte, es aber nicht ignorieren konnte.

Garden war froh, daß Helen sonst auch nie in den Park ging. Sie wollte sie keinen Schritt von dem kleinen Hof vor der Remise gehen lassen. Sie wollte nicht einmal zur Arbeit gehen. Am liebsten hätte sie Helen Tag und Nacht im Auge behalten.

Aber sie mußte arbeiten, und das war ihre Rettung. Auch wenn sie das Radio jeden Tag mitnahm, um irgendwelche Neuigkeiten sofort zu erfahren, konnte sie doch nicht den ganzen Tag nur davorsitzen. Sie mußte abstauben, polieren, umräumen, mit den Kunden reden, ihnen die Besonderheiten an der Elfe-Kommode oder den Weg zur Kunstsammlung, nach Fort Sumter und zur Hugenottenkirche erklären sowie ein ›nettes Quartier‹ empfehlen. Die Touristensaison hatte begonnen.

Garden lernte langsam, daß das Leben weitergehen muß, auch wenn die Umstände noch so hoffnungslos sind. Peggy schrieb. »Es ist wieder ein Junge. Frank. Ich finde ihn umwerfend.« Das erinnerte Garden daran, daß auch Gutes auf der Welt geschah.

Eines Tages kamen zwei Paare in den Laden, und zwar Archetypen der von George Benjamin beschriebenen Käufer, die ständig auf der Suche nach Sonderangeboten sind. Garden amüsierte sich königlich, indem sie sich ahnungslos stellte und keine Ahnung über die Herkunft des Tête-à-tête-Sitzes zu haben schien. Nach aufgeregtem Gewisper der Frauen untereinander kaufte jedes Paar eine Hälfte davon. Es war besonders vergnüglich, weil Garden eines der Paare kannte. Die beiden hatten bei Vicki in Southampton gewohnt. Und sie hatten sie nicht erkannt.

Sie glaubte langsam, daß die Vergangenheit doch endgültig vorüber sei, und mit der Zeit vermißte sie sogar Sky nicht mehr so sehr und gab die insgeheime Hoffnung auf, daß er doch zu ihr zurückkomme.

Und sie widmete sich dem Laden. Sie mußte etwas für die leere Stelle finden, an der die Tête-à-tête-Stühle gestanden hatten. Sie stellte die Frau eines Marinesoldaten für samstags ein und ging wieder auf Auktionen.

Ein paar Gesichter kannte sie noch, und man erkannte sie ebenfalls. Und zwar nicht die Garden aus der Zeitung, sondern die Antiquitätenhändlerin. Eine von ihnen. Unter den Händlern herrschte eine gute Kameradschaft, man erzählte sich Schauergeschichten über Kunden und besprach die Gerüchte über die anstehende, besonders einträgliche Auktion. Garden hielt es langsam doch für möglich, daß sie ein neues Leben anfangen konnte und nicht ewig als ›gefallenes Jet-Set-Aschenputtel‹ gelten würde.

Als man am zwölften Mai die Leiche des Lindberghschen Babys fand, litt sie unsäglich mit den Eltern mit. Nicht aus Angst, daß ihr so etwas je passieren könnte, sondern aus echtem, tief empfundenem Mitgefühl.

Sie weinte, und die Tränen hatten eine reinigende Wirkung. Aus dem stürmischen Gefühlsbad tauche sie gestärkt wieder auf – bereit, ihr Leben zu nehmen, wie es war. Und schlecht war es ja nun keineswegs. Sie hatte ein echtes Zuhause, ein Kind, das sie über alles liebte, Arbeit, die ihr Spaß machte, und Menschen, denen sie etwas bedeutete. Sie war reicher als je zuvor.

»Möchtest du mal was Schönen hören, Tante Elizabeth?« fragte Garden ein paar Tage später. »Ich bin eigentlich sehr glücklich.«

95

Es war der vierzehnte Juli, der Tag des Sturms auf die Bastille, und Garden schmetterte die Marseillaise, während sie aufräumte, bevor sie den Laden schließen wollte. Es war zu heiß, als daß irgend jemand kommen würde, redete sie sich ein, sie konnte also ruhig einmal früher zumachen.

Diese Ausrede glaubte sie sich natürlich nicht. In Wahrheit wollte sie nämlich bloß die neue Puppe ›Annie, das Waisenkind‹ für Helen erstehen. Sie war eigentlich zu teuer, und sie hatte sowieso schon zu viele Geschenke für so ein kleines Kind, aber Helen liebte doch die Radioserie mit der kleinen Annie so. Sie konnte das Titellied singen und bewies das auch vierzigmal am Tag. Garden brach die französische Nationalhymne ab und trällerte selber das Kinderlied. Die Glocke über der Tür klingelte. Garden fuhr sich mit der Hand auf den Mund und mußte unter den Fingern lachen. Nicht sehr würdevoll, wenn man als Antiquitätenhändlerin beim Singen erwischt wurde. »Kann ich etwas für Sie tun?« fragte sie.

Zwei Männer standen direkt in der Tür. Sie sahen aus, als wäre es ihnen furchtbar heiß und unbequem in ihren dunklen Anzügen und Hüten. Müssen Touristen sein, dachte Garden. Ein Südstaatler trägt vorsichtshalber im Sommer nur einen weißen Anzug.

»Sind Sie Mrs. Garden Harris?« fragte der größere der beiden.

Aha, dachte Garden. Yankees, die hinter dem Elfe-Stück

her sind. Von welchem Museum sie wohl kommen?
»Stimmt genau«, sagte sie.
»Ich habe einen Haftbefehl gegen Sie.«

Sie waren penibel; einer der Männer sperrte mit Gardens Schlüsseln die Ladentür ab. Aber sie waren nicht gerade zimperlich. Sie zerrten sie wortlos und ohne jede Antwort auf ihre entsetzten Fragen in ein schwarzes Auto, das vor dem Geschäft stand. Noch wochenlang hatte sie blaue Flecken am Oberarm von ihrem eisernen Griff.

Sie hatten allen Grund zu solcher Grobheit. Man bezichtigte sie des Verbrechens, das die ganze Nation als das allerabscheulichste empfand: Kindesentführung.

Man brachte sie in das Gefängnis auf der St. Philip Street, ein festungsartiges Gebäude mit burgähnlichen Toren und schwarz vergitterten Fenstern. Im Büro machte dann zum ersten Mal, seit sie ihren Laden verlassen hatten, einer der beiden Männer den Mund auf: »Hier ist der Haftbefehl«, sagte er zu dem müde wirkenden Polizisten am Schreibtisch. »Verwahren Sie diesen Häftling, bis wir uns mit unseren Vorgesetzten in Verbindung gesetzt haben?«

»Natürlich«, sagte der Polizist und betrachtete Garden neugierig.

»Officer, ich habe keine Ahnung, was das soll«, rief Garden. »Das muß ein Versehen sein. Sagen Sie diesen Männern, daß ich nichts verbrochen habe. Bitte helfen Sie mir. Sie reden kein Wort mit mir, und sie haben mir weh getan. Ich verstehe das einfach nicht.«

»Ruhe, Lady«, sagte er Polizist. »Ich spreche mit diesen Herren hier.« Er tauchte seinen Füller ins Tintenfaß. »Wie lautet die Anklage?«

»Steht auf dem Haftbefehl. Kindesentführung.«

Der Polizist hatte zwei kleine Kinder. Er sah Garden angewidert und haßerfüllt an. »Sperr sie ein«, wies er jemanden hinter ihm an. Während er das Nötige vom Haftbefehl abschrieb, führte ein anderer Polizist Garden in eine Zelle. Er drückte mit seinen Fingern genau auf die blauen Flecken, die ihr die Kollegen von der Bundespolizei beigebracht hatten.

»Das können Sie nicht machen«, schrie Garden. »Lassen Sie mich los, die sind verrückt. Ich habe nichts getan.«

Er stieß sie in einen winzigen Raum und warf krachend eine vergitterte Tür hinter ihr zu. Das Echo donnerte laut. Ein Riegel schnappte ein; Garden stand mit dem Rücken an der Wand, an die sie getaumelt war, und zitterte am ganzen Leib. Sie wagte sich nicht zu rühren.

Eine Stunde später stand sie immer noch da, als ein dritter Polizist die Tür aufschloß. »Vorwärts«, sagte er, »wir brauchen Ihre Fingerabdrücke.« Garden konnte ihn nur anstarren. Ihre Zähne klapperten, und sie zitterte am ganzen Körper. Der glatte Knoten hatte sich aufgelöst, und das Haar hing ihr unordentlich ins Gesicht.

»Na, Moment mal! Ich habe Sie doch schon einmal gesehen. An dieses wilde Haar erinnere ich mich genau – Herr im Himmel! Sind Sie nicht früher in Ashley Hall zur Schule gegangen?«

Garden brachte ein Nicken zuwege.

»Ich war damals an der Ecke immer als Verkehrspolizist. Ha, Lady, wissen diese Burschen überhaupt, wer Sie sind? Also, Sie kommen jetzt am besten mal mit mir und setzen sich irgendwohin, während ich herausfinde, was das Ganze soll. Möchten Sie eine Tasse Kaffee? Oder eine Cola? Kommen Sie, Ma'am. Stützen Sie sich auf mich. Hier, ich helfe Ihnen. Ich bringe Sie zum Captain.«

Elizabeth und ihr Anwalt Logan Henry holten Garden ab. Als sie aus dem Tor traten, schrien die Reporter ihnen schon Fragen entgegen, und Fotografen sprangen ihnen in den Weg. »Beachten Sie diese Meute gar nicht«, sagte Mr. Henry hochnäsig. Elizabeth ging die Sache direkter und effektiver an: Sie stocherte sich mit ihrem Sonnenschirm die Bahn frei. Garden setzte wie im Schlaf einen Fuß vor den anderen, ohne ihre Umgebung wahrzunehmen. Elizabeth hatte ihr das Haar wieder hochgesteckt und führte sie an der Hand.

Sie gab Garden einen Schlaftrunk, bettete sie aufs Sofa in ihrem Arbeitszimmer und deckte sie mit einer leichten Baumwolldecke zu. Dann hielt sie ihre Hand, bis Garden gegen Mitternacht aufwachte.

Sobald ihr das Erlebte in den Sinn kam, fing sie wieder an zu zittern. Elizabeth gab ihr ein Glas Brandy zu trinken.

»Es ist ja vorbei, Garden«, sagte sie. »Alles wird wieder gut.«

Es war nicht vorbei, und es gab keinerlei Gewißheit, daß alles gut werden würde, aber Garden brauchte im Augenblick den Trost. Also gab Elizabeth ihn ihr.

Helens Geburtstagsfest am nächsten Tag wurde ein voller Erfolg. Die Annie-Puppe wurde überhaupt nicht vermißt. Helen stürzte sich mit der typischen Gier und Zerstörungswut einer Dreijährigen auf ihre Päckchen. Sie jauchzte jedesmal vor Entzücken, wenn wieder eine Kostbarkeit aus ihrer lädierten Verpackung zum Vorschein kam; sie bestand sogar darauf, den Fellparka von ›Tante Peggy, Onkel Bob, Bobby und Frank‹, aus Island überzuziehen. Die Trophäe des Tages war für sie allerdings eine Zeitung, die sie aus dem Müll gefischt hatte. Ein Bild von ihrer Mutter war darin.

»Szene-Girl verhaftet«, lautete die Überschrift, die Helen nicht lesen konnte. Daneben war noch ein Foto von einer Gestalt auf einer Trage, die in einen Krankenwagen geschoben wurde. »Mutter bricht zusammen.«

»Margaret fehlt überhaupt nichts«, hatte Elizabeth Garden beruhigt. »Irgendein Idiot von Reporter sprang ihr laut schreiend aus dem Gebüsch vor der Haustür entgegen, und sie fiel in Ohnmacht, das ist alles. Ich habe mit ihrem Arzt gesprochen.«

Als alle Trümmer beseitigt waren und Helen ihren Mittagsschlaf hielt, fiel Garden in einen Sessel und schleuderte sich die Schuhe von den Füßen. »›Mutter bricht zusammen‹«, ächzte sie.

Elizabeth setzte sich in den Sessel daneben. »Ich bin froh, daß du Witze machen kannst.«

»Was bleibt mir anderes übrig? Ich kann mich nicht erschießen, sonst wacht Helen auf.«

Elizabeth lächelte. »Dann würde *ich* mich erschießen.« Sie warf einen Blick auf Gardens erschöpftes Gesicht. Die Augen waren geschlossen, aber die zuckenden Lider deuteten darauf hin, daß sie nicht ausruhte.

»Logan Henry ist zwar schon ein Methusalem«, sagte Elizabeth im Plauderton, »aber er ist der gerissenste Anwalt von ganz Charleston. Du mußt dir wirklich keine Sorgen machen, Garden. Die Anhörung am Montag ist nicht öffentlich, sie findet in Richter Elliotts Büro statt. Er wird die Anklage fallenlassen oder wie man das nennt, und dann ist die Sache erledigt.«

Garden machte die Augen auf. »Das ist sie nicht«, sagte sie mit ausdrucksloser Stimme. »Und das wird sie nie sein, Vicki steckt dahinter. Du hast gehört, was Mr. Henry gesagt hat. Vicki hat das FBI benachrichtigt, daß Helen entführt worden sei, und zwar von mir. Sie wird mich nie in Ruhe lassen. Ich verstehe nicht, warum sie mich so abgrundtief haßt.«

Elizabeth setzte zum Sprechen an und brach dann wieder ab. Garden runzelte die Stirn. »Was ist denn, Tante Elizabeth? Was wolltest du sagen? Du weißt doch irgend etwas. Was ist denn los, verdammt noch mal?«

Elizabeth seufzte. »Ich habe gehofft, daß du es nie erfahren mußt, Garden. Es ist eine häßliche und traurige Geschichte.

Victoria, wie deine Schwiegermutter für mich heißt, ist als Kind immer verwöhnt worden. Doch, doch, ich kenne sie schon sehr lange. Ihr Vater war einer meiner besten Freunde. Nein, das muß ich korrigieren. Ihr Vater war absolut mein allerbester Freund im ganzen Leben. Victorias Mutter starb, als sie ungefähr zwölf war, und danach ist sie bei ihrem Vater aufgewachsen. Sie haben hier in Charleston gelebt.

Als sie ins schwärmerische Mädchenalter kam, verliebte sie sich bis über beide Ohren in deinen Vater. Leider gingen die beiden viel zu weit. Sie wurde schwanger.«

»Mein Vater und Vicki? Das kann nicht sein!«

»Leider doch. Es kommt aber noch schlimmer. Victoria hat ihren Vater über alles geliebt, und er wurde ermordet, erschossen. Von deinem Vater. In einem schrecklichen Wutanfall, mit dem berüchtigten Traddschen Jähzorn. Und das war fatal. Victoria war gleich doppelt verzweifelt. Man hatte sie im Stich gelassen und zur Waise gemacht, und beides von dem Mann, den sie zu lieben geglaubt hatte. Ich war auf der Beerdigung ihres Vaters bei ihr. An seinem Grab hat sie sich Rache geschworen. Ich habe das nicht ernst genommen. Sie war ja noch klein.

Ich habe mich darum gekümmert, daß sie bei Verwandten in New York unterkommt. Später habe ich erfahren, daß sie eine Abtreibung hatte.«

Garden schüttelte den Kopf. »Sie könnte mir fast leid tun«, sagte sie, »wenn ich nicht solche Angst vor ihr hätte. Irgendwie wünsche ich mir, du hättest es mir nicht erzählt, Tante Elizabeth.«

»Ich wünsche mir, daß es nichts zu erzählen gäbe. Als sie eurer Heirat zustimmte, dachte ich schon, sie hätte das ganze überwunden. Ich habe gehofft, daß sie dich sogar liebgewinnt. Du warst so jung und unschuldig. Erst als du an jenem Abend letzten Sommer hier ankamst, habe ich kapiert, daß etwas nicht stimmt. Deine Briefe klangen immer so fröhlich.

Dann kam der Prozeß um die Scheidung. Das hätte wirklich Rache genug sein müssen. Und keinerlei Unterhaltsverpflichtung für dich oder Helen. Da dachte ich, die Sache sei ausgestanden. Ich kann mir nicht vorstellen, warum sie immer noch nicht genug hat.«

Am Montag erfuhren sie den Grund. Die Anklage wegen Kidnapping wurde sofort fallengelassen. Garden war unzweifelhaft die Mutter des Kindes, eine Entführung lag nicht vor. Aber Vickis Anwalt erläuterte beredt Vickis gute Absichten, als sie Anklage gegen Garden erhob. Sie habe nur das Beste für Helen gewollt. Es habe sich nicht gegen Garden gerichtet. Die Principessa sei außer sich vor Kummer über den Tod ihres Sohnes. Ihre Enkelin sei das einzige, was ihr von ihrem Sohn noch bliebe.

Vor dem Amtszimmer des Richters unterbreitete er Mr. Henry dann ein Angebot. Die Principessa würde Garden eine Million Dollar zahlen, wenn sie ihr Helen überließe. Falls Garden nicht darauf einginge, würde sie sich Helen auf andere Weise holen.

»Mein Gott«, sagte Garden, als sie und Elizabeth endlich allein waren, »was soll ich denn noch alles ertragen? Sky ist tot. Ich liebe ihn, ich werde ihn immer lieben, und er ist tot … Helen ist vor Vicki nicht sicher, da kann ich mich noch so anstellen … und meine Mutter hatte einen Herzinfarkt oder so etwas, alles wegen mir. Eines habe ich gelernt. Ich war so glücklich – und dann ist die Welt zusammengestürzt. Genau wie damals mit Hampstead Heath und dem Börsenkrach. Ich kann dem Glück nie wieder trauen.«

96

Die Wochen vor Weihnachten ging es in den ›Küstenschätzen‹ lebhaft zu. George Benjamin hatte Garden erklärt, daß sie in den ersten drei Jahren keinen Gewinn erwarten dürfe, wegen der Wirtschaftskrise womöglich noch länger nicht. Aber ihre Bücher füllten sich ab September mit zunehmender Geschwindigkeit. Es sah so aus, als käme sie vielleicht schon am Ende des ersten Jahres in die schwarzen Zahlen.

Sie blickte im Laden umher und klopfte sich im Geiste auf die Schulter. Es sah nicht mehr so entzückend aus wie am Anfang, dafür aber professioneller. Keine großen Möbelstücke versperrten mehr den Weg – außer natürlich die Elfe-Kommode. Statt dessen hatte sie viele Tische und eine ganze Regalwand aufgestellt. Dort war viel Platz für kleine, nicht allzu teure Gegenstände. Man beschenkte sich immer noch gern, aber die Depression wurde jetzt doch selbst in Charleston deutlich spürbar. Zwei Dollar waren schon eine große Ausgabe. Von zwanzig redete kein Mensch mehr. Auf den Auktionen suchte Garden inzwischen nach brauchbaren Dingen statt nach außergewöhnlichen. Das war zwar nicht mehr so spannend, aber schließlich arbeitete sie ja nicht zu ihrem Vergnügen, sagte sie sich. Und das machte sich bezahlt. Paula King, die Frau, die sie ursprünglich für samstags eingestellt hatte, kam jetzt jeden Tag. Sie wechselte sich mit Garden beim Einpacken der Ware für die Kunden ab. Dazu hatten sie im Hof einen Tisch mit Schachteln, Holzwolle, Papier und Zwirn aufgestellt. An Sonnentagen war der Wind das einzige Problem, aber wenn es bewölkt war, mußten sie die Schichten verkürzen, weil es ihnen zu kalt wurde.

»Wieviel kostet das, Ma'am?« Ein Marineoffizier hielt die silberne Urne von Hester Bateman in die Höhe.

Mist, dachte Garden, jetzt muß ich die Fingerabdrücke wieder wegpolieren. »Dreihundert Dollar«, sagte sie liebenswürdig.

»Das kann nicht Ihr Ernst sein.« Er drehte sie herum und begutachtete das elegante Stück von allen Seiten.

Noch mehr Fingerabdrücke, dachte Garden. »Es ist eine echte Hester Bateman«, sagte sie, immer noch liebenswürdig.

»Wer ist das?« Er hielt die Urne inzwischen mit ausgestrecktem Arm nur am Boden fest. Jetzt wurde es Garden zu dumm.

»Wenn Sie das nicht wissen, dann möchten Sie die Urne auch nicht«, sagte sie verstimmt. Sie nahm ihm die Urne aus der Hand und stellte sie ins Regal zurück. Eine andere Kundin fragte sie, ob eine Teekanne für zwei Dollar von Spode oder Wedgewood sei. Garden lächelte steif. »Weder noch, glaube ich. An der Unterseite steht ›Bavaria‹«

Die Tür zum Hof ging auf und ließ einen kalten Windstoß herein. »Garden. Meine Finger sind schon ganz blau.«

»Ich komme gleich.«

»Na, wenn sie nur aus Bayern kommt, dann will ich nicht mehr als einen Dollar dafür ausgeben.« Die Frau hielt die Teekanne ins Licht. »Ich kann nicht einmal meine Finger durchsehen. Ich habe sonst nur so hauchdünnes Porzellan, daß man die Finger hindurch sieht.«

Eine weitere Frau zeigte Garden eine winzige angeschlagene Stelle am Rand einer Kristallvase. »Die ist beschädigt«, sagte sie.

»Jawohl, deshalb verkaufen wir sie so billig«, antwortete Garden. »Sie ist vom Brett gefallen. Vorher hat sie zwölf Dollar gekostet, und jetzt sind es nur noch eineinhalb. Mit Blumen darin sieht man die Stelle gar nicht mehr.«

»Hallo, John«, sagte Paula zu dem Offizier. »Garden, ich glaube, es regnet gleich.«

Garden nickte den Frauen mit der Vase und der Teekanne zu. »Das ist Mrs. King«, sagte sie, »sie beantwortet Ihnen gern alle weiteren Fragen.« Dann lief sie schnell in den Hof und warf einen besorgten Blick auf die Wolken.

Um sechs Uhr komplimentierten sie und Paula zwei Frauen hinaus, die sich ›nur umschauen‹ wollten, und schlossen ab.

»Alles völlig durcheinander«, stöhnte Paula.

»Wenigstens hat das Wetter noch gehalten. Gehen wir schnell heim, bevor die Wolken es sich anders überlegen. Ich komme morgen ein bißchen früher und räume auf.«

»Ich versuche auch, eher da zu sein. Stellen Sie sich vor, Garden, ich habe ein kleines Geheimnis für Sie. Jemand hat etwas Nettes über Sie gesagt. Aber erst müssen Sie mir dafür etwas Nettes sagen, was jemand über mich gesagt hat. So machen das die kleinen Mädchen in der Schule.«

»Du liebe Güte, Paula, meine Mädchenzeit ist eigentlich

vorbei ... Okay, wie wär's damit: Helen hat gesagt, daß Sie hübscher als ihre Barbiepuppe sind.«

»Oh, Kindermund ... Da werde ich Mike warnen müssen, daß er ein bißchen besser auf mich aufpaßt. Tja, das muß ich wohl gelten lassen. Hier ist meines: John Hendrix hat mich gefragt, wer Sie sind.«

»Ist das ein Kompliment?«

»Sie haben mich noch nicht ausreden lassen. Er hat gesagt, Sie seien die einzige attraktive Frau, die er in Charleston je zu Gesicht bekommen habe.«

»Ich finde, hübscher als eine Barbiepuppe ist eine klarere Aussage, Wer um alles in der Welt ist John Hendrix?«

»Garden, Sie sind manchmal so schwer von Begriff. Sie haben doch mit ihm gesprochen. Der Korvettenkapitän. Mit den umwerfend blauen Augen. Erzählen Sie mir nicht, daß Ihnen der nicht aufgefallen ist.«

»Mir ist aufgefallen, daß er mit seinen Fingern die Bateman beschmutzt hat. Kommen Sie, Paula. Sonst werden wir tropfnaß.«

Während sie im ersten Getröpfel nach Hause lief, versuchte Garden sich zu erinnern, wie der Marineoffizier ausgesehen hatte. Es fiel ihr beim besten Willen nicht ein, und das machte auch nichts. Viele Männer hatten sie schon als attraktivste Frau von ganz Charleston bezeichnet. Nicht so offensiv wie der erste, der verhinderte Vergewaltiger, aber mit denselben Absichten im Hinterkopf. Die Zeitungen hatten sie als leichtes Mädchen gebrandmarkt, und die Männer dachten offenbar, sie würde bei jeder Gelegenheit sofort ins Bett springen. Sie hatte gelernt, daß ein eisiger Blick ebensogut funktionierte wie Hysterie. Den wandte sie inzwischen schon im voraus an, bevor man ihr Avancen machen konnte, und seitdem hatte sie keine Schwierigkeiten mehr.

Ende Januar kam John Hendrix wieder zu ihr in den Laden. Garden stand von ihrem Platz am Ofen auf, als die Türe ging. Es war ein dunkler, verregneter Tag, und in dem Ziegelgebäude war es kalt. Sie verließ ihre gemütliche Ecke nicht gern.

Sie erkannte ihn nicht, bis er sagte: »Ich wollte mir die Hester-Bateman-Urne ansehen, wenn sie noch da ist.«

Dann starrte sie ihn kühl an. »Sie steht auf dem Regal vor Ihnen. In Augenhöhe«, sagte sie. Er zog die Handschuhe aus und nahm den Hut vom Kopf. Die Handschuhe im Hut und den Hut unter den Arm geklemmt, rieb er sich die Hände warm.

»Stört es Sie, wenn ich mich kurz an Ihrem Ofen aufwärme? Meine Hände sind ganz steif vor Kälte.« Er ging an Garden vorbei in den hinteren Teil des Ladens.

Es störte sie allerdings. Die Gedanken, die er für ihre Begriffe hegte, störten sie; ein Kunde, der sich nur umsah und nichts kaufte, störte sie; und daß sie die Silberurne jedesmal abwischen mußte, wenn irgendeiner im Vorbeigehen sie befingerte ohne zu schätzen, was er da in Händen hielt, störte sie ebenfalls.

»Schon besser«, sagte Kapitän Hendrix. »Ob ich wohl meinen Hut kurz ablegen dürfte?« Er legte ihn neben dem Schreibtisch auf den Boden, ohne eine Antwort abzuwarten.

Wieder ging er an Garden vorbei und nahm sich die Urne aus dem Regal. »Sie ist wirklich schön«, sagte er. Er drehte sie um und begutachtete das Zeichen. »Und es ist eine Hester Bateman.«

Garden staunte.

John Hendrix grinste. »Ich habe nachgesehen. Von Silber habe ich keine Ahnung, aber sie waren so schnippisch, daß ich mir dachte, das muß was ganz Besonderes sein.«

Und dann wollten Sie wiederkommen, um zu kontrollieren, ob ich Sie nicht angelogen habe, dachte sich Garden. »Jetzt, da Sie Bescheid wissen, Kapitän Hendrix, sind Sie am Kauf interessiert?«

»Ja. Ich würde sie gern meiner Schwester schicken. Sie ist eine leidenschaftliche Frauenrechtlerin. Leider kann ich mir die Vase nicht leisten. Ich schreibe meiner Schwester aber von Hester Bateman. Das ist Wasser auf ihre Mühlen.«

Garden hätte ihm beinahe von Peggy erzählt, aber dazu ließ Hendrix ihr keine Zeit. Er bedankte sich für ihre Hilfe, stellte die Urne zurück, hob seinen Hut auf und war verschwunden, bevor sie wußte, wie ihr geschah. Garden zuckte mit den Achseln und verzog sich wieder in ihre warme Ecke.

In der folgenden Woche kam Hendrix wieder. Es war ein typischer Februartag in Charleston, so warm, daß Garden beide Türen weit aufgemacht und befestigt hatte. »Guten Tag«, sagte Hendrix, »wollte nur mal nach Hester sehen. Wie geht es ihr?«

»Gut«, sagte Garden, »und billiger ist sie auch nicht geworden, falls Sie das wissen wollten.« Aber sie lachte bei ihrer schnippischen Bemerkung. Der Frühling war zu lau für Feindseligkeiten.

»Meine Schwester war fassungslos, daß ich eine erfolgreiche Frau kannte, von der sie noch nie gehört hatte. Jetzt habe ich einen dicken Stein bei ihr im Brett.«

»So ging es mir mit meiner Schwester auch«, sagte Garden.

Sie tauschten Geschichten über Schwestern aus und stellten fest, daß Johns Dorothy und Gardens Peggy verwandte Seelen waren. Dann tätschelte John Hendrix die Urne, sagte »Bis dann, Hester«, und ging wieder.

In der nächsten Woche kam er wieder. Garden sprach gerade mit einer Kundin. Hendrix sah sich im Laden um und steuerte sofort auf ein kleines Porzellanschüsselchen auf einem der Tische zu. Er nahm es vorsichtig in beide Hände und starrte fasziniert auf das leuchtende Rot und Blau im Muster. Als die Kundin ging, brachte er es Garden. »Was ist das, Mrs. Harris?«

»Keine Ahnung«, erwiderte sie. »Das Muster ist Imari. Mehr kann ich Ihnen nicht sagen.«

»Hm, ich will ja kein Besserwisser sein, aber ich habe einmal eine Zeitlang in Japan gelebt, und das sieht mir doch nach einem wirklich alten Arita-Stück aus, wenn nicht sogar einem Kakiemon. Meinen Sie nicht?«

»Ich habe keine Ahnung, wovon Sie sprechen.«

»Nein?«

»Nein. Nicht die geringste.«

»Teufel aber auch. Vom Silber haben Sie so viel verstanden, da dachte ich, mit Porzellan kennen Sie sich genauso aus.«

Garden schüttelte den Kopf.

»Ich bin mir nicht sicher, dafür verstehe ich nicht genug davon«, sagte Hendrix. »Aber womöglich ist die Schüssel viel mehr wert als das, was Sie dafür verlangen. Vielleicht sollten Sie einen Experten einschalten.«

Garden schüttelte wieder den Kopf. »Ich werde aus Ihnen nicht schlau, Kapitän. Wenn ich einen Schatz übersehen habe, warum kaufen Sie ihn dann nicht und nützen meinen Fehler zu Ihrem Vorteil aus?«

»Ich möchte Sie nicht betrügen.«

Garden lachte. »Dann haben Sie in einem Antiquitätenladen aber nichts verloren. Genau aus diesem Grund stöbern die meisten Leute doch in solchen Geschäften herum. Sie wollen den Eigentümer übers Ohr hauen.«

»Sie sind aber zynisch. Glauben Sie das wirklich?«

»Erst wollte ich nicht, aber es hat sich leider schon zu oft bestätigt.«

»Das ist aber schade … Na, dann kaufe ich die Schüssel eben. Aber eigentlich sollten Sie das nicht zulassen.«

Garden packte sie ihm besonders sorgfältig ein – falls sie tatsächlich so wertvoll war, wie er meinte. Während sie mit dem Papier hantierte, unterhielt er sich mit Hester.

»Wie geht es Peggy?« fragte er Garden, bevor er hinausging.

»Soviel ich weiß, gut. Sie schreibt nicht oft. Was macht Dorothy?«

»Dasselbe wie Peggy. Danke für die Schüssel, Mrs. Harris.«

»Bitte.« Garden wünschte sich, daß er noch bleiben und

mit ihr reden würde. Laß das, sagte sie sich. Sie rief George Benjamin an, ob er sich mit Porzellan auskenne, aber er wußte nicht viel. »Haben Sie Ihre Preise schon raufgesetzt?« fragte er.

»Schon zweimal. Ich zeichne jetzt für die Touristensaison aus.«

»Dann machen Sie sich keine Gedanken mehr über die Schüssel.«

Garden befolgte seinen Rat. Mit der Touristensaison vor der Tür konnte sie aufregendere und teurere Dinge für den Laden kaufen. Und mit dem Frühling, der sich überall bemerkbar machte, hielt es sie kaum im Haus. Jeden Mittwoch übertrug sie nun Paula die ganze Verantwortung für das Geschäft und fuhr mit Helen auf Schatzsuche in abgelegene Hütten. Bald aßen sie ihre Picknicks in einem weißen Blütenmeer zum berauschenden Duft von Jasmin. Sie erzählte Helen Geschichten von ihrer Kindheit auf der Plantage, als sie in solchen Wäldern toben durfte. Und ihr brach das Herz, daß ihre Tochter immer allein im Hof vor der Remise spielen mußte. Den Gedanken an ihre eigene Einsamkeit schob sie immer gleich weg. Sie hatte ihre Arbeit, Helen, Elizabeth – und das Radio. Für das Geschäft hatte sie inzwischen auch ein Gerät gekauft. Jetzt leisteten ihr tagsüber Ma Perkins, Helen Trent und Don McNeil mit ihren Programmen Gesellschaft.

Und sie redete sich ein, es mache ihr überhaupt nichts aus, daß John Hendrix seit drei Wochen nicht vorbeigekommen war.

Im April, der heißesten Phase der Touristensaison, bekam sie eine Postkarte von ihm. Es war ein künstlich kolorierter Blick auf die Bucht von Guantánamo mit einem Gruß. »Schade, daß Peggy nicht mehr hier wohnt. Es ist furchtbar langweilig. John Hendrix. P.S. Viele Grüße an Hester.«

Als die kurze Reisesaison vorüber war, wirkte Gardens Laden wie leergefegt. Nur noch die überteuerten Prestigestükke, die Elfe-Kommode und die Bateman-Urne, standen an ihrem Platz. Und ihre Fehlkäufe, ein paar Kleinigkeiten, die sie wohl nie loswerden würde. Garden bastelte ein Schild für die Tür. WEGEN URLAUB GESCHLOSSEN.

»So einen traurigen Anblick habe ich mein Leben lang noch nicht gesehen«, verkündete sie Elizabeth fröhlich. Sie dehnte die Arme und spürte, wie ihre verspannten Schultern schmerzten. »Tante Elizabeth, ich komme mir vor, als hätten mich zehn Lastwagen überfahren. Jetzt mache ich wirklich einmal Urlaub.«

»Den hast du dir auch verdient. Du hast über ein Jahr lang keinen Tag frei gehabt.«

»Sechzehn Monate. Neulich habe ich die Tage zusammengezählt. Die neuen Sachen für den Laden können warten. Es muß wieder eine Fuhre billiges Zeug sein, und das macht keinen Spaß beim Einkaufen. Erst nach den Ferien bringe ich dafür wieder die rechte Begeisterung auf. Ich glaube, ich miete mir ein Häuschen am Strand. Helen war in Antibes immer ganz verrückt nach dem Meer.«

»Helen läßt du wohl lieber hier. Sie hat heute Post bekommen. Eine Einladung zu einem Kindergeburtstag.«

Garden ließ die ausgestreckten Arme sinken. »Was? Ach, Gott sei Dank.« Sie hätte am liebsten geweint, getanzt und dem Schicksal auf Knien gedankt. Endlich öffnete sich die grausame Tür ein Stück.

»Das ist ein Anfang, Garden, weiter nichts«, warnte Elizabeth. »Charleston richtet keine Kinder. Aber für dich wird sich wahrscheinlich noch nicht so schnell etwas ändern.«

Garden lächelte durch die Freudentränen hindurch. »Das macht nichts. Ich habe ja meine Arbeit. Aber für Helen ist es so wichtig. Wann ist das Fest? Sie braucht ein neues Kleid. Und Schuhe.«

Elizabeth blinzelte sich ihre eigenen Tränen weg. Ihrer Stimme merkte man nicht an, wie leid ihr ihre Großnichte tat. »Im Primrose Shop ist gerade Ausverkauf«, sagte sie. »Außerdem, wenn du ans Meer willst, ich habe ein Haus auf

Sullivan's Island. Ich habe es schon vor Jahren an Catherine und ihre Kinder vermacht, aber du kannst trotzdem hin. Sie nützen es immer erst im Sommer. Catherine ist so in ihrem Trott gefangen; sie kommt einfach nicht darauf, daß sie sich nicht mehr nach den Schulferien richten muß, jetzt, da ihre jüngste Tochter praktisch dreißig ist. Ich verstehe nicht, wie ausgerechnet ich eine so schwachsinnige Tochter haben kann.«

Garden lachte. »Immer mit der Ruhe, Tante Elizabeth. Rebecca war in meiner Klasse, weißt du noch? Wir haben noch fast drei Jahre, bevor uns die dreißig einholen ... Ich glaube nicht, daß ich dein Haus nehmen sollte, aber danke für das Angebot.«

Elizabeth warf ihr einen Blick aus weisen alten Augen zu. »Macht dir mein Enkel immer noch Schwierigkeiten?«

»Nein, keine Schwierigkeiten. Maine ist eigentlich furchtbar nett. Er kommt ab und zu im Geschäft vorbei, aber wir haben uns nicht allzuviel zu sagen, und dann ist es peinlich. Wenn er auch in dein Haus käme, würde die Sache vielleicht heikel.«

»Er hat dich schon immer gemocht, Garden.«

»Unsinn. Er mußte auf mich aufpassen, weil Papa und Stuart beide tot waren.«

»Das sagst du. Aber wir wissen beide, daß es nicht stimmt. Maine wäre vielleicht gar nicht der allerschlechteste Ehemann.«

Garden explodierte fast. »Das ist ja ein feiner Rat, ausgerechnet von dir. Wie kommst du darauf, daß ich es nicht genauso allein schaffen kann wie du?«

»Du liebe Güte, du bist aber wirklich urlaubsreif«, sagte Elizabeth mit einem Glucksen. »Du klingst wie eine echte Tradd.«

97

Garden mietete sich ein kleines Cottage in Folly Beach. Folly lag auf einer Insel westlich von Charleston, die nicht so überlaufen war wie Sullivan's Island und die Isle of Palms auf der östlichen Seite. Im Ort gab es einen Musikpavillon und drei Restaurants, aber sie wohnte ein gutes Stück davon entfernt und damit weitab vom Trubel, der dort sogar in der Zwischensaison herrschte.

Sie verstaute ihre mitgebrachten Vorräte, hievte den Kohlensack für den Küchenherd und das Eis für die Eisbox ins Haus, füllte die Petroleumlampen auf, packte die Bücher aus, die sie schon immer einmal lesen wollte, und entkorkte die teure Flasche Burgunder, die sie bei einem Schwarzhändler erstanden hatte, der seine Weine angeblich tatsächlich aus Frankreich und nicht aus irgendwelchen dubiosen Quellen bezog.

Während der Wein atmete, lief sie über den Holzplankenweg vom Haus auf den Kamm der Sanddünen. Unter ihr lag der wilde verlassene Strand und der glitzernde Ozean. Die Flut ging gerade wieder hinaus, und die hohen Wellen brachen sich mit Macht gischtschäumend auf dem Sand. Eine scharfe Brise zerrte an Gardens breitkrempigem Hut und blähte die langen, weiten Ärmel ihrer Bluse. Sie reckte ihr Gesicht der Sonne entgegen und leckte sich das Salz von den Lippen. »Juchhu!« schrie sie und schleuderte ihren Hut hoch in die Luft. Er landete unten am Strand und rollte wie ein Reifen aufs Meer zu, so daß ein Schwarm Strandläufer erschrocken auseinanderstob.

»Schaut her, wie ich Sommersprossen kriege«, rief sie und rannte die Stufen zum Strand hinunter. Es war Spätnachmittag, aber innerhalb von zehn Minuten spürte sie, wie die Haut auf Wangen und Nase spannte. Ihr Gesicht hatte seit fünfzehn Jahren keine Sonne abbekommen.

Daraufhin kehrte sie wieder um. Sie wollte ihre Ferien nicht mit Jammern und mit dem Einsalben verbrannter Haut verbringen. Kurz vor dem Haus fischte sie ihren durchweichten Hut aus dem Sand. Den brauchte sie noch, wenn sie tagsüber ins Freie wollte.

Nach dem Abendessen vertiefte sie sich in ihren ersten Roman, *Tobacco Road*, der in den Südstaaten einen solchen Sturm der Entrüstung entfacht hatte, daß man das Buch fast in keiner Buchhandlung fand. Nach ein paar Kapiteln verstand Garden, warum. Sie wollte sich nicht deprimieren lassen, und erschüttert war sie ohnehin genug, also legte sie das Buch weg und nahm sich *Lost Horizon* vor. Binnen kurzem steckte sie bis über beide Ohren im Zauber des Shangri-La.

Als die ferne Musik zum ersten Mal in ihr Bewußtsein drang, scheuchte sie sie als Einbildung wieder weg. Dann realisierte sie, daß es nach Jazz klang. Sie ließ ihren Roman sinken und trat auf die dunkle Veranda, um zu horchen. Es war sogar sehr guter Jazz. Garden wunderte sich, daß im Pavillon ein so guter Musiker spielte und man die Klänge so weit hören konnte.

Die Wellen schwappten nur mehr leise an den Strand, es klang, als ob der Blues, der vom Klavier herüberwehte, mit Schlagbesen untermalt würde. Garden saß lange da und hörte zu. Sie fühlte sich selbst wie in einer Art Shangri-La – im Zauber der Musik, der Wellen und des grenzenlosen Sternenhimmels.

Garden nutzte ihre Ferien gut. Allein zu sein, nur sich selbst verantwortlich und ohne festgelegten Tagesplan, war ein Luxus, von dem sie sich nie hätte träumen lassen. Bei Sonnenaufgang wachte sie auf und ging dann meilenweit auf festem Sand am Wasser entlang, während die Sonne langsam vom Meereshorizont aufstieg. Um diese Zeit brauchte sie keinen Hut, so daß sie ihr Haar im Wind flattern lassen konnte.

Wenn sie dann ins Haus zurückkehrte, fühlte sie sich befreit und frisch und hatte einen Bärenhunger. Den heißen Tag über blieb sie auf der Terrasse, las in der Hängematte oder lag einfach da und ließ die Gedanken schweifen.

Antibes kam ihr oft in den Sinn. Der Kontrast zwischen dem Strandleben dort und ihrem jetzigen war so kraß. Sie vermißte das Personal, gestand sie sich ein. Sie vermißte den Reichtum. Die weiten Hosen und Blusen, die sie sich für ihre Ferien am Strand gekauft hatte, sahen gewöhnlich aus und kratzten, so daß sie wehmütig an Connies Kaftans, die Schränke voller seidener Wäsche und die bunten Strandanzüge dachte. Und an Connie.

Der Atlantik war rauher als das Mittelmeer, und graubraun statt azurblau. Das Cottage war einfach, das Bett hing durch, und die Böden knirschten vor Sand, den es immer wieder hereinwehte. Ihre Kost war bestenfalls primitiv, und auf dem Kohlenherd nicht einmal verläßlich zuzubereiten. Sie aß angebrannte Spiegeleier, rohe Hamburger und viele, viele Erdnußbutterbrote.

Und sie war zufrieden. Sie schrieb an Hélène Lemoine und berichtete ihr, sie fühle sich ausgefüllt. Viel mehr erzählte sie nicht, denn was sonst in ihrem Leben passierte, wußte Hélène sicher längst von Elizabeth. Die beiden schrieben sich regelmäßig, das wußte Garden, denn manchmal fragte Elizabeth nach einem Wort, das sie in ihrem französisch-englischen Lexikon nicht gefunden hatte.

Am Spätnachmittag ging Garden dann noch einmal am Strand spazieren, während die Sonne ihr purpurnes Finale gab. Diese Stunden behielt sich Garden für Sky vor, um von ihm Abschied zu nehmen. Sie nahm ihre gemeinsamen Jahre nicht mehr auseinander, überlegte nicht mehr, was sie falsch gemacht hatte und wie sie ihre Ehe hätte retten können. Damit hatte sie sich lange genug gequält. Jetzt versuchte sie, ihr Leben und ihre Ehe aus der Distanz, wie ein Theaterstück oder ein Buch zu betrachten. Sie sah dabei zwei Menschen, die genau Gegensätzliches im Leben wollten und brauchten. Sky brauchte Spannung, Aufregung und Abwechslung. Und sie sehnte sich nach dem geordneten, ruhigen Leben einer *bonne bourgeoise*, die Hélène sofort in ihr erkannt hatte. Keiner hatte unrecht oder schuld, weder Sky mit seiner Unruhe, noch Garden mit ihren Versuchen, Wurzeln zu schlagen und ihn auch zur Ruhe zu bringen.

Er war fort. Tot. Sie weinte um ihn, um die endgültige Ruhe seines Grabes, die sein Umherschweifen für immer beendete. Und dann ließ sie ihn los.

Nachts erleichterte ihr die ferne Musik den Kummer und spielte in ihrem Inneren weiter, wenn sie in einen tiefen, erfrischenden, salzig schmeckenden Schlaf fiel.

Am Ende der Woche hatte sie ein bißchen Farbe, eine ganze Menge Sommersprossen auf der Nase und genügend Mut, sich dem Geschäft, dem Auktionsrummel und dem Warten darauf zu stellen, daß Charleston sie wieder in seine Arme schloß. Sie gehörte hierher, und Helen ebenfalls. Sie war lange genug umhergeschweift, hatte genügend Aufregung hinter sich und war auch dem Glück zur Genüge nachgejagt.

»Es war herrlich am Strand«, berichtete sie Elizabeth bei ihrer Rückkehr. »Ich habe keine Menschenseele gesehen, bin am Strand in meine eigenen Fußspuren getreten wie Robinson Crusoe. Sogar einen Freitag habe ich gehabt, obwohl er sich nie gezeigt hat. Aber er konnte fantastisch Klavier spielen, es war wie ein allabendliches Privatkonzert.«

»Natürlich, ich habe ganz vergessen, daß er dort sein mußte. Du hast bessere Konzerte gehört, als dir bewußt war, Garden. Das war George Gershwin.«

»*Der* George Gershwin?«

»Wie viele davon gibt es wohl? Er macht aus DuBose Heywards Theaterstück eine Oper.«

»Von deinem Freund DuBose Heyward? Aus dem Dichterklub? Den ich hier kennengelernt habe und der so nett zu Peggy war? Der hat ein Stück geschrieben? Du erzählst mir aber auch nie was.«

Elizabeth warf Garden einen vielsagenden Blick zu. »Ich habe dir doch das Buch geschickt, Garden. DuBose hat erst ein Buch geschrieben, nämlich 1925. Später hat dann seine

Frau Dorothy ein Theaterstück daraus gemacht. Es war ein Riesenerfolg auf dem Broadway. Davon hättest du doch sogar in Europa hören müssen.«

Garden konnte ihrer Großtante nicht erzählen, daß sie zu jener Zeit im Kokaindelirium und dann auf Entziehungskur war. »Muß ich verpaßt haben«, sagte sie.

»Na ja, meiner Meinung nach hast du nicht so viel verpaßt. Ich schätze DuBose außerordentlich, und seine Gedichte bewundere ich geradezu. Aber seine Romane handeln immer von Farbigen. In diesem Stück *Porgy* geht es eigentlich um den Ziegen-Sammy, du weißt schon, den verkrüppelten Bettler, der beim Rathaus an der Ecke die Leute belästigt.«

Garden kannte den kleinen Schwarzen. Er hatte wohl ab den Knien keine Beine mehr, soviel sie sich erinnerte, und er saß in einem niedrigen Wägelchen, vor das eine Ziege geschirrt war. Sie war nie auf seiner Straßenseite an ihm vorbeigegangen, weil sie bei seinem Anblick traurig wurde und sich schäbig vorkam, daß sie kein Geld in seinen Teller legen konnte.

»Er hat noch nie jemanden belästigt, Tante Elizabeth. Außerdem ist er gar nicht mehr da. Ich gehe jeden Tag an dieser Ecke vorbei und habe ihn schon lange nicht mehr gesehen.«

»Wahrscheinlich sitzt er inzwischen in einer Limousine, jetzt, da DuBose ihn berühmt gemacht hat. Das mußt du dir vorstellen, eine Oper über Sammy Smalls. Warum nicht über Francis Marion oder John C. Calhoun oder sonst einen Helden der Südstaaten? Außerdem hat seine Ziege die Leute belästigt. Kürzlich hätte sie mir beinahe eine Kekstüte aus der Hand gezerrt ... Warum kicherst du so, Garden?«

»Mir ist gerade Vicki in ihrer Künstlerphase eingefallen. Sie hat immer weiß Gott welche Maler, Schriftsteller und Komponisten in die Villa eingeladen. Mit allen Mitteln hat sie versucht, an Hemingway, Picasso und Scott Fitzgerald heranzukommen, wenn die in Antibes waren. Aber gekriegt hat sie nur die drittrangigen Schnorrer. Wenn sie wüßte, daß George Gershwin in Charleston weilt, würden die armen Mönche hochkant von der Barony fliegen.«

»Ich würde nicht vom Teufel sprechen. Sonst hört er dich noch.«

»Das ist ein Jahr her, Tante Elizabeth. Fast ein ganzes Jahr. Wenn sie noch irgendwas vorhätte, dann wäre sie doch längst damit herausgerückt. Ich glaube, wir sind sicher.«

Eine Woche später standen die ›Küstenschätze‹ wieder voller Plunder von Auktionen, und Garden konnte die Herbstsaison eröffnen. Noch am selben Nachmittag bedauerte sie, daß sie die Bedrohung aus Vickis Richtung so leichtfertig beiseite geschoben hatte. Sie hätte sich die Zunge abbeißen mögen. »Jawohl, ich bin Mrs. Garden Harris«, sagte sie zu dem stämmigen Mann im dunklen Anzug, der soeben den Laden betreten hatte. Er sah genauso aus wie die Männer damals, vom FBI.

»Ich bin Detektiv, Mrs. Harris. Wir suchen Sie seit fast zwei Jahren.« Er legte seine Karte auf den Tisch vor sich. Wovon redete er bloß? Vicki wußte doch, wo sie zu finden war. Was konnte sie vor zwei Jahren angestellt haben, wofür sie jetzt büßen müßte?

»Es ist wegen dieses Parfums.«

»Parfum? Wovon reden Sie eigentlich, um alles in der Welt?«

»Es konnte nämlich nicht geliefert werden. An irgendeine Adresse in Frankreich. Es ist französisches Parfum. Also hat die Herstellerfirma jemanden in Frankreich beauftragt, und die haben herausgefunden, daß Sie in die Staaten gegangen sind, so daß sich die Firma also an uns …«

»Lucien!« rief Garden.

»Ma'am?«

»Ein alter Freund. Er hat mir versprochen, daß ich genügend Parfum bis an mein Lebensende haben soll. O je, ich glaube, ich muß gleich weinen. Nein, das tue ich nicht. Singen werde ich. Auf französisch. Von einer kleinen weißen Ente.«

Der Detektiv verzog sich nervös rückwärts Richtung Tür. »Ähm, ich habe das Paket im Auto«, sagte er.

»Ich komme mit und hole es mir. Schnell. Ich warte schließlich seit zwei Jahren auf diese Lieferung.«

Eine Stunde später hob Garden beim Bimmeln der Glocke den Kopf. John Hendrix stand in der Tür und nahm einen tiefen Atemzug. »Hier riecht es aber gut«, sagte er. »Haben Sie meine Ansichtskarte bekommen?«

98

»Beste Garden«, sagte George Benjamin, »warum schließen Sie Ihr Geschäft nicht zu, so wie ich auch? Im Sommer ist es der Kundschaft zu heiß, es kommen höchstens Leute, die ein bißchen im Kühlen stehen wollen.«

»Zum Beispiel kommen immerhin Sie vorbei.«

»Ich bin doch nur ein alter Quälgeist. Ich setze mich in den Schatten Ihres Feigenbaumes wie ein Patriarch aus dem Alten Testament und schlürfe Ihren ausgezeichneten Eistee. Irgendwann bringe ich mal Minze aus meinem Kräutergarten mit, die pflanzen wir dann hier im Hof an.«

»Das wäre hübsch.« Garden schloß halb die Lider und horchte auf die raschelnden Blätter im Wind und auf die Glocken von St. Michael, die die volle Stunde schlugen. Vier Uhr. Dann kam er nicht mehr. Sie konnte George Benjamin nicht erzählen, daß sie den Laden geöffnet ließ, weil John Hendrix ein-, zweimal die Woche vorbeikam. Sie gestand es sich ja selber kaum ein.

Es stimmte aber. Wegen Hendrix hatte sie die alte Eisbox gekauft, für die sie jeden Tag zehn Pfund Eis vom Eiswagen holte. Auch die eisernen Gartenmöbel hatte sie wegen ihm ersteigert. Der kleine Hof war im Sommer angenehm schattig und einladend – jetzt, da man im Sitzen einschlägige kühle Getränke nippen konnte. Nach einem Monat der regelmäßigen Besuche tat John nicht mehr so, als wollte er sich nach dem Wohl der Bateman-Urne erkundigen. Wenn niemand sonst im Laden war, zog er sofort seine Jacke aus, seufzte dann erleichtert auf und sagte Guten Tag. »Oase«, nannte er den Hof.

Der Name setzte sich durch. »Ich saß fast die ganze Zeit in der Oase«, sagte Garden manchmal, wenn Elizabeth sich nach ihrem Tag erkundigte. »Darf ich eine Freundin in die Oase mitbringen?« fragte Verity Emerson hin und wieder.

Gardens frühere Englischlehrerin war im Juni eines Tages ganz zufällig vorbeigekommen. Sie hatte keine Ahnung, daß Garden wieder in Charleston lebte. »Ich war zwei Jahre fort«, sagte sie. »Mein Vater ist gestorben, und ich habe meiner Mutter geholfen, seine Angelegenheiten zu regeln. Ich wollte eigentlich dort bleiben, aber dann hat mich doch das Heimweh nach Charleston gepackt.«

Garden stellte erschrocken fest, daß es bereits zehn Jahre her war, daß Miss Emerson ihre Betreuerin und ihre Heldin war. So lange, und in vieler Hinsicht auch so kurz. Miss Emerson bestand darauf, daß Garden sie Verity nannte, was ihrer ehemaligen Schülerin zunächst nicht leicht über die Lippen ging. Aber dann verstand sie, daß ihr Idol auch ein Mensch war, und sie freute sich sehr über die neue Freundschaft.

Verity Emerson hatte sich ein Haus auf der Queen Street, nicht weit von Gardens Laden, gemietet. Einmal in der Woche rief sie an und bat um eine Einladung in der Oase. Sie brachte immer Kuchen oder Sandwiches mit, und dann tranken sie zusammen Tee. Manchmal hatte sie einen Freund oder eine Freundin mit dabei, irgend eines der jungen Schriftsteller- oder Malertalente, die sich auf der Queen Street angesiedelt hatten.

Fast jeden Tag bekam Garden von irgend jemandem Besuch, mit dem sie sich unterhalten konnte. Und entgegen George Benjamins Voraussagen gab es hin und wieder Kundschaft. Zu Hause plapperte Helen unaufhörlich darüber, was all ihre Freundinnen und Freunde taten. Belva ging mit ihr jetzt jeden Tag in den Battery Park.

Als am Ende des Sommers die Charlestoner aus den Bergen und von den Stränden wieder zurückkehrten, lud man Garden ein, wieder im Kirchenchor von St. Michael mitzusingen. »Wie christlich«, sagte sie sarkastisch zu Elizabeth, aber eigentlich freute sie sich außerordentlich über das Angebot. Sie liebte das mehrstimmige Singen, das Einüben der Lieder und die feierlichen Messen, die einen ruhig und friedlich gestimmt in die Welt entließen. Es gab nach wie vor manche Mitbürger und zwar nur Frauen, die sie vor den Kopf stießen, indem sie Garden demonstrativ übersahen. Aber die meisten sprachen inzwischen ganz selbstverständlich, als ob nichts gewesen wäre.

Das Sommerende bedeutete auch, daß George Benjamin sein Geschäft wieder öffnete. Und Verity Emerson ging zur Arbeit. »Jetzt kann ich mich um die Stühle in der Oase kümmern«, sagte John. Er trug Jeans und ein grobes Arbeitshemd und hatte eine Schachtel dabei, aus der er eine Drahtbürste, Farbe, Pinsel und mehrere Bierflaschen holte.

»Wenn jemand von Ihren Kunden fragt: ich bin der Hausmeister«, sagte er grinsend. »Der Rost auf diesen Eisenmöbeln hat mich den ganzen Sommer lang gestört. Bei der Marine ist Rost der Feind.« Er stellte sein Bier in die Eisbox und versprach fröhlich, es durch etwas Besseres zu ersetzen, wenn die Staaten die Aufhebung der Prohibition endlich unterschrieben.

»Zumindest hat der Präsident euch Trunkenbolden Bier gegeben, sobald er an die Macht kam.«

»Deshalb haben wir Trunkenbolde ihn ja auch gewählt«, pflichtete John ihr bei. »Der Mann ist ein Genie.« Er saß mit gekreuzten Beinen auf dem Kies und machte sich pfeifend an die Attacke auf den Rost an einem Stuhlbein.

Den ganzen langen, milden Charlestoner Herbst arbeitete John Hendrix an den Gartenmöbeln. Er kam mindestens einmal in der Woche, bisweilen zweimal. Wenn Kunden im Geschäft waren, zupfte er an einer imaginären Stirnlocke und sagte zu Garden: »Ich bin der Hausmeister, Ma'am«, während er auf die Tür zum Hof zuging. Es war bewundernswert, wie sie sich das Lachen verbiß, selbst als eine junge Frau einmal zu ihrer Freundin sagte: »Komisch. Er sieht genauso aus wie der Kapitän von meinem Jerry.«

Im Geschäft rührte sich mehr als im Sommer, aber der Weihnachtsrummel war noch lange nicht in Sicht. Wenn keine Kundschaft kam, ging Garden in den Hof. Ihr Herz machte immer einen angenehmen und zugleich erschreckenden Satz, wenn sie die Tür aufmachte und John dort sah. Er blickte dann mit einem Gaunerlächeln auf, bei dem ihr Herz noch einmal höher schlug. Paula hatte recht, das hatte Garden schon vor langer Zeit festgestellt, die Augen in seinem sonnengebräunten Gesicht waren ›umwerfend blau‹. Und ringsherum hatte er die nettesten Lachfältchen.

Sie unterhielten sich zwanglos, während John weiterarbeitete. Garden erzählte von der Auktion am vergangenen Wochenende, was sie gekauft hatte, was sie gern gehabt hätte, sich aber nicht leisten konnte, und wie die Geschäfte bei den anderen Händlern liefen.

John beklagte sich über den Dienst an Land, wo er hinter einem Schreibtisch festsaß, und erzählte von all den Orten, die er durch den Dienst zur See schon gesehen hatte. Am besten hätten ihm Japan und das Mittelmeer gefallen, meinte er.

Garden erwähnte nicht, daß sie das Mittelmeer vom Ufer aus auf eine Weise kannte, die ihm auf Deck womöglich verborgen geblieben war. Auf eine stillschweigende Übereinkunft hin sprachen sie nie über sich. Johns Erzählungen handelten oft von der Geschichte eines Ortes, oder er beschrieb einfach, wie es dort aussah. Was Garden betraf, so war sie einfach Antiquitätenhändlerin und damit basta. Ohne Kind, ohne Mann, ob tot oder lebendig, und ohne Vergangenheit.

Die Freundschaft zwischen den beiden war seltsam zaghaft und verhalten. Garden redete sich ein, daß ihr das recht sei. Auf diese Weise wurden an beide keine Forderungen gestellt. Sie wurde auch nicht gezwungen, über mögliche Gefühle nachzudenken. Sie hatte noch nicht einmal das Recht, irgend etwas zu fühlen. Wenn sie sich mit Paula King unterhielt, erwähnte sie nie seinen Namen. Und vor sich selbst behauptete sie beharrlich, sie sei froh, daß Paula ebenfalls nie die Rede auf ihn brachte.

Einen Tag vor Thanksgiving pinselte John die letzte Schicht Farbe auf die Tischplatten, und dann waren die Möbel fertig. »Sie spielen erst ab nächster Woche wieder Weihnachtsengel«, sagte John, »aber trotzdem müssen Sie mir jetzt schon etwas versprechen.«

»Was denn? Soll ich Ihnen Hester als Entgelt für Ihre Arbeit geben?«

»Fast. Die Prohibition wird irgendwann in den nächsten Tagen aufgehoben, und ich habe schon eine legale Flasche Sekt in der Hinterhand. Die bringe ich nach Geschäftsschluß mit, sobald die Aufhebung offiziell verkündet ist, und dann trinken wir den Sekt aus Hester.«

Garden willigte ein. Später wurde ihr bewußt, daß John Hendrix sie um ihre erste Verabredung gebeten hatte.

›Prohibition aufgehoben‹ lautete die Schlagzeile am fünften Dezember. Garden kam eine Stunde zu spät ins Geschäft. Sie ging vorher zu Condon's und erstand eines der Seidenkleider, für die in derselben Zeitung geworben wurde. Es war das erste Kleid, das sie sich seit ihrer Rückkehr von Europa gekauft hatte, und es kostete $ 2.95.

»Kein Fortuny«, sagte sie zu ihrem Spiegelbild in der Ankleidekabine, »aber immerhin neu.« Sie rollte ihr französisches Kleid zusammen und steckte es in die Handtasche. Seit mehr als zwei Jahren hatte sie tagtäglich eines der Fortuny-Kleider angehabt, und sie waren immer noch schön wie eh und je. Aber John hatte inzwischen jedes schon mehrere Male gesehen. Nur das weiße Hängekleid hatte sie noch nicht kürzen lassen. Das hob sie sich für das erste abendliche Fest auf, zu dem man sie einladen würde. Sie war sich sicher, daß es bis dahin jetzt nicht mehr lange dauerte. Und sie konnte warten. Sie war mit ihrem Leben zufrieden.

»Schmeckt himmlisch«, sagte Garden. Sie reichte John die Urne. Er nahm einen Schluck.
»Allerdings«, sagte er. »Das Silberputzmittel bringt so ein gewisses Etwas mit dazu.« Er gab ihr die Schale zurück. Ihre Finger streiften sich, als Garden sie ihm abnahm. Garden blickte John schnell ins Gesicht, ob man irgendeine Reaktion erkennen konnte. »Ich fahre morgen weg«, sagte er. »Zu einer weißen Weihnacht mit meinen Eltern.«

99

»Alles Gute zum Geburtstag, Mama. Krieg ich noch ein Stück Kuchen?«
»Bitte«, sagten Garden und Elizabeth im Chor.
»Krieg ich noch ein Stück Kuchen, bitte?«
»Nein«, sagte Garden. »Du hast schon zwei gehabt. Und du solltest längst im Bett sein. Wenn du nicht schläfst, kann der Weihnachtsmann nicht kommen, und dann sind morgen früh keine Geschenke da.«
Helen wägte die sicheren Freuden des Aufbleibens gegen die unwiderstehliche Aussicht auf Weihnachtsgeschenke ab. Ihre kleine Stirn runzelte sich und die Nase zog sich kraus. Dann, sichtlich entschlossen, gab sie Garden und Elizabeth einen Gutenachtkuß und ging hinauf ins Bett.

»Sagst du noch Gute Na-acht?« quäkte das Stimmchen mitleidheischend vom Treppenabsatz oben.

»Ich habe dir schon Gute Nacht gesagt. Und ich habe dir ›Wir warten aufs Christkind‹ vorgelesen. Und dir ein Glas Wasser gebracht. Und dir einen Gutenachtkuß gegeben. Dann bist du wieder heruntergekommen und wolltest noch ein Stück Kuchen ergattern. Jetzt geh ins Bett und schlaf, sonst kriegst du nichts als einen Sack Ruten vom Weihnachtsmann.« Garden schüttelte den Kopf. »Sind denn alle so?«

»Oder schlimmer. Ich habe Tradd einmal auf dem Dach gefunden, da war er so um die acht. Er wollte dem Weihnachtsmann auflauern und alle Geschenke aus dem Schlitten klauen.«

»Was hast du da gemacht?«

Elizabeth blickte ins Feuer. Nach einer Weile sagte sie: »Hm, das weiß ich nicht mehr. Das ist das Traurige am Muttersein. Wenn die Kinder irgend etwas Außergewöhnliches tun oder sagen, meint man, das vergißt man nie. Und fast immer vergißt man es doch.«

Garden legte noch Kohlen nach. »Was soll ich wegen Mama machen, Tante Elizabeth?«

Elizabeth schnaubte. »Das ist das Bedauerliche am Tochterdasein. Man kriegt womöglich eine Mutter wie deine. Tja, sie hat geschrieben, daß sie dich und Helen sehen möchte. Und es ist Weihnachten. Da müßt ihr wohl hin.«

»Mir ist gar nicht wohl dabei. Sie will bestimmt irgendwas. Das war bisher immer so, wenn sie mir einen Brief geschrieben hat. Ich kann mir nur nicht vorstellen, was sie will.«

»Das erfährst du morgen noch früh genug. Mach dir nicht jetzt schon damit das Leben schwer ... Man hört gar nichts mehr von oben. Sollen wir die Geschenke vorholen?«

Garden zögerte, nahm sich eine Zigarette, zündete sie an und sagte bemüht beiläufig: »Sag mal, warst du eigentlich in Harry Fitzpatrick verliebt?«

»Aha. Diese Frage mußte ja irgendwann einmal kommen. Jawohl, ich war sehr verliebt in ihn, ich war sogar ›verrückt nach ihm‹, wie ihr jungen Leute heutzutage sagen würdet. Da ist durchaus ein Element der Verrücktheit dabei.«

»Warum hast du ihn dann nicht geheiratet? Hélène Lemoine hat mir erzählt, daß er dich heiraten wollte.«

Elizabeth lächelte. Es war ein sehr intimes Lächeln. »Hélène hat mir geschrieben, daß sie mich schrecklich beneidet hat. Das glaube ich ihr und ich verstehe es auch. Ich beneide sie, weil sie einen Teil von Harry hatte, den ich nicht haben konnte.«

»Aber warum hast du ihn nicht geheiratet?«

»Garden, es gibt immer mehr gute Gründe gegen das Heiraten als dafür. Der eine war das Alter. Harry war sieben Jahre jünger als ich. Ich wurde Großmutter, während ich mit ihm befreundet war. Er hat behauptet, das würde nichts ausmachen, und ihm hat es auch nichts ausgemacht. Mir aber schon. Er war so unglaublich attraktiv. Die Frauen wären immer hinter ihm hergewesen.«

Garden gab es einen Stich. Sie hatte Elizabeth nie für feige gehalten.

»Aber das mit dem Alter war nur eine Ausrede. In Wahrheit hatte Harry Konkurrenz. Und die Konkurrenz hat gewonnen.«

Garden versuchte sich nicht nur einen, sondern zwei Verehrer vorzustellen. Sie schaffte es nicht, zweifelte aber die Worte ihrer Großtante keinen Augenblick an. »Welcher Mann war das?«

»Es war kein anderer Mann, sondern ich selbst. Ich und Charleston. Ich hatte schon viel durchgemacht, Angst ausgestanden und mich durchgebissen. Ich war ein selbständiger Mensch. Ich mußte weder Harry noch sonst irgend jemanden heiraten, um jemand zu sein. Und ich habe Charleston geliebt. Liebe es immer noch. Ich liebe jeden Ziegel und jeden Pflasterstein daran. Ich liebe die Ordnung, die Berechenbarkeit, die Verläßlichkeit. Ich freue mich daran, daß ich Teil einer Welt bin, in der man sich noch umeinander kümmert. Ich liebe die Schönheit. Auf all meinen Reisen durch Europa habe ich keinen so schönen Ort gefunden wie Charleston. Ich liebe den Hafen und den Ozean, die Marschen und die Kiefernwälder. Bäume sehen für mich nackt aus, wenn sie keine Flechten um den Hals haben. Ich habe es schon richtig gemacht. So sehr ich Harry auch geliebt habe, und ich habe ihn unbeschreiblich geliebt, habe ich keinen Tag in meinem Leben daran gezweifelt, daß ich das Richtige getan habe.«

»Aber du hast Tradd gehen lassen. Du hast ihn weggeschickt. Charleston war doch auch sein Zuhause.«

»Und für ihn zu klein. Tradd war in Charleston eingeengt. Er hatte so viel Neugier und Fantasie, und er war so wißbegierig. Wenn er nicht weggegangen wäre, hätte all das, was mich bereichert, ihm das Leben schwer gemacht. Charleston ist für manche Menschen ein zu leichtes Spiel. Es hält sie davon ab, sich auf die Probe zu stellen und sich zu beweisen. Ich habe erwartet, daß er zurückkommt, und er war auch auf der Rückreise, als das Schiff gesunken ist. Ein Charlestoner kehrt immer zurück. Wie du, Garden.«

Garden betrachtete ihr Wohnzimmer, mit ihren Möbeln und dem Weihnachtsschmuck, den sie mit ihren eigenen Händen und mit Hilfe ihrer kleinen Tochter aufgehängt hatte. Jawohl. Hier bin ich zu Hause, dachte sie.

»Ich gehe noch einmal hinauf und schaue nach, ob Helen wirklich schläft.«

Leise kam Garden die Treppe wieder hinuntergeschlichen. »Wie ein Weihnachtsengel«, flüsterte sie, mit glänzenden Augen vor lauter Liebe zu ihrem Kind.

Man hörte einen gedämpften Knall. Elizabeth präsentierte stolz einen mit einer Serviette umwickelten Sektkorken. »Jetzt können wir Erwachsene Geburtstag feiern«, sagte sie. »Auf meine alten Tage kann ich Kuchen immer weniger ausstehen.«

Garden brach in Tränen aus. »E... en... entschuldige...«, schluchzte sie.

Elizabeth schenkte den Sekt ein. »Trink«, sagte sie. »Das macht zwar nichts besser, läßt es aber zumindest so scheinen.«

Als Garden sich wieder beruhigt hatte, fragte Elizabeth, ob sie von ihrem Kummer erzählen wolle, was immer er sei.

»Es war der Sekt«, sagte Garden. »Der hat mich an Hester erinnert.« Und sie erzählte ihrer Großtante, wie sie sich ihr erstes neues Kleid für ihre erste Verabredung gekauft hatte, und wie sehr sie die Ankündigung von Johns Abreise getroffen hatte. »Ich vermisse ihn so. Jedesmal, wenn ich in den Hof gehe, um irgend etwas einzupacken, erwarte ich irgendwie, daß er da steht. Aber er ist nicht da.«

Elizabeth nippte an ihrem Sekt und betrachtete Gardens tränenfeuchtes Gesicht aus ihren weisen, erfahrenen Augen. »Liebst du ihn?« fragte sie.

»Anscheinend. Sonst würde ich ihn doch nicht so vermissen.«

Elizabeth stellte heftig ihr Glas ab. »Unsinn. Von dir hätte ich etwas mehr Verstand erwartet, Garden. Du bist seit mehr als eineinhalb Jahren von der Welt abgeschnitten. Du bist einsam. Du bist jung, gesund und normal, und du sehnst dich nach einem Mann. Dieser John ist der einzig Verfügbare. Das nennt man nicht Liebe, sondern Hunger.«

»Aber so ist es nicht, Tante Elizabeth, ehrlich. Ich bin gern mit ihm zusammen, ich rede gern mit ihm und sehe ihm gern bei der Arbeit zu. Er ist so ein Perfektionist, und das Tüfteln macht ihm so viel Spaß. Außerdem behandelt er mich nicht so wie alle anderen Männer. Er versucht nicht, mich ins Bett zu kriegen.«

»Jetzt bin ich aber ernsthaft besorgt. Er ist wohl widernatürlich veranlagt.«

»Das ist er nicht!«

»Woher willst du das wissen? Was weißt du von ihm?«

Garden mußte zugeben, daß sie überhaupt nichts wußte.
»Wann kommt er wieder?« verlangte Elizabeth zu wissen.
»An Neujahr.«
»Gut. Sobald er sich bei dir meldet, sagst du ihm, daß deine alte Tante Elizabeth ihn kennenlernen möchte. Ich habe dich bei deiner ersten Ehe ins Unglück rennen lassen, aber beim zweiten Mal schaue ich nicht tatenlos zu.«
»Tante Elizabeth. Heiraten steht doch überhaupt nicht zur Debatte. Ich versinke in den Boden, wenn du irgend etwas zu ihm sagst.«
»Pah! Garden, du bist der einfältigste Mensch vor dem Herrn. Heiraten steht immer zur Debatte, ob so oder so. Und ich sage natürlich nichts zu ihm, aber er sagt ganz sicher viel zu mir. Worauf du dich verlassen kannst.« Elizabeth stand auf.
»So einen erfrischenden Wutanfall habe ich schon jahrelang nicht mehr gehabt«, sagte sie. »Ich fühle mich zwanzig Jahre jünger. Also, wo sind jetzt die Geschenke?«

»Hallo Mama, Fröhliche Weihnachten. Helen, das ist deine Großmutter. Wünsch ihr Fröhliche Weihnachten.«
Margaret schloß Helen und Garden tränenreich in die Arme. »Ich freue mich so, daß ihr kommt«, schluchzte sie.
Garden kämpfte sich und Helen frei. »Komm, Helen, gehen wir nach oben. Schau, wie die Englein sich drehen, ist das nicht lustig?« Sie zischte Margaret über die Schulter zu: »Du erschreckst Helen zu Tode, wenn du so weitermachst, Mama. Hör auf damit.«
Schniefend stapfte Margaret den beiden hinterher.
Ein riesiger Berg von rot und grün verpackten Geschenken lag auf einem Sofa im Wohnzimmer. »Die roten sind für Helen«, sagte sie, »und die grünen für dich, Garden. Helen, kennst du die Farben schon? Weißt du, was rot ist? Die ganzen roten Geschenke gehören dir. Du darfst sie auspacken.«
Helen rannte durch das große Zimmer.
Margaret warf Garden einen tränenverhangenen Blick zu.

»Sie ist so ein Engel, ich kann mir nicht verzeihen, daß ich sie so vernachlässigt habe. Bitte vergib mir, Garden. Ich weiß, daß du mich nicht sehen willst. Warum solltest du auch? Aber ich wollte mein letztes Weihnachtsfest mit meinem Enkelkind und meiner Tochter verbringen. Es ist mein allerletztes.«

»Ich weiß nicht, was ich davon halten soll«, sagte Garden abends zu Elizabeth. »Mama sagt, sie habe drei Herzinfarkte gehabt und der Doktor hätte ihr erklärt, den nächsten würde sie wahrscheinlich nicht überleben. Ich weiß nicht, ob ich ihr glauben soll oder nicht. Ich bin nicht gern so gemein, aber irgendwas an Mama bringt meine schlechtesten Seiten zum Vorschein.

Im Haus war es übrigens eiskalt. Die Asche in den Kaminen war nicht ausgeleert. Zanzie hat wohl endgültig aufgegeben. Nach all den Jahren, in denen sie Mama von hinten bis vorne bedient hat, ist sie jetzt zu ihrem Neffen und seiner Familie gezogen. Ich mußte in der Küche stöbern, um ihr irgendwas zum Essen zu machen. Sie kann noch nicht einmal eine Dose öffnen.«

Elizabeth wurde neugierig. »Margaret hat dich eingeladen, damit du ihr ein Abendessen machst? Da muß sie aber wirklich verzweifelt sein. Wo du doch selbst Wasser anbrennen läßt.«

»Es ist kein Witz, Tante Elizabeth. Sie will, daß Helen und ich bei ihr einziehen.«

»Und was hast du gesagt?«

»Nein. Ich würde innerhalb von zwei Tagen durchdrehen, aber ich muß irgend jemanden für sie finden.«

»Und bezahlen. Margaret ist ein alter Geizkragen. Ein Wunder, daß sie dir und Helen etwas geschenkt hat. Was eigentlich?«

»Sachen vom Dachboden. Aber das Geschenkpapier war neu.« Garden mußte kichern. »Ich weiß nicht, warum ich lache«, sagte sie, »eigentlich ist sie zum Heulen.« Dann konnte sie nicht mehr aufhören zu kichern. Sie stand richtig unter Schock. Die Szene, wie sie vor Margarets Tür abgewiesen worden war, hatte sie übermannt, als sie wieder dort stand. Die Anstrengung, sich zu beherrschen, bis sie wieder zu Hause war, hatte ihre angegriffenen Nerven zum Zerreißen gespannt. Jetzt konnte sie nicht mehr ruhig bleiben. Sie mußte entweder weinen oder lachen. Sie schüttelte sich in schmerzhaften Lachkrämpfen, bis Elizabeth ihr ein Riechfläschchen unter die Nase hielt und sie so aus ihrem Anfall befreite.

100

Garden fiel kein guter Vorwand ein, unter dem sie John Hendrix wie geheißen Elizabeth vorführen konnte. Sie machte sich so viele Gedanken darüber, daß sie, als er am zweiten Januar im Laden auftauchte, damit herausplatzte, bevor er seine Neujahrswünsche fertig aufsagen konnte.

»Ich gehe am Samstag zu meiner Großtante zum Tee, möchten Sie mitkommen?« fragte sie ohne Punkt und Komma. Dann fügte sie noch schnell hinzu: »Sie hat sehr schönes altes Silber. Nichts von Hester Bateman, aber vielleicht sehen Sie es sich trotzdem gerne an.«

»Mit dem größten Vergnügen«, sagte John.

Jetzt entspannte sich Garden. »Wie war Weihnachten bei Ihnen?«

»Sehr weiß. Und bei Ihnen?«

»Sehr rot und grün. Ich wollte mir gerade einen Tee machen. Möchten Sie auch einen?«

»Nein danke, Garden. Ich muß zu meinem Stützpunkt. Den Teedurst hebe ich mir für Samstag auf. Ich wollte nur das hier vorbeibringen.« Es war eine Flasche Sekt. »Ich dachte, wir machen es einfach wie die Chinesen und feiern Neujahr später als die anderen.«

»Mit dem größten Vergnügen«, echote Garden und gab ihm Elizabeths Adresse.

Elizabeth Cooper kehrte ganz die vornehme Matrone heraus, als sie John Hendrix empfing. Garden hatte noch nie erlebt, daß sie so einschüchternd auftrat, und sie hätte sie umbringen können.

Binnen kurzem hatte Elizabeth aus John herausgekitzelt, daß er sechsunddreißig Jahre alt war, 1923 seinen Abschluß in Annapolis gemacht hatte, auf einer Farm in New Hampshire geboren war, drei Schwestern und zwei Brüder hatte, daß beide Eltern noch lebten und er noch nie verheiratet war.

Elizabeth fragte geschickt, vertat aber ihre Zeit nicht mit Umschweifen. Als sie die Inquisition beendet hatte, lächelte sie ihn an. »Und ich wette, Sie haben noch sämtliche Zähne im Mund.«

John bog sich vor Lachen. »Und gegen Pocken geimpft bin ich auch«, sagte er. »Ich esse sogar Wheaties.«

Elizabeth hob fragend die Augenbrauen.

»Das kommt aus einer neuen Radioserie«, erklärte Garden. »Sie nennt sich ›Jack Armstrong, der echte Amerikaner‹.«

Elizabeth lachte. Dann verwickelte sie John in eine spannende Diskussion über die Weltpolitik, bei der Garden nicht mitreden konnte. Sie war mit dem Laden so beschäftigt gewesen, daß sie nicht einmal das *Time Magazine* hatte lesen können. Sie erkannte die Namen Hitler und Mussolini, aber Salazar, Dollfuß und Stavisky waren ihr fremd. Das machte aber nichts. Man merkte, daß Elizabeth und John sich gut verstanden.

Als sie später bei Elizabeth aus der Haustür traten, wandte sich John um, statt aufs Gartentor zuzugehen. »Darf ich Ihr Haus auch sehen?« fragte er. »Ein wichtiges Mitglied Ihrer Familie kenne ich jetzt; und nun würde ich auch Helen gern kennenlernen.«

»Woher wissen Sie ...«

»Von Paula King. Ich weiß, wo Sie wohnen, daß Sie eine kleine Tochter haben und Witwe sind.«

»Das stimmt eigentlich nicht. Ich bin geschieden.«

»Das läuft auf dasselbe hinaus. Sie sind nicht verheiratet.«

»Was hat Ihnen Paula noch erzählt?«

»Sonst habe ich sie nichts gefragt. Ich bin nicht so gründlich wie Ihre Großtante. Was für eine Frau. Ich weiß jetzt, wie sich ein Fisch beim Filetieren fühlen muß.«

»Es tut mir leid, John.«

»Mir nicht. Sie ist fantastisch. Ich glaube ich habe mich in sie verliebt. Aber ein Schlückchen könnte ich jetzt jedenfalls vertragen. Laden Sie mich nun zu sich ein oder nicht?«

Ein Feuer glomm rot im Kamin. Eine Schale mit roten Kamelien stand auf dem niedrigen Tisch vor dem Sofa. »Sie haben wirklich eine Hand für Oasen, Ma'am«, sagte John leise.

»Na?« fragte Garden ihre Großtante.

»Nichts wie ran«, sagte Elizabeth. »Neben ihm wirkt Maine wie ein Holzklotz.«

Nach diesem Samstag sah Garden John jeden Samstag. Es wurde irgendwie ihr Tag. Sie nahm ihm mit auf die Auktionen, und er stürzte sich mit halsbrecherischer Begeisterung hinein. »Höher«, flüsterte er ihr dann zu, wenn viele mitboten, und zwar so laut, daß man es zwei Straßen weiter hörte. Er untersuchte jeden zum Verkauf anstehenden Gegenstand so genau, daß der Auktionator bei der Beschreibung der Posten durchaus an Erfindergeist verlor. Nach ungefähr einem Monat brachte er eine Lupe mit, um alles noch genauer untersuchen zu können. Er habe noch nie im Leben so viel Spaß gehabt, sagte er.

Nach den Auktionen fuhren sie zu Garden nach Hause, auf einen Drink und um sich mit Helen zu beschäftigen. John fand immer etwas, das er für ihr Puppenhaus kaufen konnte. Garden meinte, er verwöhne sie, aber John erwiderte, na und, er kenne sehr wenig Damen, die man mit einem

Geschenk für zwei Cents verwöhnen könne. Er überreichte es ihr jedesmal mit großer Geste, genau wenn Garden nach dem Baden und Umziehen die Treppe herunter kam.

Sie gingen zum Abendessen aus – meistens beschränkte es sich auf Spaghetti –, und dann ins Kino, wenn es im Offiziersklub nicht irgendeinen Tanz gab. Die Filme wechselten jede Woche, und es gab genügend, die sie beide sehen wollten. Nach einer Weile beschlossen sie, daß man eigentlich gut noch eine Matinee am Sonntagmorgen an die Samstage anhängen konnte, und dann war es eindeutig sinnvoller, daß John bei Garden zum Abendessen blieb, anstatt sie heimzubringen und wieder zum Stützpunkt zu fahren. Er enthüllte eine versteckte Leidenschaft: das Kochen. Garden versteckte eine: sie haßte Küchen.

Und John stellte im Gegensatz zu Elizabeth keine weiteren Fragen.

Garden hatte allerdings eine Frage, die sie immer mehr quälte. An Labor Day fuhren sie nach Folly Beach; es war drückend schwül – Gewitterwetter, spannungsgeladenes Wetter. Als das Riesenrad stehenblieb, so daß ihre Gondel ganz oben schwankte, wurde Garden, vor Höhenangst ganz durchgedreht, verwegen. »John«, rief sie mit hoher und dünner Stimme, »jetzt sagen Sie mir, warum Sie mir nie auch nur einen Gutenachtkuß geben. Stimmt etwas nicht mit mir? Oder mit Ihnen?«

Zur Antwort legte er den Arm um sie und küßte sie entschlossen. Es war eine vollkommen befriedigende Antwort auf Gardens Fragen. Alle beide waren ausgesprochen normal.

Das Gewitter brach mit einer Salve von Blitzen in den Ozean los, als sie aus ihrer Gondel ausstiegen. John packte Garden an der Hand. »Schnell, zum Auto«, schrie er über den Donner hinweg. »In fünf Minuten ist die Straße überschwemmt.« Sie waren mit die ersten, die auf dem Damm Richtung Stadt flohen.

Der Regen trommelte so laut aufs Dach, daß man sich nicht unterhalten konnte. Also sangen sie den ganzen Heimweg lang hingebungsvoll ›Stormy Weather‹.

John parkte vor Elizabeths Haus. Der Regen hatte ein wenig nachgelassen, prasselte aber immer noch gewaltig. »Das kann nicht mehr lange so weitergehen«, sagte John. »Rauchen wir eine und warten wir, bis es besser wird, bevor wir hineinrennen.«

Garden legte den Kopf an seine Schulter und wandte den Kopf nach oben. »Spielen wir Riesenrad.«

John legte ihr den Finger auf die Lippen. »Nein, Garden. Wir sind keine Teenager mehr. Wenn ich dich jetzt küsse, dann belasse ich es nicht dabei. Dann will ich dich lieben. Und ich glaube nicht, daß du das willst. Dazu bist du mir zu gut.«

Natürlich wollte Garden. Mit jeder Faser ihrer leidenschaftlichen Natur. Aber sie sagte: »Du hast recht, John«, und setzte sich wieder aufrecht auf den Beifahrersitz. Um nichts in der Welt wollte sie seinen Glauben an sie erschüttern.

Einen Monat später mußte sie für ihr Gefühl genau das tun. Garden rief John in seinem Büro an, was sie noch nie zuvor getan hatte. »Ich muß mit dir sprechen«, sagte sie. »Kannst du heute abend zu Tante Elizabeth kommen?«

»Natürlich. Ich kann auch sofort kommen, wenn du möchtest.« Der metallische Klang in Gardens Stimme war beängstigend.

»Ja, bitte.« Ein Klicken signalisierte John, daß Garden aufgelegt hatte. Er überschritt jegliche Geschwindigkeitsbeschränkung bei der Fahrt in die Stadt.

Sie saß mit Elizabeth in der Bibliothek. Als John hereinkam, stand Elizabeth auf. Sie drückte ihm im Vorbeigehen die Hand. Ihr hageres Gesicht wirkte blaß und eingefallen. Garden saß wie versteinert auf ihrem Sessel. Ihre Augen starrten geradeaus und hatten große blaue Schatten ringsherum. Sonst war alle Farbe aus ihrem Gesicht gewichen. John ging auf Garden zu, aber sie hielt ihn mit einer abwehrend erhobenen Hand auf. »Nicht«, sagte sie. »Setz dich an den Schreibtisch. Lies die Zeitungsausschnitte.«

Sie stammten aus New Yorker Zeitungen, datiert vom ersten bis einschließlich vierzehnten Oktober. »Jahrhundertprozeß ... Boudoirgeheimnisse bloßgelegt ... Dienstmädchen erzählt von Glorias ausgelassenen Parties ... Peinliche Enthüllungen ... Muß eine Mutter ›gut‹ sein, um eine gute Mutter zu sein?« lauteten die Schlagzeilen.

John überflog die Artikel. »Ich verstehe nichts«, sagte er. »Das sind Geschichten über Gloria Vanderbilt. Wofür hast du die aufgehoben, Garden?«

Garden lachte barsch. »Sie sind ein Geschenk. Per Post aus New York. Ich habe hier immer nur vom Prozeß gegen Hauptmann gelesen, du weißt schon, um die Lindbergh-Entführung. Ich glaube gar nicht, daß die Charlestoner Zeitung diesen Vanderbilt-Prozeß überhaupt erwähnt hat.

Aber *meinen* wird sie erwähnen müssen. Das hier ist nur ein Vorgeschmack. Ich weiß, von wem diese Zeitungsausschnitte kommen. Das Kind der Vanderbilt wird nämlich seiner Mutter weggenommen, und zwar von einer Tante, die sehr viel Geld hat. Die Mutter ist arm und hat einen schlechten Ruf. Dasselbe wird Helen passieren. Nur daß es ihre Großmutter ist, statt einer Tante. Mein Ruf liegt ja bereits in den Archiven. Man wird sie genüßlich ausschlachten.

Ich muß dir etwas erzählen, John. Ich bin nicht das, wofür du mich hältst ...«

»Garden.« Er stand auf und ging auf sie zu.

»Nein, warte. Laß mich ausreden. Ich muß es dir sagen. Du sollst es nicht von irgendeinem Reporter hören. Oder in den Zeitungen lesen, mit Bildern dazu. Ich bin dir die Wahrheit schuldig.«

»Sei still, Garden.« John griff unter ihre Ellbogen und zog sie aus ihrem Sessel hoch.

»Nein!« Garden versuchte sich loszuwinden, aber er

schlang ihr den Arm um die Mitte und zog sie an sich. Mit der anderen Hand strich er ihr über das Haar und bettete ihren Kopf an seine Schulter.

»Hör zu«, sagte John nahe an Gardens Ohr. »Es gibt nichts zu erzählen. Ich weiß von der Scheidung, von den Zeugenaussagen, was in den Zeitungen stand. Und es ist mir nicht wichtig. Das sollst du wissen, Garden. Was davon stimmt, was gelogen war, das ist alles nicht wichtig. Ich bin hier. Ich bin bei dir. Wir kämpfen gemeinsam gegen deine Schwiegermutter. Sie wird nicht gewinnen. Wir werden es nicht zulassen. Halt dich an mir fest, Garden. Ich beschütze dich, wie eine Mauer. An mir kommt keiner vorbei, der dir Böses will.«

Gardens Arme schlossen sich um ihn. »Ach, John«, sagte sie. »Ich habe so viel falsch gemacht, es tut mir furchtbar leid.«

»Das ist alles lange her«, tröstete er sie. »Es ist nicht mehr wichtig.«

»Ich habe solche Angst.«

»Ganz ruhig. Du brauchst überhaupt keine Angst zu haben.«

»Halt mich fest.«

»Jawohl. Ich halte dich ganz fest.«

»Ich fürchte mich so, John.«

»Du brauchst dich nicht mehr zu fürchten.«

Gardens Kopf an seiner Schulter wurde schwer, ihre Arme glitten von ihm ab und baumelten schlaff an ihrer Seite. Sie war ohnmächtig geworden. John trug sie zu einem Sofa und legte sie sanft auf die Polster. Dann holte er Elizabeth.

»Wie schlimm ist es?« fragte er.

»So schlimm, wie es irgend geht. Die Großmutter ist mächtig, skrupellos und womöglich geisteskrank.«

»Was wird passieren? Was können wir tun?«

Elizabeth legte John die Hand auf den Arm. »Wir können Garden nur Halt geben. Sie darf diesen Nervenkrieg nicht verlieren. Ich habe keine Ahnung, was passieren wird. Es kommt wahrscheinlich darauf an, wie das New Yorker Gericht entscheidet. Es ist doch unfaßlich, daß sie das Vanderbiltsche Kind der Mutter wegnehmen wollen. Die Rechte einer Mutter sind heilig.«

Am 11. November entschied der Richter im Fall Vanderbilt gegen die Mutter.

101

Diesmal kamen keine Polizisten, keine Agenten in Hut und dunklem Anzug. Lediglich ein unscheinbares Stück Papier, von einem arbeitslosen Lehrer abgegeben, der froh um die drei Dollar für die Zustellung einer Vorladung war.

Im Laden standen gerade unzählige Kundinnen, als er vier Tage vor Weihnachten hereinkam, und er fiel so auf, als trage er einen Anzug mit Blinklichtern. Garden ging auf ihn zu. »Sie suchen vermutlich mich«, sagte sie. »Den Zeitpunkt habe ich mir ungefähr so vorgestellt.« Sie war ganz ruhig.

Sie war von dem Moment des Urteils im Fall Vanderbilt an ruhig gewesen. Es schien, als ob sie sich aus dem Leben zurückgezogen hätte. Sie arbeitete weiter, spielte mit Helen, redete, lächelte und lachte so weiter. Aber innerlich war sie weit weg.

»Du machst mir Sorgen«, sagte Elizabeth zu ihr.

»Das tut mir leid«, erwiderte Garden. »Du sollst dir keine Sorgen machen. Ich rege mich eigentlich gar nicht mehr auf. Es war dumm, daß ich mich über die Zeitungsausschnitte aufgeregt habe. Ich habe doch gewußt, daß Vicki nie aufgeben wird. Es trifft mich nicht so schlimm, wie du meinst, Tante Elizabeth. Ich habe dir schon einmal gesagt, daß ich dem Glück nie wieder trauen werde.«

Die Vorladung zitierte sie für den 12. Januar 1935 um neun Uhr früh vor Richter Gilbert Travers auf Zimmer 237 am Kreisgericht. Das schöne alte Gebäude lag an der Kreuzung Broad und Meeting Street, schräg gegenüber der St. Michaelskirche. Garden zählte die Glockenschläge vom Kirchturm, während sie auf ihrem Platz im Gerichtssaal wartete.

Logan Henry hatte darauf bestanden, daß sie sich angemessen kleidete; also ging Elizabeth mit Garden in die Stadt. »Deine Seidenkleider sind so wunderbar attraktiv, meine Liebe, und genau das ist schlecht. Selbst ein Richter im fortgeschrittenen Alter wird erkennen, daß an diesen Falten und Farben etwas Besonderes ist. Du mußt ganz amerikanisch wirken.« Garden trug ein graues Wollkleid mit weißem Kragen, weißen Manschetten und einem plissierten, bis über die Waden reichenden Rock. Auf dem Kopf hatte sie einen schlichten schwarzen Pillbox-Hut und an den Händen weiße Handschuhe.

Verflucht, hatte Elizabeth am Morgen gedacht, als sie Garden abholte. Sie sieht immer noch blendend aus. Und wenn ich mich auf den Kopf stelle, die Wirkung ihres Haares und ihrer Augen kann man nicht schmälern. Elizabeth saß neben Garden an einem Tisch gegenüber der Richterbank. Auf der anderen Seite hatte Logan Henry Platz genommen.

Fünf Rechtsanwälte saßen mit Vicki an einem ähnlichen Tisch parallel zu dem von Garden. Vicki war ebenfalls ganz in Grau erschienen, in einem taillierten Strickkleid, das ihr jugendliches Aussehen zur Geltung brachte, mit einer grauen Chinchillajacke. Einen Hut konnte man für Elizabeths Begriffe die graue Samtraute nicht nennen, die auf Vickis blondiertem Haar nach vorn geneigt thronte. Geschmückt war sie mit langen, grauweiß gesprenkelten Federn, die an Vikkis Hinterkopf über dem grauen Samtband zur Befestigung des Hütchens hervorstaken. Dazu hatte sie ein schwaches Lächeln aufgesetzt.

Als die Glockenschläge von St. Michael verstummten, öffneten Gerichtsdiener die Doppeltür, um Zeugen, Zuschauer und die Presse einzulassen. Für Elizabeths Ohren klang es wie eine Herde wildgewordener Sumpfrinder.

»Alles aufstehen.«

Richter Travers trat mit mürrischen Blicken ein und setzte sich auf einen schwarzen Lederstuhl mit der hohen Rückenlehne. Er starrte den überfüllten Raum unter buschigen, mit üppigem Weiß durchsetzten Augenbrauen an. Sein Kopf war bis auf einen ebenfalls braun-weißen Haarkranz kahl. »Wir sind heute hier zusammengekommen, um Zeugenaussagen zu einer besonders ernsten Sache zu hören: es geht um das Wohlergeben eines fünfjährigen Kindes. Ich dulde keine Unterbrechung, keine Zwischenrufe und kein Gelächter. Die Gerichtsdiener werden jedweden Störenfried sofort aus dem Saal entfernen.«

Er klopfte mit dem Hammer auf den Tisch. »Die Sitzung ist eröffnet.«

Wie auf ein Stichwort brach hinten im Gerichtssaal Unruhe aus. Richter Travers klopfte lauter. Das erregte Geraune und Gewisper ging weiter. Er schlug mit dem Hammer energisch auf die Auflage, und dann, nach einem letzten Stuhlgescharre, legte sich der Lärm.

»Mr. Selfridge, sind Sie bereit?« fragte der Richter. Einer von Vickis Anwälten stand auf und verneigte sich.

»Jawohl, Euer Ehren.«

»Dann darf ich bitten ...«

»Danke, Euer Ehren. Wenn Euer Ehren gestatten, wir haben hier die Gelegenheit, ein sehr schwerwiegendes Unrecht wiedergutzumachen. Ein Unrecht, begangen an einem unschuldigen Kind, dessen Unschuld – eben der Inbegriff und das Vorrecht der Kindheit! – in Gefahr schwebt. In der Gefahr nämlich, von der eklatanten Unmoral ausgerechnet der Person korrumpiert zu werden, der das Bewahren der Unschuld am innigsten am Herzen liegen sollte ...«

Garden konzentrierte sich auf die Gedächtnisübungen in ihrem Kopf. Sie sagte sich innerlich das lange Gedicht auf, das sie für die Deklamationsstunde im ersten Jahr auf Ashley Hall hatte lernen müssen. Sie schirmte sich ab. Gegen die Rede des Anwalts der Anklage, gegen ihre Umgebung und gegen das, was hier vorging. Wenn sie einfach nicht hinhörte und nicht hinsah, konnte sie hier ungerührt sitzen, während ihr Leben zu zerklüfteten Brocken um sie herum zerfiel.

»Das ist eine unverschämte Lüge!« schrie es aus den hinteren Reihen. Alle außer Garden wandten den Kopf.

Judge Travers klopfte um Ruhe.

»Und Sie sind ein unverschämter Lügner, wer Sie auch sein mögen!«

Der Richter hämmerte auf seinen Tisch. »Schaffen Sie diese Frau hinaus«, brüllte er. Es gab einen kurzen Tumult, dann fielen die Türen krachend ins Schloß. Die Stimme der Frau entfernte sich immer weiter den Gang hinunter. Elizabeth schüttelte Garden am Arm. Sie lachte. »Garden, Garden. Hör zu. Garden, Peggy ist hier.«

»Peggy?«

»Wir treffen sie in der Mittagspause. Sie hat sich kein bißchen verändert.«

Gardens Selbstdisziplin brach für einen Augenblick zusammen. Der Gedanke, ihre Schwester zu sehen, war ein Strahl des reinen, glänzenden Glücks. Dann löschten ihn die Wolken der Wirklichkeit wieder aus. Peggy würde genauso von den Reportern belagert werden und sich für ihre Schwester schämen müssen. Zweimal zwei ist vier, dachte Garden verzweifelt, zweimal drei ist sechs, zweimal vier ist acht, zweimal fünf ist ...

Dann begann die Parade der Zeugen der Anklage, Chauffeure, Friseure, Lakaien und Dienstmädchen aus New York bezeugten, welche Orgien sie mitangesehen hätten. »Der alte Selfridge ist wie ein raffinierter Koch«, sagte ein Reporter des New York *Mirror* zu seinem Nachbarn, »er macht einem erst mit Vorspeisen den Mund wässerig.« Garden konzentrierte sich auf das Geglucker und Gerassel des Heizkörpers unter dem Fenster. Er schlug in einem regelmäßigen Muster, wie nach einem Rhythmus. Sie versuchte im Geist, Lieder dazu zu singen, die sie kannte. Ein schwarzer Shouting-

Song paßte fast. Sie griff an Pansys Amulett, das sie unter dem Kleid trug.

Garden sah Peggy während der Mittagspause nicht. Logan Henry hatte bei Robertsons Cafeteria Mittagessen für sie bestellt und in ein Zimmer im Gerichtsgebäude liefern lassen. Auf diese Weise entwischten sie den Reportern.

Garden aß mechanisch, nickte, wenn Logan Henry etwas zu ihr sagte, und dachte an das Lied, das Lucien ihr beigebracht hatte. Was kam nach ›O, fils du roi, tu es méchant‹? Es tat gut, an etwas zu denken, was nicht schmerzte.

Am Nachmittag führte die Anklage noch mehr Bedienstete vor, diesmal von dem Haus in Southampton.

»Mr. Selfridge«, sagte Richter Travers, »wie viele Häuser besitzt ihre Klientin?«

»Sieben, Euer Ehren.«

»Und sollen wir das Vergnügen haben, jeden einzelnen Dienstboten aus jedem dieser Häuser zu hören?« Ein Raunen ging durchs Publikum. Vicki hatte in ihrem Zug ein Dutzend Freunde und sämtliche Zeugen mitgebracht. Sie hatte vier Stockwerke im neuen Hotel Fort Sumter am Battery Park angemietet.

»Ich habe eine Zeugenliste eingereicht, Euer Ehren«, sagte Manning Selfridge und nahm eine fotowirksame Pose ein.

»Mr. Selfridge«, sagte Richter Travers verdrossen, »ich bin ein einzelner Mann, keine Jury. Sie können die Zeugenaussagen, die ihnen wichtig sind, meinem Gehirn in einem Zwölftel der Zeit vorsetzen, die für ein Geschworenengericht benötigt wird. Habe ich mich klar ausgedrückt?«

»Überaus, Euer Ehren.«

»Wunderbar. Wir vertagen die Sitzung auf morgen früh um neun Uhr. Bis dahin möchte ich auf meinem Schreibtisch eine überarbeitete Aufstellung Ihrer Zeugen vorfinden.«

»Selbstverständlich Euer Ehren.«

»Gut.« Richter Travers klopfte bereits im Aufstehen. »Die

Sitzung ist vertagt.« Die Anwesenden im Gerichtssaal bemühten sich aufzuspringen, bevor er durch die Tür hinter der Richterbank verschwunden war.

Peggy saß mit einem Baby auf dem Schoß in Gardens Wohnzimmer auf dem Boden. Helen und zwei kleine rothaarige Lausbuben saßen daneben und lauschten gebannt der Geschichte, die sie erzählte.

»Und dann packte also der riesige, böse Polizist Susan B. Anthony und zerrte sie weg. Sie fuchtelten mit großen Stöcken drohend vor ihr herum. ›Ich schlag dir den Schädel ein‹, rief der übelste Kerl. ›Ich zermatsch dir das Gehirn, aber nie, nie nie, nie im Leben laß ich dich zur Wahl gehen.‹

»Ach Peggy!« rief Garden. »Ich freu mich so, daß du da bist.«

Peggy stand auf, ließ das Baby fast auf den Boden plumpsen und schlängelte sich zwischen den Kindern hindurch auf Garden zu. Sie umarmten sich fest, ohne ein Wort.

»Weiter! Weiter! Die Geschichte!« riefen beharrlich die Buben.

Peggy küßte Garden auf die Wange und ließ sie los. »Die Jungs lieben diese Geschichte«, sagte sie. Ihre Stimme zitterte ganz leicht. »Bob sagt, sie stellen sich vor, wie sie selbst mit Knüppeln auf das Baby losgehen. Er hat mich großzügigerweise die Kleine Susan nennen lassen, und das reibt er mir jetzt immer wieder hin.«

»Ist Bob auch da? Wohin fahrt ihr? Warum hast du nicht geschrieben, daß ihr kommt?«

»Bob ist im Winterpalast, mit anderen Worten, bei Mama. Wir sind auf dem Weg nach Alabama. Und ich habe nicht geschrieben, weil alles so schnell ging. Bob arbeitet dann bei der TVA. Das ist die Tennessee Valley Authority, du Dummchen. Sie bauen Dämme, Kraftwerke, Straßen, Brücken, und sie versetzen Flußbetten, Präsident Roosevelt möchte am liebsten alles gestern erledigt haben. Bob ist so aufgeregt, daß er kaum mehr geradeaus schauen kann. Er und Mama sind vielleicht ein Paar, Garden. Er redet von Hydroelektrik, sie redet von ihrer teuren Stromrechnung, und das halten sie dann für ein Gespräch. Ich mußte gehen. Es war zu lustig.

Und zu kalt. Selbst wenn man Island gewohnt ist. Sie hat aber auch nur ein Stückchen Kohle im Kamin, für einen Raum, der so groß ist wie unser ganzes Haus auf dem Stützpunkt. Seit wann ist sie so knickrig? Hat der Börsenkrach sie zugrunde gerichtet?«

»Tante Elizabeth sagt, daß Mama immer so gern reich sein wollte, daß sie das Geld, das ihr dann tatsächlich zugefallen ist, einfach nicht ausgeben konnte. Aber Tante Elizabeth kann Mama nicht leiden, deshalb weiß ich nicht, ob das stimmt. Sky hat ihr sehr viel gegeben, das weiß ich. Hoffen wir, daß sie es noch hat.«

»Nein, hoffen wir, daß sie bald etwas los wird. Sie hat schließlich vier süße Enkel, die alle von ihr beschenkt werden wollen.«

»Ich kann gar nicht fassen, daß ich deine Kinder noch nie gesehen habe. Schau doch, Peggy. Die Buben sind echte Tradds.«

»Genau, jähzornig bis zum Geht-nicht-mehr. Scheusale. Komm. Sie sind schon so auf dich gespannt. Sie glauben, du hast immer noch viel Geld.«

»Peggy! Du bist unmöglich!«

Mit dem Trubel, den die vier Kinder machten, konnte Garden sich von dem Gedanken an den nächsten Tag einigermaßen ablenken. Peggy erwähnte die Verhandlung nur ein einziges Mal. »Hals und Beinbruch, Garden. Es wird schon alles gut, es muß einfach.«

»Natürlich«, log Garden.

102

Am nächsten Vormittag bekamen die Reporter das, wofür sie gekommen waren. Logan Henry wirkte wie ein Stehaufmännchen, denn er schrie immer wieder Einwände dazwischen, und Richter Travers schloß die Öffentlichkeit mitten in der Vernehmung des ersten Zeugen aus, eines Saxophonisten, der behauptete, einer von Gardens Liebhabern in Monte Carlo gewesen zu sein. Die anderen Bandmitglieder hätten ebenfalls in ihrer Gunst gestanden, bezeugte er anschaulich und in allen Einzelheiten. Die Reporter prügelten sich beinahe auf der Jagd zu den Telefonen. Es kümmerte sie nicht einmal, daß sie die acht erklärten Liebhaber verpaßten, die danach noch aussagten.

Garden konjugierte unregelmäßige Verben und zählte im Geist die französischen Könige samt Frauen und Kindern auf. Elizabeth hatte eine bleiche, starre Maske auf.

Nach der Mittagspause machte Garden sich an die englischen Könige. Sie war gerade tief in die Rosenkriege verstrickt, als sie spürte, daß sich irgend etwas verändert hatte.

Zum ersten Mal blickte sie von ihren behandschuhten Händen auf. Miss Louisa Beaufain schwor gerade, die Wahrheit zu sagen und nichts als die Wahrheit, so wahr ihr Gott helfe. Miss Louisa war eine der ganz vornehmen Damen von Charleston, die man für ihre Rechtschaffenheit und Treue zu den stolzen Traditionen der Stadt verehrte und bewunderte. »... bitte sprechen Sie ganz frei, Miss Louisa«, sagte Logan Henry. Sie wandte sich im Zeugenstand um und sah Richter Travers an.

»Garden Tradd Harris«, sagte Miss Louisa, »ist eine junge Frau, die ich aus tiefstem Herzen schätze. Sie ist ein wertvolles Mitglied unserer Gemeinschaft, sie ist ein verantwortungsvoller und ernsthafter Mensch und eine liebevolle und fürsorgliche Mutter. Welche Fehler man ihr auch vorwerfen mag, ich sehe keinerlei Veranlassung, solchen Vorwürfen irgendwelchen Glauben zu schenken. Ich habe sie immer als junge Lady mit untadeliger Moral und einwandfreiem Benehmen erlebt.«

Garden beugte sich zu Logan Henry. »Ich habe Miss Louisa nur ein einziges Mal in meinem Leben gesehen«, flüsterte sie.

»Schscht«, machte Elizabeth.

»Vielen Dank, Miss Louisa«, sagte Mr. Henry. »Wünschen Sie die Zeugin ins Kreuzverhör zu nehmen, Mr. Selfridge?«

Mr. Selfridge wünschte nicht. Logan Henry trat an den Zeugenstand und bot Miss Louisa den Arm. Richter Travers stand auf, als sie im Geleit von Mr. Henry an ihren Platz zurückkehrte.

Vicki stieß Selfridge mit einem lackierten Fingernagel vor die Brust. »Lassen Sie sich gefälligst was einfallen. Ich habe sie vor dieser Stadt gewarnt.«

Mr. Selfridge nahm sämtliche folgenden Zeugen der Verteidigung ins Kreuzverhör, verschwendete aber nur seine Zeit und die aller Anwesenden im Saal. Publikum und Presse wurden wieder zugelassen, und bald kritzelten die Reporter neue Aufmacher für die Prozeßberichte: »Chorleiter der historischen St. Michaelskirche bezeichnet Garden als Engel. Chormitglieder stimmen geschlossen zu ... Bürgerkriegsveteran erinnert sich an Garden als Kind ... U.S. Senator kommt nach Hause, um für die kampfbereite Mutter auszusagen ... Kindergartenleiterin nennt Garden ›perfekte Mutter‹...«

Die Zeugenvernehmung dauerte noch zwei Tage, in denen sich immer mehr Journalisten um den Fall scharten. Walter Winchell übertrug jeden Tag die Höhepunkte der Aussagen im Rundfunk.

»Ich verstehe es nicht«, sagte Garden zu ihrer Großtante, »aber ich bin so dankbar, daß ich am liebsten jedem einzelnen um den Hals fallen würde.«

»Du bist eine Charlestonerin, Garden«, erwiderte Elizabeth, »und Charleston kümmert sich immer um die Seinen.

Du kannst ja Dankeskärtchen schreiben, wenn der Prozeß vorüber ist. Eigentlich erwartet man das sogar von dir.«

Vicki erschien nicht zum letzten Verhandlungstag. Das Richterurteil war nichts, was sie hätte hören wollen. Ein unternehmungslustiger junger Charlestoner wartete Tag und Nacht am Bahnhof und wurde mit einem Bild belohnt, daß er mit seiner Kamera aus einer Keksschachtel heraus schießen konnte. »Haben Sie Ihre Enkelin besucht, Prinzessin?« rief er, als Vicki in ihren Privatwagen stieg. Vicki wandte sich um, so daß er ihr Gesicht als abstoßende, groteske Maske aus Kosmetika frontal vor sich hatte. Er verkaufte den Schnappschuß an *Newsweek*, wo er mit einem Artikel unter der Schlagzeile DER SÜDEN STEHT WIEDER AUF erschien.

Paula las gerade die *Newsweek*, als Garden in die ›Küstenschätze‹ kam. Sie legte die Zeitschrift weg, lief auf Garden zu umarmte sie. »Mensch, freue ich mich, daß Sie kommen«, sagte sie. »Der Laden war jeden Tag gesteckt voll. Nach dem Weihnachtsgeschenk hatten wir sowieso nicht mehr sehr viel übrig, aber das ist jetzt auch alles verkauft. Ich wollte schon mein verhaßtes Hochzeitsgeschirr mitbringen und Stück für Stück verkaufen ... Hören Sie sich das an, ich rede ja lauter dummes Zeug. Liebe Güte, Garden, ich freue mich so für Sie, ehrlich. Ich habe nicht verstanden, warum Ihr Anwalt mich als Leumundszeugin abgelehnt hat, aber jetzt weiß ich es. Er hatte bereits mehr, als in den Saal paßten.

Aber was tun Sie eigentlich heute hier? Sie sollten sich doch eine Woche lang ausruhen.«

Garden blickte sich lächelnd im Geschäft um. »Ich finde, es sieht hier sehr gut aus«, sagte sie. »So viel Platz, um wieder neue Beute aufzustellen. Und Sie sehen ebenfalls sehr gut aus. Mr. Henry hat mir erzählt, daß Sie ihn angerufen haben. Ich kann gar nicht sagen, wie mich das gefreut hat, Paula.«

»Aber das war doch selbstverständlich. Wofür hat man

denn Freunde? Und jetzt gehen Sie wieder und ruhen sich aus. Sie müssen doch wie erschlagen sein. Kommen Sie am Montag wieder.«

»Aber Sie arbeiten doch jetzt seit den Weihnachtsferien ununterbrochen.«

»Das macht mir Spaß. Wirklich. Mike ist auf See, und ich wüßte sonst gar nicht, was ich mit meiner Zeit anfangen soll.«

»Paula, du bist wirklich eine echte Freundin.« Garden umarmte ihre Angestellte gerührt noch einmal. »Vielen Dank. Ich habe nämlich so viel zu tun, daß ich nicht weiß, wo ich anfangen soll.«

Garden hatte sich bei allen schriftlich bedankt, die ihr bei der Verhandlung geholfen hatten, aber noch bevor sie die Briefe eingesteckt hatte, türmten sich auf ihrem Schreibtisch Karten und Einladungen, die es zu beantworten galt. Charleston hieß sie zu Hause willkommen. Und zwar gründlich.

Sie fragte Elizabeth um Rat. »Ich kenne diese ganzen Regeln doch gar nicht, von denen du mir erzählt hast. Soll ich nun alle Einladungen annehmen? Oder keine? Nur große Feste oder nur kleine, oder wie? Ich hatte keine Ahnung, daß die ganze Zeit so viel los ist.«

»Also«, sagte Elizabeth, »die erste Regel heißt: Amüsier dich auf Parties, soviel du willst – bis zum Aschermittwoch. In der Fastenzeit kommen dann nur ruhigere Treffen mit Freunden in Frage. Theoretisch ohne Alkohol. Damit man sich die große Cocktail Party verdient, die der Yacht Club immer am Ostersonntag nach der Kirche gibt.

Vor der Fastenzeit häufen sich die Feste, daher all die Einladungen auf deinem Tisch. Laß mal sehen. Am zweiten hast du zum Beispiel drei Cocktail Parties und eine Abendgesellschaft. Du schaust also einfach auf allen drei Cocktails für eine halbe Stunde und einen halben Drink vorbei. Dann gehst du auf die Abendgesellschaft. Bevor du dich an den Tisch setzt, sind alle anderen bereits da – einschließlich der drei Paare, die die Cocktails gegeben haben.«

»Aber warum macht man dann nicht gleich nur ein einziges Fest?«

»Weil alle gern Parties geben. Und auf Parties gehen. Die jungen Leute jedenfalls. Ich bin in deinem Alter für mein Leben gern ausgegangen. Heutzutage lasse ich die anderen lieber zu mir kommen. Das ist eines der Privilegien des Alters. Charleston ist ein wunderbarer Platz zum Altwerden. Wir verehren unsere Denkmäler – die lebendigen mit eingeschlossen –, und unsere Exzentriker vergöttern wir fast. Ich habe manchmal das Gefühl, daß ich alle enttäusche, weil ich nicht Fahrrad fahre oder aus dem Dachfenster auf Tauben schieße.«

»Dein Autofahrstil sollte eigentlich genügen.«

Elizabeth lächelte stolz. »Stimmt, ich bin eine gute Fahrerin. Jeder erkennt mein altes Auto schon von weitem und fährt an den Straßenrand, um mir die Bahn zu überlassen. Ich finde das hochanständig von allen.«

»Tante Elizabeth, ich mag dich sehr, sehr gern.«

»Das wundert mich nicht, Garden. Ich bin auch eine liebenswerte alte Halunkin.«

Sie nahm sich Gardens Post vor, sortierte sie in Stapel und trug Termine auf einem Kalender ein. Dann erklärte sie Grundsätzliches.

Ältere Damen beschränkten ihre gesellschaftlichen Aktivitäten gewöhnlich auf einen festen Wochentag, an dem sie zu Hause Gäste empfingen. Wer dazu eingeladen wurde, stand auf ihrer ›Besucherliste‹. Die Geladenen konnten jung oder alt, männlich oder weiblich sein.

Jüngere Leute hatten ebenfalls Besuchslisten, auf denen die Namen derjenigen verzeichnet waren, die sie zu Hause besuchen durften.

Aber es gab noch weitere Listen, nämlich die große Partyliste und die kleine Partyliste; zu ›kleinen Parties‹ lud man nur die engen Freunde ein.

»Du wirst in Null Komma nichts deine Listen beisammen haben, Garden. Fang gleich damit an, indem du dir die Namen anderer aufschreibst, die dir Einladungen geschickt haben. Das ist der Anfang deiner Besuchsliste. Deine Partyliste ergibt sich mit der Zeit, wenn du herausfindest, welche Gruppen dir liegen und welche nicht.«

»Mir schwirrt der Kopf«, stöhnte Garden.

»Dabei ist es eigentlich ganz einfach. Du gewöhnst dich sicher schnell daran. Und wegen der Einladungen zum Bridge oder zur Mitgliedschaft in einem Club oder Komitee: da schlage ich vor, daß du anrufst und sagst, du könntest im Moment nicht eintreten, da du mit deiner Arbeit sehr beschäftigt seist, du würdest dich aber bald wieder melden. Laß dich nicht mit irgendwelchen Organisationen oder Clubs ein, bevor du die Leute kennst. Womöglich magst du sie nicht.«

»Oder sie mich nicht.«

»Ganz recht.«

»Deine Zustimmung war eigentlich nicht erbeten, Tante Elizabeth.«

»Ich muß doch aufpassen, daß du nicht überschnappst.«

»Keine Angst, Tante Elizabeth. Ich habe genug zum Nachdenken. Ich muß mein ganzes Leben neu ordnen – jetzt, wo die Bedrohung durch Vicki endlich weggefallen ist.«

»Ihr Anwalt hat gesagt, daß sie in Berufung geht.«

»Das mußte er sagen. Mr. Henry hatte ihn blamiert. Und selbst wenn sie das tut, ich kann mir nicht vorstellen, daß ein Berufungsgericht anders entscheiden würde. Alle meine Leumundszeugen waren doch gewichtige Persönlichkeiten.«

»Der Bischof ist nicht gekommen. Ich bin ihm sehr böse.«

»Der Bischof kennt mich nicht, Tante Elizabeth.«

»Na und? Ich hätte ihm doch alles Wissenswerte sagen können.«

»Tante Elizabeth, manchmal bist du wirklich eine alte Halunkin. Ich glaube, du sonnst dich auch noch darin.«

»Ein bißchen Spaß braucht der Mensch. So, ich lege mich ein wenig hin. Hier, nimm deine Briefe. Und beantworte sie.«

»Zu Befehl.«

Und denk nach, fügte Garden für sich hinzu. Über die Veränderungen in deinem Leben. Und vor allem über John.

103

Garden hatte John auf Abstand gehalten, seit der Briefumschlag mit den Zeitungsausschnitten gekommen war. Sie wollte ihn nicht in den Skandal hineinziehen, den sie auf sich zukommen sah. Paula King hatte ihr genug über die Navy erzählt, daß sie begriff, welchen Schaden ein Skandal in Johns Karriere anrichten würde. Und John hatte ihr genug über sich erzählt, daß sie wußte, wie sehr die Navy sein Leben war und immer bleiben würde.

John hatte ihren Vorwand akzeptiert, daß sie durch den Vorweihnachtstrubel im Geschäft keine Zeit mehr für Auktionen, Kinos und gemeinsame Abendessen habe. Er hatte auch keine andere Wahl, als zu akzeptieren. Und dann war er im Dezember für zwei Monate nach Newport abkommandiert worden. Sie regte sich ungerechtfertigterweise und viel zu stark darüber auf, daß er nicht in der Nähe war, als der Prozeß begann. Ich hätte ihn nicht getroffen, sagte sie sich, ihn nicht einmal angerufen. Ich hätte ihn überhaupt nicht behelligt. Aber trotzdem hätte er einfach dasein können.

Jetzt, Mitte Februar, war er wieder da. Und er hatte sich bei ihr angekündigt. Garden redete sich ein, es sei ihr egal, ob sie ihn je wiedersah oder nicht. Während sie eine Blumenschale so arrangierte, wie er es schon öfter bewundert hatte, während sie seinen Lieblingskäse auf einer Platte zusammen mit den von ihm heißgeliebten Crackern anrichtete, und während sie nach oben sauste, um die Lippen nachzuziehen und noch einen Hauch Parfum aufzusprühen.

»Ist jemand zu Hause?«

Garden rannte die Treppe hinunter und John in die Arme.

Der Abend lief so ab wie Dutzende, die sie bereits zusammen verbracht hatten: John kochte, und zwar Hühnercurry, eine seiner Spezialitäten, dann gingen sie in den neuesten Marx-Brothers-Film. John machte auf dem Rückweg zum Auto Brouchos Gang nach, darauf fuhren sie wieder zu Garden nach Hause, setzten sich an den Kamin und redeten.

Aber an diesem Abend war alles anders. Sie redeten über sich. Garden brauchte nicht mehr zu schweigen, sich nicht mehr zu verstecken. John wußte jetzt das Schlimmste aus ihrer Vergangenheit, mehr als das Schlimmste sogar, wenn er den Zeitungen glaubte.

Er habe es schon immer gewußt, erzählte er ihr. »An diesem ersten Tag, als ich dich kennengelernt habe, bin ich schnurstracks in die Bibliothek gegangen. Ich habe über Hester Bateman nachgelesen, und der Bibliothekar hat mir gezeigt, wo ich die Mappen mit den Zeitungsausschnitten über deine Hochzeit und deine Scheidung finde. Ich habe dieselben Hintergedanken gehabt wie jeder andere Rüpel von Mann, dem die Hose plötzlich spannt. Ich bin immer bei dir aufgekreuzt, um einen günstigen Moment abzupassen.

Während ich so bei dir herumgelungert habe, konnte ich dich ein bißchen kennenlernen. Da habe ich begriffen, daß du nicht so bist, wie ich erwartet habe. Sondern viel mehr. Mutig und goldig und – mit einemmal – sehr wichtig für mich. Wahrscheinlich waren es die Sommersprossen. Als du nicht mehr so verdammt perfekt warst, konnte ich mich in dich verlieben.«

»Und es ist dir gleichgültig, John? All das, was ich getan habe, meine schlimme Zeit?«

»Natürlich ist es mir nicht gleichgültig. Ich will dir nichts vorlügen, Garden. Es ist nicht gleichgültig, daß du verheiratet warst und deinen Mann geliebt hast. Es ist nicht gleichgültig, daß ich vor dir andere Frauen gekannt und manche davon auch geliebt habe. Aber ich glaube ganz ehrlich, daß es für uns beide auf dieselbe Art nicht gleichgültig ist. Wenn ein Mann sexuelle Erfahrungen macht, dann nennt man ihn heißblütig und meint das als Kompliment. Wenn eine Frau dasselbe tut, nennt man sie ein Flittchen. Das ist doch verkehrt.«

Garden versuchte zu lachen. »Man merkt wirklich, daß du eine Frauenrechtlerin zur Schwester hast«, sagte sie. »Ich stamme wohl noch aus der Viktorianischen Zeit. Ich messe selber mit zweierlei Maß. Ich werde mich immer dafür schämen.«

»Das vergeht schon. Es zählt doch nur, daß das vergangen ist, vorbei und erledigt. Ich erzähle dir nicht von anderen Frauen, und ich frage nichts über andere Männer. Entscheidend ist nur, wohin wir von jetzt an zusammen gehen. Ich liebe dich, Garden, und ich möchte, daß du mich heiratest. Willst du? Ich werde Helen ein guter Vater sein. Du weißt, wie lieb ich sie habe.«

Garden sah zärtlich in das Gesicht, das ihr so lieb und vertraut war. Sie strich ganz leicht über die hellen Fältchen, die sich von seinen Augen bis zu den Schläfen hinzogen, und über die Erhebung auf seiner Nase, an der Stelle, wo er sie sich einmal gebrochen hatte. »Ich liebe dich, John«, sagte sie, »aber ich kann dich nicht heiraten. Noch nicht. Nicht jetzt. Eine wundervolle Französin, die ich kenne, hat mir einmal gesagt, daß eine Ehe das Schwierigste auf der Welt ist, wenn man sie richtig führen will. Und das würde ich wollen. Ich habe wohl irgendwie Angst davor.

Im Dezember bin ich neunundzwanzig geworden, und manchmal kommt es mir vor, als werde ich langsam, in Ansätzen, erst erwachsen. Läßt du mich noch ein bißchen weiter wachsen, John? Kannst du geduldig sein, mir noch ein bißchen Zeit geben?«

Er streichelte mit einem Finger die Sommersprossen auf dem Gesicht, das sie ihm von unten herauf zureckte. »War ich das nicht? Bin ich nicht der geduldigste Mann, von dem du je gehört hast? Ich kann noch ein bißchen weiter warten. Wie wär's mit einem anderen Antrag? Willst du meine Freundin sein?«

Garden seufzte und rieb den Kopf an seiner Schulter. »Das bin ich schon«, sagte sie.

Der Frühling wurde zu einer Zeit des Erforschens und Entdeckens für Garden. Sie erforschte und entdeckte Charleston in seinen unzähligen Facetten. Wie in Europa, spazierte sie durch die Straßen und schaute sich alles an. Elizabeth hatte recht, das merkte sie bald. Es gab keine schönere Stadt. Die Zeit hatte es gut mit Charleston gemeint, hatte das Rot, Blau, Gelb, Grün und Sandfarbene an seinen Stuckfassaden in blasse, zarte Töne verwandelt, die dem Auge und der Seele wohltaten. Im Gegensatz zu dem feinen Werk von Menschenhand gab sich die Natur draufgängerisch und ging freigebig mit strahlenden Farben und aufwühlenden Düften um. Glyzinien und Jasmin bestürmten die Sinne; das Durchsichtige, Verletzliche an den Azaleenblüten strafte die grellen Pink- und Purpurtöne der Blütenblätter Lügen. Das besondere, dunkelgrüne Gras mit dem Namen der Stadt verströmte nach dem Mähen seinen eigentümlichen Duft, und die Gardenien mit Gardens Namen raubten einem mit ihrer Süße den Atem.

Überall stachen ihr Muster ins Auge. Die Fischgrätmuster auf alten gepflasterten Gehwegen, die geometrisch angeordneten, überlappenden Ziegel auf steilen Dächern, die kleinen dreieckigen Schatten zwischen abgerundeten Pflastersteinen und die gedrechselten schmiedeeisernen Tore, Zäune und Balkone.

Sie schaute und staunte über so viel Schönheit, die das Auge mit einem ständig wechselnden Fest von Eindrücken verwöhnte.

Und das Ohr. Der Singsang der Straßenverkäufer, die Rufe der Spottdrosseln, das Gesumm der Bienen im Nektarrausch, die kehlige Sprache der Blumenverkäuferinnen, der wispernde Kuß des Wassers gegen die Kaimauer und die ewige Melodie der altehrwürdigen Glocken von St. Michael, die die Stadt an ihr Alter und ihre Geschichte ermahnten.

Genau wie früher, dachte Garden, als sie die schlaksigen dreizehnjährigen Mädchen und Jungen zu ihrer freitäglichen Tanzstunde die Treppe zur South Carolina Hall hinaufsteigen sah.

Genau wie früher, dachte sie, als sie Helen für den nächsten Herbst in Ashley Hall einschrieb und wieder staunend vor der schwebenden Treppe stand.

Genau wie früher, dachte sie, bloß ich habe mich verändert. Sie war auf der Osterparty im Yacht Club. Die Männer lehnten alle an der Bar und unterhielten sich über ihre Abenteuer beim Jagen und Fischen, die Frauen standen in Grüppchen über den Raum verteilt. Es war genauso wie auf der Party, die Garden vor etwa zehn Jahren so langweilig gefunden hatte. Aber jetzt gehörte sie dazu und fand es überhaupt nicht langweilig.

Sie debattierte mit Milly Andrews über die richtige Größe der Tische für die Kinderabteilung der neuen Leihbibliothek. Milly saß in dem Komitee, das über die Anschaffung entschied, und sie wollte hören, was die jungen Mütter dazu zu sagen hatten.

Patricia Mason ging vorbei; Milly faßte sie am Arm und bat sie ebenfalls um ihre Ansicht. Garden versuchte Patricia auf ihre Seite zu ziehen, sie fand nämlich Millys Vorstellung nicht richtig. Sowohl Milly als auch Garden wußten, wie alle anderen auch, daß Patricias Vater soeben erfahren hatte, daß er unheilbar an Krebs litt. Wenn nicht, dann würde sie zumindest spüren, daß sie Freunde hatte, denen sie am Herzen lag und die ihr beistehen würden, wenn sie es brauchte.

Patricia erklärte, daß sie Sechsertische besser als Vierertische fände. Dann winkte ihr jemand von der Balkontür aus zu. »Bis später«, sagte sie zu Garden und Milly.

Garden folgte ihr mit den Augen, während sie durch den Raum ging und hier und da ein Schwätzchen hielt. Sie werden alle für sie da sein, wenn sie es nötig hat, genauso wie alle für mich da waren. Und für Helen dasein werden. Sie sah Wentworth und lächelte. Helen würde auch Freundinnen wie Wentworth finden. Mit denen sie später über ihre Albernheiten aus der Schulzeit kichern würde, und mit denen sie Unstimmigkeiten oder Streits immer wieder beilegen würde, genauso wie Wentworth und sie es getan hatten. Ihr Blick wanderte weiter zur Bar. Da stand John und unterhielt sich angeregt mit Ed Campbell, also vermutlich über Segelboote. Seit Ed sich nämlich eines baute, kannte er kein anderes Thema mehr. Ed war ein Langweiler, darüber herrschte allgemeine Einstimmigkeit, aber er war auch der rührendste Mensch der Welt.

John und Ed lachten über irgend etwas. Johns Augen verschwanden fast in dem Netz aus tausend Fältchen. Garden lächelte. Sie hatte alles, was eine Frau sich zu ihrem Glück nur wünschen konnte. Wenn sie sich doch nur einen Ruck geben und ihren Gefühlen trauen könnte. Und dem Glück.

104

»Tante Elizabeth, war Harry Fitzpatrick eigentlich dein Liebhaber?« Garden hatte drei Tage lang ihren Mut zusammengenommen, um dieses Thema ihrer Großtante gegenüber anzuschneiden. Als sie schließlich zusammensaßen und Helen auch bestimmt schlief, waren ihre vorbereiteten, taktvollen Reden wie weggeblasen. Sie platzte ohne Umschweife mit der Frage heraus.

Elizabeths Mundwinkel zuckten. »Möchte Hélène Lemoine das wissen?« fragte sie milde.

»Nein, ich. Ich meine, ich will wissen, wie ihr das gemacht habt.«

Elizabeth lachte. »Mal so und mal so, die ganze Palette rauf und runter.«

Gardens Gesicht war feuerrot.

»Entschuldige, meine Liebe. Ich mußte dich einfach ein bißchen aufziehen. Du meinst, wie wir unser Verhältnis geheimgehalten haben, oder?«

Garden nickte. »Weißt du ... mit der Diskretion und so. Ich kann nicht riskieren, daß man wieder über mich klatscht. Sonst kommt die ganze Vergangenheit hoch, und ich könnte es nicht ertragen, noch einmal ausgeschlossen zu sein. Aber ich werde noch wahnsinnig vor lauter Verlangen nach John.«

Ihr Gesicht nahm einen ernsten, gouvernantenhaften Ausdruck an. »Es ist nicht einfach Lust, Tante Elizabeth. John möchte mich heiraten, und bevor ich mich für ihn entscheide, muß ich schließlich wissen, ob wir sexuell zusammenpassen.«

Elizabeth lachte, bis ihr die Augen tränten. Garden wurde dunkelrot.

Als Elizabeth wieder zu Atem kam, bat sie Garden um ein Glas Wasser. Nachdem sie es ausgetrunken hatte, war sie so ruhig und heiter wie immer. »Garden, mein lieber Schatz«, sagte sie, »hoffentlich vergibst du mir. Aber ihr jungen Leute mit eurer Freudschen Phrasendrescherei seid einfach zu komisch. Tatsache ist doch: du bist eine junge, leidenschaftliche Frau, die sich zu einem sehr männlichen jungen Mann körperlich hingezogen fühlt. Du möchtest mit ihm ins Bett gehen. Ob du ihn heiraten willst oder nicht, steht auf einem anderen Blatt. Die beiden Dinge haben nur sehr wenig miteinander zu tun.

Ich hätte höchstwahrscheinlich Joe geheiratet, wenn er nicht umgebracht worden wäre, und ich habe mich kein einziges Mal danach gesehnt, mit ihm zu schlafen.

Mit Harry war es eine ganz andere Sache. In seinem Bett hätte ich Tag und Nacht verbringen können. Ich habe damals gedacht, daß keiner irgend etwas merkt, aber das haben sie natürlich doch. Selbstverständlich hat keiner je etwas zu mir gesagt ...«

Garden schüttelte Elizabeth am Arm. »Ich kann es nicht

ausstehen, wenn du diese Bomben platzen läßt und dann weiterredest, als ob nichts gewesen wäre. Welcher Joe? Warum wolltest du jemand heiraten, von dem du noch nie gesprochen hast?«

»Du bist manchmal so schusselig, Garden. Du hast mich etwas gefragt, und ich versuche zu antworten. Jetzt laß mich ausreden. Als ich mich in Harry verliebt habe, hatte ich einen großen Vorteil, den du nicht hast. Meine Tochter war schon erwachsen und verheiratet und aus dem Haus. Tradd hat noch zu Hause gewohnt, aber Buben kriegen nicht so viel mit wie Mädchen. Ich habe ihn den Sommer über in Ferien geschickt. Dann konnte Harry hier sein.

Und genau das tun wir auch. Nicht den ganzen Sommer über, dafür ist sie zu klein, aber ich fahre mit Helen für zwei Wochen auf Sullivan's Island. Nein – das wird mir wahrscheinlich noch leid tun, aber sagen wir, einen Monat. Rebecca wird mit ihren Kindern dort sein, dann haben wir ja schon eine Kinderfrau. Du kannst Belva freigeben. Was ist dir lieber, Juli oder August?«

Garden umarmte ihre Großtante, bis Elizabeth protestierte, sie breche ihr ja sämtliche Knochen. »Juli«, sagte sie, »das ist früher. Und jetzt spann mich nicht so auf die Folter. Ich weiß, und du weißt, und ich weiß, daß du weißt, daß ich weiß, daß du das absichtlich machst, also spiel mir nicht die schrullige alte Lady vor. Wer – ist – Joe?«

Elizabeth grinste. »Die meisten fallen darauf rein. Joe war Joe Simmons. Ich habe schon von ihm gesprochen, du stellst nur keine Verbindungen her. Er war mein allerbester Freund. Er war außerdem der Großvater deines Mannes.«

»Ach so. Jetzt weiß ich wieder. Aber du hast nie gesagt, daß du ihn geliebt hast.«

»Ich habe gesagt, daß er mein bester Freund war. Natürlich habe ich ihn geliebt. Man erkennt die Liebe soviel besser, wenn sie mit Freundschaft anfängt statt mit Trieben.«

Garden blickte nachdenklich drein. »Lucien hat einmal so etwas Ähnliches zu mir gesagt.«

»Lucien? Ach ja, der Mann mit dem Parfum.«
»Er war ein ganz besonderer Freund, Tante Elizabeth.«
»Ganz besonders?«
»Ganz. Ich wäre beinahe mit ihm weggelaufen.«
»Warum hast du es dann nicht getan?«
»An dem Tag habe ich Hélène kennengelernt. Sie hat mir erklärt, daß ich nur weglaufen wolle, irgendwohin, und daß das keinen Zweck hätte.«

Elizabeth nickte. »Ich glaube, ich nehme ein bißchen Fanzösischunterricht und fahre nach Paris. Hélène gefällt mir so. Ich würde sie gern kennenlernen.«

»Ist das dein Ernst?«

»Aber sicher. Warum nicht? Ich war schon einmal in Paris. Es wird wohl noch an derselben Stelle stehen ... wegen meines Alters, meinst du? Liebe Garden, ich bin erst fünfundsiebzig. Und zwar noch monatelang. Jawohl, ich fahre am besten vor meinem Geburtstag, dann kann Hélène nicht feixen, daß sie jünger ist. Nächste Woche fange ich mit den Stunden an.«

»Tante Elizabeth? Bitte, erzähl mir von Joe.«

»Ich weiß nicht, was du da wissen willst, Garden. Ich habe Joe mein Leben lang geliebt. In meiner Kindheit und Jugend war er für mich wie ein älterer Bruder. Daß er mich noch anders geliebt hat als ein älterer Bruder, habe ich erst viel, viel später erfahren, nachdem seine Frau gestorben war. Und zu der Zeit war ich bereits mit Harry zusammen. Joe hat mich mehr geliebt, als ich verdient habe, aber die Liebe ist eigentlich nie gerecht. Und auf seine Weise hat Harry mich auch geliebt. Ich hatte großes Glück.

Harry habe ich dann weggeschickt, was auch richtig war. Und Joe habe ich erklärt, daß ich ihn nicht heiraten kann. Er hat erwidert, er wüßte, daß ich meine Meinung ändern würde, und daß er so lange warten wollte, bis es soweit sei. Er wurde ermordet, bevor ich ihm sagen konnte, daß er recht hatte, daß ich tatsächlich meine Meinung geändert hatte.

Ich kam mir betrogen vor. Schlimmer noch, es kam mir

vor, als hätte ich Joe irgendwie betrogen. Wenn ich es ihm früher gesagt hätte, wäre vielleicht alles ganz anders gekommen. Aber wer kann das entscheiden? Und, ich bin mit der Zeit immer mehr zu der Ansicht gekommen, daß Joes Tod, so schlimm das klingt, vielleicht das Beste war, was passieren konnte. Auf diese Weise haben wir nie herausgefunden, ob wir den Zwängen einer Ehe widerstanden hätten. Und was wir hatten, kann uns keiner nehmen.

Ich habe schließlich meine Unabhängigkeit davongetragen, und das ist wichtiger, als du in deinem Alter verstehst. Meine Unabhängigkeit und mein hemmungsloses Leben, das ich so leben konnte, wie ich wollte. Als unverdienten Zuschlag habe ich die Erinnerung an zwei große Lieben. Eine, bei der ich geliebt habe, und eine, bei der ich geliebt wurde. Das wurmt mich in den seltenen, garstigen Augenblicken, wenn ich mich allein fühle und mir ausmale, was alles hätte sein können ... Garden, hör auf damit. Du weinst mehr als jedes andere Mädchen, das mir je untergekommen ist.«

»Es macht mich so traurig, wenn du einsam bist.«

»Du dummes Ding. Ich bin nie einsam. Hin und wieder, ganz selten, sehe ich mein Einzeldasein als nicht nur segensreich an. Sehr selten kommt das vor. Im ganzen habe ich meine Meinung nie geändert. Ein selbstbestimmtes Leben ist das bestmögliche Leben überhaupt.«

Garden trat zurück und betrachtete das Schild, das sie soeben gemalt hatte. Die Wörter standen nicht genau in der Mitte, aber sie befand es für gut genug. WEGEN URLAUB GESCHLOSSEN stand darauf. Sie überlegte einen Augenblick, dann nahm sie es wieder aus dem Fenster. Die Touristensaison war sehr erfolgreich gewesen, das Geschäft seither aber recht schleppend. Paulas Mike kam irgendwann in diesen Tagen von seinem Dienst auf See zurück. Sie schrieb darunter: AB 1. AUGUST WIEDER GEÖFFNET. Sie stellte das Schild auf einen Ständer in der Mitte des Schaufensters, öffnete den Eisschrank, damit er austrocknen konnte, sperrte die Hoftür zu, nahm das in Geschenkpapier gewickelte Paket von ihrem Schreibtisch, ging aus dem Laden und schloß die Tür hinter sich ab.

In dem Paket steckte ein Geschenk für John. Es war die Hester-Bateman-Urne. In der Schale lagen, mit einer roten, weißen und blauen Schleife geschmückt, eine Zahnbürste, ein Rasierer und eine Tube Burma-Shave-Rasiercreme. Morgen begann das Wochenende und die Feiern zum Vierten Juli, dem Unabhängigkeitstag.

105

»Garden, ist mit dir alles in Ordnung? Du bist ein bißchen komisch.«

»Mir geht es prima, John. Ich weiß nicht, was du meinst.«

»Du bist so zappelig. Es ist zu heiß, als daß du so herumflitzen müßtest. Laß doch den Abwasch. Der kann warten, bis wir vom Kino zurück sind.«

»Wir müssen eigentlich nicht unbedingt ins Kino. Man muß sicher fürchterlich anstehen, und ich bin gar nicht so verrückt nach Bing Crosby.«

»Gut. Dann gehen wir in die *Meuterei auf der Bounty*. Erzähl mir nicht, daß du Clark Gable nicht magst. Das weiß ich besser.«

»Nein. Deine Schiffe vor Bildern kannst du dir allein anschauen. Ich will überhaupt nicht ins Kino, habe ich gesagt.« Sie klang gereizt.

John hob die Augenbrauen. »Dir macht wohl die Hitze ein bißchen zu schaffen. Dann gehen wir jetzt lieber schnell, die Kinos sind nämlich klimatisiert. Wie wär's mit Fred Astaire und Ginger Rogers?«

Garden hätte ihn am liebsten geohrfeigt. Er hatte weder ihr neues Kleid bemerkt, noch die Kerzen, die auf allen Tischen bereitstanden, um bei Einbruch der Dunkelheit angezündet zu werden, auch nicht die Parfumspülung in ihrem Haar. Das Paket auf dem Tisch hatte er mit keinem Wort erwähnt, nicht gefragt, was es sei und für wen. Nichts lief nach Plan.

»Also gut«, sagte sie niedergeschlagen, »dann gehen wir eben ins Kino.«

Es war dunkel, als sie aus dem Film kamen, und obwohl die Nacht atemberaubend heiß und feucht war, verlieh einem die Dunkelheit die Illusion der Kühle.

In Elizabeths Haus brannte kein Licht mehr, bemerkte John. Garden erzählte ihm, daß Elizabeth mit Helen in Ferien gefahren sei. Sie standen auf der dunklen Veranda. Die Schwüle lag drückend in der Nachtluft, ganz ruhig, wie auf der Lauer. Kein Lufthauch ging. Man konnte kaum atmen.

Garden bewegte sich langsam, wie eine Schlafwandlerin oder eine Taucherin auf dem Meeresgrund. Sie trat ganz nah an John heran. »Wir sind allein«, sagte sie einfach.

»Garden ... weißt du auch, was du da tust?«

»O ja.« Sie glitt mit den Händen um seinen Nacken und drückte sich mit ihrem ganzen Körper an ihn.

In den langen Monaten der Zurückhaltung, des Wartens und Begehrens hatte sich ein Druck aufgestaut, der explodierte, als sich ihre hungrigen Münder fanden. Dann stolperten sie durch die Dunkelheit, blieben nur stehen, um sich zu küssen und zu streicheln, rissen sich wieder los und stürzten, wild vor Verlangen nach dem anderen, zu ihrer Zufluchtsstätte, Gardens kleinem Häuschen.

Es blieb keine Zeit, die sorgsam aufgestellten Kerzen anzuzünden, den umsichtig kaltgestellten Sekt zu öffnen oder bis ans frisch bezogene, aufgedeckte Bett zu taumeln. Sie liebten sich auf dem Boden, knapp hinter der offenen Tür, mit jubelnden Erkennungsschreien, als ihre Körper sich vereinten und gemeinsam in einem fast augenblicklichen Höhepunkt erglühten.

Nachher hielten sie sich still umschlungen, bis auf die pochenden Herzen und den keuchenden Atem ohne einen

Laut, während das drängende Begehren von neuem erwachte. Dann liebten sie sich wieder, und wieder, bis das hartnäckige Verlangen gestillt war.

John hielt Gardens Gesicht in den Händen und küßte sie langsam. »Schönen weichen Teppich hast du da«, flüsterte er. Garden schloß die Arme fester um seine Mitte, und dann schüttelten sie sich gemeinsam vor Lachen.

Später zündeten sie die Kerzen an, ließen den Sektkorken knallen und sahen sich an wie zum ersten Mal, wobei sie bei jedem Blick in die Augen des anderen neue Tiefen ihrer Liebe entdeckten.

»Ich wollte nicht, daß das passiert«, sagte John.
»Ich schon«, erwiderte Garden. »Tut es dir leid?«
»Ich war in meinem Leben noch nie so glücklich. Du?«
»Auch nie.«

Der Monat verstrich auf die eigentümliche Weise, bei der die eigene Zeit von der üblichen Zeitmessung abgehoben läuft, und doch darin eingebettet ist. Wenn sie zusammen waren, dann existierte die Zeit nicht, und sie waren jedesmal überrascht, wie die Stunden vergingen. Wenn sie getrennt waren, gab es nur die Zeit – in Form von schleppenden Minuten nämlich, die sich nicht beeilen wollten, damit sie wieder zusammensein könnten. John fuhr jeden Morgen zeitig zum Stützpunkt und kam nach der Arbeit so schnell wie möglich heim.

John wohne in Elizabeths Haus, hieß es, und sehe dort in ihrer Abwesenheit nach dem Rechten. Garden hüpfte mit diebischem Vergnügen in dem Bett herum, in dem John angeblich schlief, so daß Elizabeths Dienstmädchen es benutzt vorfand.

»Meinst du, daß uns das irgend jemand abnimmt?«

Garden schüttelte kichernd den Kopf. »Aber wir sind diskret«, sagte sie. »Wir halten uns an die Regeln.«

Sie mußten sich nicht vor der Welt verstecken. Vormittags sah Garden oft auf einen Sprung bei einer Freundin vorbei.

Gemeinsam mit John ging sie auf drei zwanglose Abendgesellschaften. Sie gaben sogar selbst eine, an dem großen Tisch im Freien unter der alten Eiche, die sie mit Lampions geschmückt hatten. Garden trug ihr weißes Fortuny-Kleid.

Alle brachten Schallplatten mit; Allen und Milly Andrews stellten ihr elektrisches Grammophon für den Abend zur Verfügung, und nach dem Abendessen tanzten sie auf der kleinen, gepflasterten Terrasse. ›Cheek to Cheek‹, ›I'm in the Mood für Love‹, ›Moon over Miami‹, ›The Very Thought of You‹, ›Blue Moon‹, ›I Only Have Eyes for You‹. Die Zeit meinte es gut mit Verliebten.

Garden weigerte sich, den Zauber des von Elizabeth geschenkten Monats durch irgend etwas zerstören zu lassen. »Ich bin dir so dankbar«, schwärmte sie Elizabeth an, als John und sie zu Helens Geburtstag auf die Insel fuhren.

»Dann ist Dankbarkeit offenbar die beste Kosmetik«, entgegnete Elizabeth. »Du siehst aus, als würdest du im Dunkeln leuchten. Da ist ein Licht unter deiner Haut.«

Garden erzählte John auf der Heimfahrt, was Elizabeth gesagt hatte. »Strahlend«, sagte John. »Das hat sie gemeint, und genau das bist du. Strahlend, hinreißend und wunderschön.« Er warf einen Seitenblick auf Garden, sah dann wieder auf die Straße, und seine Hände umfaßten das Steuer fester. »Strahlend nennt man auch eine Braut, Garden. Du weißt, was ich möchte.«

Sie klopfte ihm mit dem Finger auf die Hand. »Pscht, nicht jetzt, nicht heute. Ich bin so glücklich, ich will an nichts anderes denken als an den Augenblick und wie er sich anfühlt.«

»Du wirst aber denken müssen, Garden. Du weißt von Peggy, was ein Leben beim Militär bedeutet. Ich könnte jeden Tag versetzt werden.«

Garden hielt sich die Ohren zu. »Ich höre nicht zu.« Kreischend schob sie die Hand vor die Augen. »Und ich schaue auch nicht hin. Sag mir, wenn es vorbei ist.« Vor ihnen lag die Cooper-River-Brücke.

Als Logan Henry mit ihr sprach, konnte sie sich die Ohren nicht zuhalten, aber sie verbannte jeden Gedanken an das, was er gesagt hatte, aus ihrem Kopf. Mr. Henry war beunruhigt. Das Gericht machte immer eine Sommerpause, die Temperatur in den Gerichtssälen stieg auf über 38, und die Richter nahmen ihren Urlaub. Aber man hatte ihm soeben mitgeteilt, daß der neue Prozeß über das Sorgerecht für Helen am 26. August angesetzt sei. So etwas hatte es noch nie gegeben, und der ältliche Anwalt mißtraute allem, was er noch nicht erlebt hatte.

Bis Ende August war es noch einen Monat hin. Garden konnte an nichts anderes denken als an den schwindenden Vorrat an Julitagen. Wie hatten die Wochen nur so schnell vergehen können?

Am letzten Freitagabend kosteten sie ihre Freiheit noch einmal richtig aus. Samstag morgen bestand John darauf, zu einer Auktion in Summerville zu fahren und neue Ware für den Laden zu erstehen. Garden hätte dieses Wochenende lieber in trauter Zweisamkeit verbracht, aber dann fiel ihr ein, daß sie auf dem Weg einen Abstecher zu Reba und Matthew machen könnten. John war Feuer und Flamme. Garden hatte so viel von ihren Zieheltern erzählt, daß er sie unbedingt kennenlernen wollte. Und Garden wollte stolz ihren John präsentieren.

Wie erhofft, gefiel er Reba. Und Matthew. Und fast zwanzig weiteren Männern, Frauen und Kindern, die zu ihnen ins Haus kamen, um ›Miss Garden und ihren Seemann‹ zu begrüßen.

»Ich liebe diese Menschen«, sagte Garden, als sie zum Abschied aus dem anfahrenden Auto winkten. »Reba ist meine echte Mutter, in meinem Herzen. Viel mehr als Mama ... Du liebe Zeit, es ist schon so spät. Setz die Segel, Seemann!«

»Aye, aye, Captain.«

Die Auktion lief bereits, als sie in Summerville eintrafen, aber das machte nichts. Im Gegenteil. Sie fand im Freien statt; die meisten Kunden hatten ob der Hitze wohl schon aufgegeben. Und je weniger Käufer, desto niedriger die Preise.

»Was für eine fette Beute«, jubelte Garden. Das Auto quoll fast über vor Töpfen und Kannen, Besteck und Geschirr, echtem Silber und Tand. »Und wie das Schlitzohr sich gewunden hat, als nur noch wir zwei übrig waren. Von wegen schließen! Das machen wir jetzt immer. Es ist mindestens noch zwei Monate lang so heiß.«

»Garden, du hast eine Seeräubernatur.«

»Sagst ausgerechnet du. Wer hat denn den guten Biggers beschwatzt, die ganzen Löffel als einen Posten anzubieten, so daß wir für einen lächerlichen Preis den Zuschlag gekriegt haben?«

»Es hat schon Spaß gemacht, was? Vielleicht lasse ich mich jetzt tätowieren. Totenkopf und gekreuzte Knochen. Als Seemann braucht man doch eine Tätowierung.«

»Als Seemann braucht man vor allem ein Bad. Wir stinken zum Himmel.«

»Ich schrubbe dir den Rücken, wenn du mir meinen schrubbst.«

»Zuschlag! Für den Herrn mit der Tätowierung.«

»Warum klingelt das Telefon jedesmal, kaum daß ich in die Wanne steige?« Unter Geplätscher machte Garden Anstalten, aufzustehen.

»Ich gehe schon hin. Und sage, du rufst zurück.«

Ein paar Minuten später kam John wieder ins Bad, mit einem Glas Brandy in der Hand. »Hier, Garden, trink. Deine Mutter hat einen Herzinfarkt gehabt.«

Garden winkte ab. »Sie hat andauernd Herzinfarkte. Keine Sorge.«

»Ich fürchte, diesmal ist es wirklich ernst. Du sollst sofort ins Krankenhaus kommen. Ich fahre mit dir.«

106

Danach überstürzten sich die Ereignisse so sehr, daß Garden nur noch versuchen konnte, sich auf alles einzustellen.

»Ihre Mutter ist sehr ängstlich, Garden. Und sehr durcheinander«, sagte Dr. Hope mit einem angestrengten Ausdruck auf dem freundlichen Gesicht. »Sie müssen Geduld mit ihr haben. Sehen Sie, jedesmal, wenn sie ein wenig Herzklopfen hatte oder ihr schwindlig war, hat sie tatsächlich geglaubt, daß das ein Herzinfarkt sei, und wenn ich ihr noch so oft erklärt habe, daß sie im Grunde nur ein bißchen kurzatmig ist.

Und jetzt hat sie wirklich einen Anfall gehabt und den Schmerz gespürt. Sie hatte eine ganz, ganz schwache Angina pectoris. Nichts Ernstes. Aber natürlich glaubt sie mir jetzt genauso wenig, daß sie sich bald wieder erholt, wie vorher, daß ihr eigentlich nichts fehlt.«

Garden glaubte ihm auch nicht. ›Herzanfall‹ klang furchtbar. »Wird sie tatsächlich wieder gesund?«

»Natürlich. Wenn sie sich nicht selbst zu Tode fürchtet. Im wahrsten Sinne des Wortes. Sie braucht Ruhe und leichtes Essen. Vor allem darf sie sich nicht aufregen. Ich schicke sie nach Hause, das Krankenhaus macht ihr nämlich angst. Ich gebe Ihnen Adressen von guten Schwestern mit, aber wahrscheinlich wäre es besser, wenn Sie sich wenigstens ein paar Tage selbst um sie kümmern würden. Wenn sie eine Schwester sieht, hält sie sich für krank, und das ist sie nicht. Noch nicht.«

»Wie meinen Sie das, ›noch nicht‹?«

»Wenn sie sich weiterhin so aufregt, bekommt sie noch einen Anfall. Und der wird dann womöglich ernster. Gehen Sie jetzt am besten nicht zu ihr hinein. Sie sehen zu besorgt aus. Bereiten Sie lieber alles Nötige vor und kommen Sie wieder, wenn Sie sie mit nach Hause nehmen können.«

John fuhr sie zu Margarets Haus und half ihr bei den Vorbereitungen. Sie richteten eines der unteren Zimmer für Gardens Mutter her. Das wäre das einfachste, dachte Garden, denn die Küche lag auch im Erdgeschoß, dann mußte sie nicht dauernd treppauf, treppab laufen. Im übrigen war es unten auch am kühlsten. John bot an, einen elektrischen Ventilator und ein tragbares Radio vom Stützpunkt zu holen.

»Das wäre fantastisch, John. Ich wasche mir schnell das Gesicht und die Hände, und dann komme ich mit. Wenn du mich am Krankenhaus abläßt, kann ich mit Mama im Krankenwagen zurückfahren.«

Margaret sah in ihrem Krankenbett sehr schmächtig und kindlich aus. Man sah kaum Falten in ihrem Gesicht, und ihr Haar wirkte fahl, aber nicht grau. Es hing als langer, geflochtener Zopf über das weiße Laken, das ihr fast bis ans Kinn reichte und an den Seiten fest eingeschlagen war, so daß die Arme darunter steckten.

»Hallo, Mama«, sagte Garden leise.

Margaret öffnete die Augen und fing zu weinen an.

»Pscht, keine Aufregung. Es ist alles in Ordnung. Ich hole dich ab, und wir fahren nach Hause.«

Margaret versuchte, die Hand auszustrecken, was ihr wegen des Lakens nicht gelang. Garden lief schnell ans Bett und half ihr, den Arm zu befreien. Margaret umklammerte Gardens Handgelenk. »Laß mich nicht allein«, flüsterte sie.

»Keine Angst, Mama. Ich bin ja bei dir.«

Margaret beschwerte sich über das Zimmer ... den Lärm des Ventilators ... die Suppe, die Garden ihr kochte ... den Radiosender, den Garden einstellte ... den Duft der Rosen ... die zu weichen Kissen ... die zu harten Kissen ... den Tee, den Garden machte ... die schlechte Pflege im Krankenhaus ... die Art, wie Garden sie bemutterte ... darüber, daß Garden sie so mutterseelenallein ließ ...

Um elf Uhr schlief sie an diesem Abend ein. Bei einem Dutzend Zigaretten schrieb Garden sich in Stichpunkten auf, was alles zu erledigen war:

Helen abholen
Laden öffnen
neue Köchin suchen
neues Mädchen suchen
Kleider hierher – Helens/meine
Ventilator ölen
einkaufen

Sie schlief am Schreibtisch ein.

Margaret war keine einfache Rekonvaleszentin. Nach dem gemeinsamen Frühstück mit ihrer Mutter stellte Garden eine kleine Porzellanklingel auf Margarets Nachttisch. »Ich erledige jetzt ein paar Telefonate, nehme ein Bad, dann mach' ich dir einen Tee und wir planen zusammen unser Mittagessen. Wenn du vorher irgend etwas brauchst, klingelst du einfach.«

Sie hatte den Fuß auf der ersten Treppenstufe, als die Klingel ging.

Margaret hatte die Hand am Herzen, als Garden ins Zimmer trat. »Ich habe gerade einen komischen Schlag gespürt, Garden. Ruf lieber Dr. Hope an.«

»Ist gut, Mama. Dann rufe ich ihn als allererstes an.«

»Und erzähl mir sofort, was er gesagt hat.«

»Ist gut.«

Sie hatte den Fuß auf der zweiten Stufe, als es erneut klingelte.

»Er soll lieber gleich herkommen. Und laß dich nicht abwimmeln, Garden. Das wird er versuchen, aber du darfst ihn nicht lassen. Und bevor er kommt, muß ich ein frisches Nachthemd anziehen. Und bring mir mein Bettjäckchen, das ist in meiner Garderobe in einer blauen Schachtel im Regal. Und hilf mir mit meiner Frisur.«

Das feine, liebliche Geklingel der Glocke wurde zum Alptraum für Garden.

»Ich bringe mich um«, erklärte sie Elizabeth am Telefon noch am selben Nachmittag. »Sonst muß ich Mama umbringen.«

»Marshall Hope ist ein Esel hoch drei«, erwiderte Elizabeth. »Ruf sofort drei dieser Krankenschwestern an und stell sie für Achtstundenschichten ein. Dann rufst du Margarets Busenfreundinnen an, du weißt schon, diese ganzen hypochondrischen Hyänen. Die kommen alle gern zu Besuch. Sie kauen nichts lieber durch als ihre Wehwehchen. Und Margaret hat endlich einmal die Nase vorn. Sonst waren nämlich immer Betty Ellisons Nierensteine der höchste Trumpf.

Und wegen Helen mach dir keine Sorgen. Die nehme ich mit zu mir.«

Indem sie auf ihren Schlaf verzichtete und sich gegen die Glocke samt Margarets Genörgel taub stellte, schaffte es Garden, den Haushalt mit Dienstmädchen und Schwestern und Einkäufen und allem Nötigen zu organisieren. Sie putzte das Wohnzimmer und richtete eine Couch her, auf der Margaret im Liegen Gäste empfangen konnte. Sie beschwatzte sogar die Telefonfirma, einen Apparat in diesen Raum zu legen.

Am Dienstag nachmittag steckte sie den Kopf ins Zimmer, begrüßte Margarets versammelte Besucherschaft, lehnte höflich die Einladungen zum Dazusetzen ab, stimmte zu, daß ihre Mutter blendend aussehe, und erklärte Margaret, sie fahre jetzt ins Geschäft, um alles für die Wiedereröffnung am nächsten Tag vorzubereiten. Margaret winkte ihr zum Abschied, tapfer und im Stich gelassen.

»Helen, bist du aber schön braun. Komm und laß dich ganz fest umarmen.« Garden schloß lächelnd die Augen und genoß den festen Griff der Ärmchen um ihren Hals und den Geruch nach gesundem, fröhlichem Kind. »Ich habe dich so vermißt, mein Engel.«

»Ich habe dich auch vermißt, Mama. Mama, kann ich gleich wieder auf die Insel? Ich habe nämlich nur neun Sanddollars und Billy elf.«

Garden löste sich aus der Umarmung, dankte Elizabeth für ihre rettenden Maßnahmen und Ratschläge und sauste in die ruhige Chalmers Street, zu der Arbeit, die sie dort erwartete.

Am Ende der Woche war Garden vollkommen ausgezehrt. »Aber jetzt ist wohl wirklich alles unter Kontrolle«, erklärte sie John am Telefon. »Nächsten Samstag komme ich hier weg, wenn Paula im Laden ist, da kann kommen, was mag. Mama wird es kaum bemerken. Sie hat den ganzen Tag Besuch. Nur in der Nacht jagt sie mich noch herum ... O nein, eine Schwester allein genügt ihr nicht. Sie will mich. Die Schwester hat sie schon sechsmal gefeuert. Gott sei Dank zahle ich sie. Sie bleckt nur ihr Gebiß und kümmert sich nicht weiter um Mamas Ausbrüche ... Ich liebe dich auch und vermisse dich fürchterlich. Ach Mist, da klingelt es an der Haustür, und das Dienstmädchen ist beim Einkaufen. Ich muß aufmachen.«

Garden wunderte sich, daß Logan Henry vor der Tür stand. Sie hatte nicht gedacht, daß Krankenbesuche auch zu seinen Pflichten gegenüber den Klientinnen gehörten.

Mr. Henry kam auch wegen ihr, nicht wegen Margaret. Und er teilte ihr mit, daß beileibe nicht alles unter Kontrolle war.

»Der Prozeßtermin ist verschoben worden, und zwar nach vorne. Wir haben nur noch eine Woche für die Vorbereitungen Zeit. Das muß böse Absicht sein. So viele unserer Zeugen sind noch in den Bergen oder auf den Inseln. Sie haben sich darauf eingerichtet, am sechsundzwanzigsten wieder hier zu sein. Und daß sie jetzt schon am zehnten erscheinen sollen, wird für manche ziemlich schwierig werden.«

Garden stand das Entsetzen ins Gesicht geschrieben. Mr. Henry ging so weit aus sich heraus, daß er ihr auf die Schulter klopfte. »Sie werden hiersein, Garden, keine Sorge.«

Dann machte er alle Zuversicht wieder zunichte. »Was mich so beunruhigt, ist der Richter. Ich kenne ihn nicht. Als Grund wird angegeben, daß sich die Fälle stauen und alle

Richter von unserem Gericht in Urlaub sind. Aber es gefällt mir nicht. Dieser Mann ist ein Fremder, soweit ich weiß, ein Yankee. Er kennt Charleston und die Charlestoner nicht so wie Travers. Er ist keiner von uns.

Trotzdem, die Zeugenaussagen sprechen ganz eindeutig für uns. Er kann gar nicht anders urteilen als in unserem Sinne. Und daß Sie zur Zeit bei Ihrer Mutter wohnen, kann unserem Fall nur nützen. Nichts könnte korrekter sein.«

Mr. Henry sah vage an Garden vorbei in eine Zimmerekke. »Ähem, wegen diesem netten jungen Marineoffizier, es wäre vielleicht nicht ungünstig, wenn Sie den bis nach dem Prozeß nicht sehen würden. Sonst tauchen womöglich Unterstellungen auf, die fragwürdig klingen könnten, selbst wenn sie noch so weit hergeholt sind.«

»Ich verstehe«, sagte Garden. Der Augustnachmittag war brütend heiß, aber ihr kroch ein Angstschauer über den Rücken.

107

Vor dem Gericht stand nur ein Reporter. Er war aus Charleston und sehr jung. Garden fiel ein Stein vom Herzen. Sie war keine Neuigkeit mehr.

Einige ihrer Zeugen saßen schon auf den hinteren Bänken im Gerichtssaal und fächelten sich mit Palmetto-Fächern Luft zu. Garden nickte ihnen lächelnd zu. Was für ein Glück sie hatte. St. Michael schlug die vertraute Einleitungsmelodie zur vollen Stunde. Sie fühlte sich mit einemmal zu Hause, geborgen und sicher.

Dann sah sie Vicki, und sofort war ihr klar, daß sie sich getäuscht hatte, daß es keine Sicherheit gab, daß sie in größerer Gefahr schwebte denn je. Vicki lächelte ihr zu, mit einem tückisch liebenswerten Lächeln. Garden setzte sich auf ihren Platz. Ihr zitterten die Knie. Nur an der Miene hatte sie

Vicki ausmachen können. Das übrige an ihr war Maske. Sie war fast nicht zu erkennen.

In den sieben Monaten seit dem vorigen Prozeß hatte sie mindestens 15 Kilo zugenommen. Sie hatte ein wulstiges Doppelkinn und sanfte, kräftige Formen, welche sie in ein marineblaues Matronengewand mit weißem Spitzenkragen gehüllt hatte. Ihre dicken Knöchel quollen über den Rand der flachen, praktischen Schnürschuhe. Ein marineblauer Strohhut saß korrekt auf ihrer ordentlichen, grauen Dauerwellenfrisur. Sie war vollkommen ungeschminkt, und ihr einziger Schmuck bestand in einer altmodischen Brosche. Sie sah aus wie eine Großmutter.

Und so stellte ihr Anwalt sie bei seiner Eröffnungserklärung an den Richter auch vor. »Diese Großmutter, Euer Ehren, hat nur höchst widerstrebend Klage gegen die Mutter ihres Enkelkindes erhoben. Sie hegt keinerlei Groll gegen diese zauberhafte junge Frau, obwohl Mrs. Harris das Kind ja aus dem Haus der Großmutter entführt hat und nie auch nur eine Fotografie oder einen kurzen Bericht über den Gesundheitszustand der kleinen Helen an ihre Großmutter geschickt hat. Nein, ich wiederhole, es geschieht nicht aus Groll. Nur aus tiefstem Kummer. Kummer über die Trennung von dem Kind, das sie so liebt, und Sorge um das Wohlergehen ihrer Enkelin. Diese Großmutter, Euer Ehren, möchte keinen Streit, kein böses Blut. Sie wird nur von einem innigen Wunsch getrieben, einem Wunsch, der so stark ist, daß sie sich zu diesem Prozeß genötigt fühlt. Und diesen Wunsch kann ihr kein Mensch verdenken. Sie will das Beste, das Allerbeste für die kleine Helen.«

Garden blickte zu Logan Henry, der sich eifrig Notizen auf einem Block machte. Er hatte die Lippen gespitzt, und die Falten vom Mund strahlten über seine ganze pergamentartige Gesichtshaut. Er sah sehr alt, sehr müde und sehr beunruhigt aus.

Im Laufe der Tage veränderte sich Mr. Henrys Zustand von müde über krank bis halbtot.

Der Prozeß hätte fünf jüngere und stärkere Männer als Logan Henry entkräftet. Die Hitze war unerträglich. Charleston wurde im Sommer gewöhnlich nachmittags von Gewittern heimgesucht, die die drückende Schwüle durchbrachen und die Luft zumindest zeitweise abkühlten. Aber ein Tag nach dem anderen verstrich, ohne daß der erlösende Regen fiel. Die Hitze staute sich unbarmherzig im Gerichtssaal und wartete dort über Nacht, um am nächsten Tag von der aufs Dach brennenden Sonne und dem wärmeabstrahlenden Pflaster draußen noch ein paar Grad zuzulegen. Jeder Tag war die Hölle, und jeder zusätzliche Tag eine Ewigkeit.

Aber Mr. Henry wankte nicht. Er kritzelte Seite und Seite mit Notizen voll, hörte den Zeugen der Anklage so konzentriert zu, daß er vor Anspannung zitterte, unterbrach mit Einsprüchen und führte Kreuzverhöre durch, die die Zeugen außer sich geraten ließen.

Die Zeugen waren Männer und Frauen, die Widerspruch nicht gewohnt waren, dafür um so mehr Ehrfurcht und Lobhudelei. Sie waren schließlich überragende Experten.

Ein namhafter Kinderpsychologe sprach über die irreversiblen Schäden, die ein Kind davonträgt, wenn die Mutter arbeitet.

Ein prominenter Pädagoge umriß die Vorteile der großen, altehrwürdigen Schule, die mit den neuesten und besten Mitteln ausgestattet sei.

Ein berühmter Arzt referierte über die immense Kluft zwischen kleineren und großen Gemeinden in bezug auf die Verfügbarkeit moderner Technologien und ausgebildeter Mediziner.

Ein Direktor des Metropolitan Museum of Art legte die Programme für die Kinder der Museumsmitglieder dar.

Ein bekannter Pianist beschrieb in allen Einzelheiten seine begehrten Kurse in den Studios der Carnegie Hall.

Ein Trainer vom New Yorker Eislaufklub zeichnete ein lebendiges Bild von den glücklichen Kindern, die dort Stunden nehmen.

Eine Reitlehrerin der Central Park Riding Academy führte einen Film über Kinder vor, die unter ihrer Anleitung reiten und ihre eigenen Pferde betreuen lernten.

Eine weltbekannte ehemalige Ballerina erklärte, wie gern sie Helen mit den Freuden des Tanzes vertraut machen würde.

Die Zeugenaussagen nahmen zwei volle Tage in Anspruch.

Am dritten Tag legte Vickis Anwalt Beweismaterial in Form von Fotos, Zeitungsausschnitten und eidesstattlichen Erklärungen vor. Stunde um Stunde wurde die schockierende, schmutzige Geschichte über Gardens ›schlimme Zeiten‹ dem Gerichtsschreiber in die Feder diktiert. »Sie sehen, Euer Ehren«, schloß er mit kummervoller Miene, »die schändliche Geschichte der Mutter des Kindes. Sie ist in der Öffentlichkeit bekannt, und damit ein Schatten, der nie ausgelöscht werden kann, und eine Schande, die das Leben der kleinen Helen ruiniert, solange sie bei dieser Mutter lebt.«

Er beendete seine Zusammenfassung genau vor der Mittagspause. Am Nachmittag bezeugten Geistliche aus drei New Yorker Kirchen und drei Botschafter der Vereinigten Staaten im Ausland den edlen Charakter der Victoria Montecatini.

Am Morgen des vierten Tages zeigte sich der Himmel bedeckt, und es war so schwül, daß einer der Gerichtsdiener im Saal einen Hitzschlag erlitt. Vickis Anwalt trat an die Richterbank und sprach mit gedämpfter Stimme. »Euer Ehren, ich habe jetzt die Pflicht, vertrauliche Informationen zu enthüllen, an deren Preisgabe Sie ermessen mögen, wie selbstlos diese Großmutter sich aufopfert.« In schneller Abfolge gaben Bankiers, Buchprüfer und Börsenmakler Rechenschaft über Vickis Vermögenswerte: Fabriken, Reedereien, eine Charlestoner Bank, Aktien, Pfandbriefe, Goldbarren, Schmuck, Häuser, Grundbesitz, Autos, ein Zug, eine Yacht und auf einem Schweizer Nummernkonto elf Millionen sechshundertvierundachtzigtausendneunhundertzweiunddreißig Dollar und sechzehn Cents in bar. Draußen grollte Donner in der Ferne, aber es regnete nicht.

Ein weiterer Wirtschaftsprüfer legte eine Statistik über den Gesundheitszustand der Kleinbetriebe im Jahre 1935 in Amerika vor und wies insbesondere auf die Rate der jährlichen Bankrotte und die ungünstige Prognose für den Antiquitätenhandel hin. Seinen Berechnungen zufolge war ein Scheitern der ›Küstenschätze‹ zu mehr als neunzig Prozent wahrscheinlich. Bilanzaufstellungen, Kontoauszüge und Geschäftsbücher, die man zwangsweise von Garden eingezogen hatte, ergaben, daß sie sich selbst ein Gehalt von einhundert Dollar im Monat zahlte, im Jahr 1934 einen Gewinn von zweihundertelf Dollar erwirtschaftet und vierhundertundzwei Dollar auf der Bank hatte. Vereinzelte Regentropfen zogen aller Augen auf die Fenster.

Als letzten Zeugen rief Vickis Anwalt einen seiner Partner auf. Er verlas zwei Dokumente. Das erste war ein gegenwärtig gültiges Testament, in dem Vicki ihr gesamtes Vermögen wohltätigen Organisationen vermachte. Das zweite überschrieb den gesamten Besitz Helen, treuhänderisch zu verwalten durch ihre Großmutter und rechtmäßigen Vormund, Victoria Montecatini. Das zweite Dokument, so der Anwalt, würde in Anwesenheit des Richters unterschrieben, sobald seine Klientin das Sorgerecht für ihr geliebtes Enkelkind zugesprochen bekäme.

Er verbeugte sich schwungvoll vor Logan Henry. »Unser Beweisvortrag ist abgeschlossen«, sagte er mit einem affektierten Lächeln.

Mr. Henry tat sein Bestes. Den Rest des Donnerstags und fast den ganzen Freitag über traten Gardens Leumundszeugen nacheinander in den Stand. Sie hatten ihre kühlen Häuser verlassen, die Ferien abgebrochen und die tagelange mörderische Hitze erduldet – alles Garden zuliebe, damit sie mit ihrer Hilfe ihr Kind behalten konnte. Logan Henry leitete sie durch ihre Aussagen mit einer Ehrerbietung, aus der seine Hochachtung für sie sprach. Garden, die bisher vor

Verzweiflung wie betäubt gewesen war, ließ ihren Tränen freien Lauf – Tränen der unaussprechlichen Dankbarkeit, Hochachtung und Liebe.

Vickis Anwalt bekundete mit großer Schau seinen Respekt und sein Mitgefühl für die Donquichotterie der Zeugen. Er verneigte sich vor jedem und verzichtete gnädig auf das Kreuzverhör.

Dann hielt er sein Schlußplädoyer.

»Euer Ehren, dies ist ein sehr einfacher Fall. Es geht nur um einen einzigen Punkt, nämlich die besten Interessen eines kleinen, sechsjährigen Mädchens. Ich könnte jetzt all die Fragen ansprechen, die von Experten hier in diesem Saal aufgeworfen wurden. Ich könnte beredt die Gefühle einer Mutter schildern, deren einziges Kind in der Blüte seiner Jugend auf tragische Weise aus dem Leben gerissen wurde. Ich könnte weiterhin über die überschwengliche Liebe sprechen, mit der diese einsame Frau das einzige lebende Geschöpf auf dieser Erde überschütten möchte, das ihr nahesteht, nämlich ihr Enkelkind. Aber all das ist hier nicht von Belang. Von Belang ist einzig und allein das Wohl der kleinen Helen. Soll dieses unschuldige Kind ein Leben in der besten Obhut, mit der besten Erziehung entbehren müssen ... soll es von einem Erbe abgeschnitten werden, das seinen Kindern und Kindeskindern dieselben Vorzüge garantiert ... soll ihm die Liebe und Hochherzigkeit ihrer Großmutter vorenthalten werden ... von einer Frau, die ihm weder Sicherheit noch eine moralisch einwandfreie Umgebung bieten kann?«

Er verharrte einen Augenblick in seiner theatralischen Pose. Dann fielen seine Arme schlaff herunter, und sein Löwenhaupt senkte sich aus der erregten Vorwärtsposition nachdenklich auf die Brust. Erschöpft von dem Gefühlsaufwand kehrte er an seinen Platz zurück.

Mr. Henry schob seinen Stuhl mit einem vernehmlichen Quietschen zurück und stand auf. »Ein Kompliment an meinen studierten Kollegen«, sagte er langsam, »für seinen beredten Verzicht auf Beredsamkeit. Ich bin zu müde und zu mittelmäßig, um irgend etwas Derartiges zu versuchen. Ich kann nur ein paar einfache Worte über Geld und Liebe sagen.

Tja, Helen Harris hat nicht viel Geld. Ihre Mutter auch nicht. Helen bekommt zwei Pennies in der Woche für die Kollekte in der Sonntagsschule. Die knotet ihre Mama ihr ins Taschentuch.

Aber Helen ist schließlich noch ganz klein. Sie versteht noch nichts von Geld. Sie hat neun Sanddollars, die sie am Strand gefunden hat, und hält sich für reich.

Euer Ehren, ich finde, Helen hat recht. Sie ist reich. Sie hat ungefähr so viele kleine Verwandte, wie diese Lady, ihre Großmutter, Dollars hat. Sie hat eine Mutter, die sie liebt, seitdem sie den ersten Tritt von Helen in ihrem Leib gespürt hat, und die sie immer lieben wird, was auch geschieht. Sie hat ein eigenes Zimmer mit einem Bett für sich und einem Bett für ihre Puppe; sie besitzt ein Dreirad und bekommt jedesmal einen Penny, wenn sie einen Zahn verliert. Ein kleines Mädchen kann nicht in vielen Betten auf einmal schlafen, und auch immer nur in einem Zimmer, und genausowenig kann sie mit mehreren Dreirädern gleichzeitig fahren. Und die gute Fee der herausgefallenen Milchzähne bedeutet ihr viel mehr als ein Bankkonto in der Schweiz.

Was ich damit wohl sagen will, Euer Ehren, ist, daß Helen ein glückliches kleines Mädchen ist, das alles hat, was es sich nur wünschen kann. Ich kann mir kein reicheres Leben vorstellen. Ich glaube nicht, daß sie glücklich wäre, wenn man sie fortnimmt.

Ihre Mama arbeitet hart. Heutzutage ist das keine Erfolgsgarantie. Aber Helen wird nie hungern müssen. Sie wird immer ein Dach über dem Kopf haben. Sie ist ein kleines Charlestoner Mädchen, und in Charleston kümmern wir uns umeinander.

Ich finde, daß eine ganze Stadt voller Menschen, die sich

um einen kümmern, mehr Sicherheiten bietet als ein paar zusammengewürfelte Aktionäre, die sich um Papiere streiten.

Ich finde, Helen ist, wo sie hingehört, und da sollte sie auch bleiben.«

Der Richter zeigte keine Reaktion. Er hatte die ganze Woche lang auf nichts reagiert. Er sah auf die Uhr, die er in seinen Tisch gelegt hatte. »Es ist vier Uhr«, sagte er. Er hatte eine näselnde Stimme. »Die Sitzung ist geschlossen. Alle Parteien halten sich ab Montag um neun Uhr verfügbar. Der Protokollführer gibt Ihnen Bescheid, wann Sie sich zum Urteilsspruch einzufinden haben.«

108

»Und? Wie war's?« Margaret richtete sich auf ihrer Couch auf.

»Es ist vorbei, aber noch nicht entschieden. Wir müssen am Montag noch mal hin.«

»Ich stehe das nicht durch. Du weißt doch, Dr. Hope hat gesagt, daß ich mich nicht aufregen darf. Mein Herz flattert wie ein Kolibri. Höchstens ein Schlückchen Eistee mit Zitrone könnte vielleicht meine Nerven beschwichtigen. Es ist so heiß hier drinnen.«

Garden schaltete den elektrischen Ventilator ein.

»Du weißt doch, daß ich diesen Lärm nicht vertrage, Garden. Wie kannst du nur so rücksichtslos sein? ... Wo gehst du hin?«

»Nach Hause, Mama. Ich will mein Wochenende mit Helen verbringen.«

»Du kannst nicht einfach gehen und mich alleinlassen. Du weißt doch, wie schlecht es mir geht.«

»Mama, du hast rund um die Uhr eine Krankenschwester im Haus. Dazu eine Köchin und ein Mädchen. Du mußt jetzt einmal zwei Tage lang ohne mich auskommen. Am Montag um acht bin ich wieder hier.«

»Garden! Garden Tradd, du kommst auf der Stelle zurück.« Das Gebimmel von Margarets Glocke verfolgte Garden bis an die Tür.

Sie ging durch die drückende Hitze zu Elizabeth. Kein Mensch war auf der Straße, und Garden war froh darüber. Sie konnte jetzt mit niemandem sprechen, nicht einmal kurz Guten Tag sagen. Sie hatte das allerletzte Wochenende mit ihrer Tochter vor sich.

Mr. Henry hatte sich glänzend geschlagen, aber an den Tatsachen konnte er nichts ändern. Helen bekäme bei Vicki alles Erdenkliche, während Garden ihr nie wirkliche Sicherheit bieten könnte. Sanddollars würden ihre Bedürfnisse nicht mehr lange befriedigen. Es war eine hübsche Idee, aber in der Wirklichkeit galten eben Goldbarren mehr als Seeigel. Garden wunderte sich, daß der Richter nicht sofort entschieden hatte. Vielleicht besagte irgendeine Vorschrift, daß das Gericht so tun mußte, als wäge es ab.

Ich werde nicht weinen, gelobte sie sich, und ich werde Helen nicht an mich drücken und festhalten. Sie kann es nicht ausstehen, wenn man sie zu lange umarmt. Wir machen uns ein ganz normales Wochenende, gar nichts Besonderes. Das wünsch' ich mir als Andenken.

Elizabeth wartete an der Tür. Sie legte Garden eine zitternde Hand an die Wange. »Logan Henry hat angerufen. Ich weiß alles. Es tut mir so unsäglich leid.«

»Danke, Tante Elizabeth. Ich bin immer noch wie betäubt; wahrscheinlich ist das gut so. Ich werde Helen nichts davon sagen. Ich versuche, so zu sein wie immer.«

»Das ist wohl das beste. John ist hier. Er spielt mit Helen. Sie sind bei dir im Haus. Ich habe es ihm erzählt.«

Helen saß bei John auf dem Schoß, quasselte ihm die Ohren voll und versuchte, die Streifen an seiner Brust loszuzerren.

Garden kniete sich hin und umarmte Helen. John umfing die beiden. Er half Garden, aus dem Wochenende das zu machen, was sie sich wünschte.

Als Garden am Montag früh bei Margaret durch die Tür trat, hörte sie, wie ihre Mutter die Krankenschwester wieder einmal hinauswarf. »Es ist in Ordnung«, sagte Garden. »Sie dürfen gehen. Ich bin Ihnen sehr dankbar für alles, was Sie getan haben. Jetzt löse ich Sie ab.«

Garden machte ihrer Mutter Frühstück, sich selber einen Kaffee. Nach zwei Tassen mußte sie sich quälend am Spülbecken übergeben. Sie spülte sich den Mund mit Salzwasser und wurde wieder vom Brechreiz übermannt. Margarets Glocke klingelte.

»Bleib bei mir, Garden. Sprich mit mir. Ich halte diese Warterei nicht aus.«

»Ich auch nicht, Mama, aber uns bleibt wohl beiden nichts anderes übrig. Es ist noch nicht einmal neun Uhr.« St. Michael schlug ein Viertel vor.

»Es ist so stickig hier drinnen. Ich kriege keine Luft.«

Garden ging es genauso. Seit zehn Tagen hatte es nicht geregnet. Sie betupfte Margaret die Stirn mit Eau de Cologne. Dann kontrollierte sie in allen Zimmern, ob die Fensterläden geschlossen waren, um das Haus gegen die Sonne abzuschirmen. Sie sollten außerdem die kühle Nachtluft in den Räumen halten, aber seit mehr als einer Woche konnte von kühler Nachtluft keine Rede mehr sein. Als sie das letzte Fenster im Salon überprüfte, schlug St. Michael die volle Stunde. Das Telefon schrillte.

»Es tut mir leid, Mrs. Ellison, aber ich kann Ihnen Mama nicht geben. Ich muß die Leitung freihalten. Darf ich Sie um einen großen Gefallen bitten? Könnten Sie bitte alle engen Freundinnen von Mama anrufen und in meinem Namen ersuchen, heute nicht hier anzurufen? Vielen herzlichen Dank.«

»Wer war das, Garden?«

»Jemand hat sich verwählt, Mama.«

Es konnte unmöglich noch heißer und feuchter werden, als es bereits war; es wurde aber. Selbst der Vergleich mit dem Backofen klang untertrieben. Garden öffnete die Läden und blickte auf die Rosensträucher, die vertrocknete, aufgerollte Blätter hatten. Sie trank ein Glas Wasser. St. Michael schlug ein Viertel nach.

Das ist unerträglich, dachte Garden. Sie starrte auf das Telefon neben sich und versuchte, es mit Willenskraft zum Klingeln zu zwingen. Ein einzelner Schweißtropfen rann ihr den Rücken hinunter. Sie saß in dem Wohnzimmer im ersten Stock. Unten hörte sie, wie ihre Mutter sich bei Elvira, dem Dienstmädchen, über irgend etwas beschwerte.

Garden versuchte zu lesen, um die schwirrenden Gedanken aus ihrem Kopf zu vertreiben. Mechanisch blätterte sie in dem Roman von F. Scott Fitzgerald, den ihr Sky geschenkt hatte, verstand aber keinen einzigen Satz.

Vielleicht war das Telefon kaputt. Aber wenn sie den Hörer zur Kontrolle abnahm, wäre für Mr. Henry in dem Augenblick besetzt. Sie legte die Hand auf den Apparat und bildete sich ein leises Vibrieren ein, als ob er sich aufs Klingeln vorbereiten würde. Als sie die Ungewißheit nicht länger ertrug, beugte sie den Kopf ganz nah zum Telefon hinunter und riß den Hörer von der Gabel. Es war nicht kaputt. Sie hing sofort wieder auf und trat auf den Korridor, um von der großen Standuhr die Zeit abzulesen. Es war kurz vor zehn.

Gerade als von St. Michael der erste Schlag erklang, bimmelte Margarets Glöckchen.

Sie wollte, daß Garden ihren Herzschlag fühlte. »Das kann doch nicht normal sein. Bestimmt bekomme ich einen Anfall.«

»Da ist überhaupt nichts Beunruhigendes, Mama. Dein Herz schlägt vollkommen gleichmäßig.«

»Was verstehst du denn davon, Garden? Und du hast die Schwester weggeschickt. Die hätte sofort feststellen können, was nicht stimmt. Jetzt mußt du Dr. Hope anrufen.«

»Ich kann die Leitung nicht besetzen, Mama. Du weißt doch, daß ich auf Mr. Henrys Anruf warte.«

»Dieser alte Umstandskrämer. Du hättest dir einen besseren Anwalt nehmen sollen. Er hat sich noch nie richtig um uns gekümmert.«

Garden biß die Zähne zusammen. »Mama«, brachte sie mühsam heraus, »ich gehe jetzt nach oben. Sonst rutscht mir noch die Hand aus.«

Margarets Kinn zitterte. »Geh nicht, Garden. Laß mich nicht allein. Ich habe Angst, daß mir die Nerven versagen. Und ich fürchte mich vor den Schmerzen.«

Garden hielt ihrer Mutter die Hand und streichelte darüber. »Keine Bange, Mama. Es ist alles in Ordnung. Weißt du, was wir jetzt machen? Wir ziehen dir etwas über, und dann setzen wir uns in dein Wohnzimmer. Dort kannst du mir dieses neue Spiel beibringen, das du immer mit deinen Freundinnen spielst, bis ich aufs Gericht muß.«

Die Temperatur stieg an, der Ventilator surrte, die Standuhr auf dem Korridor tickte monoton, der Würfel klapperte. St. Michael schlug. Die Minuten verrannen sehr, sehr langsam. Margaret und Garden spielten Monopoly.

Das Telefon klingelte nicht.

Elvira brachte ihnen das Mittagessen herein. Garden wandte die Augen ab.

›Geh in das Gefängnis. Begib dich direkt dorthin ... Rücke vor bis zur Schloßallee.‹

»Garden, paß doch auf. Du bist an ›Los‹ vorbeigekommen und hast deine zweihundert Dollar nicht einkassiert.«

»Entschuldige, Mama.«

Garden holte ein Frotteehandtuch aus dem Bad, damit sie sich vor dem Würfeln die Hände abtrocknen konnte. »So eine Schwüle habe ich überhaupt noch nie erlebt«, stöhnte Margaret. »Ich kriege keine Luft.«

Garden keuchte ebenfalls. Elvira erschien in der Tür. »Entschuldigung, Ma'am, aber es donnert. Celie und ich, wir wollten wissen, ob wir heute früher gehen können.«

»Aber gern«, sagte Margaret großzügig.

»Warte mal, Mama. Ich muß weg, sobald Mr. Henry anruft. Du brauchst irgend jemanden bei dir, und die nächste Schwester kommt erst um vier.«

Elvira zwirbelte ihre Schürze um die Finger. »Aber es ist so unheimlich still. Wie vor einem schlimmen Sturm«, jammerte sie.

Garden ballte ihre feuchten, klebrigen Hände zu Fäusten. Es donnerte grollend, und Elvira kreischte auf. Das Telefon klingelte schrill. Garden fuhr hoch, wobei sie sich das Knie an der Tischkante stieß.

»Hallo? Hallo?«

Es rauschte so heftig in der Leitung, daß sie fast nichts verstand. »Ja?« sagte sie. »Ja. Können Sie bitte lauter sprechen? Sind Sie es, Mr. Henry?«

Sie hängte den Hörer wieder ein. »Elvira, du und Celie, ihr könnt gehen.« Sie sah Margaret an und versuchte zu lächeln. »Der Protokollführer hat sich bei Mr. Henry gemeldet. Der Richter hat ein Urteil gefällt, aber wir wissen noch nicht, welches. Und jetzt ist es so spät, daß man morgen früh um neun als Termin für die Urteilsverkündung festgelegt hat. Jetzt ist es zumindest entschieden. Wir werden es noch früh genug erfahren.« Aus irgendeinem Grund war ihr jetzt ein bißchen wohler. Sie hatte die ganze Zeit versucht, den Richter mit ihrer Willenskraft zu beeinflussen. Wenn er für seine Entscheidung so lange brauchte, mußte es doch einen Hoffnungsschimmer geben. Jetzt konnte sie wirklich nichts mehr tun. »Es klingt, als ob wir endlich ein bißchen Regen kriegen«, sagte sie. Der Donner war nähergekommen.

Das Telefon klingelte. Garden ließ ihre Mutter abnehmen. Es war die Krankenschwester. Sie könne nicht kommen. »Das macht nichts«, sagte Margaret nachher zu Garden, »ich mag sie sowieso nicht. Du kannst mir ja das Bett machen und mich einreiben.«

»Ja, Mama.«

»Ha. Du stehst auf meinem Grundstück. Laß mich mal auf

das Kärtchen schauen ... Du schuldest mir achtunddreißig Dollar.«

Zum Schluß war Garden bankrott, und Margaret besaß drei Hotels, sämtliche Bahnhöfe und sowohl das Wasser- als auch das Elektrizitätswerk. Genau wie bei Vicki und mir, dachte Garden und schlug die Hand vor den Mund, um nicht hysterisch aufzuschreien. »Das hat Spaß gemacht«, sagte Margaret.

»Vielleicht kommt ein bißchen Wind«, sagte Garden. »Ich mache ein paar Läden auf.« Sie mußte von ihrer Mutter weg.

Garden stieg mühsam die Stufen zum ersten Stock hinauf. Selbst die Treppe schien unter der Hitze zu stöhnen.

Oben trat sie auf den Balkon hinaus. Die Stimmung draußen war gespenstisch. Der Himmel hatte eine seltsam schmutzig-gelbe Farbe, die Luft schien ebenfalls verfärbt: in ein durchsichtiges Graugrün. Nichts hatte einen Schatten, und alle Kanten traten unnatürlich klar hervor. Es war sehr still. Abwartend. Am Horizont war es bis auf ein gelegentliches Wetterleuchten dunkel.

Der Hafen wirkte gläsern, die Wasseroberfläche vollkommen glatt. Es sah aus, als hätte jemand den Ozean in graubraune Futterseide verwandelt und gebügelt.

Ein jähes Klappern ließ sie zusammenfahren. Sie blickte auf die Straße hinunter. Die Fächer der Palme an der Ecke wehten. Ein Tor quietschte und schwang in den Scharnieren hin und her. Und ein heißer, rauher Windstoß fuhr ihr übers Gesicht. Dann war bis auf das ferne Donnergrollen wieder alles still.

Sie öffnete an beiden Seiten des Hauses die Fenster und ging wieder hinunter. »Mensch, Mama, da kommt ein Sturm, der sich gewaschen hat. Ich mache überall auf, dann kriegen wir unsere ersehnte Brise.«

Aber er kam nicht. Die komische grüne Luft verdunkelte sich, obwohl die Dämmerung noch längst nicht fällig war. Garden schaltete die Lampen an. Margaret bereitete alles für eine neuerliche Runde Monopoly vor.

»Schau doch, Mama.« Die Vorhänge blähten sich.

»Wird auch Zeit«, sagte Margaret. »Die Hitze hat mir den Appetit verdorben, und ich muß schließlich bei Kräften bleiben. Was machst du uns zum Abendessen?«

Bevor Garden antworten konnte, kam der Wind. Keine Brise, sondern ein Windstoß, der die Vorhänge waagerecht ins Zimmer segeln ließ und die Lampe umwarf. Margaret und Garden stießen beide einen Schrei aus. Der Luftzug legte sich nicht, sondern blies stetig, heiß und kratzend. Garden stellte die Lampe wieder auf. »Halt sie fest. Ich mache die Fensterläden zu.«

Sie fielen mit einem lauten Knall zu, sobald Garden sie entriegelt hatte. Gerade noch rechtzeitig konnte sie die Hand wegreißen. Sie stellte die Lamellen so, daß der Wind hindurchblasen konnte. »Es wird kühler«, sagte sie.

Plötzlich regnete es. In Strömen rauschte das Wasser vom Himmel, prasselte auf die Erde und trommelte aufs Dach.

»Endlich!« rief Garden. »Ich laufe nach oben und mache die Fenster zu. Gott sei Dank. Fühl doch, Mama, es ist kühl wie im Kino.«

Garden stand vor einem Fenster auf der Nordseite des Hauses. Sie schloß es nur ungern: Der Regen fiel kerzengerade vom Himmel – ein Vorhang aus erfrischendem Naß. Kein Tropfen drang ins Zimmer. Aber wenn der Wind wieder kam, wäre binnen kurzem der Teppich durchweicht. Sie schob das Fenster zu. Die Front gegenüber war durch das Terrassendach geschützt, dort konnten die Fenster offen bleiben. Garden trat auf den Balkon hinaus und spürte, wie ihre Haut abkühlte. Es war herrlich. Sie blickte über das Geländer; der Regen war so stark, daß man das Nachbarhaus nicht sehen konnte. Die zehn Tage anhaltende Trockenheit endet mit einem Paukenschlag, dachte sie.

Ein krachender Donner folgte ihrem Gedanken. »Mit einem Paukenschlag«, sagte Garden laut und lachte. Die Spannung, die sich in der langen Hitzewelle aufgestaut hatte, löste sich. Ihr Leben löste sich womöglich ebenfalls auf, aber dem mußte sie sich erst am nächsten Morgen stellen. Jetzt durfte sie genießen, daß ihr endlich wieder kühl war.

»Garden, laß Wasser in die Badewanne, und in ein paar Eimer dazu.«

»Wozu denn das?«

»Das ist kein normaler Sturm, sondern ein Hurrikan.«

»Ach, Mama, du übertreibst immer so.«

»Werd nicht frech. Tu gefälligst, was ich dir sage.«

Garden drehte den Wasserhahn an der Badewanne auf. Man konnte ihrer Mutter ihren Willen ruhig lassen. Ausgerechnet die Wasserrechnung zahlte Margaret ja selbst.

Während sie das Abendessen kochte, ließ der Regen langsam nach. Und der Wind kam wieder.

Beim Essen ging plötzlich das Licht aus. Garden hatte schon damit gerechnet und vorsorglich Kerzen bereitgestellt. Die Flammen tanzten in der kühlen Zugluft, die durch die halboffenen Lamellen hineindrang. »Ich fand es immer so abenteuerlich, wenn wir Sturm hatten und Kerzen anzünden mußten. Weißt du noch, auf Tradd Street, als Wentworth und Lucy bei uns übernachtet haben? Wir haben uns Gespenstergeschichten erzählt und fürchterlich gekreischt.« Garden faßte sich unwillkürlich an ihren Talisman.

»Ich weiß noch, daß ihr den ganzen Boden mit Wachs bekleckert habt. Zanzie hat wochenlang darüber gejammert.«

Es war irgendwie gemütlich, als sie mit ihrer Mutter im Kerzenschein saß, während draußen Wind und Regen an die starken alte Mauern des Hauses peitschten. Garden trank ihren lauwarmen Kaffee und zündete sich eine Zigarette an.

»Hast du den Wasserhahn abgedreht?«

»Ja, Mama.«

»Schau lieber noch mal nach den Fenstern. Nicht, daß meine Tapeten Flecken kriegen.«

»Sobald ich mit meiner Zigarette fertig bin.« Die Gemütlichkeit war verflogen.

Auf halbem Weg nach oben hörte Garden den Laden klappern. Den Rest der Treppe rannte sie hinauf. Die Kerze flackerte hinter ihrer gewölbten Hand. Es war einer der Läden an der Verandatür. Er durfte auf keinen Fall ein Fenster einschlagen. Ihre Kerze ging aus, doch sie stürzte weiter.

Als sie den Fuß auf den Balkon setzte, wurde sie vom Sturm gepackt und an die Hauswand geworfen, so daß ihr die Luft wegblieb. Der Wind heulte jetzt in hohen und schrillen Tönen. Garden spürte eine primitive Angst vor der Gewalt der Natur. Es regnete immer noch, auf den Balkon herunter, in den Salon hinein. Wie tausend Messerstiche peitschte das Wasser Garden ins Gesicht und auf den Körper. Sie wollte ihre Augen schützen, konnte die Hände aber nicht von der Stelle bewegen, denn sie wurden zu beiden Seiten ihres Körpers von der entfesselten Kraft des Sturms gegen die Wand gepreßt.

Plötzlich flog ein Fächer von Palmwedeln, ein ganzer Ast von einer Palme, auf Garden zu. Das ausgezackte Ende bohrte sich in den rüttelnden Fensterladen neben ihrer Schulter, und die Palmwedel peitschten ihr über den Körper. Sie versuchte zu schreien, bekam aber keine Luft.

Dann spürte sie, wie der Druck für einen Augenblick nachließ. Der Wind nahm seine Kraft für die nächste, noch heftigere Attacke zusammen. Garden drückte sich von der Mauer weg. Mit dem Palmenast und dem Fensterladen in der Hand stolperte sie auf die offene Tür zu. Der Wind kehrte zurück, wirbelte sie ins Zimmer und dann quer durch den Raum an einen Tisch, der krachend umfiel.

109

»Garden? Garden, wo steckt du denn um Himmels willen? Warum hast du den Laden nicht festgemacht? Warum legst du dich so auf den Boden? Eine Dame tut das nicht.« Margaret hob ihre Petroleumlampe hoch und sah die Bescherung. »Du meine Güte, du bist ja ganz voll Blut. Hoffentlich habe ich Jod da.«

»Mama, es ist ein Hurrikan.«

»Das hab' ich dir ja gesagt. Steh auf. Wir haben viel zu erledigen. Du hast noch nie einen richtigen Hurrikan durchgemacht, aber ich. Wir müssen uns sofort an die Arbeit begeben. Ich habe keine Lust, mir meine schönen Teppiche ruinieren zu lassen.«

Garden kam es vor, als hätten sie drei Tage lang durchgearbeitet. Sie stutzten Dochte, füllten Lampen auf, rollten Teppiche zusammen und hievten sie auf Kaminsimse, türmten Möbel so weit wie möglich vom Fenster entfernt aufeinander, nahmen Vorhänge ab, nagelten diagonale Streben über Sturmläden, die sie vom Dachboden geholt hatten. Die schmächtige Margaret entpuppte sich als Energiebündel. Sie hievte und schob und zerrte gemeinsam mit Garden und stach ihre jüngere, stärkere Tochter in allem aus. Von ihrem Herzen war kein einziges Mal die Rede.

Nachdem Margaret befriedigt festgestellt hatte, mehr könnten sie nicht tun, fügte sie hinzu: »Dieses Haus hat schon genügend Stürme durchgestanden. Einer mehr wird es nicht umbringen. Jetzt gehen wir hinunter und werfen einen Blick in den Eisschrank. Bin ich froh, daß ich keinen so neumodischen elektrischen Kühlschrank habe wie du. Jetzt, wo der Strom ausgefallen ist, werden alle deine Vorräte verderben.«

»Hast du etwa Hunger?« Garden war entsetzt. Hunger schien ihr so belanglos angesichts einer solchen Sturmnacht.

»Ich sterbe vor Hunger. Wir können ruhig etwas essen, weil wir sowieso die ganze Nacht aufbleiben werden. Es wird so laut, daß man nicht schlafen kann. Wir spielen Monopoly.«

Der Wind warf sich gegen das Haus, rüttelte an den vernagelten Fenstern und versuchte einzudringen. Garden stand Todesängste aus.

»Schau nicht so, als ob du ein Gespenst gesehen hättest, Garden. Komm. Wir müssen einfach abwarten, daß es vorübergeht. Das ist erst der Anfang. Es wird noch viel schlimmer.«

Garden glaubte ihr nicht. Nichts konnte schlimmer als die wütende Attacke sein, die der Sturm gerade durchführte. Sie wurde bald eines Besseren belehrt. Das Heulen des Windes steigerte sich zu einem Brüllen, das ständig an Tiefe und Lautstärke gewann. Der Hurrikan wurde zu einer hungrigen Bestie, die, von den dicken Mauern zur Weißglut getrieben, immer wieder zuschlug, bis sie auf eine schwache Stelle stieß, in die sie ein Loch reißen konnte. Gräßliche Stöße erschütterten das Haus, wenn losgerissene Gegenstände dagegengeschleudert wurden. Garden zuckte jedesmal zusammen. Dann tat es einen Knall. »O Gott«, rief Garden.

»Das war ein Fenster. Schnell, Garden, wir müssen es zustopfen.« Margaret raffte einen der farngemusterten Vorhänge zusammen und rannte in die Diele. Garden nahm eine Lampe mit. Auf halbem Weg in den ersten Stock kam ihnen das Wasser entgegen, in einem Sturzbach über die Treppe, mit Glassplittern bestückt.

»Hilf mir«, rief Margaret. Garden nahm ihr den Vorhang ab und stopfte ihn mit verzweifelter Kraft in das scharfkantige Loch.

»Das hält nie«, sagte Margaret. »Wir müssen etwas darübernageln. Hol die Ausziehplatte vom Küchentisch. Ich halte so lang unseren Stöpsel.«

Irgendwie schafften sie es, die Platte ins Fenster zu keilen und anzunageln. Aber sie flatterte, konnte sich jeden Moment losreißen, und kein zusätzlicher Nagel half.

»Mama, ich habe Angst«, sagte Garden.

Dann jagte ihr Margaret noch mehr Furcht ein. »Ich auch«, sagte sie.

Es gab kein Monopoly, keine Sandwiches, keine Ruhepause vor der Angst. Mutter und Tochter kauerten zusammen auf dem Boden im Wohnzimmer, inmitten einer Ringmauer aus Sesseln und Sofas, und spürten, wie schwach ihre Verteidigungsversuche gegen die gnadenlose Macht des Windes waren. In ihren Ohren knackte es immer wieder; das stundenlange Zuhören tat ihnen weh. Garden quälte noch dazu der Gedanke an Helen. »Bitte, lieber Gott«, betete sie, »mach, daß ihr nichts passiert. Und daß sie nicht zu viel Angst hat. Ich lasse sie ja gehen. Gern. Wenn sie nur nicht verletzt wird, mehr verlange ich gar nicht.«

Es hörte auf. Alles. Der Regen, der Wind und der Lärm. Von einem Moment auf den anderen war es weg. Garden schirmte sich die Augen vor einem blendenden Sonnenstrahl ab.

»Was ist denn los?« Ihre Stimme klang furchtbar laut.

Margaret weinte. »Mein Gott, wir haben es geschafft. Die Mauern haben gehalten. Komm, Garden, wir haben nicht viel Zeit. Wir müssen uns den Schaden ansehen.«

»Ich verstehe nichts. Ist es vorbei? Es ist so still, daß ich am liebsten schreien möchte.«

»Schrei, wenn es wieder losgeht. Dann höre ich dich nicht. Das ist das Auge, die Mitte des Hurrikans. Ich weiß nicht, wie lange wir drin sein werden, aber sehr lange kann es nicht sein. Dann geht es weiter, nur noch schlimmer.«

Sie rannten hektisch von Zimmer zu Zimmer, stellten Eimer unter Leckstellen, hämmerten noch mehr Nägel in die abgesplitterten Sturmläden und stopften eine Steppdecke hinter die Tischplatte an dem geborstenen Fenster. Besondere Mühe gaben sie sich mit dem Raum, den sie sich als Zufluchtsstätte ausgesucht hatten. Garden warf alle Kissen aus den Betten die Treppe hinunter, und Margaret polsterte ihren Schutzwall innen damit aus. Dann spannten sie Regenschirme zum Schutz gegen umherfliegende Objekte auf, falls die Sturmläden nachgeben sollten.

»Hol eine Flasche Wasser. Wir kriegen sicher Durst, bevor alles vorbei ist.« Margaret bestimmte wieder. »Jetzt verkriechen wir uns besser in unser Loch. Diesmal gibt es keine Vorwarnung.« Der strahlende Sonnenschein schien sich über sie lustig zu machen. Dadurch wurde die unterschwellige Bedrohung noch schrecklicher.

Während sie die letzten Vorbereitungen am Dach ihrer Behausung trafen, hörten sie ein neues Geräusch. Sie starrten sich gegenseitig wild in die Augen. Es hatte an der Vordertür geklopft. Dieser alltägliche Klang paßte genausowenig zur Situation wie der unheimliche Sonnenschein.

»Helen«, schrie Garden. »Helen ist etwas passiert.« Sie wühlte sich durch den Kokon aus Kissen und Decken.

Margaret lief ihr schreiend nach. »Laß die Tür zu, Garden. Wenn der Sturm kommt, haben wir ihn im Haus.«

Aber Garden schob schon die Riegel auf und drehte an dem schweren Türknauf.

Sie blinzelte ins hereinströmende Licht. »Du bist ja nicht einmal umgezogen, Garden. Das überrascht mich nicht. Ich habe mir schon gedacht, daß du vor lauter Angst nicht auftauchst, deshalb hole ich dich ab. Ich möchte dein Gesicht sehen. Wir sollen in einer halben Stunde auf dem Gericht erscheinen.« Es war Vicki, in ihrem großmütterlichen Aufzug.

Margaret griff an Garden vorbei und zerrte Vicki ins Haus. Sie warf die Tür zu und schob den Riegel vor. »Moment mal. Was erlauben Sie sich?« schnaubte Vicki. Sie zupfte am Türriegel.

Margaret boxte Vicki auf den Arm. »Sie dumme Pute, Sie bringen uns noch alle um.«

Vicki schüttelte sie ab. »Sie sind die dumme Pute. Der Sturm ist doch vorbei. Machen Sie die Tür auf und schauen Sie selber nach.« Sie schob den Riegel auf.

Garden dachte keine Sekunde nach. Der ganze Schmerz und die ganze Wut in ihrem Herzen ballten sich zusammen und führten einen Handrückenschlag, der Vicki zu Boden warf. Margaret schob den Riegel vor. Und der Hurrikan schlug zu.

Die Tür wölbte sich nach innen, aber sie hielt. Vicki kroch

auf Händen und Füßen von ihr weg, auf den Lippen einen Schrei, den man durch die dumpfen Schläge an der Tür nicht hören konnte. Gegenüber brach der Damm, und der Wind verwandelte dessen riesige Felsbrocken in Wurfgeschosse.

Vicki folgte Garden und Margaret zu ihrer Zufluchtsstätte und quetschte sich mit hinein. Man hatte keine Zeit für persönliche Feindseligkeiten. Die drei Frauen versuchten sich gegen den Sturm so klein wie möglich zu machen und lehnten sich aneinander. Die Felsbrocken bombardierten immer noch das Haus. Die Mauern erzitterten bei jedem Treffer.

Und ein neuer Feind tauchte auf. Wasser sickerte herein, durch die schwere Eingangstür, die unteren Verandatüren und die Küchentür zum Hof. Es verteilte sich leise auf der Barrikade aus Kissen und Möbeln, und dann lief es hinein.

Sie verließen ihr Nest, als das Wasser knöcheltief stand. Immer noch aneinandergeklammert, stolperten sie durch die Diele; vorbei an der Eingangstür, die in den Angeln ächzte. An der Treppe ließen sie sich aus und rannten los. Die Mauern um das Treppenhaus kamen ihnen dünn wie Papier vor.

Vicki erreichte als letzte die Stufe über dem ausgestopften Fenster. Es gab krachend nach, so daß die Tischplatte und die durchweichte Steppdecke die Treppe hinunterschossen. Der Wind fuhr unter den Teppich auf der Treppe und zerfetzte ihn mühelos.

Um sich herum hörten sie das laute Bersten von Fensterscheiben. Margaret rannte los; Garden und Vicki ihr nach.

Sie lief ihnen in den Salon voraus, den größten Raum, wo sie am weitesten von den Fenstern weg sein konnten. Sie kauerten sich in der Mitte der einen fensterlosen Wand zusammen, vor dem Kamin, durch den das Wasser hereinströmte und Pfützen um ihre Beine bildete. Margaret und Garden zogen den Teppich vom Kaminsims, als Schutz gegen umherfliegende Glassplitter, und die drei Frauen zogen ihn sich über die Köpfe. Dann konnten sie nur noch abwarten.

Nach einer Ewigkeit schwächte sich das Tosen ab, aber sie merkten nichts. Sie waren taub für feine Unterschiede.

Dann hörte Vicki, wie das Wasser durch den Kamin herunterplätscherte. »He«, rief sie. Margaret und Garden schreckten auf. »He, es läßt nach.« Vicki zerrte an dem Teppichzelt, und es fiel nach hinten.

Sie streckte ihre verkrampften Glieder. »Herrgott, ich bin steif wie ein Brett«, stöhnte sie. Sie kroch nach vorn, weg von dem Wasser aus dem Kamin, und rappelte sich auf. Garden und Margaret folgten ihr erstaunt mit den Blicken. Sie konnten sie deutlich sehen. Durch ein zerborstenes Fenster strömte Tageslicht herein. Draußen regnete und stürmte es – ein ganz gewöhnlicher heftiger Regen.

»Es ist tatsächlich vorbei«, sagte Garden. Sie fiel ihrer Mutter um den Hals. »Vorbei. Wir haben es geschafft. Und Helen bestimmt auch.«

»Das will ich ihr geraten haben«, sagte Vicki. »Ich nehme sie morgen mit zu mir. Meine Anwälte haben es mir schon gesagt. Ich habe nämlich den Prozeß gewonnen, Garden. Das war ja auch von Anfang an klar.«

Garden konnte nichts erwidern.

Vicki stapfte im Zimmer umher und grinste über die Schäden. An der Decke und an den Wänden schimmerten Wasserflecken, die Böden waren mit Glassplittern übersät, und die Möbel vom Wind zerfetzt.

»Ich hätte nie gedacht, daß ich einem Hurrikan einmal dankbar sein würde, aber jetzt bin ich es«, sagte Vicki. »Ich war wütend, als Schuyler euch dieses Haus gekauft hat. Und daß ich es euch dann nicht wegnehmen konnte, hat mich rasend gemacht.

Aber schaut es euch jetzt an. Es ist ruiniert. Ein Trümmerhaufen. Was für ein überragender Sieg. Ich kriege Helen, und die Tradds haben nichts.«

»Dieses Haus hat mit den Tradds nichts zu tun«, sagte Margaret. »Meine Familie hat es gebaut, und nach ihr heißt es auch. Es ist das Haus der Gardens.«

Vicki stand mitten im Raum und breitete schwungvoll die Arme aus. »Ein schönes Durcheinander, auf das Sie so stolz sind, Mrs. Tradd.« Sie warf den Kopf zurück und lachte. Dann versteinerte sich ihre Miene. Ihre Arme streckten sich nach oben. »Nein!« schrie sie.

Garden blickte nach oben, wo Vicki hinstarrte. Der Leuchter schwankte heftig, während die riesige gipserne Gardeniengirlande sich nach innen wölbte, beschwert von dem Wasser, das den oberen Stock überflutet hatte.

Vicki wollte weglaufen, aber ihr Absatz verfing sich in einem tiefen Riß im Fußboden. Eine Gardenie traf sie an der Schulter, brachte sie aus dem Gleichgewicht und warf sie zu Boden.

Die Gipslawine klang wie ein vorbeidonnernder Zug. Sie war so naß, daß es nicht staubte, und sie begrub den prächtigen Kristalleuchter aus ihrer Mitte samt Vicki unter einem grauen Trümmerberg.

Garden und Margaret starrten ungläubig auf die Katastrophe. Dann stieß Garden einen winselnden Laut aus und richtete sich mühsam auf. Sie fiel wieder hin, rappelte sich auf Händen und Knien hoch und kroch zu dem Trümmerhaufen.

»Hilf mir«, flehte sie Margaret an. Sie packte einen großen Gipsblock und warf ihn beiseite.

Garden grub. Die scharfen Kanten schnitten ihr die Hände auf.

Dann fuhr sie entsetzt zurück.

Vickis Kopf lag bloß. Die graue Dauerwelle saß noch einwandfrei; allerdings verdarben kleine Gipsbrösel, die sich im Haar verfangen hatten, den frisch frisierten Eindruck. Die Augen standen offen und starrten auf das riesige Loch in der Decke. Ein Kristallsplitter glitzerte im dämmrigen Licht. Er stak aus der Pupille im linken Auge. Die Iris schimmerte glasig trüb. Die Wangen waren eingefallen und das Gesicht bleich. Totenbleich.

110

»Wie ich hierhergekommen bin, errätst du nie«, sagte Garden zu Elizabeth. »Ed Campbell ist in seinem Segelboot am Haus vorbeigepaddelt, um den Schaden am Damm zu begutachten, und ich habe ihm vom Balkon aus zugerufen. Er hat mich sofort mitgenommen. Venedig ist nichts dagegen.« Sie hielt Helen auf dem Schoß und drückte ihr alle paar Minuten einen Kuß aufs Haar. Helen wand sich.

»Laß sie los«, sagte Elizabeth. »Du machst sie ja ganz zappelig.«

Garden setzte Helen ab und sah zu, wie sie weghopste.

»Sie kommt nicht weit«, sagte Elizabeth. »Wir werden wohl eine Zeitlang von der Außenwelt abgeschnitten sein.«

Die Straßen waren meterhoch überflutet. Abgebrochene Äste hatten sich vor den Häusern zu Barrikaden verkeilt, und in den ebenerdigen Zimmern schaukelten die Möbel auf den Wellen, die von vorüberfahrenden Booten ausgesandt wurden. In Elizabeths Haus stand das Wasser im Erdgeschoß nur einen knappen halben Meter hoch. Sie und Garden standen im Salon im ersten Stock. Helen war auf den Balkon hinausgerannt und schaute neidvoll zwei zwölfjährigen Buben zu, die in Reifenschläuchen hockend auf dem Wasser paddelten.

»Das trocknet nie wieder richtig«, sagte Garden. »In Mamas Haus sind die ganzen Wände durchnäßt, und die Tapeten schälen sich von selber ab.«

»Du wirst dich wundern, wie schnell Charleston sich wieder aufrappelt. Es fahren schon Boote Milch und Lebensmittel aus, die man nicht kochen muß. Man ruft nur hinaus, was man will, und läßt einen Korb hinunter. Möchtest du einen Pfirsich?«

Zwei Tage später trockneten die letzten Pfützen auf den Straßen dampfend in der Sonne. In der ganzen Stadt klopften die Hämmer und kratzten die Besen; an allen Balkonen und Terrassen hingen Teppiche über den Geländern. Es ging zu wie auf einem Jahrmarkt, man grüßte sich lautstark, und die Straßenhändler riefen ihre Ware aus.

Garden ging auf der Meeting Street in Richtung Chalmers Street. Sie hatte einen Mop und einen Besen auf der Schulter und trug einen alten Kittel über ihrer Strandhose. Die ›Küstenschätze‹ lagen ebenerdig, und sie machte sich auf das Schlimmste gefaßt.

Das fand sie auch vor. Ein modriger Geruch drang aus der Tür, als sie öffnete. Ein steifer, aufgedunsener Mäusekadaver lag auf der Schwelle.

»Iih«, sagte sie. Und machte sich an die Arbeit.

»Entschuldigen Sie, Ma'am. Ist hier das Geschäft mit all dem schönen Schlamm im Sonderangebot?«

»John! Nein, komm nicht rein, es ist alles fürchterlich verdreckt. Ich eingeschlossen.« John ließ ihre Warnung unbeachtet und küßte sie ausgiebig.

»Jetzt bist du auch verdreckt. Dann kannst du mich ja gleich noch einmal küssen.« Dieser Einladung folgte er nur zu gern.

Dann trat er einen Schritt zurück und sah sie an. »Ich war verrückt vor Angst um dich, du göttliches Geschöpf. Anrufen ging nicht, denn die meisten Telefone in der Innenstadt sind immer noch kaputt. Und die Straße ist ein heilloses Durcheinander. Aber ich habe es bis in die Stadt geschafft. Erst bin ich zu deiner Mutter, habe mir angehört, was für ein undankbares Wesen du bist, weil du sie alleingelassen hast, und dann zu Elizabeth, wo mir Helen erklärt hat, wie gemein du bist, weil du sie nicht auf der Straße hast schwimmen lassen, und jetzt habe ich dich endlich gefunden. Du kannst froh sein, daß ich dich so gern mag; bei allen anderen stehst du auf der schwarzen Liste.«

»Hast du gehört, was passiert ist?«

»Mit Vicki? Ja. Ich habe Helen tatsächlich lange genug zum Schweigen bringen können, um ein paar Worte mit Elizabeth zu wechseln. Ich weiß nicht, was ich sagen soll. ›Es tut mir leid‹ wäre gelogen. ›Ich bin froh‹ wäre auch nicht ganz korrekt.«

»Es ist vorbei. Mehr gibt es nicht zu sagen. Ich bin froh, daß es vorbei ist, und ich denke nicht an das Wie oder Warum. Ich freue mich so, daß du hier bist. Wir haben uns lange nicht gesehen.« Sie lehnte sich mit dem Kopf an seine Schulter. »Umarmen«, forderte sie.

»Garden.«

»Umarmen.« John drückte sie so fest an sich, daß sie merkte, daß irgend etwas nicht stimmte. Es lag etwas Verzweifeltes in dieser engen Umarmung. Sie befreite sich und sah ihn an. »Was ist denn los, John?«

Er setzte zum Reden an, biß sich wieder auf die Lippen, und dann entfuhr ihm ein »Zum Teufel!«. Danach holte er tief Luft. »Ich gehe weg, Garden«, sagte er. »Die Order habe ich schon vor drei Wochen gekriegt, aber ich konnte dir ja nichts sagen, wegen des Prozesses, der dir bevorstand. Ich gehe nach San Diego, da kriege ich mein erstes Kommando, über einen Zerstörer.

Du weißt, was ich will. Du weißt, was ich für dich empfinde. Ich kann das Wartespielchen nicht mehr mitspielen. Kommst du mit mir? Du mußt dich jetzt entscheiden. Wir können heiraten und dann nach Kalifornien gehen, alle zusammen: du, ich und Helen. Es ist eine herrliche Zugfahrt. Und ein herrliches Leben. Aber es muß jetzt sofort sein.«

Garden schüttelte den Kopf. »Ich kann das nicht einfach so entscheiden. Das ist nicht fair von dir.«

»Es ist auch nicht ›einfach so‹, das weißt du genau, Garden. Ich bitte dich schon eine ganze Zeitlang um die Entscheidung.«

»Aber ich habe soviel Druck von allen Seiten, John. Ich muß mich erst von dieser ganzen Sache mit Vicki erholen, und dann Mamas Krankheit …«

»Druck gibt es immer, Garden. Dann bin ich wohl nur eine weitere Belastung für dich. Jetzt sag mir: Heißt es ja oder heißt es nein?«

»Ich kann nicht überlegen.«

»Ich mache es dir einfacher. Heißt es ja? Ja, John, ich liebe dich und will dich heiraten? Heißt es das?«

Garden streckte hilflos die offenen Hände aus. Sie sagte nichts.

»Dann ist das meine Antwort«, sagte John schroff. »Leb wohl, Garden.«

»Warte!«

»Wozu? Ich möchte dir das Leben nicht schwermachen, und ich will nicht, daß wir uns bei unserem letzten Treffen am Ende noch beschimpfen. Ich gehe. Je kürzer Abschied, desto leichter für uns beide.«

Das ist nicht fair, weinte Garden innerlich. Ich kann es nicht ertragen, wenn er geht. Aber ich kann auch nicht mit ihm gehen. Ich kann mein Zuhause nicht verlassen, wo ich es gerade erst gefunden habe. John darf mich nicht zwingen. Er versucht nicht einmal, mich zu verstehen. Er setzt mich unter Druck. Aber das lasse ich mir nicht gefallen.

Mit einem wütenden Energieausbruch ging sie auf die Bescherung im Laden los. Als es dämmerte, war sie fast fertig. Die Möbel glänzten vor Politur; Glas und Porzellan stand strahlend sauber und hübsch angeordnet auf einem Tisch. Der Boden war sauber, das Fenster ebenfalls. Mit einem Seufzer zuckte sie mit den Achseln. Mehr konnte sie im Augenblick nicht tun.

»Puh, Garden, ab in die Badewanne mit dir. Du stinkst.«

»Tante Elizabeth, ich muß mit dir reden.«

»Aha. Das klingt ernst. Was ist denn, mein Kind?«

Garden erzählte und heulte und erzählte weiter, schüttete ihr Herz aus und ihr Dilemma in die fähigen Hände und die weise Seele von Elizabeth.

»Garden, was willst du von mir wissen? Was ich tun würde? Du weißt, was ich tun würde. Was ich getan habe. Ich habe mein Leben allein verbracht. Für meine Begriffe ist das die beste Art zu leben.

Aber wenn du von mir wissen willst, was du tun sollst, dann ist das sowohl unverschämt als auch dumm. Du hast kein Recht, mir die Verantwortung für dein zukünftiges Glück aufzubürden. Und genausowenig hast du ein Recht, dir arm und hilflos vorzukommen. Du mußt eine Entscheidung treffen. Schätz dich glücklich. Die meisten Menschen auf dieser Erde müssen nehmen, was ihnen das Leben bietet, und das Beste daraus machen. Du kannst auswählen. Danke Gott dafür. Und triff selbständig deine Entscheidung.«

Garden brauste auf. »Du versuchst nicht einmal, mich zu verstehen. Du bist genauso wie John. So einfach ist es nicht. Ich kann nicht einfach für mich allein entscheiden. Ich muß an Helen denken. Sie hat hier Freunde, ein gutes Leben, eine Zukunft und einen Platz, wo sie hingehört. Und ich muß an Mama denken. Ob wir uns nun verstehen oder nicht, ich bin für sie verantwortlich. Peggy ist weg. Ich bin die einzige ...«

Elizabeth lachte.

Garden hätte sie erwürgen können. »Was in drei Teufels Namen ist so verdammt lustig, wenn ich fragen darf?«

Elizabeth streckte die Hand aus. »Komm mit«, sagte sie.

Garden ergriff die dargebotene Hand nicht, kam aber mit und stampfte trotzig hinter ihrer Großtante die Treppe hinauf. Elizabeth deutete in das Zimmer, in dem Garden bei ihrer Heimkehr nach Charleston übernachtet hatte.

Margaret Tradd saß auf einem Stuhl am Bett, mit einer Schüssel in der einen Hand und einem Löffel in der anderen. »Jetzt sei brav, sonst bin ich traurig«, sagte sie zu einem rothaarigen, rotbärtigen Mann im Bett. »Mach den Mund auf, dann füttere ich dich mit diesem feinen Maisbrei. Den ißt du doch so gern. Ich weiß noch, wie du deinen und meinen mit dazu gegessen hast.«

»Das ist dein Onkel«, flüsterte Elizabeth Garden zu. »Anson Tradd. Man hat ihn schon seit unzähligen Jahren für tot gehalten. Er ist weggelaufen und hat die ganze Zeit in Folly Beach gelebt, als John Smith, oder mit einem ähnlich originellen Namen.

Der Hurrikan hat seine Hütte vernichtet, und er hat einen bösen Schlag auf den Schädel gekriegt. Davon wurde er so verdreht, daß er beim Roten Kreuz seinen echten Namen angegeben hat. Sie haben ihn zusammengeflickt und dann zur einzigen Tradd im Telefonbuch gebracht, nämlich zu deiner Mutter. Stell dir das vor. Sie hat ihn hierhergebracht, denn sie könne ihn ja nicht bei sich im Haus behalten, so ohne Anstandsdame. In ihrem Alter! Es ist zu komisch.«

Garden sah ihre Mutter an. Margaret hatte eine Schleife im Haar und strahlende Augen. Sie sah aus wie ein junges Mädchen. Anson Tradd machte den Mund auf und ließ sich den Löffel mit Griesbrei hineinschieben. Mit den Augen betete er Margaret an.

»Du siehst also, Garden«, sagte Elizabeth, »deine liebe Mama hat jemanden zum Herumkommandieren, der sich das nur zu gern gefallen läßt. Sie braucht dich überhaupt nicht, höchstens als Brautjungfer. Sie wird Anson vor den Altar schleifen, bevor man ihm die Fäden gezogen hat – Garden, wo rennst du denn hin wie ein aufgescheuchtes Huhn?«

Garden blieb auf der Treppe stehen und sah zu Elizabeth hinauf. »Irgendwo in diesem Viertel muß es doch ein funktionierendes Telefon geben. Ich werde eines finden, und dann rufe ich meinen Seemann an und frage, ob sein Angebot noch steht. Du bist du, und ich bin ich, Tante Elizabeth.«

Elizabeth lächelte. »Das hätte ich dir gleich sagen können«, bemerkte sie. »Womöglich habe ich das sogar ... Behüte dich Gott, mein Kind.«

»Amerikas größter Bestseller aller Zeiten«
Der Spiegel

Geschenkausgabe
01/8601

Normalausgabe
01/8701

Ein genau dokumentierter historischer Roman – und vor allem ein überwältigendes Leseerlebnis!

Wilhelm Heyne Verlag
München

GWEN BRISTOW

Die großen Südstaaten-Romane im Heyne-Taschenbuch

01/8044

Morgen ist die Ewigkeit
01/6410

Tiefer Süden
01/6518

Die noble Straße
01/6597

Am Ufer des Ruhmes
01/6761

Alles Gold der Erde
01/6878

Der unsichtbare Gastgeber
01/7911

01/8161

Wilhelm Heyne Verlag München

Annette Kast-Riedlinger

Ihre Bücher stärken das Immunsystem

Von nun an bitte ohne mich
Roman · 136 Seiten · Leinen · DM 24,–

Von wegen Liebe…
Roman · 144 Seiten · Leinen · DM 24,–

Die Autorin stößt ihre Heldin Amanda nochmals ins pralle Leben, nachdem ihr erster Roman »Von nun an bitte ohne mich« auf Anhieb zum Bestseller avancierte. Frech, selbstironisch, voller Lust am Geschlechterkampf. *Freundin*

Liebe nicht ganz ausgeschlossen
Roman · 144 Seiten · Leinen · DM 24,–
Erscheint im Juni 1992

Felizitas hat beschlossen, sich zu einer eigenständigen, erfolgreichen Persönlichkeit zu mausern. Das Problem ist bloß: Sie ist so anfällig in Sachen Liebe. Und wenn sie sich verliebt, dann bis zum Wahn- und Schwachsinn.

Hautnah ist noch zu fern
Gedichte · 120 Seiten · Leinen · DM 22,–

Sie spürt den Gefühlen nach, die allen bekannt sind. Nicht kitschig verklärt, sondern immer wieder voller Überraschungen ertastet sie das sensible Feld. *Westfalenpost*

Schneekluth
Preisänderungen vorbehalten